J.-K. Huysmans

La Cathédrale

Édition présentée, établie et annotée
par Dominique Millet-Gérard
Professeur à l'Université de Paris-Sorbonne

Illustrations de Charles Jouas

Gallimard

PRÉFACE

« *On se demande* », *écrit assez méchamment Léon Bloy,* « *où peut bien être la place de la pensée dans des livres dont l'unique objet paraît être de nous tenir au courant des lectures de leur auteur*[1] ». *On conviendra, et Huysmans est bien le premier à en avoir conscience, que* La Cathédrale *est pour une part un* « *traité d'érudition déguisé sous le masque d'un roman*[2] », *et dont l'aridité ne laissait pas d'inquiéter son auteur quant aux réactions du public. Et pourtant, derrière l'imposant appareil de références, citations et digressions qui l'habite,* La Cathédrale *est aussi tout autre chose, et un livre capital au sein de l'œuvre de Huysmans ; on peut dire qu'il offre au symbolisme finissant, marquée d'une griffe fortement personnelle, une somme où se trouvent réunis et réorientés les principaux intérêts d'un mouvement*

1. *Les Dernières Colonnes de l'Église* [Mercure de France, 1903], cité dans *Œuvres* de Léon Bloy, t. IV, Mercure de France, 1965, p. 255. Bloy de fait n'a lu *La Cathédrale* qu'en 1903, comme en témoigne son *Journal*.
2. R. Baldick, *La Vie de J.-K. Huysmans* [*The Life of J.-K. H.,* Oxford, Clarendon Press, 1955], Denoël, 1958, p. 365.

littéraire diffus et menacé sur ses lisières par toutes les extravagances. En se concentrant sur un monument, la cathédrale de Chartres, en se fondant sur les définitions oubliées de l'allégorisme médiéval, revu à la lumière mallarméenne, en y trouvant le lieu d'un exercice de style et d'une réflexion profonde sur l'existence, la nature et la survivance d'un art proprement chrétien, Huysmans se livre à tout autre chose qu'une morne compilation savante. Ce livre est un jalon important d'un itinéraire spirituel qui se poursuivra, dans une interaction étroite entre la vie et l'œuvre, avec L'Oblat *et* Sainte Lydwine de Schiedam *déjà en gestation, avec la trop courte expérience de la « colonie d'artistes » de Ligugé, avec la mort édifiante que fut celle du romancier, elle-même génératrice d'ondes spirituelles inattendues. Curieux roman dont l'examen générique s'impose,* La Cathédrale *est aussi explicitement, et plus encore pour qui se donne la peine (et surtout le plaisir) de lire la correspondance de l'auteur, un hymne de reconnaissance à la Vierge, bien surprenant quand on connaît la violence misogyne des œuvres précédentes ; à de nombreux égards, et de l'aveu même de Huysmans, axe de l'œuvre entière,* La Cathédrale *absorbe les apparentes contradictions, s'inscrit en continuité paradoxale avec le cheminement antérieur et se fait le puissant révélateur de l'unité d'une création littéraire stylistiquement très maîtrisée et consciente de l'urgence de combler le fossé déjà dénoncé dans* En Route *entre un art digne de ce nom et une foi catholique débarrassée de ses étroitesses jansénistes.*

« Un capharnaüm, un de ces vieux électuaires du Moyen Âge[1]... »

S'il convient d'éviter de parler de « cycle de Durtal », Huysmans n'ayant jamais conçu comme une unité séparée les quatre livres[2] où il met en scène, plus que les actions, les ratiocinations et méditations de ce héros-écrivain, très largement son double, il n'en reste pas moins qu'un itinéraire cohérent se dessine de l'un à l'autre, de la curiosité satanisante à l'oblature assumée, tandis que le biographe supposé de Gilles de Rais va se transformer en l'auteur d'abord livresque, puis effectif, d'un récit hagiographico-littéraire, la vie de sainte Lydwine de Schiedam : aussitôt La Cathédrale *terminée et rendue à l'éditeur, Huysmans se rend en Hollande, à Schiedam, « prendre des notes pour Ste-Lydwine[3] », prenant le relais de son personnage d'*En Route[4] *et de* La Cathédrale *(p. 171-172).*

1. Lettre à Dom Thomasson de Gournay du 7 août 1897. – Pour la correspondance, quand nous ne donnons pas de référence à une édition, il s'agit de lettres inédites qui se trouvent pour la plupart déposées au fonds Lambert de la bibliothèque de l'Arsenal.

2. *Là-Bas* (Tresse et Stock, 1891), *En Route* (Tresse et Stock, 1895), *La Cathédrale* (Stock, 1898), *L'Oblat* (Stock, 1903). Le nom du personnage est un toponyme (une localité de la Sarthe) dont Huysmans dit avoir aimé la sonorité nordique : « Dans les idiomes du Nord, cela pourrait vouloir dire la vallée de l'aridité ou la vallée de la porte » (cité par Michel de Lézinier dans *Avec Huysmans. Promenades et souvenirs*, Delpeuch, 1928, p. 81).

3. Lettre à Arij Prins du 9 octobre 1897, *Lettres inédites à Arij Prins*, publiées et annotées par Louis Gillet, Genève, Droz, 1977, p. 306.

4. Voir *En Route*, Folio classique, p. 80, 109 et suiv. L'orthographe de Huysmans fluctue entre Lidwine et Lydwine.

Nous avons examiné ailleurs le cheminement très paradoxal conduisant de Là-Bas *à* En Route[1]. *Le héros comme l'écrivain se retrouvant « encore trop homme de lettres pour faire un moine et cependant déjà trop moine pour rester parmi les gens de lettres[2] », s'impose l'échappatoire d'une nouvelle application du « réalisme mystique » défini au premier chapitre de* Là-Bas, *afin d'essayer de convaincre les réticents :*

> Au fond, ce qu'ils me reprochent, c'est le style, c'est-à-dire l'art. On devrait bien emmener un peu le clergé français en Belgique, voir des Primitifs flamands, et en France, examiner des cathédrales telles que Reims ou Chartres. Ils finiraient peut-être par comprendre ce qu'est du réalisme surélevé, et croire que la langue de l'Église était moins bégueule jadis et autrement artiste que cette langue du Grand Siècle qu'ils conservent soi-disant, en l'affaiblissant le plus qu'ils peuvent[3].

*L'écrivain est encouragé par le succès inattendu d'*En Route[4], *et les conversions qui s'en sont suivies[5].*

1. Voir la Préface à *En Route*, Folio classique.
2. *En Route*, Folio classique, p. 524.
3. Lettre à l'abbé Henry Moeller de la fin mars 1895.
4. Voir la lettre à Prins du 15 juillet 1895, *op. cit.*, p. 278 : « Étrange ! – Le livre marche toujours ; c'est une vente réglée ; Stock tire de nouvelles éditions. Je commence à croire qu'il atteindra prochainement ses 20 000. Cela est incroyable, mais cela est. [...]. Je vais commencer un livre sur les Primitifs et les cathédrales ; ce sera le complément d'*En Route*, sur l'art religieux. » Le projet était déjà annoncé quasiment dans les mêmes termes dans la lettre du 20 décembre 1894. – *En Route* avait paru exactement le 23 février 1895.
5. Voir la lettre du 12 décembre 1898 au cardinal préfet de la Sacrée Congrégation de l'Index : « Mon livre *En Route* a fait, grâce au Seigneur qui se sert des plus médiocres instruments, de nombreuses conversions et a puissamment aidé au recrutement des Trappes. – Ces faits sont de notoriété publique. »

Les choses se précisent rapidement, à la faveur d'un petit voyage en Bourgogne :

> Je rentre pour me replonger dans un énorme travail pour lequel j'ai déjà entassé bien des matériaux. Je voudrais compléter *En Route* par une étude sur la peinture religieuse et les cathédrales – faire les Primitifs et donner toute la symbolique des couleurs. Ce n'est pas peu de chose comme vous voyez ; mais il me semble que ce serait faire œuvre utile.
>
> Les architectes et les archéologues ne font, en somme, dans leurs écrits techniques, que le corps des cathédrales et il faudrait maintenant en montrer l'âme[1].

On voit bien ici se perpétuer la méthode naturaliste de Huysmans (le « matériau »), assortie d'un but explicite qui y est tout à fait étranger, voire antinomique et provocateur, dans son opposition du « corps » et de l'« âme » ; il a d'ailleurs également d'autres cibles que ses anciens confrères de Médan, notamment Hugo et l'engouement romantique pour le « gothique[2] »,

1. Lettre à Dom Besse du 18 juillet 1895.
2. Voir la lettre du 14 mars 1898 à Jean Lionnet pour le remercier de son étude sur *La Cathédrale* dans *Le Sillon* du 10 mars 1898 ; il le félicite d'avoir insisté sur son dessein d'« essayer de remettre en faveur la grande Science omise depuis le Moyen Âge, en ne figurant pas une cathédrale sans elle, car alors nous retombions dans le système superficiel d'Hugo ». – Voir *Notre-Dame de Paris*, III, 1, et surtout V, 2, où Hugo développe le « système » suivant lequel la cathédrale gothique est une illustration de la démocratie se substituant à la théocratie : « La cathédrale elle-même, cet édifice autrefois si dogmatique, envahie désormais par la bourgeoisie, par la commune, par la liberté, échappe au prêtre et tombe au pouvoir de l'artiste » (V, 2), et cette remarque de l'abbé Mugnier, en date du 19 décembre 1897, rapportant des propos de Huysmans : « Hugo est naturaliste dans *Les Misérables*. Sa *Notre-Dame de Paris* manque de documents » (*Journal* de l'abbé Mugnier, Mercure de France, 1985, p. 106). Huysmans

*et Renan dont il dénonce les « mensonges » anti-
prophétiques en matière d'exégèse biblique*[1] *(p. 357).*

Assez rapidement le projet va se resserrer sur
Chartres ; Huysmans connaît la cathédrale depuis
Noël 1893, date de sa première visite ; c'est d'emblée
un éblouissement :

> Ici, rien de neuf – sinon que j'ai découvert la plus
> exquise cathédrale du Moyen Âge qui soit, à Chartres,
> une église, blonde, maigre, à yeux bleus. Le dernier
> effort du gothique, se décharnant, ne voulant plus ni
> chair, ni os, voulant s'éthériser, filer en âme au ciel.
> Une merveille, avec sa couleur blonde de pierre, ses
> anciens vitraux où d'étranges figures se détachent sur
> des fonds de saphir. Je suis amoureux de cette basi-
> lique où sont sculptées d'ailleurs les plus belles figures
> du Moyen Âge[2].

*Par la suite Huysmans s'avisera de la « différence
d'âme » des diverses cathédrales et choisira celle où
« la Vierge réside jours et nuits, toujours », où « on
prie mieux*[3] *» qu'ailleurs. C'est le 5 janvier 1896 que
le projet émerge clairement :*

> Il y a pour deux ou trois ans de travail. [...] Je pioche
> de toutes parts, prenant comme type la cathédrale
> de Chartres, la plus belle de toutes, la plus lisible,

---

prendra le contrepied de la théorie de Hugo dans son grand
développement du chapitre IX sur « l'âme des artistes » et « la
pureté des manœuvres » (p. 284) qui édifièrent la cathédrale
de Chartres.

1. Voir la lettre à l'abbé Ferret du 22 février 1897.

2. Lettre à Prins du 26 décembre 1893, *op. cit.*, p. 260.
On aura reconnu le portrait des Vierges des Primitifs dans
En Route (Folio classique, p. 59) que Huysmans est en train
d'écrire.

3. Lettre à Dom Thomasson de Gournay du 1er janvier 1896.
– Voir aussi *La Cathédrale*, chap. III, p. 120-121.

et groupant les autres autour [...] tout cela en un simple roman se passant à Chartres entre Durtal et l'abbé Gévresin. Ouf ! voilà la carcasse, cher ami, mais quand il va falloir dresser avec des points noirs sur du papier blanc la masse fine et énorme des cathédrales, j'en sue d'avance[1].

De fait la gestation sera longue et semée d'embûches ; il s'agit, comme pour chacun de ses romans, de « défricher un terrain encore vierge[2] ». La documentation s'avérera énorme, difficile d'accès, et surtout peu soluble dans une forme romanesque qui résiste – d'où la comparaison avec la composition pâteuse des « électuaires[3] ». Les phases de découragement ne manquent pas dans ce « guet-apens d'érudition[4] ». Les comparaisons ironiques ponctuent la correspondance : « Il va falloir en faire une sorte de bouillon comprimé, d'of meat donnant l'illusion d'un chapitre gras[5]. » La Cathédrale semble bien peu compatible avec l'idéal du roman-poème en prose défini dans À Rebours[6], et Huysmans a manifestement beaucoup de mal à réduire sa masse de documents, fournis de droite et de gauche, à quelque chose de lisible qui dispose favorablement le public à l'égard du symbole : car telle est bien la visée du livre, comme l'auteur le répète à ses correspondants. Enfin le 6 juin 1897, jour de la

---

1. Lettre à Auguste Lauzet (peintre marseillais) du 5 janvier 1896.
2. R. Baldick, *La Vie de J.-K. Huysmans, op. cit.*, p. 391.
3. Voir la note 1 de la page 9.
4. Lettre à l'abbé Moeller du 4 février 1897.
5. Lettre à Dom Thomasson de Gournay du 8 février 1897. – L'of meat est un concentré de viande, à la fois savoureux et énergétique (sur ce mot que Huysmans affectionne, voir p. 578).
6. Voir *À Rebours* (Charpentier, 1884), chap. XIV, Folio classique, p. 320-321.

*Pentecôte, c'est un cri, sinon de victoire, du moins de
soulagement :* « Le livre est terminé, mais sans allégresse. Je n'ai jamais senti le néant des phrases, de la
littérature, comme à la fin de ce volume hybride[1]. »
*Huysmans se rend l'été à Solesmes, y dépouille à la
bibliothèque de nouveaux ouvrages afin de* « ressemeler
[s]on livre avec [c]es pièces[2] » *avant de le remettre
à l'éditeur, Stock, qui le talonne. Les épreuves se suc-
céderont entre octobre et janvier, en même temps que
l'auteur reçoit de* L'Écho de Paris *la proposition d'une
prépublication dans ses colonnes. Bien qu'hésitant
à* « mettre la Vierge en mauvais lieu[3] », *Huysmans
finit par accepter de ne donner* « que des morceaux
purement artistiques[4] ». *Enfin, le 31 janvier 1898,
c'est l'* « apparition ». *Les exemplaires de luxe sont
imprimés sur hollande, avec dedans un filigrane
représentant la cathédrale de Chartres, et ornés d'un
frontispice* « encore invu et tout à fait original[5] » *de
Pierre Roche.*

*C'est un moment particulier dans le monde de l'édi-
tion, en pleine affaire Dreyfus[6]. Contrairement aux*

---

1. Lettre à l'abbé Gabriel-Eugène Ferret du 6 juin 1897.
2. Lettre à Dom Thomasson de Gournay du 7 août 1897.
3. Lettre à l'abbé Frans Poelhekke du 23 octobre 1897.
4. *Ibid.* Quatorze longs extraits seront publiés dans *L'Écho
de Paris*, à partir du 27 octobre 1897.
5. Lettre à Pierre Roche du 6 avril 1897. Voir aussi lettre
à Dom Thomasson de Gournay du 12 mai 1898 : « Roche est
un être très bizarre, une sorte d'inventeur, avec une cervelle
en constante ébullition, rêvant de cuissons fantastiques de
grès, inventant des procédés curieux, ayant réalisé pour les
exemplaires de luxe de *La Cathédrale* une eau-forte étrange,
compliquée de paillons sous parchemins, suivant les procédés
qu'il a retrouvés au Louvre, de poteries du XVe siècle. » On
rappelle que Pierre Roche (Fernand Massignon) est le père de
Louis Massignon.
6. Sur ce sujet, voir en particulier la lettre de Huysmans à

craintes de Huysmans, La Cathédrale *connaît un succès immédiat, qui vaudra d'ailleurs à son auteur d'être
immédiatement « fourré à la retraite, car [...] considéré comme un enragé clérical*[1] *». Le clan des dévots
n'est pas en reste, qui ne tardera pas à mettre en branle
la machine de l'Index. Mais Huysmans a son public :
pas plus qu'*En Route, La Cathédrale *n'a été « écrit
pour les catholiques, mais pour le public ordinaire de
Paris, peu effarouchable », et plus précisément « pour
les âmes sur la lisière*[2] *».*

*Sans doute ces dernières sont-elles en effet repré-
sentatives de cette fin du mouvement symboliste,
qui trouve avec* La Cathédrale *son couronnement,
en même temps que son dépassement.* La Cathédrale
*présente en effet l'ambiguïté générique constitutive du
« roman » symboliste ; la narration y est presque totale-
ment subvertie par la description, qui investit jusqu'au
dialogue et pèse sur le statut des personnages. Ces derniers forment un quatuor, ou plutôt un trio autour de
Durtal, avec chacun son rôle spécifique. Ils sont, de
manière très classique, présentés au chapitre II : l'abbé
Plomb dispense le savoir, l'abbé Gévresin la direction
spirituelle, Mme Bavoil la piété des simples. Ainsi,* La
Cathédrale *peut d'abord apparaître comme une sorte
de roman d'apprentissage, où le protagoniste Durtal
s'instruit auprès du fin connaisseur de la cathédrale de
Chartres qu'est l'abbé Plomb. Encore cet apprentissage
n'est-il, à première vue, que d'érudition : par là le livre*

Arij Prins du 28 février 1898 : « l'état-major me dégoûte, mais
les Dreyfusards encore plus, car c'est toute la racaille du pays
qui est là, la basse franc-maçonnerie, toute la clique à acheter
et à vendre ».

1. *Ibid.* « Ce livre a fait en un mois ce qu'*En Route* a fait
en trois ans. »

2. Lettre du 4 mars 1897 à Marie de Villermont.

est un traité de la symbolique médiévale, dont la visée didactique est manifeste ; il s'agit de livrer au public un art oublié, perdu. Singulier traité, cependant, ponctué d'humour, de cocasserie, de familiarité : la pittoresque Mme Bavoil, prenant la suite de Mme Carhaix et annonçant Mlle de Garambois, est là avec son pot-au-feu et son bon sens « à la bonne flanquette » (p. 472) pour ramener nos experts et leurs lecteurs sur terre, et introduire une touche de réalisme souriant. On est bien loin néanmoins, à cet égard, du naturalisme : La Cathédrale nous confine dans un milieu ecclésiastique, entre l'immense église arpentée en tous sens et l'exiguïté studieuse des logis où se déroulent les conversations. Rien de trivial, aucune incursion dans les bas-fonds chers au groupe de Médan. La seule ouverture ici se fait vers le haut, là où les symboles livrent leur sens.

Mais le livre d'érudition est lui aussi un hybride : La Cathédrale se veut également un livre d'art, et même « un guide pour les gens épris d'art[1] », dans la ligne d'En Route. Y sont convoqués, outre l'architecture et la sculpture sacrées, la peinture, ancienne[2] (le livre contient un collage d'un article sur l'Angelico[3]) et moderne (avec l'éloge de Paul Borel et Marie-Charles Dulac), l'art du vitrail, la musique, mais aussi l'écriture : l'irruption des oraisons de Gaston Phœbus comme modèle de réalisme mystique, aux côtés d'Hildegarde et de quelques autres, fait apparaître La Cathédrale

1. Lettre du 1ᵉʳ janvier 1895 à Jules Huret. La première édition avec index « touristique » est celle de Plon-Nourrit en 1925.
2. Dans un tout premier projet « les Primitifs et les cathédrales » étaient associés (lettre à Prins du 15 juillet 1895).
3. Paru dans la revue allemande *Pan, supplément français*, n° 4-5, Berlin, décembre 1895.

comme tout autre chose que de la « critique d'art » :
c'est un véritable art poétique, où Huysmans défend et
illustre des idées qui lui sont très chères, et que l'étude
de la symbolique médiévale lui a permis d'affiner ; il
s'agit, comme au chapitre premier de Là-Bas, *d'une*
polémique vigoureuse contre la dichotomie qui, dès
la Renaissance, a fait éclater l'unité esthétique et spi-
rituelle de l'art médiéval en, d'une part, un réalisme de
plus en plus étroitement matérialiste et sombrant dans
la vulgarité ; et d'autre part un « art » dévot édulcoré,
que son « bégueulisme[1] » rend inapte à toute représen-
tation intelligente du réel. L'enjeu n'est pas mince, et
il rejoint les considérations préliminaires de l'« esthé-
tique théologique » de Hans Urs von Balthasar[2] : il
s'agit, ni plus ni moins, de recréer un véritable art
chrétien qui sache renouer avec la sémantique pleine
de l'art médiéval, tout en renouvelant les formes en y
insérant le nerf de la modernité. La Cathédrale *ouvre*
directement sur la « colonie d'artistes » dont l'idée
commencera à faire son chemin dans les mois sui-
vant sa publication.

Aussi serait-il erroné de négliger la dimension,
sinon autobiographique (Huysmans n'a jamais vécu à
Chartres), du moins profondément intérieure du livre.
Il ne s'agit cependant pas de psychologie – encore un
ressort du roman traditionnel rejeté par Huysmans :

1. Voir la lettre à l'abbé Ferret du 22 février 1897 : « le
bégueulisme, né de la Renaissance et développé par le virus
janséniste et le soi-disant Grand Siècle ».
2. *La Gloire et la Croix*, t. I, *Apparition* [*Herrlichkeit. Schau
der Gestalt*, Einsiedeln (Suisse), Johannes Verlag, 1961],
Aubier, 1965. Huysmans est mentionné dans la longue et riche
introduction, au titre du « catholicisme esthétique » qui apparaît comme un jalon – à dépasser – dans le renouvellement
souhaité de l'art chrétien.

*« Il est bien évident que les gens qui s'attendaient à
des états d'âme intéressants de Durtal ont été déçus, le
but du livre n'était pas là [...]. Durtal, au fond, n'est
rien dans le livre, pas plus que ses pasteurs. Ils sont de
simples pions[1]. »* De même que le sens profond de la
science symbolique va bien au-delà de l'érudition, de
même *« les très douloureux débats par lesquels Dieu
fait passer les âmes[2] »* excèdent-ils largement l'empan de la psychologie romanesque. Et c'est ici que se
rejoignent les fils du livre, l'explicite et l'implicite : ce
qui peut apparaître comme pure et indigeste érudition[3] est en réalité nourriture spirituelle, destinée au
premier chef à l'auteur, qui ne s'en cache pas dans sa
correspondance, mais aussi à ses lecteurs ; il s'agit
non seulement de conduire les « âmes sur la lisière »,
par la contemplation et la compréhension des merveilles de l'art chrétien ancien, à une foi authentique,
mais de susciter chez elles un sens esthétique aiguisé
par l'exigence de vérité, ainsi que, chez les artistes,
l'inspiration et les moyens d'un art moderne authentiquement fondé sur la grande tradition spirituelle du
christianisme.

La cathédrale-livre

Le vrai protagoniste du livre, ce n'est pas Durtal,
c'est la cathédrale elle-même, qui l'habite d'un bout à
l'autre, du titre à l'invocation finale à la Vierge de Sous-
Terre. C'est elle qui tient lieu de personnage féminin
– Huysmans y insiste : c'en est fini du piment agui-

---

1. Lettre à Charles Brun du 13 avril 1898.
2. *Ibid.*
3. Comme le souligne vigoureusement Léon Bloy, non sans
peut-être une bonne part de mauvaise foi (voir la note 1 de
la page 7).

*cheur qu'était la Florence d'*En Route. *La confession est dépassée, l'intrigue est doublement déplacée : il s'agit maintenant de mettre au cœur du « roman » d'une part la signification de la cathédrale, d'autre part l'effet qu'elle produit sur Durtal, et, par capillarité, sur le lecteur. Ce qui est au centre du livre, c'est la question du symbolisme, que Huysmans pose et tente de résoudre – question cruciale, et pas seulement du point de vue de l'histoire littéraire.*

Le point névralgique est sans doute cet aparté de Durtal, au chapitre V, qui rapproche les définitions et conceptions patristiques du symbole (ou allégorie, ou figure, ces termes sont ici synonymes) de celle de Mallarmé : « C'est aussi l'idée de Mallarmé – et cette rencontre du saint et du poète, sur un terrain tout à la fois analogue et différent, est pour le moins bizarre » (p. 19). Cet hommage au maître incontesté de la génération symboliste[1] *renvoie à l'éloge que des Esseintes fait de lui dans* À Rebours[2]. *C'est*

1. Les deux hommes commencent à correspondre en 1882. Mallarmé fit l'éloge d'*À Rebours* au moment où Zola s'en désolait.
2. Chap. XIV, Folio classique, p. 317 : « Percevant les analogies les plus lointaines, il désignait souvent d'un terme donnant à la fois, par un effet de similitude, la forme, le parfum, la couleur, la qualité, l'éclat, l'objet ou l'être auquel il eût fallu accoler de nombreuses et de différentes épithètes pour en dégager toutes les faces, toutes les nuances, s'il avait été simplement indiqué par son nom technique. Il parvenait ainsi à abolir l'énoncé de la comparaison qui s'établissait, toute seule, dans l'esprit du lecteur, par l'analogie, dès qu'il avait pénétré le symbole, et il se dispensait d'éparpiller l'attention sur chacune des qualités qu'auraient pu présenter, un à un, les adjectifs placés à la queue leu leu, la concentrait sur un seul mot, sur un tout, produisant, comme pour un tableau par exemple, un aspect unique et complet, un ensemble. / Cela devenait une littérature condensée, un coulis essentiel, un sublimé d'art ». Dans *La Cathédrale*, d'une certaine manière,

aussi une solution à l'aporie posée dans En Route, *lorsque à propos du genre hagiographique sont placés en diptyque irréductible Flaubert le styliste et Ernest Hello le pieux[1] ; c'est enfin une manière de préciser, documents techniques et tangibles à l'appui, ce qu'est cette nébuleuse « mystique[2] » qui depuis* Certains *court dans l'œuvre, jusqu'à investir* En Route. *Il semble que Huysmans soit bien conscient de la double nécessité de préciser les contours de ce « réalisme mystique » posé théoriquement dans* Là-Bas *et illustré dans* En Route, *et de lui donner un fondement et une justification historiques. C'est précisément le « symbole » tel qu'il fleurit dans les moindres aspects de la cathédrale de Chartres qui va faire apparaître l'existence d'une « langue[3] » spécifique, dont la syntaxe fondamentale s'enracine dans le dogme chrétien puis s'épanouit dans les œuvres d'art du Moyen Âge. Seule l'invention (au sens de redécouverte) moderne d'une telle langue peut soutenir la gageure de sauver l'art chrétien.*

La Cathédrale *est une sémiologie. Huysmans traque les manifestations de cette langue, dont la cathédrale de Chartres lui permet une exploration systématique.*

Huysmans se livre à l'opération inverse, et complémentaire, de décorticage et mise à plat des symboles, en alignant signifiants et signifiés.

1. *En Route*, I, II, Folio classique, p. 81-82.

2. Le mot apparaît d'abord comme antonyme de « diabolique » (*À Rebours*, chap. XII, à propos de la Calixte d'*Un prêtre marié* ; « Félicien Rops », dans *Certains*, Tresse et Stock, 1889) ; cette opposition s'affirme dans *Là-Bas* tout en se chargeant d'un sens esthétique où « mystique » s'oppose à « matérialiste » ou « positiviste » ; puis dans *En Route* il prend son autonomie et devient en gros synonyme de « spirituel, conforme à la spiritualité du Moyen Âge ».

3. Voir la lettre au Dr Pol Demade du 28 avril 1895 : « le réalisme mystique est une langue – et les sculptures des cathédrales ne sont-elles pas sculptées dans une langue analogue ? ».

Dans le catalogue raisonné qu'il établit, il n'en néglige nullement les fondements, bibliques et exégétiques ; il rappelle avec force la clef de lecture allégorique de l'Écriture, illustrée par la liturgie, déjà passablement oubliée des fidèles catholiques à la fin du XIXe siècle, et que ceux d'aujourd'hui feraient bien de retrouver sous peine de laisser se dissoudre le cœur de leur foi dans une redoutable captation littérale de l'Ancien Testament ; c'est dans le chapitre présentant le portail Nord de la cathédrale qu'apparaît l'affirmation fondamentale : « car enfin, on ne saurait trop le répéter, l'Ancien Testament est l'histoire avant la lettre du Fils de l'homme, et de l'établissement de son Église ; ainsi que l'atteste saint Augustin, "toute l'administration du peuple juif fut une prophétie continuelle du Roi qu'il attendait[1]" » (p. 340).

À partir de ce postulat, puisé dans la parole du Christ lui-même (Luc XXIV, 44-45), se déploie toute l'efflorescence d'une symbolique qui ajoute au Liber Scripturae, *l'Écriture Sainte, le* Liber Creaturae, *la nature créée par Dieu, miroir de Son invisible visage. Tout est signifiant dans la création, le corps de la nature exprime l'âme de l'Église. Au second degré, la cathédrale reproduit dans son corps de pierre les merveilles de la nature et livre un concentré de leur signification. En cela elle est un répertoire, un dictionnaire, une encyclopédie, non seulement de l'histoire sainte mais de la création entière. Ceci traduit en termes huysmansiens, à la lumière du chapitre XIV d'*À Rebours, *fait de la cathédrale-monument un*

---

1. Voir la lettre à l'abbé Ferret du 22 février 1897 : « l'histoire abrégée, nette de Jésus, par les prophéties messianiques, en dehors de tous Évangiles, pour bien montrer l'irréfutable argument des textes inspirés ».

immense poème en prose, un roman idéal qui se propose à une lecture mallarméenne, laquelle produit à son tour La Cathédrale *à la puissance seconde, le roman dont la cathédrale-livre, par une sorte de mise en abyme, est à la fois le sujet, le protagoniste et l'intrigue.*

Cette lecture moderne de la cathédrale s'appuie, à la manière naturaliste, sur tout un bagage documentaire qui s'exhibe au fil des pages ; il s'agit de croiser les historiens modernes du « corps » de la cathédrale (les archéologues) et les archivistes de son « âme » (les auteurs médiévaux). Entre deux, les compilateurs modernes d'auteurs anciens, comme Dom Pitra, dont le Spicilège de Solesmes, *vaste anthologie de symbologie patristique, est largement mis à contribution. Et de surcroît, pour bien montrer qu'on est dans un roman, la griffe personnelle de Huysmans qui rajoute son grain de sel, sous forme de commentaires goguenards, de digressions « à la manière de... », d'actualisations cocasses. La forme à peu près constante du dialogue entre Durtal et son mentor l'abbé Plomb permet justement d'assaisonner l'appareil érudit, souvent énumératif, d'un ton très particulier qui, sans jamais remettre en cause le principe du symbolisme universel, le tempère dans son détail d'une touche de scepticisme souriant. C'est encore une manière de dire que, s'il est difficile à un esprit moderne d'accepter tout de go le systématisme, « l'excès méticuleux » (p. 164) de la science médiévale – laquelle existe en tant que science, et Huysmans l'affirme fortement face aux scientistes de son temps –, ce n'est pas une raison pour rejeter l'essentiel : l'incontestable vérité de la source et l'efficacité esthétique du mode d'expression, « l'énergique concision d[u] signe » (p. 162).*

Si La Cathédrale, *mettant en scène* Durtal *écrivain, comme dans* Là-Bas *et* En Route[1], *repose aussi sur une mise en abyme, cette dernière prend ici une forme très particulière, qui va bien au delà de l'enchâssement de l'article sur la symbolique des couleurs chez Fra Angelico ou de la réflexion sur un article à écrire qui entraîne tout le chapitre XII. Il s'agit de fait d'écrire un livre sur un livre, la cathédrale étant elle-même cet immense livre de pierre qui au fil des chapitres se donne à déchiffrer[2] ; la correspondance révèle très clairement la conscience qu'a l'écrivain de dupliquer la construction de la cathédrale médiévale dans un livre moderne : « Ce n'est pas simple d'édifier avec des lettres noires sur du papier blanc la cathédrale de Chartres[3] » ; se fait sentir la nécessité d'inventer une langue adaptée, dans la continuité du « réalisme mys-*

---

1. Dans *Là-Bas* Durtal écrit une vie de Gilles de Rais, et le roman est très habilement construit sur l'évolution parallèle et entrecroisée de l'ouvrage en cours et d'une intrigue moderne. Dans *En Route* il envisage déjà une vie de sainte Lydwine, mais n'en est vraiment qu'aux prémices : on n'écrit pas à la Trappe ; dans *La Cathédrale* ce projet est toujours à l'ordre du jour (voir p. 171-172) et toujours caduc, mais c'est Huysmans lui-même qui, dès l'automne 1897, prendra le relais. *Sainte Lydwine de Schiedam* paraîtra chez Stock en 1901.
2. Voir à ce sujet notre article « "Un étrange Huysmans du XIIᵉ siècle", l'"idiome symbolique" de *La Cathédrale* », *Bulletin de la société J.-K. Huysmans*, n° 92, 1999, où nous étudions notamment l'isotopie scripturale qui parcourt le livre. Là encore Huysmans prend le contrepied de Victor Hugo qui dans *Notre-Dame de Paris* (V, 2) développe l'idée que « *Le livre va tuer l'édifice* » : l'imprimerie rendra caduc le génie gothique. *La Cathédrale* de Huysmans fait au contraire de l'édifice le Livre parfait.
3. Lettre à Charles Rivière du 4 décembre 1895. Charles Rivière est le modèle de M. Bruno dans *En Route*. Voir aussi la lettre à Auguste Lauzet du 5 janvier 1896 : « [...] l'âme de l'Église en son ensemble – mystique, symbolique, liturgie, art littéraire, pictural, sculpture, musique et architectonique ».

tique » *défini dans* En Route, *qui traduise la langue des sculptures des cathédrales. Il s'agit non seulement de « faire lire la cathédrale de Chartres comme un livre, le Moyen Âge ayant écrit une histoire de pierre, sur ses monuments*[1] », *mais de construire un vrai livre d'auteur, pas simplement un manuel d'archéologie ou un guide touristique : un livre qui, comme tout grand livre, recèle un arrière-fond, et, à la manière du symbolisme médiéval, cache un sens profond derrière son « laconisme hermétique » (p. 162) : nous voici revenus, analogiquement, à l'idéal du poème en prose.*

« La prise objective des documents », écrit Gaston Bachelard dans un très beau chapitre, « est une chose, l'adhésion subjective à des impulsions reçues de ces documents en est une autre. Patiente culture et neuve contemplation doivent être associées[2]. » *Ce serait se méprendre que d'ignorer la part de cheminement intérieur que traduit* La Cathédrale. *Huysmans ne conclut-il pas sa lettre à Charles Rivière, déjà citée, en disant : « Ce sera un livre blanc à la gloire de la Sainte Vierge*[3] » ? *Il convient, avant d'examiner le texte, de poser quelques jalons biographiques : la publication de* La Cathédrale *coïncide avec la mise à la retraite de Huysmans, qui doit dès lors décider que faire de sa vie. La tentation du cloître est toujours forte, mais le choix du lieu s'avère très difficile : il s'agit de se faire accepter comme écrivain dans un milieu monastique, et ni Solesmes, ni Preuilly, ni Glanfeuil n'y semblent disposés. L'ami Dom Besse, le moine-confident et*

---

1. Lettre à Roger Dumas de juillet 1895.
2. *Fragments d'une poétique du feu* (posthume), PUF, 1988, chap. I, « Le Phénix, phénomène du langage », p. 71.
3. Lettre du 4 décembre 1895.

*artiste, a dû quitter le havre espéré de Saint-Wandrille ;
et c'est au moment où tout paraît désespéré que se
manifestera avec évidence la possibilité de s'installer
à Ligugé. Or* La Cathédrale *est habité par ces incertitudes : Durtal écrivant la cathédrale de Chartres est
un Durtal s'interrogeant sur « les perspectives confuses
de son être » (p. 78), et confiant d'emblée son destin
à la Vierge ; car si la cathédrale est un livre, elle est
avant tout la Mère, l'édifice se confondant métony-
miquement avec Celle à qui il est dédié, cette « Elle »,
évoquée avec tendresse et respect, présente d'un bout
à l'autre du roman ; si Durtal déchiffre, il ne manque
pas de prier, et, loin de se contredire, les deux opérations se confortent, la Vierge-Livre-Cathédrale portant
en elle, avec le Christ, toute la substance doctrinale et
esthétique qui nourrit le nouveau converti. Il n'est dès
lors pas étonnant que ce soit dans* La Cathédrale, *et
en exergue, au chapitre premier, que Huysmans ait fait
passer, quoique latéralement, masquée derrière l'ano-
nymat pudique d'un « on » (p. 65), la confidence
de sa conversion mariale à La Salette, déjà consignée
dans ce* Là-Haut *à l'étrange et presque miraculeux
destin*[1].

Le Durtal de La Cathédrale *est en état d'« anémie spirituelle*[2] *» (p. 78), et le roman symboliste*

---

1. *Là-Haut* ou *Notre-Dame de La Salette*, conçu primitive-
ment comme le « livre blanc » qui devait conjurer *Là-Bas*, fut
commencé en 1892 puis abandonné en 1893. C'est Durtal qui
en est le héros, mais la tonalité autobiographique de la conversion à La Salette ne fait aucun doute. Louis Massignon, le fils
du sculpteur Pierre Roche, ami de Huysmans, en connaissait
l'existence par l'abbé Daniel Fontaine, dernier confesseur de
l'écrivain, qui l'avait vu en détruire le manuscrit. Mais il en
subsistait au moins une copie, qui a été redécouverte par un
bibliophile, et publiée (Casterman, 1965).
2. Vestige schopenhauerien, qui fait également songer à la

*(au sens de l'histoire littéraire) ne se prive pas de faire coïncider « ses demeures d'âme perdues dans les brumes » (p. 79) avec le climat chartrain. Il y fait diversion de trois manières : en étudiant la cathédrale (c'est la « lecture », p. 261), en envisageant un possible échouage dans un monastère (c'est la « rêvasserie », p. 259), en priant. La deuxième échappatoire, à laquelle s'affairent les quatre personnages, y compris Mme Bavoil, se révèle la moins efficace : le départ pour Solesmes (*La Cathédrale s'achève, comme* En Route, *et comme plus tard* L'Oblat, *dans un train – signe ou présage de l'impossibilité à se fixer en « moine-écrivain »), bien qu'il ait été préparé par l'abbé Plomb (p. 290), ne saurait remédier à ce vide d'âme : pis, Durtal est bien conscient d'un risque plus grand encore, celui de « l'acedia*[1] *des geôles monastiques » (p. 366) ; tout au plus en attend-il des plaisirs intellectuels et esthétiques. En revanche une interaction profonde se produit entre le travail sur la symbolique et l'état intérieur du personnage. Il y a toute une part de méditation personnelle qui transparaît discrètement en marge des conversations pédagogiques : « Mais Durtal ne l'écoutait plus ; loin de toute cette exégèse monumentale, il admirait, sans même chercher à l'analyser, l'étonnante église. Dans le mystère de son ombre brouillée par la fumée des pluies, elle montait, de plus en plus claire, à mesure qu'elle s'élevait dans le ciel blanc de ses nefs, s'exhaussant comme l'âme qui s'épure dans une ascension de clarté, lorsqu'elle*

« conscience malheureuse » de Hegel – mais que Huysmans retourne en bannissant l'idéalisme au profit de la puissante incarnation du signe dans la théologie catholique illustrée par la cathédrale.

1. Voir p. 366, n. 1.

ravit les voies de la vie mystique » (p. 194) ; *les
entretiens avec l'abbé Plomb alternent avec des
visites solitaires à Notre-Dame de Sous-Terre et
Notre-Dame du Pilier, ou des pauses contemplatives
devant telle sculpture ou tel vitrail ; s'il lui arrive
encore de « s'évaguer »* (p. 380), *l'âme de Durtal
connaît, sous l'influence bénéfique de la cathédrale,
un progrès sensible dans la composition même des
chapitres : s'ouvrant souvent sur l'« ennui », ils se
nourrissent du déchiffrage qui lui-même amène petit
à petit l'émotion, la consolation spirituelle ; ainsi
au chapitre XIII où la promenade érudite se mue en
une méditation sur la présence de la Vierge, qui se
confond avec sa cathédrale : « Et il se sentait heureux et terrifié, jeté hors de lui par l'aspect formidable
et charmant de Notre-Dame »* (p. 420). *La syllepse
métonymique superpose exactement l'édifice désormais parfaitement lisible et cette « Elle » qui de plus
en plus s'affirme comme l'héroïne réelle du roman,
celle qui meut discrètement l'intrigue et conduit
Durtal vers ce lieu où il saura conjoindre sa foi
et son talent d'artiste. Ce qui n'apparaît qu'en filigrane dans le roman est beaucoup plus clair dans la
correspondance, où Huysmans ne craint pas de dire
sa gratitude à Celle qui l'a accompagné tout au long
de la difficile gestation de ce « livre blanc à la gloire
de la Sainte Vierge[1] », dont il espère qu'il aidera à
répandre Son culte parmi les contemporains[2].*

---

1. Lettre à Charles Rivière du 4 décembre 1895.
2. Voir les lettres à l'abbé Moeller du 15 mars 1895, à Catherine Alberdingk Thjim du 5 juin 1895, à Dom Delatte, moine
de Solesmes, du 5 février 1898, et surtout à l'abbé Ferret du
7 mars 1897 : « Si je n'ai pas, après tant de mal, mon salaire
ici-bas, j'espère que la Vierge qui est le vrai sujet du livre, le
réclamera pour moi après. »

Aussi, à l'achèvement de La Cathédrale, *tout est-il prêt : l'idée de la « colonie d'artistes », si elle n'a pas encore de nom[1] ni de lieu, s'y est mise en place grâce à la rencontre du symbolisme médiéval et du « réalisme mystique » moderne. Dans cette perspective, la critique virulente du style pieux dépasse largement l'anecdote : c'est une mise en accusation violente de « ceux qui ont noyé dans un style de robinet tiède l'art magnifique de l'Église[2] ». Cette désincarnation – trahison suprême – de l'art chrétien, par delà ses aspects caricaturaux (le morceau de papier collé sur le ventre de l'Enfant-Jésus dans la scène de la Circoncision, au pourtour du chœur de Chartres, p. 334), appelle un puissant rectificatif, et telle est aussi la perspective du livre ; le Huysmans qui félicite en juin 1895 Pol Demade de « songer à faire une étude des Pères et des écrivains sacrés du point de vue réaliste[3] » se lance dans la même entreprise : combiner, dans l'étude de la cathédrale, matière et âme, lettre et esprit, représentation et signification ; tout se rapporte à cette exigence de conjonction, la distinction entre le style roman massif et le gothique tendu vers le ciel, la préférence avouée pour « le Roman ogival ou l'architecture de transition », qui symboliserait « le Catholicisme en son entier » (p. 105-106), le rejet d'une symbolique décadente, « un peu filiforme et ténue » (p. 164), le bonheur manifeste au contraire à détailler et démultiplier sur un ton irrévérencieux le réalisme parfois trivial des statues des portails (« la figure avenante*

---

1. L'expression n'apparaîtra dans la correspondance que le 13 avril 1898 (lettre à Gustave Boucher), puis reviendra souvent.
2. Lettre à Pol Demade du 9 juin 1895.
3. *Ibid.*

mais vulgaire d'une bonne », p. 275), la « barbe en
dents de fourchettes tordues » de saint Jean-Baptiste,
p. 348) et à imaginer à leur propos des embryons de
roman, à énumérer tous les menus objets (attirail de
roman réaliste) sculptés dans la pierre. En écho, le
double éloge, à la fin du chapitre XII, de deux peintres
contemporains peu connus, Paul Borel et Marie-
Charles Dulac ; le premier sachant conjoindre dans
ses portraits de saints monastiques « l'écorce rigide
des traits [et] une sève [...] impétueuse d'âme »
(p. 399), le second peintre et lithographe de paysages
mystiques, qui retrouve spontanément, à travers des
moyens modernes, l'esprit du symbolisme médiéval :
« Par les formes de la nature, il cherche la pensée
créatrice. Il étudie la nature avec plus de fidélité
que n'y peut mettre un réaliste, puisqu'il voit en elle
l'œuvre de la main divine[1] ». Or Dulac, découvert
au printemps 1897, devenu aux yeux de Huysmans
la pierre d'angle de la colonie d'artistes, mourra le
30 décembre 1898, laissant encore une fois l'écrivain
orphelin de ses rêves, et de son « espoir de survie de
l'art catholique[2] ».

De la matière à la lumière

« Si mal placé qu'on soit pour se juger soi-même,
il m'a toujours, en effet, semblé, si je regarde en
arrière, que ces livres faits insciemment se suivent

1. Henry Cochin, *In memoriam Marie-Charles Dulac*, Imprimerie Georges Petit, 1899, p. 9. Ce petit volume, qui est le catalogue de l'exposition organisée à la galerie Vollard, contient
aussi un texte de Huysmans, repris ensuite dans *De tout*.
2. Lettre à l'abbé Ferret du 1er mars 1897.

très logiquement, en tenant compte des haltes comme
En Rade *ou* Un dilemme[1]. *J'ai suivi, en somme, une*
route assez droite[2]. » *Contre les adeptes de la rup-*
ture entre un Huysmans naturaliste et un Huysmans
catholique, nous voudrions montrer qu'il y a bien un
« *enchaînement des livres[3]* », *que* La Cathédrale *est le*
pivot où s'articulent, pour s'emboîter parfaitement au
cœur de l'écriture, le vieil homme et l'homme nouveau.

   La Cathédrale *est, encore plus visiblement que les*
autres livres de Huysmans, un roman du document.
Jamais l'auteur ne s'était autant senti crouler sous la
matière livresque ; outre ce qu'il se procure lui-même
(dès juin 1895, il feuillette la somme de l'abbé Auber
sur le symbolisme religieux, et peu après le Rational *de Durand de Mende), Huysmans se fait rapide-*
ment aider, sous forme de notes qui lui sont remises
ou envoyées, par trois personnes, deux moines de
Solesmes qui explorent pour lui le Spicilegium
Solesmense *et un jeune homme de ses amis,* « *esprit*
curieux[4] », *Austin de Croze, envoyé contre rémunéra-*
tion à la Bibliothèque nationale « *faire des copies[5]* »
concernant le bestiaire ; document de seconde main
la plupart du temps[6], compilé, constamment remis à
jour, mais aussi parfois vérifié : à l'été 1897 le roman-
cier se rend à Solesmes où il fait la connaissance de
son correspondant pourvoyeur en symbolisme, Dom

1. Tous deux parus chez Tresse et Stock en 1887.
2. *Ibid.*
3. Lettre à Frédéric Paulhan du 15 avril 1898.
4. Lettre à Marie de Villermont du 4 mars 1897.
5. Lettre à l'abbé Ferret du 1er mars 1895.
6. D'où certaines erreurs, sans doute de lecture d'après
des notes manuscrites : ainsi que le nom de Pierre d'Esquilin (p. 165) pour Pierre d'Equilio, Rouillard pour Roulliard
(p. 112). Manifestement ici Huysmans ne vérifie pas.

*Thomasson de Gournay (le « bon gros hanneton[1] »),
et se plonge à son tour dans les recueils de Dom Pitra.
Il est bien conseillé et a accès à des ouvrages récents[2].
La difficulté est bien sûr de remettre en forme toute
cette matière, dans une mise en scène où la manière
naturaliste s'exhibe : outre cet homme-document
qu'est l'abbé Plomb (au nom peut-être symbolique !),
il y a les calepins de Durtal où s'étalent les notes prises
dans divers musées ; ainsi, une fois de plus, appareil
érudit et réflexion personnelle se croisent et se super-
posent.*

Mais La Cathédrale *est aussi et surtout la pour-
suite de la conversation avec soi-même, et renvoie à
de nombreux lieux de l'œuvre antérieure ; Durtal col-
lectionnant les symboles est un des Esseintes infusant
du sens dans les objets de ses caprices, et nous retrou-
vons ici, magnifiés et lestés de profondeur par leur
présence dans le livre de pierre ou dans ses parages,
les gemmes, les fleurs, les parfums, et quelques-uns
des auteurs latins alors retenus pour leur singula-
rité (Walafrid Strabo, Macer Floridus) ; Durtal est
également, dans ses interprétations élargies en hypo-
typoses[3], l'héritier du Jacques Marles d'*En Rade* :
le retour de l'interprète des rêves, l'oniromancien
Artémidore (p. 300) ne trompe pas, dont Jacques se
demandait s'il « avait raison lorsqu'il soutenait que le
Rêve est une fiction de l'âme, signifiant un bien ou un*

---

1. Lettre à Léon Leclaire du 8 juillet 1898.
2. Picardat, Clerval : voir p. 190, n. 1 et p. 272, n. 2.
3. Voir par exemple, p. 70, la description du vitrail
d'Aaron (« une sorte de bandit, coiffé d'un petit chapeau
vermillon »), très proche, dans sa tonalité burlesque, du personnage du rêve de Saint-Sulpice dans *En Rade*, chap. X, éd.
D. Millet-Gérard, cité dans Huysmans, *Romans*, t. I, Laffont,
coll. « Bouquins », 2005, p. 876.

mal[1] » ; *toute l'interprétation tropologique – morale –
des symboles dont est riche* La Cathédrale *ne fait rien
d'autre qu'illustrer cette règle, en même temps que
la superposition de la symbolique, du rêve et de la
rêverie confirme l'interaction vivante de l'ancien et du
moderne, et l'impulsion qu'en peut tirer l'imagination
créatrice. Les descriptions colorées de la cathédrale,
notamment des vitraux, mettent en œuvre la même
esthétique que celle déployée dans* L'Art moderne[2] :
*non seulement par les nombreux effets-tableaux qui
s'y rencontrent, et le recours à un lexique à la fois
très technique et très coloré (par exemple, au chapitre premier, l'apparition du vitrail de sainte Anne
avec la lumière du matin, p. 73), mais aussi par
la théorie de l'art qui s'en dégage. À la peinture qualifiée de « radotage » dans* L'Art moderne *– c'est-à-dire
se contentant d'exploiter des lieux communs, sans
aucune originalité spécifiquement picturale – correspond l'art pieux dans son ressassement prudent de
poncifs ; à l'opposé, l'art médiéval, dont l'idiome est
oublié, fait figure de « néologisme[3] », d'autant qu'il se
prête, de la part de l'auteur moderne, à une écriture de
la sensation dans la ligne des Goncourt, et fournit un
exemple spontané de rejet de la distinction rhétorique
entre style sublime et style bas.*

La Cathédrale *s'articule au dernier chapitre d'*À
Rebours, *offrant une réponse à ce « mysticisme
dépravé et artistement pervers[4] », mais aussi à* Là-Bas
*en exaltant le Moyen Âge, non plus seulement comme
l'époque de la confrontation visible et signifiante*

1. *En Rade*, chap. III, Folio classique, p. 807.
2. Paru chez Charpentier en 1833.
3. *L'Art moderne*, « L'Exposition des Indépendants en
1880 », cité dans l'édition 10 /18, 1975, p. 130.
4. *À Rebours*, Folio classique, p. 343.

*entre le Diable et le Christ en gloire, mais comme ce
« tout complet[1] » dont rêve Durtal dans* En Route.
*La cathédrale de Chartres en est le réceptacle – enfin
presque, et ce « presque » est d'importance, car il
nous rappelle que nous sommes à l'époque moderne,
et c'est par là que s'insinue dans le roman la dis-
sonance, le grincement qui est la marque propre de
l'écrivain, le déclencheur de ces « écarts » stylistiques
typiquement huysmansiens qui parcourent l'œuvre
d'un bout à l'autre et lui donnent son unité. La faille,
dans la cathédrale contemporaine, c'est que son
clergé méprise le chant grégorien, trahissant le « tout
complet » en y réintroduisant le « goût de caraïbe »
(p. 188) ; c'est là un élément moteur de l'« intrigue »,
puisque c'est cette déficience qui poussera Durtal à
chercher un autre refuge et à envisager Solesmes[2]
– c'est en tout cas l'amorce dont use l'abbé Plomb
qui joue le même rôle de manipulateur spirituel que
l'abbé Gévresin dans* En Route. *Mais c'est aussi la
brèche par laquelle s'engouffre le talent de caricatu-
riste de Huysmans ; c'est, derrière le clergé local, toute
la petite ville de province qui, dans une scène digne
des Comices agricoles de* Madame Bovary, *s'« hysté-
rise » stylistiquement lors de la prise de possession de
son siège par Mgr Le Tilloy des Mofflaines ; le déclic
huysmansien se produit – « Durtal, effaré, hennit. / Le
spectacle auquel il assistait devenait fou » (p. 244)
– et se développe une hypotypose de même ton et de
même rythme que la messe noire de* Là-Bas[3] *ou que
le rêve de Saint-Sulpice d'*En Rade. *Cependant l'« hys-*

1. *En Route*, Folio classique, p. 447.
2. Voir chap. X et chap. XVI, p. 492.
3. *Là-Bas*, chap. XIX, Flammarion, coll. « GF », 1978,
p. 247 : « Alors Durtal se sentit frémir, car un vent de folie
secoua la salle. L'aura de la grande hystérie suivit le sacrilège. »

térisation » ne se limite pas à la caricature ; elle est susceptible de surgir à n'importe quel moment ; ainsi les énumérations de symboles, a priori *conformes aux sources patristiques et médiévales,* sont-elles mises à distance par les procédés romanesques du dialogue, du monologue intérieur, du commentaire gouailleur, ou de l'insertion parasitaire (p. 357, 424, 439-440). C'est le ton familier qui court-circuite le sérieux du propos : ainsi l'abbé Plomb propose-t-il d'« ôter l'échelle » après les divagations de Durand de Mende sur les mouchettes (p. 164) ; compulsant ses notes sur le bestiaire, Durtal, reproduisant une série quelque peu indigeste d'allégories morales (et l'effet d'énumération suffit ici à lui seul à susciter le sourire du lecteur complice), exhibe sa propre incapacité à trier un matériau « bien emmêlé », une vraie « bouillie pour les chats » (p. 441 et 429). À défaut d'une adhésion à des propos aussi invraisemblables que contradictoires, c'est justement l'effet d'accumulation d'anecdotes pittoresques, aux antipodes du sérieux rationaliste moderne, qui produit la jouissance proprement littéraire ; Durtal nous promène dans un cabinet de curiosités, loufoque, hétéroclite, d'où nous arrache soudain le bon sens terre à terre de Mme Bavoil, qui nous ramène au fumet de la soupe. En contraste rythmique avec l'énumération, nous trouvons l'amplification, ou transcription en hypotypose des sculptures de la cathédrale ; c'est le produit de la rêverie de Durtal, la réécriture à la Salammbô de pages de pierre qui suscitent le récit para-biblique ; ainsi en va-t-il, au chapitre XI, de la « récapitulation » des portails (p. 360 et suiv.), basculant à son tour dans le burlesque avec la confusion mentale qu'elle engendre chez le narrateur, reflet complice du léger tournis éprouvé par le lecteur.

Aussi ne faut-il évidemment pas prendre La Cathédrale *au premier degré. Ce n'est pas un traité de symbolique, ce n'est pas un éloge passéiste et sans nuance des vertus intellectuelles du Moyen Âge : c'est un savant effet de miroir mettant en regard un savoir systématique incarné dans la forme admirable de l'édifice chartrain, et un esprit acéré, curieux, original, douloureusement en quête d'une forme neuve, mais juste, d'expression d'une vérité intérieure profonde et incontestable. Faire « lire » la cathédrale de Chartres à ses contemporains (ou à nous, a fortiori), c'est rappeler sur le mode mi-sérieux, mi-pince-sans-rire l'ampleur universelle de la culture chrétienne, c'est surtout s'opposer vigoureusement à une dissociation séculaire de l'art et de la foi, de la foi et de l'intelligence, de la beauté et de la vérité.*

On comprend mieux ainsi le paradoxe de la réception immédiate de La Cathédrale. *Si le succès, inattendu en pleine hystérie de l'affaire Dreyfus, fut certain, l'opposition fut aussi tenace. « En somme, écrit Huysmans, en prenant les choses gaîment, le résultat de* La Cathédrale *est cocasse : j'ai été fourré d'office à la retraite pour avoir fait un pareil livre, par les francs-maçons, et je suis dénoncé à l'Index par les catholiques. C'est un comble*[1] *! » De fait, y a-t-il tant à s'étonner ? Si on laisse de côté la première catégorie (qui a ainsi rendu à Huysmans le service de pouvoir immédiatement se mettre en quête du cloître désiré), ce qu'il y a de piquant est que la seconde s'illustre d'abord à travers le clergé chartrain, ulcéré des propos sur sa liturgie, qui réalisera l'exploit d'interdire au romancier l'accès à sa cathédrale ; suit la troupe des « tisaniers de style », ceux dont Huysmans avait prévu qu'ils*

---

1. Lettre à l'abbé Moeller du 30 juin 1898.

« *brai[raie]nt après les phrases, car, au fond, tout est là. Ce qui les irrite, c'est l'art. Le péché commence "à la couleur" pour ces gens-là*[1] ». *On pourrait ajouter à cette pose jansénisante l'effroi devant la nouveauté, l'écart stylistique, l'originalité :* « *Un moine m'a déjà reproché de ne pas écrire la langue du XVIIᵉ siècle, la seule qui existe, me dit-il*[2]. » *Le fond de l'affaire est un mélange de jalousie, de pruderie, de cléricalisme froissé, d'autoritarisme impuissant : dès avril 1898* La Cathédrale *se retrouve menacé par le chanoine Jérôme Ribet de dénonciation à la Congrégation de l'Index*[3] ; *cette situation bouffonne se double d'un élément rocambolesque, Huysmans étant alors poursuivi par une comtesse espagnole qui lui propose ses services d'intercesseur en cour de Rome ! Douloureusement atteint, Huysmans ne ménage pas ses pointes ironiques, tout en* « *remett[ant] [s]es pauvres affaires entre les mains de la Sainte Vierge*[4] ». *Il refuse la suggestion de la princesse Bibesco, devenue prieure du Carmel d'Alger, de désavouer publiquement tous les livres écrits avant sa conversion*[5], *prouvant bien ainsi l'unité profonde d'une œuvre habitée par un courant invisible. Le 7 février 1899, Huysmans peut enfin écrire à Dom Thomasson de Gournay que* « *l'affaire de Rome est close* ».

1. Lettre à Dom Besse du 4 juin 1897.
2. Lettre à Émile Bernard du 30 janvier 1899.
3. Voir à ce sujet R. Baldick, *op. cit.*, p. 307 et suiv., et notre mise au point, p. 552. Le chanoine Ribet est l'auteur de plusieurs ouvrages figurant dans la bibliothèque de Huysmans : *L'Ascétique chrétienne*, Paris, 1888 ; *La Mystique divine*, Paris, 1879. Il est mentionné, sans aucune critique, dans *En Route*, *op. cit.*, p. 80 et 496.
4. Lettre à un séminariste de Rouen, 2 juin 1898.
5. R. Baldick, *op. cit.*, p. 321. Voir aussi la lettre à Leclaire du 11 décembre 1898.

La morale de cette grotesque histoire est tout à l'hon-
neur de Huysmans, et dans la logique de La Cathédrale *: il a su, par conviction profonde, n'attribuer*
ses malheurs qu'à la déficience tout humaine d'un
clergé dévoyé dans des intrigues de pouvoir et rester
inébranlable sur l'objet de sa démonstration, que l'on
peut résumer en quelques mots : l'Église du Verbe
incarné est indissociable de sa puissante production
artistique, elle-même incarnation à sa manière, à tra-
vers les matériaux de la création, et grâce au constant
renouvellement de l'imagination créatrice humaine,
de l'insondable mystère chrétien. L'éphémère autant
qu'émouvante colonie d'artistes de Ligugé, qui se veut,
non sans humour[1]*, une application moderne de* La
Cathédrale *en même temps qu'un laboratoire d'au-*
thentiques artistes catholiques, en est la preuve à la
fois fragile et précieuse.

*

« Dire que l'esprit du siècle », écrit en 1950 le P. de
Lubac, « répudie ou désagrège toute espèce de symbo-
lisme est encore s'arrêter aux apparences. Bien plutôt,

---

1. Voir la lettre à Dom Thomasson de Gournay du 19 septembre 1899 : « Après m'être livré à des essais de flore symbolique sur les chapiteaux de la maison [...], je vais préparer
maintenant le jardin liturgique auquel nous adjoindrons un
petit jardin médicinal d'après Walafrid Strabo. / Il y a de quoi
s'amuser, comme vous voyez. Inutile de vous dire qu'on me
considère, dans la gent poitevine, comme légèrement toqué. Le
malheureux sculpteur qui dut créer des Saints avec des fleurs
de pierre est parti, complètement ahuri, déclarant que jamais
dans sa vie, on ne lui avait fait exécuter des démences pareilles,
et laissé aussi peu de liberté dans ce qu'il appelle son art. / Ça
le changerait des chapiteaux ordinaires des églises dont il est
un spécialiste !! »

*de mille manières, il constitue un anti-symbolisme.
[...] Pour tout dire d'un mot, notre grande tentation est de faire de Dieu le symbole de l'homme,
son image objectivée. Par cette inversion redoutable,
est-il besoin de le dire, avec la foi elle-même, toute
l'allégorie biblique serait emportée d'un coup*[1]. » *Il
a passé désormais plus de temps entre ces propos et
nous qu'entre* La Cathédrale *et l'époque où ils ont
été écrits. Et ce que l'exégète des grandes cathédrales
patristiques appelle encore « symbolisme inverti*[2] »
*n'a fait que se répandre et s'incruster, à travers la
« culture de masse », et l'obsession du politique que
dénonce aussi bien un autre amateur de belle liturgie
et d'art chrétien, Julien Green*[3]. *Aujourd'hui plus que
jamais peut-être, « les catholiques ont besoin d'être
secoués comme des vieux tapis*[4] » *pour reprendre possession de leur patrimoine, par le cœur et par l'intelligence, et se rendre capables d'en expliquer les beautés
et le sens aux autres, sous peine de le voir écrasé
ou proprement détruit sous la masse du sens étroitement littéral, d'autant plus violent et barbare qu'il
est utilisé à des fins dominatrices.* La Cathédrale,
comme d'ailleurs En Route, *a été écrit pour cela :
« un guide pour les gens épris d'art et qui, laissant
de côté les manies bondieusardes et les dévotionnettes
catholiques de ce temps, voudraient se rendre compte
de ce qu'il reste de magnifique dans l'Église*[5] » – *libre*

---

1. Henri de Lubac, *Histoire et Esprit. L'intelligence de
l'Écriture d'après Origène* (Aubier-Montaigne, 1950), cité dans
Œuvres complètes, t. XVI, Éd. du Cerf, 2002, p. 433-434.
2. *Ibid.*
3. Voir par exemple *Journal*, 11 décembre 1969, et *passim*
(dans *Œuvres complètes*, t. V, Bibl. de la Pléiade, 1977, p. 541).
4. Lettre à Marie de Villermont de mars 1898.
5. Lettre à Jules Huret du 1er janvier 1895.

à chacun de mettre tel ou tel contenu actualisé sous le mot « manie ». Huysmans nous offre ici un puissant antidote, une promenade merveilleuse, savante, convaincue et enjouée, au lieu du foisonnement du sens.

DOMINIQUE MILLET-GÉRARD

LA CATHÉDRALE

Domine, dilexi decorem domus tuæ et locum habitationis gloriæ tuæ,

Ne perdas cum impiis, Deus, animam meam[1]...

(Psaume XXV.)

PATRI, AMICO,

DEFUNCTO

GABRIELI FERRET PRESBYT. S. S.

MŒSTÈ

FILIUS, AMICUS[1]

J.-K. H.

I

À Chartres, au sortir de
cette petite place que balaye,
par tous les temps, le vent
hargneux des plaines, une bouffée de cave très douce,
alanguie par une senteur molle et presque étouffée
d'huile, vous souffle au visage lorsqu'on pénètre dans
les solennelles ténèbres de la forêt tiède.

Durtal le connaissait ce moment délicieux où l'on
reprend haleine, encore abasourdi par ce brusque
passage d'une bise cinglante à une caresse veloutée
d'air. Tous les matins, à cinq heures, il quittait son
logis et pour atteindre les dessous de l'étrange bois,
il devait traverser cette place ; et toujours les mêmes
gens paraissaient au débouché des mêmes rues ;

des religieuses courbant la tête, penchées toutes en avant, la coiffe retroussée, battant de l'aile, le vent s'engouffrant dans les jupes tenues à grand'peine ; puis repliées en deux, des femmes ratatinées dans leurs vêtements, les serrant contre elles, s'avançaient, le dos incliné, fouettées par les rafales.

Jamais, il n'avait encore vu, à cette heure, une personne qui se tînt d'aplomb et marchât, sans tendre le cou et baisser le front ; et toutes ces femmes disséminées finissaient par se réunir en deux files, l'une tournant à gauche et disparaissant sous un porche éclairé, ouvert en contre-bas sur la place ; l'autre, cheminant, droit en face d'elles, s'enfonçant dans la nuit d'un invisible mur.

Et fermant la marche, quelques ecclésiastiques en retard se hâtaient, saisissant d'une main leurs robes qui s'enflaient comme des ballons, comprimant de l'autre leurs chapeaux, s'interrompant pour rattraper le bréviaire qui glissait sous le bras, s'effaçant la figure, la rentrant dans la poitrine, s'élançant, la nuque la première, pour fendre la bise, les oreilles rouges, les yeux aveuglés par les larmes, s'accrochant désespérément, lorsqu'il pleuvait, à des parapluies qui houlaient au-dessus d'eux, menaçaient de les enlever, les secouaient dans tous les sens.

Ce matin-là, la traversée avait été plus que de coutume pénible ; les bourrasques qui parcourent, sans que rien les puisse arrêter, la Beauce, hurlaient sans interruption, depuis des heures ; il avait plu et l'on clapotait dans des mares ; l'on voyait à peine devant soi et Durtal avait cru qu'il ne parviendrait jamais à franchir la masse brouillée du mur qui barrait la place, en poussant une porte derrière laquelle s'ouvrait cette bizarre forêt qui fleurait la veilleuse et la tombe, à l'abri du vent.

Il eut un soupir de satisfaction et suivit l'immense allée qui filait dans les ténèbres. Bien qu'il connût la route, il s'avançait avec précaution, dans cette avenue que bordaient d'énormes arbres dont les cimes se perdaient dans l'ombre. L'on pouvait se croire dans une serre coiffée d'un dôme de verre noir, car l'on marchait sur des dalles et nul ciel n'apparaissait et nulle brise ne passait au-dessus de vous. Les quelques étoiles mêmes dont les lueurs clignaient au loin, n'appartenaient à aucun firmament, car elles tremblotaient presque au ras des pavés, s'allumaient sur la terre, en somme.

L'on n'entendait, dans cette obscurité, que des bruits légers de pas ; l'on n'apercevait que des ombres silencieuses, modelées ainsi que sur un fond de crépuscule avec des lignes plus foncées de nuit.

Et Durtal finissait par aboutir à une autre grande avenue coupant l'allée qu'il avait quittée. Là, il trouvait un banc accoté contre le tronc d'un arbre et il s'y appuyait, attendant que la Mère s'éveillât, que les douces audiences interrompues depuis la veille, par la chute du jour, reprissent.

Il songeait à la Vierge dont les vigilantes attentions l'avaient tant de fois préservé des risques imprévus, des faciles faux pas, des amples chutes. N'était-Elle pas le Puits de la Bonté sans fond, la Collatrice des dons de la bonne Patience, la Tourière des cœurs secs et clos[1] ; n'était-Elle pas surtout l'active et la benoîte Mère ?

Toujours penchée sur le grabat des âmes, Elle lavait les plaies, pansait les blessures, réconfortait les défaillantes langueurs des conversions. Par delà les âges, Elle demeurait l'éternelle orante et l'éternelle suppliée ; miséricordieuse et reconnaissante, à la fois ; miséricordieuse pour ces infortunes qu'Elle

allégeait et reconnaissante envers elles. Elle était
en effet l'obligée de nos fautes, car sans le péché
de l'homme, Jésus ne serait point né sous l'aspect
peccamineux de notre ressemblance et Elle n'aurait pu dès lors être la génitrice immaculée d'un
Dieu. Notre malheur avait donc été la cause initiale
de ses joies et c'était, à coup sûr, le plus déconcertant des mystères que ce Bien suprême issu de
l'intempérance même du Mal, que ce lien touchant
et surérogatoire néanmoins qui nous nouait à Elle,
car sa gratitude pouvait paraître superflue puisque
son inépuisable miséricorde suffisait pour l'attacher
à jamais à nous.

Dès lors, par une humilité prodigieuse, Elle s'était
mise à la portée des foules ; à différentes époques,
Elle avait surgi dans les lieux les plus divers, tantôt sortant ainsi que de sous terre, tantôt rasant les
gouffres, descendant sur des pics désolés de monts,
traînant après Elle des multitudes, opérant des
cures ; puis, comme lasse de promener ces adora-
tions, il semblait qu'Elle eût voulu les fixer à une
seule place et Elle avait presque déserté ses anciens
douaires*, au profit de Lourdes.

Au XIXᵉ siècle, cette ville avait été la seconde étape
de son passage en France. Sa première visite avait
été pour La Salette[1].

Il y avait des années de cela... Le 19 septembre de
l'an 1846, la Vierge s'était montrée à deux enfants sur
une montagne, un samedi, le jour qui lui est consacré et qui était, cette année, un jour de pénitence, à
cause des Quatre-Temps. Par une nouvelle coïnci-
dence, ce samedi précédait la fête de Notre-Dame
des Sept-Douleurs, dont on commençait les premières vêpres, lorsque Marie émergea d'une coque
de lumière au-dessus du sol.

Et Elle apparut telle que la Madone des Pleurs

dans ce paysage désert, sur ces rocs têtus, sur ces monts tristes ; Elle avait, en sanglotant, proféré des reproches et des menaces, et une fontaine qui ne jaillissait, de mémoire d'homme, qu'à la fonte des neiges, avait coulé sans interruption depuis.

Le retentissement de cet acte fut immense ; des multitudes éperdues grimpèrent par d'effrayants sentiers jusqu'à ces régions si élevées que les arbres ne poussaient plus. On convoya, Dieu sait comme, au-dessus des gouffres, des caravanes d'infirmes et de moribonds qui burent de cette eau et les membres estropiés se redressèrent et les tumeurs fondirent au chant des psaumes.

Puis, peu à peu, lentement, après les obscurs débats d'un odieux procès, la vogue de La Salette décrut ; les pèlerinages s'espacèrent ; les miracles s'affirmèrent de plus en plus rares. Il sembla que la Vierge fût partie, qu'Elle se désintéressât de cette source de pitié, de ces monts.

À l'heure actuelle, ce ne sont plus guère que des gens du Dauphiné, que des touristes égarés dans les Alpes ; que des malades venus pour se soigner aux sources minérales voisines de la Mothe, qui font l'ascension de La Salette ; les conversions, les grâces spirituelles y abondent encore, mais les guérisons corporelles y sont à peu près nulles.

En somme, se dit Durtal, l'apparition de La Salette est devenue célèbre, sans que l'on ait jamais su comment, au juste. On peut se l'imaginer, du moins, ainsi : la rumeur, d'abord localisée dans le village de Corps, situé au bas de la montagne, pénètre dans tout le département, gagne les provinces des alentours, s'infiltre de là par toute la France, s'écoule par les frontières, s'épand dans l'Europe, finit par franchir les mers, par aborder le Nouveau Monde qui s'ébranle à son tour et se rend, lui aussi, dans ce désert pour acclamer la Vierge.

Et les conditions imposées à ces pèlerinages étaient telles, qu'elles eussent dû décourager les volontés les plus tenaces. Avant d'atteindre l'hôtellerie perchée près de l'église, il faut, pendant des heures, subir les roulements paresseux des trains, endurer des changements répétés de lignes, supporter des journées de diligences, dormir la nuit dans les haras de puces des auberges ; et, après que l'on s'est râpé le dos sur le peigne à carder d'invraisemblables lits, il faut encore, dès l'aube, commencer de folles ascensions, à pied ou à dos de mulets, dans des chemins en zigzag, au-dessus d'abîmes ; enfin, une fois arrivé, il n'y a plus ni sapins, ni hêtres, ni prairies, ni torrents ; il n'y a plus rien, sinon la solitude absolue, le silence que ne troublent même point les cris des oiseaux, car, à cette hauteur, les oiseaux ne viennent plus !

Quel paysage ! ruminait Durtal, évoquant le souvenir d'un voyage qu'il avait fait depuis son retour de la Trappe avec l'abbé Gévresin[1] et sa gouvernante. Il se rappelait l'effroi du site qu'il avait traversé entre Saint-Georges de Commiers et La Mure, son effarement en wagon lorsque le train passait lentement au-dessus des gouffres.

En bas, c'était la nuit descendant en spirales dans d'immenses puits ; en haut, c'étaient, à perte de vue, des groupes de montagnes escaladant le ciel.

Le train montait, en soufflant, tournant sur lui-même tel qu'une toupie, descendait dans des tunnels, s'engouffrait sous la terre, paraissait refouler devant lui le jour, puis il sortait dans un hallali de lumière, revenait sur ses pas, se dérobait dans un nouveau trou, puis ressortait encore dans un bruit strident de sifflets et un fracas assourdissant de roues, et courait sur des lacets taillés en pleine roche sur le flanc des monts.

Et subitement, les pics s'étaient écartés, une énorme éclaircie avait inondé le train de lueurs ; le paysage avait surgi, terrible, de toutes parts.

Le Drac ! s'était écrié l'abbé Gévresin, montrant, au fond du précipice, un serpent liquide qui rampait et se tordait, colossal, entre des rocs, ainsi qu'entre les crocs d'un gouffre.

Par instants en effet, ce reptile se redressait, se jetait sur des quartiers de rochers qui le mordaient au passage, et, comme empoisonnées par ce coup de dents, les eaux changeaient ; elles perdaient leur couleur d'acier, blanchissaient, en moussant, se muaient en un bain de son ; puis le Drac accélérait sa fuite, se ruait dans l'ombre des gorges, s'attardait, au soleil, sur des lits de graviers et s'y vautrait ; il rassemblait encore ses rigoles dispersées ; reprenait sa course, s'écaillait de pellicules semblables à la crème irisée du plomb qui bout ; et plus loin il déroulait ses anneaux et disparaissait, en pelant, laissant après lui sur le sol un épiderme blanc et grénelé de cailloux, une peau de sable sec.

Penché à la portière du wagon, Durtal plongeait directement dans l'abîme ; sur cette ligne étroite, à une seule voie, le train longeait, d'un côté, les quartiers accumulés de pierre et, de l'autre, le vide. Seigneur ! si l'on déraillait ! Quelle capilotade[*] ! se disait-il.

Et ce qui était non moins atterrant que la monstrueuse profondeur de ces gouffres, c'était, lorsqu'on relevait la tête, la vue de l'assaut furieux, exaspéré, des pics. On était positivement, dans cette voiture, entre le ciel et la terre, et le sol sur lequel on roulait demeurait invisible, occupé qu'il était, dans toute sa largeur, par les parois du train.

On filait, suspendu en l'air, à des hauteurs vertigineuses, sur d'interminables balcons, sans balustrades ; et au-dessous, les falaises dévalaient en avalanche, tombaient abruptes, nues, sans une végétation, sans un arbre ; par endroits, elles paraissaient fendues à coups de hache dans d'immenses amas de bois pétrifié ; par d'autres, coupées dans des blocs exfoliés d'ardoises.

Et tout autour, un cirque s'ouvrait de montagnes sans fin, couvrant le ciel, se superposant, les unes sur les autres, barrant le passage des nuées, arrêtant la marche en avant du ciel.

Les unes figuraient assez bien, avec leurs crêtes rugueuses et grises, des tas géants de coquilles d'huîtres ; d'autres, dont les cimes bouillonnaient comme des pyramides grillées de coke, verdoyaient jusqu'à mi-corps. Elles étaient hérissées de forêts de sapins qui débordaient sur l'abîme et elles étaient aussi écartelées de croix blanches par des routes, parsemées, çà et là, de joujoux de Nuremberg, de villages à toits rouges, de bergeries prêtes à piquer une tête, en bas, tenant on ne sait comment en équilibre, jetées à la débandade sur des morceaux de tapis verts collés aux flancs des rampes ; et d'autres se dressaient encore, pareilles à de gigantesques meules calcinées, à des cratères mal éteints, couvant encore des incendies, fumant les grands nuages qui semblaient, en fuyant, s'échapper de leurs pointes.

Le paysage était sinistre ; l'on éprouvait un extraordinaire malaise à le contempler, peut-être parce qu'il déroutait cette idée de l'infini qui est en nous. Le firmament n'était plus qu'un accessoire relégué, tel qu'un rebut, sur le sommet délaissé des monts et l'abîme devenait tout. Il diminuait, il rapetissait le ciel, substituant aux splendeurs des espaces éternels la magnificence de ses gouffres.

Et en effet, l'œil se détournait, déçu, de ce ciel qui avait perdu l'illimité de ses profondeurs, l'immensurable de ses étendues, car les montagnes paraissaient l'atteindre, pénétrer en lui et le porter ; elles l'émiettaient, en le sciant avec les dents ébréchées de leurs faîtes, ne laissaient, en tout cas, passer que des pans lésinés* d'azur, que des lambeaux de nues.

Involontairement le regard était attiré par les précipices et alors la tête vacillait à scruter ces trous démesurés de nuit. Ainsi déplacée, enlevée d'en haut et reportée en bas, cette immensité était horrible !

Le Drac, avait dit l'abbé, est un des plus redoutables torrents qui soient en France ; actuellement, il se montre placide, presque tari, mais vienne la saison des ouragans et des neiges, il se réveille, pétille ainsi qu'une coulée d'argent, siffle et s'agite, écume et bondit, engloutit d'un coup les hameaux et les digues.

Il est hideux, pensait Durtal ; cette rivière de bile doit charrier des fièvres ; elle est maléficiée, pourrie, avec ses plaques savonneuses, ses teintes métalliques, ses fragments d'arc-en-ciel, échoués dans des boues.

Durtal revivait maintenant tous ces détails, revoyait devant lui le Drac et La Salette, en fermant les yeux. Ah ! fit-il, on peut les vanter les pèlerins qui s'aventurent dans ces régions désolées et vont prier sur le lieu même de l'apparition, car, une fois arrivés, on les bloque sur un plateau pas plus grand que la place Saint-Sulpice et bordé, d'un côté, par une église de marbre brut, enduite avec les ciments couleur de moutarde du Valbonnais, de l'autre par un cimetière. En fait d'horizons, des cônes secs et cendrés, de même que des pierres ponces, ou couverts d'herbes rases ; plus haut encore, les blocs vitrifiés des glaces, les neiges éternelles ; devant soi, pour marcher, du gazon épilé avec des nappes de teigne en sable ; il suffisait, pour résumer le paysage, d'une phrase : c'était la pelade de la nature, la lèpre des sites[1] !

Et au point de vue de l'art, sur cette minuscule promenade, près de la source captée par des tuyaux à robinets, s'érigent à trois places différentes des statues de bronze. Une Vierge accoutrée de vêtements ridicules[2], coiffée d'une sorte de moule de pâtisserie, d'un bonnet de Mohicane, pleure, à genoux la tête entre ses mains. Puis la même femme, debout, les mains ecclésiastiquement ramenées dans ses manches, regarde les deux enfants auxquels elle s'adresse, Maximin frisé tel qu'un caniche et tournant entre ses doigts un chapeau en forme de tourte, Mélanie engoncée dans un bonnet à ruches et accompagnée d'un toutou de presse-papier, en bronze ; enfin la même personne encore, seule, se dressant sur la pointe des pieds, lève, en une allure de mélodrame, les yeux au ciel.

Jamais cet effroyable appétit de laideur qui déshonore maintenant l'Église ne s'était plus résolument affirmé que dans cet endroit ; et si, devant l'obsédante avanie de ces indignes groupes inventés par un sieur Barrême[3] d'Angers et fondus dans les usines à locomotives du Creusot, l'âme pouvait gémir, le corps souffrait, lui aussi, sur ce plateau, dans cet étouffement de masses qui lui barraient la vue.

Et c'était pourtant là que des milliers de malades s'étaient fait hisser et affrontaient ce terrible climat où, l'été, le soleil vous calcine, alors qu'à deux pas, à l'ombre de l'église, on gèle.

Le premier et le plus grand des miracles accomplis à La Salette avait consisté à faire envahir par des foules cette zone escarpée des Alpes ; car tout était réuni pour les en écarter !

Et elles y sont venues, pendant des années, tant que Lourdes ne les a pas accaparées, car c'est à partir de la nouvelle apparition de la Vierge que date la déchéance de ces lieux.

Douze ans, en effet, après l'événement de La Salette, la Vierge se montra, non plus dans le Dauphiné, cette fois, mais dans le fond de la Gascogne. Après la Mère des larmes, après Notre-Dame des Sept-Douleurs, c'est la Madone des sourires, Notre-Dame de l'Immaculée Conception, la Tenancière des glorieuses Joies, qui se présente ; et, là aussi, Elle révèle à une bergère l'existence d'une source qui guérit les maux.

Et c'est ici, que l'effarement commence. L'on peut dire que Lourdes est tout l'opposé de La Salette ; le panorama y est magnifique, les parages s'éploient dans des verdures, les monts apprivoisés aisément s'abordent ; partout, des allées d'ombre, de grands arbres, des eaux vives, des pentes douces, des chemins larges et sans danger, accessibles à tous ; au lieu d'un désert, une ville où toutes les ressources nécessaires aux malades sont ménagées. On atteint Lourdes sans s'aventurer dans des garennes d'insectes, sans subir des nuits d'auberge dans les campagnes, sans supporter des journées de cahots dans des patraches[*], sans grimper le long des précipices ; l'on est arrivé à destination, dès que l'on est descendu du train.

Cette ville est donc admirablement choisie pour amener les foules et il ne semblait pas dès lors nécessaire que la Providence intervînt si puissamment pour les y attirer.

Et Dieu qui imposa La Salette, sans recourir aux
voies de la publicité mondaine, change de tactique ;
et avec Lourdes, la réclame entre en scène.

C'est bien cela qui confond ; Jésus se résignant
à employer les misérables artifices du commerce
humain, acceptant les rebutants stratagèmes dont
nous usons, pour lancer un produit ou une affaire !

Et l'on se demande si ce n'est point la leçon d'humilité la plus dure qui ait été donnée à l'homme et
aussi le plus véhément reproche qui ait été jeté à
l'immondice américaine de nos temps... Dieu réduit
à s'abaisser, une fois de plus, jusqu'à nous, à parler
notre langue, à se servir de nos propres inventions,
pour se faire écouter, pour se faire obéir, Dieu n'essayant même plus de nous faire comprendre par
Lui-même ses desseins, de nous exhausser jusqu'à
Lui !

En effet, la façon dont le Sauveur s'y prend pour
divulguer les grâces réservées à Lourdes est stupéfiante.

Afin de les épandre, Il ne se borne plus à faire
célébrer ses miracles par une propagande tout orale ;
non, on croirait que, pour Lui, Lourdes est plus
difficile à magnifier que La Salette – et Il en vient
aussitôt aux grands moyens. Il suscite un homme
dont le livre traduit dans toutes les langues porte
dans les contrées les plus lointaines la nouvelle de
l'apparition et certifie la véracité des cures opérées
à Lourdes.

Pour que cette œuvre soulevât les masses, il fallait que l'écrivain désigné pour cette besogne fût
un arrangeur habile et aussi un homme qui n'eût
aucun style personnel, aucune idée neuve. Il fallait
un homme qui fût sans talent, en un mot ; et cela se
conçoit, puisqu'au point de vue de la compréhension

de l'art, le public catholique est encore à cent pieds au-dessous du public profane. Et Notre-Seigneur fit bien les choses ; Il choisit Henri Lasserre[1].

En conséquence, le coup de mine voulu éclata, ouvrant les âmes, précipitant les multitudes sur le chemin de Lourdes.

Puis les années s'écoulent ; la renommée du sanctuaire est acquise ; d'incontestables guérisons effectuées par des voies surnaturelles et constatées par une clinique dont on ne peut suspecter ni la bonne foi, ni la science, s'y produisent. Lourdes bat son plein ; et, peu à peu, cependant, à la longue, bien que les pèlerinages ne cessent d'y affluer, le bruit déterminé autour de la grotte diminue. Il s'affaiblit, sinon dans le monde religieux, au moins dans le monde plus considérable des indifférents ou des incertains qu'il s'agit de convaincre. Et Notre-Seigneur pense qu'il est bon de ramener l'attention sur les bienfaits que répartit sa Mère.

Lasserre n'était plus l'instrument qui pouvait rajeunir la vogue mal épuisée de Lourdes. Le public était saturé de son livre ; il l'avait absorbé sous tous les excipients, sous toutes les formes ; le but était rempli ; l'indispensable outil que fut ce greffier de miracles devait être mis au rancart.

Il fallait maintenant un livre qui différât complètement du sien, un livre qui pût agir sur cet immense public que sa prose de sacristain ne pouvait atteindre. Il fallait que Lourdes pénétrât dans des couches moins malléables et plus denses, dans un public moins plat et plus difficile à contenter. Il était donc nécessaire que le nouveau volume fût écrit par un homme de talent mais dont le style ne fût pas encore assez aérien pour effarer les gens. Et il était avantageux aussi que cet écrivain fût très connu et que ses formidables tirages pussent contrebalancer ceux de Lasserre.

Or, il n'y en avait qu'un dans toute la littérature qui pût remplir ces impérieuses conditions : Émile Zola. L'on en chercherait vainement un autre. Lui seul était apte, avec sa large encolure, ses ventes énormes, sa puissante réclame, à relancer Lourdes.

Peu importait dès lors qu'il niât le surnaturel et s'efforçât d'expliquer, par les plus indigentes des suppositions, d'inexplicables cures ; peu importait qu'il pétrît l'engrais médical des Charcot pour en bétonner sa pauvre thèse ; le tout était que de retentissants débats s'engageassent autour de son œuvre dont plus de cent cinquante mille exemplaires allaient proclamer dans tous les pays le nom de Lourdes.

Puis, le désarroi même de ses arguments, la détresse de son « souffle guérisseur des foules[1] », inventé contrairement à toutes les données de cette science positive dont il se targuait, afin d'essayer de faire comprendre ces extraordinaires guérisons qu'il avait vues et dont il n'osait démentir ni la réalité, ni la fréquence, n'étaient-ils pas excellents pour persuader les gens sans parti pris, les gens de bonne foi, de l'authenticité des prodiges qui s'opèrent, chaque année, à Lourdes ?

L'aveu confessé de ces actes inouïs suffisait à transmettre une impulsion nouvelle aux masses. Il convient de noter aussi que le livre n'affichait aucune hostilité contre la Vierge dont il ne parlait qu'en termes respectueux, en somme ; n'est-il pas, dès lors, permis de croire que l'esclandre soulevé par cet ouvrage fut profitable ?

En résumé, l'on peut soutenir que Lasserre et Zola furent deux instruments utiles ; l'un, sans talent et ayant par cela même remué les couches les plus pro-

fondes des mômiers* ; l'autre, au contraire, s'étant
fait lire par un public plus intelligent et plus lettré,
à cause de ses magnifiques pages où se déroulent les
multitudes en flammes des processions, où exulte,
dans un ouragan de douleurs, la foi triomphale des
trains blancs !

Ah ! Elle y tient à son Lourdes, Elle le choie, la
Vierge ! Elle semble y avoir concentré toutes ses
forces, toutes ses grâces ; ses autres sanctuaires
achèvent de mourir pour que celui-là vive.

Pourquoi ?

Pourquoi surtout avoir créé La Salette et l'avoir,
en quelque sorte, sacrifiée après ?

— Qu'Elle y soit venue, cela se comprend, se
répondait Durtal ; la Vierge est plus honorée encore
dans le Dauphiné que dans les autres provinces ; les
chapelles dédiées à sa Personne foisonnent dans ces
régions qu'Elle a peut-être voulu récompenser de
leur zèle par sa présence.

D'autre part, Elle y est spécialement apparue dans
un but précis, nettement déterminé, celui de prêcher
aux hommes et surtout aux prêtres, la pénitence. Elle
a entériné par des miracles la véracité de la mission
confiée à Mélanie ; puis, une fois cette mission rem-
plie, Elle a pu se désintéresser de ces lieux où Elle
n'avait sans doute jamais eu l'intention de demeurer.

Au fond, reprit-il, après un silence de pensée, ne
peut-on admettre un fait encore plus simple, celui-ci :

Marie a daigné se manifester sous des aspects différents, afin de satisfaire aux goûts, aux exigences
d'âme de chacun de nous. À La Salette où Elle s'est
révélée, dans un paysage navré, tout en larmes, Elle
s'est attestée sans doute pour quelques-uns, plus
particulièrement peut-être pour ces âmes éprises
de la douleur, pour les âmes mystiques aimant à

revivre les souffrances de la Passion, à suivre, dans son déchirant chemin de croix, la Mère. Là, Elle est moins attirante pour le vulgaire qui n'aime ni la tristesse, ni les pleurs ; ajoutons qu'il aime moins encore les reproches et les menaces. À cause même de son attitude et de son langage, la Vierge de La Salette ne pouvait devenir populaire tandis que celle de Lourdes, qui vint, en souriant, et ne prophétisa point de catastrophe, était aisément accessible aux espoirs et aux joies des foules.

Elle était, en résumé, dans ce sanctuaire, la Vierge pour tout le monde, non plus la Vierge pour les mystiques et pour les artistes, la Vierge pour les quelques-uns, de La Salette.

Quel mystère que cette intervention directe de la Mère du Christ ici-bas ! songeait Durtal.

Et il reprit : En y réfléchissant, l'on s'aperçoit encore que l'on peut diviser en deux groupes bien distincts les églises qu'Elle a fondées.

L'un, où Elle se présente à certaines gens, où l'eau jaillit, où des cures corporelles se sont produites : La Salette, Lourdes.

L'autre, où Elle n'a pas été contemplée par des êtres humains, ou alors ses apparitions remontent à des temps immémoriaux, à des siècles oubliés, à des âges morts. Dans ces chapelles-là, la prière seule est en jeu et Marie les exauce, sans l'aide d'aucune source ; Elle y départit même plus de guérisons morales que de guérisons matérielles : Notre-Dame de Fourvières à Lyon, Notre-Dame de Sous-Terre à Chartres, Notre-Dame des Victoires à Paris, pour en citer trois.

Pourquoi ces différences ? nul ne le comprend et nul, sans doute, ne le saura jamais. Tout au plus, pourrait-on penser que, prenant en pitié l'éternel émoi de nos pauvres âmes si lasses de prier sans jamais rien voir, Elle a voulu raffermir notre foi et aider au recrutement des ouailles, en se montrant.

Dans cet inconnu, poursuivit Durtal, est-il au moins possible de découvrir de vagues repères, de timides règles ?

En sondant ces ténèbres, on peut apercevoir deux points lumineux, se répondit-il.

Celui-ci d'abord. Elle ne s'exhibe qu'aux pauvres et aux humbles ; Elle s'adresse surtout aux simples qui continuent, en quelque sorte, le métier primitif, la fonction biblique des patriarches ; Elle se décèle surtout aux enfants de la campagne, aux bergers, aux filles qui gardent les troupeaux. À La Salette comme à Lourdes, ce sont de jeunes pâtres qu'Elle choisit pour ses confidents ; et cela s'explique, car en agissant ainsi, Elle confirme les volontés connues du Fils ; ce furent en effet des bergers qui regardèrent, les premiers, dans la crèche de Bethléem, l'enfant Jésus ; ce fut aussi parmi les gens de la plus basse extraction que le Christ prit ses apôtres.

Et cette eau qui sert de véhicule aux guérisons n'a-t-elle pas été préfigurée dans les Livres saints, dans l'Ancien Testament par le Jourdain qui délivre Naaman de la lèpre ; dans le Nouveau, par la piscine probatique que remue un Ange[1] ?

Cette autre loi paraît aussi probable. La Vierge respecte, autant que possible, le tempérament, la complexion personnelle de l'être qu'Elle aborde. Elle se met à la portée de son intelligence, s'incarne sous la seule forme matérielle qu'il puisse comprendre. Elle se manifeste sous la pauvre image que ces humbles aiment ; Elle accepte les robes blanches et bleues, les couronnes et les guirlandes de roses, les bijoux et les chapelets, les affûtiaux de première communion, les plus laids atours.

Il n'y a pas d'exemples, en somme, que les bergères qui la virent l'aient autrement décrite que sous l'apparence d'une « Belle Dame », autrement que sous les traits d'une Vierge d'autel de village, d'une Madone du quartier Saint-Sulpice, d'une Reine de coin de rue.

Ces deux règles sont à peu près générales, se disait Durtal. Quant au Fils il ne semble plus qu'Il veuille se divulguer maintenant sous l'aspect humain aux masses. Depuis son apparition à la Bienheureuse Marie-Marguerite[1] dont Il usa comme d'un truchement, pour parler aux peuples, Il s'efface, cède la place à sa Mère.

Il est vrai que Lui se réserve d'habiter les celliers intimes, les domaines secrets, les châteaux de l'âme, ainsi que les nomme sainte Térèse ; mais sa présence est intérieure et ses propos sont internes, inaccessibles, la plupart du temps, à la voie des sens.

Durtal se tut, secouant la tête, s'avouant l'inanité de ces réflexions, l'impuissance de la raison humaine à explorer les inintelligibles desseins du Tout-Puissant ; et il pensait de nouveau à ce voyage dans le Dauphiné dont le souvenir le hantait.

Ah ! tout de même, se dit-il, ces chaînes des Hautes Alpes, ces montagnes de La Salette, cette grande hôtellerie blanche, cette église badigeonnée de ciment merdoie* et vaguement byzantine et vaguement romane, et cette petite cellule, avec son Christ de plâtre cloué sur une croix de bois noir, cette minuscule chambre, peinte au lait de chaux et si exiguë qu'on n'y pouvait faire deux pas, dans aucun sens, comme elles étaient imprégnées d'Elle !

Sûrement, Elle y revenait, malgré son apparent

abandon, pour assister les hôtes. On la présumait si près de soi, si attentive et si dolente, le soir, quand on était seul en face d'une bougie, que l'âme éclatait de même qu'une cosse, projetant les semences de ses péchés, les graines de ses fautes ; et le repentir si lent à se décider, si douteux parfois devenait si despotique, si certain, qu'étouffé par les larmes, on tombait à genoux, devant le lit, et que l'on s'enfouissait, en sanglotant, la tête dans les draps.

Et c'étaient des soirées mortellement tristes et pourtant si douces ! l'on se ravageait, l'on se décortiquait les fibres de l'âme, mais ne sentait-on pas la Vierge, à ses côtés, si pitoyable, si maternelle, qu'après la crise, Elle prenait cette âme toute en sang, dans ses bras et la berçait, ainsi qu'une enfant malade, pour l'endormir.

Puis, pendant le jour, l'église était un refuge contre cette folie du vertige qui s'abattait sur vous ; l'œil égaré par tous ces précipices qu'il rencontrait, affolé par la vue de ces nuages qui se formaient soudain au-dessous de lui et fumaient en de blancs flocons sur le flanc des rocs, se rassérénait, à l'abri, entre ces murs.

Enfin, pour compenser l'horreur du paysage et des statues, pour atténuer même le comique des serviteurs de l'hôtel qui avaient des barbes de sapeurs et des vêtements d'enfants, les képis, les blouses grises à ceinturons, les culottes en tôle noire des élèves de l'institution Saint-Nicolas, à Paris, des âmes extraordinaires, des âmes divinement simples s'éployaient là.

Et Durtal se remémorait l'admirable spectacle auquel il avait assisté, un matin.

Il était assis sur le plateau, à l'ombre glacée de l'église, regardant le cimetière devant lui et la houle

immobile des monts. Tout au loin, dans le ciel, des
grains coulaient, un à un, sur le liseré d'un chemin
qui côtoyait des gouffres. Et, peu à peu, ces grains,
d'abord sombres, s'éclairaient de tons voyants de
robes, se précisaient en des clochettes de couleur
surmontées d'une boule blanche, finissaient par se
muer en une file de paysannes coiffées de bonnets
blancs.

Et à la queue leu leu, elles débouchèrent sur la
place.

Après s'être signées devant le cimetière, elles
étaient allées boire un gobelet d'eau à la fontaine
puis avaient fait volte-face et Durtal, qui les dévisagea, vit ceci :

En tête, s'avançait une femme, centenaire au
moins, très grande et encore droite, le chef couvert
d'une sorte de capuce d'où s'échappaient, comme de
la paille de fer, des frisures emmêlées de cheveux
gris. Elle avait la face régredillée*, telle qu'une pelure
d'oignon, et elle était si maigre qu'au travers de sa
peau, l'on apercevait, en la regardant de côté, le jour.

Elle s'agenouilla devant la première statue, et, derrière elle ses compagnes, âgées de dix-huit ans pour
la plupart, joignirent les mains, fermèrent les yeux
et, lentement, elles changèrent.

Sous le souffle de la prière, l'âme, enfouie dans
la cendre des préoccupations terrestres, s'alluma et
le vent qui l'attisait la faisait éclairer, ainsi qu'une
flamme intérieure, le derme opaque des joues, l'ensemble terne des traits.

Elle lissait le craquelé des rides, amortissait, chez
les jeunes, la vulgarité du rose gercé des bouches,
éclaircissait les pâtes bises des teints, débordait
dans le sourire des lèvres qui s'entr'ouvraient en de
silencieuses suppliques, en des baisers craintifs mais

offerts, simplement, de si bon cœur, en des baisers rendus sans doute, dans une ineffable étreinte, par l'Enfant tant dorloté par elles depuis sa naissance et devenu, en grandissant depuis le martyre du Calvaire, le douloureux Époux !

Elles participaient peut-être un peu aux délices réservées à la Vierge, tout à la fois Mère et Épouse et aussi Servante extasiée d'un Dieu.

Et dans le silence, une voix, qui venait du lointain des âges, s'éleva et l'ancêtre dit : *Pater noster...* et toutes répétèrent l'oraison et montèrent, en se traînant sur les genoux, les gradins du chemin de croix dont les quatorze poteaux emmanchés de médaillons de fonte séparaient, en serpentant, les statues des groupes ; elles s'avançaient ainsi, restant sur la marche qu'elles avaient gravie, le temps de réciter leurs *Ave*, puis elles grimpaient, en s'appuyant sur les mains, l'autre marche. Et quand le rosaire fut débité, la vieille se redressa et, lentement, toutes la suivirent à l'église où elles prièrent longuement, prosternées devant l'autel ; et l'aïeule se releva, distribua l'eau bénite à la porte, guida la troupe vers la fontaine où chacune but encore et elles partirent, sans échanger une parole, remontèrent, à la queue leu leu, l'étroit sentier, finirent comme les points noirs qu'elles étaient en venant, disparurent à l'horizon.

— Ces femmes sont depuis deux jours et deux nuits dans la montagne, dit un prêtre qui s'était approché de Durtal ; elles arrivent du fond de la Savoie et elles ont cheminé presque sans repos pour passer quelques minutes ici ; elles coucheront, ce soir, au hasard d'une étable ou d'une grotte et demain, elles reprendront, à la première heure, leur fatigant voyage.

Durtal était demeuré anéanti, devant la splendeur

radieuse de cette foi. C'était donc possible, hors de la solitude absolue et hors des cloîtres, dans le rancart* de ces sommets et de ces gorges, parmi cette population de paysans âpres et durs, des âmes toujours jeunes, des âmes toujours fraîches, des âmes d'éternels enfants veillaient. Des femmes, sans même le savoir, vivaient de la vie contemplative, s'unissaient à Dieu, tout en bêchant, à des hauteurs prodigieuses, les pentes arides d'un petit champ. Elles étaient Lia et Rachel à la fois, Marthe et Marie ensemble ; et ces femmes croyaient naïvement, bonnement, ainsi que l'on crut au Moyen Âge. Ces êtres aux sentiments frustes, aux idées mal équarries, sachant à peine s'exprimer, à peine lire, pleuraient d'amour devant l'Inaccessible qu'elles forçaient, par leur humilité, par leur candeur, à se révéler, à se montrer à elles.

Ce qu'il était juste que la Vierge les choyât et les choisît entre toutes, celles-là, pour en faire ses préférées !

Ah ! c'est qu'elles sont dégrevées du poids affreux du doute, c'est qu'elles possèdent la nescience presque absolue du Mal ; mais est-ce qu'il n'y a point des âmes trop expertes, hélas ! dans la culture des fautes et qui trouvent néanmoins grâce devant Elle ? Marie n'a-t-elle pas aussi des sanctuaires, moins fréquentés, moins connus, mais qui ont quand même résisté à l'usure des siècles, à la vogue variée des âges, des églises très anciennes où Elle vous accueille quand, solitairement, sans bruit, on l'aime ? Et Durtal, revenu à Chartres, regardait, autour de lui, les gens qui attendaient, dans les tièdes ténèbres de la futaie sourde, le réveil de la Vierge pour l'aduler.

Avec l'aube qui commençait à poindre, elle devenait vraiment incohérente la forêt de cette église sous les arbres de laquelle il était assis. Les formes

parvenues à s'ébaucher se faussaient dans cette obscurité qui fondait toutes les lignes, en s'éteignant.
En bas, dans une nuée qui se dissipait, jaillissaient,
plantés comme en des puits les étreignant dans les
cols serrés de leurs margelles, les troncs séculaires
de fabuleux arbres blancs ; puis la nuit, presque diaphane au ras du sol, s'épaississait, en montant, et les
coupait à la naissance de leurs branches que l'on ne
voyait point.

En levant la tête au ciel, Durtal plongeait dans
une ombre profonde que n'éclairait aucune étoile,
aucune lune.

En regardant, en l'air, encore, mais alors juste
devant lui, il apercevait, au travers des fumées d'un
crépuscule, des lames d'épées déjà claires, des lames,
énormes, sans poignées et sans gardes, s'amenuisant
à mesure qu'elles allaient vers la pointe ; et, ces lames
debout à des hauteurs démesurées, semblaient, dans
la brume qu'elles tranchaient, gravées de nébuleuses
entailles ou d'hésitants reliefs.

Et s'il scrutait, à sa gauche et à sa droite, l'espace,
il contemplait, à des altitudes immenses, de chaque
côté, une gigantesque panoplie accrochée sur des
pans de nuit et composée d'un bouclier, colossal,
criblé de creux, surmontant cinq larges épées sans
coquilles et sans pommeaux, damasquinées sur leurs
plats, de vagues dessins, de confuses nielles.

Peu à peu, le soleil tâtonnant d'un incertain hiver
perça la brume qui s'évapora, en bleuissant ; et la
panoplie pendue à la gauche de Durtal, au Nord,
s'anima, la première ; des braises roses, et des
flammes de punchs s'allumèrent dans les fossettes
du bouclier, tandis qu'au-dessous, dans la lame du
milieu, surgit, en l'ogive d'acier, la figure géante
d'une négresse, vêtue d'une robe verte et d'un man-

teau brun. La tête, enveloppée d'un foulard bleu, était entourée d'une auréole d'or, et elle regardait, hiératique, farouche, devant elle, avec des yeux écarquillés, tout blancs.

Et cette énigmatique moricaude tenait sur ses genoux une négrillonne dont les prunelles saillaient, ainsi que deux boules de neige, sur une face noire.

Autour d'elle, lentement, les autres épées encore troubles s'éclaircirent et du sang ruissela de leurs pointes rougies comme par de frais carnages ; et ces coulées de pourpre cernèrent les contours d'êtres sans doute issus des bords lointains d'un Gange : d'un côté, un roi jouant d'une harpe d'or ; de l'autre, un monarque érigeant un sceptre que terminaient les pétales en turquoises d'un improbable lys.

Puis, à gauche du royal musicien, se dressa un autre homme barbu, le visage peint au brou de noix, les orbites des yeux vides, couvertes par les verres de lunettes rondes, le chef ceint d'un diadème et d'une tiare, les mains chargées d'un calice et d'une patène, d'un encensoir et d'un pain ; et, à la droite de l'autre prince, arborant un sceptre, une figure, plus déconcertante encore, se détacha sur le corps bleuâtre du glaive, une espèce de malandrin, probablement évadé des ergastules d'une Persépolis où d'une Suse, une sorte de bandit, coiffé d'un petit chapeau vermillon, en forme de pot à confiture renversé[1], bordé de jaune, habillé d'une robe couleur tannée, barrée dans le bas de blanc ; et cette figure gauche et féroce portait un rameau vert et un livre.

Durtal se détourna et sonda les ténèbres, devant lui ; et, à des hauteurs vertigineuses, à l'horizon, les épées luirent. Les esquisses que l'on pouvait prendre, dans l'obscurité, pour des gravures en saillie ou en creux sur le parcours de l'acier, se muèrent en des personnages drapés dans des robes à longs plis ; et, au point le plus élevé du firmament, plana, dans un pétillement de rubis et de saphirs, une femme couronnée, au teint pâle, vêtue de même que la mauresque de l'allée Nord, de brun carmélite et de vert ; et, à son tour, elle présentait un enfant issu comme elle de la race blanche, serrant un globe dans une main et bénissant de l'autre.

Enfin, le côté encore sombre, le côté en retard du ciel, situé à la droite de Durtal, au bout de l'allée Sud, toujours brouillée par la bruine mal évaporée de l'aube, s'éclaira ; le bouclier, qui faisait face à celui du Septentrion, prit feu et, au-dessous, dans le champ buriné du glaive, dressé en vis-à-vis de l'épée contenant la royale maugrabine, une femme aux joues un peu bistrées, une vague mulâtresse, parut, habillée de même que les autres, de vert myrte et de brun, tenant un sceptre et accompagnée, elle aussi, d'un enfant.

Et, autour d'elle, émergeaient des figures d'hommes, encore indécises, paraissant chevaucher, les unes sur les autres, semblant se bousculer dans l'espace restreint qu'elles occupaient.

Un quart d'heure se passa sans que rien se définît ; puis les formes vraies s'avérèrent. Au centre des épées qui étaient, en réalité, des lames de verre, des personnages se levèrent dans le grand jour ; partout, au mitan de chaque fenêtre allongée en ogive, des visages poilus flambèrent, immobiles, dans des brasiers, et, ainsi que dans le buisson ardent de l'Horeb où Dieu resplendit devant Moïse, partout, dans les taillis de flammes, surgit, en une immuable attitude de douceur impérieuse et de grâce triste, la Vierge, muette et rigide, au chef couronné d'or.

Elle se multipliait, descendait des empyrées, à des

étages inférieurs, pour se rapprocher de ses ouailles, finissait par s'installer à un endroit où l'on pouvait presque lui baiser les pieds, au tournant d'une galerie à jamais sombre ; et là, Elle revêtait un nouvel aspect.

Elle se découpait, au milieu d'une croisée, semblable à une grande plante bleue, et ses illusoires feuillages grenat étaient soutenus par des tuteurs de fer noirs.

Sa physionomie un tantinet cuivrée, presque chinoise, avec son long nez, ses yeux légèrement bridés, sa tête couverte d'un bonnet noir, nimbé d'azur, regardait fixement devant elle ; et le bas du visage, au menton court, à la bouche tirée par deux graves rides, lui donnait une apparence de femme souffrante, un peu morose. Et là encore, sous l'immémorial nom de Notre-Dame de la belle Verrière, Elle assistait un bambin vêtu d'une robe couleur de raisin sec, un bambin à peine visible dans le fouillis des tons foncés qui l'entouraient.

Celle que tous invoquaient était là, enfin. Partout, sous la futaie de cette cathédrale, la Vierge était présente. Elle paraissait être arrivée de tous les points du monde, sous l'extérieur des diverses races connues du Moyen Âge : noire, telle qu'une femme d'Afrique, jaune ainsi qu'une Mongole, teintée de café au lait comme une métisse, blanche enfin de même qu'une Européenne, certifiant de la sorte que Médiatrice de l'humanité tout entière, Elle était toute à chacun et toute à tous, assurant par la présence de ce Fils, dont le visage empruntait à chaque famille son caractère, que le Messie était venu pour rédimer indifféremment tous les hommes.

Et il semblait que, dans son ascension, le jour suivît la croissance de la Vierge et voulût naître dans le vitrail où Elle était encore enfant, dans cette allée du transept Septentrional où gîtait sainte Anne, sa mère, à la face noire, flanquée de David, le roi à la harpe d'or, et de Salomon, le monarque à la fleur de lys bleu se détachant tous les deux, sur des fonds de pourpre préfigurant, l'un et l'autre, la royauté du Fils ; de Melchissédec, l'homme tiaré, tenant l'encensoir et le pain et d'Aaron coiffé de l'étrange chapeau rouge, ourlé de jaune citron, représentant, par avance, ensemble, le sacerdoce du Christ.

Et, au bout de l'abside, tout en haut, c'était encore Marie triomphale, dominant le bois sacré, longée de personnages du Vieux Testament et de saint Pierre. C'était Elle aussi à l'extrémité du transept Sud, faisant vis-à-vis à sainte Anne, Elle, grandie, devenue Mère à son tour, environnée de quatre figures énormes portant, ainsi qu'au jeu du cheval fondu, quatre petits personnages sur leurs épaules : les quatre grands prophètes qui avaient annoncé la venue du Messie, Isaïe, Jérémie, Daniel et Ézéchiel, soulevant les quatre Évangélistes, exprimant naïvement ainsi le parallélisme des deux Testaments, l'appui que prête à la Nouvelle Loi, l'Ancienne.

Puis, comme si sa présence n'était pas assez fréquente, assez certaine ; comme si Elle eût désiré qu'en se tournant dans n'importe quelle direction, ses fidèles la vissent, la Vierge se posait encore, diminuée, à de moins importantes places, trônait dans l'umbo* des boucliers, dans le cœur des grandes rosaces, finissait par ne plus rester à l'état d'image, par prendre corps, par se matérialiser en une statue de bois noir, par s'exhiber, vêtue d'une robe évasée, telle qu'une cloche d'argent, sur un pilier.

La forêt tiède avait disparu avec la nuit ; les troncs d'arbres subsistaient mais jaillissaient, vertigineux, du sol, s'élançaient d'un seul trait dans le ciel, se rejoignant à des hauteurs démesurées, sous la voûte des nefs ; la forêt était devenue une immense basilique, fleurie de roses en feu, trouée de verrières en ignition, foisonnant de Vierges et d'Apôtres, de Patriarches et de Saints.

Le génie du Moyen Âge avait combiné l'adroit et le pieux éclairage de cette église, réglé, en quelque sorte, la marche ascendante de l'aube, dans ses vitres. Très sombre, au parvis et dans les avenues de la nef, la lumière fluait mystérieuse et sans cesse atténuée le long de ce parcours. Elle s'éteignait dans les vitraux, arrêtée par d'obscurs évêques, par d'illucides Saints qui remplissaient en entier les fenêtres aux bordures enfumées, aux teintes sourdes des tapis persans ; tous ces carreaux absorbaient les lueurs du soleil, sans les réfracter, détenaient l'or en poudre des rayons dans leur violet noir d'aubergine, dans leur brun d'amadou et de tan, dans leur vert trop chargé de bleu, dans leur rouge de vin, mêlé de suie, pareil au jus épais des mûres.

Puis, arrivé au chœur, le jour filtrait dans les couleurs moins pesantes et plus vives, dans l'azur des clairs saphirs, dans des rubis pâles, dans des jaunes légers, dans des blancs de sel. L'obscurité se dissipait, après le transept, devant l'autel ; au centre de la croix même, le soleil entrait dans des verres plus minces, moins encombrés de personnes, liserés d'une marge presque incolore, traversée sans peine.

Enfin, dans l'abside figurant le haut de la croix, il ruisselait de toutes parts, symbolisant la lumière qui inonde le monde, du sommet de l'arbre ; et alors ces tableaux demeuraient diaphanes, tout juste couverts de teintes souples, de nuances aériennes, encadrant d'une simple gerbe d'étincelles l'image d'une Madone moins hiératique, moins barbare que les autres et d'un Enfant blanc qui bénissait, de ses doigts levés, la terre.

C'était partout maintenant, dans la cathédrale de Chartres, des bruits de sabots, des va-et-vient de jupes, des sonneries de messes.

Durtal quitta le coin du transept où il était assis, le dos appuyé à une colonne et se dirigea sur la droite, vers un renfoncement où flambait une herse allumée de cires, devant la statue de la Vierge.

Et des pensions de petites filles, conduites par des religieuses, des troupes de paysannes, des hommes de la campagne débouchaient de toutes les avenues, se prosternaient devant la statue, puis s'approchaient du pilier pour le baiser.

La vue de ces gens suggérait à Durtal cette réflexion que leurs supplices différaient de ces prières qui sanglotent dans l'ombre des soirs, de ces exorations des femmes éprouvées, consternées par les heures vécues du jour. Ces paysannes priaient moins pour se plaindre que pour aimer ; ces gens, agenouillés sur les dalles, venaient moins pour eux que pour Elle. Il y avait à ce moment une sorte de relais dans les gémissements, une espèce de grève des pleurs, et cette attitude concordait avec l'aspect spécial adopté par Marie, dans cette cathédrale ; Elle s'y présentait, en effet, surtout sous les traits d'une enfant et d'une jeune mère : elle y était beaucoup plus la Vierge de la Nativité que la Notre-Dame des Sept-Douleurs. Les vieux artistes du Moyen Âge paraissaient avoir craint de la contrister en lui rappelant de trop pénibles souvenirs et avoir voulu témoigner, par cette discrétion, leur gratitude à Celle qui s'était constamment révélée, dans ce sanctuaire, la Dispensatrice des bienfaits, la Châtelaine des grâces.

Durtal sentait vibrer en lui l'écho des oraisons tintées autour de lui par ces âmes éprises et il se fondait en la douceur caressante d'hymnes, ne réclamant plus rien, taisant ses désirs inexaucés, celant ses secrètes doléances, ne songeant qu'à souhaiter un affectueux bonjour à sa Mère auprès de laquelle il était revenu, après de si lointaines pérégrinations dans les pays du péché, après de si longs voyages.

Puis maintenant qu'il L'avait vue, qu'il Lui avait parlé, il se retirait, laissant la place à d'autres ; il retournait chez lui, afin de prendre un peu de nourriture et, embrassant, d'un dernier coup d'œil, l'admirable église, récapitulant les simulacres guerriers des apparences : les formes de boucliers des rosaces, de lames d'épée des vitres, les contours de casques et de heaumes des ogives, la ressemblance de certaines verrières en grisaille résillées de plomb avec les chemises treillissées de fer des combattants, et, au dehors, contemplant l'un des deux clochers découpé en lamelles comme une pomme de pin, comme une cotte de mailles, il se disait qu'il semblait vraiment que les « Logeurs du bon Dieu[1] » eussent emprunté leurs modèles aux belliqueux atours des chevaliers ; qu'ils eussent voulu perpétuer ainsi le souvenir de leurs exploits, en figurant partout l'image agrandie des armes dont les Croisés se ceignirent, lorsqu'ils s'embarquèrent pour aller reconquérir le Saint-Sépulcre.

Et l'intérieur même de la basilique paraissait exprimer, dans son ensemble, la même idée et compléter les symboliques effigies des détails, en arquant sa nef dont la voûte en fond de barque imitait la quille retournée d'un bateau, rappelait le galbe de ces navires qui firent voile vers la Palestine.

Seulement, à l'heure actuelle, ces souvenances

d'un temps héroïque étaient vaines. Dans cette ville de Chartres où saint Bernard prêcha la seconde Croisade, le vaisseau demeurait pour jamais immobile, la carène renversée, à l'ancre.

Et au-dessus de la ville indifférente, la cathédrale seule veillait, demandait grâce, pour l'indésir de souffrances, pour l'inertie de la foi que révélaient maintenant ses fils, en tendant au ciel ses deux tours ainsi que deux bras, simulant avec la forme de ses clochers les deux mains jointes, les dix doigts appliqués, debout, les uns contre les autres, en ce geste que les imagiers d'antan donnèrent aux saints et aux guerriers morts, sculptés sur des tombeaux.

II

Depuis trois mois déjà, Durtal habitait Chartres.

Revenu de la Trappe à Paris, il vécut dans un état d'anémie spirituelle, affreux. L'âme gardait la chambre, se levait à peine, traînait sur une chaise longue, somnolait dans la tépidité* d'une langueur que berçait encore le ronronnement de prières toutes labiales, d'oraisons se dévidant comme une machine détraquée dont le déclic part seul et qui tourne d'elle-même dans le vide, sans qu'on y touche.

Quelquefois cependant, pris de révolte, il parvenait à se tenir, à arrêter l'horlogerie déréglée de ses suppliques et il essayait alors de s'examiner, de se voir d'un peu haut, d'embrasser, d'un coup d'œil, les perspectives confuses de son être.

Et devant ses demeures d'âme perdues dans les brumes, il songeait à une étrange association des Révélations de sainte Térèse et des contes d'Edgar Poë[1].

Les salles de son château interne étaient vides et froides, cernées, de même que les chambres de la maison Usher, par un étang dont les brouillards finissaient par pénétrer, par fêler la coque usée des murs. Et il rôdait, solitaire et inquiet, dans ces réduits délabrés dont les portes closes n'ouvraient plus ; ses promenades en lui-même étaient donc circonscrites et le panorama qu'il pouvait contempler s'étendait, singulièrement rétréci, se rapprochait, presque nul. Il savait bien, d'ailleurs, que les pièces qui entouraient la cellule située au centre, celle réservée au Maître, étaient verrouillées, scellées par d'indévissables écrous, maintenues par de triples barres, inaccessibles. Il se bornait donc à errer dans les vestibules et dans les alentours.

À Notre-Dame de l'Âtre, il était allé plus loin, s'était hasardé jusqu'aux enclos qui environnent la résidence du Christ ; il avait aperçu, à l'horizon, les frontières de la Mystique et, sans force pour continuer sa route, il était tombé ; maintenant c'était lamentable car, ainsi que le remarque sainte Térèse, « dans la vie spirituelle, ne pas avancer, c'est reculer[2] ». Et il était, en effet, revenu sur ses pas, gisait à moitié paralysé, non plus même dans les antichambres de ses domaines, mais dans leurs cours.

Jusque-là les phénomènes décrits par l'inégalable Abbesse restaient exacts. Chez Durtal, les châteaux de l'âme étaient inhabités comme après un long deuil ; mais dans les pièces encore ouvertes, circulait, ainsi que la sœur de l'inquiétant Usher, le fantôme des péchés avoués, des fautes mortes.

Semblable au déplorable malade d'Edgar Poë, Durtal entendait avec terreur des frôlements de pas dans les escaliers, des cris plaintifs derrière les portes.

Et pourtant les revenants des vieux forfaits ne se formulaient qu'en des figures indécises, ne parvenaient pas à se coaguler, à prendre corps. Le méfait le plus obsédant de tous, celui qui l'avait tant torturé, le méfait des sens, se taisait enfin, le laissait calme. La Trappe avait déraciné les souches des anciennes luxures ; leur souvenir le hantait bien parfois, dans ce qu'il avait de plus affligeant, de plus ignoble, mais il les regardait passer, le cœur sur les lèvres, s'étonnant d'avoir été si longtemps la dupe de ces malpropres manigances, ne comprenant même plus la puissance de ces mirages, l'illusion de ces oasis charnelles, rencontrées dans le désert d'une existence confinée à l'écart, dans la solitude et dans les livres.

Son imagination pouvait le supplicier, mais, sans mérite, sans lutte, par une grâce toute divine, il avait pu ne pas mésavenir depuis son retour du cloître.

Par contre, s'il était en quelque sorte éviré*, s'il était absous du plus gros de ses peines, il voyait s'épanouir en lui une nouvelle ivraie dont la croissance s'était jusqu'alors dissimulée derrière les végétations plus touffues des autres vices. Au premier abord, il s'était jugé moins sous la dépendance des péchés, et moins vil ; et il était cependant aussi étroitement attaché au mal ; seulement, la nature et la qualité des liens différaient, n'étaient plus les mêmes.

Outre cet état de siccité qui faisait que, dès qu'il entrait dans une église ou s'agenouillait chez lui, il sentait le froid lui geler ses prières et lui glacer l'âme, il discernait les attaques sourdes, les assauts muets d'un ridicule orgueil.

Il avait beau se tenir sur ses gardes, chaque fois il

était surpris sans même avoir le temps de se reconnaître.

Cela commençait sous le couvert des réflexions les plus modérées, les plus bénignes.

À supposer, par exemple, qu'il eût, en se privant, rendu à son prochain service, ou qu'il n'eût pas nui à une personne contre laquelle il se croyait des griefs, une personne qu'il n'aimait point, aussitôt se glissait, s'insinuait, en lui, une certaine satisfaction, une certaine gloriole, aboutissant à cette inepte conclusion qu'il était supérieur à bien d'autres ; et, sur ces sentiments de basse vanité, se greffait encore l'orgueil d'une vertu qu'il n'avait même pas conquise au prix d'efforts, la superbe de la chasteté, si insidieuse, celle-là, que la plupart des gens qui la pratiquent ne s'en doutent même pas.

Et il ne se rendait compte du but de ces agressions que trop tard, lorsqu'elles s'étaient précisées, lorsqu'il s'était oublié à les subir ; et il se désespérait de trébucher toujours dans le même piège, se disant que le peu de bien qu'il pouvait acquérir était rayé du bilan de sa vie, par les insolentes dépenses de son vice.

Il s'exaspérait, se ratiocinait les vieilles démences, se criait, à bout de forces :

La Trappe m'a brisé ; elle m'a sauvé de la concupiscence, mais pour m'encombrer de maladies que j'ignorais avant d'avoir été opéré chez elle ! Elle qui est si humble, elle m'a augmenté la vanité et décuplé l'orgueil ; puis elle m'a laissé partir, si faible et si las, que jamais, depuis, je n'ai pu surmonter cette exinanition[*], jamais je n'ai pu prendre goût à la Réfection mystique qui m'est nécessaire, si je ne veux pas mourir à Dieu, pourtant !

Et pour la centième fois, il se questionnait : suis-je plus heureux qu'avant ma conversion ? et il devait cependant bien, pour ne pas se mentir, répondre oui ; il menait une vie chrétienne en somme, priait mal, mais priait sans relâche au moins ; seulement... seulement... ah ! ses pauvres demeures d'âmes étaient-elles assez vermoulues et assez arides ! – Et il se demandait avec angoisse si elles ne finiraient pas, comme le manoir d'Edgar Poë, par s'effondrer subitement, en un jour de crise, dans les eaux noires de cet étang de péchés qui minait les murs !

Arrivé à ce point de ses rabâchages, forcément il déviait sur l'abbé Gévresin qui l'obligeait, malgré ses indésirs, à communier. Depuis son retour de Notre-Dame de l'Âtre, ses relations avec ce prêtre s'étaient resserrées, étaient devenues tout intimes.

Il connaissait maintenant l'intérieur de cet ecclésiastique, émigré en plein Moyen Âge, loin de la vie moderne. Autrefois quand il sonnait chez lui, il ne prêtait aucune attention à la servante, une femme âgée qui saluait, silencieuse, en ouvrant la porte.

Maintenant il fréquentait la singulière et l'affectueuse bonne.

La première entrevue eut lieu, un jour qu'il était allé voir l'abbé souffrant. Installée près du lit, elle avait des lunettes en vigie sur le bout de son nez et elle baisait, une à une, des images de piété insérées dans un livre vêtu de drap noir. Elle l'avait invité à s'asseoir, puis, fermant le volume et remontant ses lunettes, elle avait pris part à la conversation et il était sorti de cette chambre, abasourdi par cette personne qui appelait l'abbé « père » et parlait, très simplement, ainsi que d'une chose naturelle, de son commerce avec Jésus et avec les Saints ; elle paraissait vivre en parfaite amitié avec eux, en causait ainsi que de compagnons avec lesquels on bavarde sans aucune gêne.

Puis la physionomie de cette femme, que le prêtre lui présenta sous le nom de Mme Céleste Bavoil, était pour le moins étrange. Elle était maigre, élancée et néanmoins petite. De profil, avec le nez busqué, la bouche dure, elle avait le masque désempâté d'un César mort, mais de face, la rigidité du profil s'émoussait dans une familiarité de paysanne, se fondait dans une mansuétude de placide nonne, en complet désaccord avec la solennelle énergie des traits.

Il semblait qu'avec le nez impérieux, le visage régulier, les dents blanches et menues, l'œil noir, tout en lumières, trottinant, fureteur, tel que celui d'une souris, sous de magnifiques cils, cette femme dût, malgré son âge, rester belle ; il semblait au moins que l'union de pareils éléments dût marquer ce visage d'une étampe* de distinction, d'une empreinte vraiment noble ; et pas du tout, la conclusion démentait les prémisses ; l'ensemble leurrait l'adhésion réunie des détails. Évidemment, ce déni provient, pensait-il, d'autres particularités qui contredisent l'entente des principales lignes ; d'abord, de la maigreur de ces joues couleur de vieux bois, semées, çà et là, de gouttes d'éphélides*, de taches paisibles d'ancien son ; puis de ces bandeaux de cheveux blancs, couchés à plat sous un bonnet à ruches, enfin de cette modeste tenue, de cette robe noire mal fagotée, ondant sur la gorge et laissant voir l'armature du corset imprimée, au dos, en relief sur l'étoffe.

Il y a peut-être aussi, en elle, moins une mésalliance des traits qu'un contraste résolu entre la toilette et la mine, entre la figure et le corps, se disait-il.

En somme, en essayant de la condenser, elle sentait et la chapelle et les champs. Elle tenait donc de la sœur et de la paysanne. Oui, c'est presque exact, mais ce n'est cependant pas encore cela, reprenait-il ;

car elle est moins digne et moins vulgaire, moins
bien et mieux. Vue de derrière, elle est plus loueuse
de chaises dans une église que nonne ; vue de devant,
elle est beaucoup au-dessus de la terrienne. Il faut
bien noter aussi que lorsqu'elle célèbre des Saints,
elle s'élève et diffère ; alors elle s'exhausse dans une
flambée d'âme ; mais, toutes ces suppositions sont
vaines, conclut-il, car je ne puis la définir sur une
brève impression, sur un rapide aspect. Ce qui s'atteste certain, c'est que, tout en ne ressemblant pas à
l'abbé, elle se dimidie*, elle aussi, et se dédouble. Lui,
a l'œil ingénu, des prunelles de première commu-
niante et la bouche parfois amère d'un vieil homme ;
elle, est hautaine d'apparence et humble d'âme ; et
par des signes opposés, par des traits autres, ils
obtiennent le même résultat, un identique ensemble
d'indulgence paternelle et de bonté mûre.

Et Durtal était retourné bien souvent les voir. L'accueil ne variait point, Mme Bavoil le saluait par l'in-
variable formule : « voilà notre ami », tandis que le
prêtre riait des yeux et lui pressait la main. Toujours,
lorsqu'il voyait Mme Bavoil, elle priait ; devant ses
fourneaux, lorsqu'elle ravaudait, lorsqu'elle épousse-
tait le ménage, lorsqu'elle ouvrait la porte, partout,
elle égrenait son rosaire, sans trêve.

La joie de cette servante, plutôt taciturne, consis-
tait à glorifier la Vierge pour laquelle elle professait
un culte ; et, d'autre part, elle citait, de mémoire, des
morceaux d'une mystique un peu bizarre de la fin
du XVIᵉ siècle, Jeanne Chézard de Matel[1], la fondatrice de l'ordre du Verbe Incarné, de cet institut où
les moniales arborent un voyant costume, une robe
blanche serrée par une ceinture de cuir écarlate à
la taille, un manteau rouge et un scapulaire couleur
de sang portant, brodé en soie bleue, dans une cou-

ronne d'épines, le nom de Jésus qu'accompagnent, avec un cœur en flammes percé de trois clous, ces mots : *amor meus.*

Durtal jugeait tout d'abord Mme Bavoil un peu toquée, regardait, tandis qu'elle débitait un passage de Jeanne de Matel sur saint Joseph, le prêtre qui ne bronchait point.

— Mais alors, Mme Bavoil est une sainte ? lui dit-il, un matin qu'ils étaient seuls.

— La chère Mme Bavoil est une colonne de prières, répondit gravement l'abbé.

Et, une après-midi, alors que Gévresin était à son tour absent, Durtal interrogea cette femme.

Elle raconta ses longs pèlerinages à travers l'Europe, des pèlerinages où elle s'était rendue pendant des années, à pied, en demandant l'aumône, le long des routes.

Partout où la Vierge possédait un sanctuaire, elle s'y transféra, un paquet de linge dans une main, un parapluie dans l'autre, une croix de fer blanc sur la poitrine, un chapelet pendu à la ceinture. D'après un carnet qu'elle avait tenu à jour, elle avait ainsi fait dix mille cinq cents lieues à pied.

Puis l'âge était venu et elle avait, suivant son expression, « perdu de ses anciennes valeurs ». Le Ciel, qui lui fixait jadis, par des voix internes, l'époque de ces excursions, n'ordonnait plus maintenant ces déplacements. Il l'avait envoyée près de l'abbé Gévresin pour se reposer ; mais sa manière de vivre lui avait été indiquée une fois pour toutes ; en tant que coucher, une paillasse étendue sur des ais de bois ; en guise de nourriture un régime champêtre et monacal comme elle, du lait, du miel et du pain – et encore, par les temps de pénitence, devait-elle substituer de l'eau au lait.

— Et vous ne consommez jamais d'autres aliments ?

— Jamais.

Et elle reprenait :

— Ah ! notre ami, c'est que l'on me met en pénitence, Là-Haut, et gaiement elle se moquait d'elle-même et de son allure.

— Si vous m'aviez vue, lorsque je revenais d'Espagne où j'étais allée visiter Notre-Dame del Pilar, à Saragosse, j'étais une négresse ; avec mon grand crucifix sur la poitrine, ma robe qui ressemblait à celle d'une religieuse, on se disait de tous les côtés : Qu'est-ce que cette bigote-là ? – J'avais l'air d'une charbonnière endimanchée ; on n'apercevait que du blanc de bonnet, de manchettes et de col ; le reste, la figure, les mains, les jupes, tout était noir.

— Mais vous deviez vous ennuyer à voyager ainsi seule ?

— Que non, notre ami, les Saints ne me quittaient pas le long de la route ; ils me désignaient la maison où je recevais, pour la nuit, un gîte ; et j'étais sûre d'être bien accueillie.

— Jamais on ne vous a refusé l'hospitalité ?

— Jamais ; il est vrai que j'étais peu exigeante ; en voyage, je sollicitais simplement un morceau de pain et un verre d'eau – et, pour reposer, une botte de paille, dans l'étable.

— Et le père, comment l'avez-vous connu ?

— C'est toute une histoire ; imaginez que le Ciel me priva, par pénitence, de la communion, pendant un an et trois mois, jour pour jour. Lorsque je me confessais à un abbé, je lui avouais mes relations avec Notre-Seigneur, avec la Vierge, avec les Anges ; aussitôt il me traitait de folle quand il ne m'accusait pas d'être possédée par le démon ; en fin de compte, il refusait de m'absoudre ; bien heureuse encore lorsqu'il ne me fermait pas brutalement, dès les premiers mots, le guichet du confessionnal, au nez.

Je crois bien que je serais morte de chagrin, si le Sauveur n'avait fini par avoir pitié de moi. Un samedi que j'étais à Paris, Il m'envoya à Notre-Dame des Victoires où le père était prêtre habitué. Lui, m'écouta, me soumit à de rudes et à de longues épreuves, puis il me permit de communier. Je retournai souvent le voir, en qualité de pénitente, puis la nièce qui tenait son ménage étant entrée en religion, je l'ai remplacée et voilà déjà près de dix ans que je suis sa gouvernante...

À plusieurs reprises, elle avait complété ces renseignements. Depuis qu'elle ne vagabondait plus à l'étranger et en province, elle fréquentait à Paris les pèlerinages qui avaient lieu en l'honneur de la Sainte Vierge et elle nommait les sanctuaires achalandés : Notre-Dame des Victoires, Notre-Dame de Paris, Notre-Dame de Bonne-Espérance à Saint-Séverin[1] ; de Toute Aide à l'Abbaye aux Bois ; de Paix, chez les religieuses de la rue Picpus ; des Malades à l'église Saint-Laurent ; de Bonne Délivrance, une Vierge noire provenant de l'église Saint-Étienne des Grès, chez les dames Saint-Thomas de Villeneuve, rue de Sèvres ; et hors Paris, les madones de banlieue : Notre-Dame des Miracles à Saint-Maur ; des Anges à Bondy ; des Vertus à Aubervilliers ; de Bonne Garde à Longpont ; Notre-Dame de Spire, de Pontoise, etc. Une autre fois encore, comme il doutait de la sévérité des règlements que lui imposait le Christ, elle répliqua :

— Rappelez-vous, notre ami, ce qui advint à une grande servante du Seigneur, à Marie d'Agréda[2] ; étant bien malade, elle céda aux instances de ses filles spirituelles et suça une bouchée de volaille ; mais elle en fut aussitôt réprimandée par Jésus qui lui dit : « Je n'aime pas que mes épouses soient délicates. »

Eh bien, je risquerais de m'attirer de pareils reproches, si j'essayais de toucher à un morceau de viande ou de boire une goutte de café ou de vin !

Il est pourtant bien évident, pensait Durtal, que cette femme n'est pas folle. Elle n'a rien, ni d'une hystérique, ni d'une démente ; elle est bien frêle et sèche, mais à peine nerveuse et, en dépit du laconisme de ses repas, elle se porte très bien, n'est même jamais souffrante ; elle est de plus, femme de bon sens et ménagère admirable. Levée dès l'aube, après s'être approchée du Sacrement, elle savonne et blanchit elle-même le linge, fabrique les draps et les chemises, raccommode les soutanes, vit avec une économie incroyable, tout en veillant à ce que son maître ne manque de rien. Cette sagace entente de la vie pratique n'a aucun rapport avec les vésanies et les délires. Il savait encore qu'elle n'avait jamais voulu accepter de gages. Il est vrai qu'aux yeux d'un monde qui ne rêve que de larcins permis, le désintéressement de cette femme pouvait suffire pour attester sa déraison ; mais, contrairement à toutes les idées reçues, Durtal ne pensait pas que le mépris de l'argent impliquât nécessairement la folie et plus il y réfléchissait, plus il demeurait convaincu qu'elle était une sainte, une sainte pas bégueule, indulgente et gaie !

Ce qu'il pouvait constater aussi, c'est qu'elle était très complaisante pour lui ; dès sa rentrée de la Trappe, elle l'avait, de toutes les manières, aidé, lui raccordant le moral quand elle le voyait triste, allant, malgré ses protestations, passer en revue ses vêtements lorsqu'elle soupçonnait qu'il y avait des sutures à opérer, des boutons à coudre.

Cette intimité était devenue encore plus complète,

depuis l'existence mitoyenne qu'ils avaient, tous les trois, menée en voyage, alors que Durtal les avait, sur leurs instances, accompagnés à La Salette. Et subitement, cet affectueux train-train faillit cesser. L'abbé s'éloignait de Paris.

L'évêque de Chartres venait de mourir et son successeur était l'un des plus vieux amis de Gévresin. Le jour où l'abbé Le Tilloy des Mofflaines fut promu à l'épiscopat, il supplia Gévresin de le suivre. Ce fut, pour le vieux prêtre, un rude débat. Il se sentait malade, fatigué, propre à rien, désirait, au fond, ne plus bouger et, d'un autre côté, il manquait de courage pour refuser à Mgr des Mofflaines son pauvre concours. Il tenta d'attendrir, sur sa vieillesse, le prélat qui ne voulut rien entendre, concéda seulement qu'il ne le nommerait pas vicaire général, mais simple chanoine. Gévresin secouait toujours doucement la tête. Enfin l'évêque eut le dessus, en faisant appel à la charité de son ami, en affirmant qu'il devait accepter, au besoin, ce poste, ainsi qu'une mortification, qu'une pénitence.

Et quand le départ fut résolu, ce fut au tour de l'abbé à investir Durtal, à le décider de quitter Paris pour aller s'installer auprès de lui, à Chartres.

Encore qu'il fût navré de ce départ qu'il avait d'ailleurs combattu de son mieux, Durtal regimbait, refusait de s'ensevelir dans cette ville.

— Mais voyons, notre ami, fit Mme Bavoil, je me demande pourquoi vous vous entêtez à vouloir vous terrer ici ; vous y vivez en pleine solitude, dans vos livres. Vous vivrez de même avec nous.

Et, comme à bout d'arguments, après une charge à fond de train contre la province, Durtal répliquait :

— Mais à Paris, il y a les quais, il y a Saint-Séverin, Notre-Dame, il y a de délicieux couvents...

L'abbé riposta :

— Vous trouverez aussi bien à Chartres ; vous y aurez la plus belle cathédrale qui soit au monde, des monastères tels que vous les aimez et, quant aux livres, votre bibliothèque est si bien fournie qu'il me paraît difficile que vous puissiez, en flânant sur les quais, l'accroître. D'ailleurs, vous le savez mieux que moi, l'on ne déniche aucun livre de la catégorie de ceux que vous cherchez, dans les boîtes. Ces volumes-là ne figurent que sur des catalogues de librairie et, dès lors, rien n'empêche qu'on vous les envoie partout où vous serez.

— Je ne vous dis pas... mais il y a autre chose sur les quais que des bouquins ; il y a des bibelots à regarder, la Seine, il y a un paysage...

— Eh ! bien, si la nostalgie vous vient de cette promenade, vous prendrez le train et longerez, pendant toute une après-midi, les parapets du fleuve ; il est facile d'aller de Chartres à Paris ; vous avez, soir et matin, des express qui effectuent le trajet en moins de deux heures.

— Et puis, s'écria Mme Bavoil, il s'agit bien de cela ! Ce dont il s'agit, c'est d'abandonner une ville semblable à une autre pour habiter le territoire même de la Vierge. Songez que Notre-Dame de Sous Terre est la plus antique chapelle que Marie ait en France ; songez que l'on vit près d'Elle, chez Elle et qu'Elle vous comble de grâces !

— Enfin, reprit l'abbé, cet exil ne peut contrarier en rien vos projets d'art. Vous voulez écrire des vies de Saints ; ne les travaillerez-vous pas mieux dans le silence de la province que dans le brouhaha de Paris ?

— La province... la province ! d'avance, elle m'accable, s'écria Durtal. Si vous vous doutiez de l'im-

pression qu'elle me suggère et sous quelle apparence
d'atmosphère et sous quel aspect d'odorat elle se
présente ! Tenez, vous connaissez, dans les vieilles
maisons, ces grands placards à deux battants dont
l'intérieur est tendu de papier bleu toujours humide.
Eh ! bien, je m'imagine, au seul mot de province,
en ouvrir un et recevoir en plein visage la bouffée
de renfermé qui en sort ! – et si je veux parachever
cette évocation, par la saveur, par le flair, je n'ai qu'à
mâcher ces biscuits que l'on fabrique maintenant
avec je ne sais quoi et qui sentent la colle de poisson
et le plâtre sur lequel il a plu, dès qu'on y goûte ! que
je mange de cette pâte fade et froide, en reniflant
un relent d'armoire et aussitôt la cinéraire image
d'un district perdu, me hante ! Évidemment votre
Chartres pue ça !

— Oh ! oh ! s'exclama Mme Bavoil – mais vous
n'en savez rien puisque vous n'avez jamais visité
cette ville !

— Laissez-le dire, fit l'abbé qui riait. Il reviendra
de ces préventions. Et il ajouta :

— Expliquez ces inconséquences ; voici un Parisien qui aime si peu sa cité qu'il choisit, pour y habiter, le coin le moins bruyant, le plus obscur, celui qui
ressemble le plus à un quartier de province. Il a horreur des boulevards, des promenades fréquentées,
des théâtres ; il se confine en un trou et se bouche
les oreilles pour ne pas entendre les rumeurs qui
l'entourent ; et alors qu'il convient de perfectionner
ce système d'existence, de mûrir dans un silence
authentique, loin des foules, alors qu'il importe de
renverser les termes de sa vie, de devenir, au lieu
d'un provincial de Paris, un Parisien de province, il
s'ébaubit et s'indigne !

— Le fait est, pensait Durtal une fois seul, le fait

est que la capitale m'est sans profit. Je n'y vois plus
personne et je serai réduit à une solitude encore plus
absolue quand mes amis l'auront quittée. Au fond,
je serais tout aussi bien à Chartres ; j'y étudierais à
l'aise, dans un milieu paisible, dans les parages d'une
cathédrale autrement intéressante que Notre-Dame
de Paris et puis... et puis... une autre question dont
l'abbé Gévresin ne parle pas mais qui m'inquiète,
moi, se pose. Si je demeure seul, ici, il me faudra
chercher un nouveau confesseur, errer dans les
églises, de même que j'erre dans la vie matérielle,
à la recherche des restaurants et des tables d'hôte.
Ah ! non ! j'ai assez à la fin de ces au jour le jour
de nourritures corporelles et morales ! j'ai mis mon
âme dans une pension qui lui plaît, qu'elle y reste !

Enfin il y a encore un argument. Je vivrai à meilleur compte à Chartres et là, en ne dépensant pas
plus qu'ici, je pourrai m'installer confortablement,
manger les pieds sur mes chenets, être servi !

Et il avait fini par se résoudre à suivre ses deux
amis, avait arrêté un assez vaste logement en face
de la cathédrale – et lui, qui avait toujours été si à
l'étroit dans de minuscules pièces, il savourait enfin
la joie provinciale des vastes chambres, des livres
étalés sur les murs, à l'aise.

De son côté, Mme Bavoil lui avait découvert une
servante familière et bavarde, mais brave femme au
fond et pieuse. Et il avait commencé sa nouvelle existence dans l'étonnement continu de cette extraordinaire basilique, la seule qu'il ne connût point, sans
doute parce qu'elle était située près de Paris et que,
semblable à tous les Parisiens, il ne se dérangeait
guère que pour effectuer de plus longs voyages.
Quant à la ville même, elle lui parut dénuée d'intérêt, ne possédant qu'une promenade intime, un petit

quai où, dans le bas des faubourgs, près de la porte Guillaume, des lavandières chantent, en savonnant, devant un cours d'eau qu'elles fleurissent avec des touffes irisées de bulles.

Aussi, prit-il la décision de ne sortir que le matin dès l'aube ou le soir ; alors, il pouvait rêvasser, seul, dans une ville qui était, l'après-midi déjà, à peu près morte.

L'abbé et sa gouvernante étaient, eux, installés dans l'évêché même, à l'ombre de l'abside de la cathédrale. Ils occupaient, au-dessus d'écuries abandonnées, un premier et unique étage, composé d'une série de pièces froides et carrelées que l'évêque avait fait remettre à neuf.

Quelque temps après leur arrivée à Chartres, l'abbé avait répondu à Durtal qui le voyait soucieux :

— Oui, sans doute, je traverse un moment difficile ; j'ai à dissiper des préventions... je m'y attendais d'ailleurs ; et c'était encore là un des motifs pour lesquels je désirais ne point quitter Paris... mais la Sainte Vierge est si bonne... déjà tout s'arrange...

Et Durtal insistant :

— Vous pensez bien, dit-il, que la nomination d'un chanoine étranger au diocèse n'a pas été considérée d'un œil indifférent par le clergé de Chartres. Cette méfiance envers le prêtre inconnu qu'un nouvel évêque amène est bien naturelle, en somme ; l'on craint forcément qu'il ne joue auprès du prélat le rôle plus ou moins occulte d'une Éminence grise ; aussi tous se tiennent sur leurs gardes et ils filtrent au tamis ses moindres paroles, épluchent ses moindres actes.

— Puis, fit Durtal, n'est-ce pas une bouche de plus à nourrir sur la maigre pitance que l'État concède ?

— Pour cela, non. Je ne touche aucun bénéfice et

par conséquent je ne lèse les intérêts de personne ;
je ne l'eusse pas accepté, d'ailleurs. Le seul avantage
que je retire de ma présence auprès de Sa Grandeur
c'est de ne point avoir de loyer à payer, puisque je
suis logé gratuitement dans les dépendances de l'évêché.

Je n'aurais pu être salarié, du reste, car le traitement dévolu par le Gouvernement aux chanoines n'existe plus depuis une loi de finance du
22 mars 1885 qui a décidé la suppression de ces
émoluments par voie d'extinction. N'émargent donc
sur les fonds destinés aux besoins du culte, que ceux
qui étaient titulaires de la place avant la promulga-
tion de la loi ; ils vont s'éteignant peu à peu, et l'on
prévoit aisément le moment où aucun chanoine ne
sera plus rétribué par l'État. Dans certains diocèses,
l'on remplace ces subsides perdus par l'argent d'une
fondation pieuse ou, si vous aimez mieux, d'une prébende*. Il n'y en a point à Chartres. Tout au plus, le
chapitre dispose-t-il d'une vague pécune* qu'il partage entre ceux auxquels on ne confie aucun emploi,
ce qui leur fournit, bon an, mal an, par tête, une
somme d'environ trois cents francs et c'est tout.

— Il n'y a donc pas de casuel* pour les chanoines ?

— Pas.

— Je me demande alors de quoi ils vivent ?

— S'ils n'ont aucune fortune, ils vivent plus
pauvres que les derniers des ouvriers à Chartres. La
plupart végètent ; les uns célèbrent la messe dans des
communautés, sont aumôniers de couvents, mais
cela ne rapporte presque rien, deux cents, deux cent
cinquante francs peut-être. Un autre remplit les fonctions de secrétaire général de l'évêché, ce qui lui vaut
un appartement et des gages qui peuvent s'élever à
six cents francs. Un autre encore dirige la *Semaine*

religieuse, « La Voix de Notre-Dame de Chartres »,
et est supérieur de la maîtrise ; quelques-uns enfin
sont commis dans les bureaux de l'ordinaire. Chacun s'ingénie, en résumé, à se procurer un gîte et à
manger du pain.

— Au fond, qu'est-ce, au juste, qu'un chanoine,
en quoi consistent ses attributions, quelles sont ses
origines ?

— Ses origines ? elles s'égarent dans la nuit des
âges. On croit savoir que des collèges de chanoines
existaient sous Pépin le Bref ; on n'ignore pas, du
moins, que, sous le règne de ce roi, saint Chrode-
gang, évêque de Metz, assembla tous les clercs de son
église, les obligea de demeurer ensemble, dans une
maison commune, ainsi que dans un cloître et les
assujettit à une règle que Charlemagne rappela dans
ses Capitulaires. – Ses attributions ? elles consistent
à célébrer solennellement les offices canoniaux et à
diriger les processions. En conscience, tout chanoine
est forcé d'abord de résider dans le lieu où est située
l'église dont il est un des mandataires ; ensuite d'assister aux heures canoniales qui s'y célèbrent ; enfin
de participer aux réunions que tient le chapitre, à
certains jours.

Pour dire la vérité, leur rôle est maintenant à peu
près nul. Le Concile de Trente les nommait « Senatus
Ecclesiæ », le Sénat de l'Église ; ils étaient alors le
conseil nécessaire de l'évêque. Aujourd'hui, les prélats ne les consultent même plus. Ils ne retrouvent
une parcelle de leurs anciennes prérogatives que
lorsque le siège pastoral devient vacant.

Alors, le chapitre supplée l'évêque et encore ses
droits sont-ils singulièrement restreints !

Comme il n'a point le caractère épiscopal, il ne
peut exercer aucun des pouvoirs qui en dépendent.

Il ne saurait par conséquent conférer les ordres ou donner la confirmation.

— Et si la vacance se prolonge ?

— Alors il prie l'évêque d'un diocèse voisin d'ordonner les séminaristes ou de confirmer les enfants qu'il lui présente. En somme, vous le voyez, ce n'est pas un seigneur de grande importance qu'un chanoine !

Je ne parle pas ici, bien entendu, des chanoines honoraires ou des chanoines d'honneur. Ceux-là n'ont aucune obligation à remplir ; ils sont pourvus d'un simple titre honorifique qui leur permet de porter la mosette*, avec l'agrément de leur évêque, dans le cas très fréquent où ils font partie d'un autre diocèse.

Quant au chapitre même de Chartres, il aurait été fondé au VIᵉ siècle, par saint Lubin. Il était alors composé de soixante-douze chanoines et le nombre s'accrut encore, car lorsque la Révolution survint, il s'élevait au chiffre de soixante-seize et comptait dix-sept dignitaires : le doyen, le sous-doyen, le chantre, le sous-chantre, le grand archidiacre de Chartres, les archidiacres de Beauce-en-Dunois, de Dreux, du Pincerais, de Vendôme, de Blois, le chambrier, le chancelier, les prévôts de Normandie, de Mézangey, d'Ingré, d'Auvers et le chefcier*. Nobles et riches, pour la plupart, ces prêtres formaient une pépinière d'évêques et possesseurs de toutes les maisons qui entourent la cathédrale, ils vivaient indépendants dans leur cloître, étudiant l'histoire, la théologie, le droit canon... À l'heure actuelle c'est une vraie déchéance... L'abbé se tut et secouant la tête, il reprit :

Pour en revenir à mes moutons, j'ai naturellement un peu souffert de la froideur que l'on me montra, dès mon arrivée dans cette ville. Je vous l'ai dit, j'avais bien des appréhensions à rassurer. J'y suis parvenu, je crois. Puis je loue Dieu de m'avoir prêté un auxiliaire précieux, en la personne d'un vicaire de la cathédrale qui m'a vaillamment servi auprès de mes confrères, l'abbé Plomb, vous le connaissez ?

— Non.

— C'est un prêtre très intelligent, très lettré, qui adore la mystique, qui est très au courant de la cathédrale dont il raffole et dont il a scruté tous les coins.

— Ah mais ! il m'intéresse ce vicaire-là ! voyons, il figure peut-être parmi ceux que j'ai déjà remarqués ; comment est-il ?

— Un petit, jeune, pâle, un peu grêlé, coiffé de cheveux coupés en brosse, ayant des lunettes, reconnaissables à cette particularité : la branche, posée sur le nez, a la forme d'une anse, ou, si vous aimez mieux, dessine l'arc des deux jambes d'un cavalier chevauchant sa monture.

— C'est celui-là ! – Et quand il fut seul, Durtal rumina, songeant à ce vicaire qu'il avait aperçu souvent dans l'église ou sur la place.

Certes, fit-il, on risque toujours de se tromper lorsqu'on apprécie les gens sur les apparences, mais combien la vérité de ce lieu commun apparaît extraordinaire, quand il s'agit du clergé !

Cet abbé Plomb, il a l'air d'un sacriste effaré ; il bâille à l'on ne sait quelles corneilles ; et il semble si mal à l'aise, si jean-jean, si gauche… et il serait un lettré, aimant la mystique et amoureux de la cathédrale !

Décidément, il est sage de ne pas peser un ecclésiastique sur sa mine. Maintenant que je suis destiné à vivre dans ce monde-là, il importe que je m'allège de tout préjugé, que j'attende de bien connaître les prêtres de ce diocèse, avant de me permettre de les juger.

III

Au fond, se disait Durtal qui rêvait sur la petite place, au fond, personne ne connaît au juste l'origine des formes gothiques d'une cathédrale. Les archéologues et les architectes ont vainement épuisé toutes les suppositions, tous les systèmes ; qu'ils soient d'accord pour assigner une filiation orientale au Roman, cela peut, en effet, se prouver. Que le Roman procède de l'art latin et byzantin, qu'il soit, suivant une définition de Quicherat[1], « le style qui a cessé d'être romain, quoiqu'il tienne beaucoup du romain, et qui n'est pas encore Gothique, bien qu'il ait déjà quelque chose du Gothique », j'y consens ; et encore, si l'on examine les chapiteaux, si l'on scrute leurs contours et leurs dessins, s'aperçoit-on qu'ils sont beaucoup plus assyriens et persans que romains et byzantins et gothiques ; mais quant à avérer la paternité même du style ogival, c'est autre chose. Les uns prétendent que l'arc tiers-point[*] existait en Égypte, en Syrie, en Perse ; les autres le considèrent ainsi qu'un dérivé de l'art sarrasin et de l'art arabe ; et rien n'est moins démontré, à coup sûr.

Puis, il faut bien le dire tout de suite, l'ogive ou plutôt l'arc tiers-point[*] que l'on s'imagine encore être le signe distinctif d'une ère en architecture, ne l'est pas en réalité, comme l'ont très nettement expliqué Quicherat et, après lui, Lecoy de la Marche[1]. L'École des Chartes a, sur ce point, culbuté les rengaines des architectes et démoli les lieux communs des bonzes. Du reste, les preuves de l'ogive employée en même temps que le plein-cintre[*], d'une façon systématique, dans la construction d'un grand nombre d'églises romanes, abondent : à la cathédrale d'Avignon, de Fréjus, à Notre-Dame d'Arles, Saint-Front de Périgueux, à Saint-Martin d'Ainay à Lyon, à Saint-Martin-des-Champs à Paris, à Saint-Étienne de Beauvais, à la cathédrale du Mans et en Bourgogne, à Vézelay, à Beaune, à Saint-Philibert de Dijon, à La Charité-sur-Loire, à Saint-Ladre d'Autun, dans la plupart des basiliques issues de l'école monastique de Cluny.

Mais tout cela ne renseigne point sur le lignage du Gothique qui demeure obscur, peut-être parce qu'il est très clair. Sans se gausser de la théorie qui consiste à ne voir dans cette question qu'une question matérielle, technique, de stabilité et de résistance, qu'une invention de moines ayant découvert un beau jour que la solidité de leurs voûtes serait mieux assurée par la forme en mitre de l'ogive que par la forme en demi-lune du plein-cintre, ne semble-t-il pas que la doctrine romantique, que la doctrine de Chateaubriand[1] dont on s'est beaucoup moqué et qui est de toutes la moins compliquée, la plus naturelle, soit, en effet, la plus évidente et la plus juste.

Il est à peu près certain pour moi, poursuivit Durtal, que l'homme a trouvé dans les bois l'aspect si discuté des nefs et de l'ogive. La plus étonnante cathédrale que la nature ait, elle-même, bâtie, en y prodiguant l'arc brisé de ses branches, est à Jumièges. Là, près des ruines magnifiques de l'abbaye qui a gardé intactes ses deux tours et dont le vaisseau décoiffé et pavé de fleurs rejoint un chœur de frondaisons cerclé par une abside d'arbres, trois immenses allées, plantées de troncs séculaires, s'étendent en ligne droite ; l'une, celle du milieu, très large, les deux autres, qui la longent, plus étroites ; elles dessinent la très exacte image d'une nef et de ses bas-côtés, soutenus par des piliers noirs et voûtés par des faisceaux de feuilles. L'ogive y est nettement feinte par les ramures qui se rejoignent, de même que les colonnes qui la supportent sont imitées par les grands troncs. Il faut voir cela, l'hiver, avec la voûte arquée et poudrée de neige, les piliers blancs tels que des fûts de bouleaux, pour comprendre l'idée première, la semence d'art qu'a pu faire lever le spectacle de semblables avenues, dans l'âme des architectes qui dégrossirent, peu à peu, le Roman et finirent par substituer complètement l'arc pointu à l'arche ronde du plein-cintre[*].

Et il n'est point de parcs, qu'ils soient plus ou moins anciens que le bois de Jumièges, qui ne reproduisent avec autant d'exactitude les mêmes contours ; mais ce que la nature ne pouvait donner c'était l'art prodigieux, la science symbolique profonde, la mystique éperdue et placide des croyants qui édifièrent les cathédrales. – Sans eux, l'église restée à l'état brut,

telle que la nature la conçut, n'était qu'une ébauche
sans âme, un rudiment ; elle était l'embryon d'une
basilique, se métamorphosant, suivant les saisons et
suivant les jours, inerte et vivante à la fois, ne s'ani-
mant qu'aux orgues mugissantes des vents, défor-
mant le toit mouvant de ses branches, au moindre
souffle ; elle était inconsistante et souvent taciturne,
sujette absolue des brises, serve résignée des pluies ;
elle n'était éclairée, en somme, que par un soleil
qu'elle tamisait dans les losanges et les cœurs de ses
feuilles, ainsi qu'entre des mailles de carreaux verts.
L'homme, en son génie, recueillit ces lueurs éparses,
les condensa dans des rosaces et dans des lames*,
les reversa dans les allées des futaies blanches ; et
même par les temps les plus sombres, les verrières
resplendirent, emprisonnèrent jusqu'aux dernières
clartés des couchants, habillèrent des plus fabuleuses
splendeurs le Christ et la Vierge, réalisèrent presque
sur cette terre la seule parure qui pût convenir aux
corps glorieux, des robes variées de flammes !

Elles sont surhumaines, vraiment divines, quand
on y songe, les cathédrales !

Parties, dans nos régions, de la crypte romane, de
la voûte tassée comme l'âme par l'humilité et par la
peur, se courbant devant l'immense Majesté dont
elles osaient à peine chanter les louanges, elles se
sont familiarisées, les basiliques, elles ont faussé d'un
élan le demi-cercle du cintre, l'ont allongé en ovale
d'amande, ont jailli, soulevant les toits, exhaussant les
nefs, babillant en mille sculptures autour du chœur,
lançant au ciel, ainsi que des prières, les jets fous de
leurs piles ! Elles ont symbolisé l'amicale tendresse
des oraisons ; elles sont devenues plus confiantes,
plus légères, plus audacieuses envers Dieu.

Toutes se mettent à sourire dès qu'elles quittent leur ossature chagrine et s'effilent.

Le Roman, je me figure qu'il est né vieux, poursuivit Durtal, après un silence. Il demeure, en tout cas, à jamais ténébreux et craintif.

Encore qu'il ait atteint, à Jumièges, par exemple, avec son énorme arc-doubleau qui s'ouvre en un porche géant dans le ciel, une admirable ampleur, il reste quand même triste. Le plein-cintre* est en effet incliné vers le sol, car il n'a pas cette pointe qui monte en l'air, de l'ogive.

Ah ! les larmes et les dolents murmures de ces épaisses cloisons, de ces fumeuses voûtes, de ces arches basses pesant sur de lourds piliers, de ces blocs de pierre presque tacites, de ces ornements sobres racontant en peu de mots leurs symboles ! le Roman, il est la Trappe de l'architecture ; on le voit abriter des ordres austères, des couvents sombres, agenouillés dans de la cendre, chantant, la tête baissée, d'une voix plaintive, des psaumes de pénitence. Il y a de la peur du péché, dans ces caves massives et il y a aussi la crainte d'un Dieu dont les rigueurs ne s'apaisèrent qu'à la venue du Fils. De son origine asiatique, le Roman a gardé quelque chose d'antérieur à la Nativité du Christ ; on y prie plus l'implacable Adonaï que le charitable Enfant, que la douce Mère. Le Gothique, au contraire, est moins craintif, plus épris des deux autres Personnes et de la Vierge ; on le voit abritant des ordres moins rigoureux et plus artistes ; chez lui, les dos terrassés se redressent, les yeux baissés se relèvent, les voix sépulcrales se séraphisent.

Il est, en un mot, le déploiement de l'âme dont l'architecture romane énonce le repliement. C'est là, pour moi, du moins, la signification précise de ces styles, s'affirma Durtal.

Ce n'est pas tout, reprit-il ; l'on peut encore déduire de ces remarques une autre définition :

Le Roman allégorise l'Ancien Testament, comme le Gothique le Neuf.

Leur similitude est, en effet, exacte, quand on y réfléchit. La Bible, le livre inflexible de Jéhovah, le code terrible du Père, n'est-il pas traduit par le Roman dur et contrit et les Évangiles si consolants et si doux, par le Gothique plein d'effusions et de câlineries, plein d'humbles espoirs ?

Si tels sont ces symboles, il semble alors que ce soit bien souvent le temps qui se substitue à la pensée de l'homme pour réaliser l'idée complète, pour joindre les deux styles, ainsi que le sont, dans l'Écriture Sainte, les deux Livres ; et certaines cathédrales nous offrent encore un spectacle curieux. Quelques-unes, austères, dès leur naissance, s'égaient, se prennent à sourire dès qu'elles s'achèvent. Ce qui subsiste de la vieille église abbatiale de Cluny est, à ce point de vue, typique. Elle est à coup sûr, avec celle de Paray-le-Monial restée entière, l'un des plus magnifiques spécimens de ce style roman Bourguignon qui décèle malheureusement, avec ses pilastres cannelés, l'affligeante survie d'un art grec, importé par les Romains en France. Mais, en admettant que ces basiliques, dont l'origine peut se placer entre 1000 et 1200, soient, en suivant les théories de Quicherat qui les cite, purement romanes, leurs contours se mélangent déjà et les liesses de l'ogive, en tout cas, y naissent.

Là, ce n'est plus ainsi qu'à Notre-Dame la Grande de Poitiers la façade romane, minuscule et festonnée, flanquée, à chaque aile, d'une courte tour surmontée d'un cône pesant de pierre, taillé à facettes comme un ananas. À Paray, la puérile décoration et la lourde richesse de Poitiers ne sont plus. La robe barbare de ce petit joujou d'église qu'est Notre-Dame la Grande est remplacée par le suaire d'une muraille plane ; mais l'extérieur ne s'atteste pas moins singulièrement imposant, avec la simplesse solennelle de ses formes. Ne sont-elles pas admirables ces deux tours carrées, percées d'étroites fenêtres, dominées par une tour ronde qui pose si placidement, si fermement, sur une galerie ajourée de colonnes unies par la faucille d'un cintre, un clocher tout à la fois noble et agreste, allègre et fort ?

Et l'auguste simplicité de cet extérieur d'église se répercute dans l'intérieur de ses nefs.

Là pourtant, le Roman a déjà perdu son allure souffrante de crypte, son obscure physionomie de cellier persan. La puissante armature est la même ; les chapiteaux gardent encore l'enroulement des flores musulmanes, le fabuleux alibi des contours assyriens, le rappel des arts asiatiques transférés sur notre sol, mais déjà le mariage des baies différentes s'opère, les colonnes s'efforcent, les piliers se haussent, les grands arcs s'assouplissent, décrivent une trajectoire plus rapide et moins brève ; et les murs droits, énormes et déjà légers, ouvrent, à des altitudes prodigieuses, des trous ménagés de jour.

À Paray, le plein-cintre* s'harmonise déjà avec l'ogive qui s'affirme dans les cimes de l'édifice et annonce, en somme, une ère d'âme moins plaintive, une conception plus affectueuse, moins rêche du Christ, qui prépare, qui révèle déjà le sourire indulgent de la Mère.

Mais, se dit tout à coup Durtal, si mes théories sont justes, l'architecture qui symboliserait, seule, le Catholicisme, en son entier, qui représenterait la Bible complète, les deux Testaments, ce serait ou le Roman ogival ou l'architecture de transition, mi-romane et mi-gothique.

Diantre, fit-il, amené à une conclusion qu'il n'avait pas prévue ; il est vrai qu'il n'est peut-être point indispensable que le parallélisme ait lieu dans l'église même, que les Saintes Écritures soient réunies en un seul tome ; ainsi, ici même, à Chartres, l'ouvrage est intégral, bien que contenu en deux volumes séparés, puisque la crypte sur laquelle la cathédrale gothique repose est romane.

C'est même, de la sorte, plus symbolique ; et cela confirme l'idée des vitraux dans lesquels les prophètes soutiennent sur leurs épaules les quatre écrivains des Évangiles ; l'Ancien Testament sert, une fois de plus, de socle, de base, au Neuf.

Ce Roman, quel tremplin de rêves ! reprenait Durtal ; n'est-il pas également la châsse enfumée, l'écrin sombre destiné aux Vierges noires ? cela paraît d'autant moins indécis que les Madones de couleur sont toutes grosses et trapues, qu'elles ne se joncent point telles que les Vierges blanches des gothiques. L'École de Byzance ne comprenait Marie que basanée, « couleur d'ébeine grise luysante », ainsi que l'écrivent ses vieux historiens ; seulement elle la sculptait ou la peignait, contrairement au texte du Cantique[1], noire mais peu belle. Ainsi conçue, Elle est bien une Vierge morose, éternellement triste, en accord avec les caves qu'Elle habite. Aussi sa présence est-elle toute naturelle dans la crypte de Chartres, mais dans la cathédrale même, sur le pilier où Elle se dresse encore, n'est-Elle pas étrange, car Elle n'est point dans son véritable milieu, sous la blanche envolée des voûtes ?

— Eh bien, notre ami, vous rêvassez ?

Durtal eut la secousse d'un homme qu'on réveille.

— Tiens, c'est vous, Madame Bavoil.

— Mais oui, je viens du marché et aussi de votre domicile.

— De mon domicile ?

— Oui, pour vous inviter à déjeuner. L'abbé Plomb est privé de sa gouvernante qui s'absente, cette après-midi, et il prend son repas, chez nous ; alors le Père a pensé que ce serait une occasion pour vous de le connaître.

— Je le remercie, mais voyons, il faut que j'aille prévenir la mère Mesurat pour qu'elle ne mette pas ma côtelette au feu.

— C'est inutile, j'ai prévenu Mme Mesurat. À propos, vous êtes toujours content d'elle ?

— Dans le temps, dit-il, en riant, j'avais pour soigner mon ménage, à Paris, un sieur Rateau[1], pochard de haute lice, qui bousculait tout et menait militairement les meubles ; maintenant, j'ai cette brave femme dont la façon de travailler diffère ; mais les résultats sont identiques. Elle agit par la persuasion, par la douceur ; elle ne renverse pas le mobilier, ne rugit point en terrassant les matelas, ne se lance pas à la baïonnette avec un balai, contre les murs ; non, elle recueille tranquillement la poussière, la mijote, finit par l'amasser en de petits tas qu'elle cache dans les angles des murs ; elle ne saccage point le lit, mais elle se borne à le caresser du bout des doigts, à déplisser les draps avec sa main, à peloter les oreillers, à les engager à combler leurs creux ; l'autre chambardait tout, celle-ci ne remue rien !

— Eh là mais ! c'est une digne femme !

— Oui, aussi malgré tout, suis-je heureux de l'avoir.

Ils étaient arrivés, en causant, devant la grille de l'évêché. Ils passèrent par une petite porte donnant sur la loge de la concierge et débouchèrent dans une grande cour, sablée de cailloux de rivière, au fond de laquelle s'étendait une vaste construction du XVIIᵉ siècle. Il n'y avait ni flore de pierre, ni sculptures, aucun porche animé, rien, sinon une façade de briques et de moellons usés, un bâtiment nu et glacé, laissé à l'abandon avec ses hautes fenêtres derrière lesquelles on distinguait des volets repliés, peints en gris. L'entrée était à la hauteur d'un premier étage ; on y accédait par un perron avec un escalier de chaque côté ; en bas, dans la niche de ce perron, s'ouvrait une porte vitrée au travers de laquelle on apercevait, coupés par le cadre, des pieds d'arbres.

Dans cette cour s'alignaient de longs peupliers que l'ancien évêque, qui avait fréquenté les Tuileries avant la guerre, appelait, en souriant, sa haie de cent gardes.

Mme Bavoil et Durtal traversèrent cette cour, se dirigeant, à droite, vers une aile de la bâtisse, toiturée d'ardoises.

C'était là, au premier, sous un grenier qu'éclairaient des œils de bœuf, que résidait l'abbé Gévresin.

Ils gravirent un escalier étroit, bordé d'une rampe rouillée de fer. Les murs ruisselaient d'humidité, sécrétaient des roupies, distillaient des gouttes de café noir ; les marches étaient creusées, s'amincissaient du bout ainsi que des cuillers ; elles conduisaient à une porte badigeonnée d'ocre dans laquelle était planté un bouton de fonte, couleur d'encre. Un cordon de sonnette balançait un anneau de cuivre qui se cognait remué par le vent, contre le plâtre éraillé du mur. Une indéfinissable odeur de vieille pomme et d'eau qui croupit, s'échappait de la cage de l'escalier, précédé d'un court vestibule que pavaient des rangées de briques, couchées sur le flanc, rongées à la façon des madrépores, que plafonnait une sorte de carte de géographie, sillonnée de mers dessinées comme avec de l'urine par des infiltrations de pluie.

Et le petit appartement de l'abbé, tendu d'un méchant papier neuf et carrelé de rouge, fleurait la tombe ; on se rendait compte que, dans l'ombre de la cathédrale qui couvrait cette aile, aucun soleil ne venait sécher les cloisons s'effritant dans le bas des plinthes en une poudre de cassonade, s'émiettant lentement sur le vernis glacé du sol.

Quelle misère ! voir un vieillard ravagé par les rhumatismes habiter là ! pensait Durtal.

Il est vrai que lorsqu'il pénétra dans la chambre de l'abbé, il la trouva un peu dégourdie par un grand feu de coke ; le prêtre lisait son bréviaire, enveloppé d'une douillette, près de la fenêtre dont il avait retroussé le rideau, pour voir un peu clair.

Cette pièce était meublée d'un petit lit de fer, muni de rideaux en calicot blanc, avec embrasses de cretonne rouge ; en face de la couche, une table, couverte d'un tapis et d'une écritoire, et un prie-Dieu au-dessus duquel était cloué un Christ ; le reste de la chambre était occupé par des rayons de livres étagés jusqu'au plafond et trois fauteuils, tels que l'on n'en découvre plus que dans les communautés religieuses et dans les séminaires, des fauteuils de noyer, tressés de paille de même que des chaises d'église, étaient placés l'un, devant la table, les deux autres, devant des ronds de sparterie*, à gauche et à droite de la cheminée que surmontait une pendule Empire entre deux vases dans le ventre desquels se dressaient, maintenues par du sable, des tiges décolorées de roseaux secs.

— Approchez-vous donc, fit l'abbé, car, malgré ce brasier, on gèle.

Et, écoutant Durtal qui lui parlait de rhumatismes, il eut un geste de résignation.

— Tout l'évêché est ainsi, dit-il. Monseigneur qui, lui, est presque perclus, n'a pu rencontrer, dans tout le palais, une salle qui soit saine. Dieu me pardonne, mais je crois que son logis est encore plus humide que le mien ; la vérité, c'est qu'il faudrait installer partout des calorifères et que jamais on ne s'y résoudra, faute d'argent.

— Monseigneur pourrait bien disposer au moins, çà et là, dans les pièces du palais, des poêles.

— Lui ! s'exclama, en riant l'abbé, mais il ne possède aucune fortune ; il touche en tout et pour tout un traitement annuel de dix mille francs car il n'y a pas de mense* à Chartres et le produit de la taxe des actes de la chancellerie est nul ; dans cette ville sans piété riche, il ne peut attendre aucune aide, et il a à sa charge le jardinier et le concierge ; par économie il est obligé de distraire d'un couvent la cuisinière et la lingère. Ajoutez que, n'ayant pas le moyen d'entretenir des chevaux et de conserver une voiture, il doit louer une berline pour les tournées pastorales. Combien croyez-vous donc qu'il lui reste pour vivre, si vous défalquez encore ses aumônes ; allez, il est plus pauvre que vous et moi !

— Mais alors c'est la panne* du sacerdoce, un radeau de la Méduse pieux que Chartres !

— Vous l'avez dit, évêque, chanoines, prêtres, tout le monde est dans l'indigence ici.

La sonnette tinta ; et Mme Bavoil introduisit l'abbé Plomb ; Durtal le reconnaissait ; il avait l'air encore plus effaré que de coutume ; il saluait à reculons, paraissait gêné par ses mains qu'il fourra dans ses manches.

Et, au bout d'une demi-heure de conversation, lorsqu'il se sentit plus à l'aise, il s'évada en des sourires et finit par causer ; et Durtal, surpris, constata que l'abbé Gévresin avait raison. Ce prêtre était très intelligent et très instruit et, ce qui plaisait peut-être plus encore, il n'était nullement asservi par ce manque d'éducation, par ces idées étroites, par ces futiles bondieuseries, qui rendent l'accès des ecclésiastiques dans le monde des lettrés, si difficile.

Ils étaient assis dans la salle à manger, aussi maussade que les autres pièces mais plus chaude, car un poêle de faïence y ronflait, soufflant, par ses bouches de chaleur, des trombes.

Après qu'ils eurent mangé leurs œufs à la coque, la conversation, qui s'était jusqu'alors éparpillée au hasard des sujets, se concentra sur la cathédrale.

— Elle est la cinquième édifiée sur la grotte des Druides, dit l'abbé Plomb ; son histoire est étrange.

La première, érigée du temps des Apôtres, par l'évêque Aventin, fut rasée jusqu'au niveau du sol. Rebâtie par un autre prélat du nom de Castor, elle fut brûlée, en partie, par Hunald duc d'Aquitaine, restaurée par Godessald, incendiée à nouveau par Hastings, chef des Normands, réparée, une fois de plus, par Gislebert et enfin complètement détruite par Richard, duc de Normandie, lors du siège de la ville qu'il mit à sac.

Nous ne détenons pas de bien véridiques documents sur ces deux basiliques ; tout au plus, savons-nous que le gouverneur romain du pays de Chartres démolit de fond en comble la première, égorgea un grand nombre de chrétiens, au nombre desquels sa fille Modeste, et fit jeter leurs cadavres dans un puits creusé près de la grotte et qui a reçu le nom de puits des Saints Forts.

Un troisième sanctuaire, construit par l'évêque Vulphard, fut consumé en 1020, sous l'épiscopat de saint Fulbert qui fonda une quatrième cathédrale ;

celle-ci fut calcinée, en 1194, par la foudre qui ne laissa debout que les deux clochers et la crypte.

La cinquième enfin, élevée sous le règne de Philippe-Auguste, alors que Régnault de Mouçon était évêque de Chartres, est celle que nous voyons aujourd'hui et qui fut consacrée, le 17 octobre 1260, en présence de saint Louis ; elle n'a cessé de passer par la fournaise. En 1506, le tonnerre tombe sur la flèche du Nord dont la carcasse était en bois revêtu de plomb ; une épouvantable tempête, qui dure de six heures du soir jusqu'à quatre heures du matin, attise le feu dont la violence devient telle qu'il fond comme des pains de cire les six cloches. L'on parvient à limiter les ravages des flammes et l'on ravitaille l'église. Dès lors, le fléau ne cesse plus. En 1539, en 1573, en 1589, la foudre croule sur le clocher neuf. Plus d'un siècle s'écoule, et tout recommence ; en 1701 et en 1740, la même flèche est encore atteinte.

Elle demeure indemne, jusqu'en 1825, année pendant laquelle le tonnerre la bat et l'ébranle, le lundi de la Pentecôte, tandis que l'on chante le *Magnificat*, aux Vêpres.

Enfin, le 4 juin 1836, un formidable incendie, déterminé par l'imprudence de deux plombiers qui travaillent dans les faîtes, éclate. Il persiste pendant onze heures et ruine toute la charpente, la forêt entière de la toiture ; c'est miracle que l'église n'ait pas complètement disparu, dans cette tourmente.

Avouez, Monsieur, que cette continuité de catastrophes est surprenante.

— Oui, et ce qui est aussi bizarre fit l'abbé Gévresin, c'est l'acharnement que met à la renverser le feu du ciel.

— Comment expliquer cela ? demanda Durtal.

— L'auteur de « Parthénie », Sébastien Roulliard[1],

pense que c'est en expiation de certains péchés que ces désastres furent permis et il insinue que la combustion de la troisième cathédrale fut peut-être légitimée par l'inconduite de certains pèlerins, qui couchaient en ce temps, hommes et femmes, pêle-mêle, dans la nef. D'autres croient que le Démon, qui peut mésuser de la foudre, en certains cas, a voulu supprimer à tout prix ce sanctuaire.

— Mais alors, pourquoi la Vierge ne l'a-t-Elle pas mieux défendu ?

— Remarquez bien qu'Elle l'a, nombre de fois, empêché d'être intégralement réduit en cendres, mais cela n'est pas, en effet, moins singulier. Songez que Chartres est le premier oratoire que Notre-Dame ait eu en France. Il se relie aux temps messianiques, car bien avant que la fille de Joachim ne fût née, les Druides avaient instauré, dans la grotte qui est devenue notre crypte, un autel à la « Vierge qui devait enfanter », « *Virgini Parituræ* ». Ils ont eu, par une sorte de grâce, l'intuition d'un Sauveur dont la Mère serait sans tache ; il semble donc qu'à Chartres, plus que dans tout autre lieu, il y ait de très vieux liens d'amitié avec Marie ; l'on comprend dès lors que Satan se soit entêté à les rompre.

— Savez-vous, fit Durtal, que cette grotte a été pré-figurée dans une annexe, humaine, quasi officieuse, de l'Ancien Testament. Dans sa *Vie de Notre-Seigneur*, l'admirable voyante que fut Catherine Emmerich[1] nous signale, à proximité du Mont-Carmel, une grotte et un puits près desquels Élie aperçut une Vierge ; c'est à cet endroit, dit-elle, que les Juifs, qui attendaient l'arrivée d'un Rédempteur, se rendaient, plusieurs fois par an, en pèlerinage.

N'est-ce pas l'image de la grotte de Chartres et du puits des Saints Forts ?

Remarquez, d'autre part, cette tendance du tonnerre à choir non sur le clocher vieux, mais sur le clocher neuf ; je crois qu'aucune raison météorologique ne saurait justifier cette préférence ; et si je considère attentivement les deux flèches, je suis frappé de la délicatesse des végétations courant sous des dentelles, de tout le côté gracile et coquet du clocher neuf. L'autre, au contraire, n'a ni un ornement, ni une guipure ; il est simplement papelonné* comme un homme d'armes d'écailles ; il est sobre et sévère, altier et robuste. L'on dirait vraiment que l'un est féminin et que l'autre appartient au sexe mâle. Ne peut-on, dès lors, leur faire symboliser au premier la Vierge et au second le Fils ? Dans ce cas, ma conclusion ne diffère point de celle que vient de nous exposer Monsieur l'abbé ; les incendies seraient attribuables à Satan qui s'acharnerait sur l'image de Celle qui a le pouvoir de lui écraser le chef.

— Prenez donc un peu de filet, notre ami, fit Mme Bavoil qui entra, tenant entre ses bras une bouteille.

— Non, merci.

— Et vous, Monsieur l'abbé ?

L'abbé Plomb s'inclina en refusant.

— Mais vous ne mangez pas !

— Comment je ne mange pas ! je vous avouerai même que j'ai un peu honte d'avoir si bien déjeuné, alors que j'ai lu, ce matin, la vie de saint Laurent, archevêque de Dublin, qui, en guise de repas, se contentait de tremper son pain dans la lessive.

— Pourquoi ?

— Mais pour dire avec le Roi Prophète qu'il se nourrissait de cendre – puisqu'il y a de la poudre de charbon dans la lessive ; – c'est le festin de la pénitence qui ne ressemble guère à celui que nous venons de nous ingérer, ajouta, en riant, l'abbé.

— Eh bien, voilà qui vous confond, ma chère Madame Bavoil, dit l'abbé Gévresin. Vous n'êtes pas encore hantée par la concupiscence de ces pauvres galas ; quelle fine bouche vous êtes ! il vous faut du lait ou de l'eau pour humecter vos mouillettes !

— Mon Dieu, fit à son tour sérieusement Durtal, en tant que bombances, il y a mieux. Je me rappelle avoir lu, dans un vieux livre, l'histoire de la Bienheureuse Catherine de Cardone qui, sans s'aider de ses mains, broutait, à genoux, des herbes avec les ânes.

Mme Bavoil ne parut pas se douter que ses amis plaisantaient et, humblement, elle répondit :

— Le bon Dieu ne m'a jamais demandé de saupoudrer mes tartines de cendre ou de paître des herbes... s'il veut m'en intimer l'ordre, bien sûr que je le ferai... mais c'est égal...

Elle se montrait si peu enthousiaste que tous rirent.

— En somme, reprit l'abbé Gévresin, après un silence, la cathédrale actuelle est du XIIe et du XIIIe siècle, sauf, bien entendu, le clocher neuf et de nombreux détails.

— Oui.

— Et l'on ignore le nom des architectes qui l'édifièrent ?

— Comme celui de presque tous les constructeurs de basiliques, répliqua l'abbé Plomb. L'on peut admettre cependant qu'au XIIe et au XIIIe siècle, ce furent les Bénédictins de l'abbaye de Tiron[1] qui dirigèrent les travaux de notre église ; ce monastère avait, en effet, établi, en 1117, un couvent à Chartres ; nous savons également que ce cloître contenait plus de cinq cents religieux de tous arts et que les sculpteurs et les imagiers, les maçons-carriers ou maîtres

de pierre vive* y abondaient. Il serait donc assez naturel de croire que ce furent ces moines, détachés à
Chartres, qui tracèrent les plans de Notre-Dame et
employèrent ces troupes d'artistes dont nous voyons
l'image dans l'un des anciens vitraux de l'abside, des
hommes au bonnet pelucheux, en forme de chausse
à filtrer, qui taillent et rabotent des statues de rois.

Leur œuvre a été complétée, au commencement du
XVIe siècle, par Jehan Le Texier, dit Jehan de Beauce,
qui est l'auteur du clocher Nord, dit clocher neuf, et
de la partie décorative, abritant dans l'intérieur de
l'église les groupes du pourtour cernant le chœur.

— Et jamais, en somme, l'on n'a découvert le nom
de l'un des premiers architectes, de l'un des sculpteurs, de l'un des verriers de cette cathédrale ?

— L'on a entrepris bien des recherches et, personnellement, je puis avouer que je n'y ai épargné ni
mon temps, ni mes peines, mais cela en pure perte.

Voici ce que nous connaissons : en haut du clocher du Midi, dit clocher vieux, près de la baie qui
s'ouvre en face de la flèche neuve, on a démêlé cette
inscription : « Harman, 1164 ». Est-ce le nom d'un
architecte, d'un ouvrier ou d'un guetteur de nuit
posté, à cette époque, dans la tour ? on erre. De son
côté, Didron a déchiffré sur le pilastre du portail
Occidental, au-dessus de la tête brisée d'un boucher
assommant un bœuf, ce mot : « Rogerus », gravé en
caractères du XIIe siècle. Est-ce l'architecte, le statuaire, le bienfaiteur de cette façade ou le boucher ?
Une autre signature : « Robir » est également incrus-
tée sur le support d'une statue du porche Septentrional. Qu'est-ce que Robir ? personne ne peut répondre.

D'autre part, Langlois cite un verrier du XIIIe siècle,
Clément de Chartres, dont il a relevé l'inscription
« Clemens vitrearius Carnutensis » sur une verrière

de la cathédrale de Rouen ; bien, mais, de là à admettre, ainsi que d'aucuns l'insinuent, que ce Clément, par ce seul fait qu'il est originaire de Chartres, ait peint un ou plusieurs des tableaux vitrés de Notre-Dame, il y a loin. En tout cas, nous ne possédons aucun indice, ni sur sa vie, ni sur ses travaux, dans cette ville. Nous pouvons noter encore que, sur l'un des carreaux de notre église, on lit : *Petrus Bal...* est-ce la désignation abrégée ou complète d'un donateur ou d'un peintre ? une fois de plus, nous devons attester notre ignorance.

Si nous ajoutons enfin que l'on a retrouvé deux des compagnons de Jehan de Beauce, Thomas Le Vasseur qui lui fut adjoint pour la construction de la flèche neuve et un sieur Bernier dont le nom est écrit sur d'anciens comptes ; si, par de vieux marchés que déterra M. Lecoq, nous savons que Jehan Soulas, imagier de Paris, a sculpté les plus beaux des groupes qui magnifient la clôture du chœur ; si, nous remarquons encore, après cet admirable sculpteur, d'autres statuaires déjà moins intéressants, car avec eux l'art païen reparaît et la médiocrité commence : François Marchant, imagier d'Orléans, Nicolas Guybert de Chartres, nous avons à peu près tous les renseignements qui méritent d'être conservés sur les véritables artistes qui travaillèrent du XIIe jusqu'à la fin de la première moitié du XVIe siècle, à Chartres.

— Oui, et à partir de cette époque, les noms des artisans qui nous sont parvenus ne sont plus qu'à honnir. C'est Thomas Boudin, Legros, Jean de Dieu, Berruer, Tuby, Simon Mazières, qui osent continuer l'œuvre de Soulas ! c'est Louis, l'architecte du duc d'Orléans, qui avilit et saccage le chœur ; c'est cet infâme Bridan qui installe, à la misérable joie de

quelques chanoines, son emphatique et indigent bloc
de l'Assomption !

— Hélas ! fit l'abbé Gévresin, ce sont aussi des
chanoines qui ont jugé utile de briser deux anciennes
verrières du chœur et de les remplacer par des carreaux blancs pour mieux éclairer le groupe de ce
Bridan !

— Vous ne mangez plus ? demanda Mme Bavoil
qui, sur le signe négatif des convives, ôta le fromage
et les confitures et apporta le café.

— Puisque cette cathédrale vous plaît tant, je
serais heureux de vous aider à la parcourir dans ses
détails, proposa l'abbé Plomb à Durtal.

— J'accepte bien volontiers, Monsieur l'abbé, car
elle m'obsède, en effet, et elle m'affole, cette Notre-
Dame ! – vous connaissez, n'est-ce pas, les théories
de Quicherat sur le Gothique ?

— Oui et je les crois exactes. Je suis, comme lui,
convaincu que si la particularité, que si l'essence du
Roman est surtout la voûte substituée aux lambris
des toits, l'origine et le caractère distinct du Gothique
est l'arc-boutant et non l'ogive.

Je fais bien quelques réserves sur la justesse de
cette boutade de Quicherat « que l'histoire de l'architecture au Moyen Âge n'est que l'histoire de la
lutte des architectes contre la poussée et la pesanteur des voûtes[1] », car il y a autre chose, en cet art,
qu'une industrie matérielle et qu'une question pratique, mais n'empêche qu'il a certainement raison
sur presque tous les points.

Maintenant, nous pouvons poser en principe qu'en
nous servant des termes d'ogive et de gothique, nous
employons des vocables que l'on a détournés de leur
vrai sens, car les Goths n'ont rien à voir avec l'architecture qui s'empara de leur nom et le mot ogive,

qui signifie justement la forme du plein-cintre*, est absolument inapte à désigner cet arc brisé que l'on a pris pendant tant d'années, pour la base, pour la personnalité même d'un style.

En somme, poursuivit l'abbé, après un silence, comment juger les œuvres d'antan, en dehors même de cette aide d'arcs plantés dans des contreforts ou de voûtes en anses de panier ou en cul de four, car toutes sont adultérées par les siècles ou inachevées. Notre-Dame, à Chartres, devait avoir neuf clochers et elle n'en a que deux ; les basiliques de Reims, de Paris, de Laon, d'autres, étaient destinées à porter des flèches sur leurs tours, où sont-elles ? nous ne pouvons donc nous rendre un compte exact de l'effet que voulurent produire leurs architectes. D'autre part, les cathédrales étaient faites pour être vues dans un cadre que l'on a détruit, dans un milieu qui n'est plus ; elles étaient entourées de maisons dont l'allure s'accordait avec la leur ; aujourd'hui, elles sont ceinturées de casernes à cinq étages, de pénitenciers mornes, ignobles ; – et partout, on les dégage, alors qu'elles n'ont jamais été bâties pour se dresser, isolées sur des places ; c'est, de tous les côtés, l'insens le plus parfait de l'ambiance dans laquelle elles furent élevées, de l'atmosphère dans laquelle elles vécurent ; certains détails, qui nous semblent inexplicables dans quelques-uns de ces édifices, étaient sans doute nécessités par la forme, par les besoins des alentours ; au fond, nous trébuchons, nous avançons au hasard, nous ne savons rien,... rien.

— En tout cas, dit Durtal, l'archéologie et l'architecture n'ont exécuté que des besognes secondaires ; elles nous ont révélé simplement l'organisme, le corps des cathédrales, qui nous en dira l'âme ?

— Qu'entendez-vous par ce mot ? demanda l'abbé Gévresin.

— Je ne parle pas de l'âme du monument, au moment où, avec l'assistance divine, l'homme la créa ; cette âme, nous l'ignorons et encore pas pour Chartres, puisque de précieux documents nous la racontent ; mais de l'âme qu'ont gardée les autres églises, de l'âme qu'elles ont maintenant et que nous contribuons à entretenir par notre présence plus ou moins assidue, par nos communions plus ou moins fréquentes, par nos prières plus ou moins vives ?

Prenons Notre-Dame de Paris ; elle a été rafistolée et retapée de fond en comble ; ses sculptures sont rapiécées quand elles ne sont pas toutes modernes ; en dépit des dithyrambes d'Hugo, elle demeure de second ordre ; mais elle a sa nef, son merveilleux transept ; elle est même nantie d'une ancienne statue de la Vierge devant laquelle s'est beaucoup agenouillé M. Olier[1] ; eh bien, l'on a tenté de ranimer, dans son vaisseau, le culte de Notre-Dame, de déterminer un mouvement de pèlerinage et tout y est mort ! cette cathédrale n'a plus d'âme ; elle est un cadavre inerte de pierre ; essayez d'y entendre une messe, de vous approcher de la Table, et vous sentirez une chape de glace tomber sur vous. Cela tient-il à son abandon, à ses offices assoupis, à la rémolade* de fredons qu'on y bat, à sa fermeture, hâtée le soir, à son réveil tardif, bien après l'aube ? cela tient-il aussi à ces visites tolérées d'indécents touristes, de goujats de Londres que j'ai vus, parlant tout haut, restant, au mépris des plus simples convenances, assis devant l'autel, alors que l'on donnait la bénédiction du Saint-Sacrement, en face d'eux ! Je ne sais, mais ce que je certifie, c'est que la Vierge n'y réside pas jours et nuits, toujours, comme à Chartres.

Prenez encore Amiens, avec ses vitres blanches et ses clartés crues, ses chapelles fermées par de hautes grilles, son silence de rares oraisons, sa solitude. Celle-là est vide aussi ; et je ne sais pourquoi elle fleure, pour moi, une ancienne odeur de jansénisme ; on n'y est pas à l'aise, on y prie mal ; et pourtant sa nef est magnifique et les sculptures de son pourtour, qui sont même supérieures à celles de Chartres, s'affirment, on peut le dire, uniques !

Celle-là, non plus, n'a pas d'âme.

Et il en est de même de celle de Laon, nue et glacée, à jamais morte ; d'autres sont dans un état intermédiaire, agonisent encore tièdes : Reims, Rouen, Dijon, Tours, Le Mans, par exemple ; déjà l'on s'y détend mieux ; Bourges avec ses cinq embouchures jetées en allées à perte de vue, devant nous, et l'énormité de son vaisseau désert ; Beauvais, si mélancolique, n'ayant pour tout corps qu'une tête et des bras lancés désespérément, ainsi qu'un appel toujours inentendu, vers le ciel, ont néanmoins conservé encore quelques-uns des effluves d'antan. On peut s'y recueillir, mais nulle part, l'on n'est aussi bien qu'ici, nulle part on ne prie mieux qu'à Chartres !

— Voilà qui est envoyé, s'écria Mme Bavoil ; pour la peine, vous allez avoir un petit verre de bon cassis.

Mais oui... mais oui... il a raison, notre ami, reprit-elle s'adressant aux prêtres qui riaient. Autre part – sauf à Notre-Dame des Victoires, à Paris, sauf surtout à Notre-Dame de Fourvière, à Lyon –, on attend, on fait antichambre, quand on va la voir ; et souvent, Elle ne vient pas, tandis que dans notre cathédrale, Elle vous reçoit tout de suite, telle qu'Elle est ; je le lui ai dit, d'ailleurs, à notre ami, qu'il aille donc assister à la première messe dans la crypte, et il verra comment notre Mère les accueille, ses visiteurs !

— Chartres, dit l'abbé Gévresin, est étonnant avec ses deux Madones noires, Notre-Dame du Pilier, en haut dans la cathédrale même, et Notre-Dame de Sous-Terre, en bas, dans le cellier sur lequel jaillit la basilique. Nul sanctuaire, je crois, ne recèle ainsi deux images miraculeuses de Marie, sans compter la vieille relique connue sous le nom de chemise, de tunique, de la Vierge !

— Et avec quoi est-elle constituée, selon vous, l'âme de Chartres ? demanda l'abbé Plomb.

— Toujours pas avec celle des bourgeoises de la ville et des quelques marguilliers qui s'y décantent, répondit Durtal ; non, elle est vivifiée par les sœurs, par les paysannes, par les pensionnats religieux, par les élèves du séminaire, peut-être surtout par les enfants de la maîtrise, qui viennent baiser le pilier et s'agenouiller devant la Vierge noire !

La bourgeoisie dévote, mais elle ferait prendre la fuite aux Anges !

— À de rares exceptions près, c'est en effet dans cette caste que se recrute la fleur des pharisiennes, dit l'abbé Plomb et il ajouta, d'un ton moitié plaisant et moitié contrit :

C'est moi qui suis, à Chartres, le triste jardinier de ces âmes !

— Revenons, reprit l'abbé Gévresin, à notre point de départ ; où est né le Gothique ?

— En France, Lecoy de la Marche l'atteste expressément : « l'arc-boutant apparut comme fondement intégral d'un style, dès les premières années du règne de Louis le Gros, dans le pays compris entre la Seine et l'Aisne[1]. » D'après lui, le premier essai de cet art serait la cathédrale de Laon ; selon d'autres, au contraire, elle ne serait qu'une succédanée de basiliques antérieures et tour à tour, l'on cite les églises de Saint-Front à Périgueux, de Vézelay, de Saint-Denis, de Noyon, l'ancienne collégiale de Poissy, et personne ne s'entend. Une seule chose est certaine, c'est que le Gothique est un art du Nord, qu'il pénétra dans la Normandie et de là en Angleterre ; puis il gagna les bords du Rhin au XIIe siècle et l'Espagne, au commencement du XIIIe.

Les églises gothiques dans le Midi, ne sont que des importations très mal assorties avec les êtres qui les peuplent et avec le ciel d'un bleu véhément qui les gâte.

— Remarquez, dit Durtal, que cette partie de la Mystique est en désaccord, dans notre pays, avec les autres.

— Comment cela ?

— Dame, la France n'a eu, dans la répartition de l'art religieux, que l'architecture. Considérez, en peinture, les Primitifs. Les peintres et aussi les sculpteurs sont tous italiens, espagnols, flamands, allemands. Ceux que l'on tente de nous imposer ainsi que des compatriotes, sont des Flamands transférés en Bourgogne ou de dociles Français dont les œuvres dérivées portent une empreinte, toute flamande. Voyez au Louvre ceux que l'on appelle nos Primitifs ; voyez surtout à Dijon ce qui subsiste de ces temps où l'art septentrional fut implanté par Philippe le Hardi, dans sa province. Le doute n'est pas possible. – Tout vient des Flandres ; Jean Perréal, Bourdichon, Beauneveu, Fouquet même, sont tout ce que vous voudrez, sauf les inventeurs d'un art original dans les Gaules. Et il en est de même des écrivains mystiques. À quoi bon énumérer les nationalités diverses auxquelles ils appartiennent ? Eux aussi sont espagnols, italiens, allemands, flamands ; pas un n'est français.

— Pardon, s'écria Mme Bavoil, pardon, notre

ami ; il y a la Vénérable Jeanne de Matel qui est originaire de Roanne.

— Oui, mais elle est fille d'un père italien, né à Florence, fit l'abbé Gévresin qui, écoutant sonner l'heure de None, plia sa serviette.

Tous récitèrent debout les grâces et Durtal prit rendez-vous avec l'abbé Plomb pour visiter la cathédrale ; et il retourna chez lui, ruminant en route sur cette distribution singulière de l'art au Moyen Âge, sur cette suprématie donnée à la France, en architecture, quand elle était alors si inférieure dans les autres arts.

Il faut avouer, conclut-il, qu'elle a même perdu cette supériorité, car il y a beau temps qu'elle ne produit plus un architecte ; les gens qui s'affublent de ce nom sont des cambrousiers*, des maçons dénués de toute personnalité, de toute science. Ils ne sont seulement plus capables de plagier adroitement leurs devanciers ! Ils sont quoi, maintenant ? des rapetasseurs de chapelles, des ressemeleurs d'églises, des fabricants de ribouis*, des gnaffs* !

IV

Elle avait raison, Mme Bavoil ; pour apprécier l'accueil que la Vierge pouvait réserver à ses visiteurs, il fallait assister à la première messe dans la crypte ; il fallait surtout y communier[1].

Durtal l'expérimenta ; un jour que l'abbé Gévresin lui prescrivit d'aborder le Sacrement, il suivit le conseil de la gouvernante et s'engagea dans ce souterrain, dès l'aube.

On y descendait par un escalier de cave qu'éclairait une petite lampe dont la mèche grésillait, emplissant de fumée, son verre ; une fois parvenu au bas des marches, on avançait, en inclinant sur la gauche, dans les ténèbres, puis, à certains tournants, quelques quinquets rougeoyaient indiquant le circuit

que l'on décrivait dans ces atermoiements de lumière
et d'ombre, et l'on finissait par se rendre à peu près
compte de la forme de cette crypte.

Elle figurait assez bien la moitié d'un moyeu de
roue d'où s'emboîtaient des rais filant dans tous les
sens, pour rejoindre la circonférence même de la
roue. Dans l'allée circulaire où l'on cheminait, rayonnaient, en lames dépliées d'éventail, des corridors au
bout desquels l'on discernait des vitres en brouillard
qui paraissaient presque claires dans la nuit opaque
des murs.

Et Durtal aboutit, en longeant la courbe du couloir, à un tambour vert qu'il poussa. Il entrait dans
le flanc d'une avenue se terminant en une sorte d'hémicycle que meublait un maître-autel. À sa gauche et
à sa droite, deux minuscules galeries dessinaient les
bras de croix d'un petit transept. La grande avenue,
qui était une nef, était bordée, de chaque côté, de
chaises laissant entre elles un étroit passage pour
gagner l'autel.

L'on y voyait à peine, le sanctuaire n'étant éclairé
que par des veilleuses pendues au plafond, des veilleuses couleur d'orange sanguine et d'or trouble.
Une tiédeur extraordinaire soufflait dans ce caveau
qui répandait aussi un singulier parfum où revenait,
dans un souvenir de terre humide, un relent de cire
chaude ; mais c'était là, si l'on peut dire, le fond, le
canevas même de la senteur, car elle disparaissait
sous les broderies odorantes qui la couvraient, sous
la dorure éteinte d'une huile en laquelle on aurait
fait macérer d'anciens aromates, dissoudre de très
vieux encens. C'était une exhalaison mystérieuse et
confuse, comme la crypte même qui, avec ses lueurs
furtives et ses pans d'ombre, était à la fois pénitentielle et douillette, étrange.

Durtal se dirigea par la grande allée vers le croi-

sillon de droite et s'assit ; ce bras exigu du transept
était muni d'un autel estampé d'une croix grecque
en relief sur une sphère de pourpre. Partout, en
l'air, la voûte énorme et cambrée plombait, si basse
que le bras levé d'un homme pouvait l'atteindre ; et
elle était noire, telle qu'un fond de cheminée, calcinée ainsi que par les incendies qui consumèrent les
cathédrales bâties au-dessus d'elle.

Peu à peu, des claquements de sabots s'enten-
dirent, puis des pas étouffés de religieuses ; il y eut
un silence, auquel succédèrent des salves de nez
comprimés par des mouchoirs et tout se tut.

Un sacristain s'introduisit par une petite porte
ouverte dans l'autre aile du transept, alluma les
cierges du maître-autel et des chapelets de cœurs en
vermeil étincelèrent dans la demi-lune, tout le long
des murs, auréolant, avec le feu des cierges qu'ils
réverbéraient, une statue de Vierge, rigide et obscure, assise avec un enfant sur ses genoux. C'était
la fameuse Notre-Dame de Sous-Terre ou plutôt sa
copie, car l'original avait été brûlé en 1793, devant
le grand portail de l'église, au milieu d'une ronde en
délire de sans-culottes.

Un enfant de chœur parut, précédant un vieux
prêtre et, pour la première fois, Durtal vit servir
réellement une messe, comprit l'incroyable beauté
que peut dégager l'observance méditée du sacrifice.

Cet enfant agenouillé, l'âme tendue et les mains
jointes, parlait, à haute voix, lentement, débitait avec
tant d'attention, avec tant de respect, les répons du
psaume, que le sens de cette admirable liturgie, qui
ne nous étonne plus, parce que nous ne la percevons,
depuis longtemps, que bredouillée et expédiée, tout
bas, en hâte, se révéla subitement à Durtal.

Et le prêtre, même inconsciemment, qu'il le voulût

ou non, suivait le ton de l'enfant, se modelait sur lui,
récitait avec lenteur, ne proférant plus simplement
les versets du bout des lèvres, mais il se pénétrait
des paroles qu'il devait dire, haletait, saisi, comme
à sa première messe, par la grandeur de l'acte qu'il
allait accomplir.

Durtal sentait, en effet, frémir la voix de l'officiant,
debout devant l'autel, ainsi que le Fils même qu'il
représentait devant le Père, demandant grâce pour
tous les péchés du monde qu'il apportait, secouru,
dans son affliction et dans son espoir, par l'innocence
de l'enfant dont l'amoureuse crainte était moins
réfléchie que la sienne et moins vive.

Et lorsqu'il prononçait cette phrase désolée :
« Mon Dieu, mon Dieu, pourquoi mon âme est-elle
triste et pourquoi me troublez-vous[1] ? » le prêtre était
bien la figure de Jésus souffrant sur le Calvaire, mais
l'homme restait aussi dans le célébrant, l'homme
faisant retour sur lui-même et s'appliquant naturellement, en raison de ses délits personnels, de ses
propres fautes, les impressions de détresse notées
par le texte inspiré du psaume.

Et le petit servant le réconfortait, l'incitait à espérer et, après avoir murmuré le *Confiteor* devant le
peuple qui se purifiait à son tour, par une identique
ablution d'aveux, l'officiant, plus rassuré, gravissait
les marches de l'autel et commençait la messe.

Vraiment, dans cette atmosphère de prières, rabattue par le lourd plafond, dans ce milieu de sœurs
et de femmes agenouillées, Durtal eut l'idée d'un
premier christianisme enfoui dans les catacombes ;
c'était la même tendresse éperdue, la même foi ; et
l'on pouvait se suggérer un peu de l'appréhension
d'être surpris et du désir d'affirmer devant un péril
ses croyances. Ainsi qu'en une confuse empreinte,

l'on retrouvait, dans ce divin cellier, un vague tableau des néophytes jadis assemblés dans les souterrains de Rome.

Et la messe continuait devant Durtal, émerveillé par l'enfant qui baisait, les yeux presque fermés, dans le petit recul d'un discret émoi, les burettes de vin et d'eau, avant que de les offrir au prêtre.

Durtal ne voulait plus rien voir, essayait de se recueillir, alors que le célébrant s'essuyait les mains, car les versets récités à voix basse étaient les seules prières qu'il pût adresser honnêtement à Dieu.

Il n'avait que cela pour lui, mais il l'avait au moins, l'amour passionné de la mystique et de la liturgie, du plain-chant et des cathédrales ! Sans mentir et sans se leurrer aussi, il pouvait, en toute sécurité, s'écrier : « Seigneur, j'ai aimé la beauté de votre maison et le lieu où habite votre gloire[1]. » C'était la seule compensation qu'il pût proposer au Père, de ses contumélies* et de ses mésaises, de ses écarts et de ses chutes. Ah ! pensait-il, comment ressasser ces prières toutes faites dont les paroissiens débordent, dire à Dieu, en le qualifiant « d'aimable Jésus », qu'Il est le bien-aimé de mon cœur, que je prends la ferme résolution de n'aimer jamais que Lui, que je veux mourir plutôt que de jamais lui déplaire. N'aimer jamais que Lui ! quand on est moine et solitaire, peut-être, mais dans la vie du monde ! puis, sauf les Saints, qui préfère la mort à la plus légère des offenses ? alors pourquoi vouloir le berner avec ces simagrées, et ces frimes ? Non, fit Durtal, en dehors des exorations personnelles, des entretiens intimes où l'on se risque à lui raconter tout ce qui passe par la tête, seules les prières de la liturgie peuvent être empruntées impunément par chacun de nous, car le propre de leur inspiration, c'est de s'adapter, à travers les temps, à tous les états d'âme, à tous les âges. Si nous exceptons encore les prières consacrées de quelques saints qui sont, en somme, des adjurations de pitié et d'aide, des appels à la miséricorde, des plaintes, les autres suppliques issues des froides et fades sacristies du XVIIe siècle ou, ce qui est encore pis, imaginées à notre époque par des marchands de piété qui transfèrent dans les paroissiens, les bondieuseries de la rue Bonaparte, toutes ces mensongères et prétentieuses oraisons sont à fuir pour les pécheurs qui, à défaut d'autres qualités, veulent se montrer au moins sincères !

Il n'y a que cet extraordinaire enfant qui pourrait peut-être entretenir, sans hypocrisie, le Seigneur de la sorte, reprit-il, regardant le petit servant, comprenant vraiment, pour la première fois, ce qu'était l'enfance innocente, la petite âme sans péchés, toute blanche. L'Église qui cherche, pour l'assister devant l'autel, des êtres absolument ingénus, absolument purs, était enfin arrivée, à Chartres, à façonner des âmes, à muer, dès l'entrée dans le sanctuaire, en d'exquis angelots, d'ordinaires mômes. Il fallait réellement qu'en sus même d'une culture spéciale, il y eût une grâce, une volonté de Notre-Dame, de modeler ces gamins voués à son service, en ne les rendant pas semblables aux autres, en les ramenant, en plein XIXe siècle, à l'ardente chasteté, à la première ferveur du Moyen Âge.

L'office se poursuivait, lent, absorbé dans le silence terre à terre des assistants et l'enfant, plus attentif, plus déférent encore, sonna ; ce fut comme une gerbe d'étincelles crépitant sous la fumée des voûtes ; et le silence devint plus profond derrière le servant agenouillé, soutenant d'une main la chasuble du prêtre courbé sur l'autel ; et l'hostie se leva, dans les fusées argentines des sons ; puis, au-dessus des têtes abattues, jaillit, dans le pétillement clair des clochettes, la tulipe dorée d'un calice et, sur une dernière sonnerie précipitée, la fleur de vermeil tomba et les corps prosternés se redressèrent.

Durtal songeait :

Si encore, Celui auquel nous refusâmes un abri, alors que la Mère qui le portait fut en gésine, trouvait en nos âmes maintenant un affectueux asile ! Mais hélas ! à part ces religieuses, ces enfants, ces ecclésiastiques, à part ces paysannes qui l'aiment tant, ici, combien sont sans doute, ainsi que moi, gênés par sa venue, inaptes, en tout cas, à préparer le logis qu'Il attend, à le recevoir dans une pièce propre, dans une chambre faite ?

Ah ! dire que rien ne diffère et que tout se recommence ! nos âmes sont toujours les rusées synagogues qui le trahirent et l'abominable Caïphe qui est en nous hurle au moment où nous voudrions être un peu humbles et, en priant, l'aimer ! Mon Dieu, mon Dieu, ne vaudrait-il pas mieux m'éloigner plutôt que de me traîner d'aussi mauvaise grâce, au-devant de Vous ? car enfin, il a beau me répéter que je dois communier, il n'est pas moi, l'abbé Gévresin, il n'est pas en moi ; il ne sait point ce qui se démène dans mes repaires, ce qui s'agite dans mes ruines ! Il s'imagine qu'il y a simplement atonie, paresse ; hélas ! il y a plus que cela ; il y a une aridité, une froideur qui ne vont même point sans un peu d'irritation, sans un peu de révolte, contre les exigences qu'il m'impose.

Le moment de la communion approchait ; l'enfant avait doucement rejeté la nappe de l'autre côté de la table et des nonnes, de pauvres femmes, des paysans arrivaient, tout ce monde croisant les mains, baissant la tête ; et l'enfant prit un flambeau et il précéda le prêtre, les yeux clos, de peur de voir l'hostie.

Il y avait une telle surgie d'amour et de respect chez le petit être que Durtal béa d'admiration et gémit de peur. Sans pouvoir rien expliquer, dans l'obscurité qui descendait en lui, en ces velléités, en ces ondes d'émotions qui vous parcourent sans qu'aucun mot les puisse exprimer, il eut un élan vers Notre-Seigneur et un recul.

Forcément la comparaison s'imposait entre l'âme de cet enfant et la sienne. Mais c'est à lui et pas à moi à communier, se cria-t-il ; et il gisait inerte, les mains jointes, ne sachant à quoi se résoudre, dans un état tout à la fois implorant et craintif, quand il se sentit doucement poussé vers cette table et il y communia. Et cela en tâchant de se reconnaître, de prier, à la même minute, en même temps, dans ces malaises de frissons qui houlent au-dedans de vous, qui se traduisent corporellement par un manque d'air, dans cet état si particulier où il semble que la tête soit vide, que le cerveau ne fonctionne plus, que la vie soit réfugiée dans le cœur qui gonfle et vous étouffe, où il semble, spirituellement aussi, lorsqu'on reprend assez d'énergie pour se ressaisir, pour regarder au-dedans de soi, que l'on se penche, dans un silence effrayant, sur un trou noir.

Péniblement, il se releva et regagna, en trébuchant, sa place. Ah ! certes il n'avait jamais pu, même à Chartres, s'évader de cette torpeur qui l'accablait, au moment de communier. Il y avait engourdissement des puissances, arrêt des facultés. – À Paris, tout au fond de l'âme roulée sur elle-même, telle qu'une chrysalide dans son cocon, il subsistait une contrainte, une gêne d'attendre et d'aborder le Christ et aussi une langueur que rien ne pouvait secouer.

Et cette situation persistait dans une sorte de brume froide environnante ou plutôt de vide autour de soi, d'abandon de l'âme évanouie sur sa couche.

À Chartres, cette phase d'anéantissement existait encore mais une indulgente tendresse finissait par vous envelopper et par vous réchauffer ; l'âme ne revenait plus à elle toute seule ; elle était aidée, évidemment assistée par la Vierge qui la ranimait ; et cette impression personnelle à cette crypte se communiquait au corps ; ce n'était plus l'étouffement causé par le manque d'air, mais au contraire une suffocation issue d'une plénitude, d'un trop-plein qui s'évaporait peu à peu, permettait à la longue de respirer à l'aise.

Et Durtal, allégé, partait. À cette heure le souterrain était devenu, avec l'aube, plus clair ; ses corridors au bout desquels apparaissaient des autels adossés à des vitrages demeuraient, par leur disposition même, encore sombres, mais à la fin de chacun d'eux, l'on distinguait presque nettement une croix mouvante d'or, montant et s'abaissant avec le dos d'un prêtre, entre deux pâles étoiles scintillant, de chaque côté, au-dessus du tabernacle, tandis qu'une troisième, plus basse et à la flamme plus rose, éclairait le missel et le lin des nappes.

Durtal allait alors rêver dans le jardin de l'évêché où il avait l'autorisation de se promener quand il lui plaisait.

Ce jardin était silencieux, avec ses allées tombales, ses peupliers étêtés, ses gazons piétinés, à moitié morts. Il n'y avait aucune fleur, car la cathédrale tuait tout autour d'elle. Son abside énorme et déserte, sans une statue, s'exhaussait dans des volées d'arcs-boutants sortis, tels que des côtes gigantesques, de la poussée de prières qui écartait ses flancs ; elle

répandait partout dans ses alentours l'humidité et
l'ombre ; dans ce clos funèbre, avec ses arbres qui
ne verdissaient qu'en s'éloignant de l'église, deux bassins minuscules s'ouvraient comme des bouches de
puits ; l'un glacé jusqu'à sa margelle de vert-pistache
par des lentilles d'eau ; l'autre, rempli d'une saumure
couleur d'encre, dans laquelle marinaient trois poissons rouges.

Durtal aimait cet endroit isolé, fleurant le sépulcre
et le marais et exhalant aussi ce relent de marcassin,
cette odeur fauve qui fuit des terres pourries, satu-
rées de feuilles.

Il déambulait de long en large dans ces allées où
jamais l'évêque ne descendait, où les enfants de la
maîtrise ravageaient, en courant dans leurs récréa-
tions, les restes, épargnés par la cathédrale, des
pelouses.

Partout craquaient sous les pieds des ardoises
jetées sur le sol, enlevées par le grand vent des toits
et des croassements de choucas traversaient, en se
répondant, l'air silencieux du parc.

Durtal aboutissait à une terrasse dominant la ville
et il s'accoudait à une balustrade de pierre grise,
sèche, trouée, pareille à une pierre ponce et fleurie
de lichens couleur d'orange et de soufre.

Au-dessous de lui, s'étendait une vallée comblée
par des cheminées et des toits fumants qui couvraient d'une résille bleuâtre ce sommet de ville. Plus
bas, tout était immobile et sans vie ; les maisons dor-
maient, ne s'éveillaient même pas dans ces éclairs de
jour que dardent les vitres d'une croisée qu'on ouvre ;
aucune tache écarlate, comme il y en a dans tant
de rues de province lorsqu'un édredon de percale
pend, coupé au milieu par la barre d'appui d'une
fenêtre ; tout était clos et terne et tout se taisait ;

l'on n'entendait même pas ce ronflement de ruche qui bourdonne au-dessus des lieux habités. À part le roulement lointain d'une voiture, le claquement d'un fouet, l'aboi d'un chien, tout était muet ; c'était la cité en léthargie, la campagne morte.

Et, au-dessus du vallon, sur l'autre rive, ce site devenait encore plus taciturne et plus morne ; les plaines de la Beauce filaient à perte de vue, sans un sourire, sous un ciel indifférent qu'entravait une ignoble caserne dressée en face de la cathédrale.

La mélancolie de ces plaines s'allongeant sans un soulèvement de terrain, sans un arbre ! – Et l'on sentait que, derrière l'horizon, elles continuaient à s'enfuir aussi plates ; seulement, à la monotonie du paysage s'ajoutait l'âpre furie des vents soufflant en tempête, balayant les coteaux, rasant les cimes, se concentrant autour de cette basilique, qui, perchée tout en haut, brisait leurs efforts depuis des siècles. Il avait fallu, pour la déraciner, l'aide de la foudre allumant ses tours et encore la rage combinée des ouragans et des incendies n'avait-elle pu détruire la vieille souche qui, replantée après chaque désastre, avait toujours reverdi en de plus vigoureuses pousses !

Ce matin-là, dans le petit jour d'un hiver pluvieux, cinglé d'une bise aigre, à Chartres, Durtal, frissonnant, mal à l'aise, quitta la terrasse, se réfugia dans des allées mieux abritées, finit par descendre dans d'autres jardins en contre-bas où l'on était vaguement préservé du vent par des halliers ; ces jardins dévalaient à la débandade et d'inextricables buissons de mûres accrochaient avec les griffes de chat de leurs tiges les arbustes qui dégringolaient, en s'espaçant, la pente.

L'on constatait que, depuis un temps immémorial,

les évêques se désintéressaient, faute d'argent, de ces cultures. Parmi d'anciens potagers envahis par les ronces, un seul était à peu près émondé et des plants d'épinards et de carottes y alternaient avec les vasques givrées des choux.

Durtal s'assit sur le tronçon conservé d'un banc et il essaya de regarder un peu en lui-même ; mais il ne découvrait qu'une Beauce d'âme ; il lui semblait refléter cet uniforme et froid paysage comme en un miroir ; seulement, le grand vent ne soufflait plus sur son être, mais une petite bise rêche et sèche. Il se harcelait, désagréable, n'arrivait pas à s'adresser des observations, d'un ton calme ; sa conscience le tarabustait, entamait avec lui de hargneux débats.

L'orgueil ! comment l'atténuer, en attendant que l'on puisse complètement le réduire ? il s'insinue si cauteleusement, si perfidement, qu'il vous enlace et vous lie, avant même que l'on ait pu soupçonner sa présence ; puis mon cas est un peu spécial et difficilement curable par les traitements religieux usités en pareil cas. Je n'ai pas en effet, se disait-il, un orgueil naïf, extravasé, une élation*, une superbe, s'affichant inconsciente, débordant devant tous ; non, j'ai, à l'état latent, ce qu'au Moyen Âge l'on appelait ingénument la « vaine gloire », une essence d'orgueil diluée dans de la vanité et s'évaporant au-dedans de moi, dans des pensées fugitives, dans des réflexions toutes tacites. Aussi n'ai-je point la ressource, qu'aurait un orgueilleux expansif, de me surveiller, de me contraindre à me taire. C'est vrai cela, on va parler pour commencer de spécieuses forfanteries, pour entamer de sournois éloges ; l'on peut, en somme, s'en apercevoir et dès lors, avec de la patience et de la volonté, on est maître de s'arrêter et de se museler, mais mon vice à moi, il est muet et souterrain ; il ne sort pas, et je ne le vois, ni ne l'entends. Il coule, il rampe à la sourdine et il me saute dessus sans que je l'aie entendu venir !

Il est bon, l'abbé qui me réplique : soignez-vous par la prière ; je ne demanderais pas mieux, mais son remède est infidèle, car les aridités et les distractions lui enlèvent son efficace !

Les distractions ! je ne les ai même que là ; il suffit que je m'agenouille, que je veuille me recueillir pour qu'aussitôt, je me disperse. L'idée que je vais prier est un coup de pierre dans une mare : tout grouille et remonte.

Ah ! les gens qui ne pratiquent pas s'imaginent que rien n'est plus facile que de prier. Je voudrais bien les y voir ! ils pourraient s'attester alors que les imaginations profanes, qui les laissent à d'autres moments, tranquilles, surgissent toujours pendant l'oraison, à l'improviste !

Et puis, à quoi bon disserter ? on réveille les vices assoupis en les regardant. Et il repensa à cette crypte tiède de Chartres. Oui, sans doute, ainsi que tous les édifices de l'ère romane, elle symbolise bien l'esprit de l'Ancien Testament, mais elle n'est pas simplement sombre et triste, car elle est aussi enveloppante et discrète, et si tépide* et si douce ! puis en admettant qu'elle soit la lapidaire image du Vieux Livre, ne le représente-t-elle pas alors moins en son ensemble, qu'en un tri bien spécial des grandes Orantes qui préfigurèrent la Vierge dans les Écritures ? n'est-elle pas la traduction en pierre des pages réservées surtout aux femmes illustres de la Bible qui furent, en quelque sorte, des incarnations prophétiques de la nouvelle Ève ?

Cette crypte reproduirait donc les passages les plus

consolants et les plus héroïques du Saint-Livre, car dans ce pieux cellier la Vierge domine ; il lui appartient plus qu'à l'irritable Adonaï, si l'on ose dire.

Et encore est-ce une Vierge très particulière restée forcément en accord avec le milieu qui l'environne, une Vierge noire, rugueuse, trapue, ainsi que la châsse de moellons qui l'enferme.

Alors elle dériverait, sans doute, de la même idée qui voulut le Christ noir et laid[1] parce qu'il avait assumé tous les péchés du monde, le Christ des premiers siècles de l'Église qui endossa par humilité les formes les plus basses. Dans ce cas, Marie aurait enfanté son Fils à sa ressemblance, ayant désiré, Elle aussi, par humilité, par bonté, naître laide et obscure, pour mieux consoler les disgraciés, les déshérités dont Elle empruntait l'image.

Et Durtal reprenait :

— Quelle crypte que celle où, pendant tant de siècles, ont défilé les rois et les reines ! Philippe-Auguste et Isabelle de Hainaut, Blanche de Castille et saint Louis, Philippe de Valois, Jean le Bon, Charles V, Charles VI, Charles VII, Charles VIII et Anne de Bretagne, puis François Ier, Henri III et Louise de Vaudemont, Catherine de Médicis, Henri IV qui fut sacré dans cette cathédrale, Anne d'Autriche, Louis XIV, Marie Leczinska... et tant d'autres... toute la noblesse de France et Ferdinand d'Espagne et Léon de Lusignan, dernier roi d'Arménie, et Pierre de Courtenay, empereur de Constantinople... tous agenouillés ainsi que les pauvres gens d'aujourd'hui, implorant, eux aussi, Notre-Dame de Sous-Terre.

Et ce qui était plus intéressant encore, la Vierge avait, dans ce lieu, accompli force miracles. Elle avait sauvé des enfants tombés dans le puits des Saints

Forts, préservé les gens qui gardaient la relique de son vêtement, alors que la basilique flambait au-dessus d'eux, guéri les foules affolées par le mal des Ardents[1] au Moyen Âge, répandu à pleines mains, ses grâces.

Les temps étaient bien changés, mais de ferventes ouailles s'étaient prosternées devant la statue, avaient renoué les liens rompus par les ans, capté, en quelque sorte, la Vierge dans un filet de prières et, au lieu de fuir comme ailleurs, Elle s'était fixée à Chartres.

Par une inconcevable mansuétude, Elle avait toléré l'affront des fêtes décadaires, l'outrage de la déesse Raison vautrée sur l'autel à sa place, subi une immonde liturgie de cantiques obscènes s'élevant dans l'encens détonnant des poudres. – Et Elle avait dû pardonner en faveur de l'amour que lui témoignèrent les générations d'antan et de l'affection si timide et si vraie des humbles fidèles qui étaient, après la tourmente, revenus la voir.

Cette cave foisonnait de souvenirs. Plus sans doute qu'avec la fumée des cierges, la patine de ses murs s'était façonnée avec des vapeurs d'âme, des émanations de désirs accrus et de regrets ; aussi, quelle bêtise que d'avoir peint cette crypte en de bas pastiches des catacombes, que d'avoir sali l'ombre glorieuse de ces pierres, de couleurs qui disparaissaient d'ailleurs, ne montraient que des traces de raclures de palette dans la suie sainte des voûtes !

Durtal se ratiocinait ces réflexions, en partant du jardin, quand il rencontra l'abbé Gévresin qui se promenait, en lisant son bréviaire ; il s'enquit de savoir si Durtal avait communié.

Et voyant que son pénitent en revenait toujours à la honte de son inertie et à cet état de comateuse doléance dans lequel le plongeait la transe du Sacrement, le vieux prêtre lui dit :

— Vous n'avez pas à vous soucier de cela ; vous n'avez qu'à prier de votre mieux ; le reste me regarde – que votre condition peu triomphale d'âme vous rende au moins humble, c'est tout ce que je vous demande.

— Humble ! je le suis autant qu'une gargoulette[*] ; je sue ma vanité, de même qu'elle sue son eau, par tous les pores !

— Je me console, en remarquant que vous vous discernez, répondit en souriant l'abbé. Ce qui serait pis, ce serait de vous ignorer, d'avoir l'orgueil de ne vous en croire point.

— Enfin, comment dois-je m'y prendre ? Vous me recommandez de prier, mais alors, enseignez-moi le moyen de ne pas m'évaguer dans tous les sens, car aussitôt que je veux me grouper, je me désagrège ; je vis dans une perpétuelle dissolution ; c'est un fait exprès ; chaque fois que je prétends fermer ma cage, toutes les pensées s'envolent et, en piaillant, m'assourdissent.

L'abbé réfléchissait.

— Je le sais, fit-il ; rien n'est plus malaisé que de se désencombrer l'esprit des images qui l'obsèdent, mais enfin l'on peut quand même se condenser, si l'on observe ces trois points :

D'abord il convient de s'humilier, en méditant sur la fragilité de son entendement, inapte à ne pas se dissiper devant Dieu ; ensuite il faut ne pas se fâcher et s'inquiéter, car cela ne servirait qu'à remuer la lie et à faire remonter d'autres distractions à la surface ; enfin, il sied de ne pas discuter, avant la fin de la prière, la nature de la diversion qui la trouble. Ce serait la prolonger et, même, en une certaine mesure

l'accepter ; ce serait risquer aussi de créer, en vertu
de la loi d'association des idées, de nouvelles divagations et il n'y aurait plus de motifs d'en sortir !

L'examen s'effectuera utilement après ; suivez cet
avis et vous vous en trouverez bien.

— Tout cela, c'est très joli, pensait Durtal, mais
lorsqu'il s'agit de mettre ces conseils en pratique,
c'est autre chose ! Ne sont-ce point des remèdes de
bonne femme, des onguents miton-mitaine*, des
mirobolants*, dont les pieuses vertus sont faibles ?

Ils marchaient en silence, regagnant, à travers la
cour de l'évêché, le logis du prêtre. En arrivant, ils
avisèrent, au bas de l'escalier, Mme Bavoil, les bras
enfoncés dans un baquet de lessive.

Tout en brassant ses linges, elle dévisagea Durtal
et, comme si elle lisait dans ses pensées, doucement
elle demanda :

— Pourquoi, notre ami, cette figure d'enterre-
ment, lorsqu'on a communié le matin ?

— Vous avez donc appris que j'ai communié ?

— Tiens, je suis entrée dans la crypte, pendant la
messe, et je vous ai vu vous approcher de la Sainte
Table. Eh bien, voulez-vous que je vous dise : vous
ignorez la manière de causer à notre Mère !

— Ah !

— Oui, vous êtes contraint alors qu'Elle s'ingénie
à vous mettre à l'aise ; vous rasez les murs au lieu
d'aller par la grande allée, au-devant d'Elle. Ce n'est
pas ainsi qu'on l'aborde !

— Mais quand on n'a rien à lui raconter ?

— Alors, on lui babille, ainsi qu'un enfant, un
beau message et Elle est contente ! Ah ! ces hommes,
ce qu'ils ne savent pas faire leur cour, ce qu'ils
manquent de câlinerie et même de bonne ruse !
vous ne découvrez rien à tirer de votre propre cru,

empruntez à un autre. Répétez avec la Vénérable Jeanne de Matel :

« Vierge sainte, l'abîme d'iniquité et de bassesse invoque l'abîme de force et de splendeur, pour parler de votre suréminente gloire[1]. » Hein, est-ce assez bien tourné, notre ami ? Essayez, récitez cela à Notre-Dame et Elle vous déliera ; ensuite les prières viendront toutes seules. Il y a des petits trucs permis avec Elle et il faut être assez humble pour ne pas avoir la présomption de s'en passer !

Durtal ne put s'empêcher de rire.

— Vous voulez que je devienne un finassier, un furet de la vie spirituelle, dit-il.

— Eh bien, où serait le mal ? Est-ce que le bon Dieu y entend malice ? est-ce qu'il ne tient pas compte de l'intention, est-ce que, vous-même, vous repousseriez quelqu'un qui vous trousserait même mal un compliment, si vous pensiez qu'en vous le débitant, il désire vous plaire, non, n'est-ce pas ?

— Autre chose, Madame Bavoil, fit l'abbé qui riait. J'ai vu Monseigneur, ce matin ; il accueille votre requête et vous autorise à bêcher autant de parties du jardin qu'il vous conviendra.

— Ah ! – et égayée par la surprise de Durtal :

— Voici, dit-elle ; vous avez pu constater que, sauf un lopin de terre où le jardinier sème des plants de carottes et de choux pour la table de Sa Grandeur, tout le jardin est inculte ; c'est du bien perdu et sans profit pour personne. Au lieu d'acheter des légumes, j'en ferai pousser moi-même, puisque Monseigneur me permet de défricher ses champs et j'en munirai, par la même occasion, votre ménagère.

— Merci, mais vous connaissez donc la culture ?

— Moi ! voyons, ne suis-je pas une paysanne ? J'ai vécu toute ma jeunesse à la campagne et les pota-

gers, c'est mon affaire ! puis, si j'étais embarrassée,
est-ce que mes amis de Là-Haut ne viendraient pas
me conseiller ?

— Vous êtes étonnante, Madame Bavoil, fit Durtal
déconcerté quand même par les réponses de cette
cuisinière qui déclarait si placidement qu'elle bavar-
dait avec l'au-delà.

V

Il pleuvait sans discontinuer. Durtal déjeunait sous les regards assidus de Mme Mesurat sa servante. Elle était une de ces femmes auxquelles leur forte taille et leur prestance masculine donneraient le droit de s'habiller, sans qu'on les remarquât, en homme. Elle avait une tête piriforme*, des joues qui ballottaient, dégonflées, un nez fastueux et tombant bas, fleurant de près une lèvre inférieure s'avançant ainsi qu'une console et simulant la moue d'un insistant dédain qu'elle ignorait, à coup sûr. Elle évoquait, en somme, l'idée absurde d'un Malborough, solennel et falot, déguisé en bonne.

Elle servait des viandes invariées dans des sauces sans gloire ; et, une fois le plat déposé sur la table, elle stationnait au port d'armes, demandait à connaître s'il était bon.

Elle était imposante et dévouée, insupportable. Durtal se crispait, se retenait à quatre pour ne pas la renvoyer dans sa cuisine, finissait par se plonger le nez dans un livre, pour ne pas lui répondre, pour ne pas la voir.

Ce jour-là, dépitée par ce silence, Mme Mesurat écarta le rideau de la fenêtre et, afin de dire quelque chose, elle murmura :

— C'est-il Dieu possible, un pareil temps !

Le fait est que le ciel s'affirmait sans espoir de consolations, tout en larmes. Il pleuvait à jets ininterrompus, dévidait interminablement ses écheveaux de pluie. La cathédrale sortait toute brouillée d'un lac de boue que les ondées cinglaient de gouttes rebondissantes et ses deux flèches semblaient rapprochées, presque jointes, cousues avec des fils lâches d'eau. Et c'était l'impression qui persistait, d'une atmosphère saumâtre, tout en reprises, d'un firmament et d'une terre rattachés, comme un bâti, par de grands points : et rien ne tenait ; tous ces pelotons de fils cassaient dans un coup de vent, s'envolaient dans tous les sens.

— Décidément, mon rendez-vous avec l'abbé Plomb, pour visiter la cathédrale, est bien compromis, se dit Durtal ; d'ailleurs, l'abbé ne se dérangera pas, par ce temps.

Il s'en fut dans son cabinet de travail ; c'était dans cette pièce qu'il s'isolait d'habitude. Il y avait installé son divan, ses tableaux, ses vieux bois rapportés de Paris et, sur un large panneau, des rayons, peints en noir, contenaient des milliers de livres. Il vivait là, en face des tours, n'entendant que le cri des corneilles et la sonnerie des heures qui s'égrenaient, une à une, dans le silence et l'abandon de la place. Il avait posé sa table, près de la fenêtre et il rêvassait, priait, méditait, prenait des notes.

Le bilan qu'il pouvait établir de sa personne se soldait par des dégâts intérieurs et d'intimes noises ; si l'âme était gourde et contuse, l'esprit n'était, ni moins endolori, ni moins recru. Il paraissait s'être émoussé, depuis son séjour à Chartres. Ces biographies de saints, que Durtal projetait d'écrire, elles gisaient à l'état d'esquisses, s'effumaient dès qu'il s'agissait de les fixer. Au fond, il ne s'intéressait plus qu'à la cathédrale, était obsédé par elle.

Puis, vraiment, les vies de saints[1], telles qu'elles sont rédigées par les petits Bollandistes, étaient à dégoûter de toute sainteté. Charrié d'éditeurs en éditeurs, des libraires de Paris dans les officines de la province, ce haquet* de livres avait été traîné par un seul limonier*, le père Giry, puis un cheval de renfort lui avait été adjoint, l'abbé Guérin, et attelés dans le même brancard, ils roulaient, à eux deux, ce lourd camion sur la route défoncée des âmes.

Il n'y avait qu'à décharger le tombereau de ces pesantes proses pour y découvrir, au hasard des bouquins, des phrases de ce gabarit :

« Un tel naquit de parents non moins considérables par la naissance que par la piété », ou bien dans le cas contraire : « ses parents n'étaient pas illustres par la naissance, mais on voyait briller en eux toutes les vertus dont l'éclat lui est bien préférable. » Puis venait la série des affligeants ponts-neufs :

« Son historien ne fait point difficulté de dire qu'on l'eût pris pour un ange, si les maladies, par lesquelles Dieu le visitait, n'eussent fait voir qu'il était un homme. » – « Le démon ne pouvant souffrir qu'il marchât, à grands pas, dans le chemin de la Perfec-

tion, se servit de divers moyens pour l'arrêter dans
l'heureux progrès de sa course. » – Et, en tournant
de nouvelles pages, l'on discernait dans l'histoire
d'un élu qui pleura lorsque mourut sa mère, cette
excuse formulée en une grave périphrase : « Après
avoir donné aux justes sentiments de la nature ce
que la grâce ne défend point en pareille occasion »...

Et c'étaient encore, çà et là, de solennelles et de
cocasses définitions telles que celle-ci qui figure dans
la vie de César de Bus : – « après un séjour à Paris
qui n'est pas moins le trône du vice que la capitale
du royaume, » et cela continuait en douze, en quinze
tomes, dans cette langue quêtée, et cela finissait par
édifier un alignement de qualités uniformes, une
caserne de piété bête. De temps à autre, vaguement,
les deux roussins semblaient s'animer et trotter pous-
sivement un peu, alors qu'ils consignaient des détails
qui les ravissaient sans doute ; et ils s'étendaient avec
complaisance sur la vertu d'une Catherine de Suède
où d'un Robert de La Chaise-Dieu qui, à peine nés,
réclamaient des nourrices sans péchés, ne voulaient
sucer que des pis pieux ; ou bien encore, ils citaient,
en s'énamourant, la chasteté de Jean le Silenciaire,
qui n'usa jamais de bains pour ne pas alarmer, en se
voyant, « ses yeux pudiques », dit le texte ; la modestie de saint Louis de Gonzague qui craignait tant les
femmes qu'il n'osait, de peur d'avoir de mauvaises
pensées, regarder sa mère !

Consterné par la pénurie de ces désolantes rengaines, Durtal se jetait dans les monographies moins
connues des Bienheureuses ; mais là encore, quelle
barigoule* de lieux communs, quelle colle d'onction,
quelle bouillie de style ! Il y avait vraiment une malédiction du Ciel sur les ganaches de sacristie qui n'ap-
préhendaient pas de manier une plume. Leur encre

se muait aussitôt en une pâte, en un galipot*, en une poix qui engluaient tout. Ah ! les pauvres Saints et les tristes Bienheureuses !

Il fut interrompu dans ses réflexions par un coup de sonnette. Ah ! çà, est-ce que, malgré la bourrasque, l'abbé Plomb viendrait ?

Et, en effet, Mme Mesurat introduisit le prêtre.

— Baste, fit-il à Durtal qui se plaignait de la pluie, le temps finira bien par se nettoyer ; en tout cas, le rendez-vous n'étant pas décommandé, j'ai tenu à ne point vous faire attendre.

Ils causèrent au coin du feu ; l'intérieur plut sans doute à l'abbé, car il se mit à l'aise. Il se renversa dans un fauteuil, les mains passées dans sa ceinture. Et à une question qu'il posa pour savoir si Durtal ne s'ennuyait pas trop à Chartres, comme celui-ci répondait :

— J'y vis plus lent et cependant moins importun à moi-même, l'abbé reprit :

— Ce qui doit vous coûter, c'est le manque de relations intellectuelles ; vous, qui avez vécu dans le monde des lettres, à Paris, comment vous arrangez-vous pour supporter l'inertie de cette province ?

Durtal rit. — Le monde des lettres ! non, Monsieur l'abbé, ce n'est pas lui que je pourrais regretter, car je l'avais quitté, bien des années avant de venir résider ici ; puis voyez-vous, fréquenter ces trabans* de l'écriture et rester propre, c'est impossible. Il faut choisir : eux ou de braves gens ; médire ou se taire ; car leur spécialité c'est de vous élaguer toute idée charitable, c'est de vous guérir surtout de l'amitié, en un clin d'œil.

— Bah !

— Oui, imitant la pharmacopée homéopathique qui se sert encore de substances infâmes, de jus de cloporte, de venin de serpent, de suc de hanneton, de sécrétion de putois et de pus de variole, le tout enrobé dans du sucre de lait pour en celer la saveur et l'aspect, le monde des lettres triture, lui aussi, dans le but de les faire absorber sans hauts de cœur, les plus dégoûtantes des matières ; c'est une incessante manipulation de jalousie de quartier et de potins de loges, le tout globulé dans une perfidie de bon ton, pour en masquer et l'odeur et le goût.

Ingérés à des doses voulues, ces grains d'ordures agissent, tels que des détersifs, sur l'âme qu'ils débarrassent presque aussitôt de toute confiance ; j'avais assez de ce traitement qui ne me réussissait que trop et j'ai jugé utile de m'y soustraire.

— Mais, fit l'abbé, en souriant, le monde pieux n'est pas non plus exempt de commérages...

— Sans doute, je sais bien que la dévotion n'aère pas toujours l'intelligence, mais...

La vérité, reprit-il après avoir réfléchi, c'est que la pratique assidue de la religion produit généralement sur les âmes des résultats intenses. Seulement ils sont de deux sortes. – Ou elle accélère leur pestilence et développe en elles les derniers ferments qui achèvent de les putréfier, ou elle les épure et les rend fraîches et limpides, exquises ! – Elle façonne des hypocrites ou de franches et saintes gens ; il n'y a guère de milieu, en somme.

Mais quand la culture divine mondifie* complètement les âmes, sont-elles assez candides alors et assez pures ! – Je ne parle même pas d'élus, tels que j'en vis à la Trappe – mais seulement de jeunes novices, de petits séminaristes que je connus. Ils avaient des yeux ainsi que de claires vitres que ne ternissait la buée d'aucune faute, et l'on eût aperçu, en se penchant, en regardant derrière elles, leur âme ouverte, brûlant en une couronne éperdue de flammes, nimbant d'une auréole de feux blancs la souriante Face !

En somme, Jésus occupe, dans leur intérieur, toute la place. Ces petits-là, ne vous semble-t-il pas, Monsieur l'abbé, qu'ils habitent tout juste leur corps, assez pour souffrir et pour expier les péchés des autres ? sans qu'ils s'en doutent, ils ont été créés pour être les bonnes auberges du Seigneur, les relais où Jésus se repose après qu'il a vainement parcouru les steppes glacés des autres âmes.

— Oui, mais, repartit l'abbé qui retira ses lunettes et en essuya les verres avec un foulard, pour obtenir la qualité de semblables êtres, il a fallu combien de mortifications, de pénitences, de prières, de la part des générations dont ils naquirent ? ceux auxquels vous faites allusion sont la fleur d'une tige longuement nourrie dans un sol pieux. Évidemment, l'Esprit souffle où il veut et il peut extraire d'une famille indifférente un saint ; mais cette manière d'opérer s'atteste à l'état d'exception. Les novices que vous connaissez avaient eu sûrement des aïeules et des mères qui les incitaient souvent à s'agenouiller et à prier auprès d'elles.

— Je ne sais... j'ignore l'origine de ces jeunes gens... mais je sens bien que vous avez raison. Il est certain, en effet, que des enfants cultivés, lentement dès leur bas âge, à l'abri du monde, dans l'ombre d'un sanctuaire tel que celui de Chartres, doivent aboutir à l'éclosion d'une flore unique !

Et comme Durtal lui racontait l'impression qu'il avait ressentie devant le service angélique d'une messe, l'abbé sourit.

— Si nos enfants, dit-il, ne sont point uniques, ils sont, en tout cas, rares ; la Vierge les dresse, Elle-même, ici ; et remarquez bien que celui que vous vîtes officier n'était ni plus diligent, ni plus scrupuleux que les autres ; tous sont ainsi : destinés, dès leur onzième année, au sacerdoce, ils apprennent tout naturellement à vivre de la vie spirituelle, dans cette intimité continue du culte.

— Enfin quelle est l'organisation de cette œuvre ?

— L'œuvre des Clercs de Notre-Dame a été fondée en 1853, ou plutôt elle été reprise à cette époque, car elle existait au Moyen Âge, par l'abbé Ychard. Son but est d'augmenter le nombre des prêtres, en permettant aux gamins pauvres de commencer leurs études. Elle accepte, à quelque pays qu'ils appartiennent, tous les sujets intelligents et pieux, chez lesquels on peut soupçonner une vocation pour les ordres. Ils mûrissent alors à la Maîtrise jusqu'à la classe de troisième et on les récolte ensuite au Séminaire.

Ses ressources ? elles sont humainement nulles, basées sur les fonds de la Providence – car elle n'a, en somme, pour subvenir aux besoins de plus de quatre-vingts élèves, que les honoraires des différentes fonctions que ces enfants remplissent à la cathédrale, plus le produit d'un petit journal mensuel, intitulé « La Voix de Notre-Dame », enfin et surtout la charité des fidèles ; tout cela ne constitue pas un solide avoir et cependant, jusqu'à ce jour, jamais l'argent n'a manqué !

L'abbé se leva et s'approcha de la fenêtre.

— Oh ! la pluie ne cessera point, dit Durtal ; j'ai bien peur, Monsieur l'abbé, que nous ne puissions visiter les portails de la cathédrale aujourd'hui.

— Rien ne presse ; avant de voir Notre-Dame en ses parties, ne faut-il pas l'embrasser en son ensemble, se pénétrer de son sens général, avant que d'en feuilleter les détails ?

Tout est dans cet édifice, reprit-il en enveloppant d'un geste l'église, les Écritures, la théologie, l'histoire du genre humain résumée en ses grandes lignes ; grâce à la science du symbolisme on a pu faire d'un monceau de pierres un macrocosme.

Oui, je le répète, tout tient dans ce vaisseau, même notre vie matérielle et morale, nos vertus et nos vices. L'architecte nous prend dès la naissance d'Adam pour nous mener jusqu'à la fin des siècles. Notre-Dame de Chartres est le répertoire le plus colossal qui soit du ciel et de la terre, de Dieu et de l'homme.

Toutes ses figures sont des mots ; tous ses groupes sont des phrases ; la difficulté est de les lire.

— Et cela se peut ?

— Certes. Qu'il y ait dans nos versions quelques contresens, je le veux bien, mais enfin le palimpseste est déchiffrable ; la clef, c'est la connaissance des symboles.

Et voyant que Durtal l'écoutait, attentif, l'abbé vint se rasseoir et dit :

— Qu'est-ce qu'un symbole[1] ? D'après Littré, c'est « une figure ou une image employée comme signe d'une autre chose » ; nous autres, catholiques, nous précisons encore cette définition en spécifiant, avec Hugues de Saint-Victor, que « le symbole est la représentation allégorique d'un principe chrétien, sous une forme sensible ».

Or, le symbole existe depuis le commencement du monde. Toutes les religions l'adoptèrent, et, dans la nôtre, il pousse avec l'arbre du Bien et du Mal dans le premier chapitre de la Genèse et il s'épanouit encore dans le dernier chapitre de l'Apocalypse.

L'Ancien Testament est une traduction anticipée des événements que raconte le Nouveau Livre ; la religion mosaïque contient, en allégorie, ce que la religion chrétienne nous montre en réalité : l'histoire du peuple de Dieu, ses personnages, ses propos, ses actes, les accessoires même dont il s'entoure, sont un ensemble d'images ; tout arrivait aux Hébreux en figures, a dit saint Paul. Notre-Seigneur a pris la peine de le rappeler, à diverses reprises, à ses disciples et, Lui-même, a presque constamment, lorsqu'Il s'est adressé aux foules, usé de paraboles, c'est-à-dire d'un moyen d'indiquer une chose pour en désigner une autre.

Le symbole provient donc d'une source divine ; ajoutons maintenant, au point de vue humain, que cette forme répond à l'un des besoins les moins contestés de l'esprit de l'homme qui éprouve un certain plaisir à faire preuve d'intelligence, à deviner l'énigme qu'on lui soumet et aussi à en garder la solution résumée en une visible formule, en un durable contour. Saint Augustin le déclare expressément : « Une chose notifiée par allégorie est certainement plus expressive, plus agréable, plus imposante que lorsqu'on l'énonce en des termes techniques. »

— C'est aussi l'idée de Mallarmé – et cette rencontre du saint et du poète, sur un terrain tout à la fois analogue et différent, est pour le moins bizarre, pensa Durtal.

— Aussi, continua l'abbé, s'est-on, dans tous les temps, servi d'objets inanimés, d'animaux et de plantes pour reproduire l'âme et ses attributs, ses joies et ses douleurs, ses vertus et ses vices ; on a matérialisé la pensée pour la mieux fixer, pour la rendre moins fugace, plus près de nous, ostensible, presque palpable.

De là, ces emblèmes de cruauté et de ruse, de mansuétude et de charité, incarnés dans une cer-

taine faune, personnifiés dans une certaine flore ;
de là, ces sens spirituels attribués aux pierreries et
aux couleurs. Attestons encore qu'au temps des persécutions, au début du Christianisme, ce langage
secret permettait de correspondre entre initiés, de
se confier un signe de reconnaissance, un mot de
ralliement que l'ennemi ne pouvait comprendre ;
de là, ces peintures déterrées dans les catacombes,
l'agneau, le pélican, le lion, le pasteur signifiant le
Fils ; le poisson, l'Ichtys, dont les six lettres[1] sont
l'abrégé des mots de la phrase grecque : « Jésus, fils
de Dieu, Sauveur », et s'assimilent aussi par contre-
coup, au fidèle, à l'âme conquise, pêchée dans la mer
du Paganisme, le Rédempteur ayant averti deux de
ses apôtres qu'ils seraient pêcheurs d'hommes.

Forcément, l'époque où nous vécûmes le plus
près de Dieu, le Moyen Âge, devait suivre la tradition révélée du Christ et s'exprimer dans un idiome
symbolique lorsqu'il s'agissait surtout de parler de
cet Esprit, de cette Essence, de cet Être incompréhensible et sans nom qu'est notre Dieu. Il usait en
même temps, par ce procédé, d'un moyen pratique
pour se faire entendre. Il écrivait un livre accessible
aux incapables, remplaçait le texte par l'image, ins-
truisait de la sorte les ignorants. C'est, d'ailleurs, la
pensée qu'émet le synode tenu à Arras en 1025 : « Ce
que les illettrés ne peuvent saisir par l'écriture, doit
leur être enseigné par la peinture. »

En somme, le Moyen Âge traduisit, en des lignes
sculptées ou peintes, la Bible, la théologie, les vies de
Saints, les évangiles apocryphes, les légendaires, les
mit à la portée de tous, les récapitula en des signes
qui restaient comme la moelle permanente, comme
l'extrait concentré de ses leçons.

— Il enseigna aux grands enfants le catéchisme,

avec les phrases lapidaires de ses porches ! s'écria Durtal.

— Oui, c'est aussi cela. – Maintenant, reprit l'abbé après un silence, avant d'aborder le symbolisme architectural, il nous faut poser en principe que ce fut Notre-Seigneur, lui-même, qui le créa, lorsque, dans le deuxième chapitre de l'Évangile de saint Jean, il cita le temple de Jérusalem, affirmant que si les Juifs le détruisaient, il le rebâtirait en trois jours et désigna expressément, par cette parabole, son propre corps.

C'était montrer aux générations à venir la forme que devaient, après le supplice de la croix, adopter les nouveaux temples.

Ainsi s'expliquent les dispositions cruciales de nos nefs ; mais nous étudierons plus tard l'intérieur des églises ; examinons, pour l'instant, le sens qu'avèrent les parties externes des cathédrales.

Les tours, les clochers, s'envisagent, d'après la théorie de Durand[1], évêque de Mende au XIIIᵉ siècle, ainsi que les prédicateurs et les prélats, et leurs sommets sont l'analogie de cette perfection que cherchent à atteindre, en s'élevant, ces âmes. Suivant d'autres symbolistes de la même époque, tels que saint Méliton, évêque de Sardes et le cardinal Pierre de Capoue, les tours représentent la Vierge Marie ou l'Église veillant sur le salut des ouailles.

Un fait certain, poursuivit l'abbé, c'est que la place des clochers n'a jamais été établie, une fois pour toutes, au Moyen Âge ; l'on pourrait donc imaginer de nouvelles interprétations, selon l'endroit qu'ils occupent ; mais l'idée la plus ingénieusement délicate, la plus exquise, n'est-elle pas celle de ces architectes qui, à Saint-Maclou de Rouen, à Notre-Dame de Dijon, à la cathédrale de Laon, à la cathédrale

d'Anvers, par exemple, dressèrent au-dessus du transept de la basilique, c'est-à-dire au lieu même où
gît dans la nef la poitrine du Christ, un lanternon
exhaussant encore la voûte et se terminant souvent,
au dehors, en une longue et fine arête sortant, en
quelque sorte, du cœur même de Jésus, pour jaillir,
en un élan, jusqu'au Père, pour filer, comme dardée
par l'arc du toit, en une flèche aiguë jusqu'au ciel ?

Ainsi que les édifices qu'elles surmontent, ces tours
sont presque constamment situées sur une hauteur
qui domine la ville et elles répandent autour d'elles,
de même qu'une semence dans la terre des âmes,
les notes essaimées de leurs cloches, rappellent aux
chrétiens, par cette prédication aérienne, par ce
rosaire égrené de sons, les prières qu'ils ont ordre
de réciter, les obligations qu'il leur faut remplir ; – et
au besoin, elles suppléent auprès de Dieu à l'indifférence des hommes, en lui témoignant au moins
qu'elles ne l'oublient pas, le supplient, avec leurs bras
tendus et leurs oraisons de bronze, compensent de
leur mieux tant de suppliques humaines plus vocales
peut-être que les leurs !

— Avec son galbe de vaisseau, fit Durtal qui s'était
approché, pensif, de la fenêtre, cette cathédrale
m'apparaît surtout semblable à un immobile esquif
dont les mâts sont les flèches et dont les voiles sont
les nuées que le vent cargue ou déploie, selon les
jours ; elle demeure l'éternelle image de cette barque
de Pierre que Jésus guidait dans les tempêtes !

— Et aussi de l'arche de Noé, de l'arche sans
laquelle il n'est point de sauvegarde, ajouta l'abbé.

Considérez maintenant l'église, dans ses détails ;
son toit est le symbole de la charité qui couvre une
multitude de péchés ; ses ardoises, ses tuiles, sont
les soldats et les chevaliers qui défendent le sanc-

tuaire contre les païens parodiés par les orages ; ses pierres, qui se joignent, diagnostiquent, d'après saint Nil, l'union des âmes, et selon le *Rational* de Durand de Mende, la foule des fidèles, les pierres les plus fortes manifestant les âmes les plus avancées dans la voie de la Perfection qui empêchent leurs sœurs plus faibles, interprétées par les plus petites pierres, de glisser hors des murs et de tomber ; mais pour Hugues de Saint-Victor, moine de l'abbaye de ce nom, au XIIᵉ siècle, cet assemblage signifie plus simplement le mélange des laïques et des clercs.

D'autre part, ces moellons, de diverse taille, sont liés par un ciment dont Durand de Mende va vous préciser le sens. Le ciment, dit-il, est composé de chaux, de sable et d'eau ; la chaux, c'est la charité ardente et elle se marie par l'eau, qui est esprit, aux choses de la terre, au sable.

Et ces pierres ainsi agrégées formant les quatre grandes murailles de la basilique, sont les quatre évangélistes, affirme Prudence de Troyes ; d'après d'autres liturgistes, elles lapidifient les quatre vertus principales de la Religion : la Justice, la Force, la Prudence et la Tempérance, déjà configurées par les quatre parois de la Cité de Dieu dans l'Apocalypse.

Vous le voyez, chaque objet peut être pris dans une acception différente, mais rentrant dans une idée générale commune.

— Et les fenêtres ? demanda Durtal.

— J'y arrive ; elles sont l'emblème de nos sens qui doivent être fermés aux vanités du monde et ouverts aux dons du Ciel ; elles sont, en outre, pourvues de vitres, livrant passage aux rayons du vrai soleil qui est Dieu ; mais c'est encore Dom Villette[1] qui a le plus nettement énoncé leur symbole :

Elles sont, suivant lui, les Écritures qui reçoivent

la clarté du soleil et repoussent le vent, la neige, la grêle, similitudes des fausses doctrines et des hérésies.

Quant aux contreforts, ils feignent la force morale qui nous soutient contre la tentation et ils sont l'espérance qui ranime l'âme et qui la réconforte ; d'autres y contemplent l'image des puissances temporelles appelées à défendre le pouvoir de l'Église ; d'autres encore, s'occupant plus spécialement de ces arcs-boutants qui combattent l'écartement des voûtes, prétendent que ces trajectoires sont des bras éplorés, se raccrochant dans le péril au salut de l'arche.

Enfin, l'entrée principale, le portique d'honneur de certaines églises, telles que celles de Vézelay, de Paray-le-Monial, de Saint-Germain l'Auxerrois, à Paris, est précédé d'un vestibule couvert, souvent profond et volontairement sombre, appelé narthex. Le baptistère était autrefois sous ce porche. C'était un lieu d'attente et de pardon, une figure du purgatoire ; c'était l'antichambre du ciel dans laquelle stationnaient, avant d'être admis à pénétrer dans le sanctuaire, les pénitents et les néophytes.

Telle est, en peu de mots, l'allégorie des détails ; si nous revenons maintenant à son ensemble, nous observons que la cathédrale, bâtie sur une crypte qui simule la vie contemplative et aussi le tombeau dans lequel fut enseveli le Christ, était tenue d'avoir son chevet pointé vers le lieu où le soleil se lève, pendant les équinoxes, afin de témoigner, dit l'évêque de Mende, que l'Église a pour mission de se conduire avec modération dans ses triomphes comme dans ses revers ; elle devait, selon tous les liturgistes, tourner son abside vers l'Orient pour que les fidèles pussent, en priant, fixer leurs regards vers le berceau de la Foi ; et cette règle était absolue et elle plaisait tant à Dieu qu'Il la voulut ratifier par un miracle. Les Bollandistes relatent, en effet, que saint Dunstan, archevêque de Cantorbéry, voyant une église édifiée, dans un autre sens, la fit virer, d'un coup d'épaule, vers le Levant et la remit de la sorte en sa vraie place.

Généralement encore, l'Église a trois portails, en l'honneur de la Trinité Sainte ; et celui de la grande façade, de la façade du milieu, qualifié de porche Royal, est divisé par un trumeau, par un pilier, sur lequel repose une statue de Notre-Seigneur qui a dit de lui-même dans les Évangiles : « Je suis la porte », ou de la Vierge si l'église lui est dédiée, ou même du patron sous le vocable duquel elle est fêtée. Tranchée, de cette façon, la porte indique les deux voies que l'homme est libre de suivre.

Aussi dans la plupart des cathédrales, ce symbole est-il complété par l'image du « Jugement dernier » qui se déroule au-dessus des chambranles.

Il en est ainsi, à Paris, à Amiens, à Bourges. À Chartres, au contraire, le pèsement des âmes est relégué, comme à Reims, sur le tympan du porche Nord ; toutefois il s'étend, ici, dans la rose du portail Royal, contrairement au système adopté au Moyen Âge, de faire répéter par les verrières les sujets des portiques qu'elles surmontent, ce qui permettait d'avoir, sur le même mur, les mêmes allégories, l'une, à l'intérieur, en vitre, l'autre, au-dehors, en pierre.

— Bien, mais alors comment expliquer, avec cette idée du principe ternaire choisi presque partout, cette étonnante cathédrale de Bourges qui, au lieu de trois portails et de trois nefs, en a cinq !

— C'est bien simple, on ne l'explique pas. Tout au plus pourrait-on insinuer que l'architecte inconnu de Bourges a voulu remémorer par ce nombre les cinq plaies du Christ ; il resterait alors à savoir pourquoi il a rangé toutes les blessures de Jésus sur une seule et même ligne, car cette église n'a pas de transept, n'a pas de bras au bout desquels, on puisse, ainsi que d'habitude, marquer par une ouverture les trous des mains.

— Et la cathédrale d'Anvers qui possède encore deux nefs de plus ?

— Elles signifient sans doute ces sept allées, les sept dons du Paraclet. Mais cette question de compte me mène à vous parler de la théologie numérale, de cet élément particulier qui entre aussi dans le thème si varié du symbolisme, poursuivit l'abbé. La science allégorique des nombres[1] existait jadis. Saint Isidore de Séville et saint Augustin la démêlèrent. Michelet, qui divagua dès qu'il entrevit une cathédrale, a reproché aux architectes du Moyen Âge leur foi dans la signification des chiffres[2]. Il les accuse d'avoir, dans la distribution de certaines parties des édifices, obéi à des règles mystiques, d'avoir, par exemple, restreint la quantité des fenêtres ou d'avoir disposé, suivant une combinaison d'arithmétique, des piliers et des baies. Ne comprenant pas que chaque détail d'une basilique avait un sens, était un symbole, il ne pouvait admettre que le calcul de ces symboles importait, puisqu'il pouvait en modifier la signification ou même complètement la changer. Ainsi un pilier isolé peut ne pas nécessairement indiquer un apôtre, mais si ces piliers sont au nombre de douze ils précisent l'acception que le constructeur leur prêta, en rappelant le chiffre exact des apôtres du Christ.

Quelquefois, il est vrai, pour éviter toute erreur, on joignit au problème sa solution. Telle une vieille église d'Étampes où j'ai lu, inscrits sur les douze fûts romans, le nom des apôtres, en saillie dans le cadre consacré de la croix grecque.

À Chartres, on avait fait mieux encore ; on avait adossé aux piliers de la nef les statues des douze apôtres, mais la Révolution, que ces figures offusquaient, les a brisées.

En somme, l'on est obligé, si l'on scrute le système des emblèmes, d'étudier les apparences des nombres ; l'on ne peut déchiffrer les secrets des églises qu'en acceptant la mystérieuse notion de l'Unité du « 1 » qui est l'image de Dieu même ; l'indice du 2 qui stipule les deux natures du Fils, les deux Testaments, qui spécifie aussi, selon saint Augustin, la charité et, suivant saint Grégoire le Grand, le double enseignement de l'amour de Dieu et du prochain ; du 3 qui est la somme des hypostases et des vertus théologales ; du 4, qui personnifie les vertus cardinales, les quatre grands prophètes, les Évangiles ; du 5, qui est le nombre des plaies du Christ et celui de nos sens dont Il expia par autant de blessures les fautes ; du 6, qui commémore le temps employé par Dieu à la création, fixe le chiffre des Commandements de l'Église, décèle la perfection de la vie active, suivant saint Méliton ; du 7, signe sacré de la loi mosaïque, qui constitue le montant des dons du Saint-Esprit, des Sacrements, des paroles du Christ en croix, des heures canoniales, des ordres successifs qui font le prêtre ; du 8, symbole de la régénération d'après saint Ambroise, de la Résurrection suivant saint Augustin ; du 8, qui suscite le souvenir des huit Béatitudes ; du 9, qui marque le total des chœurs angéliques, l'effectif des grâces spéciales de l'Esprit, telles que les énumère saint Paul, et qui est aussi le chiffre de l'heure à laquelle expira le Christ ; du 10, qui produit le nombre des prescriptions de Jéhovah, de la Loi de crainte, mais que saint Augustin élucide autrement, en disant qu'il avère la connaissance de Dieu, car on peut le décomposer de cette manière : – 3, symbole d'un Dieu en trois personnes et 7, jour du repos après la création ; du 11, image de la transgression de la Loi, armoirie du péché, ainsi que l'explique le même saint ; du 12, le nombre mystique par excellence, le nombre des patriarches et des apôtres, des tribus, des petits prophètes, des vertus, des fruits du Saint-Esprit, des articles de foi insérés dans le Credo. Et l'on pourrait continuer de la sorte, à l'infini. Il est donc bien évident qu'au Moyen Âge, les artistes ajoutèrent au sens qu'ils attribuaient à certains êtres, à certaines choses, celui de la quantité, appuyant l'un par l'autre, accentuant ou atténuant une indication par ce nouveau moyen, revenant parfois sur leur idée, exprimant cette réduplication dans une langue différente ou la résumant dans l'énergique concision d'un signe. Ils obtinrent ainsi un tout parlant aux yeux et synthétisant en même temps, en une brève allégorie, tout le texte d'un dogme.

— Oui, mais quel laconisme hermétique ! s'écria Durtal.

— Sans doute ; au premier abord, ces vicissitudes de personnes et d'objets dues à des différences numérales interloquent.

— Croyez-vous, en somme, que la hauteur, que la largeur, que la longueur d'une cathédrale révèlent, de la part de son architecte, une intention particulière, un but spécial ?

— Oui, mais je conviens tout de suite que la clef de cette arithmétique religieuse est perdue. Les archéologues qui s'évertuèrent à la retrouver ont eu beau additionner des mètres de travées et de nefs, ils ne sont pas parvenus à nous traduire bien clairement la pensée qu'ils s'attendaient à voir énoncée par des totaux.

Avouons-le, nous sommes, en cette matière, ignares. Est-ce que d'ailleurs les mesures n'ont pas varié avec les époques ? il en est d'elles comme de la valeur des monnaies au Moyen Âge, nous n'y distinguons rien. Aussi, malgré d'intéressants travaux entrepris, à ce point de vue, par l'abbé Crosnier, à propos du prieuré de Saint-Gilles, et par l'abbé Devoucoux sur la cathédrale d'Autun, resté-je sceptique devant leurs conclusions qui sont pour moi très ingénieuses, mais aussi très peu sûres[1].

La méthode numérique se décèle excellente seulement pour des détails – tels que celui des piliers dont je vous parlais tout à l'heure – elle est également authentique quand il est question d'un seul chiffre, répété partout dans un même édifice, exemple : celui de Paray-le-Monial où tout marche par trois. Là, le constructeur ne s'est pas borné à reproduire le nombre sacré dans le plan général de l'église ; il l'a employé dans chacune des parties. Cette basilique a, en effet, trois nefs ; chaque nef a trois travées ; chaque travée est formée d'une arcature dessinée par trois arcs et surmontée de trois fenêtres. Bref, c'est le rappel de la Trinité, le principe ternaire, mis en pratique jusqu'au bout.

— Soit, mais n'estimez-vous pas, Monsieur l'abbé, qu'en dehors de ces cas d'indiscutable clarté, il y ait, dans la symbolique, des explications bien tirées par les cheveux, bien obscures ?…

L'abbé sourit. — Vous connaissez, dit-il, les idées d'Honorius d'Autun[2], sur l'encensoir ?

— Non.

— Eh bien, les voici : Après avoir établi le sens naturel, très juste, que l'on peut prêter à ce récipient qui figure le corps de Notre-Seigneur, tandis que l'encens signifie sa divinité, le feu, l'Esprit-Saint qui était en Lui – et, après avoir défini les diverses acceptions du métal dont il est formé, enseigné que si le vase est d'or il marque l'excellence de sa Divinité ; d'argent, la sainteté non pareille de son humilité ; de cuivre, la fragilité de sa chair ainsi créée pour notre salut ; de fer, la résurrection de cette chair qui vainquit la mort ; l'écolâtre d'Autun arrive aux chaînettes.

C'est alors que vraiment sa symbolique devient un peu filiforme et ténue... S'il y en a quatre, dit-il, elles indiquent les quatre vertus cardinales du Seigneur et celle de ces chaînettes qui aide à lever le couvercle du vase, désigne l'âme du Christ abandonnant son corps.

Si, au contraire, l'encensoir n'est monté qu'avec trois chaînes c'est parce que la Personne du Sauveur contient trois éléments : un organisme humain, une âme et la Déité du Verbe ; et Honorius conclut : l'anneau dans lequel glissent les chaînes est l'Infini où sont renfermées toutes ces choses.

— Ce que c'est alambiqué !

— Moins que la théorie de Durand de Mende sur les mouchettes*[1], répliqua l'abbé ; après celle-là, nous ôterons, si vous le voulez, l'échelle.

Les pincettes pour moucher les lampes sont, assure-t-il, « les paroles divines auxquelles nous coupons les lettres de la Loi et, ce faisant, nous révélons l'esprit qui luit » – et il ajoute : « les pots dans lesquels on éteint les mouchures des lampes sont les cœurs des fidèles qui observent la Loi à la lettre. »

— C'est la démence du symbolisme ! s'écria Durtal.

— C'en est, en tout cas, l'excès méticuleux ; mais si les pincettes ainsi envisagées sont pour le moins bizarres, si même la théorie de l'encensoir peut paraître bien fluette en son ensemble, avouez cependant qu'elle est spontanée et charmante et précise lorsqu'il s'agit de la chaîne qui entraîne, en l'enlevant dans un nuage de fumée, la portion supérieure du vase et imite ainsi l'ascension de Notre-Seigneur dans les nues.

Que dans la voie des paraboles, certaines exagérations se soient produites, cela était difficile à éviter, mais... mais... en revanche quelles merveilles d'analogie et quels concepts purement mystiques dénotent les sens décernés par la liturgie à certains objets du culte !

Tenez, au cierge, lorsque Pierre d'Equilio[1] nous explique la signification des trois parties qui le composent, de la cire qui est la chair très chaste du Sauveur né d'une Vierge, de la mèche qui, celée dans cette cire, est son âme très sainte cachée sous les voiles de son corps, de la lumière qui est l'emblème de sa Déité.

Prenez encore ces substances qu'emploie, dans certaines cérémonies, l'Église : l'eau, le vin, la cendre, le sel, l'huile, le baume, l'encens.

En sus de la Divinité du Fils qu'il s'approprie, l'encens est aussi le symbole de nos prières, « *thus devotio orationis* », ainsi que le qualifie, au IXe siècle, l'archevêque de Mayence, Raban Maur. Il me revient également, à propos de cette résine et de la cassolette dans laquelle on la brûle, un vers que j'ai lu jadis dans les « Distinctions monastiques » de l'anonyme anglais du XIIIe siècle et qui analyse leurs attributions mieux que je n'ai pu vous les dire... attendez :

vase notatur
Mens pia ; thure preces ; igne supernus amor.

Le vase est l'esprit de piété ; l'encens, les prières ; le feu, le divin amour.

Quant à l'eau, au vin, à la cendre, au sel, ils servent à préparer un précieux magistère dont l'évêque use lorsqu'il veut consacrer une église. Leur amalgame est utilisé pour signer l'autel et asperger les nefs ; l'eau et le vin notent les deux natures réunies en Notre-Seigneur ; le sel, la sagesse céleste ; la cendre, la mémoire de sa Passion.

Pour le baume qui est vertu et bonne renommée, on le marie à l'huile qui est paix et prudence, afin d'en apprêter le saint Chrême.

Songez enfin, poursuivit l'abbé, aux pyxides dans lesquelles on conserve les espèces panifuges, les oblates[*1] saintes, et considérez qu'au Moyen Âge, ces cassettes furent façonnées en figure de colombes et détinrent l'hostie dans l'image même du Paraclet et de la Vierge ; c'était déjà bien, mais voici qui est mieux. Les orfèvres de cette époque ciselèrent l'ivoire et donnèrent aux custodes l'apparence d'une tour ; n'est-ce pas exquis le corps de Notre-Seigneur reposant dans le sein de la Vierge, dans la Tour d'ivoire des Litanies ? n'est-ce pas, en effet, la matière qui sied le mieux pour servir de reposoir à la très pure, à la très blanche chair du Sacrement ?

— Certes, c'est autrement mystique que les vases quelconques, que les ciboires en vermeil, en argent, en aluminium de notre temps !

— Faut-il vous rappeler maintenant que la liturgie assigne à tous les vêtements, à tous les ornements de l'Église, un sens différent, selon leur usage et selon leur forme ?

C'est ainsi, par exemple, que le surplis et l'aube signalent l'innocence ; le cordon qui nous ceint les reins : la chasteté et la modestie ; l'amict : la pureté du corps et du cœur, le casque de salut dont parle saint Paul[2] ; le manipule : les bonnes œuvres, la vigilance, les larmes et les sueurs que versera le prêtre pour conquérir et sauver les âmes ; l'étole : l'obéissance, le vêtement d'immortalité que nous rendit le baptême ; la dalmatique : la justice dont nous devons faire preuve dans notre ministère ; la chasuble ou planète : l'unité de la foi et son intégrité et aussi le joug du Christ...

Mais avec cela, la pluie continue et il est pourtant nécessaire que je m'en aille, car j'ai une pénitente qui m'attend. Voulez-vous venir me prendre après-demain, vers deux heures ; espérons qu'il fera alors assez beau pour visiter les dehors de l'église.

— Et s'il pleut encore ?

— Venez tout de même, répondit l'abbé qui serra la main de Durtal et s'enfuit.

VI

Oui, je sais bien, quand j'ai avoué devant elle que je ne savais pas encore quelle histoire de saint j'écrirais, Mme Bavoil, la chère Mme Bavoil, ainsi que l'appelle l'abbé Gévresin, s'est écriée : Et la vie de Jeanne de Matel[1] ! mais ce n'est pas une biographie dont la matière soit ductile et qu'on puisse aisément manier ! s'exclama Durtal qui rangeait les notes entassées peu à peu sur cette Vénérable.

Et il réfléchissait. Ce qui est inintelligible, se dit-il, c'est la disproportion qui existe entre les promesses que Jésus lui fit et les résultats qu'elles obtinrent. Jamais, je le crois bien, on ne vit, dans la fondation d'un nouvel ordre, tant de tribulations et d'entraves, tant de malechance. Jeanne passe ses jours sur les routes, court d'un monastère à l'autre et elle a beau se tuer à vouloir remuer le sol conventuel, rien ne pousse. Elle ne peut même revêtir l'habit de son institut, sinon quelques moments avant sa mort, car pour ambuler plus facilement, par toute la France, il lui faut garder la livrée d'un monde qu'elle abomine et qu'elle supplie vainement, au nom du Seigneur, de s'intéresser à la naissance de ses cloîtres. Et, la malheureuse, elle va, ainsi que le raconte son confesseur le P. de Gibalin qui atteste n'avoir jamais connu d'âme plus humble, elle va à la Cour comme d'autres vont au martyre.

Et cependant le Christ lui a certainement prescrit de créer cet ordre du Verbe Incarné ; Il lui en a tracé le plan, stipulé les règles, décrit le costume, expliqué les symboles, avérant que la robe blanche de ses filles honorera celle qui lui fut imposée, par dérision, chez Hérode, que leur manteau rouge rappellera celui dont on l'affubla chez Pilate, que leur scapulaire et leur ceinture couleur de pourpre raviveront la mémoire du bois et des cordes teints de son sang. – Et Dieu semble s'être moqué d'elle !

Il lui a formellement assuré qu'après de pénibles épreuves ses semailles donneraient une abondante moisson de nonnes ; Il lui a expressément affirmé qu'elle serait une sœur de sainte Térèse et de sainte Claire ; elles-mêmes sont venues, par leur présence, entériner ces engagements, et lorsque rien ne fonctionne, lorsque rien ne marche, lorsqu'à bout de forces, elle éclate en sanglots, le Sauveur lui répond tranquillement qu'elle se taise, qu'elle patiente.

Et elle vit, en attendant, dans un tohu-bohu de récriminations et de menaces. Le clergé la persécute, l'archevêque de Lyon, le cardinal de Richelieu, n'a qu'un but : empêcher l'éclosion de ses abbayes sur ses terres ; ses moniales mêmes, qu'elle ne peut diriger, puisqu'elle erre à la recherche d'un protecteur ou d'une aide, se divisent et leur inobédience devient telle qu'il lui faut revenir au plus vite et chasser, en pleurant, les sœurs dyscoles* de ses cloîtres. Dès qu'elle édifie un mur de clôture, il se fend, et sa base vacille. En somme, la congrégation du Verbe Incarné naquit rachitique et mourut naine. Elle s'est traînée dans l'indifférence générale, a langui jusqu'en 1790, année pendant laquelle on l'inhuma. En 1811, un abbé Denis la ranime dans la Creuse, à Azérables et, depuis cette époque, elle vivote tant bien que mal, éparse en une quinzaine de maisons dont une partie émigrée dans le nouveau Monde, au Texas.

Il n'y a pas à barguigner, nous sommes loin des puissantes sèves qu'infusèrent aux troncs séculaires de leurs arbres, sainte Térèse et sainte Claire !

Sans compter, poursuivit Durtal, que Jeanne de Matel, qui n'est pas canonisée, comme ses deux sœurs, et dont le nom reste inconnu à la majeure partie des catholiques, devait également fonder un ordre d'hommes ; et jamais elle n'y parvint, et les tentatives essayées, à notre époque, par l'abbé Combalot, pour réaliser ce dessein, ont, à leur tour, échoué !

À quoi cela tient-il ? à ce qu'il y a trop de communautés différentes dans l'Église ? mais, tous les jours, on en invente et elles grandissent ! Est-ce à la pauvreté de ses monastères ? mais l'indigence est la meilleure garantie de succès, car l'expérience démontre que Dieu ne bénit que les cloîtres dans le dénuement et qu'il délaisse les autres ! Est-ce donc à l'austérité de la règle ? mais elle était très douce ; c'était celle de saint Augustin qui acquiert tous les accommodements, qui revêt, au besoin, toutes les nuances. Les religieuses se levaient à cinq heures du matin ; le régime ne se confinait point dans les plats maigres et, en dehors du temps Pascal, il n'y avait qu'un jeûne par semaine, et encore ce jeûne n'était-il obligatoire que pour les sœurs qui le pouvaient supporter. Rien n'explique donc la persistance de cet échec.

Et Jeanne de Matel était une sainte douée d'une rare énergie et vraiment maniée par le Sauveur ! elle est, dans ses œuvres, une théologienne éloquente et subtile, une mystique ardente et emportée, procédant par métaphores, par hyperboles, par comparaisons matérielles, par interrogations passionnées, par apostrophes ; elle dérive à la fois de saint Denys l'Aréopagite et de sainte Madeleine de Pazzi[1] ; de saint Denys pour le fond, de sainte Madeleine, pour la forme. Sans doute, en tant qu'écrivain, elle n'est pas inégalable et parfois la mendicité de son style secouru afflige, mais enfin, étant donné qu'elle vit au XVIIe siècle, elle n'est pas au moins une bredouilleuse de pâles oraisons, ainsi que la plupart des prosateurs pieux de ce temps.

Puis il en est de ses ouvrages comme de ses fondations. Ils demeurent inédits, pour la plupart. Hello, qui les connut, ne sut en extraire que le plus médiocre des centons ; d'autres, tels que le prince Golitzin, que l'abbé Penaud, ont mieux exploré ses manuscrits et imprimé de plus altières et de plus véhémentes pages.

Et elle en a écrit de vraiment inspirées, cette abbesse !

Oui, mais cela n'empêche que je ne vois pas bien le livre que je pourrais œuvrer sur elle, murmura Durtal. Non, malgré mon désir d'être agréable à la chère Mme Bavoil, je n'ai nulle envie d'entreprendre cette tâche.

Tout bien considéré, si je n'étais pas si réfractaire aux déplacements, si j'avais le courage de retourner en Hollande, je tâcherais d'exalter en une affectueuse et en une déférente prose, l'adorable Lydwine qui est bien, de toutes les saintes, celle dont j'aimerais le mieux à propager l'histoire ; mais pour tenter au moins de reconstituer le milieu où elle vécut, il faudrait s'installer dans la ville même qu'elle habita, à Schiedam.

Si Dieu me prête vie, j'exécuterai sans doute ce projet, mais il n'est pas, à l'heure actuelle, mûr ; laissons donc cela – et puisque, d'autre part, Jeanne de Matel ne m'obsède point, mieux vaudrait peut-être alors m'occuper d'une autre moniale plus inconnue encore et dont l'existence est plus placidement souffrante, moins vagabonde et mieux condensée, en tout cas, plus captivante.

Puis, l'on ne peut étudier maintenant la biographie de celle-là que dans l'in-octavo d'un anonyme dont les chapitres incohérents, délayés dans une langue qui poisse comme un mucilage d'huile de lin et de cendre, interdiront à jamais de la connaître. Il y aurait donc intérêt à la reprendre pour la faire lire.

Et, feuilletant ses papiers, il songeait à une Mère Van Valckenissen, en religion Marie-Marguerite des Anges, fondatrice du prieuré des carmélites d'Oirschot, dans le Brabant hollandais.

Cette religieuse naît, le 26 mai 1605, à Anvers, pendant les guerres qui désolent la Flandre, au moment même où le prince Maurice de Nassau investit la ville. Dès qu'elle sait épeler, ses parents la mettent en pension dans un couvent de dominicaines, situé près de Bruxelles. Son père meurt ; sa mère la retire de ce couvent, la confie aux ursulines blanches de Louvain et décède à son tour ; elle reste orpheline à l'âge de quinze ans.

Son tuteur la déplace encore et la transfère chez

les carmélites de Malines ; mais la lutte entre les Espagnols et les Flamands se rapproche des territoires que traverse la Dyle, et l'on enlève, une fois de plus, Marie-Marguerite de son monastère pour l'envoyer chez les chanoinesses de Nivelles.

Toute son enfance est, en somme, un chassé-croisé de cloîtres.

Elle se plaisait dans ces maisons, au Carmel surtout où elle endossait la haire et s'astreignait à la plus rigoureuse des disciplines ; et la voilà qui, au sortir de la stricte clôture, échoue en un plein milieu mondain. Ce chapitre de chanoinesses, qui devait la former à la vie mystique, était une de ces institutions quarteronnes*, ni tout à fait blanches, ni tout à fait noires, une métisse issue d'une religion profane et d'un laïcat pieux. Ce chapitre, exclusivement recruté parmi des femmes riches et nobles et dont l'abbesse, nommée par le Souverain, prenait le titre de princesse de Nivelles, menait une existence frivole et dévote, étrange. Outre que ces demi-nonnes pouvaient se promener quand bon leur semblait, elles avaient le droit de vivre pendant un certain temps dans leur famille et même de se marier, après avoir obtenu le consentement de l'abbesse.

Le matin, celles qui voulaient bien résider dans l'abbaye se couvraient d'un costume monastique pendant les offices, puis, ces exercices terminés, elles quittaient la livrée conventuelle, revêtaient les robes de gala, les ballons et les coques, les vertugadins et les fraises à la mode dans ce temps-là, et elles se rendaient au salon où affluaient les visites.

La pauvre Marie abomina la dissipation de cette vie qui ne lui permettait plus d'être seule avec son Dieu. Assourdie par ces caquetages, honteuse de s'accoutrer de toilettes qui l'offensent, réduite à s'échapper, avant le jour, déguisée en femme de chambre, pour aller prier dans une solitaire église, loin du bruit, elle finit par languir de chagrin, se meurt de tristesse à Nivelles.

Sur ces entrefaites, Bernard de Montgaillard, abbé d'Orval, de l'ordre de Cîteaux, vient dans cette ville. Elle court à lui, le supplie de la sauver et, éclairé par une lumière toute divine, ce moine comprend qu'elle a été créée pour être une victime d'expiation, une réparatrice des injures infligées au Saint-Sacrement dans les églises ; il la console et lui décèle sa vocation de carmélite.

Elle part pour Anvers, voit la mère Anne de Saint-Barthélemy, une sainte, qui, prévenue de son arrivée par une vision de sainte Térèse, l'admet dans le Carmel dont elle est la vicaire-prieure.

Alors les obstacles diaboliques surgissent. Revenue chez son tuteur, en attendant son internement dans le cloître, elle tombe subitement paralysée, perd en même temps, l'ouïe, la parole et la vue. Elle parvient néanmoins à se faire assez comprendre pour exiger qu'on l'emporte telle qu'elle est au couvent où on la dépose à moitié morte. Là elle s'affaisse aux pieds de la mère Anne qui la bénit et la relève guérie. Le noviciat commence.

Malgré sa complexion délicate, elle pratique les jeûnes les plus farouches, les flagellations les plus tumultueuses, se ceint la poitrine de chaînes hérissées de pointes, se nourrit de rogatons recrachés sur les assiettes, boit, pour se désaltérer, l'eau des vaisselles, a si froid, un hiver, que ses jambes gèlent.

Son corps est une plaie mais son âme rayonne ; elle vit en Dieu qui la comble de grâces, qui s'entretient doucement avec elle ; sa probation se termine et de même qu'au moment où elle fut postulante, elle gît gravement malade. On hésite à l'accepter à la profession et sainte Térèse intervient encore, ordonne à la prieure de la recevoir.

Elle prend l'habit, et la tentation de désespoir qui fut le tourment de quelques Saints l'assiège ; puis vient une aridité désolante qui dure trois ans et elle tient bon, éprouve les douleurs de la substitution mystique, subit les plus pénibles, les plus répugnantes des maladies pour sauver les âmes. Dieu consent enfin à interrompre la tâche pénitente de ses maux ; Il lui accorde de souffler et le Démon profite de cette accalmie pour entrer en scène.

Il lui apparaît sous des formes belliqueuses de monstres, casse tout, fuit, en s'effumant dans des buées puantes ; pendant ce temps, un brave homme, Sylvestre Lindermans, veut fonder un Carmel dans une propriété qu'il possède à Oirschot, en Hollande. Comme toujours, lorsqu'il s'agit de planter un monastère, les tribulations abondent ; le moment était mal choisi, d'ailleurs, pour expédier des religieuses dans une ville hostile aux catholiques, au travers d'un pays encombré par les bandes en armes des protestants. Aussi, lorsque sa supérieure la désigne pour aller établir ce nouveau prieuré, Marie-Marguerite la supplie-t-elle de la laisser prier dans son petit coin, en paix ; mais Jésus s'en mêle et lui prescrit de partir. Elle obéit, se traîne, malade, à bout de forces, sur les routes, arrive enfin avec les sœurs qu'elle emmène, à Oirschot où elle organise tant bien que mal la clôture dans une maison qui n'a jamais été agencée pour servir de cloître.

On la nomme vicaire-prieure et, aussitôt, elle se révèle manieuse extraordinaire d'âmes. Dans la dure vie du Carmel qu'elle aggrave pour elle-même par d'atroces mortifications, elle reste tolérante pour les autres et bien qu'elle puisse déjà murmurer, tant son pauvre corps la supplicie : « Personne ne saura avant le jugement dernier ce que je souffre », elle demeure gaie, et prêche, en ces termes, l'allégresse à ses filles : « C'est bon pour les gens qui pèchent de s'attrister, mais nous, nous devons partager doublement la joie des anges puisque nous accomplissons comme eux la volonté de Notre-Seigneur et que de plus nous pâtissons pour sa gloire, ce qu'ils ne peuvent faire. »

Elle est la directrice la plus indulgente et la plus délicate. De peur d'offenser, par une expression d'autorité, ses sujettes, jamais elle ne commande sous la forme impérative, ne dit jamais : « Faites telles choses », mais bien : « Faisons telle chose », et, chaque fois qu'au réfectoire, elle se voit obligée de punir une nonne, elle va aussitôt baiser les pieds des autres et les supplie de la souffleter pour l'humilier.

Mais c'eût été trop beau si, avec la troupe angélique qu'elle préside, elle pouvait vivre en repos, de la vie intérieure et s'ensevelir, tranquille, en Dieu. Le curé d'Oirschot l'exècre et, sans qu'on sache pourquoi, il la diffame par toute la ville. De son côté, le Démon revient à la charge ; dans un vacarme qui ébranle les murs et secoue les toits, il jaillit sous la figure d'un Éthiopien de haute taille, souffle les lumières, essaie d'étrangler les moniales. La plupart sont à moitié mortes de peur et cependant le Ciel leur concède, en compensation de leurs peines, le réconfort d'incessants miracles.

Elles peuvent vérifier par elles-mêmes l'authenticité des incroyables histoires qu'elles lurent, pendant les repas, dans les vies des Saints. Leur mère a le don de la bilocation, se montre en plusieurs endroits, en même temps, trace partout où elle passe un sillon délicieux d'odeurs, guérit les malades d'un signe de croix, sent, fait lever, comme un chien de chasse, le gibier dissimulé des fautes, lit dans les âmes.

Et ses filles l'adorent, pleurent de lui voir mener une vie qui n'est plus qu'un long tourment ; elle est atteinte, à la suite des grands froids, de rhumatismes aigus, car si la règle de sainte Térèse, qui ne permet d'allumer du feu que dans les cuisines, est tolérable en Espagne, elle est vraiment meurtrière dans le climat glacé des Flandres.

En somme, récapitulait Durtal, cette existence n'est pas jusqu'ici bien différente de celle que d'autres cloistrières connurent ; mais voici qu'aux approches de la mort, la singulière beauté de cette âme va s'affirmer, d'une façon si particulière, en des souhaits si spéciaux, qu'elle s'atteste unique dans les ménologes.

Son état de santé s'est aggravé ; aux rhumatismes qui la paralysent, s'adjoignent des douleurs d'estomac et des tranchées que rien n'apaise. La sciatique se greffe à son tour sur ces ramifications de maux et la maladie si fréquente dans les reclusages de l'austère observance, l'hydropisie, s'annonce.

Les jambes enflent, refusent de la porter, et elle se tuméfie, immobile, sur un grabat. Les infirmières qui la soignent découvrent alors un secret qu'elle a toujours, par esprit d'humilité, caché ; elles s'aperçoivent que ses mains sont percées de trous roses, entourés d'un halo bleuâtre et que ses pieds, également forés, se placent d'eux-mêmes, si on ne les retient pas, l'un sur l'autre, dans la position qu'occupèrent ceux de Jésus sur la croix. Elle finit par avouer, que, depuis bien des années, le Christ l'a marquée des stigmates de la Passion et elle confesse que ces plaies la brûlent, jours et nuits, ainsi que des fers rouges.

Et ses douleurs empirent encore. Se sentant cette

fois mourir, elle s'inquiète des impitoyables mortifications qu'elle s'infligea et, avec une naïveté vraiment touchante, elle demande pardon à son pauvre
corps d'avoir exténué ses forces, de l'avoir peut-être
empêché de la sorte de vivre plus longtemps pour
souffrir.

Et elle répète la plus étrangement adorante, la plus
follement éperdue des prières que jamais une sainte
ait adressée à Dieu.

Elle a tant aimé le Saint-Sacrement, elle a tant
voulu réparer à ses pieds les outrages que lui font
subir les péchés de l'homme, qu'elle défaille, en
pensant qu'après sa mort, elle ne pourra plus, avec
ce qui subsistera d'elle, le prier encore.

L'idée que son cadavre pourrira inutile, que les
dernières pelletées de sa triste chair disparaîtront
sans avoir servi à honorer le Sauveur, la désole et
c'est alors qu'elle le supplie de lui permettre de se
dissoudre, de se liquéfier en une huile qui pourra
se consumer, devant le tabernacle, dans la lampe
du sanctuaire.

Et Jésus lui accorde ce privilège exorbitant, tel
qu'il n'en est point dans les annales des vies de
Saints ; aussi, au moment d'expirer, exige-t-elle de
ses filles que sa dépouille qui doit être exposée, selon
l'usage, dans la chapelle ne sera pas enterrée avant
plusieurs semaines.

Ici les pièces authentiques abondent ; les enquêtes
les plus minutieuses ont eu lieu ; les rapports des
médecins sont si précis que nous constatons, jour
par jour, l'état du corps, jusqu'à ce qu'il tourne en
huile et puisse remplir les flacons dont on versait,
suivant son désir, une cuillerée chaque matin, dans
la veilleuse pendue près de l'autel.

Quand elle mourut – elle avait alors plus de 52 ans

dont 33 passés dans la vie religieuse et 14 dans le prieuré d'Oirschot – son visage se transfigura et malgré le froid d'un hiver si rude que l'on put franchir l'Escaut en voiture, le corps se conserva souple et flexible, mais il gonfla. Les chirurgiens l'examinèrent et l'ouvrirent devant témoins. Ils s'attendaient à trouver le ventre bondé d'eau, mais il s'en échappa à peine la valeur d'une demi-pinte et le cadavre ne désenfla point.

Cette autopsie révéla l'incompréhensible découverte, dans la vésicule du fiel, de trois clous, à têtes noires, anguleuses, polies, d'une matière inconnue ; deux pesaient le poids d'un demi-écu d'or de France moins sept grains et le troisième, qui avait la grosseur d'une noix muscade, pesait cinq grains de plus.

Puis les praticiens bourrèrent d'étoupes trempées dans de l'absinthe les intestins et recousirent le tout avec une aiguille et du fil. Et avant et pendant et après ces opérations, non seulement la morte ne dégagea aucune odeur de putréfaction, mais encore elle continua à embaumer, comme de son vivant, une senteur inanalysable, exquise.

Près de trois semaines s'écoulent ; et des cloches se forment et crèvent, en rendant du sang et de l'eau ; puis l'épiderme se tigre de taches jaunes, le suintement cesse et alors l'huile sort, blanche, limpide, parfumée, puis se fonce et devient peu à peu couleur d'ambre. On put la répartir en plus de cent fioles, d'une contenance de deux onces chaque, dont plusieurs sont encore gardées dans les Carmels de la Belgique, avant que d'inhumer ses restes qui ne se décomposèrent point, mais prirent la teinte mordorée d'une datte.

Il y aurait vraiment un livre à tisser avec la vie de cette admirable femme, ruminait Durtal. Puis

quelle gerbe de merveilleuses moniales l'entourent !
ces couvents d'Anvers, de Malines, d'Oirschot, foisonnent de célicoles*. Sous Charles-Quint, l'ordre des
carmélites, dans les Flandres, renouvelle les prodiges
mystiques que les dominicaines accomplirent quatre
siècles auparavant, au Moyen Âge, dans le monastère
d'Unterlinden, à Colmar.

Ces femmes-là, elles vous transportent et elles
vous désarçonnent ! Quelle robustesse d'âme avait-
elle donc, cette Marie-Marguerite, de quelle grâce
fut-elle donc soutenue pour avoir ainsi pu éliminer
les démences naturelles de ses sens, pour avoir si
vaillamment, si gaiement enduré les plus accablants
des maux !

Enfin, voyons, dois-je m'atteler à l'histoire de cette
Vénérable ? – oui, mais alors, il siérait de se procurer le volume de Joseph de Loignac, son premier
biographe, la notice du Solitaire de Marlaigne, la
brochure de Mgr de Ram, la relation de Papebroch ;
il importerait surtout d'avoir sous les yeux la traduction, due au Carmel de Louvain, de ce manuscrit flamand qui fut rédigé, du vivant même de la
mère, par ses filles. Où déterrer cela ? En tout cas,
les recherches seront longues. Remisons donc ce dessein qui n'est pas viable.

Au fond, ce que je devrais faire, je le sais bien ;
je devrais mettre au point cet article sur le tableau
de l'Angelico du Louvre que je m'étais engagé à
livrer, il y a au moins quatre mois, à la Revue qui
me le réclame, chaque matin, par lettre. C'est honteux, depuis que j'ai quitté Paris, je ne travaille plus
et pourtant je suis sans excuses, car cette besogne
m'intéresse puisqu'elle me fournit l'occasion d'étudier le système raisonné de la symbolique des tons,
au Moyen Âge.

Les Primitifs et les oraisons colorées de leurs œuvres ! Quel rêve ! seulement il ne s'agit pas pour l'instant de méditer sur ce sujet, mais bien d'aller chercher l'abbé Plomb et voilà encore le temps qui se gâte ; décidément, je n'ai pas de chance.

Et, en traversant la place, il repartait dans ses songeries, repris par la hantise des cathédrales, se disant devant les flèches de Chartres : dans l'immense famille du Gothique, quelles variétés, aucune église qui se ressemble !

Et les tours et les clochers de celles qu'il connaissait, s'étendaient devant lui, ainsi que sur ces plans où, sans s'inquiéter des distances, les monuments s'accumulent, se pressent, tous sur le même point, pour se mieux montrer.

C'est vrai, pensait-il, les tours changent avec les basiliques. Examinons celles de Notre-Dame de Paris, elles sont mastoques et sombres, presque éléphantes ; fendues dans presque toute leur longueur, de pénibles baies, elles se hissent avec lenteur et pesamment, s'arrêtent ; elles paraissent accablées par le poids des péchés, retenues par le vice de la ville au sol ; l'effort de leur ascension se sent et la tristesse vient à contempler ces masses captives que navre encore la couleur désolée des abat-son. À Reims, au contraire, elles s'ouvrent du haut en bas, en des chas effilés d'aiguilles, en de longues et minces ogives dont le vide se branche d'une énorme arête de poisson ou d'un gigantesque peigne à doubles dents. Elles s'élancent aériennes, se filigranent ; et le ciel, entre dans ces rainures, court dans ces meneaux, se glisse dans ces entailles, se joue dans les interminables lancettes, en lanières bleues, se concentre, s'irradie dans les petits trèfles creux qui les surmontent. Ces tours sont puissantes et elles sont expansives, énormes, et elles sont légères. Autant celles de Paris sont immobiles et muettes, autant celles de Reims parlent et s'animent.

À Laon, elles sont surtout bizarres. Avec leurs colonnettes, tantôt en avance et tantôt en recul, elles ont l'air d'étagères superposées à la hâte et dont la dernière se termine par une simple plateforme au-dessous de laquelle, meuglent, en se penchant, des bœufs.

Les deux tours d'Amiens, bâties, chacune, à des époques différentes comme celles des cathédrales de Rouen et de Bourges, ne concordent pas entre elles. De hauteur inégale, elles boitent dans le ciel ; une autre vraiment splendide dans son isolement que fait encore valoir la médiocrité des deux clochers récemment construits de chaque côté de la façade de l'église, c'est la tour normande de Saint-Ouen dont le sommet est armorié d'une couronne. Elle est la patricienne des tours dont beaucoup conservent des allures de paysannes, avec leurs têtes nues ou leurs coiffes amincies, affûtées presque en biseau de sifflet, ainsi que celle de la tour Saint-Romain, à Rouen, ou leurs bonnets pointus de rustres, tels qu'en porte l'église Saint-Bénigne, à Dijon, ou leur vague parasol, semblable à celui sous lequel s'abrite la cathédrale lyonnaise de Saint-Jean.

Mais, quand même, la tour, sans le clocher qui l'effile, ne se projette pas dans le firmament. Elle s'élève toujours lourdement, halète en chemin et, exténuée, s'endort. Elle est un bras sans main, un poignet sans paume et sans doigts, un moignon ; elle est aussi un crayon non taillé, rond du bout, qui ne peut inscrire dans l'au-delà les oraisons de la terre ; elle reste en somme à jamais inactive.

Il faut arriver aux clochers, aux flèches de pierre

pour trouver le véritable symbole des prières jaculatoires perçant les nues, atteignant, comme une cible, le cœur même du Père.

Et dans la famille de ces sagittaires, quelle diversité ! pas une flèche qui soit pareille !

Les unes ont leur base prise dans un collier de tourelles, dans le cercle d'un diadème à lames droites de Roi-Mage, par des clochetons ; tel le clocher de Senlis. D'autres gardent des enfants nés à leur image, de tout petits clochers qui les entourent ; et les uns, sont couverts de verrues, de cabochons, d'ampoules ; les autres se creusent en écumoires, en tamis, se trouent de trèfles et de quatre feuilles, paraissent frappés à l'emporte-pièce ; ceux-ci sont munis d'aspérités, ont des mordants de râpe, se cavent de coches ou se hérissent de pointes ; ceux-là sont imbriqués d'écailles, de même que des poissons – le vieux clocher de Chartres, par exemple –, d'autres enfin, tels que celui de Caudebec, arborent la forme du trirègne romain, de la couronne à trois étages du Pape.

Avec ce contour presque imposé et dont ils s'éloignent à peine, avec ce modèle de la pyramide ou de la poivrière, de la chausse à filtrer ou de l'éteignoir, les architectes gothiques inventent les combinaisons les plus ingénieuses, muent à l'infini leurs œuvres.

Et de quel mystère d'origine, elles s'enveloppent, les basiliques ! La plupart des artistes qui les bâtirent sont inconnus ; l'âge même de ces pierres est à peine sûr, car elles sont, en majeure partie, façonnées par l'alluvion des temps.

Presque toutes chevauchent sur deux, sur trois, sur quatre espaces de cent ans chaque. Elles s'étendent, du commencement du XIIIe siècle jusqu'aux premières années du XVIe.

Et cela se comprend, si l'on y réfléchit.

On l'a justement remarqué, le XIIIᵉ siècle a été la grande ère des cathédrales. C'est lui qui les a presque toutes enfantées ; puis, une fois créées, il y eut pour elles un arrêt de croissance de près de deux cents ans.

Le XIVᵉ siècle fut, en effet, agité par d'affreux troubles. Il débute par les ignobles démêlés de Philippe le Bel et du Pape ; il allume le bûcher des Templiers, rissole, dans le Languedoc, les Bégards et les Fraticelles, les lépreux et les Juifs, s'affaisse dans le sang avec les désastres de Crécy et de Poitiers, les excès furieux des Jacques et des Maillotins, les brigandages des Tard-venus, finit par se relever en divaguant et il se reflète alors dans la folie sans guérison d'un Roi[1].

Et il s'achève, ainsi qu'il a préludé, se tord dans des convulsions religieuses atroces. Les tiares de Rome et d'Avignon s'entrechoquent et l'Église, qui subsiste seule debout sur ces décombres, vacille à son tour, car le grand schisme de l'Occident l'ébranle.

Le XVᵉ siècle apparaît affolé, dès sa naissance. Il semble que la démence de Charles VI se propage ; c'est l'invasion anglaise, le pillage de la France, les luttes enragées des Bourguignons et des Armagnacs, les épidémies et les famines, la débâcle d'Azincourt, Charles VII, Jeanne d'Arc, la délivrance, le pays réconforté par l'énergique médication du roi Louis XI.

Tous ces événements entravèrent les travaux en chantier des cathédrales.

Le XIVᵉ siècle, en somme, se borne à continuer les édifices commencés pendant le siècle précédent. Il faut attendre la fin du XVᵉ, ce moment où la France respira, pour voir l'architecture s'essorer encore.

Ajoutons que de fréquents incendies consumèrent, à diverses reprises, des parties entières de basiliques et qu'il fallut les reconstruire ; d'autres, comme Beauvais, s'écroulèrent et l'on dut les réédifier à nouveau ou, faute d'argent, se borner à les consolider et à boucher leurs trous.

À part quelques-unes, telles que Saint-Ouen de Rouen, qui est un des rares exemples d'une église presque entièrement bâtie pendant le XIVe siècle, sauf ses tours de l'Ouest et sa façade qui sont toutes modernes, et Notre-Dame de Reims dont la structure paraît avoir été établie sans trop d'interruption sur le plan initial d'Hugues Libergier ou de Robert de Coucy, aucune de nos cathédrales n'a été érigée en son entier, suivant le tracé de l'architecte qui les conçut et aucune n'est depuis lors demeurée intacte.

La plupart assument donc les efforts combinés de générations pieuses, mais on peut attester cette invraisemblable vérité : jusqu'à la venue de la Renaissance, le génie des constructeurs qui se succédèrent reste égal ; s'ils firent des modifications au plan de leur devancier, ils surent y introduire des trouvailles personnelles, exquises, sans en offenser l'ensemble. Ils entèrent leur génie sur celui de leurs premiers maîtres ; il y eut une relique perpétuée d'un concept admirable, un souffle continu de l'Esprit-Saint. Il fallut l'époque interlope, l'art fourbe et badin du Paganisme, pour éteindre cette pure flamme, pour anéantir la lumineuse candeur de ce Moyen Âge où Dieu vécut familièrement, chez lui, dans les âmes, pour substituer à un art tout divin un art purement terrestre.

Dès que la Luxure de la Renaissance s'annonça, le Paraclet s'enfuit, le péché mortel de la pierre put s'étaler à l'aise. Il contamina les édifices qu'il acheva,

souilla les églises dont il viola la pureté des formes ;
ce fut, avec le libertinage de la statuaire et de la
peinture, le grand stupre des basiliques.

Cette fois l'Orante fut bien morte ; tout croula.
Cette Renaissance, tant vantée à la suite de Michelet
par les historiens, elle est la fin de l'âme mystique,
la fin de la théologie monumentale, la mort de l'art
religieux, de tout le grand art en France !

Ah ça, où suis-je ? se dit tout à coup Durtal, avisant
les ruelles mal pavées qui conduisent de la place de
la cathédrale dans le bas de la ville.

Il s'aperçut qu'il avait, en rêvant, dépassé la maison où habitait l'abbé.

Il remonta sur ses pas, s'arrêta devant une vieille
bâtisse et sonna. Un guichet de cuivre s'ouvrit puis
se referma et, dans un glissement écrasé de savates,
une bonne entrebâilla le battant de la porte et Durtal,
rejoint par l'abbé Plomb aux aguets, entra dans une
pièce encombrée de statues ; il y en avait partout, sur
une cheminée, sur une commode, sur un guéridon,
sur une table.

— Ne faites pas attention à elles, dit l'abbé ; ne les
regardez pas ; je ne suis pour rien dans le choix de ce
honteux marché ; je subis, malgré moi, l'affront de ce
bazar ; ce sont des cadeaux de pénitentes !

Durtal rit, effaré quand même, par les extraordinaires échantillons de l'idéal catholique qui remplissaient cette pièce.

Tout y était : les cadres noirs guillochés de cuivre
enfermant des gravures de Vierges de Bouguereau
et de Signol, l'*Ecce Homo* du Guide, des *Pieta*, des
saintes Philomène – puis la collection de la statuaire
polychrome, des Marie peintes avec le vert glacé des
angéliques et les roses acidulés des bonbons anglais ;
des Madones considérant d'un œil béat leurs pieds

et écartant des mains d'où partaient en lames d'éventail, des rayons jaunes ; une Jeanne d'Arc accroupie telle qu'une poule sur son œuf, levant au ciel les billes blanches de ses yeux, pressant contre sa gorge cuirassée de plâtre un étendard, et des saints Antoine de Padoue, frais et léchés, tirés à quatre épingles ; des saints Joseph pas assez charpentiers et trop peu saints ; des saintes Madeleine pleurant des pilules d'argent ; toute une cohue de déicoles, de qualité fine, appartenant à cette catégorie dite « article de Munich » dans les magasins de la rue Madame[1].

— Ah ! Monsieur l'abbé, elles sont singulièrement redoutables vos donatrices ; – mais ne pourriez-vous pas, par mégarde, innocemment, laisser, chaque jour, tomber par terre, quelques-uns de ces cadres...

Le prêtre eut un geste désespéré.

— Elles m'en apporteraient d'autres ! cria-t-il – mais, voyons, si vous le voulez bien, nous allons filer tout de suite, car j'ai peur d'être relancé ici, si je m'attarde.

Et tout en marchant, comme ils parlaient de la cathédrale, Durtal s'exclama :

— N'est-il pas monstrueux que, dans la plénitude de cette basilique de Chartres, l'on ne puisse écouter un peu de véritable plain-chant ; j'en suis réduit à ne fréquenter le sanctuaire que pendant les heures sans offices, les heures vides, et je suis obligé surtout de ne pas assister à la grand'messe du dimanche, tant l'indécente musique qu'on y tolère m'indigne ! Il n'y a donc pas moyen d'obtenir qu'on expulse l'organiste, qu'on balaie le maître de chapelle et les professeurs de chant de la maîtrise, qu'on refoule chez les liquoristes les voix de rogomme des gros chantres ? Ah ! ces flons flons gazeux qui pétillent dans les flûtes en cristal des gosses et ces refrains de foire qui

s'éructent dans les hoquets de lampes qu'on remonte,
dans les renvois bruyants des basses ! quelle ignominie, quelle honte ! comment l'évêque, comment
le curé, comment les chanoines n'interdisent-ils pas
des attentats pareils[1] ?

Je sais bien que Monseigneur est vieux et malade,
mais ces chanoines ! – ils ont l'air si fatigué, il est
vrai... quand je les regarde psalmodier l'office dans
leurs stalles, je me demande s'ils savent où ils sont
et ce qu'ils font ; ils me paraissent toujours avoir un
peu perdu connaissance...

— Le grand vent de la Beauce souffle des léthar-
gies, dit l'abbé en riant – mais, permettez-moi de
vous affirmer que si la cathédrale méprise le chant
grégorien, ici même, à Chartres, au petit séminaire, à
l'église Notre-Dame de la Brèche, dans le couvent des
sœurs de Saint-Paul, on le chante d'après la méthode
de Solesmes, de sorte que vous pourriez alterner
entre cette église et ces chapelles et la cathédrale.

— Sans doute, mais n'est-ce pas effrayant de penser que le goût de caraïbe de quelques braillards et
de quelques vétérans puisse ainsi poursuivre d'injures musicales, la Vierge ? – ah ! voici la pluie qui
recommence, reprit, après un silence, Durtal, avec
dépit.

— Eh bien, nous sommes arrivés, nous allons
nous abriter dans Notre-Dame et nous inspecterons,
à l'aise, son intérieur.

Ils furent s'agenouiller devant la Vierge noire du
Pilier, puis ils s'assirent dans la solitude du vaisseau
et, à mi-voix, l'abbé dit :

— Je vous expliquai, l'autre jour, la symbolique
de l'extérieur des basiliques ; voulez-vous que je vous
mette maintenant, en deux mots, au courant des allégories que contiennent les nefs ?

Et voyant que Durtal acceptait d'un signe, le prêtre reprit :

— Vous ne l'ignorez pas, presque toutes nos cathédrales sont cruciformes ; dans la primitive Église, il est vrai, vous trouverez un certain nombre de sanctuaires bâtis en rotonde et coiffés d'un dôme ; mais la plupart n'ont pas été construits par nos pères ; ce sont d'anciens temples du paganisme que les catholiques adaptèrent tant bien que mal à leur usage, ou imitèrent, en attendant que le style roman fût consacré !

Nous pourrions donc nous dispenser d'y chercher un sens spécial liturgique, puisque cette forme n'a pas été créée par des chrétiens ; et cependant, dans son *Rational*[1], Durand de Mende prétend que cette rondeur d'édifice signifie l'extension de l'Église par tout le cercle de l'univers ; d'autres ajoutent que le dôme est le diadème du Roi crucifié et que les petites coupoles, qui souvent l'entourent, sont les têtes énormes des clous. Mais laissons ces explications que je crois fournies après coup et occupons-nous de la croix que dessinent ici, comme dans les autres cathédrales, le transept et la nef.

Notons, en passant, que, dans quelques églises, telles que l'abbatiale de Cluny, l'intérieur, au lieu d'esquisser une croix latine, copia, dans son plan, la croix de Lorraine, en adjoignant deux petits croisillons, au-dessus des bras. Et voyez cet ensemble, murmura l'abbé, en embrassant d'un geste tout le dedans de la basilique chartraine.

Jésus est mort ; son crâne est l'autel, ses bras étendus sont les deux allées du transept ; ses mains percées sont les portes ; ses jambes sont cette nef où nous sommes et ses pieds troués sont le porche par lequel nous venons d'entrer. Regardez maintenant la déviation systématique de l'axe de cette église ; elle imite l'attitude du corps affaissé sur le bois du supplice, et, dans certaines cathédrales, telles que celle de Reims, l'exiguïté, l'étranglement du sanctuaire et du chœur par rapport à la nef, simule d'autant mieux le chef et le cou de l'homme tombés sur l'épaule, après qu'il a rendu l'âme.

Cette inflexion des églises, elle est presque partout, ici, à Saint-Ouen et à la cathédrale de Rouen, à Saint-Jean de Poitiers, à Tours, à Reims ; parfois même, mais cette observation serait à prouver, l'architecte substitue à la dépouille du Sauveur, celle du Martyr sous le vocable duquel l'église est dédiée et alors on croit discerner dans l'axe tordu de Saint-Savin, par exemple, le tournant de la roue qui broya ce saint.

Mais tout cela vous est évidemment connu, voici qui l'est moins.

Nous n'avons examiné jusqu'ici que l'image du Christ, immobile, mort, dans nos nefs ; je vais vous entretenir actuellement d'un cas peu commun, d'une église reproduisant non plus le contour du cadavre divin, mais bien la figure de son corps encore vivant, d'une église douée d'une apparence de motilité, qui essaie de bouger avec Jésus sur la croix.

Il paraît, en effet, acquis que certains architectes voulurent feindre, dans la structure des temples qu'ils édifièrent, les conditions d'un organisme humain, singer le mouvement de l'être qui se penche, animer, en un mot, la pierre.

Cette tentative eut lieu à l'église abbatiale de Preuilly-sur-Claise, en Touraine. Le plan couché et les photogravures de cette basilique illustrent un intéressant volume que je vous prêterai et dont l'auteur, l'abbé Picardat[1], est le curé même de cette église. Vous pourrez alors aisément reconnaître que l'attitude de ce sanctuaire est celle d'un corps qui se tend de biais, qui s'éploie tout d'un côté et s'incline.

Et ce corps remue avec le déplacement voulu de l'axe dont la courbe commence dès la première travée, va, en se développant, au travers des nefs, du chœur, de l'abside, jusqu'au chevet dans lequel elle se fond, s'appropriant ainsi l'aspect ballant d'une tête.

Mieux qu'à Chartres, qu'à Reims, qu'à Rouen, l'humble bâtisse qu'érigèrent des Bénédictins dont les noms sont ignorés, portraiture, avec le serpentement de ses lignes, la fuite de ses colonnes, l'obliquité de ses voûtes, l'allégorique figure de Notre-Seigneur sur sa croix. Mais dans toutes les autres églises, les architectes ont mimé, en quelque sorte, la rigidité cadavérique, le chef infléchi par le trépas, tandis qu'à Preuilly, les moines ont fixé cet inoubliable moment qui s'écoule dans l'Évangile de saint Jean entre le « Sitio » et le « Consummatum est ».

La vieille église tourangelle est donc l'effigie de Jésus crucifié, mais vivant encore.

Pour en revenir maintenant à nos moutons, considérons les organes internes de nos temples, marquons au passage, que la longueur d'une cathédrale promulgue la longanimité de l'Église dans les revers ; sa largeur, la charité qui dilate les âmes ; sa hauteur, l'espoir de la récompense future, et arrêtons-nous aux détails.

Le chœur et le sanctuaire symbolisent le ciel, tandis que la nef est l'emblème de la terre et, comme l'on ne peut franchir le pas qui sépare ces deux mondes que par la croix, l'on avait jadis l'habitude, hélas ! perdue, de placer en haut de l'arcade grandiose qui réunit la nef au chœur, un immense crucifix ; de là, le nom d'arcade triomphale attribué à la gigantesque baie qui s'ouvre devant l'autel ; notons aussi qu'il existe une grille ou une balustrade limitant chacune des deux zones ; saint Grégoire de Nazianze y voit la ligne tracée entre ces deux parties, celle de Dieu et celle de l'homme.

Voici, d'autre part, une interprétation différente de Richard de Saint-Victor, sur le sanctuaire, le chœur et la nef. Ils stipulent, selon lui, le premier : les Vierges, le second, les âmes chastes et la troisième, les Époux. Quant à l'autel ou cancel, ainsi que l'intitulent les vieux liturgistes, il est le Christ même, le lieu où repose sa tête, la table de la Cène, le gibet sur lequel il versa son sang, le sépulcre qui renferma son corps ; et il est aussi l'Église spirituelle et ses quatre coins sont les quatre coins de l'univers qu'elle doit régir.

Or, derrière cet autel, s'étend l'abside dont la forme est celle d'un hémicycle, dans la plupart des cathédrales, hormis, pour en citer trois, à Poitiers, à Laon, et à Notre-Dame du Fort à Étampes où, de même que dans les anciennes basiliques civiles, le mur se dresse rectiligne, descend droit, sans dessiner cette sorte de demi-lune, dont le sens est une des plus belles trouvailles du symbolisme.

Ce fond semi-circulaire, cette conque absidale, avec ses chapelles nimbant le chœur, est, en effet, le calque de la couronne d'épines cernant le chef du Christ. Sauf dans les sanctuaires entièrement dédiés à notre Mère, ici, à Notre-Dame de Paris, dans quelques autres cathédrales encore, l'une de ces chapelles, celle du milieu et la plus grande, est vouée à la Vierge pour témoigner, par cette place même qu'elle occupe tout au bout de l'église, que Marie est le dernier refuge des pécheurs.

Et Elle est encore personnellement manifestée

par la sacristie d'où le prêtre qui est le suppléant du Christ, sort, après s'être habillé des ornements sacerdotaux, ainsi que Jésus sortit du sein de sa Mère, après s'être couvert du vêtement de chair.

Il faut constamment le répéter, toute partie d'église, tout objet matériel servant au culte est la traduction d'une vérité théologique. Dans l'architecture scripturale tout est souvenir, tout est écho et reflet et tout se tient.

Aussi, cet autel, image de Notre-Seigneur, est-il paré de linges blancs pour rappeler le linceul dans lequel Joseph d'Arimathie enveloppa son corps – et ces linges doivent être tissés avec les fils purs du chanvre ou du lin. Le calice pris, d'après des textes cités par le *Spicilège* de Solesmes, tantôt comme une expression de splendeur, tantôt comme un signe d'ignominie, peut être, suivant la théorie la plus admise, accepté ainsi qu'un pseudonyme du tombeau divin ; et alors la patène devient la pierre qui le ferma, tandis que le corporal est le suaire même.

Quand je vous aurai encore dit, ajouta l'abbé, que, selon saint Nil, les colonnes signifient les dogmes divins et suivant Durand de Mende les Évêques et les Docteurs ; que les chapiteaux sont les paroles de l'Écriture ; que le pavé de l'église est le fondement de la Foi et l'humilité ; que l'ambon et que le jubé, presque partout détruit, sont la chaire évangélique, la montagne sur laquelle prêche le Christ ; que les sept lampes allumées devant le Saint-Sacrement sont les sept dons de l'Esprit ; que les degrés de l'autel sont ceux de la Perfection ; quand je vous aurai montré que les deux chœurs alternés des chantres personnifient, les uns, les Anges, les autres, les Justes, réunis pour encenser avec leurs voix la gloire du Très-Haut, je vous aurai à peu près soumis le sens général et détaillé des intérieurs des cathédrales et, spécialement, de celui de Chartres.

Maintenant, observez ici une particularité qui se reproduit dans la basilique du Mans, les bas-côtés de cette nef où nous sommes sont uniques, alors qu'ils se doublent autour du chœur...

Mais Durtal ne l'écoutait plus ; loin de toute cette exégèse monumentale, il admirait, sans même chercher à l'analyser, l'étonnante église.

Dans le mystère de son ombre brouillée par la fumée des pluies, elle montait, de plus en plus claire, à mesure qu'elle s'élevait dans le ciel blanc de ses nefs, s'exhaussant comme l'âme qui s'épure dans une ascension de clarté, lorsqu'elle gravit les voies de la vie mystique.

Les colonnes accotées filaient en de minces faisceaux, en de fines gerbes, si frêles qu'on s'attendait à les voir plier, au moindre souffle ; et ce n'était qu'à des hauteurs vertigineuses que ces tiges se courbaient, se rejoignaient lancées d'un bout de la cathédrale à l'autre, au-dessus du vide, se greffaient, confondant leur sève, finissant par s'épanouir ainsi qu'en une corbeille dans les fleurs dédorées des clefs de voûte.

Cette basilique, elle était le suprême effort de la matière cherchant à s'alléger, rejetant, tel qu'un lest, le poids aminci de ses murs, les remplaçant par une substance moins pesante et plus lucide, substituant à l'opacité de ses pierres l'épiderme diaphane des vitres.

Elle se spiritualisait, se faisait tout âme, toute prière, lorsqu'elle s'élançait vers le Seigneur pour le rejoindre ; légère et gracile, presque impondérable, elle était l'expression la plus magnifique de la beauté qui s'évade de sa gangue terrestre, de la beauté qui se

séraphise. Elle était grêle et pâle comme ces Vierges
de Roger Van der Weyden qui sont si filiformes, si
fluettes, qu'elles s'envoleraient si elles n'étaient en
quelque sorte retenues ici-bas par le poids de leurs
brocarts et de leurs traînes. C'était la même conception mystique d'un corps fuselé, tout en longueur,
et d'une âme ardente qui, ne pouvant se débarrasser
complètement de ce corps, tentait de l'épurer, en le
réduisant, en l'amenuisant, en le rendant presque
fluide[1].

Elle stupéfiait avec l'essor éperdu de ses voûtes et
la folle splendeur de ses vitres. Le temps était couvert et cependant toute une fournaise de pierreries
brûlait dans les lames des ogives, dans les sphères
embrasées des roses.

Là-haut, dans l'espace, tels que des salamandres,
des êtres humains, avec des visages en ignition et
des robes en braises vivaient dans un firmament de
feu ; mais ces incendies étaient circonscrits, limités
par un cadre incombustible de verres plus foncés qui
refoulait la joie jeune et claire des flammes, par cette
espèce de mélancolie, par cette apparence de côté
plus sérieux et plus âgé que dégagent les couleurs
sombres. L'hallali des rouges, la sécurité limpide des
blancs, l'alleluia répété des jaunes, la gloire virginale
des bleus, tout le foyer trépidant des verrières s'éteignait quand il s'approchait de cette bordure teinte
avec des rouilles de fer, des roux de sauces, des violets rudes de grès, des verts de bouteille, des bruns
d'amadou, des noirs de fuligine, des gris de cendre.

Et, ainsi qu'à Bourges dont la vitrerie est de la
même époque, l'influence de l'Orient était visible
dans les panneaux de Chartres. Outre que les personnages avaient l'aspect hiératique, la tournure somptueuse et barbare des figures de l'Asie, les cadres,

par leur dessin, par l'agencement de leurs tons, évoquaient le souvenir des tapis persans qui avaient certainement fourni des modèles aux peintres, car l'on
sait par le « Livre des Métiers[1] » qu'au XIIIe siècle, l'on
fabriquait en France, à Paris même, des tapis imités
de ceux qui furent amenés du Levant par les Croisés.

Mais, en dehors même des sujets et des cadres, les
couleurs de ces tableaux n'étaient, pour ainsi dire,
que des foules accessoires, que des servantes destinées à faire valoir une autre couleur, le bleu, un bleu
splendide, inouï, de saphir rutilant, extra lucide, un
bleu clair et aigu qui étincelait partout, scintillant
comme en des verres remués de kaléidoscope, dans
les verrières, dans les rosaces des transepts, dans
les fenêtres du porche Royal où s'allumait sous des
grilles de fer noir, la flamme azurée des soufres.

En somme, avec la teinte de ses pierres et de ses
vitres, Notre-Dame de Chartres était une blonde aux
yeux bleus. Elle se personnifiait en une sorte de fée
pâle, en une Vierge mince et longue, aux grands
yeux d'azur ouverts dans les paupières en clarté de
ses roses ; Elle était la Mère d'un Christ du Nord,
d'un Christ de Primitif des Flandres, trônant dans
l'outremer d'un ciel et entourée ainsi que d'un rappel touchant des Croisades, de ces tapis orientaux
de verre.

Et ils étaient, ces tapis diaphanes, des bouquets
fleurant le santal et le poivre, embaumant les subtiles
épices des Rois Mages ; ils étaient une floraison parfumée de nuances cueillie, au prix de tant de sang !
dans les prés de la Palestine, et que l'Occident, qui
les rapporta, offrait à la Madone, sous le froid climat
de Chartres, en souvenir de ces pays du soleil où Elle
vécut et où son Fils voulut naître.

— Où trouver pour notre Mère un plus grandiose

écrin, une plus sublime châsse ? dit l'abbé, en désignant, d'un geste, la nef.

Cette exclamation tira Durtal de ses réflexions et
il écouta le prêtre qui poursuivit :

— Si, par la largeur de son vaisseau, cette cathédrale est unique, elle n'atteint pas cependant, malgré
son altitude prodigieuse, les hauteurs démesurées
de Bourges, d'Amiens, de Beauvais surtout, dont la
voûte plane à quarante-huit mètres au-dessus du sol.
Il est vrai que celle-là voulut tout tenter pour dépasser ses sœurs.

Projetée d'un bond, en l'air, dans les abîmes, elle
vacilla et s'abattit. Vous connaissez les parties qui
survivent à l'écroulement de cette folle église ?

— Oui, Monsieur l'abbé ; ce sanctuaire et cette
abside, étroits, resserrés, avec leurs colonnes qui se
touchent et l'éclairage qui s'irise, en bulles de savon,
dans des murs tout en verres, vous désemparent et
vous étourdissent dès qu'on y entre. On y ressent je
ne sais quelle inquiétude, une espèce de mauvaise
attente et de trouble ; la vérité c'est qu'elle n'est, ni
bien portante, ni saine ; elle ne vit qu'à force d'ex-
pédients et d'étais ; elle tâche d'être déliée et ne l'est
point ; elle s'étire sans parvenir à se filiser ; elle a,
comment dirai-je ? de gros os. Rappelez-vous ses
piliers qui sont pareils aux troncs lisses et char-
nus des hêtres et qui ont aussi l'arête et le coupant des joncs. Quelle différence avec ces cordes
de harpe qui sont l'ossature aérienne de Chartres !
– Non, malgré tout, Beauvais est, ainsi que Reims,
ainsi que Paris, une cathédrale grasse. Elle n'a pas
la maigreur distinguée, l'éternelle adolescence de
formes, tout ce côté patricien d'Amiens et surtout
de Chartres !

Puis, n'êtes-vous pas frappé, Monsieur l'abbé, de

ce permanent emprunt que le génie de l'homme fit
à la nature lorsqu'il construisit des basiliques. Il est
presque certain que l'allée des forêts servit de point
de départ aux rues mystiques de nos nefs. Voyez
aussi les piliers. Je vous citais tout à l'heure ceux de
Beauvais qui tiennent du hêtre et du jonc ; souvenez-
vous maintenant des colonnes de Laon ; celles-là ont
des nœuds tout le long de leurs tiges et elles imitent,
à s'y méprendre, les renflements espacés des bam-
bous ; voyez encore la flore murale des chapiteaux
et enfin ces clefs de voûte auxquelles aboutissent les
longues nervures des arcs. Ici, c'est le règne animal
qui paraît avoir inspiré les architectes. Ne dirait-on
pas, en effet, d'une fabuleuse araignée dont la clef est
le corps et dont les côtes qui rampent sous les voûtes
sont les pattes ? l'image est si ressemblante qu'elle
s'impose. Mais alors, quelle merveille que cette ara-
chnide géante dont le corps, ciselé tel qu'un bijou
et glacé d'or, a sans doute tissé la toile en feu des
trois roses !

— Tiens, j'ai omis de vous faire remarquer, dit
l'abbé, lorsqu'ils furent sortis de l'église et qu'ils cheminèrent par les rues, le chiffre qui est écrit partout à
Chartres. Il est identique à celui de Paray-le-Monial.
Ici encore, tout marche par trois. Nous avons trois
nefs, trois entrées munies, chacune, de trois portes.
Comptez les piliers de la nef, vous en avez deux fois
trois, de chaque côté. Les ailes du transept ont également, chacune, trois travées et trois piliers ; les
fenêtres sont triples aussi sous le trio des roses. Vous
le voyez, elle est imprégnée du souvenir de la Trinité,
Notre-Dame !

— Elle est aussi le grand répertoire peint et sculpté
du Moyen Âge.

— Et elle est encore, de même que les autres

cathédrales gothiques, le recueil le plus complet, le plus certain qui soit du symbolisme, car, en somme, les allégories que nous croyons déchiffrer dans les églises romanes sont souvent apprêtées et douteuses – et cela se conçoit. Le Roman est un converti, un païen fait moine. Il n'est pas né catholique, ainsi que le style ogival ; il ne l'est devenu que par le baptême que lui conféra l'Église. Le Christianisme l'a découvert dans la basilique romaine et il l'a utilisé, en l'arrangeant ; son origine est donc païenne et dès lors ce n'est qu'en grandissant qu'il a pu apprendre la langue et exprimer la forme de nos emblèmes.

— Mais pourtant, en son ensemble, il représente selon moi un symbole, car il est la figure lapidifiée de l'Ancien Testament, l'image de la contrition et de la crainte.

— Et plus encore, celle de la paix de l'âme, répliqua l'abbé. Croyez-moi, pour bien comprendre ce style, il faut remonter à sa source, aux premiers temps du monachisme dont il est la parfaite expression, nous reporter, par conséquent, aux Pères de l'Église, aux moines du désert.

Or quel est le caractère très spécial de la mystique de l'Orient ? c'est le calme dans la foi, l'amour brûlant sur lui-même, la dilection sans éclat, ardente mais enfermée, mais interne.

Vous ne percevrez pas, en effet, dans les livres des solitaires de l'Égypte, les véhémences d'une Madeleine de Pazzi et d'une Catherine de Sienne, les cris passionnés d'une sainte Angèle. – Rien de cela ; pas d'exclamations amoureuses, pas de trépidations, pas de plaintes. Ils envisageaient le Rédempteur moins comme la victime sur laquelle on pleure que comme le médiateur, l'ami, le grand frère. Il était pour eux surtout, selon le mot d'Origène[1], « le pont jeté entre nous et le Père ».

Transportées d'Afrique en Europe, ces tendances se conservèrent ; les premiers moines de l'Occident suivirent l'exemple de leurs devanciers et ils assortirent ou édifièrent des églises à leur ressemblance.

Qu'il y ait de la pénitence, de la coulpe, de la peur sous ces voûtes obscures, sous ces lourds piliers, dans cette forteresse où l'élu s'enferme pour résister aux assauts du monde, cela est sûr – mais cette mystique romane nous suggère aussi l'idée d'une foi solide, d'une patience virile, d'une piété robuste, telle que ses murs.

S'il n'a pas les flamboyantes extases de la mystique gothique qui s'extériorise dans toutes les fusées de ses pierres, le Roman vit au moins, concentré sur lui-même, en une ferveur recueillie, couvant au plus profond de l'âme. Il se résume dans cette phrase de saint Isaac : « *In mansuetudine et in tranquillitate, simplifica animam tuam*[2]. »

— Avouez, Monsieur l'abbé, que vous avez un faible pour ce style.

— Peut-être, en ce sens, qu'il est moins agité, plus humble, moins féminin et plus claustral que le Gothique.

En somme, fit le prêtre qui, étant arrivé devant la porte de sa maison, serra la main de Durtal, en somme, il est le symbole de la vie intérieure, l'image de l'existence monastique ; il est, en un mot, la véritable architecture du cloître.

À la condition pourtant, se dit Durtal, qu'il ne soit pas semblable à celui de Notre-Dame à Poitiers, dont l'intérieur est bariolé de teintes puériles et de tons farouches, car alors, au lieu d'une impression de regret ou de calme, il suscite la pensée de l'allégresse enfantine d'un vieux sauvage tombé en enfance et qui rit parce qu'on a ravivé ses tatouages et qu'on lui a recrépi, avec des couleurs crues, le derme.

VII

Combien elle peut contenir de fidèles, la cathédrale ? Près de 18 000, répondit l'abbé Plomb. Mais il est inutile de vous assurer, n'est-ce pas, qu'elle n'est jamais pleine ; que même pendant les temps de pèlerinages, les foules immenses du Moyen Âge ne l'emplissent plus. Ah ! Chartres, n'est pas précisément ce qu'on appelle une ville pieuse !

— Elle est sinon hostile à la religion, au moins fort indifférente, fit l'abbé Gévresin.

— Le Chartrain est cupide, apathique et salace, répliqua l'abbé Plomb ; cupide surtout, car la passion du lucre est ici, sous des dehors inertes, féroce. Vraiment, par expérience, je plains le jeune prêtre que l'on envoie, pour ses débuts, évangéliser la Beauce.

Il arrive, plein d'illusions, rêvant aux conquêtes d'un apostolat, si désireux de se dévouer ! – et il s'affaisse dans le silence et le vide. Si encore on le persécutait, il se sentirait vivre ; mais on l'accueille par un sourire et non par une injure, ce qui est pis ; et promptement il se rend compte de l'inanité de ses démarches, du néant de ses efforts et il se décourage !

Ici, le clergé est, on peut le dire, excellent, composé de saints prêtres, mais presque tous végètent, engourdis par l'inaction ; ils ne lisent, ni ne travaillent, s'ankylosent, se meurent d'ennui dans cette province.

— Pas vous ! s'exclama, en riant, Durtal ; car vous avez de l'ouvrage ; ne m'avez-vous pas raconté que vous cultiviez plus spécialement les âmes des belles dames qui daignent s'intéresser encore à Notre-Seigneur, dans cette ville ?

— Vous avez la plaisanterie féroce, riposta l'abbé. Croyez bien que si j'avais des servantes et des filles du peuple à gérer, je ne me plaindrais pas, car il y a des qualités et des vertus, il y a du ressort dans les âmes simples, mais dans la petite bourgeoisie et le monde riche ! – vous ne pouvez vous imaginer ce que sont ces femmes. Du moment qu'elles assistent à la messe, le dimanche, et font leurs Pâques, elles pensent que tout leur est permis ; et, dès lors, leur sérieuse préoccupation est moins d'offenser le Christ que de le désarmer par de basses ruses. Elles médisent, lèsent grièvement le prochain, lui refusent toute pitié et toute aide et elles s'en excusent ainsi que de fautes sans conséquence ; mais manger gras, un vendredi ! c'est autre chose ; elles sont convaincues que le péché qui ne se remet point est celui-là. Pour elles, le Saint-Esprit, c'est le ventre ; en conséquence, il s'agit de biaiser, de louvoyer autour de ce péché, de ne jamais le commettre, tout en le frôlant et en ne se privant point. Aussi quelle éloquence elles déploient pour me rassurer sur le caractère pénitent de la poule d'eau !

Pendant le carême elles sont toutes possédées par la rage de donner des dîners et elles s'ingénient à servir aux invités un maigre qui en soit, tout en ayant l'air de n'en être pas ; et ce sont d'interminables discussions sur la sarcelle, sur la macreuse, sur les volatiles à sang froid. C'est un zoologiste et non un prêtre qu'elles devraient aller consulter pour ces cas-là !

Quant à la Semaine Sainte, c'est encore une autre antienne ; à l'obsession de la volaille nautique succède le prurit de la charlotte russe. Peut-on, sans blesser Dieu, savourer une charlotte ? Il y a bien des œufs dedans, mais si battus, si mortifiés que ce plat se révèle presque ascétique ; et les explications culinaires débordent, le confessionnal tourne à l'office, le prêtre devient un maître-queux.

Pour ce qui regarde le vice même de la gourmandise, elles s'en reconnaissent à peine coupables. Est-ce vrai, mon cher confrère ?

L'abbé Gévresin approuva d'un signe. Certes, dit-il, ce sont des âmes creuses, et qui plus est, imperméables.

Elles sont bouchées à toute idée généreuse, considèrent les relations qu'elles entretiennent avec le Rédempteur, comme convenables pour leur rang, comme de bon ton ; mais elles ne cherchent nullement à entrer dans son intimité, se bornent, de propos délibéré, à des visites de politesse.

— Les visites que l'on rend, le jour de l'an, au parent âgé ! s'écria Durtal.

— Non, à Pâques, rectifia Mme Bavoil.

— Et, parmi ces pénitentes, reprit l'abbé Plomb, il y a l'affligeante variété de l'épouse du député qui vote mal et répond aux objurgations de sa femme : moi ! mais je suis, au fond, plus chrétien que toi !

Invariablement, à chaque séance, elle recommence l'histoire des vertus privées du mari et déplore la conduite de l'homme public ; et toujours cette narration, qui n'en finit point, aboutit à des éloges qu'elle se décerne, presque à une demande d'excuses qu'elle attend de nous, pour tout le tintouin que lui cause l'Église !

L'abbé Gévresin sourit et dit :

— Quand j'étais attaché à Paris à l'une des paroisses de la rive gauche dans laquelle est situé un grand magasin de nouveautés[1], j'ai fréquenté un singulier genre de femmes. Les jours surtout où ce magasin annonçait des expositions de blanc ou écoulait des soldes, c'était à la sacristie une affluence de dames en toilettes.

Ces femmes-là habitaient de l'autre côté de l'eau ; elles étaient venues, dans le quartier, pour effectuer des achats et, ayant sans doute trouvé les rayons qu'elles parcouraient trop pleins, elles voulaient attendre que la foule qui les emplissait fût partie, pour y choisir plus à l'aise leurs emplettes ; alors, ne sachant plus à quoi s'occuper, elles se réfugiaient dans l'église et, là, le besoin de parler les tenaillant, elles requéraient, pour l'apaiser, le prêtre de garde, bavardaient au confessionnal comme dans un salon, tuaient ainsi le temps.

— Ne pouvant, de même que les hommes, aller au café, elles vont à l'église, dit Durtal.

— À moins, fit Mme Bavoil, qu'elles ne veuillent

surtout confier à un ecclésiastique inconnu des fautes qu'il serait pénible d'avouer à leur confesseur.

— Enfin, s'exclama Durtal, voilà un point de vue neuf, l'influence des grands magasins sur le tribunal de la pénitence !

— Et celle des gares, ajouta l'abbé Gévresin.

— Comment, des gares ?

— Mais oui, les églises situées près des débarcadères ont une clientèle spéciale de voyageuses. – C'est là que l'observation que la chère Mme Bavoil vient de faire, se vérifie. – Beaucoup de femmes de province, qui reçoivent à dîner chez elles le curé de leur pays, n'osent lui raconter leurs adultères parce qu'il lui serait trop facile de deviner le nom de l'amant, et que la situation de ce prêtre, vivant dans l'intimité de la maison, serait gênante ; alors elles profitent de leur passage à Paris ou y débarquent sous un prétexte quelconque pour s'ouvrir à un autre abbé qui ne les connaît point. En règle générale, lorsqu'une femme parle de son curé en de mauvais termes, lorsqu'elle débute, au confessionnal, par vous dire qu'il est inintelligent, sans éducation, inapte à comprendre et à guider les âmes, vous pouvez être sûr que l'aveu du péché contre le VIe commandement est proche.

— C'est égal, il en a de l'aplomb, le monde qui pivote autour du bon Dieu ! s'écria Mme Bavoil.

— Ce sont de malheureux êtres qui opèrent une cote mal taillée de leurs devoirs et de leurs vices. Mais laissons cela et vaquons à des choses plus pressantes. Avez-vous apporté, ainsi que vous nous l'avez promis, votre article sur l'Angelico ? Lisez-le.

Durtal tira de sa poche son manuscrit qu'il avait achevé et qu'il devait expédier, le soir même, à Paris.

Il s'assit sur l'un des fauteuils de paille, au milieu

de la chambre de l'abbé Gévresin où ils étaient réunis, et commença :

LE COURONNEMENT DE LA VIERGE
de Fra Angelico, au Louvre

« L'ordonnance de ce tableau évoque l'attitude de ces arbres de Jessé dont les branches, soutenant sur chacun de leurs rameaux une figure humaine, s'évasent et se déploient, s'ouvrant, telles que des lames d'éventails, de chaque côté du trône en haut duquel s'épanouit, sur une tige isolée, la radieuse fleur d'une Vierge.

Dans *Le Couronnement de la Vierge* de Fra Angelico, c'est, à droite et à gauche de la touffe séparée où le Christ, assis sous la pierre ciselée d'un dais, dépose la couronne qu'il tient de ses deux mains sur la tête inclinée de sa Mère, tout un espalier d'apôtres, de saints et de patriarches montant, en une ramure dense et serrée, du bas du panneau, finissant par éclater, de chaque côté du cadre, en une extrême floraison d'anges qui se détachent sur le bleu du ciel, avec leurs chefs ensoleillés de nimbes.

La disposition de ces personnages est ainsi conçue :

À gauche, au bas du trône, sous le dais de style gothique, prient agenouillés : l'évêque saint Nicolas de Myre, mitré et étreignant sa crosse à la hampe de laquelle pend, comme un drapeau replié, le manipule ; le roi saint Louis, à la couronne fleurdelysée ; les moines saint Antoine, saint Benoît, saint François, saint Thomas qui montre un livre ouvert sur lequel sont écrits les premiers versets du *Te Deum* ; saint Dominique un lys à la main ; saint Augustin une plume ; puis, en remontant, les apôtres saint

Marc, saint Jean, portant leurs évangiles ; saint Barthélemy exhibant le coutelas qui servit à l'écorcher ;
saint Pierre, saint André, saint Jean-Baptiste ; puis,
en remontant encore, le patriarche Moïse ; – enfin,
la théorie pressée des Anges, se découpant sur l'azur
du firmament, les têtes ceintes d'une auréole d'or.

À droite, en bas, vue de dos, à côté d'un moine
qui est peut-être saint Bernard, Marie-Madeleine à
genoux près d'un vase d'aromates, dans une robe
d'un rouge vermillon ; puis derrière elle, saint Cécile,
couronnée de roses ; sainte Claire ou sainte Catherine
de Sienne, coiffée d'un béguin bleu semé d'étoiles ;
sainte Catherine d'Alexandrie, appuyée sur la roue de
son supplice ; sainte Agnès caressant un agneau couché dans ses bras ; sainte Ursule dardant une flèche,
d'autres dont les noms sont inconnus ; toutes saintes,
faisant vis-à-vis à l'évêque, au roi, aux religieux, aux
fondateurs d'ordres ; puis s'élevant le long des degrés
du trône, saint Étienne avec la palme verte des martyrs ; saint Laurent avec son gril ; saint Georges couvert d'une cuirasse et coiffé d'un casque ; saint Pierre
le Dominicain, reconnaissable à son crâne fendu ;
puis, en s'exhaussant encore, saint Matthieu, saint
Philippe, saint Jacques le Majeur, saint Jude, saint
Paul, saint Matthias, le roi David ; – enfin, en face
des Anges de gauche, un groupe d'Anges dont les
faces, cernées de ronds d'or, s'enlèvent sur l'horizon
d'un outremer pur.

Malgré les sévices des réparations qu'il endura,
ce panneau, gravé et gaufré d'or, resplendit avec la
claire fraîcheur de sa peinture au blanc d'œuf.

En son ensemble, il figure un escalier de la vue, si
l'on peut dire, un escalier circulaire à double rampe,
aux marches d'un bleu magnifique, tapissées d'or.

La première, à gauche, en bas, est simulée par

l'azur du manteau de saint Louis, puis d'autres grimpent, feintes par un coin entrevu d'étoffe, par la robe de saint Jean et, plus haut encore, avant que d'atteindre la nappe en lazuli du firmament, par la robe du premier des Anges.

La première, à droite, en bas, par la mante de sainte Cécile, d'autres par le corsage de sainte Agnès, les draperies de saint Étienne, la tunique d'un prophète, plus haut encore, avant que d'arriver à la lisière en lapis du ciel, par la robe du premier des Anges.

Le bleu qui domine dans le tableau est donc construit régulièrement, en échelons, espacé en vis-à-vis, presque de la même manière, de chaque côté du trône. Et cet azur épandu sur des costumes dont les plis sont à peine accusés par des blancs est d'une sérénité extraordinaire, d'une candeur inouïe. C'est lui qui, avec le secours des ors dont les lueurs cerclent les têtes, courent ou se tortillent sur les bures noires des moines, en Y sur la robe de saint Thomas ; en soleil ou plutôt en chrysanthèmes chevelus sur les frocs de saint Antoine et de saint Benoît ; en étoiles sur la coiffe de sainte Claire ; en broderies ajourées, en lettres formant des noms, en plaques de gorgerins sur les vêtements des autres saintes ; c'est lui qui donne l'âme colorée de l'œuvre. Tout en bas de la scène, un coup de rouge magnifique, celui de la robe de Madeleine, qui se répercute dans la couleur de flamme de l'un des degrés du trône, reprend çà et là, atténué sur des bouts perdus d'étoffes, ou se dissimule, étouffé sous des ramages d'or, comme dans la chape de saint Augustin, aide, ainsi qu'un tremplin, pour enlever le merveilleux accord.

Les autres couleurs ne semblent plus jouer là que le rôle de nécessaires remplissages, d'indispensables étais. Elles sont, d'ailleurs, pour la plupart, d'une vulgarité, d'une laideur qui déconcertent. Voyez les verts : ils vont de la chicorée cuite à l'olive, pour aboutir à l'horreur absolue dans deux des marches du trône qui barrent la toile de deux traînées d'épinards tombés dans du macadam. Le seul vert qui soit supportable est celui du manteau de sainte Agnès, un vert parmesan très nourri de jaune que ravitaille encore, sur sa doublure aperçue, le voisinage complaisant d'un orange.

Voyez, d'autre part, ce bleu que l'Angelico manie si somptueusement dans les teintes célestes ; s'il le fonce, il devient aussitôt moins ample et presque terne ; exemple ; celui qui colore le béguin de sainte Claire.

Mais ce qui est plus surprenant, c'est que ce peintre éloquent du bleu balbutie lorsqu'il touche à cette autre teinte angélique qu'est le rose. Le sien n'est ni léger, ni ingénu ; il est trouble, couleur de sang lavé d'eau, de taffetas d'Angleterre, à moins qu'il ne tourne au lie de vin ; tel celui qui s'étend sur les manches du Christ.

Et il se révèle plus lourd encore sur les joues des Saints. Il est, en quelque sorte, glacé, de même qu'une croûte de pâtisserie ; il a le ton d'un sirop de framboise noyé dans de la pâte à l'œuf.

Et ce sont là, en somme, les seules couleurs dont l'Angelico se sert : un bleu de ciel magnifique et un bleu vil, un blanc quelconque, un rouge éclatant, des roses mornes, un vert clair, des verts foncés et des ors. Ni jaune clair d'immortelles, ni paille lumineuse, tout au plus un jaune lourd et sans reflets pour les cheveux des saintes ; aucun orange vraiment franc, aucun violet faible ou valide, sinon dans une doublure clandestine de mante et dans la robe à

peine visible d'un saint, coupé par le liseré du cadre ;
aucun brun qui ne se cache. Sa palette est, on le
voit, restreinte.

Et elle est symbolique, si l'on y songe : il a fait
certainement pour ses tons, ce qu'il a fait pour toute
l'ordonnance de son œuvre. Son tableau est l'hymne
de la chasteté et il a échelonné, autour du groupe
formé par Notre-Seigneur et sa Mère, les Saints qui
avaient le mieux concentré cette vertu sur la terre :
saint Jean-Baptiste qu'étêta la trémoussante impu-
reté d'une Hérodiade ; saint Georges qui sauva une
vierge de l'emblématique dragon ; des Saintes telles
que sainte Agnès, sainte Claire, sainte Ursule ; des
chefs d'ordres, tels que saint Benoît et saint François ; un roi tel que saint Louis ; un évêque tel que
saint Nicolas de Myre qui empêcha la prostitution de
trois jeunes filles qu'un père affamé voulait vendre.
Tout jusqu'aux plus petits détails, depuis les attributs
des personnages jusqu'aux marches du trône dont le
nombre correspond aux neuf chœurs des anges, est
symbolique, dans cette œuvre.

Il est, par conséquent, permis de croire qu'il a
choisi les couleurs pour les allégories qu'elles expriment.

Le blanc, symbole de l'Être supérieur, de la Vérité
absolue, employé par l'Église dans ses ornements
pour la fête de Notre-Seigneur et de la Vierge, parce
qu'il annonce la bonté, la virginité, la charité, la
splendeur, la sagesse divine lorsqu'il se magnifie
dans l'éclat pur de l'argent.

Le bleu, parce qu'il rend la chasteté, l'innocence,
la candeur.

Le rouge, couleur de la robe de saint Jean, comme
le bleu est la couleur de la robe de Marie, dans les
œuvres des Primitifs, le rouge, parure des offices du

Saint-Esprit et de la Passion, parce qu'il traduit la charité, la souffrance et l'amour.

Le rose, l'amour de l'éternelle sapience, et aussi, d'après sainte Mechtilde, la douleur et les tourments du Christ.

Le vert, dont la liturgie use dans les temps de pèlerinage et qui semble la couleur préférée de la sainte Bénédictine lui décernant le sens de fraîcheur d'âme et de sève perpétuelle ; le vert qui, dans l'herméneutique des tons, indique l'espoir de la créature régénérée, le souhait du dernier repos, qui est aussi la marque de l'humilité, selon l'anonyme anglais du XIIIᵉ siècle, de la contemplation d'après Durand de Mende.

Par contre, l'Angelico s'est volontairement abstenu d'utiliser les nuances qui désignent les qualités des vices, sauf, bien entendu, celles adoptées pour les costumes des ordres monastiques qui en dénaturent complètement le sens.

Le noir, teinte de l'erreur et du néant, seing de la mort, dans l'Église, image, suivant la sœur Emmerich, des dons profanés et perdus.

Le brun, qui, d'après la même sœur, est synonyme d'agitation, d'aridité, de sécheresse, de négligences ; le brun, qui, composé de noir et de rouge, de fumée obscurcissant le feu divin, est satanique.

Le gris, la cendre de la pénitence, le symptôme des tribulations, selon l'Évêque de Mende, le signe du demi-deuil, substitué naguère au violet dans le rit parisien, pendant le temps du Carême ; mariage du blanc et du noir, des vertus et des vices, des joies et des peines ; miroir de l'âme, ni bonne, ni mauvaise, de l'être médiocre, de l'être tiède que Dieu vomit ; le gris ne se relevant que par l'adjonction d'un peu de pureté, d'un peu de bleu, pouvant, alors qu'il se mue en un gris perle, devenir une nuance pieuse, un pas vers le ciel, un acheminement dans les premières voies de la Mystique.

Le jaune, considéré par la sœur Emmerich comme l'indice de la paresse, de l'horreur de la souffrance, et qui, souvent assigné, au Moyen Âge, à Judas, est le stigmate de la trahison et de l'envie.

L'orangé, qui se signale ainsi que la révélation de l'amour divin, l'union de l'homme à Dieu, en mélangeant le sang de l'Amour aux tons peccamineux du jaune, mais qui peut être pris dans une plus mauvaise acception, dans un sens de mensonge, d'angoisse, manifester, lorsqu'il tourne au roux, les défaites de l'âme surmenée par ses fautes, la haine de l'amour, le mépris de la grâce, la fin de tout.

La feuille morte, qui témoigne de la dégradation morale, de la mort spirituelle, de l'espoir du vert à jamais perdu.

Enfin, le violet, que l'Église revêt pour les dimanches d'Avent et de Carême et pour les offices de pénitence. Il fut la couleur du drap mortuaire des rois de France ; il nota, pendant le Moyen Âge, le deuil et il demeure à jamais la triste livrée des exorcistes.

Ce qui est moins explicable, par exemple, c'est le choix limité des types de visages qu'il préféra ; car ici, le symbole est inutile. Voyez, en effet, ses hommes. Les Patriarches, aux têtes barbues n'ont point ces chairs d'hosties presque lucides ou ces os perçant le parchemin d'un épiderme sec et diaphane, comme cette fleur de lunaire, connue sous le nom de monnaie du Pape ; tous ont des physionomies régulières et aimables ; tous sont gens sanguins et bien portants, attentifs et pieux ; ses moines ont, eux aussi, la face pleine et les joues roses ; aucun de ses saints n'a l'allure d'un Père du Désert, accablé par les jeûnes, la maigreur épuisée d'un ascète ; tous ont des traits vaguement semblables, une corpulence similaire et des teints pareils. Ils figurent sur ce tableau une placide colonie de très braves gens.

Ils apparaissent ainsi, du moins au premier coup d'œil.

Et les femmes sont toutes également de la même famille ; elles sont des sœurs aux ressemblances plus ou moins fidèles ; toutes sont blondes et fraîches, avec des yeux couleur de tabac clair, des paupières pesantes, des visages ronds ; toutes forment un cortège de types un peu gnan-gnan à cette Vierge au nez long, au crâne d'oiselle, agenouillée aux pieds du Christ.

Il y a en somme, pour tous ces personnages, à peine quatre types qui diffèrent, si nous tenons compte de l'âge plus ou moins avancé de chacun d'eux, des modifications imposées par la coiffure, par le port de la barbe ou la rasure, des poses de profil ou de face qui les distinguent.

Les seuls qui ne soient pas d'ensemble presque uniforme, ce sont les Anges aux adolescences asexuées, toutes charmantes. Ils sont d'une incomparable pureté, d'une candeur plus qu'humaine, avec leurs robes bleues, roses, vertes, fleuretées d'or, leurs cheveux blonds ou roux, tout à la fois aériens et lourds, leurs yeux chastes et baissés, leurs chairs blanches telles que des moelles d'arbres. Graves et ravis, ils jouent de l'angélique et du théorbe, de la viole d'amour et du rebec, chantent l'éternelle gloire de la Très Sainte Mère.

En résumé, au point de vue des types, ainsi qu'au point de vue des couleurs, les choix de l'Angelico sont réduits.

Mais alors, malgré la troupe exquise des Anges, ce tableau est monotone et banal, cette œuvre si vantée est surfaite ?

Non, car ce *Couronnement de la Vierge* est un chef-d'œuvre et il est encore supérieur à tout ce que l'enthousiasme en voulut dire ; et, en effet, il dépasse toute peinture, parcourt des régions où jamais les mystiques du pinceau n'ont pénétré.

Là, ce n'est plus un travail manuel même souverain, ce n'est plus un ouvrage spirituel, vraiment religieux, ainsi que Roger Van der Weyden et Quentin Metsys en firent ; c'est autre chose. Avec l'Angelico, un inconnu entre en scène, l'âme d'un mystique arrivé à la vie contemplative et l'effusant, ainsi qu'en un pur miroir, sur une toile.

C'est l'âme d'un extraordinaire moine, d'un saint que nous voyons dans cette glace colorée où elle s'épand sur des créatures peintes. Et cette âme, on peut juger de son degré d'avancement dans les voies de la Perfection, par l'œuvre qui la répercute.

Ses Anges, ses Saints, il les mène jusqu'à la vie Unitive, jusqu'au suprême degré de la Mystique. Là, les douleurs des lentes ascensions ne sont plus ; c'est la plénitude des joies tranquilles, la paix de l'homme divinisé ; l'Angelico est le peintre de l'âme immergée en Dieu, le peintre de ses propres aîtres[*].

Et il fallait un moine pour tenter cette peinture. Certes, les Metsys, les Memling, les Thierry Bouts, les Gérard David, les Roger Van der Weyden, étaient d'honnêtes et de pieuses gens. Ils imprégnèrent leurs panneaux d'un reflet céleste ; eux aussi, réverbérèrent leur âme dans les figures qu'ils peignirent, mais s'ils les marquèrent d'une étampe[*] prodigieuse d'art, ils ne purent que leur donner l'apparence d'une âme débutant dans l'ascèse chrétienne ; ils ne purent représenter que des gens demeurés comme eux dans les premières pièces de ces châteaux de l'âme dont parle sainte Térèse et non dans la salle au centre de laquelle se tient, en rayonnant, le Christ.

Ils étaient, suivant moi, plus observateurs et plus profonds, plus savants et plus habiles, plus peintres même que l'Angelico, mais ils étaient préoccupés de leur labeur, vivaient dans le monde, ne pouvaient bien souvent s'empêcher de laisser à leurs Vierges des allures d'élégantes dames, étaient obsédés par des souvenirs de la terre, ne s'enlevaient pas hors de leur existence coutumière en travaillant, restaient, en un mot, des hommes. Ils ont été admirables, ils ont exprimé les instances d'une ardente Foi, mais ils n'avaient pas reçu cette culture spéciale qui ne se pratique que dans le silence et la paix du cloître. Aussi, n'ont-ils pu franchir le seuil du domaine séraphique où vaguait ce naïf qui n'ouvrait ses yeux fermés par la prière que pour peindre, ce moine qui n'avait jamais regardé au-dehors, qui n'avait jamais vu qu'en lui.

Ce que l'on sait de sa vie justifie d'ailleurs cette peinture. Il était un humble et tendre religieux qui faisait oraison avant de toucher à ses pinceaux et ne pouvait dessiner une crucifixion, sans fondre en larmes.

Au travers du voile de ses pleurs, sa vision s'angélisait, s'effusait dans les clartés de l'extase et il créait des êtres qui n'avaient plus que l'apparence humaine, l'écorce terrestre de nos formes, des êtres dont les âmes volaient déjà loin de leurs cages charnelles. Scrutez son tableau et voyez comme l'incompréhensible miracle de cet état d'âme qui surgit, s'opère.

Les types des Apôtres, des Saints sont, nous l'avons dit, quelconques. Eh bien, fixez le visage de ces hommes et discernez combien, au fond, ils aperçoivent peu la scène à laquelle ils assistent ; quelle que soit l'attitude que leur attribue le peintre, tous sont recueillis en eux-mêmes et contemplent la scène, non avec les yeux de leurs corps mais avec les yeux de leurs âmes. Tous examinent en eux-mêmes ; Jésus les habite, et ils le considèrent mieux dans leur for intérieur que sur ce trône.

Et il en est de même des Saintes. J'ai avancé qu'elles avaient l'air insignifiant et c'est vrai ; mais ce que leurs traits, à elles aussi, se transforment et s'effacent sous l'épreinte* divine ! elles vivent noyées d'adoration, s'élancent, immobiles, vers le céleste Époux. Une seule demeure mal dégagée de sa gaine matérielle, sainte Catherine d'Alexandrie qui, avec ses yeux pâmés, ses prunelles d'eau saumâtre, n'est ni simple, ni candide, ainsi que ses autres sœurs ; celle-là voit encore la forme hominale du Christ, celle-là est encore femme ; elle est, si l'on peut dire, le péché de cette œuvre !

Mais tous ces gradins spirituels, enrobés dans des figures d'êtres, ne sont, en somme, que l'accessoire de ce tableau. Ils sont placés là, dans l'auguste assomption des ors et la chaste ascension des bleus, pour mener par un escalier de pures joies au palier sublime où se dresse le groupe du Sauveur et de la Vierge.

Alors, devant la Mère et le Fils, l'artiste exalté déborde. On croirait que le Seigneur qui s'infond en lui le transporte au delà des sens, tant l'amour et la chasteté sont personnifiés dans son panneau, au-dessus de tous les moyens d'expression dont dispose l'homme.

Rien, en effet, ne saurait exprimer la prévenance respectueuse, la diligente affection, le filial et le paternel amour de ce Christ qui sourit, en couronnant sa Mère ; et, Elle, est plus incomparable encore. Ici, les vocables de l'adulation défaillent ; l'invisible apparaît sous les espèces des couleurs et des lignes. Un sentiment de déférence infinie, d'adoration intense et pourtant discrète, sourd et s'épand de cette Vierge qui croise les bras sur sa poitrine, tend une petite tête de colombe, aux yeux baissés, au nez un peu long, sous un voile. Elle ressemble à l'Apôtre saint Jean placé derrière Elle, paraît être sa fille et Elle confond, car de ce doux et fin visage qui, chez tout autre peintre, ne serait que charmant et futile, émane une candeur unique. Elle n'est même plus en chairs ; l'étoffe qui la vêt s'enfle doucement au souffle du fluide qu'elle modèle ; Marie vit dans un corps volatilisé, glorieux.

On conçoit certains détails[1] de l'abbesse d'Agréda qui la déclare exempte des souillures infligées aux femmes ; l'on comprend saint Thomas avérant que sa beauté clarifiait, au lieu de les troubler, les sens.

Elle est sans âge ; ce n'est pas une femme et ce n'est déjà plus une enfant. Et l'on ne sait même si Elle est une adolescente, à peine nubile, une fillette, tant elle est sublimée, au-dessus de l'humanité, hors le monde, exquise de pureté, à jamais chaste !

Elle demeure sans rapprochement possible dans la peinture. Les autres Madones sont, en face d'Elle, vulgaires ; elles sont, en tout cas, femmes ; Elle seule est bien la blanche tige du blé divin, du froment eucharistique ; Elle seule est bien l'Immaculée, la « Regina Virginum » des Litanies, et Elle est si jeune, si ingénue, que le Fils semble couronner, avant même qu'Elle ne l'ait conçu, sa Mère !

Et c'est là vraiment qu'éclate le génie surhumain du doux moine. Il a peint comme d'autres ont parlé, sous l'inspiration de la grâce ; il a peint ce qu'il voyait en lui, de même que sainte Angèle de Foligno a raconté ce qu'elle entendait en elle. Ils étaient, l'un et l'autre, des mystiques fondus en Dieu ; aussi la peinture de l'Angelico est-elle une peinture du Saint-Esprit, blutée au travers d'un tamis épuré d'art.

Et si l'on y réfléchit, cette âme est plutôt celle d'une Sainte que celle d'un Saint ; que l'on se reporte, en effet, à ses autres tableaux, à ceux, par exemple, où il voulut rendre la Passion du Christ ; l'on ne se trouve plus en face des tumultueuses pages d'un Metsys ou d'un Grünewald ; il n'a ni leur âpre virilité, ni leur sombre énergie, ni leurs tragiques émois ; lui, pleure, a la douleur désespérée d'une femme. Il est une moniale d'art plus qu'un moine, et c'est de cette sensibilité tout amoureuse, plus particulièrement réservée, dans l'état mystique aux femmes, qu'il a su tirer les touchantes oraisons de ses œuvres et leurs tendres plaintes.

N'est-ce pas aussi de cette complexion spirituelle, si féminine, qu'il put également extraire, sous l'impulsion de l'Esprit, l'allégresse tout angélique, l'apothéose vraiment splendide de Notre-Seigneur et de sa Mère, telle qu'il la peignit dans ce « Couronnement de la Vierge » qui, après avoir été révéré, pendant des siècles, dans l'église Saint-Dominique de Fiesole, s'abrite, admiré maintenant dans la petite salle de l'École italienne, au Louvre. »

— Elle est très bien votre étude, fit l'abbé Plomb, mais ces principes d'un rituel coloré que vous discernâtes chez l'Angelico, peuvent-ils se vérifier aussi exactement chez les autres peintres ?

— Non, si nous définissons les couleurs telles que l'Angelico les reçut de ses ancêtres monastiques, les enlumineurs de missels, et telles qu'il les appliqua dans leur acception la plus usitée et la plus stricte. Oui, si nous admettons la loi des oppositions, la règle des contrastes, si nous savons que la symbolique autorise le système des contraires, en permettant de noter avec certains tons qui indiquent certaines qualités, les vices inverses.

— En un mot, une nuance innocente peut être prise dans un sens pervers et *vice versa*, fit l'abbé Gévresin.

— C'est cela même. Les artistes laïques et pieux parlèrent, en somme, un idiome différent de celui des moines. Au sortir des cloîtres, la langue liturgique des tons s'altéra ; elle perdit sa raideur initiale et s'assouplit. L'Angelico suivait à la lettre les coutumes de son ordre et il respectait avec le même scrupule les observances de l'art religieux, en vigueur à son époque. Pour rien au monde, il ne les eût enfreintes, car il les considérait ainsi qu'un devoir canonique, ainsi qu'un texte arrêté d'office ; mais dès que les peintres profanes eurent émancipé le domaine de la peinture, ils nous soumirent des versions plus difficiles, des sens plus compliqués et la symbolique des couleurs si simple chez l'Angelico, devint – en supposant qu'ils en aient toujours tenu compte dans leurs œuvres – singulièrement abstruse, presque impossible à traduire.

Tenez, choisissons un exemple : le Musée d'Anvers possède un triptyque de Roger Van der Weyden intitulé : *Les Sacrements*. Dans le panneau central consacré à l'Eucharistie, le sacrifice du Sauveur se consomme sous une double forme, sous la forme sanglante du crucifiement et sous la forme mystique de l'oblation pure de l'autel ; derrière la croix, au pied de laquelle gémissent Marie, saint Jean et les saintes femmes, un prêtre célèbre la messe et lève l'hostie, au milieu d'une cathédrale qui sert comme de toile de fond à l'œuvre.

Sur le volet de gauche sont représentés, en de petites scènes distinctes, les Sacrements du Baptême, de la Confirmation, de la Pénitence ; sur le volet de droite, ceux de l'Ordination, du Mariage, de l'Extrême-Onction.

Ce tableau, d'une extraordinaire beauté, assure, avec *La Descente de croix* de Quentin Metsys, l'inestimable gloire du musée belge ; mais je ne m'attarderai pas à vous le décrire ; je supprime les réflexions que suggère l'art souverain du peintre et ne retiens actuellement, dans son ouvrage, que la partie relative au symbolisme des tons.

— Mais êtes-vous certain que Roger Van der Weyden ait entendu assigner à ses couleurs des sens ?

— Le doute n'est pas possible, car il a blasonné, d'une teinte différente, chacun des Sacrements, en introduisant, au-dessus de chacune des scènes qui les figurent, un Ange dont la teinte de la robe varie suivant la nature même du Magistère. Ses intentions ne peuvent donc prêter à aucune équivoque ; voici, maintenant, les couleurs qu'il adapte aux sources de grâce instituées par Notre-Seigneur :

À l'Eucharistie, le vert ; au Baptême, le blanc ; à la Confirmation, le jaune ; à la Pénitence, le rouge ; à l'Ordination, le violet ; au Mariage, le bleu ; à l'Extrême-Onction, un violet si foncé qu'il est noir.

Eh bien, vous avouerez que le commentaire de ce chromatisme divin n'est pas facile.

La version picturale du Baptême, de l'Extrême-Onction et de la Prêtrise est claire ; le mariage même, traduit par du bleu, peut, pour les âmes naïves, se comprendre ; la Communion armoriée par le sinople*

se conçoit mieux encore, puisque le vert est la sève,
l'humidité, l'emblème de la force qui nous régénère ;
mais la confession ne devrait-elle pas être translatée
par du violet et non par du rouge ; et comment, en
tout cas, expliquer que la Confirmation soit désignée
par du jaune ?

— La couleur du Saint-Esprit est, en effet, le
rouge, répondit l'abbé Plomb.

— Il y a donc déjà des divergences d'interprétation entre l'Angelico et Roger Van der Weyden qui
vécurent cependant à la même époque ; mais l'autorité du moine me semble plus sûre.

— Moi, fit l'abbé Gévresin, je repense à ce recto et
à ce verso des tons dont vous parliez tout à l'heure ;
mais savez-vous que cette règle des contraires n'est
pas spéciale au rit des teintes ; elle existe dans
presque toute la science des symboles. – Voyez les
analogies relevées dans le classement des bêtes :
l'aigle qui incorpore tour à tour Jésus et Satan, le
serpent qui, tout en étant un des avatars les plus
connus du Démon, peut néanmoins, ainsi que le
serpent d'airain de Moïse, préfigurer le Christ.

— Le symbole anticipé du symbolisme chrétien
fut le Janus à double visage du Paganisme, fit, en
riant, l'abbé Plomb.

— En somme, c'est une vraie volte-face de sens
qu'exécutent ces allégories de la palette, reprit Durtal ; tenez, le rouge – nous avons vu que, dans son
assimilation la plus commune, il est synonyme de
charité, de souffrance, d'amour. Tel est son endroit ;
son envers, selon la traduction de la sœur Emmerich,
c'est la pesanteur, l'attachement au butin d'ici-bas.

Le gris, emblème de la pénitence, de la tristesse,
de l'âme tiède, ébauche, d'après une nouvelle exégèse, l'image de la Résurrection – le blanc pénétrant

le noir – la lumière entrant dans la tombe, en sortant en une nouvelle teinte, le gris, nuance mixte, encore alourdie par les ténèbres de la mort qui ressuscite, en s'éclairant, peu à peu, dans le blanc des lueurs.

Le vert, si favorablement noté par les mystiques, acquiert un sens néfaste, en certains cas. Il sanctionne alors la dégradation morale, le désespoir, emprunte sa triste définition à la feuille morte, revêt le corps charnel des Diables dans le « Jugement dernier » de Stephan Lochner[1], dans les scènes infernales narrées par les verrières des églises et les toiles des Primitifs.

Le noir, le brun, aux intentions hostiles de trépas et d'enfer, changent, dès que les fondateurs d'ordres s'en emparent pour en tisser la robe des cloîtres. Le noir nous rappelle alors le renoncement, la pénitence, la mortification de la chair, selon Durand de Mende ; – le brun et même le gris ravivent la mémoire de la pauvreté et de l'humilité.

De son côté, le jaune, si maltraité dans le formulaire des comparaisons, devient le signe de la charité, si l'on en croit le moine anglais qui écrivit vers 1220, et il s'exhausse lorsqu'il se mue en or, jusqu'au symbole de l'amour divin, jusqu'à la radieuse allégorie de la Sagesse Éternelle.

Enfin, quand il s'affirme ainsi que la marque distinctive des prélats, le violet relègue son habituelle expression de résipiscence et de deuil, pour feindre une certaine gravité, pour alléguer une certaine pompe.

En résumé, je ne vois que le blanc et le bleu qui soient invariables.

— Au Moyen Âge, d'après Yves de Chartres, dit l'abbé Plomb, le violet fut remplacé par le bleu, dans le costume des évêques, pour leur apprendre qu'ils devaient plus s'occuper des biens du ciel que des biens de la terre.

— Mais enfin, demanda Mme Bavoil, comment se fait-il que cette couleur, qui est toute innocence, toute pureté, qui est la couleur même de notre Mère, ait disparu du nombre des tons liturgiques ?

— Le bleu a été employé, au Moyen Âge, pour les offices de la Vierge et ce n'est qu'à partir du XVIIIᵉ siècle qu'on le délaissa, fit l'abbé Plomb – dans l'Église latine, du moins, car les Églises orthodoxes de l'Orient s'en accoutrent encore.

— Pourquoi cet abandon ?

— Je l'ignore, comme j'ignore pourquoi tant de tons, autrefois usités dans nos liturgies, s'effacèrent. Où sont les teintes de l'ancien Missel de Paris : le jaune safran réservé à la fête des Anges, l'aurore que l'on substituait, dans quelques cas, au rouge, le cendré qui compensait le violet, le bistre qui suppléait le noir, à certains jours ?

Puis, il y avait encore une couleur charmante qui continue d'ailleurs à figurer dans la gamme du rit romain, mais que presque partout les églises omettent, la teinte dite « de rose sèche », tenant le milieu entre le violet et le pourpre, entre la tristesse et la joie, une sorte de compromis, de nuance diminutive, dont l'Église se servait le troisième dimanche de l'Avent et le quatrième de Carême. Elle révélait ainsi, dans un temps de pénitence qui finissait, un commencement d'allégresse, car les fêtes de Noël et de Pâques étaient proches.

C'était là une idée d'aube spirituelle se levant dans la nuit de l'âme, une impression spéciale que le violet arboré maintenant, ces jours-là, ne saurait rendre.

— Oui, le bleu et le rose disparus des chapelles de l'Occident sont regrettables, dit l'abbé Gévresin ; mais, pour en revenir aux livrées monastiques qui libèrent de leur déplorable réputation les bruns, les gris et les noirs, ne pensez-vous pas qu'au point de vue des emblèmes parlants, la vêture de la congrégation des Annonciades fut la plus éloquente ? car ces moniales étaient habillées, de gris, de blanc et de rouge, les couleurs de la Passion, et elles portaient de plus une simarre bleue et un voile noir, mémorial du deuil de notre Mère.

— L'image d'une permanente Semaine Sainte ! s'écria Durtal.

— Une autre question, reprit l'abbé Plomb. Dans les tableaux des Primitifs, les manteaux dont s'enveloppent la Vierge, les Apôtres, les Saints, montrent presque toujours, en des retroussis habilement ménagés, la couleur de leurs envers. Elle est naturellement différente de celle de l'endroit, ainsi que vous nous l'avez fait remarquer tout à l'heure à propos de la mante de sainte Agnès, dans l'œuvre de l'Angelico. Croyez-vous qu'en dehors de l'opposition des tons, cherchée au point de vue technique, le moine ait voulu exprimer une idée particulière par le contraste de ces deux teintes ?

— D'après la palette des symboles, la couleur du dessus représenterait l'homme matériel et celle du dessous, l'homme moral.

— Bien ; mais que signifie alors le manteau vert doublé d'orange de sainte Agnès ?

— Dame, répondit Durtal, le vert dénotant la fraîcheur des sentiments, la sève du bien, l'espoir et l'orangé pris dans sa bonne acception, pouvant être la traduction de l'acte par lequel Dieu s'unit à l'homme, l'on pourrait sans doute déduire de ces données que sainte Agnès parvint à la vie Unitive, à la possession du Seigneur, par la vertu de son innocence et l'ardeur de ses souhaits. Elle serait la figure de la vertu désirante et exaucée, de l'espoir récompensé, en somme.

Maintenant, je dois l'avouer encore, il y a bien des lacunes, bien des obscurités dans cette science allégorique des tons. Dans le tableau du Louvre, par exemple, les marches du trône, qui s'efforcent de jouer le rôle veiné des marbres, restent inintelligibles. Badigeonnées de rouge brut, de vert acide, de jaune de bile, elles disent quoi, ces marches qui, par leur nombre peuvent indiquer, je le répète, les neuf chœurs des Anges ?

Il me semble en tout cas difficile d'admettre que le moine ait voulu évoquer les différentes hiérarchies célestes avec ces traînées de pinceaux sales et crues et ces stries.

— Mais le coloris d'un gradin a-t-il jamais formulé une idée dans le catalogue des symboles ? demanda l'abbé Gévresin.

— Sainte Mechtilde l'assure. Ainsi, parlant des trois degrés qui précèdent l'autel, elle prétend que le premier doit être peint en or pour attester que l'on ne peut aller à Dieu que par la charité ; le second en azur, pour témoigner de la méditation des choses divines ; le troisième en vert, pour certifier la vivacité de l'espoir et de la louange du Ciel.

— Mon Dieu, fit Mme Bavoil, que ces discussions commençaient à ahurir, je n'ai jamais vu cela ainsi. Je sais bien que le rouge désigne, pour tout le monde, le feu ; le bleu l'air ; le vert l'eau ; le noir la terre ; – ce que je comprends, puisque chaque chose est imaginée par sa teinte naturelle, mais jamais je n'aurais pensé que c'était si compliqué, jamais je n'aurais cru qu'il y eût tant d'intentions dans les tableaux des peintres !

— De quelques peintres ! s'écria Durtal, car depuis le Moyen Âge, la doctrine des emblèmes colorés est morte. À l'heure actuelle, les peintres qui abordent les sujets religieux ignorent les premiers éléments de la symbolique des couleurs, de même que les architectes ignorent maintenant les premiers principes de la théologie monumentale mystique.

— Dans nombre de tableaux de Primitifs, les pierres précieuses abondent, dit l'abbé Plomb. Elles s'enchâssent dans les orfrois* des robes, dans les colliers et les bagues des Saintes, s'amoncellent en triangles de feu dans les diadèmes dont les peintres d'antan couronnèrent la Vierge. Nous devons logiquement, je crois, ainsi que pour la teinte des vêtures, chercher dans chacune de ces gemmes un dessein.

— Sans doute, fit Durtal, mais la symbolique des pierreries est très confuse. Les motifs qui ont décidé le choix de certaines pierres pour leur faire spécifier par la couleur de leur eau, par leur éclat, une vertu précise, sont amenés de si loin, sont si faiblement prouvés que l'on pourrait substituer une gemme à une autre, sans modifier pour cela la signification de l'allégorie qu'elles énoncent. Elles sont une série de synonymes pouvant se suppléer, à une nuance près en somme.

Dans l'écrin de l'Apocalypse, elles paraissent triées dans des acceptions sinon plus sûres, au moins plus imposantes et plus larges, car les exégètes les font coïncider avec une vertu, et aussi avec la personne même qui en fut douée. Ils ont trouvé mieux encore, ces joailliers de la Bible, ils ont investi chaque brillant d'une double fonction ; ils les ont chargés de s'incarner en même temps dans un personnage de l'Ancien Testament et dans un du Neuf. Ils suivent donc le Parallélisme[1] des deux Livres en symbolisant à la fois un Patriarche et un Apôtre, en les figurant par celle des qualités qui fut plus spécialement commune à chacun d'eux.

Ainsi l'améthyste, miroir de l'humilité, de la simplesse presque enfantine, s'adapte dans la Bible à Zabulon qui était un être docile et sans orgueil et dans l'Évangile à saint Matthias qui fut également un homme doux et naïf[2] ; la chalcédoine, enseigne de la charité, on l'applique à Joseph qui fut si pitoyable, si clément pour ses frères et à saint Jacques le Majeur, le premier des apôtres qui fut supplicié pour l'amour du Christ ; de même encore pour le jaspe qui augure la foi et l'éternité, on l'associe à Gad et à saint Pierre ; pour la sarde qui est foi et martyre à Ruben et à saint Barthélemy ; pour le saphir qui est espoir et contemplation, à Nephtali et à saint André et quelquefois, selon Arétas, à saint Paul ; pour le béryl qui est saine doctrine, science, longanimité, à Benjamin et à saint Thomas et ainsi de suite... Il existe, du reste, un tableau des concordances des pierreries, des patriarches, des apôtres et des vertus, dressé par Mme Félicie d'Ayzac qui a écrit une sagace étude sur la tropologie des gemmes[3].

— On opérerait tout aussi bien avec ces minéraux diserts l'avatar d'autres personnages des Saints Livres, observa l'abbé Gévresin.

— Évidemment, je vous ai prévenu, ces analogies sont tirées de loin. L'herméneutique des pierreries est vague ; elle ne se base que sur des ressemblances cherchées à plaisir, que sur des accords d'idées réunies à grand'peine. Au Moyen Âge, elle fut surtout pratiquée par des poètes.

— Dont il faut se défier, dit l'abbé Plomb, car les interprétations de la plupart d'entre eux sont païennes. Exemple : Marbode qui, bien qu'il fût évêque, ne nous a que trop souvent laissé une glose impie des gemmes.

— En somme, les lapidaires mystiques se sont surtout ingéniés à traduire les pierres du Rational d'Aaron et celles qui fulgurent dans les fondements de la nouvelle Jérusalem, telle que l'a dépeinte saint Jean ; d'ailleurs, les murailles de Sion étaient serties des mêmes joyaux que le pectoral du frère de Moïse, sauf l'escarboucle, le ligure, l'agate et l'onyx qui, cités dans l'Exode, sont remplacés, dans le texte de l'Apocalypse, par la chalcédoine, la sardonyx, la chrysoprase et l'hyacinthe.

— Oui, et les orfèvres des symboles voulurent aussi forger des diadèmes et les parer de brillants pour en ceindre le front de Notre-Dame, mais leurs poèmes sont peu variés car presque tous dérivent du « De Corona Virginis[1] », un livre apocryphe de saint Ildefonse, célèbre autrefois dans les cloîtres.

L'abbé Gévresin se leva et prit dans sa bibliothèque un vieux bouquin.

— Cela me remet en mémoire, dit-il, une séquence qu'un moine allemand du XIVe siècle, Conrad de Haimbourg[2], rima en l'honneur de la Vierge.

Imaginez, poursuivit-il, en feuilletant le volume, une litanie de pierres précieuses dont chaque strophe lapidifie les vertus de notre Mère.

Cette prière minérale débute par une salutation humaine. Le bon moine s'agenouille et commence :

— « Salut, noble Vierge, idoine à devenir la fiancée du souverain Roi ; acceptez cet anneau comme gage de cette alliance, Marie. »

Et il lui montre la bague qu'il tourne lentement

entre ses doigts, expliquant à Notre-Dame le sens de chacune des pierres qui luit dans l'or de sa monture, en préludant par le jaspe vert, symbole de cette Foi qui fit si pieusement accueillir, par la Vierge, le message de l'angélique paranymphe ; puis viennent : la chalcédoine, qui réfracte les feux de la charité dont son âme est pleine ; l'émeraude, dont l'éclat désigne sa pureté ; la sardonyx, aux flammes claires, qui se confond avec la placidité de sa vie virginale ; la sarde rouge, qui s'identifie avec son cœur saignant sur le Calvaire ; la chrysolithe, dont les scintillements d'un or qui s'éverdume*, rappellent ses miracles sans nombre et sa sagesse ; le béryl, qui décèle son humilité ; la topaze, qui avère la profondeur de ses méditations ; la chrysoprase, sa ferveur ; l'hyacinthe, sa charité ; l'améthyste, avec son mélange de rose et de bleu, l'amour que Dieu et les hommes lui vouent ; la perle dont le sens demeure, dans cette prose, sans désignation d'une vertu précise ; l'agate qui stipule sa modestie ; l'onyx, les dons multiples de ses grâces ; le diamant, sa force et sa patience dans les revers, tandis que l'escarboucle, cet œil qui brille dans la nuit, proclame partout l'éternité de sa gloire.

Ensuite, le donateur fait remarquer à la Vierge l'acception de ces matières également incrustées dans les chatons de la bague et qui étaient considérées, telles que des substances précieuses, au Moyen Âge : le cristal, qui retrace la chasteté de l'âme et du corps ; le ligure, semblable à l'ambre, qui certifie plus particulièrement la qualité de tempérance ; la pierre d'aimant qui attire le fer, comme Elle touche les cordes des cœurs pénitents avec l'archet de sa bonté.

Et le moine termine sa supplique en disant :

« Ce petit anneau, parsemé de gemmes, que nous

vous offrons en ce jour, Épouse glorieuse, recevez-le, avec bienveillance. Ainsi soit-il. »

— On pourrait sans doute reproduire presque exactement, une à une, les invocations des Litanies avec chacune de ces pierres ainsi comprises, fit l'abbé Plomb qui rouvrit le livre que son confrère venait de fermer.

Voyez, dit-il, combien les concordances entre les appellations des Litanies et les qualités assignées aux gemmes sont justes.

L'émeraude qui, dans cette séquence, est le signe de l'incorruptible pureté, ne reflète-t-elle pas, en la glace étincelante de ses eaux, le « Mater purissima » des Litanies ?

La chrysolithe, qui est l'emblème de la sagesse, ne traduit-elle pas bien exactement le « *Sedes sapientiæ* » ?

L'hyacinthe, attribut de la charité, du secours porté aux pécheurs, l'« *Auxilium christianorum* » et le « *Refugium peccatorum* » du texte ?

Le diamant, qui est force et patience : le « *Virgo potens* » ?

L'escarboucle, qui est renommée : le « *Virgo prædicanda* » ?

La chrysoprase, qui est ferveur : le « *Vas insigne devotionis* » ?

Et il est probable, conclut l'abbé, en reposant le volume, que si nous nous en donnions la peine, nous retrouverions, un à un, dans ce rosaire de pierreries, le chapelet de louange que nous égrenons en l'honneur de notre Mère.

— Surtout, observa Durtal, si nous ne nous confinons pas dans le cadre rétréci de ce poème, car le manuel de Conrad est succinct et le dictionnaire de ses analogies est court ; en employant les

acceptions des autres symbolistes, nous pourrions
ciseler une bague semblable à la sienne et différente
pourtant, car les devises des pierres ne seraient plus
les mêmes. Ainsi, pour le vieil abbé du Mont Cassin,
Brunon d'Asti, le jaspe personnifie Notre-Seigneur,
parce qu'il est immuablement vert, sans fane possible, immortel ; l'émeraude réfléchit, pour la même
raison, la vie des Justes ; la chrysoprase, les bonnes
œuvres ; le diamant, les âmes infrangibles ; la sardonyx, pareille au grain saignant d'une grenade, la charité ; l'hyacinthe d'un azur qui varie, la discrétion des
Saints ; le béryl, dont la nuance est celle d'une onde
qui court au soleil, les Écritures qu'élucide le Christ ;
la chrysolithe, l'attention et la sapience, parce qu'elle
possède la couleur de l'or qui se confond avec elle,
en lui prêtant son sens ; l'améthyste, le chœur des
enfants et des Vierges, car l'azur, qui se mêle à son
rose, nous suggère la pensée de l'innocence et de la
pudeur.

D'autre part, si nous empruntons au pape Innocent III ses idées sur la mystagogie des gemmes,
nous découvrons que la chalcédoine, qui pâlit à la
lumière et brasille dans la nuit, est le synonyme de
l'humilité ; que la topaze coïncide avec la chasteté,
et le mérite des bonnes œuvres ; que la chrysoprase,
cette reine des minéraux, implique la sagesse et la
vigilance.

En remontant moins loin dans les âges, en nous
arrêtant à la fin du XVIe siècle, à Corneille de la Pierre,
nous relevons, dans son commentaire de l'Exode, de
nouvelles interprétations, car il octroie à l'onyx et à
l'escarboucle la candeur ; au béryl, l'héroïsme ; au
ligure, d'un violet tendre et scintillant, le mépris des
richesses de la terre et l'amour des biens du ciel.

— Alors que saint Ambroise fait de cette pierre

l'emblème du Sacrement même de l'Eucharistie, jeta l'abbé Gévresin.

— Oui, mais qu'est-ce que le ligure ? demanda Durtal. Conrad de Haimbourg le présente semblable à l'ambre ; Corneille de la Pierre le croit violet, et saint Jérôme laisse entendre que le ligure n'a aucune personnalité, n'est en somme qu'un pseudonyme sous lequel s'abrite l'hyacinthe, image de la prudence avec son eau bleue comme le ciel et ses nuances qui changent. Comment s'y reconnaître ?

— À propos de pierre bleue, n'omettons pas que sainte Mechtilde voyait, dans le saphir, le cœur même de la Vierge, fit l'abbé Plomb.

— Ajoutons encore, reprit Durtal, que de nouvelles variations sur le thème des gemmes ont encore été exécutées au XVIIᵉ siècle, par une abbesse célèbre de l'Espagne, par Marie d'Agréda, qui rapporte à notre Mère la vertu des pierreries, dont parle, dans le vingt et unième chapitre de l'Apocalypse, saint Jean. D'après elle, le saphir se réfère à la sérénité de Marie ; la chrysolithe déclare son amour pour l'Église militante et spécialement pour la Loi de grâce ; l'améthyste, sa puissance contre les hordes de l'enfer ; le jaspe, sa constance invincible ; la perle, son inestimable dignité...

— La perle est envisagée par saint Eucher, ainsi que la perfection, la chasteté, la doctrine évangélique, interrompit l'abbé Plomb.

— Avec tout cela, vous oubliez la signification d'autres brillants connus, s'écria Mme Bavoil. Le rubis, le grenat, l'aigue-marine ; ils sont donc muets, ceux-là ?

— Non, répliqua Durtal. Le rubis annonce le calme et la patience ; le grenat réverbère, d'après Innocent III, la charité ; suivant saint Brunon et saint

Rupert, l'aigue-marine concentre, dans la clarté verte de ses feux, la science théologique ; restent encore deux autres minéraux : la turquoise et l'opale. L'une, peu citée par les mystiques, doit promulguer la joie. Quant à la seconde, dont le nom n'apparaît point chez nos lapidaires, elle n'est autre que la chalcédoine qui nous est décrite telle qu'une sorte d'agate, d'une teinte trouble, voilée de nuages, lançant des étincelles dans l'ombre.

Afin d'en finir avec cette orfèvrerie symbolique, disons encore que la série des pierres servit à commémorer chacune des hiérarchies des Anges ; mais là encore les acceptions sont issues de rapprochements plus ou moins contraints, de trames d'idées plus ou moins ténues, plus ou moins lâches. Toujours est-il que la sarde évoque les Séraphins, la topaze les Chérubins, le jaspe les Trônes, la chrysolithe les Dominations, le saphir les Vertus, l'onyx les Puissances, le béryl les Principautés, le rubis les Archanges et l'émeraude les Anges.

— Chose curieuse, fit l'abbé Plomb, tandis que les bêtes, que les teintes, que les fleurs sont prises par les symbolistes, tantôt dans un bon, tantôt dans un mauvais sens, seules les pierreries ne varient point ; elles n'expriment que des qualités et jamais des vices.

— Pourquoi ?

— Sainte Hildegarde[1] donne peut-être le motif de cette insistance, lorsque parlant, dans le quatrième livre de sa *Physique*, des gemmes, elle dit que le Diable les hait, les abhorre et les dédaigne, parce qu'il se souvient que leur éclat brillait en lui, avant sa chute, et parce qu'aussi certaines d'entre elles sont produites par le feu qui est son tourment.

Et la sainte ajoute : Dieu qui l'en dépouilla ne permit pas que les vertus des pierres se perdissent ;

Il voulut, au contraire, qu'elles fussent honorées et employées par la médecine afin de guérir des maladies et de conjurer des maux.

Et, en effet, le Moyen Âge les magnifia et s'en servit dans le but d'opérer des cures.

— Pour en revenir à ces tableaux de Primitifs où la Vierge jaillit telle qu'une fleur de la touffe colorée des gemmes, l'on peut affirmer, en somme, reprit l'abbé Gévresin, que le brasier des pierreries relate par de visibles signes les qualités de Celle qui les porte ; mais il serait difficile de spécifier le dessein du peintre lorsque, dans l'ornementation d'une couronne ou d'une robe, il enchâsse une pierre à telle place plutôt qu'à telle autre. Il y a là surtout affaire d'harmonie et de goût et peu ou pas de symbole.

— À coup sûr, fit Durtal, qui se leva et prit congé des deux prêtres auxquels, entendant sonner l'heure à la cathédrale, Mme Bavoil remettait leurs chapeaux et leurs bréviaires.

VIII

Cet état de tranquillité un peu dolente, dans laquelle Durtal reposait depuis son installation à Chartres, cessa brusquement. Un jour, l'ennui s'implanta en lui, l'ennui noir qui ne permet ni de travailler, ni de lire, ni de prier, qui vous accable à ne plus savoir ni que devenir, ni que faire.

Après de lourdes et d'obscures journées traînées devant sa bibliothèque à feuilleter un volume, à le refermer, à en ouvrir un autre dont il ne parvenait pas à comprendre une page, il tenta d'échapper à la lassitude des heures par des sorties et il se résolut enfin à explorer Chartres.

Il y découvrit des ruelles sourdes et des sentes folles, telles que ce chemin du tertre Saint-Nicolas

qui dévale du haut de la cité, en une fuite précipitée de marches ; puis le boulevard des Filles-Dieu si
désert sous ses allées plantées d'arbres, valait qu'on
s'y arrêtât. En partant de la place Drouaise, on arrivait à un petit pont, là où se réunissaient les deux
bras de l'Eure ; à droite, c'était, au-dessus de l'eau
tournant avec les masures qui côtoyaient ses rives,
l'escalade de la vieille ville, hissant au-dessus d'elle la
cathédrale ; à gauche, c'était, le long du quai, en face
d'une haie de grands peupliers éventant des moulins
hydrauliques, des scieries et des chantiers de bois,
des lavoirs de blanchisseuses agenouillées dans des
boîtes sur de la paille et l'eau moussait devant elles,
décrivait des cercles d'encre éclaboussés par le coup
d'aile d'un oiseau, de gouttes blanches.

Ce bras de la rivière coulant dans les fossés des
anciens remparts, enveloppait le bas de Chartres,
bordé, d'un côté, par les arbres des avenues, de
l'autre, par des bicoques, par des jardins en lacets,
descendant jusqu'au fil de l'Eure et reliés à l'autre
rive par des passerelles de planches, par des pon-
ceaux suspendus de fonte.

Et près de la porte Guillaume dressant les pâtés
crénelés de ses tours, il y avait des maisons qui
semblaient éventrées, qui montraient, ainsi que
les cagnards* disparus de l'Hôtel-Dieu, à Paris, une
cave ouverte au ras de l'eau, un sous-sol dallé au
fond duquel s'apercevaient, dans un jour de prison,
les marches d'un escalier de pierre ; et si l'on franchissait sur un petit pont à dos d'âne la porte Guillaume dont la voûte conservait encore la rainure de
la herse, que l'on abattait naguère pour clore, le soir,
cette partie de ville, l'on retrouvait un nouveau bras
de la rivière, baignant encore le pied de bâtisses,
jouant à cache-cache dans les cours, musant entre

des murs ; et aussitôt le rappel d'une rivière, semblable à celle-là, avec sa décoction de brou de noix bouillonnée de bulles, vous obsédait ; et, pour aider au souvenir, pour mieux évoquer la vision de la mélancolique Bièvre[1], l'odeur âpre et crue, chaude et comme vinaigrée du tan, fumait au-dessus de cette purée de jus de nèfles que roulait l'Eure.

Internée maintenant à Paris dans des égouts, la Bièvre paraissait s'être évadée de ses geôles et s'être réfugiée, afin de vivre au plein air, à Chartres, dans ces rues de la Foulerie, de la Tannerie, du Massacre, envahies par les mégissiers et les chamoiseurs, par les fabricants de mottes.

Seulement, le paysage parisien, aride et inquiet, touchant par son côté de souffrance muette, n'était plus dans cette ville ; ces rues suggéraient simplement l'impression d'une bourgade malade, d'un village pauvre. Il lui manquait à cette autre Bièvre la séduction de l'épuisement, la grâce de la Parisienne fanée, salie par la misère ; il lui manquait le charme fait de pitié et de regret, d'une déchéance.

Telles quelles cependant, ces rues, qui dessinaient une sorte de mouvement tournant autour de cette colline sur laquelle s'exhaussait la cathédrale, étaient les seules vraiment curieuses à parcourir à Chartres.

Là, Durtal parvenait souvent à s'éloigner de lui-même, à rêver sur la détresse fatiguée de ces eaux, à ne plus songer à ses propres transes ; puis la lassitude vint de ces promenades assidues dans un même quartier et alors il battit la ville dans tous les sens, tenta de se plaire au spectacle des gîtes usés, aux élégances de la tourelle de la reine Berthe, de la maison de Claude Huvé[2], des autres bâtiments qui avaient survécu aux désastres des temps, mais l'entrain qu'il mit à scruter ces restes galvaudés par l'enthousiasme prévu des guides, ne dura guère ; alors il se dispersa dans les églises. Encore que la cathédrale écrasât tout autour d'elle, Saint-Pierre, ancienne abbatiale d'un couvent bénédictin converti en une caserne, méritait qu'on s'y attardât à cause de la splendeur de ses vitraux habités par des abbés et des évêques qui vous dévisageaient, d'un œil sévère, en tenant des crosses. Et ces fenêtres, avariées par l'âge, étaient bizarres. Leurs ogives de verre incolore étaient traversées, au milieu, par une lame d'épée ayant perdu sa pointe ; et, dans ces glaives carrés, méditaient saint Benoît et saint Maur, des apôtres et des papes, des prélats et des saints, se détachant, vêtus de flammes, dans la clarté blanche des vitres.

Vraiment les plus belles verrières du monde étaient à Chartres ; et chaque siècle avait estampé ces sanctuaires de sa plus altière empreinte ; le XIIe, le XIIIe, voire même le XVe, dans la basilique ; le XIVe à Saint-Pierre – et il subsistait quelques spécimens malheureusement épars et placés sens dessus dessous, de carreaux peints par le XVIe siècle, à Saint-Aignan, une autre église dont la voûte avait été badigeonnée de couleur de pain d'épice granulé d'anis, par les peintres de notre époque.

Durtal tua quelques après-midi dans ces temples, puis l'attrait de ces études prolongées cessa et le spleen s'imposa plus fort.

Pour le distraire, l'abbé Plomb l'entraîna hors de la cité, mais la Beauce était si monotone et si plate qu'aucun incident de site ne pouvait se produire. Alors le prêtre le ramena dans d'autres quartiers de la ville. Parfois certains monuments les requéraient tels que la maison de force située rue Sainte-Thérèse, près du Palais de Justice. À coup sûr, ils étaient peu imposants ces édifices, mais, en raison de leur origine, ils pouvaient servir de tremplins à de vieux rêves. Les murs de la prison avaient je ne sais quoi, dans leur forme haute et rigide, dans leur aspect net et rangé qui décelait le mur de clôture élevé par un Carmel. Ils avaient en effet abrité des moniales de cet ordre ; puis, à quelques pas, dans une impasse, s'ouvrait l'ancien cloître des Jacobins, devenu la maison-mère de la grande communauté de Chartres : les sœurs hospitalières de Saint-Paul.

L'abbé Plomb lui fit visiter ce monastère et il garda le souvenir enjoué d'une promenade, en l'air, sur les anciens remparts. Le chemin de ronde avait été conservé par les religieuses et il s'étendait en une longue et étroite allée qui tournait, en vous conduisant à chacun de ses bouts, devant une statue de Madone – l'Immaculée Conception d'un côté, et la Vierge Mère de l'autre. Et cette allée, sablée de cailloux de rivière et lisérée de fleurs, courait, bornée, à droite par l'abbaye et le noviciat, surplombait à gauche le vide, en plongeant sur l'avenue de la Butte des Charbonniers longée, elle-même, par la rue de la Couronne ; et derrière elles fuyaient les pelouses d'herbe du clos Saint-Jean, la chaussée du chemin de fer, des taudis d'ouvriers et des couvents.

— Tenez, disait l'abbé, voici, derrière le remblai de la ligne de l'Ouest, la maison des Sœurs de Notre-Dame et les Carmélites ; ici, plus près de nous, en deçà de la voie des trains, les Petites Sœurs des Pauvres...

Au reste, la ville foisonnait de cloîtres : Sœurs de la Visitation, Sœurs de la Providence, Sœurs de Bon-Secours, Dames du Sacré-Cœur, vivaient en des ruches rapprochées à Chartres. Des prières bourdonnaient de toutes parts, montaient en des fumées odorantes d'âmes au-dessus de la cité qui, en guise d'office divin, ne lisait que les mercuriales des blés et les cotes de ces marchés aux chevaux qui réunissent, à certains jours, dans les cafés de la place, tous les maquignons du Perche.

En sus de cette promenade sur les vieux remparts, ce monastère des Sœurs de Saint-Paul convenait encore par son calme et sa propreté. Dans de silencieux couloirs l'on apercevait des dos de religieuses, croisés par le triangle blanc d'un linge, et l'on entendait le cliquetis de gros chapelets noirs, à chaînons de cuivre se heurtant, sur la jupe, à la trousse pendue des clefs ; la chapelle sentait son Louis XIV, était tout à la fois enfantine et pompeuse, trop glacée d'or et trop parquetée de cire, mais un détail intéressait ; à l'entrée, les murs avaient été remplacés par des glaces sans tain et, l'hiver, dans une salle chaude, les malades pouvaient s'asseoir devant la paroi de verre et suivre les cérémonies et écouter le plain-chant de Solesmes que les religieuses avaient eu le bon goût d'apprendre.

Cette visite raccorda Durtal, mais forcément il compara les heures quiètes égouttées dans ce couvent aux autres et son dégoût s'accrut de cette ville, de ses habitants, de ses avenues, de sa fameuse place des Épars qui joue au petit Versailles avec son cercle d'emphatiques hôtels et sa ridicule statue de Marceau, au centre.

Et la veulerie de cette bourgade qui s'éveillait à peine au lever du soleil et redormait à la brune !

Une seule fois, Durtal la vit alerte, ce fut le jour où Mgr Le Tilloy des Mofflaines prit possession de son siège. Alors, subitement dans la ville galvanisée des plans surgirent ; les corps constitués délibérèrent et des gens qui restaient enfermés chez eux depuis des années sortirent.

On réquisitionna chez les maçons des perches d'échafaudage ; on jucha à leurs sommets des oriflammes jaunes et bleues et l'on relia ces mâts entre eux par des guirlandes de lierre aux feuilles cousues, les unes sur les autres, par du fil blanc.

Et Chartres épuisé souffla.

Surpris par cet apparat imprévu et par ce simulacre inusité de vie, Durtal s'était rendu au-devant de l'évêque jusqu'à la rue Saint-Michel. Là se dressait, planté sur une grande place, un portant de gymnastique débarrassé de ses trapèzes et de ses anneaux, entouré de branches de sapin, de fleurs en papier d'or et surmonté d'un faisceau de drapeaux tricolores s'écartant en lames d'éventail, sous un bouclier peint, de carton. Cela mimait l'arc de triomphe sous lequel des Frères des Écoles chrétiennes devaient charrier le dais.

Et la procession qui était allée chercher l'évêque à l'hospice Saint-Brice où, selon un usage séculaire, il couche la nuit de son arrivée dans son diocèse, s'était déroulée sous la pluie fine des cantiques, coupée par l'averse des cuivres que déchaînait une fanfare pieuse.

Lentement, à pas comptés, le cortège défilait entre deux haies de foule massée sur les trottoirs ; partout, les croisées pavoisées de banderoles exposaient des grappes de visages et des corps penchaient séparés au milieu par la balustrade des fenêtres.

En tête, derrière les dos chamarrés de pesants suisses, serpentaient, en deux bandes tenant toute la chaussée, les filles des écoles congréganistes, habillées de bleu cru et voilées de blanc ; puis venaient les délégations des nonnes de tous les ordres installés dans le département : Sœurs de la Visitation de Dreux, Dames du Sacré-Cœur de Châteaudun, Sœurs de l'Immaculée Conception de Nogent-le-Rotrou, les tourières des moniales en clôture à Chartres même, et des sœurs de Saint-Vincent de Paul et des Clarisses qui tranchaient avec leurs robes d'un gris bleuté et d'un brun de motte à brûler sur les costumes noirs des autres sœurs.

Mais ce qui était bizarre, c'était la forme variée des coiffes.

Les unes avaient des œillères molles et lisses, d'autres les portaient tuyautées et durcies par de savants empois ; l'on n'apercevait la face de celles-ci qu'au fond d'un tunnel blanc ; la physionomie de celles-là au contraire se voyait dégagée, dans un cadre ovale et godronné de linge, mais elles allongeaient derrière leurs nuques des cônes de toile amidonnée, lustrés par de puissants fers. En regardant ce champ de béguins, Durtal pensait à ces paysages de toits parisiens où les tuyaux de cheminée affectent ces aspects de cornette comme en arboraient ces religieuses, de chapeaux de gendarmes comme en exhibaient ces suisses.

Et derrière ce défilé de jupes sombres, sonnèrent telles que des fanfares les robes vermillon de la maîtrise. Les enfants marchaient, les yeux baissés, les bras croisés sous la pèlerine rouge, frangée d'hermine et, après eux, quelques pas en avant des autres groupes, deux coules blanches éclatèrent, celle d'un Picpucien et celle d'un Trappiste représentant les Trappistines de la Cour Peytral dont il était l'aumônier.

Enfin, en une multitude noire, piétinaient le grand séminaire de Chartres et le petit séminaire de Saint-Cheron, devançant le clergé à la suite duquel, sous un dais de velours amarante, brodé d'épis et de raisins d'or et paré aux quatre coins de plumes de catafalque couleur de neige, cheminait, mitre en tête et crosse au poing, Mgr Le Tilloy des Mofflaines.

Au geste de l'évêque bénissant la rue, des Lazares inconnus surgirent, des morts oubliés ressuscitèrent. Sa Grandeur multipliait le miracle du Christ ! des vieillards éteints, tassés dans des fauteuils, sur le seuil des portes ou sur le bord des fenêtres, se ranimaient pour une seconde et retrouvaient la force de se signer. Des gens que l'on croyait enterrés depuis des années parvenaient presque à sourire. Des yeux ébahis de très anciens enfants contemplaient la croix violette que dessinait la main gantée du prélat, dans l'air. La nécropole qu'était Chartres se muait en une maison de maternité ; dans l'excès de sa joie, la ville revenait à l'enfance.

Mais quand le dais fut passé, ce fut bien autre chose. Durtal, effaré, hennit.

Le spectacle auquel il assistait devenait fou.

À la queue de l'évêque, une cour des Miracles se dandinait en flageolant ; une colonne de vieux birbes, costumés avec les friperies vendues des morgues, ballottait, se soutenant sous les bras, s'étayant les uns aux autres. Tous les décrochez-moi-ça d'il y a vingt ans ajustaient leurs mouvements, les accompagnaient, sur eux ; des culottes à ponts ou à pieds d'éléphants, des pantalons ballonnés ou collants, tissés d'étoffes lâches ou rétractiles, refusaient de se joindre aux bottines, laissaient voir des pieds où des élastiques grouillaient comme des vermines, des chevilles d'où coulaient des vermicelles cuits dans de l'encre ; puis, c'étaient d'invraisemblables vestons ras et déteints, taillés dans des draps de billard, dans des prélarts élimés, dans des rebuts de bâches ; des redingotes découpées dans de la tôle, dévernie dans la raie du dos et aux coudes ; des gilets glauques, parsemés de fleurettes et fermés par des boutons en fromage de cochon sec ; mais tout cela n'était rien, ce qui était prodigieux, hors de toute réalité, dûment insane, c'était la collection de chapeaux hissés sur ces défroques.

Les spécimens des couvre-chefs abolis, perdus dans la nuit des âges, s'étaient assemblés là ; les vétérans s'avançaient coiffés de boîtes à manchons et de tuyaux à gaz ; d'autres exposaient des hautes-formes blancs, pareils à des seaux renversés de toilette ou à des bondons* percés dans le bas d'un trou ; d'autres encore se pavoisaient de feutres semblables à des éponges, de bolivars hérissés et velus, de melons à bords plats imitant des tourtes posées sur des assiettes ; d'autres enfin affichaient des chapeaux à claque qui gondolaient, jouaient de l'accordéon tout seuls, avec leurs côtes visibles sous la soie.

La démence des gibus dépassait le possible. Il y en avait de très élevés dont le fût menait à des plates-formes évasées tels que les shakos des voltigeurs du premier Empire, de très bas qui s'achevaient en gueule de tromblon, en table de schapska, en pots de chambre retournés d'enfants !

Et, au-dessous de ce sanhédrin de chapeaux saouls, grimaçaient des figures ridées de vieillards, avec des pattes de lapin le long des joues et des poils de brosses à dents sous le nez.

Durtal fut secoué par un rire inextinguible devant ce carnaval d'invalides, mais bientôt son hilarité cessa. Il distinguait deux Petites Sœurs des Pauvres qui conduisaient ce lycée de fossiles et il comprenait. Ces braves gens étaient vêtus avec des hardes quêtées, ils étaient habillés avec des fonds d'armoires dont personne ne voulait plus ; la cocasserie de leur accoutrement devenait touchante ; les Petites Sœurs avaient dû se donner bien du mal pour utiliser ces déchets de la charité et les vieux enfants, peu au courant des modes, se rengorgeaient, très fiers d'être ainsi mis.

Durtal les suivit jusqu'à la cathédrale. Quand il arriva sur la petite place, le cortège, cahoté par un coup de vent, se débattait, pendu à des bannières qui se gonflaient ainsi que des voiles de navire et entraînaient les hommes cramponnés à leurs hampes. Enfin, tant bien que mal, tout ce monde s'était engouffré dans la basilique. Le *Te Deum* avait jailli dans le torrent des orgues. À ce moment, il semblait qu'exaltée par ce chant magnifique, l'église lancée dans les airs en un jet éperdu, montât encore ; l'écho s'y répercutait à travers les siècles de cet hymne de triomphe qui avait tant de fois retenti sous ses voûtes ; pour une fois maintenant la musique était d'accord avec la nef, parlait la langue que la cathédrale avait depuis son enfance apprise.

Durtal exulta. Il lui parut que, dans ses vitres de feu, Notre-Dame souriait, émue par ces accents que des Saints qu'Elle aima créèrent pour qu'ils pussent à jamais résumer en une décisive mélodie, en une unique prose, les louanges dispersées des fidèles, les joies informulées des foules.

Mais subitement, sa griserie s'évapora ; le *Te Deum* était fini et un roulement de tambours et une sonnerie de clairons éclataient dans le transept. Et tandis que la fanfare de Chartres canonnait avec la balistique de ses sons les murs, il s'était enfui pour respirer loin de la multitude qui n'arrivait pas cependant à remplir le vaisseau, et, après la cérémonie, il avait encore assisté au défilé des corps constitués rendant visite au prélat, dans l'évêché.

Là, il s'était diverti sans honte. La cour qui précédait le palais regorgeait de prêtres ; tous les doyennés des archidiaconés de Chartres, de Châteaudun, de Nogent-le-Rotrou, de Dreux, avaient déposé, derrière la grille d'honneur, leurs troupes de vicaires et de curés qui s'ébrouaient autour du manège vert d'une pelouse.

Non moins comiques que les pensionnaires des Petites Sœurs des Pauvres, les seigneurs de la ville affluaient et refoulaient les ecclésiastiques dans les allées ; la tératologie vidait ses bocaux ; c'était un grouillement de larves humaines, de têtes en boulets de canons et en œufs, une série de visages vus au travers d'une bouteille, déformés par certains miroirs, échappés des albums fantastiques de Redon ; c'était un musée de monstres en marche. L'hébétude des métiers monotones, vécus de pères en fils, dans une cité morte, figeait toutes les faces et l'allégresse endimanchée de ce jour greffait sur ces laideurs transmises le ridicule.

Tous les habits noirs de Chartres humaient l'air. Les uns dataient du Directoire, absorbaient les cous, grimpaient à l'assaut des nuques, engloutissaient jusqu'aux oreilles, enflaient ; d'autres, au contraire, avaient diminué dans les tiroirs, et leurs manches raccourcies craquaient, sciant les aisselles de leurs maîtres qui n'osaient remuer.

Une odeur de benzine et de camphre flottait au-dessus des groupes. Ces habits tirés, le matin même, de leur saumure, et dessalés par des épouses, empestaient. Les tuyaux de poêle étaient à l'avenant. Ils avaient grandi, poussé tout seuls dans les armoires et ils se dressaient immenses, ramenaient sur leur colonne de carton des épis de poils rares.

Ce monde réuni s'admirait, se gratulait, pressait des mains enduites de gants blancs, nettoyés au pétrole, frottés à la gomme élastique et à la mie de pain. Et subitement, un remous s'était creusé dans la cohue des laïques et des prêtres qui se rangèrent, chapeaux bas, devant un vieux landau de corbillard traîné par une rosse étique et conduit par une sorte de moujik, un cocher dont la face bouffait sous des broussailles lui sortant des joues et de la bouche, des oreilles et du nez. La carriole s'était amarrée devant le perron et il en était descendu un gros homme, soufflé tel qu'une baudruche, et sanglé dans un uniforme brodé d'argent ; puis, derrière lui, un monsieur plus mince, vêtu d'un habit à parements bleu foncé et bleu clair ; et tous saluèrent le préfet qu'escortait l'un de ses trois conseillers de préfecture.

Ils avaient soulevé leurs bicornes empanachés de plumes, distribué quelques poignées de mains et ils se perdaient dans le vestibule, quand l'armée parut, à son tour, représentée par un colonel de cuirassiers, par des officiers de l'artillerie et du train, par quelques fantassins gradés à culotte rouge, par un gendarme.

Et ce fut tout ; une heure après cette réception, la ville exténuée s'était rendormie, n'ayant même pas le courage de déplanter ses mâts ; les Lazares étaient retournés dans leurs sépulcres, les vieillards ressuscités étaient à nouveau retombés morts ; les rues étaient vides ; la réaction avait lieu ; Chartres gisait épuisé pour des mois par cet excès.

Quelle cambuse*, quelle turne* ! s'exclamait Durtal.

Certains soirs, las des après-midi internés au milieu des livres ou employés à suivre les heures canoniales dans l'église, à écouter des chanoines jouer languissamment, de chaque côté du chœur, à la raquette avec des psaumes dont ils se renvoyaient, en grommelant, des volants de versets, il descendait fumer, après son dîner, des cigarettes sur la petite place. Pour Chartres, huit heures du soir, c'était trois heures du matin pour une autre ville ; aussi tout était-il éteint et tout était clos.

Pressé de se coucher, le clergé avait, dès sept heures, bouclé la Vierge. Pas de prières, pas de bénédictions, rien dans cette cathédrale. Ces instants où lorsqu'on est agenouillé dans l'ombre, on croit que la Mère est plus présente, plus près de vous, plus à vous ; ces minutes d'intimité où on lui raconte moins timidement ses pauvres maux, n'existaient point à Notre-Dame. Ah ! l'on ne s'épuisait pas en de tardives oraisons dans cette basilique !

Mais s'il ne pouvait pénétrer dans son intérieur, Durtal pouvait au moins rôder dans ses alentours. À peine éclairée par les indigentes lueurs de réverbères isolés dans les coins de la place, la cathédrale prenait alors une étrange forme. Ses porches s'ouvraient en des cavernes pleines de nuit et le parcours extérieur de sa nef, compris entre les tours et l'abside, avec ses contreforts et ses arcs-boutants devinés dans l'ombre, se dressait ainsi qu'une falaise rongée par d'invisibles mers. L'on avait l'illusion d'une montagne déchiquetée à sa cime par des tempêtes, creusée dans le bas, par des océans disparus, de profondes grottes ; et si l'on s'approchait, l'on discernait dans l'obscurité de vagues sentiers abrupts courant le long de la falaise, serpentant en galeries au bord des rocs et parfois, dans ces noirs chemins, de blanches statues d'évêques surgissaient, en un rayon de lune, hantant comme des revenants ces ruines, bénissant, avec leurs doigts levés de pierre, les visiteurs.

Cette promenade dans le circuit de cette cathédrale qui, si légère, si fluette pendant le jour, grossissait avec les ténèbres et devenait farouche, n'était pas faite pour dissiper la mélancolie de Durtal.

Cet aspect de brèches frappées par la foudre et d'antres abandonnés par les flots, le jetait dans de nouvelles rêveries et finissait par le ramener à lui-même, par aboutir, après bien des vagabondages d'idées, à ses propres décombres ; et une fois de plus, il se sondait l'âme et essayait de mettre un peu d'ordre dans ses pensées.

Je m'ennuie à crever, se disait-il, pourquoi ? – et, à vouloir analyser cet état, il arrivait à cette conclusion :

Il n'est pas simple, mais double, mon ennui ; ou tout au moins s'il est unique, il se divise en deux parties bien distinctes. J'ai l'ennui de moi-même, indépendant de toute localité, de tout intérieur, de toute lecture, et j'ai aussi l'ennui de la province, l'ennui spécial, inhérent à Chartres.

De moi-même, ah oui, par exemple ! Ce que je suis las de me surveiller, de tâcher de surprendre le secret de mes mécomptes et de mes noises. Mon existence, quand j'y songe, je la jaugerais volontiers de la sorte : le passé me semble horrible ; le présent m'apparaît, faible et désolé, et quant à l'avenir, c'est l'épouvante.

Il se tut, puis :

Les premiers jours, ici, je me suis plu dans le rêve suggéré par cette cathédrale. Je croyais qu'elle serait un réactif dans ma vie, qu'elle peuplerait ce désert que je sentais en moi, qu'elle serait en un mot, dans l'atmosphère provinciale, une aide. Et, je me suis leurré. Certes, elle m'opprime toujours, elle m'enveloppe encore dans l'ombre tiède de sa crypte, mais je raisonne maintenant, je la scrute dans ses détails, j'essaie de causer d'art avec elle ; et je perds à ces

recherches l'impression irraisonnée de son milieu,
le charme silencieux de son ensemble.

Maintenant c'est moins son âme qui me hante que
son corps. J'ai voulu étudier l'archéologie, cette misérable anatomie des édifices ; je suis devenu humainement amoureux de ses contours et le côté divin a
fui pour ne plus laisser place qu'au côté terrestre.
Hélas ! j'ai voulu voir et je me suis malédifié* ; c'est
l'éternel symbole de la Psyché qui recommence !

Et puis... et puis... n'y a-t-il pas aussi, dans
cette lassitude qui m'accable, de la faute à l'abbé
Gévresin ? Il a épuisé pour moi, en m'en imposant
l'accoutumance, les vertus pacifiques et pourtant
révulsives du Sacrement ; et le résultat le plus clair
de ce régime, c'est que je suis tombé l'âme à plat,
sans force pour résister.

Eh non, reprit-il après un silence ; me voici encore
à rabâcher mes permanentes présomptions, mes
infatigables soucis, me voilà une fois de plus, injuste
envers l'abbé. Ce n'est cependant pas de sa faute si
la fréquence de mes communions les rend frigides ;
j'y cherche des sensations et il faudrait pourtant
se convaincre d'abord que ces désirs sont méprisa-
bles, se persuader ensuite que c'est précisément
parce que ces communions sont glacées qu'elles
deviennent méritoires et sont meilleures. Oui, c'est
facile à raconter, mais quel est celui des catholiques
qui les préfère celles-là aux autres ? des Saints, sans
doute ; mais eux aussi en souffrent ! c'est si naturel
de demander à Dieu un peu de joie, d'attendre de
cette union qu'Il appelle un mot affectueux, un signe,
un rien, montrant qu'Il pense à vous !

L'on a beau faire, on ne peut pas ne point envisager comme douloureuses, les mortes consomptions
de ces vivants azymes ! et l'on a bien de la peine à

confesser que Notre-Seigneur a raison de nous cacher le mal qu'elles nous évitent et les progrès qu'elles réalisent, car, sans cela, nous serions peut-être sans défense contre les attaques de l'amour-propre et les assauts de la vanité, sans abri contre nous-même.

Enfin quelle qu'en soit la cause, je ne suis pas mieux à Chartres qu'à Paris, concluait-il. Et quand ces réflexions l'assaillaient, le dimanche surtout, il regrettait d'avoir accompagné l'abbé Gévresin dans cette province.

À Paris, ce jour-là, il avait au moins son temps défrayé par les offices. Le matin, il pouvait messoyer chez les Bénédictines ou à Saint-Séverin, écouter les Vêpres et les Complies, à Saint-Sulpice.

Ici rien ; – et cependant, où réunir de meilleurs éléments pour exécuter le répertoire grégorien qu'à Chartres ?

À part quelques antiques basses qui aboyaient et qu'il eût été bien nécessaire d'abattre, il y avait une gerbe opulente de sons frais, une psallette de près de cent enfants qui eussent pu dérouler, dans de limpides voix, les amples mélodies du vieux plain-chant.

Mais en guise de cantilènes liturgiques, un maître de chapelle imbécile parquait, dans cette malheureuse cathédrale, une ménagerie d'airs forains qui, lâchés le dimanche, grimpaient, avec des gambades de ouistitis, le long des piliers, sous les voûtes. L'on pliait à ces singeries musicales les voix ingénues de la maîtrise. Décemment, à Chartres, il était impossible d'assister à la grand'messe.

Les autres offices ne valaient pas mieux ; aussi Durtal était-il réduit, pour entendre les Vêpres, à descendre dans le bas de la ville, à Notre-Dame de la Brèche, une chapelle, où un prêtre, ami de l'abbé Plomb, avait instauré le chant de Solesmes et patiemment formé une petite manécanterie, composée d'ouvriers fidèles et de mômes pieux.

Ces voix, celles des gosses surtout, étaient médiocres, mais l'expert musicien qu'était ce prêtre les avait quand même ajustées et polies et il était parvenu, en somme, à imposer l'art bénédictin dans son église.

Seulement, elle était si laide, si tristement embellie d'images, Notre-Dame de la Brèche, qu'il fallait fermer les yeux, pour y séjourner !

Et dans cette houle de réflexions sur son âme, sur Paris, sur l'Eucharistie, sur la musique, sur Chartres, Durtal finissait par s'abasourdir, par ne plus savoir où il était.

Parfois, cependant, il trouvait un peu de calme, et alors il s'étonnait, ne se comprenait plus.

Regretter Paris, se disait-il alors, pourquoi ? est-ce que l'existence que j'y connus diffère de celle que je mène ici ?

Est-ce que les églises, est-ce que Notre-Dame de Paris pour en citer une, n'étaient pas exécrées par de sacrilèges flons flons, comme Notre-Dame de Chartres ? D'autre part, je ne sortais guère pour flâner dans de fastidieuses rues et je ne fréquentais en fin de compte que l'abbé Gévresin et Mme Bavoil, et je continue à les visiter même plus souvent, ici. J'ai en outre gagné, en me déplaçant, un compagnon savant et aimable, l'abbé Plomb ; alors ?

Puis, un beau matin, sans qu'il s'y attendît, tout s'éclaira. Très lucidement, il comprit qu'il errait sur de fausses pistes et découvrit, sans même la chercher, la vraie.

Pour rencontrer les causes ignorées de ses velléités d'il ne savait quoi et de ses inintelligibles malaises, il avait suffi qu'il remontât dans sa vie et qu'il s'arrêtât à la Trappe. En somme, tout dérivait de là. Arrivé à ce point culminant de son recul, il pouvait, ainsi que du haut d'un mont, embrasser d'un coup d'œil le versant des années descendues depuis qu'il avait quitté ce monastère ; et il discernait maintenant dans ce panorama penché de ses jours, ceci :

Dès sa rentrée à Paris, l'appétence des cloîtres s'était, sans discontinuer, infiltrée en lui ; ce rêve de se retirer loin du monde, de vivre placidement, dans la retraite, auprès de Dieu, il l'avait poursuivi sans relâche.

Sans doute, il ne se l'était formulé qu'à l'état de postulations impossibles et de regrets, car il savait bien qu'il n'avait, ni le corps assez solide, ni l'âme assez ferme pour s'enfouir dans une Trappe ; mais une fois lancée sur ce tremplin, l'imagination partait à la vanvole[*], sautait par-dessus les obstacles, divaguait en de flottantes songeries où il se voyait moine dans un couvent débonnaire, desservi par un ordre clément, amoureux de liturgies et épris d'art.

Il devait bien hausser les épaules quand il revenait à lui et sourire de ces avenirs fallacieux qu'il se suggérait dans ses heures d'ennui ; mais, à cette pitié de l'homme qui se prend en flagrant délit de déraison, succédait quand même l'espoir de ne pas perdre entièrement le bénéfice d'un bon mensonge et il se remettait à chevaucher une chimère qu'il jugeait plus sage, aboutissait à un moyen terme, à un compromis, pensant rendre l'idéal plus accessible, en le réduisant.

Il se disait qu'à défaut d'une vie monastique réelle, il s'en susciterait peut-être une suffisante illusion, en fuyant le tohu-bohu de Paris, en s'inhumant dans un trou.

Et il s'apercevait qu'il s'était absolument dupé

lorsque, discutant la question de savoir s'il délais-
serait Paris pour aller s'installer à Chartres, il lui
avait semblé s'être décidé sur les arguments de l'abbé
Gévresin et les instances de Mme Bavoil.

Certainement, sans se l'avouer, sans se l'expliquer, il avait surtout agi sous l'impulsion de ce rêve
si constamment choyé. Chartres n'était-il pas une
sorte de havre conventuel, de monastère complaisant, où il conserverait toute sa liberté et ne renon-
cerait pas à son bien-être ? En tout cas, n'était-ce
point, à défaut d'un inaccessible ascétère, une pâture
jetée à ses désirs et, en admettant qu'il parvînt à
se débarrasser de souhaits trop exigeants, ce repos
définitif, cette paix auxquels il aspirait depuis son
retour de la Trappe ?

Et rien de tout cela ne s'était réalisé ; cette impression, éprouvée à Paris, qu'il n'était pas assis, il la gardait à Chartres. Il se sentait en camp volant, perché
sur une branche, se faisait l'effet d'un homme qui
n'est pas chez lui, mais qui s'attarde dans un meublé
dont il faudra déguerpir.

En somme, il s'était déçu quand il s'était figuré que
l'on pouvait assimiler une chambre solitaire, dans
un alentour muet, à une cellule ; le train-train pieux,
dans l'atmosphère d'une province, n'avait aucun rapport avec le milieu d'une abbaye. L'illusion du cloître
n'existait pas.

Cet échec enfin constaté exaspéra l'ardeur de ses
regrets et le mal qui était demeuré, à l'état confus, à
l'état latent, à Paris, éclata, net et clair, à Chartres.

Alors ce fut une lutte sans répit avec lui-même.

L'abbé Gévresin, qu'il consultait, se bornait, en
souriant, à le traiter, ainsi qu'on traite dans un
noviciat ou dans un séminaire, le petit postulant
qui vient avouer une grande mélancolie et une per-

sistante fatigue. On feint de ne pas prendre son
mal au sérieux, on lui atteste que tous ses cama-
rades subissent les mêmes tentations, les mêmes
épreintes* ; on le renvoie consolé, tout en ayant l'air
de s'en moquer.

Mais au bout de quelque temps, cette méthode
échoua. Alors l'abbé tint tête à Durtal et un jour que
son pénitent gémissait il lui répondit :

— C'est une crise à supporter ; puis, négligem-
ment après un silence, il ajouta : – Vous en verrez
bien d'autres !

Et comme Durtal se cabrait sur ce mot, il l'accula
au pied du mur, voulant lui faire avouer l'inanité de
ses luttes.

— Le cloître, reprit-il, vous obsède – eh bien, mais
qui vous empêche d'en tâter ? pourquoi ne vous
séquestrez-vous pas dans une Trappe ?

— Vous savez bien que je ne suis pas assez robuste
pour endurer ce régime !

— Alors faites-vous oblat, rejoignez, à Notre-Dame
de l'Âtre, M. Bruno.

— Quant à ça, non, par exemple ! L'oblature à la
Trappe, c'est encore Chartres ! c'est une situation
moyenne, mitigée. M. Bruno restera toujours hôte
et ne sera jamais moine. Il n'a, en somme, que les
inconvénients des communautés et pas les avantages.

— Il n'y a point que les Trappes, répliqua l'abbé.
Devenez père ou oblat Bénédictin, moine noir. Leur
règle doit être douce ; vous vivrez dans un monde
de savants et d'écrivains, que pouvez-vous désirer
de plus ?

— Je ne dis pas, mais...

— Mais quoi ?

— Eh ! je ne les connais point...

— Rien n'est plus facile que de les connaître.

L'abbé Plomb est un grand ami de Solesmes. Il vous procurera, pour ce couvent, toutes les recommandations que vous voudrez.

— Dame, c'est à voir... je consulterai l'abbé, fit Durtal qui se leva pour prendre congé du vieux prêtre.

— Notre ami, le Bourru vous travaille, lança Mme Bavoil qui avait entendu, de la pièce voisine dont la porte était ouverte, la conversation des deux hommes.

Elle entra, tenant son bréviaire.

— Ah çà, reprit-elle, en le regardant sous ses lunettes, pensez-vous donc qu'en déménageant son âme de place, on la change. Votre ennui, il n'est ni dans l'air, ni autour de vous, mais en vous ; ma parole, à vous entendre, on croirait qu'en se transférant d'un lieu dans un autre, on échappe à ses discordes et qu'on parvient à se fuir. Or, rien n'est plus faux... demandez au père...

Et lorsque Durtal qui souriait, gêné, fut parti, Mme Bavoil interrogea son maître :

— Ah çà, qu'a-t-il au juste ?

— L'épreuve des sécheresses le lamine, répondit le prêtre. Il subit une opération douloureuse, mais sans danger. Du moment qu'il conserve le goût de la prière et ne néglige aucun de ses exercices religieux, tout va bien. C'est là la pierre de touche qui nous sert à discerner si, dans ce genre d'affection, l'origine est divine...

— Mais, père, il serait quand même nécessaire de le soulager ?

— Je ne puis rien, sinon prier pour lui.

— Autre question, il est hanté par les monastères, notre ami ; peut-être bien que c'est là que vous devriez l'envoyer.

L'abbé eut un geste évasif. Les sécheresses et les phantasmes qu'elles engendrent ne sont point indices de vocation, fit-il. J'ajouterai même qu'elles ont plus de chances de s'accroître que de s'atténuer dans un cloître. – Et, à ce point de vue, la vie conventuelle peut être pour lui mauvaise... cependant il n'y a point que cette question à envisager... il y a autre chose... puis qui sait ? – et après un silence, il reprit :

Tout est possible, donnez-moi mon chapeau, Madame Bavoil, je vais aller causer avec l'abbé Plomb de Durtal.

IX

Cet entretien fut utile à Durtal ; il le sortit des généralités sur lesquelles il s'entêtait à rêvasser depuis son arrivée à Chartres. L'abbé l'avait orienté, en somme, en lui montrant une voie navigable précise, menant à un but désigné, à un port connu de tous. Le cloître resté dans l'imagination de Durtal à l'état confus, hors du temps, sans lieu ni date, n'empruntant au souvenir vécu de la Trappe que la sainteté de son obédience, pour lui adjoindre aussitôt la chimère d'une abbaye, plus littéraire, plus artiste, régie par des règles conciliantes, dans un milieu plus doux, ce cloître idéal, fabriqué de bric de réalité et de broc de rêve, se définissait maintenant. En parlant d'un ordre qui existait, en le citant par son nom, en spécifiant même une maison de son observance, l'abbé Gévresin fournissait à Durtal une substantielle pâture, pour la manie raisonneuse de son verbiage ; il le mettait en mesure de ne plus mâcher, ainsi qu'il le faisait depuis si longtemps, à vide.

L'état d'incertitude et de vague dans lequel il vivait cessa ; il discernait une fin à ses collisions ; le choix se limitait : ou demeurer à Chartres ou s'en aller à Solesmes ; et, sans arrêt, il se mit à relire, à méditer l'œuvre de saint Benoît.

Cette règle, qui se compose surtout de paternelles injonctions et d'affectueux conseils, était une merveille de mansuétude et d'adresse. Tous les besoins de l'âme y étaient tracés et les misères du corps prévues. Elle savait si bien, tout en demandant beaucoup, ne pas exiger trop, qu'elle avait pu plier sans se rompre, satisfaire aux nécessités des diverses époques, se conserver au XIXe siècle, telle qu'au Moyen Âge.

Puis ce qu'elle était compatissante et sage, lorsqu'elle présageait des débiles et des infirmes. « On servira les malades comme s'ils étaient le Christ en personne », dit saint Benoît ; et le souci qu'il prend de ses fils, les pressantes recommandations qu'il adresse aux abbés, de les aimer, de les visiter, de ne rien négliger pour alléger leurs maux, décèle tout un côté de maternité vraiment touchant chez le Patriarche.

Oui mais... murmura Durtal, il y a, dans cette règle, d'autres articles qui paraissent moins accessibles à des mécréants de ma sorte, celui-ci par exemple : « Que personne n'ait la témérité de donner ou de recevoir quelque chose sans l'autorisation de l'abbé, d'avoir quoi que ce soit en propre, aucune chose absolument, ni un livre, ni des tablettes, ni un poinçon, en un mot rien du tout, puisqu'il ne leur est même pas permis de posséder ni leurs corps, ni leurs volontés. »

C'est le terrible verdict du renoncement et de l'obéissance, soupira-t-il ; seulement, cette loi qui gouverne les pères et les convers, atteint-elle aussi rigoureusement les oblats, ces égrotants de l'armée Bénédictine dont je pourrais peut-être faire partie, mais dont le texte ne parle point... ce serait à voir ; puis il siérait aussi de connaître la manière dont on l'applique, car elle est, dans son ensemble, si habile et si souple, si large, qu'elle sait être, au choix, très clémente ou très dure.

Ainsi, dans les Trappes, ses ordonnances sont si serrées qu'on y étouffe ; chez les Bénédictins, au contraire, elles sont assez aérées pour que l'âme parvienne à y respirer à l'aise. Les uns s'en tiennent scrupuleusement à la lettre, les autres, au contraire, s'inspirent surtout de l'esprit du Saint.

Avant de s'aiguiller sur cette voie, il faut consulter l'abbé Plomb, conclut Durtal. Il se rendit chez le vicaire, mais il était absent pour plusieurs jours.

Par précaution contre l'oisiveté, par mesure d'hygiène spirituelle, il voulut se ruer à nouveau sur la cathédrale et il tenta, maintenant qu'il était moins obsédé par des songeries, de la lire.

Le texte de pierre qu'il s'agissait de comprendre était sinon difficile à déchiffrer, au moins embarrassant par des passages interpolés, par des répétitions, par des phrases disparues ou tronquées ; pour tout dire, aussi, par une certaine incohérence qui s'expliquait du reste, quand on constatait que l'œuvre avait été poursuivie, altérée ou augmentée, par différents artistes, pendant un espace de plus de deux cents ans.

Les imagiers du XIIIᵉ siècle n'avaient pas toujours tenu compte des idées déjà exprimées par leurs devanciers et ils les reprenaient, les émettaient dans leur langue personnelle, doublaient, par exemple, les signes des saisons et du zodiaque. Les statuaires du XIIᵉ siècle avaient sculpté, sur la façade royale, un calendrier de pierre ; ceux du XIIIᵉ en gravèrent un également dans la baie de droite du porche Nord, justifiant sans doute cette réduplication d'une même scène sur une même église, par ce fait que le zodiaque et les saisons peuvent avoir, au point de vue symbolique, plusieurs sens.

D'après Tertullien[1], l'on distinguait, dans ce cercle mourant et renaissant d'années, une image de la Résurrection, à la fin du monde. Suivant d'autres versions, le soleil entouré de ses douze signes était la figure du Soleil de Justice entouré de ses douze apôtres. L'abbé Bulteau croit, de son côté, reconnaître, dans ces almanachs lapidaires, la traduction du passage de saint Paul affirmant aux Hébreux que « Ce Jésus, qui était hier, est encore aujourd'hui et sera toujours dans tous les siècles des siècles », tandis que l'abbé Clerval donne cette explication plus simple : « que tous les temps appartiennent au Christ et doivent le glorifier ».

Mais cela n'est qu'un détail, se disait Durtal ; l'on peut vérifier dans l'ensemble même de la cathédrale de doubles emplois.

En somme, l'œuvre architectonique de Chartres se divise, extérieurement, en trois grandes parties qui sont décrétées par trois grands porches. – Le porche de l'Occident, dit porche Royal, qui est l'entrée solennelle du sanctuaire, entre les deux tours ; – le porche du Nord attenant à l'évêché et précédé par la flèche neuve ; – le porche du Midi, flanqué de la vieille tour.

Or, les sujets traités par le porche Royal et par le porche Sud sont similaires ; l'un et l'autre célèbrent le triomphe du Verbe, avec cette différence qu'au portail Méridional, Notre-Seigneur n'est plus seulement exalté par Lui-même, ainsi qu'au portail de l'Occident, mais aussi dans la personne de ses Élus et de ses Saints.

Si, à ces deux sujets qui peuvent se réunir en un seul, le Sauveur glorifié en Lui-même et dans les siens, nous ajoutons le panégyrique de la Vierge que prononce le portail du Nord, nous aboutissons à ces fins : à un poème chantant la louange de la Mère et du Fils, publiant la raison d'être de l'Église même.

En étudiant de près les variantes des portiques de l'Occident et du Sud, on observe que si Jésus bénit, d'un geste uniforme, dans l'un comme dans l'autre, la terre, que si tous deux se confinent presque exclusivement dans la reproduction des Évangiles, abandonnant la traduction de l'Ancien Testament aux baies du Nord, ils n'en varient pas moins entre eux et sont également distincts des porches des autres cathédrales.

Contrairement aux rituels mystiques presque partout suivis, à Notre-Dame de Paris, à Bourges, à Amiens, pour en citer trois, le Jugement dernier, qui pare l'entrée principale de ces basiliques, est relégué sur le tympan de la porte du Midi, à Chartres.

De même, pour la tige de Jessé : à Amiens, à Reims, à la cathédrale de Rouen, elle s'élève au portail Royal, mais elle pousse au Septentrion, ici ; et combien d'autres déplacements que l'on pourrait encore noter ! Mais ce qui n'est pas moins étrange, c'est que le parallélisme des scènes qui se remarque si souvent à l'envers et à l'endroit de la même muraille, ciselé dans la pierre, d'un côté, et peint sur vitre de l'autre, n'existe pas régulièrement à Chartres. Ainsi, l'arbre généalogique du Christ est planté dans une verrière interne du porche Royal, tandis que son espalier s'étend en sculpture, sur les parois externes du portique Nord. Seulement, si parfois les sujets ne concordent point au recto et au verso de la même page, souvent ils se complètent ou se suppléent. Tel le Jugement dernier qui ne se déroule pas au-dehors de la façade Royale, mais qui resplendit, à l'intérieur, dans la grande rosace évidée dans le même mur. Il n'y a donc point, dans ce cas, cumul, mais appoint – histoire commencée dans un dialecte et achevée dans un autre.

Enfin, ce qui domine tous ces dissentiments ou ces ententes, c'est l'idée maîtresse du poème, disposée ainsi qu'un refrain après chacune des strophes de pierre, l'idée que la cathédrale appartient à notre Mère ; l'église reste fidèle à son vocable, féale à sa dédicace. Partout la Vierge est suzeraine. Elle occupe tout le dedans et à l'extérieur même, dans ces deux portails de l'Occident et du Sud qui ne lui sont pas réservés, Elle apparaît encore, dans un coin, sur un dessus de porte, dans des chapiteaux, en haut d'un fronton, en l'air. La salutation angélique de l'art a été répétée sans interruption par les imagiers de tous les temps. Jamais cette pieuse filière ne fut rompue. La basilique de Chartres est bien le fief de Notre-Dame.

En somme, se dit Durtal, malgré les dissidences de quelques-uns de ses textes, la cathédrale est lisible.

Elle contient une traduction de l'Ancien et du Nouveau Testament ; elle greffe, en plus, sur les Écritures Saintes les traditions des apocryphes qui ont trait à la Vierge et à saint Joseph, les vies des Saints recueillies dans la *Légende dorée* de Jacques de Voragine et les monographies des Célicoles[*] du diocèse de Chartres. Elle est un immense diction-naire de la science du Moyen Âge, sur Dieu, sur la Vierge et les Élus.

Aussi Didron[1] a-t-il presque raison d'avancer qu'elle est un décalque de ces grandes encyclopédies, telles que le XIIIᵉ siècle en composa ; seulement, la thèse qu'il étaie sur cette observation véridique, dévie, devient, dès qu'il tâche de la développer, inexacte.

Il finit, en effet, par imaginer que la basilique est une simple version du *Speculum Universale*, du *Miroir du Monde* de Vincent de Beauvais[2], qu'elle est surtout, de même que ce recueil, un précis de la vie pratique, et un commentaire de la race humaine à travers les âges. Le fait est, se dit Durtal qui alla chercher dans sa bibliothèque « l'Iconographie chré-tienne » de cet auteur, le fait est qu'à l'entendre, nos feuillets de pierre doivent se tourner de la sorte : s'ouvrir par le chapitre du Nord pour se fermer sur les alinéas du Sud. Alors l'on y trouve, selon lui, nar-rés : d'abord la Genèse, la cosmogonie biblique, la création de l'homme et de la femme, l'Éden – ensuite, après l'expulsion du premier couple, le récit de son rachat et de ses peines.

De là, assure-t-il : « Le sculpteur prit occasion d'en-seigner aux Beaucerons la manière de travailler des bras et de la tête. Donc, à droite de la chute d'Adam, il sculpte sous les yeux et pour la perpétuelle ins-truction de tous, un calendrier de pierre, avec tous les travaux de la campagne, puis un catéchisme industriel avec les travaux de la ville ; enfin, pour les occupations intellectuelles, un manuel des arts libéraux. »

Et alors, ainsi instruit, l'homme vit, de générations

en générations, jusqu'à la fin du monde, notifiée par le tableau placé au Sud.

Ce répertoire de sculpture comprendrait donc un mémorial de l'histoire de la nature et de la science, un glossaire de la morale et de l'art, une biographie de l'être humain, un panorama du monde entier. Il serait bien, en conséquence, une image du « Miroir du Monde », un tirage sur pierre de l'œuvre de Vincent de Beauvais.

Il n'y a qu'un malheur à cela, c'est d'abord que le « Speculum Universale » de ce dominicain serait postérieur de plusieurs années à la construction de cette cathédrale, ensuite, que Didron ne s'inquiète nullement des valeurs et des distances de la statuaire, dans sa thèse. Il attribue à une statuette enfouie dans le cordon d'une voussure une importance égale à celles des grandes statues qui émergent bien en évidence et accompagnent l'image en relief de Notre-Seigneur et de sa Mère. On peut même affirmer que ce sont justement ces statues-là qu'il omet, comme il délaisse également tout le portique de l'Occident qu'il ne pouvait insérer de force dans son système.

Au fond, les idées de cet archéologue titubent. Il subordonne le principal aux accessoires et il aboutit à une espèce de rationalisme, en complet désaccord avec la mystique de ces temps. Il médit du Moyen Âge, en rabaissant le niveau du divin à l'étiage terrestre, en rapportant à l'homme ce qui revient à Dieu. L'oraison de la sculpture, chantée par des siècles de foi, ne devient plus, dans l'introduction de son volume, qu'une encyclopédie de renseignements industriels et moraux quelconques.

Examinons cela de près, poursuivit Durtal, qui descendit fumer une cigarette sur la place. Ce por-

tail Royal, ruminait-il, en chemin, il est l'entrée de
la façade d'honneur, celui par lequel pénétraient les
rois. Il est également le premier chapitre du livre et
il résume, à lui seul, l'édifice !

Elles sont tout de même bizarres, ces conclusions
précédant les prémisses, cette récapitulation disposée au commencement de l'ouvrage, alors qu'elle
devrait, en bonne logique, être à l'abside, être à la
fin.

Au fond, se dit-il, cette question-là mise à part,
la façade ainsi conçue occupe, dans cette basilique,
la place que le second des Livres Sapientiaux[1] tient
dans la Bible. Elle correspond au Psautier qui est
en quelque sorte un abrégé, une somme de tous les
volumes du Vieux Testament et, par conséquent,
aussi, un memento prophétique de la religion révélée tout entière.

Telle la partie de la cathédrale située à l'Occident ;
seulement, elle, elle est un compendium non plus des
Anciennes Écritures, mais des Nouvelles ; elle est un
épitomé[*] des Évangiles, un concis des livres de saint
Jean et des synoptiques.

Et, en la bâtissant, le XIIe siècle a fait plus. Il a
ajouté de nouveaux détails à cette glorification du
Christ, suivi de sa naissance à travers la Bible et
mené jusque après sa mort, à son apothéose telle que
la promulgue l'Apocalypse ; il a complété les Écritures par les apocryphes[2], en nous racontant l'histoire de saint Joachim et de sainte Anne, en nous
confiant maint épisode du mariage de la Vierge et
de Joseph, tiré de l'évangile de la Nativité de sainte
Marie et du protévangile de Jacques le Mineur.

Au reste, tous les sanctuaires d'antan employèrent
ces légendaires et aucune église n'est lisible, quand
on les néglige.

Ce mélange d'Évangiles réels et de fabliaux n'a d'ailleurs rien qui étonne. En refusant aux évangiles de l'Enfance, de la Nativité, de saint Thomas l'Israélite, de Nicodème, au protévangile de Jacques le Mineur, à l'histoire de Joseph, de leur reconnaître une certitude canonique, une origine divine, l'Église n'a pas entendu les rejeter en bloc et les assimiler à des fatras d'illusions et de mensonges. Malgré certaines de leurs anecdotes qui sont pour le moins ridicules, il peut se trouver en effet, dans ces textuaires[*], des indications exactes, des récits authentiques que les Évangélistes, si sobres de renseignements, n'ont pas jugé à propos de nous dire.

Le Moyen Âge n'était donc nullement hérésiarque, en accordant à ces livres purement humains une valeur de fictions vraisemblables, un intérêt de mémoire pieux.

En somme, reprit Durtal qui était arrivé devant les portes sises entre les deux tours, devant le porche Royal de l'Occident, en somme, cet immense palimpseste, avec ses 719 figures, est facile à démêler si l'on se sert de la clef dont usa, dans sa monographie de la cathédrale, l'abbé Bulteau.

En partant du clocher neuf et en longeant la façade jusqu'au clocher vieux, l'on feuillette l'histoire de Notre-Seigneur narrée par près de deux cents statues, perdues dans les chapiteaux. Elle remonte aux aïeux du Christ, prélude par la biographie d'Anne et de Joachim, traduit, en de microscopiques images, les apocryphes. Par déférence peut-être pour les Livres inspirés, elle rampe le long des murs, se fait petite pour ne pas être trop aperçue, nous relate, comme en cachette, en une curieuse mimique, le désespoir du pauvre Joachim, lorsqu'un scribe du Temple, nommé Ruben[1], lui reproche d'être sans postérité et repousse, au nom d'un Dieu qui ne l'a point béni, ses offrandes ; et Joachim navré quitte sa femme, s'en va pleurer au loin sur la malédiction qui le frappe ; et un ange lui apparaît, le console, lui ordonne de rejoindre son épouse, qui enfantera de ses œuvres une fille.

Puis c'est le tour d'Anne qui gémit seule, sur sa stérilité et son veuvage ; et l'ange la visite, elle aussi, lui prescrit d'aller au-devant de son mari qu'elle rencontre à la porte Dorée. Ils se sautent au cou, retournent ensemble au logis et Anne accouche de Marie qu'ils consacrent au Seigneur.

Des années s'écoulent ; l'époque des fiançailles de la Vierge est venue. Le Grand Prêtre invite tous ceux qui, nubiles et non mariés, sont issus de la maison de David, à s'approcher de l'autel, une baguette à la main. Et pour savoir quel est celui des prétendants auquel se fiancera la Vierge, le Pontife Abiathar consulte le Très-Haut qui répète la prophétie d'Isaïe, avérant qu'il sortira de la tige de Jessé une fleur sur laquelle se posera l'Esprit.

Et aussitôt la baguette de l'un d'eux, de Joseph le charpentier, fleurit et une colombe descend du ciel pour se nicher dessus.

Marie est donc livrée à Joseph et le mariage a lieu ; le Messie naît, Hérode trucide les Innocents et alors l'évangile de la Nativité s'arrête, laissant la parole aux Lettres saintes qui reprennent Jésus, et le conduisent jusqu'à sa dernière apparition, après sa mort.

Ces scènes servent de bordure au bas de la grande page qui s'étend entre les deux tours, au-dessus des trois portes.

C'est là que se placent les tableaux qui doivent séduire, par de plus claires, par de plus visibles apparences, les foules ; là, que resplendit le sujet général du porche, celui qui concrète les Évangiles, qui atteint le but assigné à l'Église même.

À gauche, – l'Ascension de Notre-Seigneur, montant glorieusement dans des nues que frime une banderole ondulée tenue de chaque côté, suivant le mode byzantin, par deux anges, tandis qu'au-dessous, les apôtres lèvent la tête, regardent cette Ascension que d'autres anges qui descendent, en planant au-dessus d'eux, leur désignent de leurs doigts tendus vers le ciel.

Et le cadre arqué de l'ogive enferme un almanach de pierre et un zodiaque.

À droite, – le triomphe de Notre-Dame, encensée par deux archanges, assise le sceptre au poing sur un trône et accompagnée de l'Enfant qui bénit le monde ; puis en bas les sommaires de sa vie : l'Annonciation, la Visitation, la Nativité, l'Appel des bergers, la Présentation de Jésus au grand prêtre ; et la voussure qui serpente, se dressant en pointe de mitre, au-dessus de la Mère, est décorée de deux cordons, l'un garni d'archanges thuriféraires, aux ailes cloisonnées, comme imbriquées de tuiles, l'autre habité par les figures des sept arts libéraux, symbolisés, chacun, par deux statuettes représentant, la première, l'allégorie, et la seconde le personnage de l'antiquité qui fut l'inventeur ou le parangon de cet art ; c'est le même système d'expression qu'à l'église de Laon, et la paraphrase imagée de la théologie scolastique, la version sculpturale du texte d'Albert le Grand[1], affirmant, lorsqu'il cite les perfections de la Vierge, qu'Elle possédait la science parfaite des sept arts : la grammaire, la rhétorique, la dialectique, l'arithmétique, la géométrie, l'astronomie et la musique, tout le savoir du Moyen Âge.

Enfin, au milieu, le porche central, contenant le sujet autour duquel ne font que graviter les annales des autres baies, la Glorification de Notre-Seigneur, telle que la conçut, à Pathmos, saint Jean ; le livre final de la Bible, l'Apocalypse ouverte, en tête de la basilique, au-dessus de l'entrée solennelle de la cathédrale.

Jésus est assis, le chef ceint du nimbe crucifère, vêtu de la talaire* de lin, drapé dans un manteau qui retombe en une cascade serrée de plis, les pieds nus posés sur l'escabeau, emblème affecté à la terre par Isaïe[1]. Il bénit, d'une main, le monde et tient le livre fermé des sept sceaux, de l'autre. Autour de lui, dans l'ovale qui l'environne, le Tétramorphe[2], les quatre animaux évangéliques, aux ailes papelonnées* d'écailles, l'homme empenné, le lion, l'aigle, le bœuf, symboles de saint Matthieu, de saint Marc, de saint Jean et de saint Luc.

Au-dessous, les douze apôtres arborent des rouleaux et des livres.

Et, pour parfaire la scène de l'Apocalypse, dans les cordons des voussures, les douze anges et les vingt-quatre vieillards que saint Jean nous décrit, accoutrés de blanc et couronnés d'or, jouent des instruments de musique, chantent, en une adoration perpétuelle – que quelques âmes, isolées dans l'indifférence de notre siècle, reprennent –, les gloires du Très-Haut, se prosternant quand, aux ardentes et aux solennelles oraisons de la terre, les bêtes évangéliques répondent, dominant de leurs voix le fracas des foudres, l'unique mot qui concentre en ses quatre lettres, qui résume en ses deux syllabes, les devoirs de l'homme envers Dieu, l'humble et l'affectueux, l'obéissant *Amen*.

Le texte a été serré de près par les imagiers, sauf

pour le Tétramorphe[1], car un détail manque ; les animaux ne sont point ocellés de ces milliers d'yeux dont le prophète parle.

En le récapitulant, ce tableau, divisé tel qu'un triptyque, comprend – dans son volet de gauche : l'Ascension, encadrée dans les moulures d'un zodiaque ; – au milieu : le triomphe de Jésus tel que le raconte le Disciple ; – sur le volet de droite : le triomphe de Marie, accompagnée de quelques-uns de ses attributs.

Et le tout constitue le programme réalisé par l'architecte : la Glorification du Verbe. Il y a, en effet, dit dans son substantiel opuscule sur Chartres l'abbé Clerval[2], « les scènes de sa vie qui ont préparé sa gloire ; il y a son entrée proprement dite dans la gloire, puis sa glorification éternelle par les anges, les saints et la sainte Vierge ».

Au point de vue de la facture, l'œuvre est claire et splendide, dans son grand sujet, obscure et mutilée dans les petits. Le panneau de Marie a souffert et il est, de même que celui de l'Ascension, singulièrement fruste et barbare, bien au-dessous du tableau central, qui détient le plus vivant, le plus obsédant qui soit des Christ.

Nulle part, en effet, dans la statuaire du Moyen Âge, le Rédempteur ne s'atteste plus mélancolique et plus miséricordieux, sous un aspect plus grave. Examiné de profil, avec ses cheveux coulant dans le dos, plats et divisés par une raie sur le front, le nez un peu retroussé, la bouche forte, couverte d'une épaisse moustache, la barbe courte et tordue, le cou long, il suggère, malgré la rigidité de son attitude, non l'impression d'un Christ Byzantin, tel qu'en peignirent et qu'en sculptèrent des artistes de ce temps, mais d'un Christ de Primitif, issu des Flandres, origi-

naire de la Hollande même, dont il a ce vague relent
de terroir qui reparaîtra plus tard en un type moins
pur, vers la fin du XVe siècle, dans le tableau de Cor-
nelis Van Oostzaanen[1], du musée de Cassel.

Et il surgit, presque triste, dans son triomphe,
bénissant, inétonné, avec une résignation qui s'at-
tendrit, ce défilé de pécheurs qui, depuis sept cents
ans, le regarde curieusement, sans amour, en passant sur la place ; et tous lui tournent le dos, se sou-
ciant peu de ce Sauveur qui diffère du portrait qu'ils
connurent, ne l'admettant qu'avec une tête ovine et
des traits aimables, pareil, il faut bien le dire, au
bellâtre de la cathédrale d'Amiens devant lequel se
pâment les gens amoureux d'une beauté facile.

Au-dessus de ce Christ, s'ouvrent les trois fenêtres
privées de regards du dehors, et au-dessus d'elles,
la grande rose morte, semblable à un œil éteint,
ne se rallumant, comme les verrières des croisées,
qu'au-dedans, brûlant en de claires flammes, en de
pâles saphirs sertis dans les chatons de pierre ; enfin
au-dessus de la rose, s'étend la galerie des rois de
Juda que domine un pignon dressant son triangle
entre les deux tours.

Et les deux clochers dardent leurs flèches ; le vieux,
taillé dans un calcaire tendre, squammé d'écailles,
s'effusant d'un seul jet, s'effilant en éteignoir, chas-
sant dans les nuages une fumée de prières par sa
pointe ; le neuf, ajouré ainsi qu'une dentelle, ciselé
tel qu'un bijou, festonné de feuillages et de rinceaux
de vignes, monte avec de lentes coquetteries, tâchant
de suppléer à l'élan d'âme, à l'humble supplique de
son aîné, par de riantes oraisons, par de jolis sourires, de séduire, par de joyeux babils d'enfant, le
Père.

Mais, pour en revenir au porche Royal, reprit Durtal, malgré l'importance de sa grande page narrant le triomphe éternel du Verbe, l'intérêt des artistes va forcément au rez-de-chaussée de l'édifice, là où jaillissent dans l'espace compris entre les bases des deux tours, le long du mur et dans l'ébrasement des trois portes, dix-neuf statues colossales de pierre.

À coup sûr, la plus belle sculpture du monde est en ce lieu. Elle se compose de sept rois, de sept prophètes ou saints et de cinq reines. Ces statues s'élevaient autrefois, au nombre de vingt-quatre, mais cinq ont disparu sans laisser de traces.

Toutes sont nimbées, sauf les trois premières qui résident auprès du clocher neuf, et toutes sont abritées sous des dais à claire-voie, délinéant des chaumines et des chapelles, des manoirs et des ponts, dessinant une minuscule ville, une Sion pour bébés, une Jérusalem céleste naine.

Toutes sont debout, posant sur des colonnes guillochées, sur des socles taillés en amande, en pointe de diamant, en côte d'ananas ; sculptés de méandres, de frettes* crénelées, de carreaux de foudre ; creusés comme des damiers dont les cases alternées seraient, les unes vides et les autres pleines ; pavés d'une sorte de mosaïque, de marqueterie qui, de même que les bordures des verrières de l'église, évoquent les souvenirs d'une orfèvrerie musulmane, décèlent l'origine de formes rapportées de l'Orient par les Croisades.

Cependant les trois premières statues de la baie de gauche, voisines de la flèche neuve, ne se juchent pas sur des ornements ravis aux infidèles ; celles-là foulent aux pieds d'inexplicables êtres. L'une, un roi dont la tête perdue fut remplacée par celle d'une reine, marche sur un homme enlacé de serpents ; un autre souverain pèse sur une femme qui saisit, d'une main, la queue d'un reptile et caresse, de l'autre, la tresse de ses cheveux ; la troisième enfin, une reine, le chef couronné d'un simple cercle d'or, le ventre proéminent d'une personne enceinte, la figure avenante mais vulgaire d'une bonne, a pour piédestal deux dragons, une guenuche*, un crapaud, un chien et un basilic à visage de singe. Que signifient ces rébus ? nul ne le sait ; pas plus qu'on ne sait, du reste, les noms des seize autres statues, alignées le long du porche.

Les uns veulent y voir les ancêtres du Messie, mais cette assertion ne s'étançonne sur aucune preuve ; les autres croient y distinguer un mélange des héros de l'Ancien Testament et des bienfaiteurs de l'église, mais cette présomption est également illusoire. La vérité est que si tous ces gens ont eu à la main des sceptres et des rouleaux, des banderoles et des eucologes, aucun n'arbore l'un de ces attributs personnels qui servent à les spécifier, dans la nomenclature sacrée du Moyen Âge.

Tout au plus, pourrait-on baptiser du nom de Daniel un corps sans tête, parce qu'au-dessous de lui se tord un vague dragon, emblème du Diable que le Prophète vainquit à Babylone.

Les plus admirables de ces statues sont celles des reines.

La première, celle de la maritorne royale, au ventre bombé, n'est qu'ordinaire ; la dernière, celle qui est à l'opposé de cette princesse, à l'autre extrémité de la façade, près du clocher vieux, a le visage amputé d'une moitié et la tranche qui subsiste ne séduit guère ; mais les trois autres, debout, près de la baie principale, dans la voûte d'entrée, sont inouïes !

La première, longue, étirée, tout en hauteur, a le front cerné d'une couronne, un voile, des cheveux pliés de chaque côté d'une raie et tombant en nattes sur les épaules, le nez un peu retroussé, un tantinet populaire, la bouche prudente et décidée, le menton ferme. La physionomie n'est plus jeune. Le corps est enserré, rigide, sous un grand manteau, aux larges manches, dans la gaine orfévrie d'une robe sous laquelle aucun des indices de la femme ne paraît. Elle est droite, asexuée, plane ; et sa taille file, ceinte d'une corde à nœuds de franciscaine. Elle regarde, la tête un peu baissée, attentive à l'on ne sait quoi, sans voir. A-t-elle atteint le dénuement parfait de toute chose ? Vit-elle de la vie Unitive au delà des mondes, dans l'absence des temps ? On peut l'admettre, si l'on remarque que, malgré ses insignes royaux et le somptueux apparat de son costume, elle conserve l'attitude recueillie et l'air austère d'une moniale. Elle sent plus le cloître que la Cour. L'on se demande alors qui la plaça en sentinelle près de cette porte et pourquoi, fidèle à une consigne qu'elle seule connaît, elle observe, de son œil lointain, jours et nuits, la place, attendant, immobile, quelqu'un qui depuis sept cents ans ne vient point ?

Elle semble une figure de l'Avent, qui écoute, un peu penchée, sourdre de la terre les dolentes exorations de l'homme ; un éternel *Rorate* chante en elle ; elle serait, dans ce cas, une reine de l'Ancien Testament, morte bien avant la naissance du Messie qu'elle annonça peut-être.

Comme elle tient un livre, l'abbé Bulteau insinue qu'elle pourrait être un portrait en pied de sainte Radegonde[1]. Mais il y a d'autres princesses canonisées et qui tiennent, elles aussi, des livres ; cependant, l'attitude claustrale de cette reine, ses traits émaciés, son œil perdu dans l'espace des rêves intérieurs, s'appliqueraient assez justement à la femme de Clotaire qui s'interna dans un cloître.

Mais elle serait en attente de quoi ? de l'arrivée redoutée du roi voulant l'arracher de son abbaye de Poitiers pour la replacer sur le trône ? en l'absence de tout renseignement, il n'est aucune de ces conjectures qui ne demeure vaine.

La seconde statue représente encore une femme de monarque, portant un livre. Celle-là est plus jeune, elle n'a ni manteau, ni voile ; les seins sont remontés, moulés dans un étroit corsage, très tiré, ajusté tel qu'un linge mouillé sur le buste, ondulant en plis menus, en rides, un corsage pareil au roque* Carolingien s'agrafant sur le côté. Elle a les cheveux couchés en deux bandeaux sur le front, couvrant les oreilles, descendant en tresses enrubannées, se terminant en mèche de fouet.

Le visage est volontaire et déluré, un peu hautain. Celle-là regarde au-dehors d'elle ; elle est d'une beauté plus humaine et le sait ; sainte Clotilde ? hasarde l'abbé Bulteau.

Il est certain que cette élue ne fut pas toujours un modèle d'aménité et ce qu'on peut appeler une personne commode. Avant que d'avoir été reprise et châtiée, elle se révèle dans l'histoire, vindicative, sans dédit de pitié, avide de représailles. Elle serait alors la Clotilde d'avant la pénitence, la reine avant la sainte.

Est-ce bien elle ? ce nom lui fut attribué parce qu'une statue de la même époque qui lui ressemble et qui appartint jadis à Notre-Dame de Corbeil, fut placée sous ce vocable. Mais il a été reconnu, depuis, que cette statue portraiturait la reine de Saba. Sommes-nous donc en présence de cette souveraine ? pourquoi, alors, quand elle n'est pas inscrite au livre de Vie, une auréole ?

Il est très probable qu'elle n'est ni la femme de

Clovis, ni l'amie de Salomon, cette étrange princesse qui se décèle à la fois plus charnelle et plus spectrale que ses autres sœurs, car le temps l'a dévisagée, lui mâchurant l'épiderme, lui picotant le menton de grêle, encanaillant la bouche, rongeant le nez, le trouant en as de trèfle, mettant l'image de la mort sur cette vivante face.

Quant à la troisième, elle s'étire en un frêle fuseau, s'émince en un gracile cierge dont la poignée serait damassée, gaufrée, gravée en pleine cire ; elle monte magnifiquement vêtue d'une robe roide, cannelée, rayée de fibres telle qu'une tige de céleri. Le corsage est passementé, brodé au petit point ; le ventre est entouré d'une cordelière à nœuds lâche et précieuse ; la tête est couronnée, les deux bras sont cassés ; l'un reposait sur la poitrine, l'autre tenait un sceptre dont on aperçoit encore un vestige.

Et celle-là rit, ingénue et mutine, charmante. Elle considère de ses deux grands yeux ouverts, aux sourcils très relevés, les visiteurs. Jamais, en aucun temps, figure plus expressive n'a été ainsi façonnée par le génie de l'homme ; elle est le chef-d'œuvre de la grâce enfantine et de la candeur sainte.

Dans l'architecture pensive du XIIe siècle, au milieu de ce peuple de statues recueillies, symbolisant en quelque sorte le naïf amour de ces âges que troublèrent les craintes d'un éternel enfer, elle semble placée devant l'huis du Seigneur, comme l'exorable image des Rémissions. Pour les âmes timorées de ces habitudinaires qui n'osent plus, après de persévérantes chutes, franchir le seuil de l'église, elle se fait prévenante, chasse les réticences et vainc les regrets, apaise, par les familiarités de son rire, les transes.

Elle est la grande sœur de l'Enfant prodigue, celle dont saint Luc ne parle point mais qui dut, si elle exista, plaider la cause de l'absent, insister auprès du père pour qu'il tuât le veau gras, quand revint le fils.

Ce n'est point sous cet aspect indulgent que la connaît Chartres ; suivant la tradition locale, elle serait Berthe aux grands pieds, mais outre que cette allégation ne s'appuie sur aucun argument, elle est inane par ce seul fait que la statue a le halo d'un nimbe. Or, ce signe de la sainteté ne saurait ceindre le chef de la mère de Charlemagne dont le nom est inconnu des hagiologes de l'Église triomphante.

Elle serait alors, d'après la thèse des archéologues qui voient dans la panégyrie sculptée du porche les ancêtres du Christ, une Princesse du Vieux Testament ; mais laquelle ? ainsi que le remarque justement Hello, les larmes sont fréquentes dans les Écritures, mais le rire y est si rare que celui de Sara ne pouvant s'empêcher de se gaudir lorsque l'Ange lui annonce qu'elle concevra, malgré sa grande vieillesse, un fils, reste célèbre. Vainement, l'on cherche à quelle personne du livre de l'Ancienne Alliance peut se rapporter l'innocente joie de cette Reine.

La vérité, c'est qu'elle demeure à jamais mystérieuse, cette créature angélique, fluide, parvenue sans doute aux pures délices de l'âme qui s'écoule en Dieu, et avec cela, elle est si avenante, si serviable, qu'elle nous laisse l'illusion d'un salutaire geste, le mirage d'une bénédiction visible pour ceux qui la désirent. En effet, son bras droit est brisé à la hauteur du poignet et sa main n'est plus ; mais cette main paraît exister encore, à l'état de reflet, d'ombre, quand on la cherche ; elle est très nettement formée par le renflement léger du sein qui simule la paume, par les plis du corsage qui dessinent distinctement les quatre doigts effilés et le pouce levés, pour tracer le signe de la croix sur nous.

Quelle exquise préfiguratrice de la benoîte Mère, que cette Gardienne royale du seuil, que cette Souveraine invitant les égarés à rentrer dans l'église, à s'approcher de cette porte qu'Elle garde et qui est elle-même un des symboles de son Fils ! s'écria Durtal – et il embrassa, d'un coup d'œil, ce vis-à-vis de femmes, si différentes : l'une, plus moniale que Reine, qui baisse un peu la tête ; – l'autre, exclusivement Reine, qui la redresse ; – la troisième, saintement gamine, dont le col n'est ni penché, ni haussé, mais se tient dans la position naturelle, modérant le port auguste d'une Reine, par l'humble et la riante attitude d'une Sainte.

Peut-être pourrait-on discerner aussi, se dit-il, dans la première, une image de la vie contemplative, comme l'on pourrait alléguer que la seconde implique l'idée de la vie active et que la dernière incarne, ainsi que Ruth, dans l'Écriture, les deux ?

Quant aux autres statues de Prophètes, coiffés de la calotte juive à côtes et de Rois tenant des missels ou des sceptres, elles sont, elles aussi, indéchiffrables ; l'une d'elles, sise dans l'arche du milieu, au coin de la porte, à droite, séparée par un monarque de la fausse Berthe, intéressait plus spécialement Durtal, car elle ressemblait à Verlaine[1]. Elle en avait la tête plus velue, il est vrai, mais aussi bizarre, le crâne cabossé, le masque un peu épaté, le poil hirsute, l'air commun et bonhomme.

La tradition assigne à cette effigie le nom de saint Jude ; et elle est suggestive, cette similitude de traits de l'Apôtre le plus négligé de tous par les Chrétiens, de celui qui fut si peu prié pendant tant de siècles, qu'on s'avisa, un beau jour, pensant qu'il avait moins que les autres épuisé son crédit auprès de Dieu, de l'invoquer pour les causes désespérées, pour les causes perdues, et du poète si complètement ignoré ou si bêtement honni de ces mêmes catholiques auxquels il apportait les seuls vers mystiques éclos depuis le Moyen Âge !

Ils furent les malchanceux, l'un de la Sainteté et l'autre de la Poésie, conclut Durtal qui se recula pour mieux voir l'ensemble de la façade.

Elle s'attestait inouïe, avec ses ciselures de flore dessinée sur les carreaux par le gel, avec ses nappes d'église, ses rochets aux fines mailles, ses guipures en fils de la Vierge, courant jusqu'au premier étage, servant de cadres ajourés aux grands sujets des porches. Puis, elle montait, d'allure érémitique, sobre d'ornements, cyclopéenne, avec l'œil colossal de sa rose morte, entre les deux tours, l'une, fenestrée, niellée comme le portail, l'autre nue comme l'étage qui surplombait le porche.

Mais ce qui dominait, ce qui absorbait Durtal, c'était quand même les statues de Reines.

Et il finissait par ne plus se soucier du reste, par ne plus goûter que l'éloquence divine de leur maigreur, par ne plus les envisager que sous l'aspect de longues tiges baignant dans des tubes guillochés de pierre, s'épanouissant en des touffes de figures embaumant des fragrances ingénues, des senteurs naïves – et le Christ bénissant, attendri et attristé, le monde, se penchait de son trône, au-dessus d'elles, pour humer le tendre parfum qui s'effusait de ces calices élancés d'âmes !

Durtal songeait – quel irrésistible nécromant pourrait évoquer l'esprit de ces royales Ostiaires*, les contraindre à parler, nous faire assister à l'entretien qu'elles ont peut-être, quand elles paraissent se reculer sous la voûte, se retirer chez elles, le soir, derrière un rideau d'ombre ?

Que se disent-elles, elles qui ont vu saint Bernard, saint Louis, saint Ferdinand, saint Fulbert, saint Yves, Blanche de Castille, tant d'Élus, défiler devant elles, alors qu'ils entrèrent dans les ténèbres étoilées de la nef ? Causent-elles de la mort de leurs compagnes, de ces cinq statues qui disparurent pour jamais de leur petit cénacle ? écoutent-elles, au travers des vantaux fermés de la porte, souffler le vent désolé des psaumes et mugir les grandes eaux de l'orgue ? Entendent-elles les exclamations saugrenues des touristes qui rient de les voir et si roides et si longues ? Sentent-elles, ainsi que tant de saintes, l'odeur des péchés, le relent de vase des âmes qui les frôlent ? Alors, ce serait à ne plus oser les regarder... Et Durtal les regardait quand même, car il ne pouvait se séparer d'elles ; elles le retenaient par le charme constant de leur énigme ; en somme, reprenait-il, elles sont, sous une apparence réelle, extraterrestres. Leurs corps n'existent pas, leurs âmes habitent à même dans les gangues orfévries des robes ; elles sont en parfait accord avec la basilique qui s'est, elle-même, désincarnée de ses pierres et s'enlève, dans le vol de l'extase, au-dessus du sol.

Le chef-d'œuvre de l'architecture et de la statuaire mystiques sont ici, à Chartres ; l'art le plus surhumain, le plus exalté qui fut jamais, a fleuri dans ce pays plat de la Beauce.

Et maintenant qu'il avait contemplé l'ensemble de cette façade, il se rapprochait encore pour la scruter dans ses infimes accessoires, dans ses menus détails, pour examiner de plus près la parure des Souveraines et il vérifiait ceci : aucune draperie n'était pareille ; les unes tombaient sans cassures brusques, ridulées, semblables à un friselis ondulant d'eau, les autres descendaient en lignes parallèles, en fronces serrées, un peu en relief, telles que les côtes des bâtons d'angélique ; et la dure matière se pliait aux exigences des habilleurs, s'assouplissait pour les crêpes historiés, pour les futaines* et les fils de pur lin, s'alourdissait pour les brocarts et les orfrois ; tout était spécifié ; les colliers étaient ciselés, grains à grains, les nœuds des ceintures auraient pu se dénouer, tant les cordelettes étaient naturellement enlacées ; les bracelets, les couronnes étaient forés, martelés, sertis de gemmes montées dans leurs chatons, comme par des gens du métier, par des orfèvres.

Et souvent le socle, la statue, le dais avaient été taillés d'une seule pièce, dans un même bloc ! quels étaient donc les gens qui avaient sculpté de telles œuvres ?

On peut croire qu'ils vivaient dans les cloîtres puisque la culture de l'art ne se pratiquait alors que dans les clos de Dieu. Et ils rayonnèrent, à cette époque, dans l'Île de France, l'Orléanais, le Maine, l'Anjou, le Berry ; nous remarquons dans ces provinces des statues de ce genre ; mais il faut bien le dire, toutes sont inférieures à celles de Chartres. À Bourges, par exemple, d'analogues Prophètes et de semblables Reines rêvent dans l'une de ces extraordinaires baies latérales où le souvenir du trèfle arabe s'impose. À Angers, ces statues sont effritées, presque détruites, mais on peut les juger surtout rapetissées, devenues seulement humaines ; ce ne sont plus des Célicoles* aux corps chastement effilés, mais de simples Reines ; – au Mans, où elles sont mieux conservées, elles s'efforcent vainement de surgir de leurs fourreaux droits ; elles sont quand même désallongées, dénervées, appauvries, presque vulgaires. Nulle part, ce n'est de l'âme sculptée comme à Chartres ; et si au Mans, on étudie la façade comprise ainsi que celle de la cathédrale Chartraine, avec un Christ glorifié bénissant, assis, entre les bêtes ailées du Tétramorphe, quelle descente l'on constate dans le niveau divin ! Tout est étriqué et poussif. Jésus, mal débruti*, reste farouche. Ce sont évidemment des élèves sans génie des maîtres souverains de Chartres qui adornèrent ces portiques.

Était-ce une compagnie de ces imagiers, de ces confrères de l'œuvre sainte qui allaient d'un pays à l'autre, adjoints aux maçons, aux ouvriers logeurs du bon Dieu, par les moines ? Venaient-ils de cette abbaye Bénédictine de Tiron fondée près du Marché, à Chartres, par l'Abbé saint Bernard dont le nom figure parmi les bienfaiteurs de l'église dans le nécrologe de Notre-Dame ? Nul ne le sait. Humblement, anonymement, ils travaillèrent.

Et quelles âmes ils avaient, ces artistes ! Car nous le savons, ils ne besognaient que lorsqu'ils étaient en état de grâce. Pour élever cette splendide basilique, la pureté fut requise, même des manœuvres.

Cela serait incroyable, si des documents authentiques, si des pièces certaines ne l'attestaient.

Nous possédons des missives de l'époque, insérées dans les annales Bénédictines, une lettre d'un Abbé de Saint-Pierre-sur-Dive retrouvée par M. Léopold Delisle, dans le manuscrit 929 du fonds français, à la Bibliothèque Nationale[1] ; un livre latin des miracles de Notre-Dame, découvert dans la Bibliothèque du Vatican, et traduit en français par un poète du XIIIᵉ siècle, Jehan le Marchant. Tous racontent comment, après la ruine des incendies, fût rebâti le sanctuaire dédié à la Vierge noire.

Ce qui advint alors atteignit le sublime. Ce fut une Croisade, telle que jamais on n'en vit. Il ne s'agissait plus d'arracher le Saint-Sépulcre des mains des Infidèles, de lutter sur un champ de bataille contre des armées, contre des hommes, il s'agissait de forcer Notre-Seigneur dans ses retranchements, de livrer assaut au Ciel, de le vaincre par l'amour et la pénitence ; et le Ciel s'avoua battu ; les Anges, en souriant, se rendirent ; Dieu capitula et, dans la joie de sa défaite, il ouvrit tout grand le trésor de ses grâces pour qu'on le pillât.

Ce fut encore, sous la conduite de l'Esprit-Saint, le combat contre la matière, sur des chantiers, d'un peuple voulant, coûte que coûte, sauver la Vierge sans asile, de même qu'au jour où naquit son Fils.

La crèche de Bethléem n'était plus qu'un tertre de cendres. Marie allait être réduite à vagabonder, sous le fouet des bises, dans les plaines glacées de la Beauce. Le même fait se renouvellerait-il, à douze cents ans de distance, de familles sans pitié, d'auberges inhospitalières, de chambres pleines ?

L'on aimait alors, en France, la Madone, comme l'on aime sa génitrice naturelle, sa véritable mère. À cette nouvelle qu'Elle erre, chassée par l'incendie, à la recherche d'un gîte, tous, bouleversés, s'éplorent ; et non seulement dans le pays Chartrain, mais encore dans l'Orléanais, dans la Normandie, dans la Bretagne, dans l'Île de France, dans le Nord, les populations interrompent leurs travaux, quittent leurs logis pour courir à son secours, les riches apportant leur argent et leurs bijoux, tirant avec les pauvres des charrettes, convoyant du blé, de l'huile, du vin, du bois, de la chaux, ce qui peut servir à la nourriture des ouvriers et à la bâtisse d'une église.

Ce fut une migration ininterrompue, un exode spontané de peuple. Toutes les routes étaient encombrées de pèlerins, traînant, hommes, femmes, pêle-mêle, des arbres entiers, charriant des faisceaux de poutres, poussant de gémissantes carrioles de malades et d'infirmes qui constituaient la phalange sacrée, les vétérans de la souffrance, les légionnaires invincibles de la douleur, ceux qui devaient aider au blocus de la Jérusalem céleste, en formant l'arrière-garde, en soutenant, avec le renfort de leurs prières, les assaillants.

Rien, ni les fondrières, ni les marécages, ni les forêts sans chemins, ni les rivières sans gués, ne purent enrayer l'impulsion de ces foules en marche, et, un matin, par tous les points de l'horizon, elles débouchèrent en vue de Chartres.

Et l'investissement commença ; tandis que les malades traçaient les premières parallèles des oraisons, les gens valides dressèrent les tentes ; le camp s'étendit à des lieues à la ronde ; l'on alluma sur des chariots des cierges et ce fut, chaque soir, un champ d'étoiles dans la Beauce.

Ce qui demeure invraisemblable et ce qui est pourtant certifié par tous les documents de l'époque, c'est que ces hordes de vieillards et d'enfants, de femmes et d'hommes se disciplinèrent en un clin d'œil ; et pourtant ils appartenaient à toutes les classes de la société, car il y avait parmi eux des chevaliers et de grandes dames ; mais l'amour divin fut si fort qu'il supprima les distances et abolit les castes ; les seigneurs s'attelèrent avec les roturiers dans les brancards, accomplirent pieusement leur tâche de bêtes de somme ; les patriciennes aidèrent les paysannes à préparer le mortier et cuisinèrent avec elles ; tous vécurent dans un abandon de préjugés unique ; tous consentirent à n'être que des manœuvres, que des machines, que des reins et des bras, à s'employer sans murmurer, sous les ordres des architectes sortis de leurs couvents pour mener l'œuvre.

Jamais il n'y eut organisation plus savante et

plus simple ; les celleriers* des cloîtres devenus,
en quelque sorte, les intendants de cette armée,
veillèrent à la distribution des vivres, assurèrent
l'hygiène des bivacs*, la santé du camp. Hommes,
femmes n'étaient plus que de dociles instruments
entre les mains de chefs qu'ils avaient, eux-mêmes,
élus et qui obéissaient à des équipes de moines,
subordonnés, à leur tour, à l'être prodigieux, à l'inconnu de génie qui, après avoir conçu le plan de la
cathédrale, dirigeait les travaux d'ensemble.

Pour obtenir un tel résultat, il fallut vraiment
que l'âme de ces multitudes fût admirable, car ce
labeur si pénible, si humble, de gâcheur* de plâtre
et de charretier, fut considéré par chacun, noble
ou vilain, ainsi qu'un acte d'abnégation et de pénitence, et aussi comme un honneur ; et personne ne
fut assez téméraire pour toucher aux matériaux de
la Vierge, avant de s'être réconcilié avec ses ennemis, et confessé. Ceux qui hésitèrent à réparer leurs
torts, à s'approcher des sacrements, furent enlevés
des traits, chassés tels que des êtres immondes, par
leurs compagnons, par leur famille même.

Dès l'aube, chaque jour, la besogne indiquée par
les contremaîtres s'opère. Les uns creusent les fondations, déblaient les ruines, dispersent les décombres ;
les autres se transportent en masse aux carrières de
Berchère-l'Évêque, à huit kilomètres de Chartres,
et là, ils descellent des blocs énormes de pierre, si
lourds que parfois un millier d'ouvriers ne suffisait pas pour les extraire de leurs lits et les hisser
jusqu'au sommet de la colline sur laquelle devait
planer la future église.

Et quand, éreintés, moulus, ces troupeaux silencieux s'arrêtent, alors on entend monter les prières et
le chant des psaumes ; d'aucuns gémissent sur leurs

péchés, implorent la compassion de Notre-Dame,
se frappent la poitrine, sanglotent dans les bras des
prêtres qui les consolent.

Le dimanche, des processions se déroulent, ban-
nière en tête, et le hourra des cantiques souffle dans
les rues de feu que tracent, au loin, les cierges ; les
heures canoniales sont écoutées à genoux, par tout
un peuple, les reliques sont présentées en grande
pompe, aux malades...

Pendant ce temps, des béliers d'oraisons, des cata-
pultes de prières ébranlent les remparts de la Cité
divine ; les forces vives de l'armée se réunissent pour
foncer sur le même point, pour enlever d'assaut la
place.

Et c'est alors que, vaincu par tant d'humilité et
par tant d'obéissance, écrasé par tant d'amour, Jésus
se rend à merci, remet ses pouvoirs à sa Mère et,
de toute part, les miracles éclatent. Bientôt le clan
des malades et des infirmes est debout ; les aveugles
voient, les hydropiques désenflent, les perclus se pro-
mènent, les cardiaques courent.

Le récit de ces miracles qui, quotidiennement,
se répètent, qui précèdent même parfois l'arrivée
des pèlerins à Chartres, nous a été conservé par le
manuscrit latin du Vatican.

Ici, ce sont les habitants de Château-Landon
qui remorquent une voiture de froment. Arrivés à
Chantereine, ils s'aperçoivent que leurs provisions
de bouche sont épuisées et ils demandent du pain
à des malheureux qui se trouvent eux-mêmes dans
une extrême gêne. La Vierge intercède et le pain de
la misère se multiplie. Là, ce sont des gens partis du
Gâtinais, avec un haquet* de pierres. N'en pouvant
plus, ils font halte près du Puiset ; et des villageois,
venus à leur rencontre, les invitent à se reposer, tan-

dis qu'eux tireront le fardier*, mais ils refusent. Alors, les paysans du Puiset leur offrent une pièce de vin, la transvasent dans un tonneau qu'ils juchent sur le camion. Cette fois, les pèlerins acceptent, et, se sentant moins las, ils continuent leur route. Mais ils sont rappelés pour constater que le muid vide s'est rempli de lui-même d'un délicieux vin. Tous en boivent et les malades guérissent.

D'autre part, un habitant de Corbeville-sur-Eure, qui s'employait à charger une voiture de bois de construction, a trois doigts coupés par une hache et il pousse des cris affreux. Les compagnons lui conseillent de trancher complètement les doigts qui ne tiennent plus que par un fil à la chair, mais le prêtre qui les conduit à Chartres s'y oppose. On implore Marie et la blessure disparaît, la main devient intacte.

Ce sont encore des Bretons égarés, la nuit, dans les plaines de la Beauce et qui sont subitement guidés par des brandons de feu ; c'est la Vierge, en personne, qui un samedi soir, après Complies, descend dans son église quand elle est presque terminée et l'illumine d'éblouissantes lueurs…

Et il y en a comme cela, des pages et des pages… ah ! l'on comprend, ruminait Durtal, pourquoi ce sanctuaire est si plein d'Elle ; sa reconnaissance pour l'affection de nos pères s'y sent encore… puis Elle veut bien, maintenant, ne pas se montrer trop dégoûtée, ne pas regarder de trop près…

C'est égal, aujourd'hui l'on érige d'une autre façon les temples ! quand je songe au Sacré-Cœur de Paris, à cette morne et pesante bâtisse édifiée par des gens qui ont inscrit leur nom en rouge sur chaque pierre ! comment Dieu s'accommode-t-il d'une église dont les murs sont des moellons de vanité, scellés par un ciment d'orgueil, des murs où l'on voit des noms de

commerçants connus, affichés en bonne place, tels
que des réclames ! Il était si simple de construire une
église moins somptueuse et moins laide et de ne pas
loger ainsi Notre-Seigneur dans un monument de
péchés ! – Ah ! les bonnes foules qui les charriaient,
autrefois, en priant, ces pierres, l'idée ne leur serait
pas venue d'exploiter l'Amour, de l'affilier à leurs
besoins de superbe, à leur faim de lucre !

Un bras se posa sur le sien et Durtal reconnut
l'abbé Gévresin qui s'était approché tandis qu'il réfléchissait devant la cathédrale.

— Je vous quitte aussitôt, car je suis attendu, dit le
prêtre. Je profite simplement de cette rencontre pour
vous dire que j'ai reçu une lettre de l'abbé Plomb.

— Ah ! et où est-il ?

— À Solesmes, mais il rentre après-demain. Il
semble singulièrement emballé sur la vie Bénédictine, notre ami !

Et l'abbé sourit, tandis que Durtal, un peu interdit,
le regardait tourner le coin du clocher neuf.

X

Durtal se mit, un matin, à la recherche de l'abbé Plomb. Il ne le trouva, ni chez lui, ni à la cathédrale, finit, sur l'indication d'un bedeau, par se diriger vers la maison occupée au coin de la rue de l'Acacia, par la maîtrise.

Il tomba derrière une porte cochère entr'ouverte dans une cour, encombrée de baquets avariés et de gravats. Le bâtiment, situé au fond, était atteint de la maladie cutanée des plâtres, rongé de lèpre et damassé de dartres, fêlé du haut en bas, craquelé comme la couverte en émail d'un vieux pot. La tige morte d'une ancienne vigne écartelait, tout le long de la façade, ses bras tordus de bois noir. Durtal regarda par un châssis vitré, aperçut un dortoir avec des ran-

gées de couchettes blanches et des séries de vases
alignés dessous ; et il s'étonna, car jamais il n'avait
vu des lits plus petits et des thomas[*] plus grands.

Il avisa un garçon, dans cette salle, l'appela en
frappant au carreau, lui demanda si l'abbé Plomb
était encore dans ce logis et le domestique l'affirma
d'un signe et conduisit Durtal dans une salle d'attente.

Cette chambre ressemblait au bureau d'un hôtel de
dernier ordre, pieux. Elle était meublée d'une table
d'un rose de chair de rouget, en acajou, surmontée
d'un cache-pot sans fleurs ; de fauteuils à oreillettes,
de concierge ; d'une cheminée garnie de statues de
saints ponctuées par les mouches et fermée par un
paravent de papier peint exaltant l'Apparition de
Lourdes. Aux murs, un tableau de bois noir avec
clefs pendues à des numéros, servait de vis-à-vis à
une chromo dans laquelle le Christ montrait, d'un
air aimable, un cœur mal cuit, saignant dans des
ruisseaux de sauce jaune.

Mais ce qui caractérisait cette loge de portier
qui fait ses Pâques, c'était une odeur nauséabonde,
atroce, l'odeur de l'huile de ricin tiède.

Incommodé par ces relents, Durtal s'apprêtait à
fuir, quand l'abbé Plomb entra, lui prit le bras et ils
sortirent.

— Alors, vous arrivez de Solesmes ?

— Mais oui.

— Vous êtes satisfait de votre voyage ?

— Enchanté, et l'abbé sourit de l'impatience qu'il
sentait sourdre dans le ton de Durtal.

— Et que pensez-vous de ce monastère ?

— Je pense qu'il est très intéressant à visiter, au
point de vue du monachisme et de l'art. Solesmes
est un grand couvent, maison mère de l'ordre Béné-

dictin en France, et il est pourvu d'un noviciat qui prospère. Au fait, que désirez-vous savoir, au juste ?

— Mais... tout ce que vous savez !

— Eh bien, je vous dirai d'abord que l'art de l'Église, arrivé à son point culminant, fascine, dans ce cloître. Personne ne peut se rendre compte de l'extrême splendeur de la liturgie et du plain-chant, s'il n'a pas passé par Solesmes ; au cas où Notre-Dame des Arts posséderait un sanctuaire privilégié, soyez sûr qu'il est là.

— La chapelle est ancienne ?

— Il subsiste une partie de la vieille église et les fameuses sculptures des « Saints de Solesmes » qui remontent au XVIᵉ siècle ; malheureusement, il existe dans l'abside de consternantes vitres, une Vierge entre saint Pierre et saint Paul, la verrerie moderne dans toute sa criarde inclémence ! Mais aussi où acquérir un vitrail propre ?

— Nulle part ; si nous examinons maintenant les carreaux historiés, insérés dans les murs des églises neuves, nous constatons l'inaltérable sottise des peintres construisant des cartons de verrières comme des sujets de tableaux ; et quels sujets et quels tableaux ! Le tout fabriqué à la grosse par de bas vitriers dont les feuilles minces de verres sèment les nefs de confettis, lancent des pastilles de couleur dans tous les sens.

En vérité, ne serait-il pas plus simple d'accepter le système du vitrail incolore de Cîteaux dont le décor était obtenu par les dessins réticulés des plombs ou de copier ces belles grisailles, nacrées par le temps, qui restent encore à Bourges, à Reims, ici même dans la cathédrale ?

— Certes, mais pour en revenir à notre monastère, nulle part, je le répète, l'on ne célèbre les offices avec autant de pompe. Il faut voir cela un jour de grande fête ! Imaginez au-dessus de l'autel, là où fulgure d'habitude le tabernacle, une colombe pendue à une crosse d'or et volant, les ailes déployées dans des nues d'encens – puis, une armée de moines, évoluant, en une marche solennelle et précise – et l'Abbé debout, le front ceint d'une mitre pavée de gemmes, la crosse d'ivoire blanche et verte à la main, la queue de sa traîne tenue par un convers lorsqu'il s'avance, tandis que l'or des chapes s'allume au feu des cierges, que le torrent des orgues entraîne toutes les voix, emporte, jusqu'aux voûtes, le cri de douleur ou de joie des psaumes !

C'est admirable ; ce n'est plus l'austérité pénitentielle des offices, tels qu'ils se pratiquent chez les Franciscains ou dans les Trappes ; c'est le luxe pour Dieu, la beauté qu'il créa, mise à son service, et devenue, par elle-même, une louange, une prière… Mais si vous voulez voir resplendir le chant de l'Église dans toute sa gloire, c'est surtout dans l'abbaye voisine, chez les moniales de Sainte-Cécile, qu'il convient d'aller.

L'abbé s'arrêta, se parlant à lui-même, reculant dans ses souvenirs et, lentement, il reprit :

— Partout, quand même, la voix de la religieuse conserve, en raison même de son sexe, une sorte de langueur, une tendance au roucoulement et, disons-le, souvent une certaine complaisance à s'entendre quand elle n'ignore pas qu'on l'écoute ; – aussi, jamais le chant Grégorien n'est-il parfaitement exécuté par des nonnes. Mais chez les Bénédictines de Sainte-Cécile, ces feintises d'un gnan-gnan mondain ont disparu. Ces moniales n'ont plus la voix féminine mais une voix tout à la fois séraphique et virile. Dans cette église, on est rejeté, je ne sais où, dans le fond des âges ou projeté dans l'avance des temps, quand elles chantent. Elles ont des élans d'âme et des haltes tragiques, des murmures attendris et des cris de passion et parfois elles paraissent monter à l'assaut et enlever à la baïonnette certains psaumes. À coup sûr elles réalisent le bond le plus violent qui se puisse rêver de la terre dans l'infini !

— Alors, c'est autre chose que chez les Bénédictines de la rue Monsieur[1], à Paris ?

— Il n'y a point de comparaison à établir. Sans vouloir dénier la probité musicale de ces bonnes cloîtrières qui chantent convenablement, mais humainement, en femmes, l'on peut affirmer qu'elles n'ont ni cette science, ni ces inflexions d'âme, ni ces voix... Selon le mot d'un jeune moine, quand on a entendu les moniales de Solesmes, ce que celles de Paris semblent... province.

— Et vous avez vu l'Abbesse de Sainte-Cécile[2] ? – tiens, mais... et Durtal chercha dans sa mémoire – n'est-elle pas l'auteur d'un « Traité de l'Oraison » que j'ai parcouru autrefois à la Trappe mais qui n'a pas été vu d'un bon œil, je crois, au Vatican ?

— C'est elle, en effet ; mais vous commettez la plus complète erreur, en vous imaginant que son livre ait pu déplaire à Rome. Il y a été, de même que tous les ouvrages de ce genre, examiné à la loupe, passé au tamis, grabelé*, ligne par ligne, tourné et retourné, dans tous les sens ; mais les théologiens chargés du service de cette douane pieuse ont reconnu et certifié que cette œuvre, conçue d'après les plus sûrs principes de la Mystique, était savamment, résolument, éperdument orthodoxe.

J'ajoute que ce volume qui fut imprimé par Madame l'Abbesse, aidée de quelques nonnes, sur une petite presse à bras que possède le monastère, n'a jamais été mis dans le commerce. Il est, en somme, le résumé de sa doctrine, le suc essentiel de ses leçons, et il est surtout destiné à celles de ses filles qui ne peuvent profiter de ses enseignements et de ses conférences, parce qu'elles habitent loin de Solesmes, dans les autres abbayes qu'elle a fondées.

Tenez, maintenant que les Bénédictines étudient pendant dix années le latin, que beaucoup d'entre elles traduisent l'hébreu et le grec, sont expertes en exégèse ; que d'autres dessinent et peignent des pages de missel, rajeunissent l'art épuisé des enlumineurs d'antan ; que d'autres encore, telles que la Mère Hildegarde, sont des organistes de première force... vous penserez sans doute que la femme qui les manie, qui les dirige, que la femme qui a créé, dans ses cloîtres, des écoles de mystique pratique et d'art religieux, est une personne tout à fait extraordinaire et – avouons-le – par ce temps de frivole dévotion et d'ignare piété – unique !

— Mais c'est une grande Abbesse du Moyen Âge ! s'écria Durtal.

— Elle est le chef-d'œuvre de Dom Guéranger qui l'a prise presque enfant et lui a malaxé et lui a longuement broyé l'âme ; puis il l'a transplantée dans une serre spéciale, surveillant, chaque jour, sa croissance en Dieu, et le résultat de cette culture intensive, vous le voyez.

— Oui, et n'empêche cependant que les couvents sont, pour certaines gens, des réceptacles de fainéantise et des réservoirs de folie ; – quand on songe aussi que d'obscurs imbéciles écrivent dans des feuilles que les moniales ne comprennent rien au latin qu'elles lisent ! Il serait à souhaiter qu'ils fussent d'aussi bons latinistes que ces femmes !

L'abbé sourit. – Au reste, poursuivit-il, le secret

du chant grégorien est là. Il faut non seulement connaître la langue des psaumes qu'on récite, mais encore saisir le sens souvent douteux, dans la version de la Vulgate, de ces psaumes pour les bien rendre. Sans ferveur et sans science, la voix n'est rien.

Elle peut être excellente, dans les morceaux de la musique profane, mais elle est vide, nulle, quand elle s'attaque aux phrases vénérables du plain-chant.

— Et les Pères, à quoi s'occupent-ils ?

— Eux, ils ont d'abord commencé par restaurer la liturgie et le chant de l'Église, puis ils ont découvert et réuni dans un *Spicilège* et dans des *Analectes*, en les agrémentant d'attentives gloses, les textes perdus de subtils symbolistes et de studieux saints. À l'heure actuelle, ils rédigent et ils impriment la « Paléographie musicale », l'une des plus érudites et des plus sagaces publications de ce temps.

Mais il ne siérait pas de vous persuader que la mission de l'ordre Bénédictin consiste exclusivement à fouiller de vieux manuscrits et à reproduire d'anciens antiphonaires et d'antiques chartes. Sans doute, le moine qui a du talent, dans un art quelconque, s'adonne à cet art, si l'Abbé le veut ; la règle est, sur ce point, formelle ; mais le but réel, le but véritable du fils de saint Benoît est de psalmodier ou de chanter la louange divine, de faire l'apprentissage ici-bas de ce qu'il fera là-haut, de célébrer la gloire du Seigneur en des termes inspirés par Lui-même, en une langue que Lui-même a parlée par la voix de David et des Prophètes. Sept fois par jour, les Bénédictins remplissent le devoir de ces vieillards de l'Apocalypse que saint Jean nous montre dans le firmament et que les imagiers ont sculptés, jouant des instruments, ici-même, à Chartres.

En résumé, leur fonction particulière n'est donc

point de s'inhumer dans la poudre des âges, ou bien encore d'exercer la substitution des péchés et la suppléance des maux d'autrui, ainsi que les ordres de pure mortification, tels que les Carmélites et les Clarisses ; leur vocation est de pratiquer l'office des Anges ; c'est une œuvre d'allégresse et de paix, une avance d'hoirie sur la succession jubilaire de l'au-delà, l'œuvre qui se rapproche le plus de celle des purs esprits, la plus élevée qui soit, sur la terre, en somme.

Pour s'acquitter convenablement de cet emploi, il faut, en sus d'une ardente piété, une science foncière des Écritures et un sens affiné de l'art. Les vrais Bénédictins doivent donc être à la fois des saints, des savants et des artistes.

— Et le train-train journalier que l'on vit à Solesmes ? demanda Durtal.

— Très méthodique et très simple – matines et laudes à 4 heures du matin – à 9 heures, tierce, messe conventuelle et sexte – à midi, dîner – à 4 heures, none et vêpres – à 7 heures, souper – à 8 heures 1/2, complies et grand silence. Vous le voyez, on a le temps de se recueillir et de travailler, dans les intervalles des heures canoniales et des repas.

— Et les oblats[1] ?

— Quels oblats ? Je n'en ai pas vus à Solesmes.

— Ah !… mais s'il en existe, mènent-ils la même vie que les Pères ?

— Évidemment – sauf peut-être certains adoucissements qui dépendent du bon vouloir de l'Abbé. Ce que je puis vous dire, c'est que dans d'autres abbayes Bénédictines que je connais, la formule adoptée est celle-ci : l'oblat prend de la règle ce qu'il en peut prendre.

— Mais il est, je suppose, libre de ses mouvements, libre de ses actes ?

— Du moment qu'il a prêté serment d'obéissance entre les mains de son supérieur et qu'il a, après le temps de sa probation, revêtu l'habit monastique, il est moine comme les autres et, partant, il ne peut plus rien effectuer sans l'autorisation du Père Abbé.

— Fichtre ! murmura Durtal. En somme, si cette sotte comparaison qui a cours dans le monde était authentique, si le cloître devait être assimilé à une tombe, l'oblature en serait encore une ; seulement elle aurait des cloisons moins étanches et son couvercle entr'ouvert laisserait pénétrer un peu de jour.

— Si vous voulez, fit l'abbé, en riant.

Ils étaient arrivés, en devisant, près de l'évêché. Ils entrèrent dans la cour et aperçurent l'abbé Gévresin qui se dirigeait vers les jardins ; ils le rejoignirent et le vieux prêtre les invita à l'accompagner dans le potager où il désirait, pour être agréable à sa gouvernante, visiter les légumes qu'elle avait semés.

— Le fait est qu'il y a assez longtemps que, moi aussi, je lui ai promis de les contempler, ses légumes, s'écria Durtal.

Ils traversèrent les anciennes allées, atteignirent le verger en contre-bas, et, dès que Mme Bavoil les vit, elle se mit au port d'armes des jardiniers, le pied posé sur le fer de la bêche fichée en terre.

Elle montra fièrement ses plants alignés de carottes et de choux, d'oignons et de pois, annonça qu'elle méditait une excursion dans le domaine des cucumères, s'emballa sur les concombres et les courges, finit, en déclarant qu'elle réserverait, au fond du potager, une place pour les fleurs.

Ils s'assirent sur un tertre qui formait une sorte de banc.

En veine de taquinerie, l'abbé Plomb remonta ses lunettes munies d'une arche sous laquelle descendait le nez, et se frottant les mains, très sérieusement, il dit :

— Madame Bavoil, les fleurs et les légumes sont de piètre importance, au point de vue décoratif et comestible ; ce qui doit seul vous guider dans le choix de vos cultures, c'est le sens symbolique de vertus ou de vices prêté aux plantes. Or, je crois le remarquer, vos élèves avèrent, pour la plupart, de fâcheux augures.

— Je ne comprends pas, Monsieur le vicaire.

— Dame, songez que ces végétaux que vous choyez annoncent de funestes présages. Vous avez des lentilles ?

— Oui.

— Eh bien, la lentille possède des graines sournoises et ténébreuses. Dans son *Interprétation des songes*, Artémidore[1] nous assure que si l'on rêve d'elles, c'est un signe de deuil ; de même pour la laitue et l'oignon, ils pronostiquent des catastrophes. Les petits pois sont mieux famés, mais gardez-vous surtout, comme d'une peste, de cette coriandre dont les feuilles sentent la punaise, car elle fait naître tous les maux !

Par contre, selon Macer Floridus[2], le serpolet guérit les morsures du serpent, le fenouil stimule chez la femme les siestes du sang, et l'ail, mangé à jeun, préserve des maléfices que l'on pourrait contracter, en buvant d'une eau inconnue ou en changeant de place... plantez donc des prairies entières d'ail, Madame Bavoil.

— Le père ne l'aime pas !

— Il convient aussi, poursuivit gravement l'abbé Plomb, de vous inspirer des livres du maître de saint Thomas d'Aquin, d'Albert le Grand qui, dans les traités qu'on lui attribue, à tort sans doute, sur les vertus des herbes, les merveilles du monde et les secrets des femmes, émet quelques aperçus qui ne sauraient, j'aime à le penser, demeurer vains.

N'est-ce pas lui qui atteste que la racine de plantain est excellente contre les maux de tête et les ulcères ; que le gui de chêne ouvre toutes les serrures ; que la chélidoine, appliquée sur la tête d'un malade, chante s'il doit mourir ; que grâce au jus de la joubarbe l'on peut saisir un fer chaud sans se brûler ; que la feuille du myrte tressée en anneau réduit les apostèmes* ; que le lys pulvérisé et mangé par une jeune fille permet de s'assurer si elle est vierge car, au cas où elle ne le serait point, cette poudre acquiert, aussitôt qu'elle l'a absorbée, les irrésistibles vertus d'un diurétique...

— J'ignorais cette propriété du lys, dit Durtal, en riant, mais je savais que ce même Albert le Grand assignait déjà cette qualité à la mauve ; seulement la patiente ne s'ingère pas le résidu de cette fleur, mais se tient simplement dessus ; et cela suffit – néanmoins pour que l'épreuve soit décisive, il sied que la mauve reste quand même sèche.

— Quelle folie ! s'exclama l'abbé Gévresin.

Complètement ahurie, la gouvernante regardait le sol.

— Ne l'écoutez pas, Madame Bavoil, s'écria Durtal ; moi j'ai une autre idée moins pharmaceutique et plus religieuse, celle-ci : cultiver une flore liturgique et des légumineux à emblèmes, œuvrer un jardin et un potager qui célébreraient la gloire de Dieu, lui porteraient nos prières dans leur idiome, rempliraient, en un mot, le but du Cantique des trois jeunes hommes dans la fournaise lorsqu'ils invitent la nature, depuis le souffle des tempêtes jusqu'au dernier des germes enfouis dans les champs, à bénir le Seigneur[1].

— Pas mal, s'exclama l'abbé Plomb, mais il faudrait alors disposer de vastes espaces, car l'on n'énumère pas moins de cent trente plantes dans les Écritures et immense est le nombre de celles auxquelles le Moyen Âge décerna des sens !

— Sans compter, dit l'abbé Gévresin, qu'il serait équitable que ce jardin, dépendant de notre basilique, reproduisît la botanique de ses murs.

— La connaît-on ?

— L'on n'a point dressé pour elle comme pour la végétation lapidaire de Reims un catalogue ; car l'herbier minéral de la Notre-Dame de cette ville a été soigneusement classé et étiqueté par M. Saubinet[1], mais, remarquez-le bien, ces récoltes de chapiteaux sont à peu près partout les mêmes. Dans toutes les églises du XIIIᵉ siècle, vous découvrirez les feuilles de la vigne, du chêne, du rosier, du lierre, du saule, du laurier et de la fougère, des fraisiers et des renoncules. Presque toujours en effet, les imagiers sculptaient les végétaux indigènes, les plantes de la région où ils travaillaient.

— Voulaient-ils exprimer une idée spéciale avec les couronnes et les corbeilles des chapiteaux ? À Amiens, par exemple, la guirlande de feuillages et de fleurs qui court au-dessus des arcades de la nef, s'enroule le long de l'édifice, côtoie les contours des piliers, a-t-elle, en dehors du but probable de partager la hauteur de l'église en deux parties pour le repos de l'œil, une autre acception ; figure-t-elle une pensée particulière, traduit-elle une phrase relative à la Vierge sous le vocable de laquelle la cathédrale est placée ?

— J'en doute, répondit le vicaire. Je crois plus simplement que l'artiste qui cisela ces festons a cherché un effet décoratif et nullement prétendu nous raconter, en un langage hermétique, un abrégé des vertus de notre Mère. D'ailleurs, si nous admettons qu'au XIIIe siècle, les sculpteurs usaient de l'acanthe à cause des douceurs émollientes qu'elle implique, du chêne parce qu'il spécifie la force, du nénuphar, parce qu'il simule, à cause de l'ampleur de ses feuilles, la charité, nous devons également supposer qu'à la fin du XVe siècle, alors que l'art du symbolisme n'était pas encore entièrement perdu, les chicorées, les choux frisés, les chardons, les plantes aux touffes laciniées[*] qui s'associent aux lacs d'amour dans l'église de Brou, avaient, eux aussi, un sens. Or, il est très certain que ces végétations ont été choisies pour l'élégance tourmentée de leur structure, pour la grâce grêle et maniérée de leurs formes. Autrement, nous avérons que ces ornements relatent une histoire différente de celles que nous narre la botanique de Reims et d'Amiens, de Rouen et de Chartres.

En somme, ce qui s'affirme le plus souvent dans les chapiteaux de notre cathédrale – qui n'est pas d'ailleurs l'une des mieux fleuries – c'est cette crosse d'évêque qu'imite la pousse naissante de la fougère.

— Bien, mais n'est-elle pas employée dans une intention symbolique, la fougère ?

— Elle est, en thèse générale, le synonyme de l'humilité – ce qui s'explique par ses habitudes de vivre, autant que possible, loin des routes, dans des fonds de bois ; mais si nous consultons le manuel de sainte Hildegarde[1], nous apprenons que ce végétal qu'elle dénomme « farn » est une plante magique.

De même que le soleil dissipe les ténèbres, de même, dit l'Abbesse de Rupertsberg, le farn met en fuite les cauchemars. Le Diable l'évite et l'abomine et rarement la foudre et la grêle tombent dans les endroits où elle s'abrite ; l'homme enfin, qui la porte sur lui, échappe aux cantermes[*] et aux charmes...

— Sainte Hildegarde, elle, s'est donc occupée d'histoire naturelle, au point de vue médical et magique ?

— Oui, seulement son livre est inconnu, parce qu'il n'a pas été traduit jusqu'à ce jour. Parfois, elle assigne de bien singulières qualités talismaniques à certaines flores. En voulez-vous des preuves ?

Tenez, suivant elle, le plantain guérit la personne qui a bu ou mangé un maléfice et la pimprenelle est dotée des mêmes vertus, lorsqu'on l'attache à son col.

La myrrhe doit être chauffée sur la chair jusqu'à ce qu'elle s'amollisse et alors elle rompt l'art des sorciers, délivre des phantasmes, devient l'antidote des philtres. Elle disperse aussi les pensées de luxure si on la place sur la poitrine et sur le ventre ; seulement quand elle élimine les idées de libertinage, elle attriste et rend « aride » ; ce pourquoi, il ne faut surtout point en absorber, sans grande nécessité, observe la Sainte.

Il est vrai que, pour refouler le chagrin qu'insinuerait la myrrhe, l'on pourrait alors utiliser l'« hymelsloszel » qui est ou paraît être la primevère officinale, le vulgaire coucou dont les ombelles d'un jaune odorant s'épanouissent dans les forêts humides et dans les prés. Celle-là est chaude et puise ses forces dans la lumière. Aussi chasse-t-elle la mélancolie qui trouble, assure sainte Hildegarde, les mœurs de l'homme et lui fait proférer des paroles contre Dieu ; ce qu'entendant, les esprits de l'air accourent et achèvent d'affoler par leur présence celui qui les prononce.

Je pourrais vous citer encore la mandragore, plante chaude et aqueuse, qui se peut assimiler à l'être humain dont elle singe la ressemblance ; aussi subit-elle la suggestion du démon plus que les autres, mais je préfère vous révéler une de ses sages recettes.

Voici l'ordonnance qu'elle rédige, à propos de la fleur de lys : Prenez l'extrémité de sa racine, écrasez-la dans de la graisse rance, chauffez cet onguent et frottez-en le malade atteint de la lèpre rouge ou de la lèpre blanche et tôt il guérira.

Laissons maintenant ces récipés* et ces amulettes d'antan et arrivons au symbolisme même des plantes.

En général, les fleurs sont les emblèmes du Bien. Suivant Durand de Mende[1], elles représentent, ainsi que les arbres, les bonnes œuvres qui ont les vertus pour racines ; selon Honoré le Solitaire, les herbes vertes sont les sages ; les fleuries, ceux qui progressent ; celles qui donnent des fruits, les âmes parfaites ; enfin, d'après les vieux traités de théologie symbolique, les végétaux énoncent les allégories de la Résurrection et la notion d'Éternité est spécialement affectée à la vigne, au cèdre, au palmier...

— Ajoutez, interrompit l'abbé Gévresin, que les psaumes confondent ce dernier arbre avec le Juste[2] et que, d'après une version de saint Grégoire le Grand, il indique avec son écorce rugueuse et les régimes dotés de ses dattes, le bois de la croix, dur au toucher, mais dont les fruits sont savoureux pour celui qui sait les goûter.

— Enfin, dit Durtal, je suppose que Mme Bavoil veuille tracer un jardin liturgique, quelles espèces doit-elle choisir ?

Peut-on d'abord former un lexique végétal des péchés capitaux et des vertus qui leur sont opposées, établir une base d'opérations, trier, d'après certaines règles, les matériaux dont l'horticulteur mystique pourrait user ?

— Je l'ignore, fit l'abbé Plomb ; néanmoins cela me paraît, à première vue, possible ; mais encore faudrait-il avoir présents à la mémoire les noms de plantes qui peuvent être les équivalents plus ou moins exacts de ces qualités et de ces fautes. Au fait, c'est une traduction, en langue florale, de notre caté-chisme que vous me demandez ; essayons :

L'orgueil, nous avons la citrouille qui fut jadis adorée dans la ville de Sicyone, telle qu'une Déesse. Elle revêt tour à tour l'apparence de la fécondité et de l'orgueil – de la fécondité, à cause de ses nom-breuses semences et de sa facilité à croître que le moine Walafrid Strabo[1] célèbre en de glorieux hexa-mètres, pendant tout un chapitre de son poème ; – de l'orgueil, à cause de l'importance de son énorme tête creuse et de son enflure ; nous avons encore le cèdre que, d'accord avec saint Méliton, Pierre de Capoue taxe de superbe.

L'avarice, j'avoue que je ne discerne point de végé-tal qui la reflète ; passons, nous verrons plus tard.

— Pardon, dit l'abbé Gévresin, saint Eucher et Raban Maur signalent comme images des richesses qui s'entassent, au détriment de l'âme, les épines. D'autre part, saint Méliton proclame que le sycomore est la cupidité.

— Ce pauvre sycomore, fit le vicaire en riant, ce qu'on l'a mis à toutes les sauces ! Raban Maur et l'anonyme de Clairvaux le qualifient aussi de juif incrédule ; Pierre de Capoue le compare à la croix, saint Eucher à la sagesse, et j'en omets. Mais, avec tout cela, je ne sais plus où j'en suis. Ah ! à la luxure. Ici, nous n'avons que l'embarras du choix. Outre la série des arbres phalliques, nous possédons le cyclamen dit pain de pourceau qui, d'après une ancienne assertion de Théophraste, est l'enseigne de la volupté parce qu'il servait à composer des philtres d'amour ; l'ortie qui, selon Pierre de Capoue, signi-fie les mouvements déréglés de la chair ; puis la tubéreuse, une plante plus moderne mais connue néanmoins dès le XVIᵉ siècle et rapportée par un Père Minime en France. Son odeur capiteuse, qui détraque les nerfs, induit, paraît-il, aux émois des sens.

L'envie, nous avons la ronce et l'hellébore qui résume plus spécialement, il est vrai, la calomnie et le scandale, et encore l'ortie qui, d'après une autre interprétation d'Albert le Grand, frime la bravoure et chasse la peur.

La gourmandise ? – le vicaire chercha – les plantes carnivores telles que la dionée et le drosera des tourbières...

— Et pourquoi pas cette simple fleur des champs, la cuscute, la pieuvre du règne végétal, qui lance les antennes de ses tiges minces telles que des fils sur les autres plantes, y enfonce de petits suçoirs et se nourrit voracement de leur substance ? hasarda l'abbé Gévresin.

— La colère, continua l'abbé Plomb, est traduite par ce bâton à fleurs rosâtres baptisé du sobriquet d'orange de savetier par le peuple, par le basilic qui emprunte, depuis le Moyen Âge, à son homonyme de la race animale, sa déplorable réputation de cruauté et de rage.

— Oh ! s'écria Mme Bavoil, on en parfume les hachis et l'on assaisonne avec, certains ragoûts !

— C'est une grave erreur de l'hygiène culinaire et un danger spirituel, fit en souriant le prêtre. Il poursuivit :

La colère peut être également alléguée par la balsamine, image surtout de l'impatience, à cause de l'irritabilité de ses capsules qui se détendent, au moindre contact, et éclatent bruyamment, en projetant, au loin, leurs graines.

Enfin, la paresse, par la famille des pavots qui endort.

Quant aux vertus opposées à ces vices, la version qu'elles exigent est enfantine.

Pour l'humilité, vous avez la fougère, l'hysope, le liseron, la violette qui, d'après Pierre de Capoue, est, en raison même de cette qualité, la figure du Christ.

— Et stipule, selon saint Méliton, les Confesseurs et, suivant sainte Mechtilde, les Veuves, ajouta l'abbé Gévresin.

— Pour le détachement des biens de la terre, nous relevons le lichen, qui est le simulacre de la solitude ; – pour la chasteté : l'oranger et le lys ; – pour la charité : le nénuphar, la rose et le safran, au dire de Raban Maur et de l'anonyme de Clairvaux ; – pour la tempérance : la laitue qui est aussi le jeûne ; – pour la douceur : le réséda ; – pour la vigilance : le sureau qui signifie surtout le zèle, ou le thym qui symbolise, avec ses sucs vifs et acides, l'activité.

Écartons les péchés dont nous n'avons que faire dans un pourpris* voué à Notre-Dame et préparez vos parterres avec des gerbes de dévotes fleurs.

— Comment s'y prendre ? demanda l'abbé Gévresin.

— Mais de deux façons, répliqua Durtal ; ou accepter le cadre d'une église réelle et inachevée et remplacer les statues par des fleurs – ce qui serait avantageux au point de vue de l'art – ou bien construire complètement un sanctuaire avec des arbres et des plantes.

Il alla chercher une baguette qui traînait dans le champ. Tenez, voici le plan de notre basilique, fit-il, en dessinant sur le sol les lignes cruciales d'une église.

Je suppose maintenant que nous la bâtissions, en commençant par la fin, par l'abside ; nous y plaçons naturellement la chapelle de la Vierge, ainsi que dans la majeure partie des cathédrales.

Ici, les plantes abondent qui servent d'attributs à notre Mère.

— La Rose mystique des Litanies ! s'exclama Mme Bavoil.

— Heuh ! fit Durtal, la rose fut bien galvaudée. Outre qu'elle fut une des plantes érotiques du Paganisme, au Moyen Âge, l'on condamna dans nombre de villes les juifs et les prostituées à porter, comme signe distinctif de leur infamie, cette fleur !

— Oui, mais, s'écria l'abbé Plomb, Pierre de Capoue lui fait personnifier, en raison de son sens d'amour et de charité, la Vierge ; d'autre part, sainte Mechtilde déclare que les roses manifestent les Martyrs et, dans un autre passage du livre de la « Grâce Spéciale », elle identifie aussi cette fleur avec la vertu de patience.

— Dans son « Hortulus », Walafrid Strabo avère également que la rose est le sang des saints suppliciés, murmura l'abbé Gévresin.

— *Rosæ martyres, rubore sanguinis*, voir la Clef de saint Méliton, confirma le vicaire.

— Va pour cet arbrisseau, s'écria Durtal – nous avons maintenant le lys.

— Ici je vous arrête, clama l'abbé Plomb, car il faut tout d'abord établir que le lys des Écritures n'est nullement, ainsi qu'on le croit, la fleur connue sous ce nom. Le lys ordinaire, celui qui fleurit en Europe et qui est devenu, même avant le Moyen Âge, l'emblème de la Virginité dans l'Église, ne paraît pas avoir jamais poussé en Palestine ; d'ailleurs, quand le Cantique des Cantiques compare la bouche de la Bien-aimée à cette plante, il n'entend évidemment pas admirer des lèvres blanches, mais bien des lèvres rouges.

Le végétal désigné sous le nom de lys des vallées, de lys des champs, dans la Bible, est tout bonnement l'anémone. L'abbé Vigouroux[1] le démontre.

Elle foisonne en Syrie, à Jérusalem, en Galilée, sur le mont des Olives ; cette fleur qui jaillit de feuilles découpées et alternées d'un vert opulent et sourd et qui ressemble à un coquelicot délicat et subtil, suggère l'idée d'une plante patricienne, d'une petite infante, fraîche et pure, dans de coquets atours.

— Il est certain, fit Durtal, que la candeur du lys n'apparaît guère ; car son parfum, si l'on y réfléchit, est absolument le contraire d'une senteur chaste. C'est un mélange de miel et de poivre, quelque chose d'âcre et de doucereux, de pâle et de fort ; cela tient de la conserve aphrodisiaque du Levant et de la confiture érotique de l'Inde.

— Mais enfin, observa l'abbé Gévresin, en admettant qu'il n'y ait jamais eu de lys en Terre Sainte – et est-ce bien vrai ? – il n'en reste pas moins acquis que l'Antiquité, que le Moyen Âge ont extrait de cette fleur toute une série de symboles.

Ainsi, ouvrez Origène ; pour lui, le lys est le Christ, car Notre-Seigneur a désigné sa propre personne lorsqu'il a dit : « Je suis la fleur des champs et le lys des vallées[2] » ; et, dans cette phrase, les champs, qui sont terres cultivées, représentent le peuple hébreu instruit par Dieu lui-même et les vallées qui sont lieux en friche, les ignorants, en d'autres termes, les païens.

Lisez maintenant Petrus Cantor. Selon lui, le lys est la fille de Joachim à cause de sa blancheur, de son arome délectable entre tous, de ses vertus curatives, enfin parce qu'il sort d'un sol inculte comme la Vierge qui est issue de parents juifs.

— Au point de vue thérapeutique cité par Petrus

Cantor, ajoutons, fit l'abbé Plomb, que le lys est, d'après l'anonyme anglais du XIIIᵉ siècle, un remède souverain contre les brûlures ; ce pourquoi, il est l'image de la Madone, qui guérit, Elle aussi, les brûlures, autrement dit les vices des pécheurs.

— Consultez encore, reprit l'abbé Gévresin, saint Méthode, sainte Mechtilde, Pierre de Capoue, ce moine anglais dont vous venez de parler, et vous trouverez que le lys est l'attribut non seulement de la Vierge Marie, mais encore de la Virginité même et de toutes les Vierges.

Voici enfin une bottelette de sens cueillis, l'un par saint Eucher qui rapproche la blancheur du lys de la pureté des Anges ; l'autre par saint Grégoire le Grand qui confronte sa bonne odeur avec celle des Saints ; cet autre par Raban Maur qui prétend que le lys est la béatitude céleste, l'éclat de la Sainteté, l'Église, la perfection, la pureté de la chair...

— Sans compter que, suivant la traduction d'Origène, le lys, entre les épines, se réfère à l'Église entre ses ennemis, jeta l'abbé Plomb.

— Il est donc Jésus, sa Mère, les Anges, les Saints, l'Église, les Vertus, les Vierges, il est tout ! s'exclama Durtal. On se demande comment ces jardiniers mystiques parvenaient à démêler tant de desseins dans une seule et même plante !

— Mais vous le voyez ; outre les analogies et les similitudes qu'ils pouvaient relever entre la forme, la senteur, la teinte d'une fleur et l'être auquel ils la rattachaient, les symbolistes commentaient la Bible, étudiaient les passages qui mentionnent le nom de tel arbre ou de telle plante, et ils qualifiaient ensuite ces végétaux selon la signification que déterminait ou que laissait sous-entendre le texte ; et ils agissaient de même pour les animaux, pour les couleurs,

pour les pierres, pour toutes les autres choses auxquelles ils distribuaient des sens ; en somme, c'est
assez simple.

— Et assez compliqué ! où diable en étais-je ? s'enquit Durtal.

— À la chapelle de la Vierge ; vous y mettez des
anémones, des roses ; joignez-y un buisson, image
de Marie, d'après l'anonyme de Clairvaux, de l'Incarnation, suivant l'anonyme de Troyes ; le noyer dont
les fruits sont pris, par l'évêque de Sardes, dans la
même acception.

— Et aussi du réséda, s'écria Durtal, car la sœur
Emmerich en parle à diverses reprises et très mys-
térieusement[1]. Elle dit que cette fleur a un rapport
tout particulier avec Marie qui la cultiva et en fit
grand usage.

Puis un autre arbuste me semble également indiqué, la fougère – non pour les qualités que lui prête
sainte Hildegarde, – mais parce qu'elle est l'effigie de
l'humilité, la plus cachée, la plus secrète. Prenez, en
effet, une de ses fortes tiges et coupez-la, en biseau,
en bec de sifflet, et vous verrez très distinctement,
gravée en noir, ainsi qu'au fer chaud, la figure héral-
dique d'un lys. Le parfum n'étant plus, nous pouvons
le recevoir alors comme le symbole de l'humilité si
parfaite qu'elle ne se découvre qu'après la mort.

— Tiens, tiens, mais notre ami n'est pas si ignorant des choses de la campagne que je croyais, dit
Mme Bavoil.

— Oh ! j'ai un peu galopiné, pendant mon enfance,
dans les bois !

— Pour le chœur de l'église, la discussion n'est pas
possible, je pense, fit l'abbé Gévresin. Les substances
eucharistiques, la vigne et le blé s'imposent.

La vigne dont le Seigneur a dit : « *Ego sum vitis* »

et qui est aussi l'emblème de la communion de la huitième Béatitude ; le blé qui, en sa qualité de matière sacramentelle, fut l'objet de tant de soins, de tant de respect, au Moyen Âge.

Rappelez-vous les cérémonies solennelles de certains monastères, lorsqu'il s'agissait de préparer ces pains.

À Saint-Étienne de Caen, les religieux se lavaient le visage et les mains, récitaient, agenouillés devant l'autel de saint Benoît, l'office de Laudes, les sept psaumes de la Pénitence et les Litanies des Saints ; puis un frère-lai présentait le moule dans lequel devaient cuire deux hosties à la fois ; et le jour où l'on apprêtait ces azymes, ceux qui avaient pris part à leur confection dînaient ensemble et leur table était servie pareillement à celle du Père Abbé.

De même à Cluny, où trois prêtres ou trois diacres à jeun, après avoir débité les prières que je viens d'énumérer, se revêtaient d'aubes et s'adjoignaient quelques convers. Ils délayaient dans de l'eau froide la fleur du froment provenant de grains triés, un à un, par les novices ; et un frère, les mains gantées, cuisait les oublies* sur un grand feu de sarments, dans le moule historié de fer.

— Cela me fait songer, dit Durtal qui alluma une cigarette, au moulin à moudre le blé du sacrifice.

— Je connais bien le pressoir mystique qui fut très souvent reproduit par les verriers du XVe et du XVIe siècle et qui était, en somme, une paraphrase du texte prophétique d'Isaïe : « J'étais seul à fouler un pressoir et nul homme n'est venu travailler avec moi », mais j'avoue que le moulin mystique m'est inconnu, fit l'abbé Gévresin.

— J'en ai aperçu un à Berne, dans un vitrail du XVe siècle, attesta l'abbé Plomb.

— Et moi, je l'ai vu dans la cathédrale d'Erfurt[1], peint non sur verre, mais sur bois ; ce tableau anonyme et daté de 1534, m'est présent encore :

En haut, Dieu le Père, un bon vieux, à barbe de neige, solennel et pensif ; puis le moulin semblable à un moulin à café, placé au bord d'une table et ayant son tiroir du bas ouvert. Les bêtes évangéliques vident dans la bouche de l'instrument des outres blanches pleines de banderoles sur lesquelles sont inscrites les paroles effectives du Sacrement ; et ces banderoles descendent dans le ventre de la machine, reparaissent dans le tiroir, en ressortent pour tomber dans un calice que tiennent un cardinal et un évêque agenouillés devant la table.

Et les mots se muent en un petit enfant qui bénit, tandis que les quatre évangélistes tournent une longue manivelle d'argent dans le coin du panneau, à droite.

— Ce qui est étrange, observa l'abbé Gévresin, c'est que ce soient les phrases de la Transsubstantiation et non la substance même qu'elles doivent changer, que les évangélistes deux fois représentés, sous l'aspect animal et humain, déroulent dans leur appareil et broient. De même pour la sainte oblate* absente et remplacée par de la vraie chair.

Au fait c'est juste ; puisque les paroles de la consécration ont été prononcées, le pain n'est plus. Cette disposition quand même bizarre, de sous-entendre, dans ce sujet matériel, dans cette scène de meunerie, le froment, en grain, en farine, en hostie ; ce dessein arrêté de supprimer les espèces, les apparences, pour y substituer une réalité que ne peuvent appréhender les sens, ont dû être adoptés par le peintre pour frapper les masses, pour affirmer la certitude du mystère, pour le rendre visible aux foules. – Mais

si nous revenions à la construction de notre église.
Nous en étions ?

— Ici, fit Durtal, en désignant avec sa baguette
les avenues longeant la nef dessinée sur le sable.
Voyons, pour œuvrer les chapelles latérales, nous
avons le choix. Nous en dédions une, cela va de soi,
à saint Jean-Baptiste. Pour le distinguer des autres,
nous avons le giroflier et le lierre auxquels il a cédé
son nom ; l'armoise, surtout, qui, cueillie la veille
de sa fête et pendue dans une chambre, détruit les
malengins* et les charmes, écarte la foudre et refoule
l'apparition des spectres. Remarquons encore que
cette plante, célèbre au Moyen Âge, était employée
contre l'épilepsie et la danse de saint Guy, deux
maux pour la cure desquels l'intercession du Précurseur est efficace.

Nous en dédicaçons une aussi à saint Pierre. Nous
pouvons déposer alors sur son autel un bouquet des
herbes placées par nos pères sous son vocable : la
primevère, le chèvrefeuille des buissons, la gentiane
et la saponaire, la pariétaire et le liseron, d'autres
encore dont la nomenclature m'échappe.

Mais avant tout, il siérait, n'est-ce pas, d'édifier un
refuge à Notre-Dame des Sept Douleurs, comme il
s'en élève dans tant d'églises.

La fleur nettement indiquée est la passiflore, cette
fleur unique, d'un bleu qui violit et dont l'ovaire
simule la croix ; les styles et les stigmates, les clous ;
les étamines, les marteaux ; les organes filamenteux,
la couronne d'épines ; elle renferme, en un mot, tous
les instruments de la Passion. Associez-y, si vous voulez, un rameau d'hysope, plantez un cyprès, image
du Sauveur, suivant saint Méliton, de la mort, selon
M. Olier, un myrte qui, d'après un texte de saint Grégoire le Grand, certifie la compassion ; et n'oubliez

pas surtout le nerprun ou le rhamnus, car ce fut l'arbrisseau dont les juifs enlacèrent les branches pour façonner la couronne du Christ ; – et la chapelle est bâtie.

— Le rhamnus, dit l'abbé Gévresin – oui, Rohaut de Fleury[1] assure que ce fut avec ses tiges épineuses que l'on ceignit la tête du Fils – et cela laisse rêveur, si l'on songe que, dans l'Ancien Testament, au chapitre IX du livre des Juges, tous les grands arbres de la Judée s'inclinent devant la Royauté que se décerne prophétiquement ce pauvre arbuste.

— Certes, répondit l'abbé Plomb – mais ce qui est bien curieux aussi, c'est le nombre de sens absolument différents que les très vieux symbolistes prêtent au nerprun. Saint Méthode l'adapte à la Virginité ; Théodoret, au péché ; saint Jérôme, au Diable ; saint Bernard, à l'humilité.

Tenez aussi que dans la *Theologia symbolica* de Maximilien Sandæus, cet arbrisseau est noté comme le prélat mondain, alors que l'olivier, la vigne, le figuier, auxquels l'auteur le compare, signifient les ordres contemplatifs. Il y a là, sans doute, une allusion aux épines que les évêques ne se faisaient pas toujours faute d'enfoncer dans le chef dolent des cloîtres.

Vous oubliez encore, dans le blason de votre chapelle, le roseau qui fut le sceptre dérisoire qu'on infligea au Fils. Mais le roseau est, ainsi que le rhamnus, une sorte de maître Jacques*. Saint Méliton le définit : l'Incarnation et les Écritures ; Raban Maur : le prédicateur, l'hypocrite et les gentils ; saint Eucher : le pécheur ; l'anonyme de Clairvaux : le Christ ; et j'en oublie.

— C'est bien des personnifications pour une seule espèce, fit Durtal ; – maintenant si nous désirons spécifier encore quelques chapelles vouées à des Saints, rien n'est plus facile, au moins pour ceux dont le nom servit à baptiser des plantes.

Nous avons, par exemple, la valériane dite herbe de Saint-Georges, cette fleur blanche à tige fistuleuse qui croît dans les lieux humides et dont le surnom se comprend, puisqu'on l'utilisait dans la médication des maladies nerveuses contre lesquelles était invoqué ce saint.

L'herbe ou plutôt les herbes de Saint-Roch : la menthe pouliot, deux sortes d'inules* dont une purgative, aux fleurs d'un jaune d'or, guérissant la gale ; autrefois, le jour de la fête de cet élu, l'on bénissait ces touffes que l'on accrochait dans les étables pour préserver des épizooties, le bétail.

L'herbe de Sainte-Anne, une triste pariétaire, le perce-muraille, emblème de la pauvreté.

L'herbe de Sainte-Barbe, le vélar, plante crucifère et antiscorbutique, d'aspect misérable, se traînant, telle qu'une mendiante, le long des routes.

L'herbe de Saint-Fiacre, la molène dont les feuilles émollientes, cuites en cataplasmes, apaisent les coliques que ce saint a, d'ailleurs, la réputation de calmer.

L'herbe de Saint-Étienne, la circée, plante bénigne à grappes rougeâtres, portées sur un pédoncule velu ; et combien d'autres !

Quant à la crypte, en admettant que nous en creusions une, elle devrait évidemment être peuplée avec les essences de l'Ancien Testament qui est lui-même rappelé par cette partie de l'église. Il faudrait donc, en dépit des climats, cultiver la vigne, le palmier, enseignes de l'éternité ; le cèdre qui, à cause de son bois incorruptible, implique parfois l'idée des Anges ; puis l'olivier, le figuier, figures de la Sainte-Trinité et du Verbe ; l'oliban, la casse, le balsamodendron-myrrha, symbole de la perfection de l'humanité de Notre-Seigneur, les térébinthes qui décèlent quoi, au juste ?

— D'après Pierre de Capoue, la croix et l'Église ; les Saints, suivant saint Méliton ; la doctrine des juifs et des hérétiques, selon l'anonyme de Clairvaux ; quant aux gouttes de leurs résines, ce sont les larmes du Christ, si nous en croyons saint Ambroise, dit l'abbé Plomb.

— Avec tout cela, notre basilique reste incomplète ; nous marchons à tâtons, sans esprit de suite ; je veux bien qu'à l'entrée du sanctuaire, se dresse, à la place du bénitier, la purifiante hysope, mais les murs, avec quoi les bâtir, si nous refusons l'aide d'une église réelle, en pierres, mais inachevée ?

— Prenez, fit l'abbé Plomb, le sens des murailles et traduisez ; les grands murs translatent les quatre Évangélistes. Pouvez-vous faire la version ?

Durtal hocha la tête et répondit : les évangélistes sont bien représentés, dans la faune mystique, par les bêtes du Tétramorphe ; les douze apôtres ont leurs synonymes dans l'écrin des pierreries et, naturellement, deux des évangélistes s'y trouvent : saint Jean est associé à l'émeraude, signe de la pureté et de la foi ; saint Matthieu, à la chrysolithe, marque de la sagesse et de la vigilance ; mais aucun n'a été, je pense, suppléé, soit par des arbres, soit par des fleurs... si, cependant ; saint Jean, par l'héliotrope qui allégorise l'inspiration divine ; car il est peint sur un vitrail de l'église Saint-Remi, à Reims, le chef ceint d'un nimbe circulaire, surmonté de deux tiges de cette fleur.

Saint Marc aussi, par une plante à laquelle le Moyen Âge donna son nom, la tanæsie.

— La tanæsie ?

— Oui, un végétal amer, aromatique, aux fleurs couleur de cuivre, qui s'épanouit dans les terrains pierreux, et est employé, en qualité d'antispasmo-dique, par la médecine. Ainsi que l'herbe de Saint-Georges, elle entre dans le traitement des affections des nerfs contre lesquelles l'intervention de saint Marc est, paraît-il, souveraine.

Quant à saint Luc, on pourrait le commémorer par des touffes de réséda, car la sœur Emmerich raconte que ce fut, pendant sa vie médicale, son grand remède. Il mélangeait le réséda avec de l'huile de palmier, les bénissait, faisait ensuite des onctions en forme de croix sur le front et la bouche des malades ; d'autres fois, il usait de la plante sèche en infusion.

Reste saint Matthieu ; ici, je rends les armes, car je n'aperçois aucune végétation qui puisse raisonna-blement le relayer.

— Ne jetez point votre langue aux chiens, ainsi qu'on dit vulgairement, s'écria l'abbé Plomb. Une légende du Moyen Âge nous apprend que sa tombe sécrétait des baumes ; aussi l'iconographiait-on, tenant une branche de cinnamome, symbole de l'odeur des vertus, chez saint Méliton.

— C'est égal, il serait plus sage d'occuper la car-casse d'une véritable église, d'utiliser le gros œuvre et de se borner à le compléter par des détails emprun-tés à l'herméneutique des fleurs.

— Et la sacristie ? demanda l'abbé Gévresin.

— Eh bien mais, comme d'après le *Rational* de Durand de Mende, la sacristie est le sein de la Vierge, nous la reproduirons avec des plantes virgi-nales telles que l'anémone, avec des arbres tels que le cèdre que saint Ildefonse rapproche de notre Mère ; maintenant, si nous voulons la nantir des objets du culte, nous découvrons dans le rituel de la liturgie et dans les contours mêmes de certaines plantes, des indications presque précises. Ainsi le lin, avec lequel doivent être tissés les amicts et les linges d'autel, est nécessaire. L'olivier et le balsamum dont on extrait l'huile et le baume, l'oliban qui exsude les larmes de l'encens, sont décrétés. Pour les calices, nous pouvons choisir entre les fleurs qui servirent de modèles aux joailliers, le blanc liseron, la frêle campanule, la tulipe même, bien qu'à cause de ses accointances avec la magie, cette fleur soit décriée ; comme silhouette de la monstrance, nous avons l'hélianthe ou le tournesol…

— Oui, mais, interrompit l'abbé Plomb, en essuyant ses lunettes, ce sont là des fantaisies uniquement déduites d'apparences matérielles ; c'est du symbolisme moderne et qui n'en est point en somme. Et n'en est-il pas de même, un peu aussi, des diverses interprétations que vous acceptez de la sœur Emmerich ? Elle est morte en 1824 !

— Qu'importe, riposta Durtal. La sœur Emmerich fut une Primitive, une voyante dont le corps seul a vécu de nos jours, mais son âme était loin ; elle vivait beaucoup plus dans les années du Moyen Âge que dans les nôtres. L'on peut même dire qu'elle remonte plus haut dans les temps, qu'elle est plus ancienne, car, de fait, elle fut la contemporaine du Christ dont elle suit la vie, pas à pas, dans ses livres.

Ses idées sur les symboles ne sauraient donc être écartées ; pour moi, elles ont une autorité égale à celles de sainte Mechtilde qui naquit pourtant dans la première moitié du XIIIe siècle !

Et en effet, la source où elles puisèrent, l'une et l'autre, est identique. Or, qu'est-ce que l'espace, le passé, le présent quand il s'agit de Dieu ? – elles

étaient des tamis par lesquels se blutaient ses grâces ;
dès lors, que ces instruments datent d'hier ou d'aujourd'hui, peu me chaut ! la parole de Notre-Seigneur
est au-dessus des ères ; son inspiration souffle où et
quand Il veut ; est-ce vrai ?

— J'en conviens.

— Avec tout cela, vous ne songez pas pour vos
constructions à l'iris que ma bonne Jeanne de Matel
considère comme un emblème de la paix.

— Nous la placerons, nous la placerons, Madame
Bavoil ; au reste, il est encore une plante qu'il
convient de ne pas omettre, le trèfle, car les sculpteurs l'ont semé à foison, dans leurs champs de
pierres, le trèfle qui est, ainsi que le fruit de l'aman-
dier dont les auréoles divines prennent la forme, le
symbole de la Trinité Sainte.

Si nous récapitulions ?

Au fond de la nef, dans la conque absidale, devant
un demi-cercle de hautes fougères rouillées par l'automne, nous voyons une flamboyante assomption de
roses grimpantes, bordant un parterre d'anémones
rouges et blanches, liséré lui-même par le vert discret des résédas. Ajoutons encore pour varier, en les
entremêlant, ces simulacres de l'humilité, le liseron,
la violette, l'hysope et nous pourrons façonner des
corbeilles dont le sens s'accorde avec les parfaites
vertus de notre Mère.

Maintenant, dit-il, en désignant avec sa baguette
le dessin de la nef tracée sur la terre, voici l'autel,
surmonté de pampres rouges, de raisins bleus ou
nacrés, de gerbes d'épis d'or ; ah ! il faudrait pourtant
ériger une croix sur l'autel...

— Ce n'est pas difficile, répondit l'abbé Gévresin ;
depuis la graine de moutarde que tous les symbolistes envisagent ainsi que l'une des figures du Christ,

jusqu'au sycomore et aux térébinthes, vous avez de la marge ; vous pouvez donc dresser, à votre choix, une croisette de rien ou un crucifix gigantesque.

— Là, reprit Durtal, tout le long des travées où surgissent les trèfles, des fleurs différentes jaillissent du sol, selon les Saints auxquels elles correspondent ; ici, la chapelle de Notre-Dame des Sept Douleurs, reconnaissable à la fleur de la Passion épanouie sur sa tige sarmenteuse et munie de vrilles ; et le fond est une haie de roseaux et de rhamnus aux douloureuses acceptions mitigées par la pitié des myrtes.

Là encore, la sacristie où sourit, sur ses légers corymbes, la fleur du bleu doux des lins, les touffes floribondes des liserons et des campanules, les grands soleils, puis encore, s'il vous plaisait, un palmier, car il me revient que la sœur Emmerich fait de cet arbre le parangon de la chasteté, parce que, dit-elle, les fleurs mâles sont séparées des fleurs femelles, et qu'il les garde modestement, les unes et les autres, cachées. Une version de plus au compte du palmier !

— Mais, mais, à la fin, vous êtes fou, notre ami, s'écria Mme Bavoil. Tout cela ne tient pas debout ; vos plantes sont des plantes de climats différents et, dans tous les cas, elles ne sauraient fleurir par les mêmes saisons, ensemble ; en conséquence, lorsque vous aurez planté l'une, l'autre mourra. Jamais vous n'arriverez à les cultiver côte à côte.

— Symbole des cathédrales si longtemps inachevées et dont les constructions chevauchent toujours sur plusieurs siècles, dit Durtal, en cassant sa baguette. Écoutez, fantaisie mise à part, il y a quelque chose à créer et qui n'existe pas pour la botanique ecclésiale et les selams* pieux.

Un jardin liturgique, un vrai jardin de Bénédictins élevant une série de fleurs à cause de leurs relations avec les Écritures et les hagiologes. Dès lors, ne serait-il pas charmant d'accompagner la liturgie des offices par celle des plantes, de les faire marcher de front dans le sanctuaire, de parer les autels de bouquets ayant chacun une signification, suivant les jours et suivant les fêtes, d'allier, en un mot, la nature dans ce qu'elle a de plus exquis, dans sa flore, aux cérémonies du culte ?

— Certes ! s'exclamèrent en même temps les deux prêtres.

— En attendant que ces belles choses se réalisent, je me contenterai de bêcher mon petit potager, en vue de bons pot au feu dont vous aurez votre part, fit Mme Bavoil. Là, je suis dans mon élément ; je ne perds pas pied ainsi que dans vos imitations d'églises...

— Et je vais de mon côté méditer sur la symbolique des comestibles, dit Durtal, qui tira sa montre ; l'heure du déjeuner est proche.

L'abbé Plomb le rappela, tandis qu'il s'éloignait, et riant :

— Dans votre future cathédrale, vous avez négligé de réserver une niche pour saint Columban, si tant est que nous puissions l'esquisser par une plante ascétique originaire ou tout au moins voisine de l'Irlande, pays où ce moine est né.

— Le chardon, signe de la mortification et de la pénitence, mémento de l'ascèse, qui domine dans les armes de l'Écosse, répondit Durtal ; mais pourquoi un autel à saint Columban ?

— Parce qu'il est le saint oublié par excellence, le saint le moins invoqué par ceux de nos contemporains qui devraient le harceler le plus. D'après les attributions auxiliatrices d'antan, il est le patron des Imbéciles !

— Bah ! s'écria l'abbé Gévresin ; mais voyons, si

jamais homme décela une magnifique intelligence des choses divines et humaines, c'est bien ce grand Abbé, fondateur de monastères !

— Oh ! cela n'implique point que saint Columban ait eu l'esprit débile ; quant à savoir pourquoi cette mission de protéger la majeure partie des vivants, lui fut plutôt qu'à un autre confiée, je l'ignore.

— Peut-être, parce qu'il a guéri des aliénés et libéré des possédés ? hasarda l'abbé Gévresin.

— En tout cas, proclama Durtal, il serait bien inutile de lui édifier une chapelle, puisqu'elle serait à jamais vide. Personne ne viendrait le prier, le pauvre saint, car le propre de l'imbécile est de croire qu'il ne l'est pas !

— Alors, c'est un saint sans ouvrage, dit Mme Bavoil.

— Et qui n'est pas près d'en trouver, répliqua en partant Durtal.

XI

Durtal avait prié Mme Mesurat, sa bonne, de porter le café dans le cabinet de travail. Il espérait ainsi ne plus l'avoir devant lui, debout, comme pendant le déjeuner, lui demandant si sa côtelette de mouton était bonne.

Et bien que cette viande sentît le gilet de flanelle, Durtal avait ébauché un vague geste affirmatif, sachant fort bien que, s'il hasardait la moindre remarque, il devrait subir d'incohérents rabâchages sur tous les bouchers de la ville.

Aussi, dès que cette femme, despotique et servile, eut placé, sur sa table, la tasse, il se plongea le nez dans un livre, la força, par son attitude rechignée, à fuir.

Ce livre qu'il feuilletait, il le connaissait presque par

cœur, car il l'avait souvent lu, en dehors des heures des offices, dans la cathédrale ; il y était si bien dans son cadre avec sa foi naïve et ses élans ingénus qu'il semblait être la voix familière de l'église même.

Ce petit volume contenait le recueil des oraisons de Gaston Phœbus[1], comte de Foix, au XIVe siècle ; Durtal en possédait deux éditions, l'une, imprimée, telle quelle, dans son authentique langage et son ancienne orthographe, par l'abbé de Madaune, l'autre rajeunie, mais d'experte façon, par M. de la Brière.

Et, en tournant au hasard les pages, Durtal tombait sur ces dolentes et humbles prières : « Toi qui m'as formé dans le ventre de ma mère, ne me laisse pas choir... Sire, je te confesse ma pauvreté... ma conscience me mord et m'expose les secrets de mon cœur. Avarice me contraint, luxure me souille, gloutonnerie me déshonore, colère me trouble, inconstance m'abat, paresse m'opprime, hypocrisie me leurre... et voilà, Sire, avec quels compagnons j'ai vécu ma jeunesse ; ce sont là les amis que j'ai eus, ce sont là les seigneurs que j'ai servis... »

Et plus loin, il s'écriait : « Péchés sur péchés toujours j'ai amassés et les péchés que, de fait, je ne pouvais commettre, par mauvaise cogitation, je les faisais... »

Durtal referma le volume et déplora qu'il fût si parfaitement inconnu des catholiques. Ils en étaient tous à remâcher le vieux foin déposé en tête ou en queue des Journées du chrétien ou des eucologes, à laper des oraisons solennelles, issues de la lourde phraséologie du XVIIe siècle, des suppliques où l'on ne percevait aucun accent sincère, rien, ni un appel qui partît du cœur, ni un cri pieux !

Étaient-elles assez loin, toutes ces rapsodies fondues dans le même moule, de ce langage si pénitent et si simple, de ce colloque si aisé et si franc de l'âme avec Dieu ! et Durtal parcourait encore, çà et là, quelques passages, lisait :

« Mon Dieu et ma miséricorde, je suis confus de te prier par vergogne de ma mauvaise conscience... donne à mes yeux fontaine de larmes et à mes mains largesses d'aumônes... donne-moi foi convéniente, espérance et continuelle charité... Sire, tu n'as horreur d'aucun, sinon du fou qui te nie... ô mon Dieu, don de mon salut et mon receveur, j'ai péché et tu l'as souffert ! »

Et, tournant encore quelques feuillets, il arrivait à la fin du volume, à certains textes recueillis par M. de La Brière, entre autres à des pensées sur l'Eucharistie, tirées d'un manuscrit du XVe siècle.

« Cette viande ne s'assimile pas à chacun ; il y en a qui ne la mâchent point mais qui l'engloutissent à la hâte. On doit y mordre au plus profond que l'on peut, des dents de l'entendement, pour que la suavité de sa saveur en soit exprimée au-dehors et qu'en sorte la saveur. Vous avez entendu dire que, dans la nature, ce qui mieux est trituré, mieux nourrit ; la trituration des dents, ce sont les profondes et aiguës méditations sur le Sacrement lui-même. »

Puis, après avoir expliqué le sens personnel de chaque dent, l'auteur ajoutait à propos de la quinzième, « que le Sacrement est à l'autel non seulement comme viande pour nous saouler et nous resaouler, mais, qui plus est, pour nous défier. »

Seigneur, murmura Durtal, en fermant le livre, Seigneur, si l'on se permettait maintenant d'user de comparaisons aussi matérielles, d'expressions aussi réalistes, pour parler de votre suradorable Corps, quelles clabauderies* ce serait dans le clan des épiciers du Temple et dans le bataillon sacré des dévotes

qui ont des prie-Dieu de luxe, des places réservées
près de l'autel, ainsi qu'au théâtre près de la rampe,
dans la maison de tous.

Et Durtal ruminait des réflexions qui l'assaillaient
chaque fois qu'il regardait une feuille cléricale ou
l'un de ces ouvrages précédés, ainsi que d'un permis
de visiter, par l'approbation sanitaire d'un prélat.

Et sa surprise ne cessait point de cette ignorance
inouïe, de cette haine instinctive de l'art[1], de cette
appréhension des idées, de cette terreur des termes,
si particulières aux catholiques.

Pourquoi ? Car enfin, il n'y avait pas de raisons pour que les croyants fussent plus ignares et
plus bêtes que les autres ; ce devrait même être le
contraire...

Cet état d'infériorité, à quoi tenait-il ? Et Durtal
se répondait : au système d'éducation, aux cours
de timidité intellectuelle, aux leçons de peur qu'on
leur donne dans une cave, loin de la vie ambiante et
loin du jour ; il semblait qu'il y eût, en effet, dessein
d'évirer* les âmes, en ne les nourrissant que de rata-
touilles sans suc, que de viandes littéraires blanches,
parti pris de détruire, chez les élèves, toute indépendance, toute initiative de l'esprit, en les comprimant,
en les planant sous le même rouleau, en restreignant
le cercle des pensées, en les laissant dans une ignorance volontaire de la littérature et de l'art.

Tout cela, pour éviter les tentations du fruit
défendu dont on évoquait l'image, sous le prétexte
d'en inspirer la crainte. À ce jeu, la curiosité de
cet inconnu dont il était toujours question en des
phrases d'autant plus dangereuses qu'elles produi-
saient l'effet de gazes plus ou moins transparentes,
en restant voilées, troublait les cervelles et éveillait
les sens ; l'imagination ne pouvait que s'exacerber à

ronger son désir de savoir et sa frayeur, et elle était prête à se désordonner au moindre mot.

Dans ces conditions, l'œuvre même la plus anodine devenait un péril par ce seul fait qu'il y était question d'amour et qu'on y dépeignait, sous un aspect avenant, une femme ; et dès lors tout s'expliquait, l'ignorance inhérente aux catholiques, car on la vantait comme le remède préventif des séductions – la haine instinctive de l'art, car toute œuvre écrite et observée devenait par cela même, pour ces âmes timorées, un véhicule de péchés, un excipient de fautes !

Vraiment, est-ce qu'il n'eût pas été plus habile, plus sage d'ouvrir les fenêtres, d'aérer les pièces, de traiter virilement ces âmes, de ne pas leur apprendre à trembler ainsi devant leur chair, de leur inculquer l'audace, la fermeté nécessaires pour résister ; car enfin, c'est un peu l'histoire du chien qui jappe après vous et qui vous saute aux chausses si on feint de le redouter et de fuir, et qui recule si l'on marche, décidé à le repousser, sur lui.

Toujours est-il que ces procédés de culture pieuse avaient abouti, d'une part, à l'emprise charnelle de la majeure partie des gens élevés de la sorte et lancés après, dans la vie du monde, et de l'autre, à un épanouissement de sottise et d'effroi, à l'abandon des territoires de l'esprit, à la capitulation de toutes les forces catholiques se rendant, sans coup férir, à l'invasion de la littérature profane s'installant sur des positions qu'elle n'avait même pas eu la peine de conquérir !

C'était fou cela ! L'Église qui avait créé, qui avait allaité l'art pendant tant de siècles, Elle avait été, de par la lâcheté de ses fils, reléguée dans un rancart ; tous les grands mouvements qui se succédèrent dans cet âge, le romantisme, le naturalisme, avaient été faits sans Elle ou contre Elle.

Il avait suffi qu'une œuvre ne se contentât plus de raconter de simples historiettes ou d'aimables mensonges se terminant par des conclusions de vertu récompensée et de vice puni, pour qu'aussitôt la pudeur de la bedeaudaille se mît à braire !

Le jour où cette forme, si souple et si large, de l'art moderne, le roman, aborda les scènes de la vie réelle, dévida le jeu des passions, devint une étude de psychologie, une école d'analyse, ce fut le recul de l'armée des dévots sur toute la ligne. Le parti catholique, qui paraissait mieux préparé que tout autre pour lutter sur ce terrain que la théologie avait longuement exploré, se replia en désordre, se bornant, pour assurer sa retraite, à faire canarder avec les vieilles arquebuses à rouets de ses troupes, les œuvres qu'il n'avait ni inspirées, ni conçues.

En retard de plusieurs ères, n'ayant pas suivi, à travers les siècles, l'évolution du style, il tourna au rustre qui sait à peine lire, n'entendit plus la moitié des vocables dont les écrivains se servaient, se mua, disons le mot, en un camp d'illettrés ; incapable de discerner le mauvais du bon, il engloba dans la même réprobation les ordures de la pornographie et les œuvres de l'art ; bref, il finit par lâcher de telles gaffes, par débiter de si monstrueuses sottises, qu'il tomba dans le plus parfait discrédit et ne compta plus.

Il eût été si facile pourtant de travailler, de tâcher de rester au courant, de comprendre, de s'assurer si, dans un ouvrage[1], l'auteur chantait la chair, la célébrait, la louait, pour tout dire ; ou bien si, au contraire, il ne la montrait que pour la bafouer et la haïr ; il eût fallu se convaincre aussi qu'il existe un nu lubrique et un nu chaste, que, par conséquent, tous les tableaux où s'affirment des nudités ne sont pas à honnir. Il eût surtout fallu admettre qu'on devait exhiber les vices et les décrire pour en susciter le dégoût et en suggérer l'horreur.

Car enfin, ce fut là la grande théorie du Moyen Âge, la méthode de la théologie sculpturale, la dogmatique littéraire des moines de ce temps ; et c'est là la raison d'être de ces statues, de ces groupes qui alarment encore la scandaleuse pudeur de nos mômiers*. Elles abondent ces scènes inconvenantes, ces images choisies des stupres, à Saint-Benoît-sur-Loire, à la cathédrale de Reims, au Mans, dans la crypte de Bourges, partout où se dressent des églises ; et celles où nous n'en voyons pas sont celles qui n'en ont plus, car le bégueulisme, qui sévit plus spécialement dans les époques impures, les a brisées à coups de pierres, détruites au nom d'une morale opposée à celle qu'enseignaient les Saints, au Moyen Âge !

Ces tableaux ont fait, depuis bien des années, la joie des libres penseurs et le désespoir des catholiques ; les uns y distinguant une satire des mœurs des évêques et des moines, les autres déplorant que de pareilles turpitudes souillassent les parois du temple. L'explication de ces scènes était facile à proclamer pourtant ; loin de chercher à excuser la tolérance de l'Église qui les voulut, l'on devait admirer l'ampleur de son esprit et sa franchise. En agissant ainsi, Elle témoignait de sa résolution d'aguerrir ses enfants, en leur présentant le ridicule et l'odieux des vices qui les assiègent ; c'était, pour parler le langage des classes, la démonstration au tableau et aussi une invite à l'examen de conscience, avant de pénétrer dans le sanctuaire que précédait, ainsi que d'un mémento de confession, l'énuméré des fautes.

Ce plan rentrait dans son système d'éducation,

car Elle entendait façonner des âmes viriles, et non
des âmelettes comme en modèlent les orthopédistes
spirituels de notre temps ; Elle désignait et fouaillait
le vice où qu'il se trouvât, n'hésitait pas à promulguer l'égalité des hommes devant Dieu, exigeait que
les évêques, que les moines qui défaillaient fussent
exposés ainsi que sur un pilori, dans ses porches ;
Elle les étalait même de préférence aux autres, pour
donner l'exemple.

Ces scènes, elles étaient, en somme, une glose du
VIe commandement de Dieu, une paraphrase sculptée
du catéchisme ; elles étaient les griefs de l'Église et
ses leçons, mis bien en évidence, à la portée de tous.

Et ces recommandations et ces reproches, notre
Mère ne se borna point à les exprimer dans un seul
idiome ; Elle emprunta, pour les répéter, la voix des
autres arts ; et forcément ce fut la littérature et la
chaire qui lui servirent de truchements pour vitupé-
rer les masses.

Et elles ne furent ni moins braves, ni plus prudes
que la statuaire ! Il n'y a qu'à ouvrir les œuvres
saintes – à commencer par les Livres inspirés, par
la Bible que l'on n'ose plus lire qu'en des traductions
françaises affaiblies, car quel prêtre se hasarderait
à recommander aux esprits débilités de ses ouailles,
la lecture du XVIe chapitre d'Ézéchiel, ou du Cantique des Cantiques, cet épithalame de Jésus et de
l'âme ! – jusqu'aux Pères, jusqu'aux Docteurs, pour
s'assurer de la violence des mots dont l'Église usait
pour lacérer le péché de chair.

Comme ils réprouveraient, nos modernes pharisiens, l'intransigeance de saint Grégoire le Grand
criant : « Dites la vérité, mieux vaut le scandale que
le mensonge » ; la carrure de saint Épiphane discutant la Gnose et dépeignant par le menu les abo-

minations de cette secte, discourant tranquillement devant ses auditeurs :

« Pourquoi craindrais-je d'énoncer ce que vous ne craignez pas de faire ? en parlant ainsi, je veux inspirer l'horreur des turpitudes que vous commettez. »

Que penseraient-ils de saint Bernard, appuyant, dans sa IIIe Méditation, sur d'affreux détails de physiologie pour démontrer l'inanité de nos ambitions corporelles et l'ignominie de nos joies ? de sainte Hildegarde dissertant, avec quelle placidité ! sur les épisodes variés de la luxure ; de saint Vincent Ferrier traitant librement dans ses sermons du vice d'Onan et du péché de Sodome, employant des termes matériels, comparant la confession à une médecine, déclarant que le prêtre doit inspecter les urines de l'âme et la purger ? quelle réprobation soulèverait cet admirable passage d'Odon de Cluny, cité par Remy de Gourmont, dans son *Latin Mystique*[1], le passage où ce terrible moine prend les appas de la femme, les retourne, les dépiaute, les rejette, tels qu'un lapin vidé sur l'étal ; – et cet autre de Clément d'Alexandrie qui résume toute la question en deux phrases :

« Je nomme sans honte ces parties du corps où se forme et se nourrit le fœtus ; comment, en effet, aurais-je honte de les nommer puisque Dieu n'a pas eu honte de les créer ? »

Aucun des grands écrivains de l'Église ne fut bégueule. Cette pruderie qui nous abêtit depuis si longtemps, elle, remonte justement aux âges impies, à cette époque de paganisme, à ce retour de classicisme avarié que fut la Renaissance ; et ce qu'elle s'est développée depuis ! Elle eut son grand terrain de culture dans les pompeuses et les lubriques années du soi-disant grand siècle ; le virus janséniste, le vieux suint protestant s'infiltra dans le sang des catholiques et ils l'ont encore[1] !

— Eh bien vrai ! ils sont jolis les résultats de cette syphilis de la décence – et Durtal éclata de rire, en songeant à la cathédrale de Chartres.

Ici, il sied de tirer l'échelle, se dit-il, car le summum de l'imbécillité pieuse est atteint. Parmi les sculptures qui cernent le pourtour du chœur de cette basilique, figure le groupe de la Circoncision, saint Joseph tenant le bambin, tandis que la Vierge prépare un linge et que le grand prêtre s'approche pour opérer l'enfant.

Et il s'est trouvé un sacriste effaré, un sacerdote épimane*, pour juger cette scène libertine et coller un morceau de papier sur le ventre de Jésus !

L'impudeur de Dieu, l'obscénité de l'enfant à peine né, c'est un comble !

Fichtre, reprit-il, avec toutes ces réflexions, le temps passe et l'abbé m'attend. Il descendit quatre à quatre les escaliers, fila vers la cathédrale devant le portail Nord de laquelle l'abbé Plomb se promenait, de long en large, en récitant son bréviaire.

— Le côté des pécheurs et des démons est celui de la Vierge qui sauve les uns et écrase les autres, dit l'abbé. Les porches septentrionaux sont généralement les plus mouvementés des basiliques ; pourtant, ici, les scènes sataniques sont au Sud et encore parce qu'elles font partie du Jugement dernier sculpté sur la baie du Midi ; sans quoi Chartres n'aurait point, ainsi que ses sœurs, de tableaux de ce genre.

— Alors le XIIIe siècle avait pour principe de loger la Madone au Nord ?

— Oui, pour les hommes de ce temps, le Septentrion représentait la tristesse des hivers, la mélancolie des ténèbres, la misère du froid ; l'hymne glacé des vents était pour eux le souffle même du Mal ; le Nord, c'était la zone du Diable, l'enfer de la nature, tandis que le Sud en était l'Éden.

— Mais c'est absurde ! s'écria Durtal ; c'est la plus grave erreur que la symbolique des éléments[1] ait commise ! Le Moyen Âge s'est trompé, car les neiges sont pures et les frimas sont chastes ! c'est le soleil, au contraire, qui est l'agent le plus actif pour développer le germe des pourritures, le ferment des vices !

Ils ont donc oublié que le 3e psaume des Complies cite le démon de l'heure chaude, de midi, tel que le plus harcelant et le plus dangereux de tous ; ils ont donc perdu de vue l'horreur des suées et des moiteurs fauves, le péril des amollissements nerveux, le risque des vêtements entr'ouverts, toute l'abomination des nuages en tôle et des ciels bleus !

Les effluves diaboliques sont dans l'orage et les temps où l'air vente des trombes de calorifère suscitent des ruts, mettent l'essaim hurlant des mauvais anges en branle.

— Rappelez-vous les textes d'Isaïe et de Jérémie qui assignent pour demeures à Lucifer les rafales de l'aquilon, puis songez que les grandes cathédrales ne sont pas nées dans le Sud, mais bien dans le Centre et le Nord de la France ; par conséquent, après avoir adopté la symbolique des saisons et des climatures, les architectes religieux firent le rêve des gens bloqués dans les neiges qui aspirent après un rayon de soleil et un jour gai ; forcément, ils crurent que le Levant était une succursale du vieux Paradis et regardèrent ces contrées comme plus douces, comme plus clémentes que les leurs.

— N'empêche que cette théorie est contredite par Notre-Seigneur même.

— Où avez-vous vu cela ? s'écria l'abbé Plomb.

— Sur le Calvaire ; Jésus mourant tournait le dos au Midi qui le crucifiait et il étendait ses bras sur la croix pour bénir, pour embrasser le Nord. Il semblait retirer à l'Orient ses grâces pour les transmettre à l'Occident. Si donc, il y a des régions maudites et habitées par Satan, c'est le Midi et non le Nord !

— Vous exécrez les pays du Sud et ses populations, cela se sent, dit, en riant, l'abbé.

— Je ne les aime guère. Leurs paysages encanaillés par une lumière crue et leurs arbres poudreux se découpant sur un fond de bleu à laver le linge ne m'attirent pas ; quant à leurs indigènes bruyants et velus qui ont, lorsqu'ils se rasent, une rampe d'azur sous les narines, je les fuis...

— Enfin, nous sommes en présence d'un fait accompli, auquel toutes les discussions ne changeront rien. Cette façade est vouée à la Vierge ; voulez-vous que nous l'étudiions dans son ensemble, puis dans ses détails ?

Ce porche qui s'avance, tel qu'un perron couvert, tel qu'une sorte de véranda devant les portes, est une allégorie du Sauveur désignant l'entrée de la Jérusalem céleste ; il a été commencé vers 1215, sous Philippe-Auguste, et fini vers 1275, sous Philippe le Hardi ; sa construction a donc duré près de 60 ans et s'est poursuivie pendant la majeure partie du XIIIe siècle. Il se divise en trois fractions correspondant aux trois portes qu'il abrite ; il renferme près de 700 statues et statuettes appartenant, pour la plupart, aux personnages de l'Ancien Testament.

Il se creuse en trois gorges profondes ou trois baies.

La baie centrale devant laquelle nous sommes, et

qui mène à l'huis du milieu, a pour sujet : la Glorification de Notre-Dame.

La baie latérale de gauche est consacrée à la vie et aux vertus de la Vierge.

La baie latérale de droite aux figures mêmes de Marie.

D'après une autre exégèse imaginée par le chanoine Davin, ce portail, bâti à l'époque où saint Dominique inaugura le rosaire, serait la reproduction illustrée de ses mystères.

Dans ce système, le porche de gauche qui contient les scènes de l'Annonciation, de la Visitation, de la Nativité, répondrait aux mystères joyeux ; – le porche central, qui nous montre l'Assomption et le Couronnement de la Vierge, aux mystères glorieux ; – le porche de droite qui encadre un relief de Job, héraut du Crucifié dans l'antique Loi, aux mystères douloureux.

— Il y a encore une troisième interprétation, mais celle-là est absurde, fit Durtal ; celle de Didron qui considère cette façade ainsi que la première page du livre de Chartres. Il l'ouvre sur ce portail et constate que les sculpteurs commencent la traduction de l'Encyclopédie de Vincent de Beauvais[1], en narrant la création du monde ; mais où se cachent-ils donc, ces fameux simulacres de la Genèse ?

— Là, dit l'abbé, en avisant un cordon de statuettes perdues sur le bord, dans la dentelle même du porche.

— Attribuer une telle importance à d'infimes figurines qui ne sont, au demeurant, que des remplissages et des bouche-trous, c'est insensé !

— Certes ! mais abordons maintenant le portail.

Vous remarquerez avant tout, que, contrairement au rituel suivi par la plupart des basiliques de ce

temps, par celles d'Amiens, de Reims, de Paris, pour
en nommer trois, ce n'est pas la Vierge qui se dresse
sur le pilier entre les deux vantaux de la porte, mais
bien sainte Anne, sa mère, et il en est de même dans
les verrières, à l'intérieur de l'église, où sainte Anne, en
négresse, la tête enveloppée d'un foulard bleu, presse
dans ses bras Marie, tannée telle qu'une Moricaude.

— Pourquoi ?

— Sans doute parce que cette cathédrale fut gra-
tifiée par l'empereur Beaudouin, après le sac de
Constantinople, du chef de cette Sainte.

Ces dix statues colossales, placées à chacun de
ses côtés dans les ébrasements de l'entrée, vous les
connaissez, car elles accompagnent notre Mère dans
tous les sanctuaires du XIIIᵉ siècle, à Paris, à Amiens,
à Rouen, à Reims, à Bourges, à Sens. Les cinq rangées à gauche tiennent une image figurative du Fils ;
les cinq disposées à droite, une effigie de Notre-
Seigneur même.

Ce sont, cantonnés dans l'ordre chronologique, les
personnages qui ont prototypé le Messie, ou pro-
phétisé sa Naissance, sa Mort, sa Résurrection, son
Sacerdoce éternel.

À gauche : Melchissédech, Abraham, Moïse,
Samuel et David.

À droite : Isaïe, Jérémie, Siméon, saint Jean-
Baptiste et saint Pierre.

— Mais, observa Durtal, pourquoi le fils de Jona
est-il au milieu de l'Ancien Testament ? sa place n'est
pas là, mais dans les Évangiles.

— Oui, mais considérez que saint Pierre avoisine
dans ce portail saint Jean-Baptiste, que les deux statues sont côte à côte et se touchent. Dès lors, ne
percevez-vous pas le sens que ce rapprochement
indique ? l'un a été le précurseur et l'autre le suc-

cesseur ; le premier anticipe et le second parachève la mission du Christ. Il était naturel qu'on les reliât, qu'on les réunît et que le prince des Apôtres apparût comme une conclusion aux prémisses posées par les autres hôtes du porche.

Enfin, pour parfaire la série des Patriarches et des Prophètes, vous pouvez voir là, dans les angles rentrants des pilastres, deux statues placées en pendant, de chaque côté de la porte, Élie de Thesbé et Élysée, son disciple.

Le premier diagnostique l'Ascension du Rédempteur par son enlèvement, en plein ciel, sur un char de feu ; le second, Jésus ressuscitant et sauvant l'humanité en la personne du fils de la Sunamite[1].

— Il n'y a pas à dire, murmura Durtal qui réfléchissait : les textes messianiques sont confondants. Toute l'argumentation des rabbins, des protestants, des libres penseurs, toutes les recherches des ingénieurs de l'Allemagne pour trouver une fissure, et saper le vieux roc de l'Église, sont demeurées vaines. Il y a là une telle évidence, une telle certitude, une telle démonstration de la vérité, un si indestructible bloc, qu'il faut vraiment être atteint d'amaurose* spirituelle, pour oser le nier.

— Oui, et pour qu'il n'y ait pas d'erreur, pour qu'il ne soit pas possible d'alléguer que les textes inspirés sont postérieurs à la venue du Messie qu'ils annoncent, pour prouver qu'ils n'ont été, ni inventés, ni retouchés après coup, Dieu a voulu qu'ils fussent traduits en grec, dans la Version des Septante, répandus, connus dans le monde entier plus de 250 années avant la naissance du Christ !

— En supposant, par impossible, que les Évangiles disparaissent, l'on pourrait, n'est-ce pas, les reconstituer, narrer en abrégé l'existence du Sauveur qu'ils racontent, rien qu'en consultant les révélations messianiques des Prophéties ?

— Sans aucun doute, car enfin, on ne saurait trop le répéter, l'Ancien Testament est l'histoire avant la lettre du Fils de l'homme, et de l'établissement de son Église ; ainsi que l'atteste saint Augustin « toute l'administration du peuple juif fut une prophétie continuelle du Roi qu'il attendait[1] ».

Tenez, en dehors des effigies annonciatrices du Rédempteur que vous découvrez à chaque pas dans la Bible, Isaac, Joseph, Moïse, David, Jonas, pour en citer, au hasard, cinq ; en dehors aussi des animaux ou des choses, chargés de le personnifier, dans l'Ancienne Loi, tels que l'agneau pascal, la manne, le serpent d'airain, etc., nous allons, si vous le voulez, en recourant seulement aux Prophètes, tracer la vie de l'Emmanuel, en ses grandes lignes, condenser, en quelques mots, les Évangiles. Écoutez :

Et l'abbé se recueillit, la main sur les yeux :

— Sa naissance d'une Vierge, elle est pronostiquée par Isaïe, Jérémie, par Ézéchiel ; – son arrivée que devait précéder un envoyé spécial, saint Jean, elle est notée par Malachie qu'Isaïe complète, ajoutant, pour plus de précision, que la voix de l'annonciateur retentira dans le désert.

Le lieu de sa nativité, Bethléem, nous est fourni par Michée ; l'adoration des Mages offrant l'or, la myrrhe et l'encens, elle est marquée par Isaïe et par le psaume dit de Salomon.

Sa jeunesse et son apostolat sont clairement indiqués par Ézéchiel qui le montre cherchant les brebis perdues, par Isaïe qui relate d'avance les miracles qu'il opère, sur les aveugles, sur les sourds et les muets, qui déclare finalement qu'il sera un sujet de scandale pour les juifs.

Mais c'est surtout lorsqu'ils abordent sa Passion et sa mort, que les oracles deviennent d'une netteté toute mathématique, d'une clarté inouïe. L'ovation du jour des Palmes, la trahison de Judas et le prix des 30 pièces d'argent sont signalés par Zacharie ; et Isaïe prend à son tour la parole et décrit les opprobres, les hontes du Calvaire. Entendez-le : Il a été couvert de plaies pour nos iniquités et il a été brisé pour nos crimes... Dieu l'a chargé de toutes nos fautes et il l'a frappé à cause des crimes de son peuple... il est devenu le dernier des hommes, un homme de douleurs et tout défiguré... il a été conduit à l'occision, comme un agneau, comme une brebis qui est muette devant celui qui la tond...

Et David renchérit sur l'affreuse scène : « Il est plus semblable à un ver qu'à un homme, l'opprobre des hommes et le rebut du peuple... »

Puis, les détails se multiplient. Voilà que les plaies des mains surgissent dans Zacharie ; que David énumère, mot à mot, les épisodes de la Passion, les mains et les pieds percés, le partage des habits, la robe tirée au sort. Les huées des juifs l'invitant à se sauver Lui-même, s'il est le Fils de Dieu, sont spécifiées dans le chapitre II du livre de la Sagesse et dans l'œuvre de David ; le fiel, le vinaigre présentés sur la croix, le cri même de Jésus rendant l'âme sont consignés dans les Psaumes.

Et là ne s'arrête pas l'ensemble des Révélations consenties par le Vieux Livre.

La mission prophétique est menée jusqu'au bout ; l'établissement de l'Église substituée à la Synagogue est également prédit par Ézéchiel, Isaïe, Joël, Michée, et la messe, le sacrifice eucharistique formellement auguré par Malachie avérant que « les sacrifices de l'Ancienne Loi offerts jusqu'alors dans le seul temple de Jérusalem, seront remplacés par une oblation toute pure que l'on offrira en tous lieux et chez tous les peuples » – par des prêtres choisis dans toutes les nations, continue Isaïe –, selon l'ordre de Melchissédech, achève David.

Pascal l'a justement affirmé : « l'accomplissement de toutes les prophéties est un miracle perpétuel et il ne faut pas d'autre preuve pour reconnaître la divinité de la religion chrétienne ».

Durtal s'était approché des statues entourant sainte Anne et il regardait la première de gauche, coiffée d'un bonnet pointu, d'une sorte de tiare papale dont le bas formait couronne, vêtue d'une aube, ceinte, à la taille, d'une cordelette à nœuds et d'un pluvial à franges ; la face était grave, presque soucieuse et l'œil se fixait, absorbé, au loin. Ce personnage tenait d'une main un encensoir et, de l'autre, un calice couvert d'une patène sur laquelle posait un pain ; et ce portrait du roi de Salem, Melchissédech, suscitait de longues rêveries[1].

Il est, en effet, un des types les plus mystérieux des Livres Saints, ce monarque qui apparaît dans la Genèse, Prêtre du Très-Haut, consomme le sacrifice du pain et du vin, bénit Abraham, reçoit de lui la dîme et s'évanouit aussitôt après dans les ténèbres de l'histoire. Puis subitement, son nom retentit dans un psaume de David, déclarant que le Messie est prêtre selon l'ordre de Melchissédech et il s'enfuit de nouveau sans laisser de traces.

Et le voilà qui tout à coup jaillit dans le Nouveau Testament et les renseignements que décèle sur lui saint Paul, en son Épître aux Hébreux, le rendent plus énigmatique encore. Il le dit sans père, sans mère, sans généalogie, n'ayant ni commencement de jours, ni fin de vie, étant ainsi l'image du Fils de

Dieu qui demeure pontife pour toujours. Saint Paul insiste pour faire comprendre sa grandeur... et la vague lumière qu'il projetait sur cette ombre, s'éteint.

— Avouez qu'il est inouï, ce roi de Salem ; qu'est-ce que les commentateurs en pensent ? demanda Durtal.

— Peu de chose. Saint Jérôme observe cependant qu'en employant ces termes : sans parents, sans aïeux, sans commencement et sans fin, saint Paul n'a pas entendu énoncer que Melchissédech fût descendu du ciel ou créé directement comme le premier homme par l'Ancien des jours. Sa phrase signifie simplement qu'il est introduit dans le récit sur Abraham sans que l'on sache d'où il vient, qui il est, en quel temps il est né, à quelle époque il est mort.

Au fond, l'incompréhensible rôle que joue cette préfigure de Jésus dans les pages du Canon, a suggéré les légendes et les hérésies les plus baroques.

Les uns ont soutenu qu'il était Sem, fils de Noé, les autres qu'il était Cham. Pour Simon Logothète, Melchissédech est un Égyptien ; pour Suidas, il appartient à la race maudite de Chanaan et c'est à cause de cette origine que la Bible se tait sur ses ancêtres.

Les Gnostiques l'ont révéré tel qu'un Éon supérieur à Jésus et au IIIe siècle, Théodore le Changeur prétendait, lui aussi, qu'il n'était pas un homme, mais une Vertu céleste surpassant le Christ, parce que le sacerdoce de Celui-ci n'était qu'une copie du sien.

Suivant une autre secte, il n'était ni plus, ni moins, que le Paraclet ; mais, voyons : à défaut des Écritures, que révèle la voyance ? La sœur Emmerich en a-t-elle parlé ?

— Elle ne nous apprend rien de net, répondit Durtal. Pour elle, il était une sorte d'ange sacerdotal, chargé de préparer le grand œuvre de la Rédemption.

— C'est un peu l'avis d'Origène et de Didyme qui lui ont, eux aussi, attribué la nature angélique.

— Puis elle l'aperçoit, bien avant l'arrivée d'Abraham, sur différents points déserts de la Palestine ; il ouvre les sources du Jourdain et elle divulgue, dans un autre passage de la vie du Christ, qu'il aurait enseigné aux Hébreux la culture du froment et de la vigne ; bref, elle ne débrouille pas cette indéchiffrable énigme.

Si nous nous plaçons maintenant au point de vue de l'art, Melchissédech est une des bonnes statues de ce porche, poursuivit Durtal ; mais quel masque bizarre a son voisin, Abraham, avec ce visage vu de trois quarts, ces cheveux en herbes couchées, cette barbe fluviale, ce nez allongé qui ne fait qu'un avec le front, descend sans point de suture entre les yeux et simule le mufle d'un tapir, ces joues où pousse une fluxion, cet air, comment dirai-je ? de vague prestidigitateur qui paraît escamoter la tête perdue de son fils.

— La vérité, c'est qu'il écoute l'ordre d'un ange que nous ne distinguons point ; – remarquez en dessous, sur le socle, le bélier dans un buisson et le symbole s'accuse :

Il est le Père céleste qui livre son Fils et Isaac qui porte le bois pour allumer son bûcher, comme Jésus porta sa croix, est l'image de ce Fils ; le bélier même, qui va être sacrifié, devient à son tour un modèle du Sauveur et le buisson dans lequel s'enchevêtrent ses cornes est le calque de la couronne d'épines. Mais il eût fallu, pour exprimer de ce sujet, tout le suc exemplaire qu'il contient, mettre dans un coin du support les deux femmes du Patriarche, Agar et Sara et son autre enfant Ismaël.

Car, vous le savez, ces deux femmes sont l'emblème, Agar de l'Ancien Testament et Sara du Neuf ; la première disparaît pour céder la place à la seconde, la Vieille Loi n'étant que la préparation de la Nouvelle ; et les deux garçons issus chacun de l'une de ces deux femmes sont par analogie les enfants des deux Livres et manifestent par conséquent l'un, Ismaël, les Israélites, et l'autre, Isaac, les Chrétiens.

Après Abraham, le père des croyants, voici Moïse qui allégorise le Christ, car la délivrance d'Israël est le prodrome de l'humanité arrachée par le Sauveur au démon, de même que le passage de la mer Rouge est la promesse du baptême. Il tient la table de la Loi et la colonne sur laquelle s'enroule le serpent d'airain ; puis Samuel, type multiple de Notre-Seigneur, fondateur du Sacerdoce royal et de la Royauté sacerdotale, enfin, David présentant la lance et le diadème du Calvaire. Inutile de vous remémorer que, plus que tout autre, ce Roi-Prophète a présagé les tribulations du Messie et qu'il eut, pour plus de ressemblance avec lui, son Judas, en la personne d'Achitophel[1] qui, semblable à l'autre traître, s'est pendu.

— Avouez, dit Durtal, que ces statues devant lesquelles les historiographes de la cathédrale se pâment et qu'ils assurent en chœur être le chef-d'œuvre de la statuaire au XIIIe siècle, sont singulièrement inférieures aux statues du XIIe qui parent le porche Royal. Comme la descente dans l'étiage divin est sensible ! Sans doute, les mouvements sont plus souples et le jeu des vêtures s'est élargi ; les côtes de rhubarbe des étoffes se sont espacées et elles fléchissent ; mais où est la grâce de l'âme sculptée du grand portail ? toutes ces statues-ci, avec leurs caboches énormes, sont mastoques et muettes, sans vie qui pénètre ; ce sont de pieuses œuvres, belles si vous voulez, mais sans au-delà ; c'est de l'art, mais ce n'est déjà plus de la mystique. Voyez sainte Anne, avec son air morose, ses traits désagréables ou souffrants, est-elle assez loin de la fausse Radegonde ou de la fausse Berthe !

À l'exception de deux, de celle de saint Jean et de celle de Joseph situées là-bas, au bout de la baie, les autres, nous les connaissons. Elles sont également à Amiens et à Reims ; et rappelez-vous le Siméon, la Vierge, la sainte Anne de Reims ! la Vierge, d'un charme si ingénu, si chastement exquis, tendant l'enfant à Siméon doux et pensif, dans sa tenue solennelle de grand prêtre ; sainte Anne – dont le genre de figure est le même que celui de saint Joseph et de l'un des deux anges qui avoisinent, sur ce même portail Royal, le saint Nicaise au crâne tranché à la hauteur du front ; – sainte Anne avec sa physionomie riante et futée et pourtant vieillotte, sa tête à petit menton pointu, à grands yeux, à nez effilé, s'allongeant en cornet, son visage de jeune duègne, maligne et aimable. Au reste, les imagiers excellèrent dans ces créations de mines indécises, étranges. Vous souvenez-vous de Notre-Dame de Paris qui leur est postérieure d'un siècle, je crois ? Elle est à peine jolie, mais si bizarre avec son sourire joyeux éclos sur de mélancoliques lèvres ! Aperçue d'un certain côté, Elle sourit à Jésus, attentive, presque railleuse. Il semble qu'Elle attende un mot drôle de l'Enfant pour se décider à rire ; Elle est une nouvelle mère pas encore habituée aux premières caresses de son fils. Regardée d'un autre point, sous un autre angle, ce sourire, si prêt à s'épanouir, s'efface. La bouche se contracte en une apparence de moue et prédit des pleurs. Peut-être qu'en parvenant à empreindre en même temps sur la face de Notre-Dame ces deux sentiments opposés, la quiétude et la crainte, le sculpteur a voulu lui faire traduire à la fois l'allégresse de la Nativité et la douleur prévue du Calvaire. Il aurait alors portraituré, en une seule image, la Mère des Douleurs et la Mère des Joies, devancé, sans le savoir, les Vierges de La Salette et de Lourdes.

Mais tout cela ne vaut point l'art si vivant et si altier, si personnel et si mystérieux du XIIᵉ siècle, l'art du portail Royal de Chartres !

— Ce n'est pas moi qui vous contredirai, fit l'abbé Plomb. Maintenant que nous avons examiné la série figurative installée à la gauche de sainte Anne, voyons la série prophétique logée à sa droite.

D'abord, Isaïe posant sur un socle formé par un Jessé qui dort ; et la fameuse tige prend racine, file entre les pieds du Prophète et les branches des ancêtres de la Vierge, selon la chair et l'esprit, montent, remplissent, en se déroulant, les quatre cordons de la voussure du centre. À côté de lui, Jérémie qui, songeant à la Passion du Christ, écrivit cette lamentable plainte qu'on récite dans la cinquième leçon, au deuxième nocturne du Samedi Saint : « Ô vous qui passez par le chemin, considérez et voyez s'il est une douleur pareille à la mienne » ; puis Siméon caressant l'enfant Jésus dont il a pressenti, en même temps que la douleur de la Vierge, les souffrances du Golgotha ; saint Jean-Baptiste ; enfin saint Pierre dont le costume est intéressant à scruter, car il est copié sur celui des Papes du XIIIᵉ siècle.

Avec quel soin ces accessoires sont ciselés ! louez le rendu de ces sandales, de ces gants, de l'amict paré, de l'aube, du manipule, de la dalmatique, de ce pallium signé de six croix, de ce trirègne, de cette tiare conique, en soie brochée d'or, du rational ; tout y est repoussé, guilloché, comme par un orfèvre.

— Sans doute, mais ce que le saint Jean s'atteste supérieur à ses congénères sur cette façade ! Quelle maîtrise se révèle dans cette face creuse, émaciée, aussi expressive que les autres sont mornes. Lui, sort du convenu et de la redite. Il se dresse, doux et farouche, avec sa barbe en dents de fourchette tordues, son maigre corps, son vêtement en poils de chameaux ; et on l'entend, il parle, alors qu'il montre l'agneau soutenant une croix hastée[*], enfermé dans un nimbe qu'il serre contre sa poitrine, de ses deux mains ; cette statue-là est superbe, et elle n'est pas, à coup sûr, du sculpteur qui nous tailla l'Abraham, voire même son voisin de piédestal, Samuel. Celui-ci a l'air d'offrir, à un David indifférent, l'agneau qu'il manie, la tête en bas ; il est un boucher qui fait l'article, soupèse sa marchandise, invite à la tâter, hésite avant de la céder au meilleur prix. Quelle différence avec le saint Jean !

— Le tympan de la porte ne nous séduira guère, reprit l'abbé. La mort de Marie, son Assomption, son Couronnement, sont plus curieux à lire dans la *Légende dorée* que dans ces bas-reliefs qui n'en sont qu'une traduction abrégée.

Allons à la baie latérale de gauche.

Celle-là est mutilée, dans un déplorable état, toute en ruine. La plupart des grandes pièces ont disparu. Il y avait, paraît-il, ainsi qu'à Paris, sur le portail Royal, et à Reims, sur le portail du Sud, les figures de l'Église et de la Synagogue ; puis Lia et Rachel, la Vie active et la Vie contemplative, dont nous lirons les épisodes notés dans la voussure.

Parmi les personnages qui restent, ces trois, la Vierge, sainte Élisabeth et Daniel sont considérés tels que des chefs-d'œuvre.

— C'est beaucoup dire, s'écria Durtal ; ils sont maussades, drapés d'une façon froide ; l'agencement de leurs robes est celui des peplums grecs ; ils ont déjà un vague fumet de Renaissance.

— Si vous voulez, mais ce qui est surtout prenant, ce sont les idées exprimées par les filets en arc tiers-point de la baie. Quant au tympan même qui arbore la naissance de Jésus, le réveil des bergers de Bethléem, le songe et l'adoration des Mages, il est détrité et rongé par le temps ; il n'est pas d'ailleurs d'un art qui nous angoisse !

Mais suivez bien les ogives des voussures, ces quatre cordons d'images qui les dessinent. D'abord là, sur le 1er, une haie de dix Anges céroféraires* ; puis sur le 2e, la parabole des Vierges sages et des Vierges folles ; sur le 3e, la traduction de la Psychomachie ou le combat des Vertus et des Vices ; sur le 4e, douze Reines incorporant les douze fruits de l'Esprit ; maintenant arrêtons-nous devant la nervure qui borde la voûte même du porche et admirez les adorables statuettes qui nous décrivent les occupations de la Vie contemplative et de la Vie active.

À gauche, la Vie active, conçue sous les traits de la femme forte du dernier chapitre des Proverbes. Elle lave la laine dans une cuve – la peigne – tille le lin dont elle brise les tiges – le ratisse – le file en quenouille – le met en écheveau.

À droite, la Vie contemplative : une femme prie, tenant un livre clos – elle l'ouvre – le lit – le ferme et médite – enseigne – entre en extase.

Enfin, ici, dans cette dernière moulure, qui longe extérieurement l'arcade du porche, et qui est la plus rapprochée de nous, la plus visible, quatorze statues, de Reines, appuyées sur des boucliers armoriés et portant autrefois des étendards. On a longtemps discuté sur le sens de ces figurines, surtout sur la seconde, à gauche, qui est désignée par cette inscription, gravée dans la pierre, « *Libertas* ». Didron y a vu les Vertus domestiques et les Vertus civiles ou sociales, mais la question a été définitivement tranchée par la symboliste la plus érudite et la plus perspicace de notre temps, par Mme Félicie d'Ayzac, qui, dans une très nutritive brochure, parue en 1843, sur ces statues et sur les animaux du Tétramorphe, a péremptoirement démontré que ces souveraines ne sont autres que les quatorze Béatitudes célestes, telles que les a décrites saint Anselme : la Beauté, la Liberté, l'Honneur, la Joie, la Volupté, l'Agilité, la Force, la Concorde, l'Amitié, la Longévité, la Puissance, la Santé, la Sécurité, la Sagesse.

En somme, cette baie, hérissée de sculptures, n'est-elle pas une des plus ingénieuses, des plus intéressantes qui soient, au point de vue de la théologie et de la mystique ?

— Et aussi au point de vue de l'art ; vous avez absolument raison, ces femmes qui travaillent et méditent sont si délicates et si vivantes qu'on déplore qu'elles soient ainsi enfouies dans l'ombre d'une grotte. Quels artistes que ceux qui œuvrèrent, de la sorte, pour la gloire de Dieu et pour eux-mêmes, qui créèrent des merveilles tout en sachant que personne ne les verrait !

— Et ils n'avaient point la vanité de la signature ; ils gardaient l'anonyme !

— Ah ! c'étaient d'autres hommes que nous... des âmes autrement fières et autrement humbles.

— Et autrement saintes aussi, ajouta l'abbé. Voulez-vous que nous abordions l'iconographie de la baie de droite ; celle-là est moins endommagée et l'on peut la parcourir en quelques mots.

Cette caverne aux pans sculptés, elle est, vous le savez, consacrée aux figures de Marie, mais nous pourrions peut-être plus justement dire qu'elle est dédiée aux antécesseurs de Jésus, car dans cette baie, ainsi que dans les deux autres, du reste, les imagiers du XIIIe siècle ont pris à tâche d'identifier le Fils avec la Mère.

— Le fait est que la plupart des personnages qui défilèrent devant nous relatent surtout le Christ. Quels sont alors les types qui se rapportent plus spécialement à la fille de Joachim, dans l'Ancienne Loi, et qui ont été transposés en caractères de pierre sur cette page ?

— Les allégories de la Vierge dans les Écritures sont innombrables ; des ouvrages entiers, tels que le Cantique des Cantiques et le livre de la Sagesse font allusion, à chaque phrase, à sa beauté et à sa sapience. Les symboles inhumains qui s'adaptent à sa Personne, vous les connaissez : l'arche de Noé dans laquelle s'interne le Sauveur ; l'arc-en-ciel, signe d'union entre le Seigneur et la terre ; le buisson ardent d'où sortit le nom de Dieu ; le nuage lumineux guidant le peuple dans le désert ; la verge d'Aaron qui, seule, fleurit parmi celles des douze tribus que recueille Moïse ; l'arche d'alliance ; la toison de Gédéon ; puis toute la série, plus divulguée encore, s'il se peut : la tour de David, le trône de Salomon, le jardin fermé et la fontaine scellée du Cantique ; l'horloge d'Achaz, la nue salvatrice d'Élie, la porte d'Ézéchiel – et je ne vous cite que les interprétations certifiées par le seing des Docteurs et des Pères.

Quant aux êtres animés qui la précédèrent ici-bas, pour l'annoncer, ils abondent ; tenez, au reste, que la plupart des femmes renommées de la Bible ne sont que l'ombre antécédée de ses grâces : Sara[1], à laquelle un Ange prédit la naissance d'un fils qui est lui-même un référend du Fils ; Marie, sœur de Moïse, qui libère, en sauvant son frère des eaux, les juifs ; la fille de Jephté, la prophétesse Débora ; Jahel qui fut appelée comme la Vierge « bénie entre toutes les femmes » ; Anne, mère de Samuel, dont le chant de gloire semble une première version du *Magnificat* ; Josabeth qui a soustrait Joas à la fureur d'Athalie, comme plus tard la Vierge a dérobé l'enfant Jésus au courroux d'Hérode ; Ruth, qui incarne à la fois la vie contemplative et la vie active ; Rebecca, Rachel, Abigaïl, la mère de Salomon, la mère des Macchabées qui assiste au supplice de ses fils ; puis encore celles de ces figures qui sont alors inscrites sous ces arcades, Judith et Esther dont l'une est synonyme de la chasteté courageuse et l'autre de la miséricorde et de la justice.

Mais, pour ne pas nous embrouiller, suivons l'ordre des statues nichées sur les parois de la porte ; nous en comptons de chaque côté trois :

À gauche : Balaam, la reine de Saba[1] et Salomon.

À droite : Jésus, fils de Sirach, Judith ou Esther, et Joseph.

— Balaam, c'est ce bon paysan, aimable et confit, qui rit dans sa barbe, un bâton à la main et est coiffé d'un couvercle de tourte ; et la reine de Saba, cette femme, un peu penchée en avant, qui a l'air d'interroger et d'ergoter sur des actes qu'elle incrimine. En quoi ces deux personnes tiennent-elles à la vie de la Vierge ?

— Mais Balaam est un des types du Messianisme ; c'est lui qui a notifié qu'une « étoile sortirait de Jacob et qu'une tige s'élèverait d'Israël ». Quant à la reine de Saba, elle est, d'après la doctrine des Pères, une image de l'Église, l'épouse de Salomon, ainsi que l'Église est l'épouse du Christ.

— Eh bien, murmura Durtal, ce n'est pas encore le XIIIe siècle qui nous aura donné un portrait de cette souveraine que l'on se représente, follement parée, se balançant à dos de chameau dans le désert, marchant en tête d'une caravane, sous l'incendie du firmament, dans le feu des sables. Elle a tenté les écrivains et non les moindres, cette reine Balkis, Makéda ou Candaule, Flaubert, pour en citer un ; mais elle n'a pu s'incorporer dans la « Tentation de saint Antoine » qu'en une créature puérile et falote, en une marionnette qui sautille, en zézayant ; au fond, il n'y a que le peintre des Salomés, Gustave Moreau, qui pourrait la rendre, cette femme vierge et lubrique, casuiste et coquette ; lui seul pourrait, sous l'armature fleurie des robes, sous le gorgerin flambant des gemmes, aviver la chair épicée de cet être, son chef diadémé, étrange, son sourire de sphynge innocente, venue de si loin pour poser des énigmes et fermenter dans le lit d'un roi. Celle-là, elle est trop compliquée pour l'âme et pour l'art ingénus du Moyen Âge.

Aussi l'œuvre de l'imagier n'est-elle ni mystérieuse ni troublante. À peine jolie, cette princesse n'a que l'allure attentive d'une plaideuse. Salomon, lui, me fait l'effet d'un gai compère ; les deux autres statues, situées de l'autre côté de la porte, retiendraient peut-être si elles n'étaient complètement écrasées par la troisième. Une question encore : à quel titre l'auteur de ce livre admirable, l'« Ecclésiastique », se rattache-t-il à cette panégyrie ?

— Jésus, fils de Sirach, prédestine le Messie, en tant que Prophète et que Docteur. Quant à l'effigie qui l'avoisine, elle peut tout aussi bien mimer Judith qu'Esther ; son identité est incertaine, rien ne nous autorise à la fixer.

En tout cas, ainsi que je viens de vous l'attester, l'une et l'autre sont des hérauts de la Vierge dans les Écritures ; pour Joseph, persécuté, vendu, captif puis sauveur providentiel d'un peuple, il préordine le Christ.

Durtal s'arrêtait devant ce jeune homme imberbe, aux cheveux bouclés et coupés en rond. Il était vêtu d'une cotte, sous une housse brodée autour du col et il tenait, immobile, un sceptre. On eût dit d'un très jeune moine, humble et simple, si avancé dans la voie mystique qu'il l'ignore. Cette statue était certainement un portrait et l'on pouvait assurer qu'un délicat et candide novice avait servi de modèle à l'artiste ; c'était une œuvre d'âme chaste et joyeuse, bien à part. Celui-là, plus encore que le saint Jean, quel rêve, hein ? fit Durtal, en regardant l'abbé qui approuva d'un geste et reprit :

— Les cordons des voussures sont inaccessibles, car il faut se démancher le cou pour les contempler ; d'ailleurs, l'art qu'ils décèlent n'exalte point. Seuls, les sujets valent. Ils renferment, – outre une série d'anges qui brandissent des astres et des torches, – les hauts faits prophétiques de Gédéon ; les annales de Samson[1] qui, prisonnier au milieu de la nuit, arrache les portes de Gaza et sort de la ville, de même que le Christ brise les portes de la mort et sort, vivant, de sa tombe ; l'histoire de Judith et d'Esther ; celle de Tobie qui est un divin parangon de miséricorde et de patience ; puis nous découvrons dans ce coin, la réplique du portail Royal, les signes du zodiaque et un calendrier de pierre.

Le tympan du portail se divise, vous le voyez, en deux zones.

Dans l'une, figure le Jugement de Salomon qui est l'image du Soleil de Justice, du Christ.

Dans l'autre, Job, étendu sur son fumier et auquel le Messie dont il est un des prototypes les plus connus, remet, accompagné de deux anges, une palme.

Il ne nous reste plus, pour avoir passé en revue la

symbolique de ces porches, l'iconographie entière de cette façade, qu'à jeter un coup d'œil sur les trois arcades des perrons qui la précèdent. Ici, logent surtout les bienfaiteurs de la cathédrale et des saints du diocèse ; puis, mêlés à eux, quelques prophètes qui n'ont pu trouver place dans l'ébrasement des baies. Ce vestibule est une sorte de post-scriptum, de supplément ajouté à l'œuvre.

Ici où nous sommes, dans l'arcade de droite, saint Potentien, premier apôtre de Chartres, et sainte Modeste, fille de Quirinus, gouverneur de la ville, qui la tua parce qu'elle refusait de renier le Christ ; là, Ferdinand de Castille ; il donna des vitraux reconnaissables à ses armes, châteaux d'or sur champ de gueules, qui côtoient l'écu d'azur fleurdelysé de France, dans la grande vitrerie du transept Nord. Près de lui, cette figure, intelligente et sévère, serait celle du Juge Baruch, et voici, pieds nus et grevé d'un sac de pénitence, saint Louis qui combla de présents et inaugura la cathédrale.

Sous l'arcade du portique du milieu, nous avons deux socles vides sur lesquels s'érigeaient autrefois Philippe-Auguste et Richard Cœur de Lion, deux des plus insignes protecteurs de l'église ; puis d'autres socles pleins, qu'habitent le comte et la comtesse de Boulogne, une luronne à la face virile, coiffée d'une barrette ; un Prophète inconnu, mais qui doit être Ézéchiel, car il manque dans la série prévoyante de ce porche ; Louis VIII, père de saint Louis, enfin la sœur de ce roi, Isabelle, qui fonda sous la règle de sainte Claire l'abbaye de Longchamp ; elle est vêtue en moniale et à côté d'elle, dans l'ombre, un personnage de l'Ancienne Loi, tient, ainsi que Melchissédech, un encensoir. Voyez la ferme et la solennelle allure de ce prêtre qui est le père de saint Jean-

Baptiste, Zacharie, celui dont le cantique « Bene-
dictus » prédit l'avènement du Christ.

Et nous avons terminé la revue de cet étonnant
promptuaire* du Vieux Testament et de ce mémento
historique des bienfaiteurs qui permirent de faire la
traduction imagée de ce Livre, par leurs largesses.

Durtal alluma une cigarette et ils se promenèrent
devant la grille de l'évêché.

— Question d'art écartée, dit Durtal, dans le défilé
de ces ancêtres, il en est un, David, qui vraiment
m'éblouit, car il est le plus complexe de tous ; si
auguste à la fois et si petit, qu'il déconcerte !

— Pourquoi ?

— Pensez donc à la vie de cet homme qui fut,
tour à tour, berger, guerrier, chef de proscrits, roi
tout-puissant, fugitif sans feu ni lieu, poète extraordinaire, et prophète admirable, précis ; mais le caractère de ce souverain n'est-il pas, lui aussi, plus que
son existence même, une énigme ?

Il fut doux et indulgent, sans rancune et sans
haine, et il fut en même temps féroce. Rappelez-vous
le sort qu'il infligea aux Ammonites ; sa vengeance
fut effroyable ; il les fit scier entre des planches,
hacher sous des herses de fer, couper par des vols
de faulx, cuire dans des fours.

Il fut loyal, tout dévoué au Seigneur ; et il commet
le crime d'adultère et ordonne d'occire le mari qu'il
trompe. Quels contrastes !

— Pour bien comprendre David, dit l'abbé Plomb,
il faut ne pas le séparer de son milieu, ne pas le
distraire du temps où il vécut, autrement vous le
jugez avec les idées de notre âge et c'est absurde ;
dans la conception de la royauté asiatique, l'adultère était presque permis à un être que ses sujets
considéraient comme au-dessus de l'humanité et,

d'ailleurs, la femme était alors une espèce de bétail qui lui appartenait presque en sa qualité de despote, de maître suprême. Il y avait là l'exercice d'un droit régalien, ainsi que l'a très bien démontré M. Dieulafoy[1], dans son étude sur ce monarque. D'autre part, les supplices et le sang dont on l'accuse, mais tout l'Ancien Testament en déborde ! Jéhovah, lui-même, le verse à flots, extermine les hommes, tels que des mouches. Il convient de ne pas oublier que l'on vivait alors sous le régime de la Loi de crainte. Il n'y a donc rien de bien surprenant à ce que, dans le but de terrifier ses ennemis dont les mœurs n'étaient pas d'ailleurs plus douces que les siennes, il ait martyrisé les habitants de Rabba et rissolé les Ammonites.

Mais, en comparaison de ces violences et de ces péchés qu'il expia, voyez combien cet homme fut généreux envers Saül et admirez la grandeur d'âme, la charité de celui que les Renanistes nous dépeignent sous l'aspect d'un chef de bandits et d'un forban ! Songez aussi, qu'il apprit au monde qui les ignorait les vertus que devait, plus tard, enseigner le Christ, l'humilité dans ce qu'elle a de plus touchant, le repentir dans ce qu'il a de plus âpre. Quand le prophète Nathan lui reproche son homicide, il avoue, en pleurant, ses torts, accepte courageusement les plus terribles des pénitences : l'inceste et le meurtre dans sa famille, la révolte et la mort de son fils, la trahison, la misère et la fuite éperdue dans les bois. Et avec quels accents il implore dans le « Miserere » son pardon ! avec quel amour et quelle contrition il demande au Dieu qu'il offensa, merci !

Il était un homme avec des vices, restreints, rares si on les compare à ceux des monarques de son temps, et des vertus admirables, nombreuses, si on les rapproche de celles des souverains de toutes les

époques, de tous les âges. Comment, dès lors, ne pas
concevoir que Dieu l'ait choisi entre tous pour l'annoncer ? Jésus venait pour rédimer les pécheurs, il
avait pris sur lui tous les crimes du monde ; n'était-il
pas naturel qu'Il se fît préfigurer par un homme qui,
semblable aux autres, avait péché ?

— C'est, en effet, juste.

Et le soir, quand loin de l'abbé Plomb qu'il avait
quitté sur le seuil de l'église, Durtal s'étendit sur sa
couche, il se remémora cette théorie des personnages
de la Bible, ces sculptures des portails.

Pour récapituler cette façade du Nord, on peut
garantir, murmura-t-il, qu'elle est l'histoire abrégée
de la Rédemption préparée si longtemps à l'avance,
une table de l'histoire sainte, un résumé de la loi
mosaïque et partant une estompe de la loi chrétienne.

Toute la vocation du peuple juif se déroule sous
la trinité de ces porches, une mission qui va d'Abraham à Moïse ; de Moïse à l'exil de Babylone ; de l'exil
à la mort du Christ et qui se divise en trois périodes :
la formation d'Israël – son indépendance – sa vie au
milieu des Gentils.

Et ce que cette fonte de foules s'est péniblement
et lentement faite ! avec quels déchets et quelles sco-
ries ! Ce qu'il a fallu d'égorgements pour discipliner
ces rapaces nomades, pour dompter la cupidité et
la luxure furieuses de cette race ! – Et, en une série
d'images folles, il voyait l'irruption dans la Judée des
nabis hurlant, tumultueux et farouches, des imprécations contre les crimes des rois et les scélératesses
de ce peuple versatile toujours tenté par les cultes
voluptueux de l'Asie, toujours grommelant, prêt à
briser le mors de fer dont le brida Moïse.

Et dans ce groupe de vociférateurs et de justiciers dominant de leur haute taille les têtes, apparaissait Samuel, l'homme des contradictions, allant où Dieu le pousse, accomplissant des tâches qu'il doit détruire, créant une monarchie qu'il réprouve, sacrant roi un énergumène, une sorte d'insensé qui passe derrière le transparent de l'histoire, avec des gestes de démence et de menaces ; et il faut que Samuel assomme cet étonnant Saül sous le poids de ses malédictions, qu'il proclame roi David, auquel un autre prophète jettera à la face ses crimes ; et ces êtres inspirés se succèdent, continuent, d'années en années, le rôle de gardiens de l'âme publique, de guetteurs de la conscience des Juges et des Rois, de vigies attendant et criant au-dessus des multitudes les ordres divins, annonçant les catastrophes, finissant souvent dans le martyre, s'échelonnant tout le long des annales saintes, disparaissant avec saint Jean que décolle une Hérodiade.

Et c'était Élie, maudissant le culte de Baal, luttant contre la terrible Jézabel, Élie qui fut le premier fondateur de moines, le seul homme de l'Ancien Testament qui avec Énoch ne mourut point ; c'était Élysée, son disciple, les grands prophètes, Isaïe, Ézéchiel, Jérémie, Daniel, la série des moindres nabis, mandant l'arrivée du Fils, se dressant, comminatoires ou éplorés, menaçant ou consolant les masses.

Toute cette histoire d'Israël, elle grondait dans un torrent d'imprécations, dans des ruisseaux de sang, dans des fleuves de larmes !

Ce lamentable défilé finissait par ahurir Durtal ; les yeux clos, il apercevait soudain un Patriarche qui s'arrêtait devant lui et il reconnaissait, intimidé, Moïse[1], un vieillard à barbe de cataracte, à cheveux balayant les dalles, un maître ouvrier dont les puissantes mains avaient pétri ces rudes Hébreux et coagulé leurs hordes confuses ; il était, en somme, le père et le législateur de ce peuple.

Et la scène du Sinaï émergeait en face de la scène du Calvaire, ouvrant et fermant la grande chronique de cette nation que son crime dispersa, enserrant le but même de sa vie, dans l'espace compris entre ces deux monts.

L'effrayant spectacle ! Moïse, seul, sur le pic qui fume, tandis que des éclairs fêlent les nues et qu'au son d'invisibles trompettes, la montagne tremble. En bas, la populace terrifiée prend la fuite. Et, immobile dans le roulement des tonnerres et les décharges répétées des foudres, Moïse écoute Celui qui est et qui dicte les conditions de son alliance avec Israël ; et, la face resplendissante, Moïse descend de ce Sinaï qui représente, d'après Jean Damascène, le sein de la Vierge, comme la fumée qui en sort symbolise ses désirs, et les flammes le Saint-Esprit !

Et subitement, ce tableau s'éteint, et près du Patriarche qui reste, se montre celui que les sculpteurs ont omis d'inscrire sur la page extérieure du portique, mais dont les verriers ont peint le portrait dans le vitrail de la même façade, le grand cohène* Aaron, le premier Pontife du culte, celui que consacra Moïse.

Et cette cérémonie pendant laquelle Moïse institue en la personne et en la descendance de son frère aîné, le sacerdoce, surgit devant Durtal, affreuse. Les détails autrefois lus sur cette ordination qui dura sept jours lui reviennent. Après les ablutions corporelles et l'onction des huiles, l'holocauste des victimes commence. Des viandes grésillent sur les braises, mêlant la puanteur noire des graisses aux vapeurs bleues de l'encens ; et le Patriarche enduit de sang l'oreille, le pouce, le pied droits d'Aaron et de ses fils ; puis saisissant les chairs du sacrifice, il les dépose dans les mains des nouveaux prêtres qui se balancent sur un pied, puis sur un autre, berçant ainsi, au-dessus de l'autel, ces offrandes.

Ensuite tous baissent la tête sous une pluie d'huile mélangée de sang dont le consécrateur les inonde. Ils ont l'air de tueurs d'abattoirs et de lampistes*, criblés qu'ils sont de plaques de boue rouge sur laquelle nagent des yeux d'or.

De même qu'en un verre de lanterne magique qui change, cette scène sauvage, ce symbole fruste d'une splendide et subtile liturgie alors balbutiée d'une voix rauque, disparaît et fait place à la théorie des lévites et des prêtres processionnant dans le temple, sous la conduite d'Aaron, magnifique sous son turban cerclé d'or, dans sa toge violette au bas de laquelle s'ouvrent des grenades d'écarlate et d'azur et sonnent des clochettes d'or ; et il porte l'éphod de lin, serré par une ceinture couleur d'hyacinthe, de cramoisi et de pourpre, retenu en haut par des épaulières agrafées d'une sardoine, la poitrine en feu, crépitant d'étincelles que sa marche attise dans les douze pierreries du pectoral.

Tout s'efface encore. Et un inconcevable palais se dresse, abritant sous des dômes vertigineux des arbres en fleurs des tropiques plantés près de bassins tièdes ; des singes gambadent, se pendent en grappes aux branches, tandis que traînent des mélodies patelines grattées sur des instruments à cordes et que les sons retentissants des tambourins font trembler les roues bleues des paons.

Dans cette étrange pépinière, pleine de touffes de femmes et de fleurs, dans ce harem immense où vaguent ses sept cents princesses et ses trois cents concubines, Salomon regarde le tourbillon des danses, contemple ces haies vivantes de femmes dont les corps se détachent sur l'or plaqué des murs, vêtues seulement avec le voile transparent des fumées que déroulent les résines brûlant sur des trépieds.

Il apparaît comme le type des Monarques de l'Orient, comme une sorte de Kalife, de Sultan, de Rajah de contes de fée, ce roi prodigieux, tout à la fois polygame effréné, assoiffé de luxe, et aussi, savant et artiste, pacifique, sage entre tous. En avance sur les idées de son temps, il a été le grand bâtisseur de la race et le commerce d'Israël est son œuvre. Il a laissé une réputation de sapience, de justice, telle qu'il a fini par passer pour un enchanteur et un sorcier. Déjà Josèphe raconte qu'il écrivit un grimoire, un livre d'incantations pour conjurer les esprits du Mal ; au Moyen Âge on lui attribue un anneau magique, des amulettes, des recueils d'évocations, des secrets d'exorcismes ; et sa figure se brouille dans ces légendes.

Il subsisterait surtout, tel qu'un personnage des *Mille et une Nuits*, si, au déclin de sa gloire, ne se levait avec lui l'image grandiose de la mélancolie de l'existence, de l'inanité de la joie, du néant de l'homme.

Sa vieillesse fut sombre. Épuisé par les femmes et dominé par elles, il renie son Dieu et sacrifie aux idoles. L'on aperçoit, en lui, de larges clairières, de vastes abats d'âme. Revenu de tout, las d'allégresse et saoul de fautes, il écrit d'admirables pages, précède le pessimisme le plus noir de nos temps, résume en de définitives phrases la souffrance de l'être qui subit la peine infligée de vivre. Quelle détresse que celle de l'Ecclésiaste !... « Tous les jours de l'homme ne sont que douleur et son occupation n'est que déplaisir »... « mieux vaut le jour de la mort que celui de la naissance »... « tout n'est que vanité et affliction de l'esprit »...

Et après son décès, le vieux roi reste à l'état d'énigme. A-t-il expié son apostasie et sa chute ? a-t-il été reçu, ainsi que ses pères, dans le sein d'Abraham ? et les plus grands écrivains de l'Église ne peuvent s'entendre.

Selon saint Irénée, saint Hilaire, saint Cyrille de Jérusalem, saint Ambroise et saint Jérôme, il a fait pénitence et il est sauvé.

Selon Tertullien, saint Cyprien, saint Augustin, saint Grégoire le Grand, il n'est pas revenu à résipiscence et il est damné.

Et Durtal se retourne dans son lit et ne cherche plus à rien savoir. Tout se brouille dans sa cervelle et il finit par dormir un sommeil concassé, traversé par d'affreux cauchemars, dans lesquels il voit Mme Mesurat s'installer à la place de la reine de Saba, sur le socle du porche ; et sa laideur désole Durtal qui s'emporte contre les chanoines auxquels il demande en vain d'ôter sa femme de ménage et de ramener la reine.

XII

Cette symbolique des églises, cette psychologie des
cathédrales, cette étude de l'âme des sanctuaires si
parfaitement omise depuis le Moyen Âge par ces
professeurs de physiologie monumentale que sont
les archéologues et les architectes, intéressait assez
Durtal pour qu'il parvînt à oublier avec elle, pendant quelques heures, ses bagarres d'esprit et ses
luttes ; mais dès qu'il ne s'évertuait plus à chercher
le sens réel des apparences, tout reprenait. Cette
sorte de mise en demeure que lui avait brusquement
adressée l'abbé Gévresin, de clore ses litiges, de se
prononcer dans un sens ou dans l'autre, l'affolait,
en l'apeurant.

Le cloître ! ce qu'il fallait longuement réfléchir

avant de se résoudre à s'y écrouer ! Et le pour et le contre se pourchassaient, à tour de rôle, en lui.

Me voilà, comme avant mon départ pour la Trappe, se disait-il, et la décision que je dois adopter est encore plus grave, car Notre-Dame de l'Âtre n'était qu'un refuge provisoire ; je savais, en y allant, que je n'y permanerais point ; c'était un moment pénible à supporter, mais ce n'était qu'un moment, tandis qu'il s'agit, à l'heure actuelle, d'une détermination sans retour, d'un lieu où, si je m'y incarcère, ce sera jusqu'à la mort ; c'est la condamnation à perpétuité, sans remise de peine, sans décret de grâce ; et il en parle, ainsi que d'une chose simple, l'abbé !

Que faire ? Renoncer à toute liberté, n'être plus qu'une machine, qu'une chose entre les mains d'un homme que l'on ne connaît point, mon Dieu, je le veux bien ! mais il y a des questions plus gênantes que celle-là pour moi ; d'abord celle de la littérature ; ne plus écrire, renoncer à ce qui fut l'occupation et le but de ma vie ; c'est douloureux, et cependant j'accepterais ce sacrifice, mais... mais écrire et voir sa langue épluchée, lavée à l'eau de pompe, décolorée par un autre qui peut être un savant et un saint mais n'avoir, de même que saint Jean de la Croix[1], aucun sentiment de l'art, c'est vraiment dur ! Les idées, je comprends bien qu'au point de vue théologique, on vous les monde[*], rien de plus juste ; mais le style ! Et, dans un monastère, autant que je puis le savoir, rien ne s'imprime sans que l'Abbé l'ait lu et il a le droit de tout réviser, de tout changer, de tout supprimer, s'il lui plaît. Il vaudrait évidemment mieux ne plus écrire, mais là encore, le choix n'est pas permis, puisqu'il faut s'incliner, au nom de l'obéissance, devant un ordre, traiter tel ou tel sujet de telle ou de telle façon, selon que l'Abbé l'exige.

À moins de tomber sur un maître exceptionnel, quelle pierre d'achoppement ! Puis, en sus de cette question qui est pour moi la plus anxieuse de toutes, d'autres valent aussi qu'on les médite. D'après le peu que m'ont raconté mes deux prêtres, le bienfaisant silence des Cisterciens n'existe pas chez les moines noirs. Or, si perfectionnés que puissent être les cénobites, ils n'en sont pas moins des hommes ; autrement dit, des sympathies et des antipathies se heurtent en un incessant côte à côte et forcément, à ne remuer que les sujets restreints, à vivre dans l'ignorance de ce qui se passe au-dehors, la causerie tourne aux potins ; on finit par ne plus s'intéresser qu'à des futilités, qu'à des vétilles qui prennent une importance d'événements dans ce milieu.

On devient vieille fille, et ce que ces conversations sans imprévu doivent au bout de quelque temps vous lasser !

Enfin, il y a le point de vue de la santé. Dans le couvent, c'est le triomphe des ragoûts et des salades, le détraquement de l'estomac à bref délai, le sommeil limité, l'écrasante fatigue du corps malmené... ah ! tout cela n'est ni engageant, ni drôle ! – Qui sait si, après quelques mois de ce régime matériel et mental, l'on ne croule pas dans un ennui sans fond, si l'*acedia*[1] des geôles monastiques ne vous terrasse point, ne vous rend pas complètement incapable de penser et d'agir ?

Et Durtal concluait : c'est folie que de rêver de la vie conventuelle ; je ferais mieux de demeurer à Chartres ; et il était à peine résolu à ne pas bouger, que l'autre côté de la médaille se montrait.

Le cloître ! mais c'est la seule existence qui soit logique, la seule qui soit propre ! ces souleurs* qu'il se suggérait étaient vaines. D'abord, la santé ? mais

il ne se rappelait donc plus la Trappe où l'alimenta-
tion était autrement débilitante, où le régime était
autrement rigoureux ! pourquoi dès lors s'alarmer
d'avance ?

D'autre part, il ne comprenait donc pas la nécessité des entretiens, la sagesse des devis, rompant la
solitude de la cellule juste au moment où l'ennui
s'impose ? c'était un dérivatif aux rabâchages intimes
et les promenades en commun assuraient l'hygiène
de l'âme et tonifiaient le corps ; puis à supposer que
les colloques monastiques fussent puérils, est-ce que
les racontars entendus dans un autre monde étaient
plus nutritifs ? enfin, la fréquentation des moines
n'était-elle pas très supérieure à celle des gens de
tout état, de toute condition, de tout poil, qu'il faut,
dans la vie externe, subir ?

Qu'est-ce, au surplus, que ces bagatelles, que ces
petits détails dans l'ensemble magnifique du cloître ?
que pesaient ces menuailles, ces riens, en comparaison de la paix, de l'allégresse de l'âme exultant
dans la joie des offices, dans le devoir accompli des
louanges ? est-ce que le flot des liturgies ne lavait pas
tout, n'emportait pas, tels que des fétus, les minimes
défauts des êtres ? n'était-ce point aussi l'histoire de
la paille et de la poutre, les rôles renversés, les imper-
fections aperçues chez autrui, lors que soi-même on
lui est si inférieur ?

Toujours, au bout de mes raisonnements, je
découvre mon manque d'humilité, se disait-il. Il
réfléchissait. – Que d'efforts, reprit-il, pour s'enlever
la crasse de ses vices ! peut-être que, dans un couvent, je me dérouillerais ; et il rêvait une existence
épurée, une âme imbibée de prières, se dilatant dans
la compagnie du Christ, qui pourrait peut-être alors,
sans trop se salir, descendre dans ses aîtres* et s'y

loger ; c'est le seul destin qui soit enviable ! se cria-
t-il ; décidons-nous.

Et comme une douche d'eau froide, une réflexion
l'abattait. Ce n'en sera pas moins la vie collective, le
lycée qui recommencera ; ce sera la garnison monastique qu'il faudra tenir !

Il gisait atterré, puis voulait réagir et perdait
patience. Ah çà, grogna-t-il, on ne se séquestre pas
dans une abbaye, pour y chercher ses aises ; un
monastère n'est pas une Sainte-Périne[1] pieuse ; l'on
s'y interne, je suppose, pour expier ses fautes, pour
se préparer à la mort ; dès lors, à quoi bon discuter
sur le genre de tribulations qu'il convient d'endurer ? le tout c'est d'être résolu à les accepter, à ne
pas faiblir !

Mais avait-il bien le désir de la douleur et de la
pénitence ? et il tremblait de se répondre. Au fond
de lui, timidement, un oui se levait, couvert aussitôt
par les clameurs de ses lâchetés et de ses transes.
Alors, pourquoi partir ?

Décidément, il s'embrouillait, finissait, lorsque cessait ce désordre, par songer à un sursis, à un moyen
terme, à des tracas inoffensifs, d'une certaine sorte,
à des soucis assez supportables pour n'en être plus.

Je suis idiot, concluait-il, car je me bats dans le
vide ; je m'emballe sur des mots, sur des coutumes
que j'ignore. La première chose à faire serait d'aller
dans un couvent Bénédictin, dans plusieurs même
pour les comparer, et de me rendre compte ainsi
de l'existence qu'on y mène. Ensuite la question de
l'oblature est à éclaircir ; si j'en crois l'abbé Plomb,
le sort de l'oblat est subordonné au bon vouloir
du Père Abbé qui, selon son tempérament plus ou
moins impérieux, serre le garrot ou le desserre ; mais
est-ce bien sûr ? il y a eu, pendant le Moyen Âge, des

oblats ; par conséquent des dispositions séculaires les régissent !

Et puis tout cela est humain, tout cela est vil ! car il ne s'agit pas d'ergoter sur des textes, sur des clauses plus ou moins débonnaires ; il s'agit de se concéder sans réticences, de se jeter bravement à l'eau ; ce qu'il faut c'est s'offrir tout entier à Dieu. Le cloître autrement envisagé est une maison bourgeoise et c'est absurde. Mes appréhensions, mes advertances[*], mes compromis, sont une honte !

Oui, mais où puiser la force nécessaire pour balayer hors de soi ce poussier[*] d'âme ? – et, finalement, lorsqu'il était trop obsédé par ces alternatives d'appétences et de craintes, il allait se réfugier auprès de Notre-Dame de Sous-Terre. Dans l'après-midi les celliers étaient clos mais il y pénétrait par une petite porte ouverte à l'entrée de la sacristie, dans la cathédrale, et c'était une descente en pleines ténèbres.

Arrivé dans la crypte même, à côté de l'autel, il retrouvait l'incertaine et la pacifiante odeur de ces voûtes fumées par les cires, avançait dans ce doux et tiède parfum d'oliban et de cave. Il faisait moins clair encore que le matin, car les lampes n'étaient pas allumées et, seules, les veilleuses brûlant comme au travers de peaux amincies d'oranges, éclairaient de lueurs de vermeil qui se dédore, la suie des murs.

En tournant alors le dos à l'autel, il voyait filant devant lui, l'allée basse de la nef, au bout de laquelle, on apercevait, ainsi qu'en un fond de tunnel, la lumière du jour – malheureusement, car elle permettait de distinguer de hideuses peintures, des scènes célébrant la gloire ecclésiale de Chartres : la visite de Marie de Médicis et de Henri IV à la cathédrale, Louis XIII et sa mère, M. Olier présentant à la Vierge les clefs du séminaire de Saint-Sulpice et une robe brochée d'or,

Louis XIV aux pieds de Notre-Dame de Sous-Terre ; par une grâce du ciel, les autres fresques semblaient mortes, se diluaient, en tout cas, dans l'ombre.

Mais ce qui était vraiment exquis, c'était de se rencontrer seul avec la Vierge qui vous regardait de sa noire figure sortant de la nuit, lorsque les mèches des veilleuses crépitaient, dardant des jets de flammes brèves.

À genoux devant Elle, Durtal se déterminait à lui parler, à lui dire :

J'ai peur de l'avenir et de son ciel chargé et j'ai peur de moi-même, car je me dissous dans l'ennui et je m'enlise. Vous m'avez toujours mené par la main jusqu'ici, ne m'abandonnez pas, achevez votre œuvre. Je sais bien que c'est folie de se préoccuper ainsi du futur car votre Fils l'a déclaré : « à chaque jour suffit sa peine »[1], mais cela dépend des tempéraments ; ce qui est facile aux uns est si difficile pour les autres ; j'ai l'esprit remuant, toujours inquiet, toujours aux écoutes, et, quoi que je fasse, il bat la campagne à tâtons et il s'égare ! Ramenez-le, tenez-le près de vous en laisse, bonne Mère, et accordez-moi, après tant de fatigues, un gîte !

Ah ! ne plus être ainsi divisé, demeurer impartible ! avoir l'âme assez anéantie pour ne plus ressentir que les douleurs, ne plus éprouver que les joies de la liturgie ! ne plus être requis chaque jour que par Jésus et par Vous, ne plus suivre que votre propre existence se déroulant dans le cycle annuel des offices ! se réjouir avec la Nativité, rire à Pâques-fleuries, pleurer pendant la Semaine Sainte, être indifférent au reste, pouvoir ne plus se compter, se désintéresser complètement de sa personne, quel rêve ! ce qu'il serait simple alors de se réfugier dans un cloître !

Mais est-ce possible quand on n'est pas un saint ?

quel dénuement cela suppose de l'âme vidée de toutes les idées profanes, de toutes les images terrestres ; quel apprivoisement cela présume de l'imagination devenue docile, ne s'élançant plus que sur une seule piste, n'errant plus, comme la mienne, à l'aventure !

Et pourtant, ce que les autres soins sont inutiles, car tout ce qui n'a pas trait au ciel, sur la terre, est vain ! oui, mais quand il s'agit de mettre ces pensées en pratique, elle se cabre, ma rosse d'âme, et j'ai beau la tirer, elle rue et n'avance pas !

Ah ! Sainte Vierge, ce n'est point pour m'excuser de mes faiblesses et de mes fautes ! mais cependant, je vous l'avoue, c'est décourageant, c'est navrant de ne rien comprendre, de ne rien voir ! Ce Chartres où je végète, est-il un lieu d'attente, une transition entre deux monastères, un pont jeté entre Notre-Dame de l'Âtre et Solesmes ou une autre abbaye ? est-ce au contraire l'étape dernière, celle où vous voulez que je sois enfin assis, mais alors ma vie n'a plus de sens ; elle est incohérente, bâtie et détruite au hasard des sables ! à quoi bon, s'il en est ainsi, ces souhaits monastiques, ces appels vers une autre destinée, cette quasi-certitude que je suis en panne à une station, que je ne suis pas arrivé au lieu où je dois me rendre ?

Si c'était encore, ainsi qu'autrefois où je Vous sentais près de moi, où lorsque je Vous interrogeais, Vous répondiez, si c'était de même qu'à la Trappe où j'ai tant souffert pourtant ! mais non, maintenant, je ne Vous entends plus, Vous ne m'écoutez pas.

Durtal se tut, puis : j'ai tort de Vous parler de la sorte, dit-il, Vous ne nous pressez dans vos bras que lorsque nous sommes incapables de marcher ; Vous soignez, Vous caressez la pauvre âme qui naît dans une conversion ; puis quand elle peut se tenir sur ses

jambes, Vous la déposez à terre et la laissez essayer
par elle-même ses propres forces.

C'est utile et c'est juste, mais n'empêche que le
souvenir de ces célestes allégeances, de ces premières
liesses perdues, désespère !

Ah ! Sainte Vierge, Sainte Vierge, prenez pitié
des âmes rachitiques qui se traînent si péniblement
quand elles ne sont plus sous votre lisière ; prenez
pitié des âmes endolories pour lesquelles tout effort
est une souffrance, des âmes que rien ne dégrève
et que tout afflige ! prenez pitié des âmes sans feu
ni lieu, des âmes voyagères* inaptes à se grouper et
à se fixer, prenez pitié des âmes veules et recrues,
prenez pitié de toutes ces âmes qui sont la mienne,
prenez pitié de moi !

Et souvent avant de se séparer de la Mère, il voulait La visiter encore dans ses réduits, là, où depuis
le Moyen Âge, les fidèles ne vont plus ; et il allumait un bout de cierge, quittait la nef même, longeait les murs tournants du couloir d'entrée jusqu'à
la sacristie de cette cave et, en face, dans la lourde
muraille, s'enfonçait une porte treillagée de fer. Il
descendait par un petit escalier dans un souterrain
qui était l'ancien martyrium où l'on cachait jadis,
en temps de guerre, la sainte châsse. Un autel avait
été édifié, sous le vocable de saint Lubin, au centre
de ce trou. Dans la crypte, l'on percevait encore le
bourdon lointain des cloches, le bruissement sourd
de la cathédrale s'étendant au-dessus d'elle ; là, plus
rien ; l'on était enfoui dans une tombe ; malheureusement, d'ignobles colonnes carrées, blanchies au
lait de chaux, érigées pour consolider le groupe de
Bridan placé dans le chœur de la basilique, sur l'autel, gâtaient l'allure barbare de cette oubliette, égarée
dans la nuit des âges, au fond du sol.

Et il en sortait quand même, soulagé, s'accusait d'ingratitude, se demandant comment il songeait à s'évader de Chartres, à s'éloigner ainsi de la Vierge avec laquelle il pouvait si facilement, quand il le désirait, causer seul.

D'autres jours, quand il faisait beau, il choisissait pour but de promenade un couvent dont Mme Bavoil lui avait révélé la présence à Chartres. Une après-midi, il l'avait rencontrée sur la place et elle lui avait dit :

— Je vais voir le petit Jésus de Prague qui est au Carmel de cette ville ; venez-vous avec moi, notre ami ?

Durtal n'aimait guère ces dévotionnettes, mais l'idée de pénétrer dans la chapelle des carmélites qu'il ne connaissait pas, l'incita à accompagner la gouvernante et elle l'emmena dans la rue des Jube-lines située derrière la chaussée du railway, après la gare. L'on franchissait pour y accéder un pont qui grondait sous le poids roulant des trains et l'on entrait, à droite, dans une sente qui zigzaguait, bordée d'un côté par le talus du chemin de fer, de l'autre par des bicoques coiffées de chaume, par d'anciennes granges et aussi par des maisons moins minables, mais closes, bouclées, dès la fin de l'aube. Mme Bavoil l'avait conduit au fond de la ruelle, là où s'ébrase l'arche d'un autre pont. Au-dessus était établie une voie de garage, avec des disques ronds et carrés, rouges et jaunes, et des poutrelles à escalier de fonte ; et, toujours à la même place, une locomotive chauffait ou marchait, en sifflant, à reculons.

Mme Bavoil s'arrêta devant une porte cintrée près de laquelle, formant avec le remblai de la ligne de l'Ouest la pointe d'un cul-de-sac, se dressait un mur immense en pierres meulières, couleur d'amande

grillée, pareil à ceux des réservoirs de Paris ; c'était
là que résidaient les moniales de sainte Térèse.

En femme qui a l'habitude de ces couvents,
Mme Bavoil poussa la porte laissée contre et Durtal
aperçut devant lui une allée pavée, sablée de cailloux
de rivières sur les bords, tranchant par le milieu un
jardin dans lequel s'élevaient des arbres fruitiers et
des géraniums. Deux ifs, en boule et découpés en
croix à leurs sommets, donnaient à cette closerie de
curé une odeur de cimetière.

L'allée montait, creusée de marches ; quand il
les eut grimpées, Durtal vit une construction en
briques et en plâtre, percée de fenêtres armées de
grilles noires et d'une porte grise nantie d'un judas,
au-dessus duquel se lisait cette inscription, en lettres
blanches : « Ô Marie conçue sans péché, priez pour
nous qui avons recours à Vous[1]. »

Il regardait, surpris de n'aviser personne, de ne
rien entendre, mais Mme Bavoil l'appela d'un signe,
contourna la maison, l'introduisit dans une sorte
de vestibule le long duquel serpentait une vigne
emmaillotée de gaze, et de là dans une petite chapelle où elle s'agenouilla, sur les dalles.

Durtal humait, mal à l'aise, la tristesse qui s'épandait de ce sanctuaire nu.

Il était dans un édifice de la fin du XVIIIe siècle ;
au milieu, précédé de huit marches, posait un autel
en bois ciré de la forme d'un tombeau, muni d'un
tabernacle couvert d'un rideau broché de soie, et
paré d'un tableau de l'Annonciation, une peinture
aux tons flasques, tendue dans un cadre d'or.

À gauche et à droite, deux médaillons en relief se
faisaient pendant, saint Joseph, d'un côté et sainte
Térèse, de l'autre ; et, au-dessus du tableau, près du
plafond, se détachaient les armes sculptées des Car-

mels : un écu avec croix et étoiles, sous une couronne de Marquis traversée par un bras brandissant
un glaive, maintenu par de gras angelots, tels qu'en
enfla la statuaire de ce temps, et sillonné en l'air
d'une banderole arborant la devise de l'ordre : « Zelo,
zelatus sum, pro Domino Deo exercituum[1]. »

Enfin, à droite de l'autel, la grille en fer noir de la
clôture se creusait dans le mur taillé en ogive et, sur
les marches de l'autel, en deçà de la rampe de communion, émergeait, sous un dais doré, une irritante
statue de l'enfant Jésus, diadémée, soupesant une
boule dans une main et levant l'autre en un geste qui
réclame l'attention, une statue de précoce jongleur,
en plâtre colorié, honorée dans cette chapelle solitaire par deux pots d'hortensias et une veilleuse allumée de verre rouge.

Ce que ce rococo est morne et gelé, pensa Durtal. Il
s'agenouilla sur une chaise et, peu à peu, ses impressions changèrent. Sursaturé de prières, ce sanctuaire
fondait ses glaces, devenait tiède. Il semblait que,
par la grille de la clôture, des oraisons filtrassent et
répandissent des bouffées de poêle dans la pièce. On
finissait par avoir chaud à l'âme, par se croire bien
chez soi, dans cet isolement, à l'aise.

L'étonnement demeurait seul d'entendre, si loin de
tout, des sifflements de convois et des ronflements
de machines.

Durtal sortit, tandis que Mme Bavoil achevait
d'égrener son rosaire. Sur la porte, juste en face de
lui, la cathédrale se profilait, au loin, mais ne possédait plus qu'un clocher, le vieux se cachant derrière
le neuf. Par ce temps un peu voilé, elle s'affinait dans
le firmament, verte et grise, avec son toit oxydé de
cuivre et le ton de pierre ponce de sa tour.

Elle est extraordinaire, se disait Durtal, se commémorant les divers aspects qu'elle revêtait, suivant les saisons, suivant les heures ; comme l'épiderme de son teint changeait !

En son ensemble, par un ciel clair, son gris s'argente et si le soleil l'illumine, elle blondit et se dore ; vue de près, sa peau est alors pareille à un biscuit grignoté, avec son calcaire siliceux rongé de trous ; d'autres fois, lorsque le soleil se couche, elle se carmine et elle surgit, telle qu'une monstrueuse et délicate châsse, rose et verte, et, au crépuscule, elle se bleute, puis paraît s'évaporer à mesure qu'elle violit[1].

Et ses porches ! continua Durtal – celui de la façade Royale est le moins versatile ; il se conserve, d'un brun de cannelle, jusqu'à mi-corps, d'un gris de pumicite*, lorsqu'il s'élève ; celui du Midi, le plus mangé de tous par les mousses, s'éverdume* ; tandis que les arches du Nord, avec leurs pierres effritées, bourrées de coquillages, suscitent l'illusion d'une grotte marine, à sec.

— Eh bien, vous rêvez notre ami ? fit Mme Bavoil, qui lui frappa sur l'épaule.

Voyez-vous, reprit-elle, c'est un très austère couvent que celui de ces carmélites et vous ne doutez pas que les grâces n'y abondent ; – et Durtal murmurant : quel contraste entre ce lieu mort et ce chemin de fer, toujours en émoi, qui le longe ! – elle s'écria :

— Pensez-vous qu'il y ait autre part, côte à côte, un semblable symbole de la vie contemplative et de la vie active ?

— Oui, mais que doivent imaginer les moniales, en écoutant ces continuels départs pour le monde ? Évidemment celles qui ont vieilli dans le monastère méprisent ces appels, ces invites à la vie et la quiétude de leur âme s'accroît de se savoir pour toujours à l'abri de ces périls qu'évoque, à chaque heure du jour et de la nuit, la fuite bruyante des trains ; elles se sentent plus enclines à prier pour ceux que les hasards de l'existence emportent à Paris ou refoulent, rejetés par cette ville, sur la province ; mais les postulantes et les novices ? Dans ces moments de sécheresse, d'incertitude sur leur vocation qui les accablent, n'est-il pas affreux, ce souvenir constamment ravivé de la famille, des amis, de tout ce que l'on a abandonné pour s'enfermer à jamais dans un cloître ?

N'est-ce pas, lorsqu'on est encore mal aguerrie, brisée par les fatigues, lorsqu'on se tâte pour connaître si l'on pourra résister aux veilles et aux jeûnes, la tentation permanente de ne pas se laisser murer vivante, dans une tombe ?

Je songe aussi à cet aspect de réservoir que la construction de ses murs prête au Carmel. La figure est exacte, car ce couvent est bien un réservoir où Dieu plonge et pêche des œuvres d'amour et de larmes, afin de rétablir l'équilibre de la balance où les péchés du monde pèsent si lourds !

Mme Bavoil se mit à sourire.

— Une très vieille carmélite, fit-elle, qui était entrée dans cette communauté avant l'invention de cette ligne de chemin de fer, est décédée, il y a quelques mois à peine. Jamais elle n'était sortie de la clôture et jamais elle n'avait vu une locomotive et un wagon. Sous quelle forme pouvait-elle se représenter ces convois dont elle entendait les roulements et les cris ?

— Évidemment sous une forme diabolique, puisque ces attelages mènent aux péchés scélérats et joyeux des villes, répondit, en souriant, Durtal.

— Remarquez bien, en tout cas, ceci : cette sœur

aurait pu monter dans le grenier de la maison qui domine la voie et, de là, regarder, une fois pour toutes, un train. On l'y autorisa et elle ne le fit point justement parce qu'elle en mourait d'envie ; elle s'imposa, par esprit de mortification, ce sacrifice.

— Une femme qui peut châtier ses désirs et vaincre sa curiosité, ça c'est fort !

Durtal se tut, puis, changeant de conversation, il dit :

— Vous causez toujours avec le ciel, Mme Bavoil ?

— Non, répliqua-t-elle tristement. Je n'ai plus ni colloques, ni visions. Je suis sourde et aveugle. Dieu se tait.

Elle hocha la tête et, après une pause, elle poursuivit, s'entretenant avec elle-même :

— Il faut si peu de chose pour ne point Lui plaire. S'Il perçoit un soupçon de vanité dans l'âme qu'Il éclaire, Il se retire. Et comme me l'a déclaré le père, le fait seul d'avoir parlé des grâces spéciales que Jésus m'accordait, prouve que je ne suis pas humble ; enfin que sa volonté s'accomplisse ! Et vous, notre ami, pensez-vous encore à vous réfugier dans une abbaye ?

— Moi, j'ai l'esprit qui bat la chamade, j'ai l'âme en vrague[*] !

— Parce que, sans doute, vous n'y allez pas franc-jeu ; vous avez l'air de traiter une affaire avec Lui ; ce n'est pas ainsi qu'on doit s'y prendre !

— Vous feriez quoi à ma place ?

— Je serais généreuse ; je Lui dirais : me voici, usez de moi, selon votre dessein ; je me donne sans conditions ; je ne vous demande qu'une chose, c'est de m'aider à Vous aimer !

— Si vous croyez que je ne me les suis pas déjà reprochées, mes ladreries de cœur !

Ils cheminèrent en silence. Arrivés devant la cathédrale, Mme Bavoil proposa de rendre visite à Notre-Dame du Pilier.

Ils s'installèrent dans l'obscurité de ce bas-côté du chœur dont les sombres vitraux étaient encore voilés par une boiserie de camelote dessinant une niche dans laquelle la Vierge se tenait, noire, telle que son homonyme de la crypte, que Notre-Dame de Sous-Terre, sur un pilier, entourée de grappes de cœurs en métal et de veilleuses suspendues à des cerceaux au plafond. Des herses de cierges dardaient leurs amandes de flammes et des femmes prosternées priaient, la tête entre les mains, ou la face tournée vers le visage d'ombre que les lueurs n'atteignaient point.

Il parut à Durtal que les douleurs contenues, le matin, se répandaient dans le crépuscule ; les fidèles ne venaient plus seulement pour Elle, mais pour eux ; chacun apportait le paquet de ses maux et l'ouvrait ; la tristesse de ces âmes vidées sur les dalles, de ces femmes appuyées, prostrées, contre la grille qui protégeait le pilier que toutes embrassaient, en partant !

Et la noire statue, sculptée dans les premières années du XVIᵉ siècle, écoutait, la face invisible, les mêmes gémissements, les mêmes plaintes, qui se succédaient, de générations en générations, entendait les mêmes cris, se répercutant à travers les âges, affirmant l'inclémence de la vie et la convoitise de la voir se prolonger pourtant !

Durtal regarda Mme Bavoil ; elle priait, les yeux clos, renversée sur ses talons, par terre, les bras tombés, les mains jointes. Était-elle heureuse de pouvoir s'absorber ainsi !

Et il voulut se forcer à réciter une supplique très courte, afin de parvenir à l'achever, sans se dis-

traire ; et il commença à répéter le « *Sub tuum* ».
« Nous nous réfugions sous votre abri, sainte Mère
de Dieu, ne méprisez pas… » Au fond, ce qu'il était
nécessaire d'obtenir du Père Abbé dans le cloître
duquel il se détiendrait, c'était le droit d'amener au
monastère ses livres, de garder au moins quelques
bibelots pieux dans sa cellule ; oui, mais comment
faire comprendre que des volumes profanes sont
nécessaires dans un couvent, qu'au point de vue de
l'art, il est indispensable de se retremper dans la
prose d'Hugo, de Baudelaire, de Flaubert… Voilà
que je m'évague encore, se dit tout à coup Durtal.
Il essaya de balayer ces distractions et reprit : « ne
méprisez pas les prières que nous Vous adressons
dans nos besoins… » et il repartit, bride abattue,
dans son rêve ; en admettant que cette proposition
ne soit pas la cause de difficultés, il resterait encore
la question des manuscrits à soumettre, de l'impri-
matur à se procurer ; et cette question-là, comment
la résoudre ?

Mme Bavoil rompit ces phantasmes en se levant.
Il revint à lui, acheva en hâte sa prière… « mais
délivrez-nous toujours de tous les périls, Vierge glorieuse et bénie, ainsi soit-il » ; et il quitta la gouvernante sur le seuil de l'église et se dirigea, irrité contre
ses débauches d'imagination, vers son logis.

Il y trouva une lettre du Directeur de la Revue qui
avait inséré son étude sur le Fra Angelico du Louvre ;
on lui commandait un nouvel article.

Cette diversion le réjouit ; il pensa que ce travail
l'empêcherait peut-être de rêvasser ainsi sur ses
désarrois de Chartres et ses souhaits de clôture.

Donner quoi à la Revue ? se dit-il, puisqu'ils
veulent surtout de la critique d'art religieux, je pourrais leur rédiger quelques aperçus sur les Primitifs

de l'Allemagne. J'ai mes notes détaillées, prises sur place, dans les musées de ce pays, voyons-les. Il les feuilleta, s'attarda sur un calepin contenant ses impressions de voyage ; le résumé de ses remarques sur l'école de peinture de Cologne l'arrêta.

À chaque page du carnet, sa surprise s'attestait en des termes plus véhéments, de la fausseté des idées acquises, des rengaines débitées depuis tant d'années sur ces peintures.

Tous les écrivains, sans exception, s'extasiaient à qui mieux mieux, sur l'art pur, religieux, de ces Primitifs, en parlaient tels que d'artistes séraphiques, ayant peint des figures surhumaines, des Vierges effilées, blanches, toutes en âme, se découpant, ainsi que des visions célestes, sur des fonds d'or.

Et Durtal, prévenu quand même par l'unanimité de ces lieux communs, s'attendait à rencontrer des anges blonds presque impalpables, des madones flamandes, en quelque sorte éthérées, débarrassées de leur coque charnelle, de vagues Memling avec des yeux encore clarifiés et des corps qui n'en sont plus… et il se rappelait son ahurissement, en entrant dans les salles du musée de Cologne.

À dire vrai, ses désillusions avaient commencé dès sa descente du train ; transporté en une nuit de Paris dans cette ville, il avait traversé d'insignifiantes rues dont tous les soupiraux expiraient des odeurs de choucroutes et il était arrivé sur la grand'place, décorée par les enseignes des Farina[1], devant la fameuse cathédrale ; et il avait bien dû s'avouer que cette façade, que cet extérieur était un ressemelage et un leurre. Tout était retapé, tout était neuf ; et cette basilique n'arborait aucune sculpture sous ses évents ; elle était symétrique et bâtie au cordeau ; elle offensait par ses contours secs, par ses lignes dures.

L'intérieur valait mieux, malgré le feu d'artifice de barrière que tiraient, entre ses murs, d'ignobles vitraux modernes ; c'était là, dans une chapelle, près du chœur, que s'exhibait, moyennant finance, le tableau célèbre de l'école allemande, le Dombild de Stephan Lochner, un triptyque représentant l'Adoration des Rois Mages, sur son panneau du milieu ; sainte Ursule, sur le volet de gauche ; saint Géréon[1], sur le volet de droite.

Et l'ahurissement de Durtal avait alors dépassé le possible. Cette œuvre était ainsi agencée sur fond d'or : une Vierge diadémée, rousse, à tête ronde, drapée de bleu, tenait sur ses genoux un enfant qui bénissait ces Mages dont deux agenouillés de chaque côté du trône ; l'un, un vieux à barbiche d'officier en retraite, aux cheveux roulés en copeaux sur l'oreille, était somptueusement accoutré de velours rouge broché d'or et joignait les mains ; l'autre, un bellâtre à longs cheveux et à grande barbe, habillé d'une étoffe verte, orfrazée*, et bordée de fourrures, élevait entre ses doigts un vase d'or. Et derrière chacun de ces deux hommes, d'autres personnages debout, brandissant des épées et des étendards, prenaient des attitudes cavalières, posaient pour le public, s'occupaient beaucoup plus des visiteurs que de la Vierge.

Alors, c'était ça, les Madones en fil de harpe, les Vierges sublimées de Cologne ! celle-là était bouffie, redondante, mafflue ; elle avait un cou de génisse et des chairs en crème, en tôt-fait*, qui tremble quand on y touche. Jésus, dont l'expression était seule intéressante dans ce tableau, par une certaine gravité de petit homme s'accusant sans dénaturer néanmoins le caractère de l'enfance, était, lui aussi, mol et replet ; et la scène se cantonnait sur un gazon semé de fleurs, de primevères, de violettes, de fraises, traitées par un miniaturiste, à petites lèches.

Il était tout ce que l'on voulait, ce tableau, de l'art lisse et ciré, froid sous sa couleur vive ; il était une œuvre méticuleuse et brillante, adroite, mais nullement religieuse ; il sentait la Décadence, le travail fignolé, le compliqué, le joli, et non le Primitif.

Cette Vierge commune et tassée, n'était qu'une bonne Allemande bien vêtue et honnêtement campée, mais jamais elle n'avait été la Mère extasiée d'un Dieu ! – puis, ces gens agenouillés ou debout ne priaient pas ; aucun recueillement dans ce panneau ; ces gens pensaient à autre chose, en croisant les mains et en regardant du côté du peintre qui les portraiturait. Quant aux volets, mieux valait ne pas les décrire. Que penser d'ailleurs de cette sainte Ursule, au front renflé tel qu'un verre de ventouse, au ventre de femme enceinte, flanquée d'autres créatures, déhanchées comme elle et trouant, avec des nez en pied de marmite, les vessies de graisse blanche qui leur servaient de face ?

Et cette impression réitérée, nette, de l'insens mystique, Durtal la retrouvait au musée de la ville. Là, il étudiait le devancier de Stephan Lochner, maître Wilhelm, le premier des Primitifs allemands dont on croit connaître le nom ; et il découvrait encore ce même côté rondouillard et appliqué du Dombild. La Vierge de Wilhelm était moins vulgaire que celle de la cathédrale, mais elle était d'intention fade, pourléchée, d'une joliesse plus résolue encore ; elle était le triomphe du délicat et du coquet, avait l'air d'une petite soubrette de théâtre, avec ses cheveux ondés sur le front ; et l'Enfant était tordu en une allure efforcée, caressant le menton de sa Mère, tournant la tête de notre côté, pour se mieux faire voir.

Somme toute, cette Vierge n'était ni humaine, ni divine ; elle n'avait même pas le côté trop réel de celle de Lochner, et pas plus qu'elle, elle ne pouvait être la Génitrice élue d'un Dieu.

Ils sont quand même surprenants ces Primitifs qui débutent par où la peinture finit, par la mignotise et le fondant, ces gens qui sucrent dès le premier jour le vin vert, qui se révèlent sans énergie, sans impétuosité, sans naïveté, sans simplesse, sans foi qui jaillisse de leurs œuvres ! Ils sont l'à rebours de toutes les écoles, car partout, en Italie, en Flandre, en Hollande, en Espagne, en Bourgogne, les panneaux commencèrent par être gauches et frustes, barbares et durs, mais ardents et pieux !

À scruter les autres toiles de ce musée, la masse des morceaux anonymes, les tableaux désignés sous le nom du maître de la Passion de Lyversberg, du maître de saint-Bartholomé, Durtal arrivait à cette conclusion que l'école de Cologne n'avait acquis le sentiment mystique qu'après avoir subi l'influence des Flandres. Il avait fallu Van Eyck et surtout cet admirable Roger Van der Weyden pour insuffler une âme céleste à ces peintres. Ils avaient alors changé leur manière, imité la candide rigueur des Flamands, s'étaient assimilé leur tendre piété, leur franchise et, en des hymnes ingénus, ils avaient, à leur tour, célébré la gloire de la Mère et pleuré le martyre du Fils.

Cette école colonaise, on peut la résumer ainsi, fit Durtal : elle est l'incontinence du capiton et du satiné, l'apothéose du roublard et du bouffi ; et cela n'a rien à voir avec l'art mystique, proprement dit.

Si l'on veut vraiment se rendre compte du tempérament personnel, entier, de la peinture religieuse allemande, ce n'est pas cette école, la seule dont on nous entretienne, la seule qui soit toujours vantée, qu'il sied de voir. Il convient de fouiller les maîtrises moins anciennes de la Franconie et de la Souabe ;

là, c'est l'opposé ; l'art est abrupt et farouche, mais il vibre ; il pleure, il hurle même, mais il prie ! Il faut aller visiter des sauvages de génie, tels que Grünewald dont les Christs, tumultueux et féroces, crissent des dents à se les briser, ou Zeitblom dont le voile de Véronique, au musée de Berlin, déplaît, avec ses anges qui ont des buffleteries noires sur la poitrine, et la tête terrible, atroce, de son Supplicié ; mais il est, malgré tout, si énergique, si décidé, si cru, celui-là, qu'il s'impose par la sincérité de sa laideur même !

Au fond, reprit Durtal, en négligeant au besoin de fiers peintres comme Grünewald, je préfère encore aux saindoux sucrés de Cologne des inconnus dont le talent ne domine guère, dont les œuvres sont plus bizarres que belles, mais qui sont mystiques au moins ! – Tel, cet anonyme qui figure à Gotha dans la collection du grand-duc et qui a tracé l'une de ces messes étranges que le Moyen Âge appelait, on ne sait trop encore pourquoi, messes de saint Grégoire.

Et Durtal, fouillant dans son calepin, parcourait la description notée de cet ouvrage dont le souvenir lui revenait ainsi qu'un mémorial de brutalité pieuse.

Cette peinture était ainsi ordonnée sur un champ d'or : un peu au-dessus d'un autel, le dépassant à peine, un tombeau de bois, une sorte de baignoire carrée s'élevait dont les deux bords étaient rejoints par une planche ; et, sur ce pont, un Christ aux jambes disparues dans ce sépulcre, était assis sur une fesse et tenait une croix. Il avait la face hâve et creuse, cernée d'une couronne d'épines vertes et le corps décharné était criblé de piqûres de puces par des points de verges. Autour de lui, en l'air, planaient dans le ciel d'or les instruments de sa torture : les clous, une éponge, un marteau, une lance ; puis, à gauche, tout petits, les bustes coupés de Jésus et de Judas, près d'un socle sur lequel s'alignaient en trois files des pièces d'argent.

Et, devant l'autel, adorant ce Sauveur vraiment affreux, conçu suivant les descriptions anticipées d'Isaïe et de David[1], le pape saint Grégoire à genoux, les mains jointes, était flanqué d'un cardinal grave, les bras sous sa robe, et d'un rude évêque debout, dans un manteau d'un vert foncé brodé d'or et portant une croix.

C'était énigmatique, et c'était sinistre, mais les visages impérieux et austères vivaient. Un accent de foi, fauve et têtue, sortait de ces faces ; c'était âpre au goût, c'était le vin bleu de la mystique, mais ce n'était pas le sirop de flon des premiers peintres de Cologne !

Ah ! le souffle mystique qui fait que l'âme d'un artiste s'incorpore dans de la couleur, sur une toile, dans de la pierre sculptée, dans de l'écriture, et parle aux âmes des visiteurs aptes à la comprendre, combien le possédèrent ? ruminait Durtal, en fermant son carnet de voyage. En Allemagne, il a surgi chez les bandits de la peinture ; en Italie, si nous laissons, avec son élève Benozzo Gozzoli[2], le dernier peintre du Moyen Âge, l'Angelico dont les œuvres reflètent ses aîtres de saint, sont des projections colorées de sa vie intime ; si nous écartons aussi ses précurseurs, Cimabue, les restes figés de l'école Byzantine, Giotto qui dégèle ces images immobiles et confuses, les Orcagna, Simone di Martino, Taddeo Gaddi, les vrais Primitifs, combien d'adroites supercheries de grands peintres singeant la note religieuse, l'imitant, à force de ruse, à s'y méprendre !

Plus que tous, les Italiens de la Renaissance ont excellé dans cet art de feindre ; et ils sont relativement rares, ceux qui, comme Botticelli, ont la franchise d'avouer que leurs Vierges sont des Vénus et leurs Vénus des Vierges. Le musée de Berlin, où il s'atteste en d'exquises et de triomphantes toiles, nous renseigne sur ce point, en nous montrant, côte à côte, les deux genres.

D'abord une Vénus extraordinaire, nue, aux cheveux d'or pur ramenés par une main sur le ventre, détache, sur un fond de noir d'encre de Chine, des chairs blanches, et nous regarde avec des yeux gris, noyés dans une eau qui se gâte, lisérés par des paupières de petit lapin, des paupières roses ; elle a dû beaucoup pleurer et ce regard inconsolable, cette attitude navrée, suggèrent de lointaines pensées sur la lassitude inassouvie des sens, sur l'immense détresse des abominables souhaits que rien n'apaise.

Puis, non loin d'elle, une Vierge qui lui ressemble, qui est elle-même, avec son nez mobile un peu retroussé, sa bouche en forme de feuille repliée de trèfle, ses yeux saumâtres, ses paupières roses, ses cheveux d'or, son teint de chlorose, son corps robuste et ses mains fortes. La physionomie est pareille, dolente et fatiguée, et il est évident que le même modèle a posé les deux femmes. L'une et l'autre sont païennes ; la Vénus se conçoit, mais la Vierge !

L'on peut constater aussi que, dans cette toile, une rangée d'anges céroféraires[*] rend le sujet moins chrétien encore, s'il est possible, car ces êtres charmants, avec leurs sourires incertains et leurs grâces trop souples, ont les attraits dangereux des mauvais anges. Ils sont des Ganymèdes[1], issus de la mythologie, non de la Bible.

Ce que nous sommes avec le paganisme de Botticelli loin de Dieu ! se dit Durtal ; quelle différence, entre ce peintre et ce Roger Van der Weyden dont la Nativité resplendit dans une des salles voisines de cette superbe collection qu'est le vieux musée de Berlin.

Cette Nativité !

Peinte en triptyque, elle tenait – sur son volet de droite, à côté de quelques gens émerveillés et debout, un vieillard prosterné, encensant la Vierge vue par la fenêtre ouverte, au-dessus d'un paysage fuyant en des allées qui ondulent, à l'infini ; et une femme, le chef coiffé d'une cornette, presque d'un turban, la face extasiée, touche d'une main l'épaule du vieillard et lève l'autre, en un indéfinissable geste de surprise et de joie. – Sur le volet de gauche, les trois Mages à genoux, les mains tendues, les yeux au ciel, contemplent un enfant qui rayonne dans une étoile et rien n'est plus beau que ces trois visages qui se transforment, qui prient de tout cœur, ceux-là, et sans s'occuper de nous !

Mais ces deux parties ne sont que les accessoires et le sujet central qu'elles assistent est régi de la sorte :

Au centre, devant un vague palais démoli, une espèce d'étable à colonnes dont le toit est en ruine, une Vierge prie, agenouillée devant l'Enfant ; à droite, dans la même posture, le donateur de l'œuvre, le chevalier Bladelin et, à gauche, saint Joseph portant un petit cierge allumé, considèrent Jésus. Ajoutons six petits anges, trois en bas, à l'entrée de l'étable et trois en l'air. Telle se combine, en son entier, la scène.

Il faut remarquer tout de suite que les orfèvreries, les teintures ramagées des tapis de l'Orient, les brocarts ourlés de vair et parsemés de gemmes dont Van Eyck et Memling usèrent si largement pour leurs vêtures de donateurs et de Vierges, n'existent pas dans ce panneau. Les étoffes sont de trame magnifique, mais sans les éclats des soies brugeoises et des laines persanes. Roger Van der Weyden semble avoir voulu réduire le décor à sa plus simple expression et il n'en a pas moins réussi à créer, en employant des couleurs dont la discrétion ne cherche pas à s'imposer, un chef-d'œuvre de coloris clair et lucide.

Sans diadème, sans féronnière[*], sans un bracelet, sans un bijou, Marie, la tête simplement auréolée par quelques rais d'or, apparaît enveloppée d'une robe blanche montant jusqu'au col, d'un manteau d'azur dont les ondes se déroulent à terre et les manches de son habit de dessous, serrées aux poignets, sont d'un violet nourri de bleu, plus près du noir que du rouge. La figure est intraduisible, d'une beauté surhumaine sous ses longs cheveux roux ; le front est haut, le nez droit, les lèvres fortes et le menton petit ; mais les mots ne disent rien ; ce qui ne se peut rendre, c'est l'accent de candeur et de mélancolie, c'est la surgie d'amour qui jaillit de ces yeux baissés sur l'enfant minuscule et gauche, sur le « Jesulus » dont le chef est ceint d'un nimbe rose étoilé d'or.

Jamais Vierge ne fut et plus extraterrestre et plus vivante. Ni Van Eyck, avec ses types un peu populaciers, laids en tout cas ; ni Memling, plus tendre et plus raffiné, mais confiné dans son rêve de femme à front bombé, à tête en cerf-volant, large du haut et mince du bas, n'ont atteint cette noblesse délicate de formes, cette pureté de la femme que l'Amour divinise et qui, même retirée du milieu où elle se trouve, même privée des attributs qui la font reconnaître, ne pourrait pas être une autre que la Mère d'un Dieu.

Près d'elle, le chevalier Bladelin, tout vêtu de noir, avec sa face chevaline, ses joues rases, son air à la fois sacerdotal et princier, s'abîme dans la contemplation, loin de tout ; ce qu'il prie bien, celui-là ! – et le saint Joseph qui lui sert de pendant, représenté sous les traits d'un vieillard chauve, à barbe courte et à manteau d'incarnat – absolument pareil à celui que Memling a peint dans cette Adoration des Mages que possède l'hôpital Saint-Jean, à Bruges –, s'approche, étonné de son bonheur, n'osant croire que le moment soit venu d'adorer le Messie enfin né ; et il sourit, si déférent, si doux, marche avec des précautions presque maladroites de bon vieux qui voudrait bien être utile, mais craint de gêner.

Enfin, pour parachever la scène, au-dessus de Pierre Bladelin, un paysage merveilleux s'étend, coupé par la grande rue de la ville de Middelbourg que ce seigneur fonda, une rue bordée de châteaux à murs crénelés, de clochers d'églises, se perdant dans une campagne qu'éclaire un firmament léger, un jour limpide de printemps bleu ; – au-dessus de saint Joseph, une prairie et des bois, des moutons et des pâtres et trois anges exquis, en robes d'un jaune saumoné, d'un violet de campanule, d'un citrin tirant sur le vert, trois êtres vraiment immatériels, n'ayant aucun rapport avec ces pages si perversement candides qu'inventa la Renaissance.

Évidemment, si l'on résume l'impression de cette œuvre, l'on est amené à conclure que l'art mystique demeurant encore sur la terre, ne se passant plus seulement en plein ciel, comme le voulut dans son *Couronnement de la Vierge*, l'Angelico, a produit, avec le triptyque de Roger Van der Weyden, l'exoration colorée la plus pure qui soit dans la peinture. Jamais la Théophanie n'a été plus splendidement célébrée et, l'on peut dire aussi, plus naïvement et plus simplement rendue ; le chef-d'œuvre de la Noël est à Berlin, de même que le chef-d'œuvre de la descente de croix est à Anvers, dans la douloureuse, dans la splendide page de Quentin Metsys !

Les Primitifs des Flandres ont été les plus grands peintres du monde, se dit Durtal ; et ce Roger Van der Weyden ou ce Roger de La Pasture, ainsi que d'autres le nomment, écrasé entre le renom de Van Eyck et de Memling, comme le furent également, plus tard, Gérard David, Hugues Van der Goes, Juste de Gand, Thierry Bouts, est, suivant moi, supérieur à tous ces peintres.

Oui, mais après eux, si nous exceptons le dernier des gothiques flamands, ce délicieux Mostaert dont les deux *Épisodes de la vie de saint Benoît* magnifient, à Bruxelles, les salles du musée, quelle décadence ! ce sont les crucifixions théâtrales, les grosses viandes de Rubens que Van Dyck s'efforce d'alléger en les dégraissant. Il faut sauter en Hollande pour retrouver l'accent mystique et alors il s'avère en une âme de protestant hébraïsé, sous un jour si mystérieux, si fantasque, que l'on se tâte tout d'abord pour savoir si, en jugeant cette peinture religieuse, l'on ne se trompe pas.

Et point n'est besoin de remonter jusqu'à Amsterdam pour se certifier la vérité de son impression. Il suffit d'aller voir les Pèlerins d'Emmaüs, au Louvre.

Et Durtal, parti dans son sujet, se mit à rêver sur l'étrange conception d'esthétique chrétienne de Rembrandt. Évidemment, dans les scènes qu'il traduit des Évangiles, ce peintre exhale surtout une odeur de Vieux Testament ; son église, même s'il voulait la peindre telle qu'elle fut de son temps, serait une synagogue, tant la caque juive sent fort dans son œuvre ; les préfigures, les prophéties, tout le côté solennel et barbare de l'Orient, le hantent. Et cela s'explique si l'on sait qu'il fréquenta des rabbins dont il nous a laissé les portraits, qu'il fut l'ami de Menasseh-ben-Israël, l'un des hommes les plus savants de son siècle ; l'on peut admettre, d'autre part, que, sur ce fond de science cabaliste et de cérémonies mosaïques, se greffe chez ce protestant l'étude attentive, la lecture assidue de l'Ancien Livre, car il possédait une Bible qui fut, avec ses meubles, vendue à la criée, pour payer ses dettes.

Ainsi se justifierait le choix de ses sujets, l'agencement même de ses toiles, mais l'énigme n'en subsiste pas moins des résultats obtenus par un artiste que l'on ne s'imagine pas, malgré tout, priant, tel que l'Angelico et Roger Van der Weyden, avant de peindre.

Quoi qu'il en soit, avec son œil de visionnaire, son art ardent et pensif, son génie à condenser, à concentrer de l'essence de soleil dans de la nuit, il a atteint des effets grandioses et, dans ses scènes bibliques, parlé un langage que personne n'avait même balbutié avant lui.

Les Pèlerins d'Emmaüs ne sont-ils pas, à ce point de vue, typiques ? Décomposez l'œuvre, elle devrait être plate et monotone, sourde. Jamais ordonnance ne fut plus vulgaire : une sorte de caveau de pierres de taille, une table en face de nous, derrière laquelle Jésus, les pieds nus, les lèvres terreuses, le teint sale, les vêtements d'un gris rosâtre, rompt le pain, tandis qu'à droite un apôtre étreint sa serviette, le regarde, croit le reconnaître – qu'à gauche, un autre apôtre le reconnaît, lui, et joint les mains ; et celui-là pousse un cri de joie que l'on entend ! – Enfin, un quatrième personnage, au profil intelligent, ne voit rien et sert, attentif à sa besogne, les convives.

C'est un repas de pauvres gens dans une prison ; les couleurs se confinent dans la gamme des gris tristes et des bruns ; à part l'homme qui tord sa ser-

viette et dont les manches sont empâtées d'un rouge
de cire à cacheter, les autres semblent peints avec de
la poussière délayée et du brai*.

Ces détails sont exacts et cependant rien de tout
cela n'est vrai, car tout se transfigure. Le Christ s'illumine, radieux, rien qu'en levant les yeux ; un pâle
éblouissement remplit la salle. Ce Jésus si laid, à la
mine de déterré, aux lèvres de mort, s'affirme en un
geste, en un regard d'une inoubliable beauté, le Fils
supplicié d'un Dieu !

Et l'on demeure abasourdi, n'essayant même plus
de comprendre, car cette œuvre d'un réalisme suré-
levé est hors et au-dessus de la peinture et personne
ne peut la copier, ne peut la rendre...

Après Rembrandt..., poursuivit Durtal, c'est l'ir-
rémédiable déchéance de l'impression religieuse
dans l'art. Le XVIIᵉ siècle n'a d'ailleurs laissé aucun
panneau dont l'aloi de mâle dévotion soit sûr, sauf
cependant, au temps de sainte Térèse et de saint
Jean de la Croix, en Espagne, car alors le naturalisme mystique de ses peintres enfanta de farouches
et de ferventes œuvres ; et Durtal se remémorait un
tableau de Zurbaran qu'il avait autrefois admiré au
musée de Lyon, un saint François d'Assises, droit,
dans une robe de bure grise, la tête encapuchonnée,
les mains ramenées dans ses manches.

Le visage paraissait modelé, creusé dans de la
cendre et la bouche béait, livide, sous des yeux
en extase, blancs, comme crevés. L'on se demandait comment ce cadavre qui n'avait plus que les
os tenait debout et l'effroi venait, en songeant aux
exorbitantes macérations, aux épouvantables pénitences qui avaient exténué ce corps et labouré les
traits douloureux et ravis de cette face.

Cette peinture dérivait évidemment de l'âpre et

de la terrible mystique de saint Jean de la Croix ; c'était de l'art de tortionnaire, le delirium tremens de l'ivresse divine, ici-bas ; oui, mais quel accent d'adoration, quel cri d'amour, étouffé par l'angoisse, jaillissaient de cette toile !

Quant au XVIIIe siècle, il n'y avait même pas à s'en occuper ; ce siècle fut une époque de bedon et de bidet et, dès qu'il voulut toucher au culte, il fit d'un bénitier une cuvette.

Dans le moderne, il n'y a non plus rien à chercher ; les Overbeck, les Ingres, les Flandrin furent de blêmes haridelles attelées à des sujets de commande pieux ; dans l'église Saint-Sulpice, Delacroix écrase tous les peinturleurs qui l'entourent, mais son sentiment de l'art catholique est nul.

Et il en est de même de ceux de nos artistes contemporains qui peignent indifféremment des Junon et des Vierges, qui décorent, tour à tour, des plafonds de palais et de cabarets, et des chapelles ; la plupart n'ont pas la foi et, à tous, le sens de la mystique manque.

Il n'y a donc pas à se soucier, ici, de ces intermittents, pas plus qu'il n'y a à tenir compte des plaisanteries intéressées et des panneaux pour gobe-mouches des Rose-Croix[1], pas plus encore qu'il n'y a même à noter la petite imagerie fabriquée par de jeunes roublards ou de bons jeunes gens qui se figurent qu'en dessinant des femmes trop longues ils sont mystiques.

En restreignant alors nos recherches aux spécialistes assermentés de l'Église, nous découvrons quoi ? Hélas ! la situation est au premier abord telle : Signol[2] est mort, mais Olivier Merson nous reste ; c'est le néant sur toute la ligne. Mieux vaudrait donc se taire, si subitement l'idée n'était venue à un éditeur bien pensant de mobiliser les forces du parti clérical pour faire acclamer, comme peintre d'un renouveau chrétien, James Tissot[1], dont la biographie de Notre-Seigneur est une des œuvres les moins religieuses qui soient ; et, en effet, son Christ fleure je ne sais quelle odeur de protestantisme, quel relent de temple – pis même –, car dans cet ouvrage, Il n'est plus qu'un homme. Il y a certainement maldonne ; ces aquarelles, ces croquis, devraient illustrer la *Vie de Jésus* de Renan et non les Évangiles.

Sous prétexte de réalité, de renseignements pris sur les lieux, de costumes authentiques, le tout fort discutable, puisqu'il faudrait admettre que, depuis dix-neuf siècles, en Palestine, rien n'a changé, M. Tissot nous a présenté la mascarade la plus vile que l'on ait encore osé entreprendre des Écritures. Voyez cette dondon, cette fille de la rue qui, éreintée de crier : « À la moule, à la barque ! » se trouve mal, c'est le Magnificat, c'est la Sainte Vierge ; ce même épileptique qui bat l'air avec ses bras, c'est l'Enfant au Temple ; ces larves qui veillent auprès d'un médium en transe, ces apparitions que l'on pourrait croire issues des agissements de la sorcellerie et des pratiques du spiritisme, ce sont des Anges assistant le Sauveur. – Voyez le Baptême du Messie, le Pharisien et le Publicain, le Massacre des Innocents ; voyez tout le côté ganache et mélo de son Calvaire, voyez-les toutes, ces planches, elles sont d'une platitude, d'une veulerie, d'une indigence de talent que rien n'égale ; elles sont dessinées par n'importe qui, peintes avec de la fiente, de la sauce madère, du macadam !

La maison Mame – il est bon de le dire à la fin – a témoigné de son insens irréductible de l'art, en aidant à propager, à force d'argent, la basse faconde de ce peintre.

Il n'y a donc rien, plus rien à l'actif de l'Église ! se cria Durtal. Cependant, l'on comptait quelques essais d'ascèse picturale dans ce siècle. Il y avait de cela un certain nombre d'années, la congrégation Bénédictine de Beuron, en Bavière, avait tenté une rénovation de l'art ecclésial, et Durtal se souvenait d'avoir feuilleté des reproductions de fresques peintes par ces moines sur les murs d'une tour du Mont-Cassin.

Ces fresques reportaient à l'imagerie de l'Assyrie et de l'Égypte, avec leur Dieu tiaré, leurs Anges à bonnets de sphynx, à ailes ramenées en éventail derrière la tête, leurs vieillards à barbes nattées, jouant des instruments à cordes ; puis les moines de Beuron avaient délaissé ce genre hiératique dans lequel ils s'étaient montrés, il faut bien le déclarer, médiocres, et, dans de nouvelles œuvres, principalement dans un « Chemin de croix » publié en album à Fribourg-en-Brisgau, ils avaient adopté une étrange combinaison d'autres styles.

Les soldats romains qui figuraient sur ces pages étaient d'affligeants pompiers, originaires de l'école de Guérin et de David ; mais subitement sur quelques feuilles, là où paraissaient la Magdeleine et les saintes femmes, une formule plus jeune intervenait, mêlant à la rengaine des groupes, des types de femmes grecques de la Renaissance, élégantes et jolies, visiblement échappées des œuvres des Préraphaélites, se recommandant surtout de Walter Crane[1].

L'idéal de Beuron était alors devenu un alliage de l'art français du premier Empire et de l'art anglais moderne.

D'aucunes de ces planches frisaient le ridicule, celle de la IXe station, pour en citer une ; le Christ couché de son long, sur le ventre, était relevé par les mains jointes, soutenu par une corde ; il avait l'air d'apprendre à nager ; mais pour des parties banales et faibles, pour des détails gauches et prévus, quels morceaux curieux se détachaient soudain de cet ensemble ! – La Véronique à genoux devant Jésus était vraiment pâmée de douleur et d'amour, vraiment belle ; les copies, les décalques des autres personnages disparaissaient et, même dans les pages les moins originales, le dessin pataud et déplaisant de ces moines se mettait à parler une langue presque éloquente ; c'est qu'il sortait de cette œuvre une foi et une ferveur intenses. Un souffle passait sur ces visages et les vivifiait ; une émotion, un accent de prière animaient le silence de ces poncifs ; ce Chemin de croix était, à ce point de vue, sans égal ; la piété monastique apportait un élément inattendu, affirmait la mystérieuse puissance dont elle dispose, en imprégnant d'une saveur personnelle, d'une senteur particulière, une œuvre qui n'eût même pas existé sans elle. Plus que des artistes d'une autre envergure, ces Bénédictins suggéraient la sensation de l'à-genoux, évoquaient le parfum des Évangiles.

Seulement leur tentative était restée sans issue et, à cette heure, l'école, à peu près morte, ne produisait plus que de débiles images de pieusarderie, fabriquées par des convers.

Comment, d'ailleurs, cet essai eût-il pu naître viable ? L'idée de vouloir faire pour l'Occident ce que Manuel Panselinos[1] avait fait pour l'Orient, supprimer l'étude d'après nature, exiger un rituel uniforme de couleurs et de lignes, vouloir forcer des tempéraments d'artistes à entrer tous dans le même moule, dénotait, chez celui qui risqua cet effort, une incompréhension absolue de l'art. Ce système devait aboutir à l'ankylose, à la paralysie de la peinture et tels furent, en effet, les résultats atteints.

Presque au même temps que ces religieux, un artiste inconnu vivant en province et n'exposant jamais à Paris, Paul Borel[1], peignait des tableaux pour les églises et pour les cloîtres, travaillait pour la gloire de Dieu, ne voulant accepter, des prêtres et des moines, aucun salaire.

Au premier abord, ses panneaux n'étaient ni juvéniles, ni prévenants ; les locutions dont il usait eussent fait quelquefois sourire les gens épris de modernisme ; puis il convenait, pour bien juger son œuvre, d'en écarter résolument une partie et de ne conserver que celle qui s'exonérait des formules par trop éventées d'une onction connue ; et alors quel souffle de mâle zèle, d'ardente dévotion, la soulevait, celle-là !

Son œuvre principale était enfouie dans la chapelle du collège des Dominicains à Oullins, dans un coin perdu de la banlieue de Lyon. Parmi les dix tableaux qui paraient la nef, figuraient : *Moïse frappant le rocher*, *Les Disciples d'Emmaüs*, *La Guérison d'un possédé*, *de l'aveugle-né*, *de Tobie* ; mais malgré la placide énergie de ces fresques, l'on était quand même déçu par la lourdeur de l'ensemble, par l'aspect soporeux et désuet des tons. Il fallait arriver au chœur et franchir la barre de communion pour admirer des œuvres d'un concept très différent, surtout des portraits magnifiques de Saints de l'ordre des frères-prêcheurs, étonnant par la force de prières, par la puissance de sainteté qui rayonnaient d'eux.

Là aussi, se trouvaient deux grandes compositions, une Vierge remettant le rosaire à saint Dominique et une autre effigiant saint Thomas d'Aquin, à genoux devant un autel, sur lequel un crucifix darde des lueurs ; et jamais, depuis le Moyen Âge, l'on n'avait ainsi compris et peint des moines ; jamais l'on n'avait montré, sous l'écorce rigide des traits, une sève plus impétueuse d'âme. Borel était le peintre des Saints monastiques ; son art, d'habitude un peu lent, s'essorait dès qu'il les approchait et planait avec eux.

Mieux encore, peut-être, que dans le pensionnat des élèves d'Oullins, l'on pouvait, à Versailles, se rendre compte de la peinture si probe, si foncièrement religieuse de ce Borel.

À l'entrée de la chapelle des Augustines de cette ville, dont il avait décoré le vaisseau et le chœur, une Abbesse du XIVe siècle, sainte Claire de Montefalcone, se découpait, debout, vêtue du noir costume des Augustines, sur les murs en pierre d'une cellule, entre un livre ouvert et une lampe de cuivre, placés derrière elle, sur une table.

Dans ce visage baissé sur le crucifix qu'elle porte à ses lèvres, dans cette physionomie tout à la fois douce et avide, dans le mouvement de ces bras ramenés sur la poitrine, remontés jusqu'à la bouche, dessinant eux-mêmes, par la position des mains, une sorte de croix, il y avait l'anéantissement ravi de l'épouse, l'allégresse absorbée de l'amour pur et aussi quelque chose de l'inquiète affection d'une mère dorlotant, comme un enfant qui souffre, ce Christ qu'elle baisait et semblait bercer sur son giron.

Et cela ordonné, sans attitude théâtrale, sans gestes efforcés, très simplement. Elle n'a point, de même que sainte Madeleine de Pazzi, des élans et des cris, elle ne s'élève pas dans le vol de l'ébriété divine, cette sainte Claire ! L'emprise céleste se manifeste chez elle à l'état muet ; ses transports se contiennent et son ivresse est grave ; elle ne s'épand pas au-dehors, mais se creuse, et Jésus qui descend en elle la marque à son coin, la poinçonne avec l'image de ce crucifix qu'elle tient et dont on aperçut l'empreinte gravée dans son cœur, lorsqu'on l'ouvrit, après sa mort.

La peinture religieuse la plus surprenante de notre temps était là ; et elle avait été obtenue sans pastiche des Primitifs, sans tricheries de corps gauches cernés par des fils de fer, sans apprêt et sans dols. Mais quel catholique pratiquant, quel artiste éperdu de Dieu devait être l'homme qui avait peint une telle œuvre !

Et après lui, tout se taisait. Dans la jeunesse religieuse d'aujourd'hui, on ne voit personne qui soit de taille à se mesurer avec les sujets de l'Église ; un seul paraît pourtant donner quelques espérances, dit Durtal qui réfléchissait, car celui-là sort de ses congénères, a du talent au moins. Et il se mit à feuilleter dans ses cartons, regarda les lithographies de Charles Dulac[1].

Ce peintre s'était révélé avec une suite de paysages, d'une nature idéalisée, encore hésitante, pleine de bassins agrandis et de futaies dont les feuillages étaient pareils à des tignasses brouillées par un coup de vent ; puis, il avait entrepris une interprétation du Cantique du Soleil ou des Créatures et, en neuf planches tirées en des états différents de tons, il avait efflué ce sentiment mystique qui demeurait encore latent et confus dans son premier recueil.

La définition un peu fatiguée que le paysage est « un état d'âme » s'adaptait cependant très justement à cette œuvre ; l'artiste avait imprégné de sa foi ces sites, copiés sans doute sur nature, mais vus surtout, en dehors des yeux, par une âme éprise, chantant dans le grand air, le cantique de Daniel et le psaume de David, redits par saint François, et répétant à son tour, après eux, ce thème que les éléments doivent célébrer la gloire de Celui qui les créa.

Parmi ces planches, il en était deux vraiment expansives, celle désignée par ce titre : « *Stella matutina* », l'autre, par cette indication : « *Spiritus sancte Deus* », mais une troisième, la plus ample, la plus délibérée, la plus simple de toutes, celle inscrite sous l'intitulé : « *Sol Justitiæ* » résumait mieux encore l'apport personnel de ce peintre.

Elle était ainsi conçue :

Un paysage blond, clair, transparent, fuyait à l'infini, un paysage de péninsule, d'eau solitaire, sillonné de plages, de langues de terre plantées d'arbres que réfléchissait le miroir couché des lacs ; au fond le soleil dont l'orbe, tranché par l'horizon, rayonnait, réverbéré par la nappe de ces eaux ; c'était tout, et une tranquillité, un calme, une plénitude extraordinaires s'épandaient de ce site. L'idée de la Justice à laquelle répond comme un inévitable écho l'idée de la Miséricorde, se symbolisait dans la gravité sereine de ces étendues qu'éclairaient les lueurs d'une saison indulgente, d'un temps doux.

Durtal se recula pour mieux saisir l'œuvre, dans son ensemble. Il n'y a pas à dire, fit-il, cet artiste a l'instinct, le tact, des surfaces aériennes, des espaces ; la compréhension des ondes reposées coulant sous d'immenses ciels ! et puis, il s'échappe, de cette planche, des effluves d'âme catholique, qui s'insinuent en nous et lentement nous pénètrent...

Avec cela, reprit-il, en fermant le carton, me voici loin de mon sujet et je ne vois pas du tout l'article à brasser pour la Revue. Préparer une étude sur les Primitifs allemands, cela rentrerait bien dans son cadre, oui, mais quel aria ! il me faudrait développer mes notes et après maître Wilhelm, Stephan Lochner, Grünewald, Zeitblom, aborder Bernard Strigel, un maître presque inconnu, Albert Dürer, Holbein,

Martin Schongauer, Hans Baldung, Burgmaier, combien d'autres ! il me faudrait expliquer ce qui a pu
rester d'impression orthodoxe en Allemagne après
la Réforme, parler au moins, au point de vue luthé-
rien, de cet étonnant Cranach dont les Adam sont
des Apollon barbus à teint de peau-rouge, et les Ève
des courtisanes maigriotes et bouffies, avec des têtes
rondes à petits yeux de crevettes, des lèvres modelées
dans de la pommade rosat, des seins en pommes
remontées près du cou, des jambes déliées, longues,
fines, avec mollets hauts et pieds à chevilles fortes,
grands et plats. Ce travail m'entraînerait trop loin.
C'est amusant à rêver mais pas à écrire ; je ferais
mieux de chercher un autre sujet moins pano-
ramique et plus bref ; mais lequel ? je verrai cela
plus tard, conclut-il, en se levant, car Mme Mesurat
annonçait, joviale, que le dîner était prêt.

XIII

Pour changer son ennui de place, Durtal, par une après-midi de soleil, s'en fut, au bout de Chartres, visiter la vieille église de Saint-Martin-au-Val. Celle-là datait du Xe siècle et avait, tour à tour, servi de chapelle à un cloître de Bénédictins et à un couvent de Capucins. Restaurée sans trop d'hérésies, elle était actuellement englobée dans un hospice et l'on y pénétrait par une cour où des aveugles en bonnets de coton somnolaient à l'ombre de quelques arbres, sur des bancs.

Avec son porche minuscule et trapu et ses trois petits clochers pour village de nains, elle accusait une origine toute romane ; et de même qu'à Sainte-Radegonde de Poitiers et à Notre-Dame de la Couture du Mans, l'intérieur ouvrait, sous un autel très élevé au-dessus du sol, une crypte qu'éclairaient des meurtrières prenant jour sur les bas-côtés du chœur ; les chapiteaux de ses colonnes, grossièrement taillés, rappelaient des images océaniennes d'idoles ; sous les dalles et dans des sépulcres reposaient plusieurs des évêques de Chartres et les prélats nouvellement promus étaient censés passer la première nuit de leur arrivée dans leur diocèse, en prières devant ces tombes, afin de pouvoir s'imprégner des vertus de leurs devanciers et leur réclamer leur aide.

Les mânes de ces épiscopes auraient bien dû insuffler à leur présent successeur, Mgr des Mofflaines, le dessein de purifier la maison de la Vierge, en jetant dehors le bas ménétrier qui mue, le dimanche, son sanctuaire en une guinguette, soupira Durtal ; mais hélas ! rien ne meut l'inertie de ce pasteur souffrant et âgé qu'on ne voit jamais, du reste, ni dans le jardin, ni dans la cathédrale, ni dans la ville.

— Ah ! voici qui vaut mieux que toutes les chorégraphies vocales de la maîtrise, – et Durtal écouta les cloches qui sortaient de leur silence pour asperger, avec les gouttes bénites de leurs sons, la ville.

Et il se remémorait le sens que les symbolistes déléguaient aux cloches. Durand de Mende confronte la dureté de leur métal avec la force du prédicateur et croit que la percussion du battant contre les bords a pour but de prouver que l'orateur doit se frapper lui-même, se corriger de ses propres vices, avant que de reprocher leurs défauts aux autres. Le bélier de bois auquel est suspendu la cloche correspond par sa forme à la croix du Christ et la corde que tire le sonneur pour donner le branle se lie à la science des Écritures qui dérive du mystère de la croix même.

Selon Hugues de Saint-Victor, le battant est la

langue sacerdotale qui heurte les deux côtés intérieurs du vase et annonce ainsi la vérité des deux
Testaments ; enfin pour Fortunat Amalaire, le corps
de l'instrument est la bouche du liturge et le marteau, sa langue.

En somme la cloche est la messagère de l'église,
la voix du dehors, comme le prêtre est la voix du
dedans, se dit Durtal.

Tout en se ratiocinant ces réflexions, il avait atteint
la cathédrale et, pour la centième fois, sans se lasser,
il admirait ces puissants contreforts d'où s'élançaient,
avec la marche courbe des fusées, des arcs-boutants
en demi-roues ; et toujours il s'étonnait de l'ampleur
de ces paraboles, de la grâce de ces trajectoires, de
la tranquille énergie de ces souples étais ; seulement,
pensait-il, en inspectant la balustrade plantée au-
dessus d'eux tout le long du toit de la nef, seulement l'architecte qui s'est borné à frapper, ainsi qu'à
l'emporte-pièce, des arcs trilobés dans ces parapets
de pierre, fut moins bien inspiré que d'autres maîtres
maçons ou peyriers* qui ont su cerner les chemins
de ronde qu'ils dressaient autour des faîtes d'églises,
d'images scripturaires ou de symboles. Tel celui qui
bâtit la basilique de Troyes où la galerie aérienne
est un découpage alterné de fleurs de lys et de clefs
de saint Pierre ; tel celui de Caudebec qui cisela le
garde-fou de lettres gothiques d'un aspect décoratif
charmant, répétant les antiennes de la Vierge, cei-
gnant d'une guirlande de prières l'église, lui plaçant
sur la tête la blanche couronne des oraisons.

Durtal quitta le côté Nord de la basilique
chartraine, côtoya le porche Royal et franchit le coin
de l'ancien clocher ; il lui fallait, d'une main, retenir
son chapeau, boutonner, de l'autre, son pardessus
dont les basques affolées lui claquaient les jambes.

La tempête soufflait en permanence dans cet endroit.
Il pouvait n'y avoir aucune brise, par toute la ville,
c'était quand même, à cette place, hiver et été, toujours, une rafale qui troussait les robes et cinglait de
lanières glacées les faces.

Peut-être est-ce la raison pour laquelle les statues
du porche Royal voisin, qui sont si constamment
flagellées par le vent, ont cette attitude frileuse, ces
vêtements clos et étroits, ces bras et ces jambes collés au corps, fit Durtal, en souriant ; et n'en est-il
pas de même pour cet étrange personnage vivant en
compagnie d'une truie qui file – laquelle est un ver-
rat, d'ailleurs – et d'un âne qui joue de la vielle, sur
la paroi rongée par les ouragans de la vieille tour ?

Ces deux animaux, dont il paraît être l'indifférent berger, interprètent, en leur langue joyeuse, les
vieux proverbes populaires, « Ne sus Minervam » et
« Asinus ad lyram » qui se peuvent traduire par ces
équivalents : à chacun son métier, ne forçons point
notre talent, car nous deviendrions aussi bêtes qu'un
porc qui veut raisonner ou qu'un baudet qui prétend
jouer de la lyre ; mais lui, cet ange nimbé, les pieds
nus, sous un dais, la poitrine couverte par un cadran
de pierre, à quoi répond-il, que fait-il ?

Issu de la famille des Reines logées sous le porche
Royal, car il leur ressemble avec son corps en fuseau
étiré dans une gaine rayée de fibres, il regarde au-
dessus de nous et l'on se demande s'il est ou très
impur ou très chaste.

Le haut du visage est candide, les cheveux sont
taillés en rondelle, la figure est imberbe, la mine
monastique ; mais entre le nez et les lèvres, descend
une pente spacieuse et la bouche, fendue en coup de
sabre, s'entrouvre en un sourire qui finit, quand on
le scrute avec soin, par devenir un tantet gouailleur,

un tantinet canaille, et l'on s'interroge pour savoir devant quelle sorte d'ange l'on se trouve.

Il y a chez cet être du mauvais séminariste et aussi du bon postulant. Si le statuaire employa comme modèle un jeune moine, il n'a certainement pas choisi un doux novice semblable à celui qui servit sans doute de sujet d'étude au sculpteur du Joseph installé sous le porche Nord ; il a dû prendre l'un de ces religieux gyrovagues qui inquiétaient tant saint Benoît. Singulier personnage que cet ange dont un frère est à Laon derrière la cathédrale et qui anticipe de plusieurs siècles sur les types séraphiques si inquiétants de la Renaissance !

Quelle bise ! murmura Durtal, se hâtant de regagner le porche Royal dont il monta les degrés et poussa la porte.

L'entrée dans la cathédrale immense et ténébreuse était toujours étreignante et, instinctivement, l'on baissait la tête et l'on marchait avec précaution, sous la majesté formidable de ces voûtes ; et Durtal s'arrêtait dès les premiers pas, ébloui par la lumière du chœur contrastant avec cette avenue si sombre de la nef qui ne s'éclairait qu'en rejoignant le transept. Le Christ avait les jambes, les pieds dans l'ombre, le buste dans un jour amorti et la tête inondée par un torrent de lueurs, à Chartres ; et Durtal contemplait, en l'air, ces haies immobiles de Patriarches et d'Apôtres, d'Évêques et de Saints, flambant en un feu qui s'éteint dans d'obscures verrières, gardant le cadavre divin, couché à leurs pieds, sous eux ; en d'énormes lancettes surmontées de roues, ils se rangeaient, debout, le long de l'étage supérieur, montraient à Jésus, cloué sur le sol, son armée restée fidèle, ses troupes dénombrées par les Écritures, par les Légendaires, par le Martyrologe ; et Durtal reconnaissait dans la foule gladiée* des vitres, saint Laurent, saint Étienne, saint Gilles, saint Nicolas de Myre, saint Martin, saint Georges, saint Symphorien, saint Philippe, sainte Foix, saint Laumer, combien d'autres, dont il ne se souvenait plus des noms ! faisait halte, émerveillé, près du transept, devant un Abraham levant en un éternel geste de menace, au-dessus d'un Isaac à jamais courbé, la lame claire d'un glaive, dans l'azur infini d'un ciel.

Et il admirait la conception et la facture de ces verriers du XIIIᵉ siècle, leur langage excessif, nécessité par les hauteurs, la lecture qu'ils avaient rendue facile à distance de leurs tableaux, en n'y introduisant, autant que possible, qu'une seule figure, en la peignant à traits massifs, à couleurs tranchées, de façon à pouvoir être comprise, vue d'en bas, d'un coup d'œil.

Mais la fête suprême de cet art n'était ni dans le chœur, ni dans les bras de l'église, ni dans la nef ; elle était à l'entrée même de la basilique, au revers du mur qui contenait sur son endroit, au-dehors, les statues anonymes des Reines. Durtal se passionnait pour ce spectacle, mais il le retardait quand même un peu, afin de se mieux exciter par l'attente et de savourer ce sursaut de joie qu'il éprouvait, sans que la fréquence de ces sensations fût encore parvenue à les détruire.

Ce jour-là, par un temps de soleil, elles resplendissaient, les trois fenêtres du XIIᵉ siècle, avec leurs lames d'épées courtes, leurs lames de braquemarts*, à champ large et plat, tirées sous la rose qui domine le portail d'honneur.

C'était un pétillement de bluettes et d'étincelles, un tricot remué de feux bleus, d'un bleu plus clair que celui dans lequel Abraham brandissait son glaive ;

cet azur pâle, limpide, rappelait les flammes des punchs, les poudres en ignition des soufres et aussi ces éclairs que dardent les saphirs, mais alors des saphirs tout jeunes, encore ingénus et tremblants, si l'on peut dire ; et, – dans l'ogive de verre, à droite, l'on distinguait, délinéés par des lignes de braises, la tige de Jessé, et ses personnages montant en espalier, dans l'incendie bleu des nues ; – dans celle du milieu et celle de gauche, l'on discernait les scènes de la vie de Jésus, l'Annonciation, les Rameaux, la Transfiguration, la Cène, le repas avec les disciples d'Emmaüs, tandis qu'au-dessus de ces trois croisées, le Christ fulgurait au cœur de la grande rose, que les morts sortaient, au son des trompettes, de leurs tombes, que saint Michel pesait les âmes !

Ce bleu du XIIᵉ siècle, ruminait Durtal, comment les verriers de ce temps l'ont-ils acquis et comment, depuis si longtemps, les vitriers l'ont-ils, ainsi que le rouge, perdu ? – Au XIIᵉ siècle, les peintres du verre employaient surtout trois couleurs : d'abord, le bleu, ce bleu ineffable de ciel irrésolu qui magnifie les carreaux de Chartres ; puis le rouge, un rouge de pourpre sourde et puissante ; enfin le vert, inférieur, en tant que qualité, aux deux autres tons. En guise de blanc, ils se servaient de la nuance verdâtre. Au siècle suivant, la palette s'élargit, mais se fonce ; les verres sont plus épais ; pourtant, quel azur rutilant de saphir mâle et pur les artistes du feu atteignirent et de quel admirable rouge de sang frais, ils usèrent ! Le jaune, moins prodigué, fut, si j'en juge par la robe d'un roi voisin d'Abraham, dans une croisée près du transept, d'une teinte effrontée de citron vif ; mais, à part ces trois couleurs qui vibrent, qui éclatent, telles que des chants de joie, dans ces tableaux transparents, les autres s'assombrissent, les violets sont ceux des prunes de Monsieur et des aubergines, les bruns tournent au caramel, les verts de ciboule noircissent.

Quels chefs-d'œuvre de coloris ils obtiennent avec le mariage et le heurt de ces tons, et quelle entente et quelle adresse à manier les filets des plombs, à accentuer certains détails, à ponctuer, à séparer, en quelque sorte par ces traits d'encre, leurs alinéas de flammes !

Ce qui est extraordinaire encore, c'est l'alliance consentie de ces industries différentes, travaillant côte à côte, traitant les mêmes sujets ou se complétant, les unes les autres, chacune suivant son mode d'expression, arrivant à réaliser, sous une direction unique, cet ensemble ; avec quelle logique, quelle habileté, les places étaient réparties, les espaces distribués à chacun, selon les moyens de son métier, les exigences de son art !

Dès qu'elle arrive au bas de l'édifice, l'architecture s'efface, cède le pas à la statuaire, lui baille la belle place de ses porches ; la sculpture demeurée jusqu'à ce moment invisible, à des hauteurs perdues, restée à l'état d'accessoire, devient soudain suzeraine. Par un juste retour, là où elle peut être contemplée, elle s'avance et sa sœur se retire et la laisse parler aux foules ; et quel cadre splendide, elle lui prête, avec ses portails creusés en voûte, simulant la perspective d'un recul par la série de leurs arcs concentriques qui vont, en diminuant, en s'enfonçant jusqu'aux chambranles des portes !

D'autres fois, l'architecture ne donne pas tout au même et partage les largesses de ses façades entre les sculpteurs et les peintres ; elle réserve aux premiers les marges et les retraits où percheront les statues et elle attribue aux verriers le tympan de l'entrée Royale, là où, ainsi qu'à Chartres, le tailleur d'images promulgue le triomphe du Christ. Telles les grandes baies d'honneur de Tours et de Reims.

Seulement, ce système de verreries substituées aux bas-reliefs n'est pas sans inconvénient ; aperçues du dehors, à leurs envers, ces mitres diaphanes ressemblent à des toiles d'araignées pleines de poussière. Dans le contre-jour, les fenêtres sont, en effet, grises ou noires et il faut pénétrer dans l'église et se retourner pour voir sémiller le feu des vitres ; c'est l'extérieur sacrifié au-dedans, pourquoi ?

Peut-être, se répondit Durtal, est-ce un symbole de l'âme éclairée dans ses parties intimes, une allégorie de la vie intérieure...

Il enfilait d'un coup d'œil toutes les croisées de la nef et il pensait qu'elles tenaient, comme aspect, de la prison et de la charmille, avec leurs charbons flambant derrière des grilles de fer, dont les unes se croisent ainsi que des barreaux de geôle et dont les autres se contournent en forme de ramilles noires, de branches. La Verrerie ! n'est-elle pas l'art où Dieu intervient le plus, l'art que l'être humain ne peut jamais parachever, car seul, le Ciel peut animer par un rayon de soleil les couleurs et insuffler la vie aux lignes ; en somme, l'homme façonne l'enveloppe, prépare le corps et doit attendre que Dieu y mette l'âme !

C'est une féerie de clarté aujourd'hui et le Soleil de Justice vient visiter sa Mère, reprit-il, en allant voir à l'orée du chœur ouvrant sur le transept du Sud le vitrail de Notre-Dame de la belle Verrière se détachant, en bleu, sur un fond de grenat, de feuille morte, de cachou, de violet d'iris, de vert de reine-Claude ; Elle regardait avec sa moue triste et pensive, une moue refaite adroitement par un vitrier moderne ; et Durtal songeait qu'autrefois le peuple venait la prier, de même qu'il allait prier la Vierge du Pilier et Notre-Dame de Sous-Terre. Cette dévotion avait disparu ; il semblait que les gens de notre siècle voulussent une Adjutrice plus saisissable, plus matérielle que cette mince et fragile image, à peine visible par les temps sombres ; néanmoins quelques paysans avaient conservé l'habitude de s'agenouiller et de brûler un cierge devant Elle ; et Durtal, qui aimait les vieilles Madones abandonnées, se joignait à eux et l'invoquait à son tour.

Deux vitraux le sommaient encore par la bizarrerie de leurs habitants, installés tout en haut, dans le fond de l'abside, servant à distance de pages à la Mère portant son Fils, dans la lame du milieu dominant l'aire de la cathédrale ; ces carreaux contenaient, chacun, en une claire lancette, un séraphin, falot et barbare, ayant une face aigre et décidée, des ailes blanches, écaillées et semées d'yeux, des jupes déchiquetées, telles que des lanières, teintes avec du vert parmesan, flottant sur des jambes nues. Ces deux anges étaient coiffés d'auréoles couleur de jujube, renversées ainsi que des chapeaux de marin, sur la nuque ; et ce costume en lambeaux, ces plumes repliées sur la poitrine, cette coiffure, cette mine de lurons mécontents, suggéraient l'idée que ces êtres étaient à la fois des mendiants, des bohémiens, des mohicans, des matelots.

Quant aux autres verrières, celles surtout qui renfermaient plusieurs personnages et étaient divisées en des séries de scènes, il eût fallu se munir d'un télescope et passer des journées entières à les étudier, pour parvenir à en déchiffrer les détails ; et des mois n'auraient pas suffi à cette tâche, car ces vitres avaient été maintes fois réparées et replacées souvent sens dessus dessous, de telle sorte qu'il devenait malaisé de les lire.

L'on avait établi un compte des figures insérées dans les fenêtres de la basilique ; il s'élevait au chiffre de 3 889 ; tous, au Moyen Âge, avaient voulu offrir à la Vierge une image de verre et, en sus des cardinaux, et des rois, des évêques et des princes, des chanoines et des seigneurs, les corporations de la ville avaient commandé, elles aussi, leurs panneaux de feu ; les plus riches, telles que les compagnies des drapiers et pelletiers, des orfèvres et changeurs, en remettant cinq à Notre-Dame, tandis que les confréries plus pauvres des maîtres-éviers* et porteurs d'eau, des portefaix et crocheteurs*, en avaient chacune présenté un.

En ruminant ces réflexions, Durtal déambulait dans le pourtour, stationnait devant une petite Vierge de pierre, nichée au bas de l'escalier qui conduit à la chapelle de saint Piat, bâtie, en hors d'œuvre, derrière l'abside, au XIVᵉ siècle. Cette Vierge qui datait, elle aussi, de cette époque, se reculait, s'effaçait dans l'ombre, loin des regards, cédait, déférente, les places d'apparat aux Madones âgées.

Elle tenait un bambin jouant avec un oiseau, en souvenir, sans doute, de cette scène des évangiles apocryphes de l'Enfance et de Thomas l'Israélite, qui nous montre l'enfant Jésus s'amusant à modeler des oiseaux avec de la terre et à les animer, en soufflant dessus[1].

Et Durtal reprenait sa promenade le long des chapelles, s'arrêtant seulement devant celle qui détenait des reliques contradictoires, des reliques à double fin, les châsses de saint Piat et de saint Taurin ; l'on exposait les os du premier pour obtenir de la sécheresse par les temps de pluie, les restes de l'autre pour amener de la pluie dans les temps secs ; mais ce qui était moins anodin et plus crispant que ce défilé de chapelles aux ornements misérables et dont les vocables avaient été changés depuis leur dédicace, si bien que l'appui tutélaire acquis par tant de siècles n'était plus, c'était le chœur, éreinté, sali, souillé comme à plaisir.

En 1763, l'ancien Chapitre avait jugé bon de déformer les colonnes gothiques et de les faire badigeonner par un chaufournier* milanais, d'un rose jaunâtre, truité de gris ; puis il avait relégué, dans le musée de la ville, de magnifiques tapisseries flamandes cernant les contours internes du chœur, et mis à leur place des bas-reliefs de marbre rabotés par le redoutable margougniat* qui avait écrasé sous le groupe géant de la Vierge, l'autel ; la malechance s'en était mêlée. En 1789, les sans-culottes avaient eu l'idée d'enlever ce bloc de l'Assomption, et un malencontreux imbécile avait sauvé l'œuvre de Bridan, en lui couvrant le chef d'une carmagnole.

Quand l'on songe que l'on avait détruit d'admirables vitraux, pour mieux éclairer cette masse de saindoux ! si seulement, l'on pouvait se susciter l'espoir d'en être, un jour, débarrassé, mais hélas ! tous ces souhaits sont vains. Il y a quelques années, sous l'épiscopat de Mgr Regnault, il fut question non de jeter dans un fondoir ce bloc pétrifié de pieux oing*, mais de supprimer au moins les bas-reliefs.

Alors ce prélat qui chargeait ses oreilles de coton, de peur d'attraper un rhume, s'y opposa ; et, pour des motifs de cette importance sans doute, il faudra subir à jamais la sacrilège laideur de cette Assomption et de ces paravents de marbre !

Mais si l'intérieur de ce sanctuaire était une honte, les groupes qui entouraient les bas-côtés de l'abside et formaient la clôture externe du chœur valaient qu'on s'y attardât.

Ces groupes, logés sous des dais à aiguilles et à clochetons ciselés par Jehan de Beauce, commençaient, à droite, à l'entrée du transept Sud, dessinaient le fer à cheval autour de l'autel, finissaient à l'entrée du transept Nord, là où s'érige sur son pilier la Vierge noire.

Le sujet était le même que celui traité par les petits chapiteaux du porche Royal, en dehors de l'église, au-dessus du panégyrique des Rois, des Saints et des Reines ; il était emprunté aux légendes des apocryphes, à l'évangile de la Nativité de Marie et au protévangile de Jacques le Mineur.

Les premiers de ces groupes avaient été façonnés par un artiste du nom de Jehan Soulas. Le marché passé, le 2 janvier 1518, entre ce statuaire et les délégués des administrateurs de l'œuvre ecclésiale, existait encore. Il y était dit que Jehan Soulas, maître imagier, demeurant à Paris, au cimetière saint-Jehan, paroisse de saint-Jehan en Grève, s'engageait à exécuter, en bonne pierre de la carrière de Tonnerre et mieux que les images qui sont autour du chœur de Notre-Dame de Paris, les quatre premiers groupes dont les sujets lui étaient et imposés et décrits ; le marché fait, moyennant le prix et somme de 280 livres tournois que les sieurs du chapitre de Chartres seront tenus de lui payer, au fur qu'il besognera.

Soulas, qui avait certainement appris son métier chez un artiste des Flandres, avait sculpté de petits tableaux de genre dont la franchise et l'entrain déridaient l'âme assombrie par la gravité des vitres ; elles semblaient, en effet, dans cet endroit, tamiser le jour au travers de cachemires de l'Inde, n'éclairaient que de scintillements obscurs et de lueurs fumeuses ce bas-côté.

Le deuxième groupe représentant sainte Anne qui reçoit d'un ange qu'on ne voit point l'ordre d'aller rejoindre Joachim à la Porte Dorée, était une merveille d'observation exacte et de grâce ; la sainte écoutait, attentive, debout, devant son prie-Dieu auprès duquel était étendu un petit chien ; et une servante levant la tête, de profil, et portant un pichet vide, souriait d'un air un peu entendu, en clignant de l'œil. Et tandis que, dans le tableau suivant, les époux s'embrassent, avec une trépidation de bons vieux balbutiant d'allégresse et s'étreignent avec des mains qui tremblent, la même servante, vue de face, cette fois, était si contente de leur joie qu'elle ne tenait plus en place, se dandinait, en pinçant les bords de sa jupe, commençait presque à danser.

Un peu plus loin, le tailleur d'images avait conçu la Nativité de Marie, en vrai peintre flamand, installant au fond de son cadre un lit à courtines sur lequel sainte Anne était couchée et veillée par une chambrière, pendant que la sage-femme et son aide lavaient l'enfant.

Mais un autre de ces groupes, situé près d'une horloge de la Renaissance qui interrompt l'histoire narrée par cette clôture, était encore plus étonnant ; dans celui-là, Marie cousait une layette, en lisant un livre, et saint Joseph endormi, sur un siège, la tête étayée par sa main, apprenait en un rêve la conception immaculée de la Vierge ; et il n'avait pas seulement les yeux fermés, il dormait si profondément, si réellement, qu'on voyait la poitrine anhéler, qu'on sentait le corps s'allonger, se fondre dans tout l'abandon de son être ; et ce que les doigts de la future accouchée cousaient bien, tandis qu'elle était absorbée par la prière, le nez sur son eucologe ! Jamais, à coup sûr, l'on n'avait serré de plus près la vie, exprimé avec autant d'assurance et de justesse la nature saisie à l'improviste, piquée au vol, sur le vif.

Après cette scène d'intérieur et une Adoration des bergers et des anges, venaient la Circoncision de Jésus, revêtu d'un tablier de papier blanc collé sur le ventre par un jocrisse, puis une Adoration des Mages et Jehan Soulas et les élèves de sa maîtrise avaient terminé, de ce côté, leur tâche ; de médiocres ouvriers leur succédaient, François Marchant d'Orléans et Nicolas Guybert de Chartres et derrière eux, l'art allait encore en descendant, baissait avec un sieur Boudin qui avait eu l'aplomb de signer ses misérables poupées, aboutissait à la niaiserie, à la rengaine des Jean de Dieu, des Legros, des Tuby, des Mazières, à la froide et païenne sculpture du XVIIe et du XVIIIe siècle, se relevait dans les huit derniers groupes, en face de la Vierge du Pilier, en des silhouettes découpées par des élèves de Soulas ; mais celles-là étaient en quelque sorte perdues, car elles étaient placées dans l'ombre et il était presque impossible, en cette agonie de lumière, de les juger.

Devant ce pourtour si plaisant par places, si malséant par d'autres, Durtal ne pouvait s'empêcher d'évoquer le souvenir d'une œuvre similaire mais plus complète – car celle-là n'avait pas été modelée par plusieurs siècles et déformée par des dissidences de talent et d'âge ; – cette œuvre résidait à Amiens et, elle aussi, servait de clôture extérieure au chœur de la cathédrale.

L'histoire de la vie de saint Firmin, premier évêque et patron de la ville, et le récit de l'invention et de l'illation[*] de ses reliques par saint Salve, se déroulaient en des séries de groupes et redorés et repeints ; puis suivait, pour achever le contour du sanctuaire, la biographie du second protecteur d'Amiens, saint

Jean-Baptiste, et, dans la scène du Précurseur baptisant le Christ, apparaissait, déployant un linge, un ange blond, ingénu et futé, l'une des plus adorables figures séraphiques que l'art flamand de France ait jamais ou sculptées ou peintes.

Cette légende de saint-Firmin était racontée, de même que celle de la naissance de la Vierge à Chartres, en des chapitres scindés de pierre, surmontés, eux aussi, de pyramides gothiques et de clochetons ; et, dans celui de ces compartiments où saint Salve, entouré de tout un peuple, aperçoit des rayons qui jaillissent d'un nuage et indiquent la place où le corps perdu du martyr fut inhumé, un homme à genoux, les mains jointes, pantelait, exalté par la prière, ardait, lancé en avant par un bond de l'âme lui sublimant le visage, faisant de ce rustre un saint en extase, vivant déjà loin de la terre, en Dieu.

Cet orant, il était le chef-d'œuvre du pourtour d'Amiens, comme le saint Joseph endormi était le chef-d'œuvre du pourtour de Chartres.

Tout bien considéré, se disait Durtal, cette statuaire de la cathédrale de la Picardie est plus explicite, plus complète, plus variée, plus éloquente même que celle de la basilique de la Beauce. Outre que l'imagier inconnu qui la créa était doué, autant que le fut Soulas, d'une finesse d'observation, d'une bonhomie, d'une verve, persuasives et décidées, il possédait, en sus, un je ne sais quoi de plus singulier et de plus noble ; puis ses tableaux ne se confinaient pas dans la reproduction de deux ou trois personnages, mais souvent ils mettaient en scène de grouillantes foules où chaque homme, chaque enfant, chaque femme différait par son individualité, par ses traits personnels, tranchait par son air à part, tant la réalité de ces figurines était nette et intense !

Enfin, pensait Durtal, en jetant, avant de s'éloigner, un dernier coup d'œil sur la clôture de Chartres, si Soulas est inférieur à l'imagier d'Amiens, il n'en est pas moins un délicat artiste et un vrai maître, et ses groupes nous consolent au moins de l'ignominie de Bridan et du décor satané du chœur !

Il allait ensuite s'agenouiller devant la Vierge noire, puis revenu dans le transept du Nord qu'Elle avoisine, il s'ébahissait, une fois de plus, devant la flore incandescente de ses vitres ; et toujours il était et remué et repris par les cinq fenêtres en ogive, sous la rose, ces fenêtres dans lesquelles surgissaient autour de sainte Anne la More, David et Salomon se dressant, rébarbatifs, dans une fournaise de pourpre, Melchissédech et Aaron, au teint calabrais, aux faces velues, aux yeux énormes et blancs, se détachant, patibulaires, dans des flots de jour.

La rosace rayonnant au-dessus d'eux n'avait ni l'extraordinaire diamètre de celles de Notre-Dame de Paris, ni l'incomparable élégance de la rose en étoile d'Amiens ; elle était plus massive, plus petite, allumée de fleurs étincelantes poussées telles que des saxifrages de feu dans les trous du mur.

Et, en se retournant, Durtal regardait alors, sous la roue du transept Sud, les cinq grandes croisées qui faisaient vis-à-vis aux cinq du Nord ; et il retrouvait, brûlant comme des torchères de chaque côté de la Vierge sise juste en face de la sainte Anne, les quatre Évangélistes portés sur les épaules des grands Prophètes : saint Mathieu sur Isaïe ; saint Luc sur Jérémie ; saint Jean sur Ézéchiel, saint Marc sur Daniel ; tous plus étranges les uns que les autres avec leurs prunelles semblables à des verres de jumelle, leurs cheveux en ruisselets, leurs barbes en racines arrachées d'arbre, sauf le saint Jean que le Moyen

Âge latin portraiture toujours imberbe pour notifier sa virginité par ce signe ; mais le plus bizarre de ces géants était peut-être encore le saint Luc qui, à cheval sur le dos de Jérémie, lui gratte doucement, ainsi qu'à un perroquet, le crâne, en levant des yeux dolents et pensifs au ciel.

Durtal redescendait dans la nef plus sombre coulant en pente, avec l'inclinaison de ses pavés qu'on lavait après le départ des foules qui s'y annuitaient, au Moyen Âge ; et il considérait au milieu, tracé sur le sol avec des lignes de pierre blanche et des bandes de pierre bleue se contournant en spirale, ainsi qu'un ressort de montre, le labyrinthe, la lieue que nos pères parcouraient dévotement, récitant, pendant l'heure que durait ce voyage, des prières spéciales, accomplissant ainsi un illusoire pèlerinage en Terre Sainte, pour gagner des indulgences ; et revenu au parvis, se retournant, il embrassait, avant de partir, le radieux ensemble.

Et il se sentait heureux et terrifié, jeté hors de lui par l'aspect formidable et charmant de Notre-Dame.

Était-elle assez grandiose et assez légère cette cathédrale, jaillie de l'effort d'une âme qui l'avait faite à son image, racontant son ascension dans les voies mystiques, montant peu à peu dans la lumière, franchissant la vie contemplative du transept, planant, arrivée au chœur, dans la pleine clarté de la vie unitive, loin de la vie purgative, de la route obscure de la nef ! et cette assomption de l'âme était accompagnée, secondée par la troupe des Anges, des Apôtres, des Prophètes, des Justes, tous debout dans leurs corps glorieux de flammes, servant d'escorte d'honneur à la croix couchée sur les dalles, à l'image de la Mère installée à toutes les hauteurs de cette immense châsse dont ils entr'ouvraient les parois

pour lui présenter, en un éternel jour de fête, les
bouquets de pierreries éclos dans les serres en feu
des vitres.

Nulle part, la Vierge n'était ainsi adulée, ainsi
choyée, ainsi déclarée maîtresse absolue d'un
domaine offert ; et un détail le prouvait. Dans toutes
les cathédrales, les rois, les évêques, les Saints, les
bienfaiteurs, gisaient, inhumés dans les caveaux du
sol ; et à Notre-Dame de Chartres, pas ; jamais on n'y
avait enterré un cadavre, jamais cette église n'avait
été un ossuaire, parce que, dit l'un de ses historiens,
le vieux Roulliard[1] « elle a cette prééminence que
d'être la couche ou le lit de la Vierge ».

Elle y était donc à demeure, trônant au milieu de
sa Cour d'Élus, gardant dans le tabernacle de la chapelle réservée devant laquelle brûlent des lampes, le
corps sacramentel de son Fils, le veillant ainsi que
pendant son enfance, le tenant en son giron, dans
toutes les sculptures, dans toutes les verrières, se pro-
menant d'étages en étages, passant entre la haie des
Saints, finissant par s'asseoir sur une colonne, par
se montrer aux petits et aux pauvres sous l'humble
apparence d'une femme basanée au teint cuit par les
canicules, hâlé par le vent et par les pluies ; et Elle
descendait plus bas encore, allait jusque dans les
souterrains de son palais, se reposant dans la crypte
pour donner audience aux irrésolus, aux timorés que
le luxe ensoleillé de sa Cour intimide.

Comme ce sanctuaire, où l'on perçoit la présence
douce et terrible de l'Enfant que ne quitte point sa
Mère, vous soulève hors de toute réalité, dans l'allégresse intime des Beautés pures ! Et faut-il que
tous deux soient bénévoles pour ne pas partir de ce
désert, pour ne pas se lasser d'attendre les visiteurs !
reprit Durtal, regardant autour de lui, constatant

qu'il était seul : s'il n'y avait pas ces braves gens de la campagne qui viennent, eux, à toute heure, baiser le pilier, quel abandon ce serait, même le dimanche, car jamais cette cathédrale n'est pleine ! Soyons juste pourtant ; à la messe de 9 heures, ce jour-là, le bas de la nef s'emplit ; et il souriait, se rappelant cette partie de la cathédrale bondée de petites filles des pensionnats de sœurs et de paysannes qui, ne voyant pas assez clair pour suivre la messe, allumaient tranquillement des bouts de bougie et se serraient, les unes contre les autres, lisant parfois à plusieurs dans le même livre.

Cette familiarité, ce bon enfant de piété que les affreux sacristains de Paris n'eussent pas tolérés dans une église, étaient si naturels à Chartres, si bien en accord avec l'accueil sans façon, si peu cérémonial de Notre-Dame !

Reste à savoir, fit Durtal, sautant à un autre ordre d'idées, si cette basilique a conservé son épiderme intact ou si elle a été badigeonnée, au XIIIe siècle, de peintures. D'aucuns prétendent que tous les intérieurs de cathédrales furent revêtus de couleurs, au Moyen Âge ; est-ce véridique ? Et, en admettant que ce renseignement soit exact pour les églises romanes, l'est-il également pour les églises gothiques ? J'aime à me figurer, en tout cas, que jamais le sanctuaire de Chartres ne fut travesti par des bariolages comme ceux que nous devons subir à Saint-Germain-des-Prés, à Paris ; à Notre-Dame-la-Grande, à Poitiers ; à l'église Saint-Sauveur, à Bruges. D'ailleurs, la peinture ne se conçoit – si l'on y tient – que pour de très petites chapelles, mais teinturer de bigarrures variées les murs d'une cathédrale, pourquoi ? car ce système de tatouage rétrécit l'espace, abaisse les voûtes, appesantit les colonnes ; il supprime, pour tout dire, l'âme mystérieuse des nefs, tue la sombre majesté des allées, avec ces vulgaires dessins de frettes*, de grecques, de losanges, de croix, semés sur les piliers et sur les murailles, englués de jaune de cassonade, de vert de chicorée, de lie de vin, de gris de lave, de rouge brique, de toute une série de nuances fades et sales ; sans compter l'horreur des voûtes constellées d'étoiles qui paraissent découpées dans du papier d'or et collées sur un fond de bleu perruquier, de bleu à laver le linge !

Cela se supporte – si l'on veut – à la Sainte-Chapelle parce qu'elle est minuscule, qu'elle est un oratoire, un reliquaire ; cela se comprendrait encore peut-être pour cette surprenante église de Brou, car celle-là est un boudoir ; ses voûtes et leurs clefs sont polychromées et dorées et le sol était pavé de briques émaillées dont il subsiste près de ses tombeaux de visibles traces. Ce grimage du haut et du bas s'accordait avec les filigranes des murs, les vitres héraldiques et les carreaux lucides, avec la profusion des guipures de pierres armoriées, fleuries de bouquets de marguerites mêlés à des briquets, à des devises, à des chiffres, à des cordelières de saint François, à des entrelacs ; ce maquillage s'assortissait aux albâtres des retables, aux marbres noirs des tombes, aux clochetons à denticules, aux fleurons en chicorée frisée et en feuilles de choux ; très aisément, l'on s'imagine les colonnes et les parois peintes, les nervures et les reliefs gouachés d'or formant un tout, une harmonie, un ensemble, dans cette bonbonnière qui dépend plus d'ailleurs de la joaillerie que de l'architecture.

Cet édifice de Brou, il était le dernier monument du Moyen Âge, la dernière fusée lancée par le style gothique flamboyant, par le gothique déchu mais exaspéré de mourir, luttant contre le retour du paga-

nisme, contre l'invasion de la Renaissance. L'ère
des grandes cathédrales avait abouti à ce délicieux
avorton qui était un chef-d'œuvre, dans son genre,
le chef-d'œuvre du joli, du tortillé, du tarabiscoté,
du coquet. Il symbolisait l'âme déjà sans recueillement du XVIe siècle ; le sanctuaire trop éclairé
s'extériorisait, se déployait avec elle, ne se repliait,
ne se repérait plus. L'on voit bien cet intérieur de
châtelaine, peint et doré sur toutes les coutures, ces
petites chapelles où saillent des corps de cheminées
pour que Marguerite d'Autriche puisse se chauffer en
écoutant la messe, garnis de coussins odorants, de
sucreries, de bijoux et de chiens. Brou est un salon
de grande dame et non la maison de tous. Dès lors,
avec ses affûtiaux, les ciselures de son jubé tendu,
tel qu'un porche de dentelle, au-devant du chœur, il
attend, attire presque un émaillage savant des traits,
des rehauts colorés qui le féminisent, qui le mettent
en complète union avec l'élégance de sa fondatrice,
la princesse Marguerite dont le souvenir s'impose
plus, dans cette petite église, que celui de la Vierge.

Et encore siérait-il de savoir si jamais les murs
et les piles de Brou furent peints ; et le contraire
semble prouvé ; en tout cas, si une couche de fard
ne déparerait pas cet étrange sanctuaire, il ne saurait en être de même à Chartres, car la seule teinte
qui lui convienne est la patine grasse et glacée, d'un
gris qui s'argente, d'un blond qui tourne au fauve,
le culottage que donne le temps, l'âge, aidé par les
vapeurs accumulées des prières, par la fumée des
encens et des cierges !

Et se ratiocinant ces réflexions, Durtal finissait par
se référer comme toujours à sa propre personne, par
se dire : qui sait si je ne regretterai pas amèrement,
un jour, cette basilique et les douces rêveries qu'elle

suggère, car enfin, je ne connaîtrai plus la joie de ces lentes flânes, de ces détentes, puisque je serai soumis au caporalisme des cloches sonnant les gestes monastiques, si je me laisse bloquer dans un cloître !

Qui sait même si, dans le silence de la cellule, les cris éperdus de ces choucas qui croassent sans arrêt ne me manqueront point, reprit-il, considérant, avec un sourire, les nuées de ces oiseaux qui s'abattaient sur les tours ; et il se remémorait une légende narrant que, depuis l'incendie de 1836, chaque soir, à l'heure exacte où le feu prit, ces bêtes fuyaient la cathédrale et n'y revenaient que le lendemain, dès l'aube, après avoir pernocté* dans une forêt, à trois lieues de Chartres.

Cette légende est aussi folle que cette autre chère aux bonnes femmes de la ville ; celle-là prétend qu'il sort du sang, lorsqu'on crache, le Vendredi Saint, sur un carré de pierre scellé avec du ciment noir, dans une dalle située à l'arrière du chœur !

Tiens, Madame Bavoil.

— Oui, notre ami, c'est moi ; je viens de faire une course pour le père et je retourne au logis où je vais apprêter la soupe ; eh bien, et vous, vous préparez vos malles ?

— Mes malles !

— Dame, est-ce que vous ne partez pas dans un monastère ? fit-elle, en riant.

— Fichez-vous de moi ! s'exclama Durtal qui se mit à son tour à rire ; je voudrais bien vous y voir ; quand il s'agit de se résoudre à devenir un soldat assujetti à des exercices de peloton pieux, un pauvre troubade* dont tous les mouvements sont comptés, qui, s'il ne doit pas porter les mains sur la couture du pantalon, doit les tenir cachées sous son scapulaire...

— Ta, ta, ta, interrompit la gouvernante, je vous

le répète une fois de plus, vous lésinez avec Dieu, vous marchandez...

— Mais il est pourtant nécessaire qu'avant de prendre une semblable décision, je me plaide et le pour et le contre ; en pareil cas, un peu de procédure intérieure est bien permis.

Elle haussait les épaules ; et il y avait un tel calme sur ce visage et un tel feu couvait sous l'eau noire de ses yeux, que Durtal demeurait devant elle saisi, admirant la franchise, la pureté de cette âme qui s'avançait jusqu'au bord des paupières, qui sortait par ce regard.

— Êtes-vous heureuse ! s'écria-t-il.

Un nuage couvrit les prunelles qui se baissèrent.

— N'enviez personne, notre ami, dit-elle, car chacun a ses débats et ses peines.

Et, après l'avoir quittée, Durtal pensa, en rentrant chez lui, aux disgrâces qu'elle avait avouées, aux entretiens avec le Ciel cessés, aux visions disparues, à la chute sur le sol de l'âme volant auparavant dans les nues. Ce qu'elle devait souffrir !

C'est égal, fit-il, dans le service du Seigneur tout n'est pas rose ! si l'on consulte des biographies de Saints, on voit ces élus torturés par les plus effroyables des maladies, par les plus douloureuses des épreintes[*] ; décidément, c'est pas drôle la Sainteté sur la terre, c'est pas drôle, la vie ! Il est vrai que pour les Saints l'excessif des souffrances est, ici-bas déjà, compensé par l'extrême des joies ; mais pour le reste des chrétiens, pour le misérable fretin que nous sommes, quelle détresse et quelle pitié ! l'on interroge l'éternel silence et rien ne répond ; l'on attend et rien ne vient ; l'on a beau s'attester qu'Il est l'Incirconscrit, l'Incompréhensible, l'Incogitable[1], que toutes les démarches de notre raison sont vaines, l'on ne parvient point à ne pas se troubler et surtout à ne point pâtir ! et pourtant... pourtant, si l'on y songe, ces ténèbres qui nous environnent ne sont pas absolument imperméables, car elles s'éclairent par endroits et l'on discerne quelques vérités, entre autres celle-ci :

Dieu agit avec nous comme avec les plantes ; Il est, en quelque sorte, l'année de l'âme, mais une année où l'ordre naturel des saisons est interverti, car les saisons spirituelles commencent par le printemps auquel succède l'hiver et l'automne arrive suivi à son tour par l'été ; au moment de la conversion, c'est le printemps, l'âme est en liesse et le Christ sème en elle ses graines ; puis viennent le froid et l'obscurité ; l'âme terrifiée se croit abandonnée et se plaint, mais sans qu'elle le sente, pendant ces épreuves de la vie purgative, les graines germent sous la neige ; elles lèvent dans la douceur contemplative des automnes, fleurissent enfin dans la vie unitive des étés.

Oui, mais chacun doit être l'aide-jardinier de sa propre âme, chacun doit écouter les instructions du Maître qui trace la besogne et dirige l'œuvre. Hélas ! nous ne sommes plus ces humbles ouvriers du Moyen Âge qui travaillaient en louant Dieu, qui se soumettaient, sans discuter, aux ordres du patron ; nous, nous avons, par notre peu de foi, épuisé le dictame des prières, le polypharmacon[*] des oraisons ; dès lors, tout nous paraît injuste et pénible et nous regimbons, nous exigeons des engagements, nous hésitons à entreprendre notre tâche ; nous voudrions être payés d'avance tant notre défiance nous rend vils ! Ah ! Seigneur, donnez-nous la grâce de prier et de ne pas même avoir l'idée de Vous réclamer des arrhes, donnez-nous la grâce d'obéir et de nous taire !

Et j'ajoute, murmura Durtal, souriant à Mme Mesurat qui vint, à son coup de sonnette, ouvrir la porte,
concédez-moi, mon Dieu, la faveur de n'être pas
toujours impatienté par le bourdonnement de cette
grosse mouche, agacé par les inépuisables paroles
de cette brave femme !

XIV

Quelle bouillie pour les chats, quelle bouteille à l'encre que cette ménagerie du Bien et du Mal, s'écria Durtal, en posant sa plume.

Il s'était attelé depuis le matin à un travail sur la faune symbolique du Moyen Âge ; au premier abord, cette étude lui avait semblé plus neuve et moins ardue, moins longue à traiter, en tout cas, que cet article qu'il avait projeté d'écrire sur les Primitifs allemands ; et il demeurait maintenant, ahuri, devant ses livres et ses calepins, en quête d'un fil conducteur, perdu dans cet amas de textes contradictoires accumulés devant lui.

Procédons par ordre, se dit-il ; si tant est que dans ce capharnaüm une méthode de sélection soit possible.

Le Bestiaire du Moyen Âge connut les monstres du Paganisme, les satyres, les faunes, les sphynx, les harpies, les onocentaures[1], les hydres, les pygmées, les sirènes ; tous furent pour lui des variantes de l'Esprit du Mal ; il n'y a donc pas de recherches à effectuer au sujet de leurs acceptions ; ils ne sont que d'anciens résidus ; aussi la véritable source de la zoologie mystique n'est-elle pas dans la mythologie mais bien dans la Bible qui partage les animaux en mondes et immondes, les emploie à clicher des vertus et des vices, insinue en certaines espèces des personnages célestes, en d'autres le Démon.

Ce point de départ acquis, notons que les liturgistes du bétail distinguèrent la bête de l'animal, englobèrent, sous le premier de ces titres, les créatures indociles et les fauves ; sous le second, les animaux au caractère doux et craintif, les races domestiques.

Observons encore que les ornithologues de l'Église convinrent que les oiseaux étaient les Justes ; que, d'autre part, Boèce, souvent copié par les auteurs du Moyen Âge, leur impartit, au contraire, le renom de l'inconstance et que saint Méliton en fait, tour à tour, les sosies du Christ, du Diable, du peuple juif ; ajoutons enfin que, sans tenir compte de ces opinions, Richard de Saint-Victor voit dans le volucre*, le symbole de la vie intérieure, comme il voit dans le quadrupède l'image de la vie extérieure... et nous ne sommes pas plus avancés, murmura Durtal.

Ce n'est pas cela. Il s'agit de découvrir une autre répartition, plus serrée et plus claire.

Les divisions de l'histoire naturelle seraient inutiles ici, car un bipède et un reptile ont souvent dans le répertoire du symbolisme le même sens ; le plus simple est de sérier la ménagerie religieuse en deux grandes classes ; les bêtes réelles et les monstres ; il n'est aucun animal qui ne puisse rentrer dans l'une ou dans l'autre de ces catégories.

Durtal réfléchit, puis :

Néanmoins, pour donner un ensemble plus net, pour mieux apprécier l'importance que s'attribuent, dans la mythographie catholique, certaines familles, il sera bon de sortir des rangs les bêtes qui translatent Dieu, la Vierge, le Diable, de les mettre à part, quitte à les reprendre lorsqu'elles justifieront d'autres commentaires, de trier également celles qui coïncident avec les Évangélistes et servent à la confection du Tétramorphe.

Le dessus de cette fourrière ôté, nous pourrons alors examiner le fretin, décrire le langage imagé des animaux ordinaires et des extravagants.

La faune emblématique de Dieu est nombreuse ; les Écritures regorgent d'êtres destinés à nuancer le Sauveur. David le compare en sa personne au pélican de la solitude, au hibou dans son nid, au passereau solitaire sur un toit, à la colombe, au cerf altéré ; les psaumes[1] sont un recueil analogique de ses qualités et de ses noms.

D'autre part saint Isidore de Séville, Monseigneur Sainct Ysidore, ainsi que l'appellent les naturalistes d'antan, incorpore Jésus dans l'agneau, à cause de son innocence ; dans le bélier parce qu'il est le chef du troupeau, voire même dans le bouc, en raison de la ressemblance que le Rédempteur consentit de la chair du péché.

D'autres le portraitisent dans le bœuf, la brebis, le veau, bêtes du sacrifice ; d'autres dans les animaux, symboles des éléments, dans le lion, l'aigle, le dauphin, la salamandre, rois de la terre, de l'air, de l'océan et du feu ; d'autres tels que saint Méliton, l'évoquent dans le chevreau et le daim, le poursuivent jusque dans le chameau qui personnifie pourtant, d'après une version différente du même auteur, le désir du fla-fla, le goût de la vaine louange ; d'autres encore le transfèrent dans le scarabée, comme saint Eucher ; dans l'abeille, considérée cependant ainsi qu'un infâme pécheur, par Raban Maur ; d'autres enfin spécifient, avec le phénix et le coq, sa Résurrection, avec le rhinocéros et le buffle, sa colère et sa force.

L'iconographie de la Vierge est moins dense. Sainte Marie peut être célébrée par toute créature chaste et bénigne. Dans ses « Distinctions monastiques », l'anonyme anglais la nomme avec cette même abeille que nous venons de voir si maltraitée par l'archevêque de Mayence[1] ; mais Elle fut surtout décrétée par la colombe qui est peut-être l'oiseau dont le Belluaire ecclésial se soit le plus occupé.

D'après tous les mystiques, la colombe est l'image de la Vierge et du Paraclet. Suivant sainte Mechtilde, elle est la simplicité du cœur de Jésus ; selon Amalaire Fortunat et Yves de Chartres, elle manifeste les prédicateurs, la vie religieuse active – en opposition avec la tourterelle qui décèle la vie contemplative –, parce qu'elle vole et gémit, en bande, tandis que la tourterelle se réjouit, seule, à l'écart[2].

Pour Brunon d'Asti, la colombe est encore un modèle de la patience, une effigie des Prophètes.

Quant au Bestiaire infernal, il s'étend à perte de vue ; tout le monde des animaux fantastiques s'y engouffre ; puis dans la série des bêtes réelles défilent : le serpent, l'aspic des Écritures, le scorpion, le loup désigné par Jésus même, le léopard dénoncé par saint Méliton comme se référant à l'Antéchrist ; le tigre dont la femelle assume le péché d'arrogance ; l'hyène, le chacal, l'ours, le sanglier qui, dans les psaumes, ravage la vigne du Seigneur ; le renard qualifié de persécuteur hypocrite par Pierre de Capoue, de suppôt de l'hérésie par Raban Maur ; les autres fauves ; puis le pourceau, le crapaud, engin des maléfices, le bouc, portrait de Satan même, le chien, le chat, l'âne sous la forme desquels le Diable s'ébruite dans les procès de sorcellerie du Moyen Âge ; la sangsue honnie par l'anonyme de Clairvaux ; le corbeau qui sortit de l'arche et ne revint pas ; il exprime la malice et la colombe qui revint, la vertu, dit saint Ambroise ; la perdrix qui, d'après le même auteur, dérobe et couve des œufs qu'elle n'a pas pondus.

Si l'on en croit Théobald, le Démon est encore relayé par l'araignée, car elle craint le soleil autant que le Malin craint l'Église et elle tisse plus volontiers sa toile la nuit que le jour, imitant en cela Satan qui attaque l'homme, lorsqu'il le sait endormi, sans force pour se défendre.

Enfin le Prince des Ténèbres est également parodié par le lion, par l'aigle, pris alors dans un déplorable sens.

Le même fait se reproduit dans la faune expressive et dans la symbolique des couleurs et des fleurs, songeait Durtal ; toujours la double face ; les deux significations opposées existent presque constamment dans la science des hiéroglyphes, sauf cependant dans la branche des gemmes.

C'est ainsi que le lion défini par sainte Hildegarde « figure du zèle de Dieu », que le lion, image du Fils devient, chez Hugues de Saint-Victor, l'emblème de la cruauté. Se basant sur le texte des psaumes, les physiologues l'identifient à Lucifer. Il est, en effet, le lion qui cherche à ravir les âmes, le lion qui se jette sur sa victime ; David l'accouple au dragon qu'on foule aux pieds ; et, dans sa première Épître, saint Pierre le montre rugissant, en quête d'un chrétien à dévorer[1].

De même pour l'aigle que Hugues de Saint-Victor institue l'étalon de l'orgueil. Choisi par Brunon d'Asti, par saint Isidore, par saint Anselme, pour commémorer le Sauveur pêcheur d'hommes, car il fond du haut du ciel sur les poissons nageant à fleur d'eau et les enlève, l'aigle, déjà classé par le Lévitique et le Deutéronome parmi les bêtes impures, se mue, en sa qualité même d'oiseau de proie, en un simulacre du Diable, emportant, pour les déchiqueter, les âmes.

En résumé, tout fauve, tout volucre féroce et tout reptile est un avatar du Très-Bas, conclut Durtal.

Passons au Tétramorphe. Les animaux évangéliques sont connus.

Saint Matthieu qui développe le thème de l'Incarnation, précise la généalogie humaine du Messie, a pour signe caractéristique l'homme.

Saint Marc qui s'occupe plus spécialement de la thaumaturgie du Fils, qui s'étend moins sur sa doctrine que sur ses miracles et sur la Résurrection, a pour attribut le lion.

Saint Luc qui traite plus particulièrement des vertus de Jésus, de sa douceur, de sa patience, de sa miséricorde, qui s'arrête plus longuement sur son immolation, est armorié par le bœuf ou par le veau.

Saint Jean qui promulgue avant tout la divinité du Verbe est blasonné par l'aigle.

Et l'acception donnée au bœuf, au lion, à l'aigle, est en parfait accord avec la forme et le but personnels de chacun de ces Évangiles.

Le lion, qui symbolise la toute-puissance, allégorise également, en effet, la Résurrection.

Tous les physiologues d'antan, saint Épiphane, saint Anselme, saint Yves de Chartres, saint Brunon d'Asti, saint Isidore, Adamantius admettent cette légende qu'après sa naissance, le lionceau reste pendant trois jours inanimé, puis il s'éveille, le quatrième jour, lorsqu'il entend le rugissement de son père et bondit, plein de vie, hors de son antre. Tel le Christ, ressuscitant, après trois jours et sortant de sa tombe, à l'appel du Père.

La croyance existait encore que le lion dormait les yeux ouverts ; aussi devint-il le modèle de la vigilance ; et saint Hilaire et saint Augustin virent, dans cette façon de se reposer, une allusion à la nature divine qui ne s'éteignit pas dans le sépulcre, alors que l'humanité du Rédempteur y subissait une réelle mort.

Enfin comme il paraissait acquis que cet animal effaçait la trace de ses pas sur le sable du désert avec sa queue, Raban Maur, saint Épiphane, saint Isidore, acceptèrent qu'il signifiât le Sauveur voilant sa divinité sous des traits charnels.

Pas ordinaire, le lion ! s'exclama Durtal. Heu, fit-il, consultant ses notes, le bœuf est plus modeste. Il est le parangon de la puissance et de l'humilité ; il synthétise, selon saint Paul, le sacerdoce ; le prédicateur suivant Raban Maur ; l'évêque d'après Petrus Cantor, parce que, dit cet auteur, le prélat est coiffé d'une mitre dont les deux cornes ressemblent à celles du bœuf et qu'il se sert de ces cornes qui sont la science des deux Testaments pour découdre les hérétiques : mais, en dépit de ces interprétations plus ou moins ingénieuses, le bœuf est, en somme, la bête de l'immolation, du sacrifice.

Quant à l'aigle, il est, nous l'avons dit, le Messie se précipitant sur les âmes pour les capter, mais

d'autres versions lui sont encore attribuées par saint
Isidore et par Vincent de Beauvais. À les entendre,
l'aigle qui veut éprouver ses aiglons les suspend à
ses serres, plane devant le soleil et les force à fixer,
avec leurs prunelles qui commencent à s'ouvrir,
l'orbe incandescent de l'astre. L'aiglon que cette
fournaise éblouit, est lâché, rejeté par l'oiseau. Ainsi
Dieu repousse l'âme qui ne peut fixer sur lui l'œil
contemplatif de l'amour.

Il est encore le symbole de la Résurrection et saint
Épiphane et saint Isidore l'expliquent de la sorte :

L'aigle, quand il vieillit, s'en va frôler de si près le
soleil que ses plumes s'embrasent ; ranimé par ces
flammes, il se plonge dans une fontaine, s'y baigne
trois fois et s'en évade régénéré ; n'est-ce pas d'ailleurs la paraphrase du verset du Psalmiste : « Ta
jeunesse sera renouvelée ainsi que celle de l'aigle[1]. »
– Enfin sainte Madeleine de Pazzi l'envisage autrement et le tient pour l'image de la foi appuyée sur
la charité.

Il va falloir mettre ces documents en place dans
mon article, soupira Durtal, rangeant, sous une chemise à part, ces notes.

Voyons maintenant la faune chimérique originaire
de l'Orient, expédiée en Europe par les Croisades
et déformée par l'imagination des enlumineurs de
missels et des imagiers.

En tête le dragon qui rampe et s'essore déjà dans
la mythologie et dans la Bible.

Durtal se leva et s'en fut chercher dans sa bibliothèque les *Traditions tératologiques* de Berger de
Xivrey[2] ; ce livre contenait de longs extraits de ce
Roman d'Alexandre qui fit la joie des grands enfants,
au Moyen Âge.

« Les dragons, raconte cet écrit, sont plus grands

que tout autre serpent et plus longs... ils volent en l'air qui se trouble par le dégorgement de leur punaisie de venin... Ce venin est si mortel que si une personne en est polluée ou atteinte, il lui semblerait être en un feu ardent et lui enlèverait la peau, à grosses vessies, comme si la personne était échaudée. » Et l'auteur ajoute : « La mer par leur venin s'en enfle. »

Ils ont une crête, des griffes aiguës, une gueule qui siffle et ils sont presque invincibles. Albert le Grand[1] avance néanmoins que les enchanteurs qui les veulent dompter tapent à tour de bras sur des tambours et les dragons qui s'imaginent ouïr le roulement du tonnerre qu'ils appréhendent, se laissent alors manier aisément et prendre.

L'ennemi de ce reptile ailé est l'éléphant qui parvient parfois à l'écraser, en tombant de tout son poids dessus ; mais la plupart du temps, il est occis par le dragon qui se repaît de son sang dont la froideur apaise l'insupportable cuisson que lui vaut son propre venin.

Après ce monstre, le griffon qui participe du quadrupède et de l'oiseau, car il a le corps du lion, la tête et les serres de l'aigle ; puis le basilic, considéré tel que le roi des serpents ; il a quatre pieds d'étendue, une queue de la grosseur d'un arbre et tachée de blanc. Sa tête porte une huppe en forme de couronne ; sa voix est stridente et son regard foudroie, un regard, dit le roman d'Alexandre, « si pénétratif que, sur toutes bêtes venimeuses et autres, il est pestilentiel et mortel ». Il est vrai que son souffle n'est ni moins périlleux, ni moins fétide, car « de son haleine sont toutes choses infectées et, en mourant, lorsqu'il la veut dégorger, il est si puant que toutes autres bêtes le fuient... ».

Son adversaire le plus redoutable est la belette

qui l'égorge, bien qu'elle soit « petite bête comme un rat » ; ainsi Dieu n'a rien fait sans cause et sans remède, conclut le pieux auteur du Moyen Âge.

Pourquoi la belette ? Rien ne nous l'apprend ; est-elle au moins cette bestiole qui rendait un pareil service, honorée par nos pères d'un favorable sens ? Pas du tout.

Elle est un spécimen de la dissimulation, de la dépravation et elle s'apparie à la vie dégoûtante des baladins. À mentionner aussi que ce carnassier qui était présumé concevoir par la bouche et enfanter par l'oreille, est classé parmi les animaux impurs de la Bible.

Cette homéopathie zoologique est un peu incohérente, pensa Durtal, à moins que l'acception similaire prêtée à ces deux animaux se combattant, ne veuille dire ceci : que le Démon se dévore lui-même.

Vient ensuite le phénix « un oisel, très bel en ses plumes, qui ressemble au paon, est moult solitaire et vit de graines de frène » ; il a, de plus, une livrée de pourpre surdorée et parce qu'il est censé renaître de ses cendres, il particularise invariablement la Résurrection du Christ.

Puis la licorne qui fut une des plus étonnantes créations du naturalisme mystique.

« Elle est une bête très cruelle qui a le corps grand et gros, en façon d'un cheval ; sa défense est une corne grande et longue de demi-toise, si pointue et si dure qu'il n'est rien qui, par elle, n'en soit percé. Quand on la veut prendre, on fait venir une pucelle au lieu où l'on sait que la bête repaît et fait son repaire. Si la licorne la voit et qu'elle soit pucelle, elle va se coucher en son giron, sans aucun mal lui faire et, là, s'endort ; alors viennent les veneurs qui la tuent... Aussi, si elle n'est pas pucelle, la licorne n'a garde d'y coucher, mais tue la fille corrompue et non pucelle. »

D'où il ressort que la licorne est une des références de la chasteté ; au même titre qu'un animal bien surprenant aussi, et dont nous entretient saint Isidore, le porphyrion.

Celui-là possède un pied en patte de perdrix et un autre palmé comme celui d'une oie ; son originalité consiste à pleurer l'adultère et à aimer son maître d'un tel amour qu'il meurt de compassion sur son sein, lorsqu'il sait que sa femme le trompe. Aussi, que cette espèce n'a point tardé à s'éteindre !

Voyons, il nous reste encore des êtres fabuleux à répartir, murmura Durtal, en fouillant, de nouveau, dans ses papiers.

Il trouvait la wivre[1], sorte de Mélusine, moitié femme et moitié serpent, une bête très cruelle, pleine de malice et sans pitié, assure saint Ambroise ; le manicore qui a la face d'un homme, les yeux pers, la crinière cramoisie d'un lion, une queue de scorpion et un vol d'aigle ; celui-là est insatiable de chair humaine ; le léoncrotte, issu de l'hyène mâle et de la lionne, nanti d'un corps d'âne, de jambes de cerf, d'un poitrail de fauve, d'une tête de chameau armée de dents terribles – le tharande qui, d'après Hugues de Saint-Victor, a la taille du bœuf, le profil du cerf, le pelage de l'ours et change de couleur, ainsi qu'un caméléon ; enfin le moine de mer, le plus déconcertant de tous, car, Vincent de Beauvais l'enseigne, son buste couvert d'écailles et muni, en guise de bras, de nageoires hérissées de crocs, meut un chef tonsuré de moine dont le bas s'effile en museau de carpe.

Le Bestiaire en a encore inventé d'autres, ne fût-ce, par exemple, que ces gargouilles, ces créatures hybrides matérialisant les vices vomis, rejetés du sanctuaire, rappelant au passant qui les voit expumer à pleine gueule les lies des gouttières, que hors de l'Église, ce ne sont que gémonies* de l'esprit et cloaques d'âme ! Mais, se dit Durtal, en allumant une cigarette, ce dessus du panier me paraît suffire ; d'ailleurs, au point de vue symbolique, cette ménagerie est peu intéressante, car tous ces monstres, wivre, manicore, léoncrotte, tharande, moine de mer, ne diffèrent point ; tous incarnent l'Esprit du Mal.

Il tira sa montre. Allons, reprit-il, j'ai encore le temps, avant de dîner, de parcourir la série des animaux authentiques ; et il feuilleta la liste des volatiles.

Le coq, fit-il, est la prière, la vigilance, le prédicateur, la Résurrection, car, le premier, il se réveille dès l'aube ; le paon qui est doté, suivant un vieil auteur, « de voix de diable et de queue d'ange », est un réceptacle d'idées contradictoires. Il implique l'orgueil, l'immortalité, selon saint Antoine de Padoue, et aussi la vigilance, à cause des yeux qui parent ses plumes ; le pélican est la figure de la contemplation, et de la charité ; de l'amour, suivant sainte Madeleine de Pazzi ; le passereau, de la solitude pénitente ; l'hirondelle, du péché ; le cygne, de l'orgueil, selon Raban Maur, de la diligence, et de la sollicitude, d'après Thomas de Cantimpré[1] ; le rossignol est indiqué par sainte Mechtilde, ainsi que l'âme affectueuse ; et la même sainte rapproche l'alouette des gens qui accomplissent, avec gaieté, les bonnes œuvres ; à remarquer aussi que, dans les vitraux de Bourges, l'alouette ou calandre est le témoignage de la charité envers les malades.

En voici d'autres que définit Hugues de Saint-Victor. Pour lui, le vautour caractérise la paresse ; le milan, la rapacité ; le corbeau, les détractions ;

la chouette, l'hypocondrie ; le hibou, l'ignorance ;
la pie, le bavardage ; la huppe, la malpropreté et le
mauvais renom.

Tout ça, tout ça, c'est bien emmêlé, soupira Durtal,
et j'ai peur qu'il n'en soit de même des mammifères
et des autres bêtes.

Il colligea quelques pièces. Le bœuf, l'agneau, la
brebis, nous les avons parqués ; le mouton proto-
type la douceur et la timidité et saint Pacôme incorpore en lui le moine qui vit ponctuel et docile et
aime ses frères. De son côté, saint Méliton délègue
le sens d'hypocrisie à l'autruche, de puissance du
siècle au rhinocéros, de fragilité humaine à l'araignée ; signalons encore, au passage, dans la classe
des crustacés, l'écrevisse qui interprète l'hérésie, la
synagogue, parce qu'elle marche à reculons et rétro-
grade dans la voie du bien ; dans la série des poissons, la baleine, symbole du sépulcre, de même que
Jonas qui en sortit après trois jours est le symbole de
Jésus ressuscité ; parmi les rongeurs, le castor, image
de la circonspection chrétienne, car, dit la légende,
lorsqu'il est poursuivi par des chasseurs, il s'arrache
avec les dents la poche qui contient le castoreum et
le jette à l'ennemi. Ce pourquoi, il est également la
traduction animale de la phrase des Évangiles déclarant qu'il faut retrancher le membre qui scandalise et
est une occasion de chute. Arrivons et arrêtons-nous
devant la cage des fauves.

D'après Hugues de Saint-Victor, le loup est l'avarice et le renard la fourberie ; de son côté, Adamantius[1] voit dans le sanglier la fureur et dans le léopard
la colère, les embûches et l'audace ; quant à l'hyène
qui change de sexe à volonté et imite à s'y méprendre
la voix de l'homme, elle est la vivante formule de l'hypocrisie, alors que, sainte Hildegarde le démontre,

la panthère est, à cause de la beauté de ses taches, le signe de la vaine gloire.

Inutile maintenant de nous appesantir sur le taureau, sur le bison, sur le buffle ; les initiés groupent en eux la force brutale et l'orgueil ; pour le bouc et le porc, ils sont des vases de luxure et de fange.

Ils partagent ce privilège avec le crapaud, bête immonde, vestiaire du Diable qui emprunte ses contours afin d'apparaître à des Saintes, à sainte Térèse, pour en citer une. Quant à la pauvre grenouille, elle est aussi malfamée que ce batracien, parce qu'elle lui ressemble.

Meilleur est le renom du cerf, exemple, d'après saint Jérôme et Cassiodore, du chrétien qui détruit le péché par le sacrement de pénitence ou par le martyre. Portrait de Dieu dans les psaumes, il est encore le païen qui désire le baptême ; enfin, la légende lui assigne une haine du serpent, autrement dit du Démon, si véhémente qu'il l'attaque, dès qu'il le peut, et le dévore, mais il meurt, s'il reste ensuite trois heures sans boire ; aussi après ce repas court-il dans les forêts en quête d'une source et s'il la rencontre et se désaltère, il rajeunit de plusieurs années ; la chèvre, elle, est parfois considérée d'un mauvais œil et confondue avec le bouc, mais plus souvent elle désigne le Bien-Aimé auquel la compare l'Épouse du Cantique ; le hérisson, qui se cache dans les trous, contrefait, selon saint Méliton, le pécheur ; selon Pierre de Capoue, le pénitent. Quant au cheval, il est marqué par Petrus Cantor et Adamantius, ainsi qu'un être de vanité et de présomption, opposé au bœuf qui est toute gravité, toute simplesse. Il convient de ne pas oublier néanmoins que, pour embrouiller la question, en la présentant sous un autre jour, saint Eucher assimile le cheval au saint et que l'anonyme de Clairvaux identifie le Diable avec le bœuf. Pour le pauvre âne, il n'est guère plus ménagé par Hugues de Saint-Victor qui le targue de stupidité, par saint Grégoire le Grand qui le taxe de paresse, par Pierre de Capoue qui l'inculpe de luxure ; il faut observer cependant que saint Méliton l'associe, à cause de son humilité, au Christ et que les exégètes font de l'ânon que Jésus chevaucha, le jour des Palmes, une figure des Gentils, de même qu'ils font de l'ânesse, qui le mit bas, la figure des Juifs.

Enfin, deux bêtes domestiques chères à l'homme, le chien et le chat, sont généralement honnies par les mystiques. Le chien, modèle du péché, dit Petrus Cantor, bête des querelles, ajoute Hugues de Saint-Victor, est l'animal qui retourne à son vomissement ; il manifeste aussi ces réprouvés dont parle l'Apocalypse et qu'on doit chasser de la Jérusalem céleste ; baptisé du nom d'apostat par saint Méliton, il est traité de moine rapace par saint Pacôme, mais Raban Maur le relève un peu de ces interdits, en lui conférant le titre de symbole des confesseurs.

Le chat qui ne s'introduit qu'une fois dans la Bible, au livre de Baruch, est invariablement condamné par les naturalistes d'antan ; ils lui reprochent d'être le simulacre de la traîtrise et de l'hypocrisie et l'accusent de vendre sa peau au Diable pour lui permettre de se montrer sous son apparence aux sorciers.

Durtal tourna encore quelques pages, avisa que le lièvre décelait la timidité et la peur, de même que le colimaçon, la paresse ; inscrivit l'opinion d'Adamantius qui incrimine de légèreté et de moquerie le singe ; celle de Pierre de Capoue et de l'anonyme de Clairvaux garantissant que le lézard qui rampe et se cache dans les murs est, au même titre que le

serpent, l'emblème du Mal ; consigna le sens spécial
d'ingratitude révélé par le Christ pour la vipère, car
Il qualifie de la sorte la race des juifs ; et il s'habilla
en hâte, craignant de faire attendre l'abbé Gévresin chez lequel il dînait, avec l'abbé Plomb ; puis,
poursuivi par Mme Mesurat qui voulait lui asséner
un dernier coup de brosse, il dégringola l'escalier et
arriva chez son ami.

Mme Bavoil, qui ouvrit la porte, exhibait sous
un bonnet de travers des cheveux à la vanvole*, des
manches retroussées sur des bras cuits, des joues
enflammées par le brasier de sa cuisine. Elle avoua
la confection d'un bœuf à la mode assoupli par la
glu d'un pied de veau, et réconforté par une dose
méditée de cognac ; et elle se sauva, effrayée par
les appels impatients d'une bouillotte dont l'eau
s'épandait, avec des jurons de matou, sur les plaques
rouges du fourneau.

Durtal trouva l'abbé Gévresin, ravagé par ses rhumatismes, mais toujours patient et gai. Ils causèrent
un peu ; puis s'apercevant que Durtal regardait de
petits morceaux de gomme épars sur son bureau,
l'abbé dit :

— C'est de l'encens qui vient du Carmel de
Chartres.

— Ah !

— Voici, les carmélites ont l'habitude de ne brûler
que du véritable, que du réel encens. Aussi, leur ai-je
emprunté cet échantillon, afin de pouvoir faire acheter la même qualité de résine pour notre cathédrale.

— Il est partout falsifié, n'est-ce pas ?

— Oui, il se débite dans le commerce sous trois
formes : l'encens mâle, le meilleur, s'il n'est pas
adultéré ; l'encens femelle qui est déjà plein de fragments rougeâtres, de grumeaux secs appelés mar-

rons ; enfin, l'encens en poudre qui n'est, la plupart du temps, qu'un mélange de mauvaise gomme et de benjoin.

— Et celui que vous avez là ?

— C'est de l'encens mâle ; voyez ces larmes oblongues, ces gouttes presque transparentes d'ambre qui se décolore ; quelle différence avec celui-ci que l'on consume à Notre-Dame ! Il est terreux, brisé, rempli d'égrugeures et il y a gros à parier que ces marrons sont des cristaux de carbonate de chaux et non des perles de résine pure.

— Tiens, fit Durtal, cette matière me suscite l'idée d'une symbolique des odeurs, a-t-elle jamais existé ?

— J'en doute, mais elle serait, en tout cas, très simple. Les substances aromatiques dont use la liturgie se réduisent à quatre : l'encens, la myrrhe, le baume, le thymiama, mais l'usage de ce dernier parfum, composé d'ingrédients divers, est périmé.

Leur thème, vous le connaissez. L'encens est la divinité du Fils et nos prières qui montent, telles que ses vapeurs, dans la présence du Très-Haut, dit le Psalmiste. – La myrrhe est la pénitence, la vie souffrante de Jésus, sa mort, les Martyrs, et aussi, selon M. Olier, la Vierge qui guérit les âmes des pécheurs comme la myrrhe cautérise la pourriture des plaies ; – le baume est une variante du mot vertu. Mais, si les émanations liturgiques sont peu nombreuses, il n'en est pas de même des effluences mystiques qui changent à l'infini ; seulement nous n'avons que très peu de renseignements sur elles.

Nous savons simplement que l'odeur de Sainteté sert d'antithèse à l'odeur du Diable, que beaucoup d'élus répandirent de leur vivant et après leur mort des parfums exquis dont l'analyse est impossible, tels : Madeleine de Pazzi, saint Étienne de Muret, saint Philippe de Néri, saint Paternien, saint Omer, le Vénérable François Olympe, Jeanne de Matel et tant d'autres !

Nous savons aussi que nos fautes puent et d'une façon différente selon leur genre ; et la preuve est les Saints qui discernaient l'état des consciences, rien qu'en flairant les corps. Rappelez-vous saint Joseph de Cupertino criant à un pécheur qu'il rencontre : mon ami, tu sens bien mauvais, va te laver !

Pour en revenir à l'odeur de Sainteté, elle prend cependant chez certaines personnes un caractère presque naturel, se confond presque avec les aromes connus.

Ainsi saint Trévère exhalait un bouquet composé de rose, de lys, de baume et d'encens ; sainte Rose de Viterbe fleurait la rose ; saint Cajetan la fleur d'oranger ; sainte Catherine de Ricci la violette ; sainte Térèse, tour à tour, le lys, le jasmin et l'iris ; saint Thomas d'Aquin l'encens ; saint François de Paule le musc ; je vous les cite au hasard du souvenir.

— Oui, et sainte Lydwine épandait pendant ses maladies un parfum qui se communiquait également au goût. Ses ulcères volatilisaient des fumets enjoués d'épices, et distillaient l'essence même de la vie familière des Flandres, une essence sublimée de cannelle.

— Par contre, reprit l'abbé, l'infection des sorcières fut célèbre, au Moyen Âge. Tous les exorcistes et les démonologues sont d'accord sur ce point ; et presque constamment aussi, l'on a relaté qu'après une apparition du Malin, une puanteur de soufre ignoble s'attardait dans les cellules, alors même que les Saints étaient parvenus à le chasser.

Mais la senteur médullaire du Diable, elle s'affirme dans la vie de Christine de Stumbèle. Vous n'ignorez pas les exploits scatologiques auxquels Satan se livra contre cette sainte ?

— Mais si, Monsieur l'abbé.

— Alors je vous apprendrai que le récit de ces attaques nous a été conservé tout au long par les Bollandistes qui ont inséré dans leurs annales la biographie de cette célicole*, écrite par le Dominicain Pierre de Dacie, son confesseur.

Christine naquit dans la première moitié du XIIIᵉ siècle, en 1242, je crois, à Stumbèle ou Stommeln, près de Cologne.

Elle fut, dès son enfance, traquée par le Démon. Il épuise contre elle l'arsenal de ses ruses, lui apparaît sous la forme d'un coq, d'un taureau, sous la figure d'un apôtre ; il la remplit de poux, infeste son lit de vermine, la frappe jusqu'au sang et, comme il n'obtient pas qu'elle renie son Dieu, il invente de nouveaux supplices.

Il convertit les aliments qu'elle porte à sa bouche en crapaud, en serpent, en araignée ; il la dégoûte tellement de toute nourriture, qu'elle dépérit.

Elle passe alors sa vie à vomir et Dieu qu'elle supplie de l'assister se tait.

Il lui reste cependant, pour la soutenir dans ses épreuves, la communion. Le Maudit qui le sait s'ingénie à la priver de cette aide ; et il se montre sous l'apparence de ces mêmes animaux sur l'hostie qu'elle consomme ; enfin, pour la réduire, il imagine de se métamorphoser en un énorme crapaud et de s'installer entre ses seins. Du coup, Christine s'évanouit de peur ; mais alors Dieu intervient ; sur son ordre, elle s'enveloppe la main avec sa manche, la glisse entre sa poitrine et le ventre du crapaud, arrache violemment la bête et la jette sur le pavé.

Elle s'y écrasa, en résonnant, dit la sainte, ainsi qu'un vieux soulier.

Les persécutions de ce genre continuent jusqu'à

l'Avent de 1268 ; c'est à partir de cette époque, que les farces stercoraires commencent.

Pierre de Dacie nous raconte qu'un soir le père de Christine vient le chercher dans son couvent de Cologne et le supplie de le suivre parce que le Diable moleste sa fille. Il part, accompagné d'un autre Dominicain, le frère Wipert et, arrivés à Stumbèle, ils trouvent dans la chaumine hantée le curé du pays, le R. P. Godfried, prieur des Bénédictins de Brunwilre, et le cellerier* de ce cloître. Ils s'entretiennent, en se chauffant, des incursions nauséabondes que le Démon tente et, subitement, les scènes se renouvellent. Ils sont, les uns et les autres, inondés de fiente, et Christine, selon l'expression du religieux, en demeure tout empâtée – et, chose étrange, ajoute Pierre de Dacie, cette substance, qui était tiède, brûlait Christine et lui faisait venir sur la peau des cloques.

Ce manège dura trois jours. À la fin, un soir, frère Wipert, exaspéré, se met en devoir de réciter les prières de l'exorcisme, mais un vacarme effroyable ébranle la chambre, les chandelles s'éteignent et il reçoit sur l'œil un paquet de matière si dure qu'il s'écrie : malheur, me voici borgne !

On l'emmène à tâtons dans une pièce voisine où séchaient des vêtements de rechange, où de l'eau chauffait toujours devant le feu pour les ablutions ; on le nettoie, on lui lave l'œil qui n'a subi aucun dommage sérieux, en somme, et il rentre dans la chambre pour réciter, avec les deux Bénédictins et Pierre de Dacie, Matines ; mais avant de psalmodier l'office, il s'approche du lit de la patiente et joint les mains, étonné.

Elle est embrenée d'ordures, mais tout a changé. L'odeur, qui était d'une fétidité plus qu'humaine, s'est muée en une fleur angélique ; la résignation, la sainteté de Christine ont vaincu le Traitant des âmes[1] – et tous s'empressent de remercier le Ciel. – Que pensez-vous de cette histoire ?

— Elle est stupéfiante, à coup sûr, mais ce cas de cloaque infernal est-il unique ?

— Non, un siècle après, des faits analogues se découvrent chez Élisabeth de Reute et aussi chez la Bienheureuse Bétha. Là encore, Satan se livre à d'immondes facéties ; il s'allège près de la couche de la Bienheureuse, tapisse le plancher et goudronne avec ses produits les murs. À noter aussi, dans le moderne, que des actes de ce genre eurent lieu chez le Curé d'Ars...

— Je ne vois pas, dans tout cela, le développement de la symbolique des odeurs, fit Durtal. En tout cas, le champ est restreint ou mal défini et le nombre des parfums que l'on peut mentionner est court.

Nous avons les essences extraites de l'Ancien Testament et qui présagent la Vierge ; quelques-unes d'entre elles sont encore admises dans un autre sens, tels le nard, la casse et le cinname ; le premier interprète la force de l'âme, la seconde, la saine doctrine et le troisième la bénéolence[*] des vertus ; nous avons aussi le bouquet du cèdre qui spécifiait, au XIIIᵉ siècle, les Docteurs de l'Église ; puis trois aromes liturgiques précis : l'encens, la myrrhe, le baume ; enfin l'odeur de Sainteté qui peut presque s'analyser chez quelques saints et la puanteur démoniaque qui va de l'infection animale à l'horreur des œufs couvis[*] et des sulfures.

Il faudrait maintenant vérifier si la senteur personnelle d'un élu est bien en harmonie avec celles des qualités ou des œuvres dont il fut, ici-bas, le modèle ou l'auteur ; ce qui semble exact si l'on observe que saint Thomas d'Aquin, qui créa l'admirable prose du Saint-Sacrement, exhalait une fragrance d'encens, que sainte Catherine de Ricci, qui fut un exemple d'humilité, fleurait la violette, emblème de cette vertu, mais...

L'abbé Plomb entra et, mis au courant par Durtal de cette discussion sur l'osmologie mystique, il dit :

— Vous oubliez, pour l'odeur diabolique, le principal ?

— Comment cela ? Monsieur l'abbé.

— Mais oui, vous ne tenez pas compte des faux parfums délectables que le Maudit efflue ; et en effet, ses baumes infâmes sont de deux sortes : les uns caractérisés par le relent des barèges* et des selles ; les autres, par une singerie de la senteur de Sainteté, par de délicieuses bouffées d'attrait et de tentation. Le Malin s'y est pris ainsi pour séduire Dominique de Gusman ; il l'imprégna d'émanations exquises espérant lui inspirer, par ce moyen, des idées de vaine gloire ; de même pour Jourdain de Saxe qui expirait un fumet agréable quand il célébrait la messe. Dieu lui montra que ce phénomène était d'origine infernale et, dès lors, il cessa.

Enfin il me revient à la mémoire une singulière anecdote de Quercetanus à propos d'une maîtresse de Charlemagne qui trépassa. Le roi qui l'adorait ne pouvait se décider à laisser enterrer son corps qui se décomposait, en vaporisant un mélange de violettes et de roses. L'on examina l'état du cadavre et l'on aperçut, inséré dans sa bouche, un anneau qu'on ôta. Aussitôt l'enchantement démonial s'évanouit ; le corps fétida et Charlemagne permit de l'inhumer.

L'on peut encore adjoindre à cette bonne odeur d'attirance du Diable une autre qui est, au contraire, maléolente* et a pour but de vexer le fidèle, de l'empêcher de prier, d'éloigner de lui son prochain, de le faire tomber, s'il se peut, dans le désespoir ; mais, en somme, cette puanteur dont le Très-Bas imprègne un organisme dépend de la catégorie des odeurs de tentation, suggérant au patient, non plus l'orgueil, mais la faiblesse et la crainte.

Voyons, en attendant, j'ai autre chose pour vous, fit l'abbé, s'adressant à Durtal, voici quelques titres que j'ai relevés pour votre étude sur les bêtes expressives du Moyen Âge. Vous avez lu le *De Bestiis et aliis rebus* d'Hugues de Saint-Victor ?

— Oui.

— Bon, vous pourrez encore consulter Albert le Grand, Barthélemy de Glanville, Pierre de Bressuire ; enfin j'ai inscrit sur ce papier la série des Bestiaires : celui d'Hildebert, de Philippe de Thann, de Guillaume de Normandie, de Gautier de Metz, de Richard de Fournival ; seulement, il vous faudra aller à Paris pour vous les procurer dans les bibliothèques.

— Et cela ne me servirait pas à grand'chose, répliqua Durtal. J'ai compulsé jadis plusieurs de ces recueils et ils ne contiennent aucun renseignement qui puisse m'être utile, au point de vue du symbolisme. Ce ne sont que des descriptions fabuleuses d'animaux, des légendes sur leurs origines et sur leurs mœurs ; le *Spicilegium Solesmense* et les *Analecta* de Dom Pitra sont autrement instructifs. Avec eux, avec saint Isidore, saint Épiphane, Hugues de Saint-Victor, l'on a le chiffre du langage imagé des monstres.

C'est toujours la même chose ; depuis le Moyen Âge il n'existe en français aucun travail complet sur le symbolisme car l'ouvrage de l'abbé Auber sur ce sujet est un leurre. Pour la flore, vous chercheriez vainement un manuel sérieux qui fasse même allusion aux propriétés catholiques des plantes. Je néglige, bien entendu ces livres stupides à l'usage des amoureux, intitulé « le langage des fleurs » et qui côtoient « la parfaite cuisinière » et « la clef des songes » sur les parapets des quais. Il en est de même des couleurs ; rien de vraiment documenté n'a été écrit sur les teintes infernales ou pieuses, et, en effet, le traité que leur consacra Frédéric Portal[1] est, au point de vue du chromatisme chrétien, nul. Il m'a fallu, pour l'explication de l'œuvre de l'Angelico, picorer dans les mystiques, afin de découvrir, çà et là, les sens qu'ils décernaient aux tons ; et je vois bien qu'il me faudra user d'une pareille méthode pour mon étude sur la faune religieuse. Il n'y a rien à attendre, en somme, des volumes techniques et c'est dans la Bible et dans la liturgie, sources premières de la science des symboles, qu'il convient de pêcher. À propos, Monsieur l'abbé, n'aviez-vous pas des remarques à me communiquer sur le Belluaire des Écritures ?

— Oui, nous allons...

— À table, s'il vous plaît, s'écria Mme Bavoil.

L'abbé Gévresin récita le Benedicite, puis l'on mangea la soupe et la gouvernante apporta le bœuf aux carottes.

Il était roboratif, moelleux, pénétré, jusque dans ses plus secrètes fibres, par l'onctueuse et par l'énergique sauce qui le baignait.

— Hein, vous n'en mangiez pas de semblable à la Trappe, notre ami, dit Mme Bavoil.

— Et il n'en dégustera point non plus de cette qualité dans n'importe quel autre ordre religieux, appuya l'abbé Plomb.

— Ne me découragez pas d'avance, s'exclama,

en riant, Durtal ; permettez-moi de me régaler sans arrière-pensée... il y a temps pour tout...

— Alors, reprit l'abbé Gévresin, vous êtes décidé à envoyer à la Revue un travail allégorique sur les animaux.

— Oui, Monsieur l'abbé.

— J'ai trié à votre intention, d'après les études spéciales de Fillion et de Lesêtre[1], les erreurs commises par les traducteurs de la Bible lorsqu'ils affublèrent de noms chimériques des bêtes réelles, dit l'abbé Plomb. Voici, en quelques mots, le résultat de mes perquisitions.

Il n'y a jamais eu de faune mythologique dans les Livres Saints. Le texte hébreu a été défiguré par ceux qui le transférèrent en grec et en latin ; et ce bestiaire si étrange, qui nous déconcerte dans certains chapitres d'Isaïe et de Job, se réduit simplement à une nomenclature d'êtres connus.

Ainsi les onocentaures et les sirènes dont le Prophète nous entretient, sont tout bonnement des chacals, si l'on examine les mots hébraïques qui les désignent. La lamie, ce vampire mi-serpent, mi-femme, comme la wivre, est un oiseau de nuit, le chat-huant ou la chouette ; les satyres, les faunes, les créatures velues dont il est question dans la Vulgate[2] ne sont, au demeurant, que des boucs sauvages, des « schirim », ainsi que la langue mosaïque les nomme.

La bête qui s'annonce tant de fois dans la Bible, sous le titre de dragon, est indiquée, dans le texte original, par des termes différents ; et tantôt ces vocables déterminent le serpent et le crocodile, et tantôt le chacal ou la baleine ; enfin, la fameuse licorne, l'unicorne des Écritures, n'est autre que le bœuf primitif, l'auroch sculpté sur les bas-reliefs assyriens et dont la race se meurt, reléguée maintenant dans le fond de la Lithuanie et du Caucase.

— Et le behemot et le léviathan que mentionne Job ?

— Le mot behemot est le pluriel d'excellence de l'hébreu. Il marque une bête prodigieuse, énorme, telle que le rhinocéros ou l'hippopotame. Quant au léviathan, il est une sorte de reptile démesuré, de boa gigantesque.

— Tant pis, s'écria Durtal, la zoologie imaginative était plus drôle ! Tiens, quel est ce légume ? fit-il en goûtant d'une purée bizarre d'herbes.

— Ce sont des pissenlits hachés et cuits, liés par un jus de lardons, répondit Mme Bavoil ; aimez-vous ce mets, notre ami ?

— Certes. Ils sont aux épinards et aux chicorées cultivées, vos pissenlits, ce que le canard sauvage est au canard domestique et le lièvre au lapin ; et c'est vrai cela, les plantes potagères sont d'habitude plates et fades, tandis que celles qui poussent en pleine liberté ont une saveur astringente, une cordiale amertume ; c'est de la venaison d'herbages que vous nous offrez là, Madame Bavoil !

— Je pense, dit l'abbé Plomb, qui réfléchissait, je pense que l'on pourrait, ainsi que nous l'avons tenté, un jour, pour la flore mystique, dresser une liste des péchés capitaux, composés par des bêtes.

— Évidemment – et sans peine encore. – L'orgueil est particularisé par le taureau, par le paon, par le lion, par l'aigle, par le cheval, par le cygne, par l'onagre, selon Vincent de Beauvais.

L'avarice, par le loup et, suivant Théobald, par l'araignée ; pour la luxure, nous avons le bouc, le porc, le crapaud, l'âne ; la mouche qui, selon saint Grégoire le Grand, retrace les désirs insolents des

sens ; pour l'envie, l'épervier, le hibou, la chouette ;
pour la gourmandise, le pourceau et le chien ; pour
la colère, le lion et le sanglier, le léopard, d'après
Adamantius ; pour la paresse, le vautour, le colimaçon, la bourrique ; le mulet, au dire de Raban Maur.

Quant aux vertus opposées à ces vices, l'on peut
traduire l'humilité par le bœuf et l'âne ; le détachement des biens d'ici-bas, par le pélican, symbole de
la vie contemplative ; la chasteté, par la colombe,
par l'éléphant[1] ; il est vrai que cette version de Pierre
de Capoue est démentie par d'autres mystiques qui
accusent l'éléphant de superbe et le qualifient de
« pécheur énorme » ; la charité, par la calandre et le
pélican ; la tempérance, par le chameau qui, envisagé
sous un autre jour, stipule avec son nom de « gamal »
d'extraordinaires furies ; la vigilance, par le lion, le
paon, par la fourmi que citent l'Abbesse Herrade et
l'anonyme de Clairvaux, surtout par le coq auquel
saint Eucher et tous les symbolistes confient ce sens.

Ajoutons que la colombe résume, en elle, toutes
ces qualités, est la synthèse même de ces vertus.

— Oui, et elle est la seule, avec l'agneau, que Satan
délaisse et dont il n'ose usurper l'aspect ; aussi n'est-
elle jamais attifée d'un fâcheux renom, fit l'abbé
Gévresin.

— Elle partage cette privauté avec le blanc et le
bleu, les deux couleurs qui ne sont pas régies par la
loi des contrastes, qui ne répondent au signalement
d'aucun vice, répliqua Durtal.

— La colombe, s'écria Mme Bavoil, en changeant
les assiettes, elle joue un admirable rôle dans l'histoire de l'arche de Noé. Ah ! notre ami, c'est la mère
de Matel qu'il faut entendre !

— Qu'en dit-elle, Madame Bavoil ?

— La bonne Jeanne établit d'abord que le péché

originel a produit dans la nature humaine le déluge des péchés dont la Vierge fut, seule, exemptée par le Père qui la choisit pour son unique colombe.

Ensuite, elle raconte que Lucifer, représenté par le corbeau, s'enfuit de l'arche par la croisée du libre arbitre ; alors Dieu, qui possédait Marie de toute éternité, ouvrit la fenêtre de la volonté de sa Providence, et, de son propre sein, de l'arche du ciel, Il envoya la colombe virginale sur la terre où elle cueillit un rameau de l'olivier de sa miséricorde, reprit son vol jusque dans l'arche du ciel et offrit ce rameau pour tout le genre humain ; puis elle pria la céleste Bonté de retirer le déluge du péché et invita le divin Noé à sortir de l'arche empyrée ; et alors, sans quitter le sein de son Père dont il est inséparable, Il sortit...

— *Et Verbum caro factum est et habitavit in nobis*, conclut l'abbé Gévresin.

— Le fait est que cette préfiguration du Verbe par Noé est curieuse, dit Durtal.

— Les animaux sont encore utilisés dans l'iconographie des Saints, reprit l'abbé Plomb. Autant que je puis me souvenir, l'âne sert d'enseigne à saint Marcel, à saint Jean Chrysostome, à saint Germain, à saint Aubert, à sainte Françoise Romaine, à d'autres encore ; le cerf à saint Hubert et à saint Rieul ; le coq à saint Landry et à saint Vit ; le corbeau à saint Benoît, à saint Apollinaire, à saint Vincent, à sainte Ida, à saint Expédit ; le daim à saint Henri ; le loup à saint Waast, à saint Norbert, à saint Remacle, à saint Arnoud ; l'araignée est la caractéristique de saint Conrad et de saint Félix de Nole ; le chien, de saint Godefroy, de saint Bernard, de saint Roch, de sainte Marguerite de Cortone, de saint Dominique, lorsqu'il porte une torche enflammée dans sa gueule ; la biche, de saint Gilles, de saint Leu, de sainte Geneviève de Brabant, de saint Maxime ; le pourceau, de saint Antoine ; le dauphin, de saint Adrien, de saint Lucien, de saint Basile ; le cygne de saint Cuthbert et de saint Hugues ; le rat, de saint Gontran et de sainte Gertrude ; le bœuf, de saint Corneille, de saint Eustache, de saint Honoré, de saint Thomas d'Aquin, de sainte Lucie, de sainte Blandine, de sainte Brigitte, de saint Sylvestre, de saint Sébald, de saint Saturnin ; la colombe est l'apanage de saint Grégoire le Grand, de saint Remy, de saint Ambroise, de saint Hilaire, de sainte Ursule, de sainte Aldegonde, de sainte Scolastique dont l'âme s'envola, sous cette forme, au ciel.

Et cette liste pourrait s'accroître indéfiniment ; parlerez-vous, dans votre étude, de ces compagnons des Saints ?

— Au fond, la plupart de ces attributions relèvent non de la symbolique, mais bien de l'histoire et de la légende ; aussi n'ai-je pas l'intention de m'en occuper spécialement.

Il y eut un silence.

Puis, brusquement, l'abbé Plomb, qui regardait son confrère, se tourna vers Durtal.

— Je partirai dans huit jours pour Solesmes et j'ai assuré au Révérendissime Père Abbé que je vous amènerais avec moi.

Et voyant Durtal interdit, l'abbé sourit.

— Oh mais, fit-il, je ne vous y laisserai point, à moins que vous ne vouliez plus revenir à Chartres ; c'est une simple visite que je vous propose, le temps de humer l'atmosphère du cloître, de vous aboucher avec les Bénédictins, de tâter un peu de leur vie...

Durtal se taisait, effaré, car cette offre bien simple pourtant d'aller vivre quelques jours dans un cloître venait de faire jaillir subitement en lui cette idée

baroque, étrange, que s'il acceptait, il jouait son va-
tout, risquait un pas décisif en avant, prenait envers
Dieu une sorte d'engagement de se fixer, de finir ses
jours auprès de lui.

Et ce qui était curieux, c'est que cette pensée, si
impérieuse et si envahissante qu'elle excluait toute
réflexion, le privait de ses moyens habituels de
défense, le mettait, désarmé, à la merci d'il ne savait
quoi, cette pensée que rien ne justifiait, ne s'arrêtait
pas, ne se précisait point sur Solesmes ; le lieu où il
se retirerait lui importait peu pour l'instant ; la question n'était pas là ; le point de savoir si oui ou non,
il allait céder à d'obscures impulsions, obéir à des
ordres informulés et pourtant certains, donner des
arrhes à Dieu qui paraissait le harceler, sans vouloir
s'expliquer davantage, demeurait seul.

Et il se sentait inexorablement étreint, tacitement
commandé d'avoir à se prononcer sur-le-champ.

Il tenta de lutter, de raisonner, de se ressaisir, mais
cet effort l'accabla et il eut la sensation d'une syn-
cope intérieure, d'une âme qui, dans un corps resté
debout, s'évanouissait, peu à peu, de fatigue et de
peur.

— Mais c'est fou, cria-t-il, c'est fou !

— Ah ça, qu'est-ce qui vous arrive ? s'exclamèrent
les deux prêtres.

— Pardon, rien.

— Vous souffrez ?

— Non, rien.

Il y eut un moment de silence gênant qu'il voulut
rompre.

— Avez-vous, dit-il, absorbé du protoxyde d'azote,
de ce gaz qui endort et qui sert, en chirurgie, pour
les opérations de courte durée ? Non ; eh bien, on a
la tête qui bourdonne et au moment où un fracas de

grandes eaux commence, l'on perd connaissance ; c'est cela que j'éprouve ; seulement ces phénomènes se passent non dans mon crâne, mais dans mon âme qui est débile et étourdie, prête à se trouver mal...

— J'aime à croire, reprit l'abbé Plomb, que ce n'est pas la perspective de visiter Solesmes qui vous bouleverse de la sorte ?

Durtal n'eut pas le courage de confesser la vérité ; il eut peur d'être ridicule en avouant de telles transes et, pour ne pas répondre nettement, il esquissa un semblant de geste.

— Je me demande, d'ailleurs, pourquoi vous hésiteriez, car vous êtes sûr d'être reçu à bras ouverts. Le Père Abbé est un homme d'une réelle valeur et, qui plus est, nullement hostile à l'art. Enfin, et cela achèvera, je l'espère, de vous rassurer, il est aussi un moine et très simple et très bon.

— Mais, j'ai mon article à rédiger !

Les deux prêtres rirent. – Vous avez huit jours pour l'écrire, votre article !

— Encore faudrait-il, pour aller utilement dans un monastère, ne pas être dans cet état de siccité et de dispersion où je végète, dit péniblement Durtal.

— Les Saints eux-mêmes ne sont pas exempts de distractions, répliqua l'abbé Gévresin ; témoin ce religieux dont parle Tauler[1] qui, sortant de sa cellule, au mois de mai, se couvrait la tête de son capuchon pour ne pas voir la campagne et n'être pas ainsi empêché de regarder son âme.

— Ah ! notre ami, le doux Jésus, il sera donc toujours, comme l'a dit la Vénérable Jeanne, le pauvre languissant à la porte de nos cœurs ; allons, voyons, un bon mouvement, ouvrez-lui ! s'écria Mme Bavoil.

Et Durtal, poussé dans ses derniers retranchements, finit par acquiescer au désir de tous, mais il le fit d'un air navré, car il ne pouvait parvenir à chasser l'idée folle que cette adhésion impliquait, de sa part, une vague promesse envers Dieu.

XV

Cette idée qui l'avait assailli si tenacement, pendant quelques minutes, parut s'effacer, et le lendemain, il ne lui resta que la surprise d'une agitation que rien n'expliquait ; il haussait les épaules mais, sourdement, au fond de lui, surgissait quand même une vague crainte. Cette idée n'était-elle pas, en raison même de son absurdité, l'un de ces pressentiments que l'on éprouve parfois, sans les comprendre ; n'était-elle point aussi, à défaut d'un ordre clairement exprimé par une voix interne, un avis intérieur, un conseil direct et secret de s'observer, de ne pas considérer comme une simple partie de plaisir ce départ dans un cloître ?

Mais c'est impossible ! finit par se crier Durtal.

Quand je suis allé à la Trappe pour y subir le grand lavage, je n'ai pas été harcelé par des appréhensions de ce genre ; quand j'y suis retourné plusieurs fois depuis, pour me réviser, je n'ai jamais eu la pensée que je pourrais m'interner sérieusement dans un monastère et maintenant qu'il s'agit d'un bref séjour dans un couvent de Bénédictins, voilà que je tremble, que je me cabre !

Ce désarroi est puéril ; hé, pas tant que cela, se dit-il, soudain. En me rendant à Notre-Dame de l'Âtre, j'étais assuré de n'y pas permaner puisque je n'aurais pu supporter plus d'un mois le dur régime ; je n'avais donc rien à craindre, tandis que, dans une abbaye Bénédictine où la règle est plus complaisante, je ne suis pas certain de ne pouvoir m'y échouer.

Dès lors... eh bien mais tant mieux ! car enfin il faudrait, une bonne fois, se délimiter, savoir ce qu'on a dans le ventre, s'assurer du plus ou moins de valeur de ses échéances, du plus ou moins d'énergie de ses aptitudes et de ses liens.

Il y a quelques mois, j'aspirais à l'existence conventuelle, cela est sûr, et aujourd'hui, je doute. J'ai des élans abortifs, des menées proditoires*, des velléités qui ratent, des souhaits qui tournent court ; je veux et je ne veux pas. Il serait pourtant nécessaire de s'entendre ; mais à quoi cela sert-il de se faire le puisatier de son âme, car j'ai beau descendre dans la mienne, je n'y découvre que le vide obscur et que le froid ?

Je commence à croire qu'à force de scruter ces ténèbres, je deviens ainsi que l'enfant qui fixe, avec des yeux ouverts dans la nuit, le noir ; je finis par me créer des fantômes, par me forger des paniques ; c'est bien le cas pour cette excursion à Solesmes, car rien, absolument rien, ne peut justifier mes transes.

Que tout cela est bête et ce qu'il serait plus simple de se laisser vivre et surtout de se laisser conduire !

J'y suis, fit-il, après réflexion ; la cause de ces brigues[*] est claire ; c'est mon manque d'abandon, mon défaut de confiance envers Dieu et aussi mon peu d'amour qui m'ont mis dans un état pareil.

À la longue, ces malaises ont engendré la maladie dont je souffre, une anémie profonde d'âme, aggravée par la peur du malade qui, n'ignorant pas la nature de son affection, l'exagère.

Tel est mon bilan, depuis que je réside à Chartres.

Cette situation est-elle bien différente de celle que je connus à Paris ? oui, car cette phase que je traverse est absolument le contraire de celle que je vécus jadis ; à Paris, j'avais l'âme non pas aride et friable, mais molle et humide ; elle se saponifiait, on enfonçait dedans ; je me fondais en somme, dans un état de langueur plus pénible peut-être que cet état de sécheresse où je me racornis ; mais à y regarder de près, si les symptômes ont changé, le mal n'en persiste pas moins ; qu'il y ait langueur ou siccité, le résultat est identique.

Seulement, n'est-il pas étrange que cette anémie spirituelle se traduise maintenant par des signes contradictoires ? d'une part, en effet, j'éprouve une fatigue, une défection, un ennui de la prière qui me paraît inane et creuse, tant je la récite mal, une envie d'envoyer tout promener, de me taire, d'attendre un retour de ferveur que je n'espère point ; et, de l'autre, je sens, au même moment, un travail sourd et têtu, une touche invisible, un besoin de prier, un rappel incessant de Dieu me tenant en haleine. Il y a des instants aussi où, tout en croyant me rendre compte que je ne bouge pas, il me semble que je m'ébranle, que je vais être emporté à la dérive.

Oui, c'est presque cela. Dans cette condition d'esprit à la fois casanière et nomade, que je m'avise de lire une œuvre de haute mystique, sainte Térèse ou sainte Angèle, alors la touche si subtile se précise ; je perçois des élans qui m'ameutent ; je me figure que mon âme a recouvré la santé, qu'elle rajeunit, qu'elle respire ; et si je veux profiter de cette éclaircie pour me réunir et pour prier, tout s'arrête ; je me fuis et rien ne va. Quelle misère et quelle pitié !

L'abbé Gévresin m'a dirigé comment jusqu'ici ?

Il a surtout employé la méthode expectante, se bornant, moins à combattre les accidents qu'à lutter contre ma faiblesse générale, qu'à me réconforter. Il m'a prescrit les médications martiales de l'âme, m'ordonnant de communier lorsqu'il me voyait faiblir. Aujourd'hui, si je table juste, il change ses batteries de place. Ou il abandonne une tactique qui n'a pas réussi, ou bien, au contraire, il la perfectionne ; son traitement ayant, sans que je m'en sois douté, produit les effets qu'il désirait atteindre ; et dans l'un et l'autre cas, il veut, pour activer ou pour compléter la cure, m'envoyer dans un cloître.

Ce système paraît, au reste, faire partie de sa thérapeutique, car c'est ainsi qu'il s'y est pris lorsqu'il m'aidait à me convertir ; il m'a dépêché dans une station thermale d'âme, aux eaux énergiques, terribles ; maintenant, il ne juge plus nécessaire de m'infliger un pareil traitement et il m'engage à séjourner dans un lieu plus reposant, dans un air moins vif, est-ce cela ?

Il n'est pas jusqu'à sa manière de vous saisir à l'improviste et de vous asséner brusquement sa décision qui ne soit la même. Cette fois-ci, ce n'est point lui qui s'est chargé de réduire mes incertitudes en me notifiant mon départ pour Solesmes, mais c'est tout comme ! Car, enfin, il y a dans cette histoire quelque chose qui n'est pas clair. Pourquoi l'abbé Plomb a-t-il promis aux Bénédictins de m'amener avec lui ? Il a certainement agi sur la demande de l'abbé Gévresin. Il n'y avait nul motif autrement pour qu'il causât de moi avec les Pères. Je lui ai bien, il est vrai, parlé de mes ennuis, de mes vagues envies de retraite, de mon affection pour les monastères, mais je ne l'ai pas incité à marcher ainsi de l'avant, à précipiter aussi brusquement les choses !

Allons, me voici encore à imaginer des stratégies, à chercher midi à quatorze heures, à découvrir des intentions là où il n'y en a peut-être point. Et puis, quand même il y en aurait ! Est-ce que ce n'est pas dans mon intérêt que ces braves amis complotent ?

Je n'ai qu'à les écouter et à leur obéir ; voyons, laissons cela et revenons à notre Bestiaire car le temps passe et je veux avoir terminé ce travail avant de décamper ; et, à l'affût devant la cathédrale, il examina le portail du Sud qui renfermait la zoologie mystique et les diableries.

Mais il n'y aperçut pas les formes extravagantes qu'il rêvait. À Chartres, les Vertus et les Vices n'étaient pas annoncés par des animaux plus ou moins chimériques, mais bien par des figures humaines. En explorant avec soin, il dénicha, sur des piliers de la baie du milieu, des péchés incarnés en de minuscules groupes : la luxure notée par une femme qui caresse un jeune homme ; l'ivrognerie par un manant qui s'apprête à souffleter un évêque ; la discorde par un mari qui se querelle avec sa femme, tandis que gisent auprès d'eux une quenouille brisée et une bouteille vide.

En fait de bêtes infernales, tout au plus, en se décarcassant le col, discernait-il dans la baie de droite deux dragons, l'un exorcisé par un moine, l'autre bridé, avec une étole, par un Saint.

En fait de bêtes divines, il distinguait dans la série

des Vertus des femmes qu'accotaient des animaux symboliques : la Docilité accompagnée par un bœuf ; la Chasteté par un phénix ; la Charité par une brebis ; la Douceur par un agnel ; la Force par un lion ; la Tempérance par un chameau. Pourquoi le phénix signifie-t-il, ici, la Chasteté, car il n'est généralement pas chargé de cet emploi par les Volucraires du Moyen Âge ?

Et un peu dépité par l'indigence de la faune chartraine, il se consola, en inspectant le porche du Sud ; il servait de pendant à celui du Nord et répétait avec une variante le sujet du portail Royal : la glorification du Christ mais alors dans ses fonctions de Juge suprême, et dans la personne de ses Saints.

Commencé à l'époque de Philippe-Auguste et aux frais du comte de Dreux et d'Alix de Bretagne, son épouse, ce porche qui n'avait été terminé que sous le règne de Philippe le Bel se divisait, ainsi que les deux autres, en trois parties : une baie médiane, racontant, sur son tympan en ogive, la scène du Jugement dernier – puis, une baie à gauche, consacrée aux Martyrs – enfin, une autre à droite, dédiée aux Confesseurs.

La baie centrale imitait la forme d'une barque, dressée debout, la poupe en bas et la proue en l'air ; ses flancs évasés apostaient, sur leurs cloisons, six Apôtres, de chaque côté, et le fond était occupé, au milieu, par une seule statue, celle du Christ.

Cette statue était, de même que celle d'Amiens, célèbre ; tous les guides vantaient la régularité de la physionomie, l'ordonnance calme des traits ; la vérité, c'est qu'elle était surtout fate et frigide, d'une beauté sans désennui ; ce qu'elle était inférieure à celle du Christ du XIIᵉ siècle, du Dieu si expressif, si vivant, assis entre les bêtes du Tétramorphe, dans le tympan de la façade Royale !

Les Apôtres étaient mieux débrutis[*], moins mastoques peut-être que les Patriarches et les Prophètes
installés auprès de sainte Anne, sous le porche Nord,
mais leur saveur d'art était moindre. Ils étaient
comme le Jésus qu'ils entouraient d'une venue hon-
nête ; c'était de la sculpture probe, flegmatique, si
l'on peut dire.

Ils tenaient, placides, les instruments de leur martyre, tels que des soldats, leur fusil, au port d'armes.

Sur la paroi de droite gîtaient saint Pierre arborant
la croix sur laquelle il fut attaché, la tête en bas ;
saint André, une croix latine et non les traverses en
forme d'X sur lesquelles on le cloua ; puis saint Philippe, saint Thomas, saint Matthieu, saint Simon,
armés, tous, d'un glaive, bien que saint Philippe ait
été crucifié et lapidé, saint Thomas percé d'un coup
de lance et saint Simon scié.

Sur la paroi de gauche habitaient : saint Paul,
substitué à saint Matthias, le successeur de Judas ;
il exhibait une épée ; puis saint Jean, son évangile ;
Jacques le Majeur, un glaive ; Jacques le Mineur, une
massue de foulon ; saint Barthélemy, le coutelas avec
lequel on l'écorcha et saint Jude, un livre.

Huchés sur des colonnes torses, ils pressaient
sous leurs pieds restés nus, en signe d'apostolat, les
bourreaux de leurs supplices. Ils avaient des cheveux
longs et diffus, des barbes bifides, taillées en fourche,
hormis le saint Jean imberbe, et saint Paul qui, selon
la tradition, était chauve ; et ils étaient, tous, vêtus
de même, drapés dans des manteaux à plis ménagés en d'adroites ondes. Seul, Jacques le Majeur se
dénonçait par une pannetière semée de coquillages,
pareille à celle des pèlerins qui le visitaient à Compostelle, dans l'un des grands sanctuaires édifiés en
son honneur, au Moyen Âge.

Il était le Saint vénéré de l'Espagne, mais a-t-il jamais évangélisé ces contrées, ainsi que l'attestent saint Jérôme, saint Isidore et le Bréviaire de Tolède ? d'aucuns en doutent. En tout cas, au XIIIᵉ siècle, son histoire, narrée par Durand de Mende, se résumait en ceci : envoyé dans ce pays pour convertir les idolâtres, il échoua dans cette mission et regagna Jérusalem où Hérode le fit décapiter. Son cadavre fut ensuite transporté en Espagne et ses reliques y opérèrent ces conversions qu'il n'avait pu effectuer de son vivant.

D'ailleurs, songea Durtal, nous sommes singulièrement peu renseignés sur les Apôtres. Presque tous n'apparaissent qu'à la cantonade dans les Évangiles et sauf quelques-uns, comme saint Pierre, saint Jean, saint Paul, dont les silhouettes parfois se déterminent, les autres flottent à l'état d'ombres, passent en quelque sorte voilés dans ce halo de lumière qu'épand autour de lui le Christ ; et, après sa mort, ils s'effument davantage encore et leur existence n'est plus délinéée que par de vagues légendes.

Tel saint Thomas, le trésor de Dieu, ainsi que le qualifie sainte Brigitte. Où est-il né ? on l'ignore ; quelles furent les circonstances et les motifs de sa vocation ? nul ne le sait. Dans quel pays prêcha-t-il la religion nouvelle ? les discussions commencent. Les uns le signalent chez les Mèdes, chez les Parthes, chez les Perses, dans l'Éthiopie, les autres, dans l'Indostan. On le spécifie, généralement, par une équerre et une règle, car l'on assure qu'il construisit une église à Méliapour ; ce pourquoi, il fut, au Moyen Âge, le patron des architectes et des maçons.

Selon le Bréviaire romain, il fut tué à Calamine d'un coup de lance ; selon la Légende dorée, il fut trucidé à coups d'épées, dans une région mal définie et les Portugais prétendent que son corps leur appartient, à Goa, le chef-lieu de leurs possessions dans les Indes.

Au XIII⁵ siècle, ce Saint était le type têtu de la méfiance. Non content de n'avoir reconnu le Christ que lorsqu'il l'eut vu et eut enfoncé ses doigts dans les plaies, il se montra, si l'on en croit nos pères, aussi incrédule lorsqu'on lui apprit l'Assomption de la Vierge et Marie dut venir et lui jeter sa ceinture, pour le convaincre.

Saint Barthélemy s'efface, encore plus obscur, dans l'ombre amoncelée des âges. Il était le mieux élevé des Apôtres, dit la sœur Emmerich, car les autres, Pierre et André surtout, avaient conservé de leurs basses origines des mines sans apprêt et des dehors brusques.

S'appelle-t-il Barthélemy ? On le pense. Les Synoptiques le comptent au nombre des Apôtres et saint Jean l'omet ; par contre, il désigne à sa place un homme du nom de Nathanaël dont les trois autres Évangiles ne parlent point.

Y a-t-il dès lors identité entre ces deux Apôtres ? cela paraît à peu près sûr et saint Bernard présume que ce Barthélemy ou ce Nathanaël était l'époux des noces de Cana[1].

Quelle fut son existence ? il aurait parcouru l'Arabie, la Perse, l'Abyssinie, aurait baptisé les Ibères, les peuplades du Caucase et ainsi que saint Thomas, les Indes, mais aucun document authentique ne le prouve. Suivant les uns, il aurait été décollé ; d'après les autres, il aurait été écorché vif, puis crucifié à Albane, près de la frontière de l'Arménie.

Cette dernière opinion qu'adopta le Bréviaire romain a prévalu ; aussi fut-il choisi pour patron par les bouchers qui écorchent les bêtes, par les mégissiers, les peaussiers, les cordonniers, les relieurs qui travaillent le cuir, voire même par les tailleurs, car les Primitifs le peignent excorié d'une moitié du corps et tenant sa peau sur son bras comme un habit.

Plus étrange et plus confus encore est saint Jude. Il s'appelait également Thaddée et Lebbée et était fils de Cléophas et de Marie, sœur de la Vierge ; il fut, dit-on, marié et il eut des enfants.

Les Évangiles le citent à peine mais insistent pour qu'on ne le confonde pas avec Judas – ce qui eut lieu, du reste – et, à cause même de sa similitude de nom avec le traître, pendant le Moyen Âge, les chrétiens le renient et les sorciers l'implorent.

Il se tait dans les Livres Saints, ne sort de son mutisme que pour poser pendant la réunion de la Cène une question au Christ sur la prédestination et Jésus répond à côté ou pour mieux dire ne lui répond pas. Il est aussi l'auteur d'une Épître canonique dans laquelle il semble s'être inspiré de la IIe Missive de saint Pierre et, selon saint Augustin, ce fut lui qui inséra le dogme de la Résurrection de la chair dans le Credo.

Il est associé à saint Simon, dans les légendes ; suivant le Bréviaire, il aurait évangélisé la Mésopotamie et subi avec son compagnon le martyre en Perse ; de leur côté, les Bollandistes narrent qu'il fut l'apôtre de l'Arabie et de l'Idumée, tandis que le Ménologe grec raconte qu'il fut, en Arménie, tué par les infidèles à coups de flèches.

En somme tous ces renseignements vacillent et l'iconographie ajoute à ce désarroi, en assignant à Jude les attributs les plus divers ; tantôt, en effet, il tient une palme comme à Amiens ou un livre comme à Chartres ; tantôt, il porte une croix, une équerre, un bateau, un bâton, une hache, une scie, une hallebarde.

Enfin, malgré le déplorable renom que lui vaut son homonyme Judas, les lapidaires du Moyen Âge le qualifient d'homme de charité et d'ardeur et le symbolisent dans les feux d'or et de pourpre de la chrysoprase, emblème des bonnes œuvres.

Tout cela est très peu cohérent, se dit Durtal ; ce qui me paraît bizarre aussi, c'est que ce saint si chichement invoqué par nos pères qui ne lui dédièrent pendant longtemps aucun autel, possède deux de ses effigies à Chartres, en admettant que le Verlaine du portail Royal le représente, ce qui devient dès lors bien improbable.

Ce que je voudrais savoir maintenant, reprit-il, c'est pourquoi les historiens de la cathédrale proclament en chœur que la scène du Jugement dernier sculptée sur le tympan de la porte est la plus extraordinaire de ce genre qui soit en France ; rien n'est plus faux, car elle est très vulgaire, très inférieure, en tout cas, à beaucoup d'autres.

La partie démoniaque y est, en effet, moins tumultuaire, plus indolente, moins dense que dans les basiliques de la même époque. Sans doute, à Chartres, ces démons à mâchoires de loups et à oreilles d'ânes refoulant des évêques et des rois, des laïques et des moines vers une gueule de dragon qui crache des flammes ; ces diables à barbiches de chèvres et à bouches échancrées en croissants qui s'emparent de pécheurs épars sur les cordons des voussures, sont expertement agencés, disposés autour du sujet principal, en d'habiles grappes ; mais ce vignoble satanique manque d'ampleur et ses fruits sont fades ; ces prédateurs sont trop peu féroces ; ils ont presque l'air d'être en goguette et déguisés, et les damnés sont calmes.

Il est autrement exaspéré le festival diabolique de Dijon[1] ! Et Durtal se rappelait la Notre-Dame de cette ville, ce spécimen si étrange du gothique du XIIIe siècle, du style bourguignon, en France. Cette église était d'une simplicité presque enfantine ; elle haussait au-dessus de ses trois porches un mur droit creusé de deux étages d'arcatures formant galeries et surmontés de figures grotesques. À droite de la façade, se dressait une tourelle coiffée d'un bonnet pointu ; puis, à côté, sur le toit, se découpait la fer-raille en claire-voie d'un jacquemart muni de trois poupées frappant les heures ; en arrière, au-dessus du transept, sortait une petite tour flanquée à sa base de quatre clochetons vitrés et c'était tout.

Ce monument, minuscule si on le compare à de grandes cathédrales, était marqué de l'étampe[*] fla-mande ; il en avait le côté paysan et bonhomme, et la foi gaie ; c'était un sanctuaire sans façon, bien peuple ; l'on avait dû s'y entretenir avec la Vierge noire encore debout sur un autel, de ses petites affaires, l'on avait dû y vivre, y prier à la bonne flan-quette, ainsi que chez soi, sans gêne.

Mais il ne fallait pas se fier à l'aspect bénin et réjoui de cet édifice, car les rangées de grotesques courant au-dessus du porche et au-dessus des arca-tures, démentaient la sécurité joviale des alentours.

Ils étaient là, réparés, il est vrai, ou refaits, grima-çant en des lignes serrées, jaillissant de la pierre en un pêle-mêle de religieuses démentes et de moines fous, de terriens ahuris et de villageoises cocasses, de coque-bins[*] tordus par un rire nerveux et de diables hilares ; et, au milieu de cette horde de réprouvés hurlant hors des murs, surgissait, entre deux démons qui la tour-mentaient, une figure réelle de femme, s'élançant de la frise, tentant de se ruer sur vous. Les yeux dilatés, hagards, les mains jointes, elle vous supplie, terrifiée, désigne le lieu saint et vous crie d'entrer ; et l'on s'ar-rête, interdit, devant ce visage décomposé par la peur, crispé par l'angoisse, qui se débat dans cette meute de monstres, dans ces visions irritées de larves. Farouche et charitable à la fois, elle menace et elle implore ; et cette image d'une éternelle excommuniée, chassée du temple et reléguée à jamais sur son seuil, vous hante comme un souvenir de douleur, comme un cauchemar d'effroi.

Non, à coup sûr, il n'existe, dans la ménagerie satanique de la Beauce, aucune statue dont l'art soit aussi incisif et aussi formel. À un autre point de vue, au point de vue de l'ensemble du tableau et de l'envergure du sujet, le pèsement des âmes de Notre-Dame de Chartres est aussi très au-dessous de la psychostasie* de la cathédrale de Bourges.

Je crois bien d'ailleurs que celle-là est la plus extraordinaire de toutes, se dit Durtal. Ni les scènes similaires de Reims et de Paris avec leurs troupes de pécheurs enveloppés dans une chaîne que tirent des démons, ni les épisodes analogues d'Amiens n'ont cet empan.

À Bourges, de même que dans toutes les œuvres semblables du Moyen Âge, les trépassés s'échappent de leurs tombes et, au bandeau supérieur, sous un Christ que conjurent la Vierge et saint Jean, saint Michel les pèse ; à sa gauche, les démons entraînent les uns et, à sa droite, les anges emmènent les autres.

La Résurrection des morts, telle que l'imagier du Berry la sculpta, est à faire hennir la bruyante pudeur des catholiques, car les figures sont nues et certaines réticences, consenties d'habitude cependant pour le corps féminin, sont omises. Hommes, femmes, soulèvent la pierre du sépulcre, enjambent le rebord des bières, bondissent, culbutent, les uns par-dessus les autres ; ceux-ci, joignant, extasiés, les mains et priant, les yeux au ciel ; ceux-là, inquiets, regardant de tous les côtés ; d'autres, braillant d'épouvante et tendant les bras ; d'autres encore, prenant des poses éplorées, se frappant la poitrine, geignant pour leur défense ; d'autres enfin, éblouis par ce passage de l'ombre à la lumière, secouant leurs membres gourds, cherchent à se mouvoir.

Le tohu-bohu de ces êtres subitement réveillés, jetés, tels que des hiboux en plein jour, tremblant de peur et de joie, dès qu'ils se reconnaissent et comprennent que l'heure du Jugement est venue, est exprimé avec une autorité, une verve, une acuité d'observation qui laissent loin derrière elles les minimes remarques et le modique entrain du sculpteur de la Beauce.

Et, dans le compartiment au-dessus, le pèsement des âmes se déroule, magnifique, avec le saint Michel, aux ailes déployées, tenant une lourde balance et caressant, en souriant, un enfant qui croise les mains, tandis qu'un diable à tête de bouc et à rictus de faune, armé d'une fourche, le guette, prêt à s'en emparer si l'archange le quitte ; et, derrière ce démon qui s'attarde, commence le lamentable défilé des ouailles. Ici, ce n'est plus la courtoisie infernale gardée à Chartres, les vagues égards d'un esprit du Mal poussant doucement devant lui une moniale, mais bien la brutalité, dans toute son horreur, l'ignoble violence ; le côté parfois comique de ce genre de rixes n'est plus. À Bourges, les servants du Très-Bas travaillent pour de bon et cognent ; ici, un diable, au mufle de fauve, dont le ventre bedonnant est une trogne, frappe le crâne d'un malheureux qui se débat, en grinçant des dents, et lui mord les jambes avec sa queue dont l'extrémité s'ouvre en mâchoire de serpent ; là, un autre bourreau hirsute et cornu, arrache à un damné une oreille avec un croc ; là encore, un autre monstre à la face camuse, aux tétines en pendeloques, au bas ventre occupé par un masque d'homme, aux ailes soudées à la chute des reins, empoigne à pleins bras un religieux et le précipite, la tête la première, dans un chaudron qui bout sur une gueule renversée de dragon dont deux valets de Satan attisent, avec des soufflets, les flammes.

Et, dans ce coquemar[*], deux figures, symboles, l'une, de la médisance, l'autre, de la luxure, une figure de moine et une figure de femme, se tordent et pleurent, car d'énormes crapauds dévorent, au premier, la langue, sucent, à la seconde, le sein.

De l'autre côté du saint Michel, la scène change ; un ange souriant et joufflu charge sur les épaules d'un de ses compagnons et lutine un bambin qui brandit, joyeux, une branche ; puis, derrière lui, lentement s'avance une théorie de Saints, une femme, un roi, un cénobite, conduits par saint Pierre vers un porche précédant un édicule où le vieil Abraham, assis, tend sur ses genoux un tablier plein de petites têtes qui jubilent, d'âmes sauves.

Et Durtal constatait, en se remémorant la physionomie du saint Michel et de ces anges, qu'ils étaient les frères de la sainte Anne, du saint Joseph, de l'ange du portail Royal de Reims. C'était, en effet, le même modèle étrange, le même visage jeune et vieillot, au nez en cornet et au menton pointu, plus grassouillet cependant, moins anguleux peut-être qu'à Reims.

Cet air de famille, cette ressemblance permettaient de croire que les mêmes imagiers ou que leurs élèves avaient travaillé aux sculptures des deux cathédrales et pas à Chartres où aucun type analogue n'apparaissait, alors que pourtant certaines similitudes d'autres statues du porche Nord avec quelques-uns des personnages, d'un autre genre, de la façade de Reims étaient frappantes.

Toutes les suppositions sont possibles et aucune

n'a la chance d'être certifiée juste, car nous ne découvrons aucun renseignement sur les maîtrises des imagiers de ce temps, se dit Durtal qui se dirigea vers la baie latérale de gauche du porche chartrain, vouée aux Martyrs.

Là, dans l'ébrasement de la porte, vivaient, côte à côte, saint Vincent d'Espagne, diacre ; saint Denys, évêque ; saint Piat, prêtre ; et saint Georges, guerrier ; victimes, tous les quatre, de la studieuse cruauté des mécréants.

Saint Vincent, dans sa longue robe, penchait sur l'épaule une tête contrite. Celui-là, pensa Durtal, il a été supplicié d'une façon toute culinaire, car si j'écoute la Légende de Voragine, on lui ratissa si furieusement le corps avec des peignes acérés d'airain que ses boyaux sortirent ; puis, après ce hors-d'œuvre de souffrances, les cuisiniers le rôtirent sur un gril, le lardèrent de clous, l'arrosèrent avec la sauce de son sang. Lui, demeurait immobile, pendant qu'il se dorait et priait. Quand il eut expiré, Dacien, son persécuteur, ordonna de transférer son cadavre dans un champ pour qu'il fût dépecé par les bêtes, mais un corbeau vint veiller auprès de lui et chassa, à coups de bec, un loup ; alors, on lui attacha une meule de moulin autour du col et on le précipita dans la mer, mais il aborda près de pieuses femmes qui l'ensevelirent.

Saint Denys[1], premier évêque de Paris, offert en pâture à des lions qui s'éloignèrent, puis décollé à Montmartre, avec saint Éleuthère et saint Rustique. L'imagier ne l'avait pas représenté, tenant, ainsi que d'habitude, sa tête, mais il l'avait dressé, entier, debout, crossé et mitré ; et il n'était pas humble et dolent, tel que son voisin, le diacre d'Espagne, mais droit, impérieux, levant la main, plus peut-être pour faire une recommandation aux fidèles que pour les bénir, et Durtal rêvait devant cet écrivain dont le livre, si court, occupait une place si importante dans la série des œuvres mystiques ; celui-là, en admettant que le volume fût de lui, avait plus que tout autre et le premier, parmi les auteurs contemplatifs, franchi les limites du ciel et rapporté quelques détails sur ce qui s'y passe, aux hommes. La question des préséances angéliques datait de lui, car il avait révélé l'organisation des milices, observé un ordre, une hiérarchie qu'imite l'humanité et que parodie l'enfer. Il avait été une sorte de courrier entre le firmament et la terre ; il avait été l'explorateur du Patrimoine divin comme plus tard sainte Catherine de Gênes fut l'exploratrice des domaines du Purgatoire.

Moins intéressant était Piat, prêtre de Tournai, qu'un proconsul romain décapita. Dans cette assemblée de Saints célèbres, il était un peu le parent de province pauvre, le Saint d'un diocèse. Il figurait là parce que la cathédrale possédait ses reliques, car ses historiens racontent que l'illation* de ses restes à Chartres eut lieu au IXᵉ siècle. Saint Georges l'accotait, vêtu en chevalier du temps de saint Louis, tête nue, bardé de fer, armé d'une lance et d'un bouclier, en sentinelle sur un socle où était décrite la torture de la roue qu'il endura.

Cette statue avait pour pendant de l'autre côté de la porte Théodore d'Héraclée, habillé d'une cotte de maille et d'un surcot, et muni, lui aussi, d'un écu et d'une lance.

Près de ce Saint que l'on fit cuire jadis, dans la ville d'Amasée, à petit feu, siégeaient saint Étienne, saint Clément et saint Laurent.

Et le tympan développait, au-dessus de la double haie de ces martyrs, l'histoire de saint Étienne disputant contre les docteurs et lapidé par les juifs ; et, partout, sur des piliers carrés, sous la voûte du porche,

des pierres s'excisaient en des figurines tourmentées
de Justes : saint Léger, saint Laurent, saint Thomas
de Cantorbéry, saint Bacche, saint Quentin, d'autres
encore ; et c'était un défilé de Bienheureux qu'on
éborgnait, qu'on calcinait, qu'on tailladait, qu'on
fouettait à tour de bras, qu'on étêtait ; mais le tout
était dans un pitoyable état. En les ébranchant encore
de plusieurs membres, le vent et la rage des sans-
culottes avaient complété le supplice de ces Saints.

La baie de droite, consacrée aux Confesseurs, s'ouvrait en une cosse immense debout, alignant sur sa
paroi écartée de gauche, saint Nicolas, archevêque
de Myre, haussant une main gantée, foulant aux
pieds le cruel hôtelier qui occit les enfants dont la
mort devint le sujet de tant de complaintes ; puis
saint Ambroise, docteur de l'Église, archevêque de
Milan, coiffé d'une mitre singulière, en forme d'éteignoir ; saint Léon, pape, le vainqueur d'Attila ; enfin
saint Laumer, l'une des gloires du pays de Chartres.

Celui-là était un peu, ainsi que le saint Piat de la
baie de gauche, un inconnu fourvoyé dans les rangs
illustres de ces Saints. Très vénéré autrefois dans la
Beauce, il avait mené, de son vivant, une existence qui
pouvait se condenser en trois lignes : après avoir gardé,
pendant son enfance, les troupeaux, il avait été cellerier de la cathédrale, anachorète et enfin moine et abbé
du monastère de Corbion, dans les forêts de l'Orne.

La paroi évasée de droite logeait saint Martin,
évêque de Tours, saint Jérôme, docteur de l'Église,
saint Grégoire, pape et docteur, et saint Avit.

Ce qui est curieux, pensa Durtal, c'est le parallélisme
de cette porte. D'un côté, à droite, saint Nicolas, le
grand thaumaturge de l'Orient ; de l'autre, à gauche,
saint Martin, le grand thaumaturge de l'Occident.

Puis, en pendant, deux docteurs de l'Église, saint

Ambroise et saint Jérôme ; le premier, souvent redondant et enflé dans une prose médiocre, mais ingénieux et charmant dans ses hymnes ; le second, ayant vraiment, dans la Vulgate[1], créé la langue de l'Église, aéré, désinfecté ce latin du Paganisme qui empestait la luxure, puait un affreux mélange de vieux bouc et de rose ; en vis-à-vis encore, deux papes, saint Léon et saint Grégoire, puis deux abbés de cloîtres, saint Laumer et saint Avit qui avait été, lui aussi, supérieur d'une abbaye fondée dans les bois du Perche.

Ces deux statues avaient été ajoutées, après coup, car elles décelaient, par leur tournure et par leur costume, une époque plus tardive que le XIIIe siècle ; mais alors, avaient-elles été substituées à d'autres qui portraituraient les mêmes moines ou différents Saints ?

Et le tympan exprimait, à son tour, l'idée de parallélisme voulu par le maître de l'œuvre. Lui aussi était dédié aux deux thaumaturges, à la réplique miraculeuse du Nord au Midi ; il relatait les épisodes de la vie de saint Nicolas et de saint Martin ; saint Nicolas dotant les filles d'un gentilhomme qui s'apprêtait, mourant de faim, à les trafiquer, puis le sépulcre de cet archevêque sécrétant une huile souveraine, pour guérir les maladies ; saint Martin offrant la moitié de son manteau à un indigent et voyant ensuite le Christ revêtu de ce manteau.

Le reste du porche était aisément négligeable ; l'on retrouvait, dans les voussures et sur les piliers des baies, la troupe des Confesseurs, les neuf chœurs des Anges, la parabole des Vierges sages et des Vierges folles, le double des vingt-quatre Vieillards du portail Royal, les Prophètes de l'Ancien Testament, les Vertus et les Vices, les Vierges chrétiennes, de petites statuettes d'Apôtres, le tout plus ou moins endommagé, plus ou moins visible.

Avec ses 783 statues et figurines, ce portail du Midi cité par les guides comme le plus attrayant de tous, était, au contraire, le moins attirant des trois, pour les artistes, car si l'on exceptait les glorieuses effigies de saint Théodore et de saint Georges, les panégyriques de ses autres habitants étaient ternes, très inférieurs, au point de vue de l'art, aux sculptures de la façade du XIIᵉ siècle et même du portique du Nord, ce mémorial des deux Livres, dont la statuaire était plus barbare mais moins docile et moins froide.

Et Durtal reprenait : l'ensemble extérieur de la cathédrale de Chartres peut se résumer en trois mots : Latrie, Hyperdulie, Dulie. Latrie, culte de Notre-Seigneur, au porche Royal ; Hyperdulie, culte de la Sainte Vierge au porche du Septentrion ; Dulie, culte des Saints, au porche du Sud.

Car, en somme, bien que le Rédempteur soit magnifié sur ce portail du Sud, en sa qualité de Juge suprême, il semble céder quand même un peu sa place aux Saints ; et cela se comprend, puisqu'il est là, quasiment en double emploi, et que son véritable palais, son véritable trône est dans le tympan triomphal du portique d'honneur, du portail Royal.

Et avant de s'éloigner de cette façade, jetant un dernier coup d'œil sur ces haies d'élus, Durtal s'arrêtait devant saint Clément et saint Grégoire.

Saint Clément dont la mort extraordinaire fait presque oublier une vie tout entière adonnée à herser les âmes ; et Durtal se rappelait le récit de Voragine. Après avoir été exilé, sous le règne de Trajan, en Chersonèse, Clément est jeté, avec une ancre au cou, dans la mer, tandis que l'assemblée des chrétiens agenouillés sur le rivage demande au ciel de conserver son corps ; et la mer recule de trois milles, et les fidèles gagnent à pied sec une chapelle que les Anges viennent d'édifier sous les vagues et dans laquelle le cadavre du Saint repose, sur un tombeau ; et, durant plusieurs siècles, la mer se retire ainsi, pendant une semaine, chaque année, afin de permettre aux pèlerins de visiter ses reliques.

Saint Grégoire[1], le premier moine Bénédictin nommé pape, le maître de la liturgie, le créateur du plain-chant. Il fut, à la fois, éperdu de justice, fou de charité, passionné d'art, cet admirable pape, à l'esprit si compréhensif, si large, qu'il considérait ainsi qu'une tentation démoniaque le désir que les cagots, que les pharisiens de son temps, manifestaient de ne point lire la littérature profane, parce que, disait-il, celle-là nous aide à comprendre l'autre.

Sacré, contre son gré, pontife, il traîne une vie torturée par l'angoisse, pleure le repos quitté du cloître et n'en lutte pas moins avec une incroyable énergie contre les assauts des Barbares, les hérésies de l'Afrique, les intrigues de Byzance, la simonie des siens.

Il surgit au fond des âges, dans un sabbat de schismes qui vocifèrent et on l'aperçoit aussi, au milieu de ces tourmentes, abritant contre la rapacité des riches les pauvres qu'il nourrit de sa main et dont il baise les pieds chaque jour ; et, dans cette existence surmenée, sans un moment de détente, sans une minute de trêve, il parvient à restaurer la discipline monastique, à semer partout où il le peut le germe Bénédictin, à sauver le monde qui s'égare par la vigie des cloîtres.

S'il ne fut pas martyrisé comme saint Clément, il mourut cependant pour le Christ d'épuisement et de fatigue, ayant vécu dans la continuelle souffrance d'un corps miné par les maladies, débilité par les macérations volontaires et par les jeûnes.

C'est sans doute pour cela que la face de sa statue

est si pensive et si triste, se dit Durtal ; et pourtant, elle écoute la colombe, symbole de l'inspiration, qui lui chuchote à l'oreille, lui dicte, d'après une ancienne légende, les mélodies de l'antiphone, et lui souffle certainement aussi ses dialogues, ses homélies, ses commentaires sur le livre de Job, son pastoral, toutes ses œuvres dont le retentissement fut immense au Moyen Âge.

Et, en retournant vers son logis, Durtal, songeant encore au défilé de ces Justes, se fit tout à coup cette réflexion : il manque à Chartres le portrait d'un Saint dont l'assistance fut jadis plus que celle de tout autre enviée, saint Christophe qui se tenait d'habitude à l'entrée des cathédrales, juché seul, en un lieu à part.

Tel il saillait naguère à l'entrée de Notre-Dame de Paris et tel il s'exhibe encore, en un coin de la façade principale d'Amiens ; mais presque partout, les iconoclastes l'ont détruit et l'on peut compter les églises où maintenant la statue du Porte-Christ se montre. Elle séjourna sûrement à Chartres, oui, mais dans quel endroit ? les monographes de la basilique n'en parlent point.

Et, en cheminant, il se plaisait à penser à ce Saint dont la popularité s'explique, car nos pères croyaient qu'il suffisait de regarder son image sculptée ou peinte, pour être protégé, pendant toute la journée, de catastrophes, surtout de la malemort[*].

Aussi émergeait-il, en dehors, bien en évidence, en bonne place, énorme, de façon à pouvoir être aperçu, même de loin, par les passants. D'autres fois, son portrait s'étendait, gigantesque, dans l'intérieur de l'église. Ainsi le voit-on au Dom d'Erfurt, dans une fresque du XVe siècle, trop réparée. Cette figure monstrueuse, haute de cinq étages, va des dalles du sanctuaire aux voûtes. Christophe a une barbe qui coule à torrents et des jambes aussi grosses que des piliers de nef. Il porte, adorant et courbé, sur ses épaules, un enfant à tête ronde qui bénit, en souriant, avec une mine enfarinée de pierrot, les visiteurs. Et lui patauge, pieds nus, dans un étang plein de petits roseaux, de diablotins, de poissons cornus, de fleurettes étranges, le tout minuscule pour mieux exagérer encore la statue colossale du Saint.

Ce pauvre ami, ruminait Durtal, il fut vénéré par le peuple mais un peu tenu à l'écart par l'Église, car il est, avec saint Georges et quelques autres martyrs, de ceux dont la biographie suggère bien des doutes...

Saint Christophe fut invoqué, pendant le Moyen Âge, pour la guérison des enfants langoureux et aussi contre la cécité et la peste.

Au reste, les Saints ne furent-ils pas les vrais thérapeutes de ces temps ? Toutes les maladies que les médecins, que les mires* ne pouvaient soulager leur étaient confiées ; d'aucuns même étaient réputés tels que des spécialistes et les maux qu'ils traitaient étaient désignés par leurs noms. La goutte s'appelait mal de saint Maur ; la lèpre mal de saint Job ; le cancer mal de saint Gilles ; la chorée mal de saint Guy ; le rhume mal de saint Aventin ; le flux de sang mal de saint Fiacre ; et j'en oublie.

D'autres sont encore demeurés célèbres pour la délivrance de certaines affections dont la cure leur était dévolue. Sainte Geneviève pour le mal des Ardents[1] et les ophtalmies ; sainte Catherine d'Alexandrie pour les migraines ; sainte Reine pour les maladies secrètes ; saint Barthélemy pour les convulsions ; saint Firmin pour les crampes ; saint Benoît pour les érysipèles et pour la pierre ; saint Loup pour les douleurs d'entrailles ; saint Hubert pour la rage ; sainte Apolline dont une statue existe dans la chapelle de l'hôpital Saint-Jean, à Bruges, ornée, en guise d'ex voto, de chapelets de molaires et de chicots de cire, pour les névralgies faciales et les maux de dents ; et combien d'autres !

Étant donné, conclut Durtal, qu'à l'heure actuelle la médecine est devenue plus que jamais un leurre, je ne vois pas pourquoi l'on n'en reviendrait point aux spécifiques* des oraisons, aux panacées mystiques d'antan. Si les Saints intercesseurs se refusent, en certains cas, à nous guérir, ils n'aggraveront pas au moins notre état, en se trompant de diagnostic et en nous faisant ingérer de périlleux remèdes ; et d'ailleurs, quand bien même les praticiens de notre temps ne seraient pas ignares, à quoi cela servirait-il, puisque les médicaments qu'ils pourraient utilement prescrire sont frelatés ?

XVI

Le jour était venu de boucler sa valise et de
prendre, en compagnie de l'abbé Plomb, le train.

Durtal s'énerva dans l'attente des heures ; ne
tenant plus en place, il sortit pour tuer le temps,
mais la pluie qui commençait à tomber le rabattit
dans la cathédrale.

Il s'installa, après avoir visité la Madone du Pilier,
au fond de la nef, dans un camp de chaises vides et
il songea :

Avant de rompre par un voyage le monotone train-
train de ma vie à Chartres, ne serait-il pas utile de
m'asseoir, ne fût-ce que pendant une minute, en moi-

même, et de recenser les acquisitions que j'ai faites avant et depuis mon arrivée dans cette ville ?

Celles de mon âme ? hélas ! elles sont moins des acquisitions que des échanges ; j'ai simplement troqué mes indolences contre des sécheresses et les résultats de cette brocante, je ne les connais que trop ; à quoi bon les énumérer encore ? – celles de mon esprit ? elles me semblent moins affligeantes et plus sûres et je puis en établir un rapide inventaire disposé en trois colonnes : Passé, Présent et Avenir.

Passé. – Alors que je n'y pensais guère, à Paris, Dieu m'a subitement saisi et il m'a ramené vers l'Église, en utilisant pour me capter mon amour de l'art, de la mystique, de la liturgie, du plain-chant.

Seulement, durant le travail de cette conversion, je n'ai pu étudier la mystique que dans des livres. Je ne la possédais donc qu'en théorie et nullement en pratique ; d'autre part, je n'ai écouté à Paris qu'une musique plane, affadie, délayée dans des gosiers de femmes ou complètement défigurée par des maîtrises : je n'ai assisté dans la majeure partie des églises qu'à des déteintes de cérémonies, qu'à des décomptes d'offices.

Telle était la situation lorsque je suis parti pour la Trappe ; en cet ascétère, je vis alors non plus simplement la mystique, racontée, écrite, formulée en un corps de doctrine, mais bien encore la mystique expérimentale, mise en action, vécue naïvement par des moines. Je pus me certifier que la science de la Perfection de l'âme n'était pas un leurre, que les assertions de sainte Térèse et de saint Jean de la Croix étaient exactes et il me fut également permis dans ce cloître de me familiariser avec les délices d'un rite authentique et d'un réel plain-chant.

Présent. – À Chartres, je suis passé à de nouveaux

exercices, j'ai suivi d'autres pistes. Hanté par l'inégalable splendeur de cette cathédrale, j'ai, sous l'impulsion d'un vicaire très intelligent et très instruit,
abordé la symbolique religieuse, commenté cette
grande science du Moyen Âge qui constitue un dialecte spécial de l'Église, qui divulgue par des images,
par des signes, ce que la liturgie exprime par des
mots.

Pour être plus juste, il conviendrait plutôt de dire,
de cette partie de la liturgie qui s'occupe plus spécialement des prières, car l'autre, qui a trait aux formes
et aux ordonnances du culte, appartient au symbolisme surtout, car c'est lui qui en est l'âme ; la vérité
est que la démarcation des deux sciences n'est pas
toujours facile à tracer tant parfois elles se greffent
l'une sur l'autre, s'inspirent mutuellement, s'entre-
mêlent, finissent presque par se confondre.

Avenir. – En me rendant à Solesmes, j'achèverai
mon éducation, je verrai et j'entendrai l'expression la
plus parfaite de cette liturgie et de ce chant grégorien
dont le petit monastère de Notre-Dame de l'Âtre n'a
pu, à cause même du nombre restreint de ses offi-
ciants et de ses voix, que me donner une réduction,
très fidèle, il est vrai, mais enfin une réduction.

En y joignant mes études personnelles sur la peinture religieuse, enlevée des sanctuaires et maintenant réunie dans des musées ; en y ajoutant mes
remarques sur les diverses cathédrales que j'explo-
rai, j'aurai ainsi parcouru tout le cycle du domaine
mystique, extrait l'essence du Moyen Âge, réuni en
une sorte de gerbe ces tiges séparées, éparses depuis
tant de siècles, observé plus à fond l'une d'elles, la
symbolique, dont certaines parties sont, à force de
les avoir négligées, presque perdues.

La Symbolique ! elle a été l'attrait décidé de ma

vie à Chartres ; elle m'a allégé et consolé lorsque je
souffrais de me sentir l'âme si importune et si basse.
Et il tenta de se la remémorer, de l'embrasser en son
ensemble.

Elle jaillissait comme un arbre touffu, dont la
racine plongeait dans le sol même de la Bible ; elle
y puisait en effet sa substance et en tirait son suc ;
le tronc était la symbolique des Écritures, la préfiguration des Évangiles par l'Ancien Testament ; les
branches : les allégories de l'architecture, des couleurs, des gemmes, de la flore, de la faune, les hiéroglyphes des nombres, les emblèmes des objets et des
vêtements de l'Église ; un petit rameau déterminait
les odeurs liturgiques et une brindille, desséchée dès
sa naissance et quasi morte, la danse.

Car la danse[1] religieuse a existé, reprit Durtal ; elle
a été, dans l'Antiquité, l'offrande de l'adoration, la
dîme des liesses ; David sautant devant l'arche en
est une preuve.

Dans les premiers temps du Christianisme, les
fidèles et les prêtres se trémoussent pour honorer
le Seigneur, croient, en clunagitant[*], imiter l'allégresse des Bienheureux, la joie de ces Anges que
saint Basile nous montre exécutant des pas dans
les redoutes parées du ciel.

L'on en arrive bientôt, ainsi qu'à Tolède, à tolérer
des messes dites Mussarabes pendant lesquelles les
ouailles gambadent en pleine cathédrale ; mais ces
cabrioles ne tardent pas à exclure le caractère pieux
qu'on veut bien leur prêter ; elles deviennent un
piment pour le ragoût des sens et plusieurs conciles
les interdisent.

Au XVIIe siècle, les ballets dévots survivent cependant dans certaines provinces ; on les découvre à
Limoges où le curé de Saint-Léonard et ses parois-

siens pirouettent dans le chœur de l'église. Au XVIIIe siècle, l'on discerne leurs traces dans le Roussillon. À l'heure actuelle, la danse liturgique persiste encore, mais c'est en Espagne surtout que la tradition de ces saintes fariboles s'est conservée.

Il n'y a pas très longtemps, lors de la fête du Corpus Christi, à Compostelle, la procession était précédée dans les rues par un individu de haute taille qui se démenait en portant un autre homme sur ses épaules. Actuellement encore, à Séville, le jour de la fête du Saint-Sacrement, des enfants de chœur se dandinent en une sorte de valse lente et chantent des cantiques devant le maître-autel de la cathédrale. Dans d'autres villes, aux fêtes de la Vierge, l'on déroule une sarabande autour de sa statue, l'on entrechoque des bâtons, l'on joue des castagnettes et, pour clore la cérémonie, les assistants font, en guise d'amen, crépiter des pétards.

Mais tout cela est médiocrement intéressant et je me demande, en tout cas, quels sens peuvent bien être attribués à des entrechats et à des ronds de jambes ? je m'imagine difficilement que des farandoles et des boléros puissent feindre des prières ; je me persuade mal que l'on récite des actions de grâces en pilant du poivre avec ses pieds et en virant une illusoire manivelle de moulin à café avec ses bras.

La vérité est que le symbolisme de la danse est ignoré, qu'aucune règle ne nous est parvenue des acceptions que les anciens lui assignèrent. Au fond, la danse liturgique est une joie grossière de gens du Midi. Bornons-nous donc à la citer pour mémoire, et voilà tout.

Quel a été maintenant, au point de vue pratique, l'influence du symbolisme sur les âmes ?

Et Durtal se répondit : le Moyen Âge qui savait que sur cette terre tout est signe, tout est figure, que le visible ne vaut que par ce qu'il recouvre d'invisible, le Moyen Âge qui n'était pas, par conséquent, dupe, comme nous le sommes, des apparences, étudia de très près cette science et il fit d'elle la pourvoyeuse et la servante de la mystique.

Convaincu que le seul but qu'il importait à l'homme de poursuivre, que la seule fin qu'il lui était nécessaire, ici-bas, d'atteindre, c'était d'entrer en relations directes avec le ciel et de devancer la mort, en se versant, en se fondant autant que possible en Dieu, il entraîna les âmes, les soumit à un régime tempéré de cloître, les émonda de leurs préoccupations terrestres, de leurs visées charnelles, les orienta toujours vers les mêmes pensées de renoncement et de pénitence, vers les mêmes idées de justice et d'amour, et, pour les contenir, pour les préserver d'elles-mêmes, il les cerna d'une barrière, mit autour d'elles Dieu en permanence, sous tous les aspects, sous toutes les formes.

Jésus surgit de partout, s'attesta dans la faune, dans la flore, dans les contours des monuments, dans les parures, dans les teintes ; de quelque côté qu'il se tournât, l'homme Le vit.

Et il vit aussi, de même qu'en un miroir qui la reflétait, sa propre âme ; il put reconnaître, dans certaines plantes, les qualités qu'il devait acquérir, les vices contre lesquels il lui fallait se défendre.

Puis il eut encore devant les yeux d'autres exemples, car les symbolistes ne se bornèrent point à convertir en des cours de catéchisme des traités de botanique, de minéralogie, d'histoire naturelle, d'autres sciences ; quelques-uns, au nombre desquels saint Méliton, finirent par appliquer leur procédé d'interprétation à tout ce qu'ils rencontrèrent ; une cithare se mua pour eux en la poitrine des hommes dévots ; les membres du corps humain se métamorphosèrent en des emblèmes ; ainsi, la tête signifia le Christ ; les cheveux, les Saints ; le nez, la discrétion ; les narines, l'esprit de foi ; l'œil, la contemplation ; la bouche, la tentation ; la salive, la suavité de la vie intérieure ; les oreilles, l'obéissance ; les bras, l'amour de Jésus ; les mains, les œuvres ; les ongles, la perfection des vertus ; les genoux, le sacrement de pénitence ; les jambes, les Apôtres ; les épaules, le joug du Fils ; les mamelles, la doctrine évangélique ; le ventre, l'avarice ; les entrailles, les préceptes mystérieux de Notre-Seigneur ; le buste et les reins, les pensées de luxure ; les os, l'endurcissement ; la moelle, la componction ; les cartilages, les membres infirmes de l'Antéchrist... ; et ces écrivains étendirent leur mode d'exégèse aux objets les plus usuels, aux outils, aux instruments même qui se trouvaient à la portée de tous.

Ce fut une succession ininterrompue de leçons pieuses. Yves de Chartres nous l'affirme, les prêtres enseignaient la symbolique au peuple et il résulte également des recherches de Dom Pitra qu'au Moyen Âge, l'œuvre de saint Méliton était populaire et connue de tous. Le paysan savait donc que sa charrue était l'image de la croix, que les sillons qu'elle traçait étaient les cœurs labourés des Saints ; il n'ignorait pas que les gerbes étaient les fruits de la contrition ; la farine, la multitude des fidèles ; la grange, le royaume des cieux ; et il en était de même pour bien des métiers ; bref, cette méthode des analogies fut pour chacun une constante invite à se mieux observer et à mieux prier.

Ainsi maniée, la symbolique servit de garde-frein

pour enrayer la marche en avant du péché et de levier pour soulever les âmes et les aider à franchir les étapes de la vie mystique.

Sans doute, cette science, traduite dans tant de langues, ne fut accessible que dans ses principales lignes aux masses et parfois quand elle se tréfila dans des esprits chantournés* tels que celui du bon Durand de Mende, elle eut l'air d'être décousue, pleine de volte-face d'acceptions et d'aléas de sens. Il semble alors que le symboliste se complaise à découper, avec de petits ciseaux à broder, un cil ; mais, en dépit de ces exagérations qu'elle tolérait, en souriant, l'Église n'en réussit pas moins, par cette tactique de l'insistance, à sauver les âmes, à pratiquer en grand la culture des Saints.

Puis vint la Renaissance et la symbolique sombra en même temps que l'architecture religieuse.

Plus heureuse que ses vassales, la mystique proprement dite, a survécu à cette époque de joyeux opprobres, car l'on peut assurer que si elle a franchi cette période sans rien produire, elle a ensuite épanoui dans l'Espagne ses plus magnifiques touffes avec saint Jean de la Croix et sainte Térèse.

Depuis lors, la mystique doctrinale paraît tarie ; mais il n'en est pas de même de la mystique expérimentale qui continue à s'acclimater, à se développer dans les cloîtres.

Quant à la liturgie et au plain-chant, ils ont passé par les phases les plus diverses. Après s'être éparpillée et décomposée dans les bréviaires les plus variés des provinces, la liturgie a été ramenée à l'unité romaine par les efforts de Dom Guéranger et l'on peut espérer que les Bénédictins finiront aussi par rappeler toutes les églises à la pleine observance du vrai plain-chant.

Celle-ci surtout, soupira Durtal. Il la regardait sa cathédrale, l'aimait davantage encore, maintenant qu'il devait pour quelques jours s'éloigner d'elle ; il essayait, pour mieux graver son souvenir en lui, de la récapituler, de la condenser, et il se disait :

Elle est un résumé du ciel et de la terre ; du ciel dont elle nous montre la phalange serrée des habitants, Prophètes, Patriarches, Anges et Saints éclairant avec leurs corps diaphanes l'intérieur de l'église, chantant la gloire de la Mère et du Fils ; de la terre, car elle prêche la montée de l'âme, l'ascension de l'homme ; elle indique nettement, en effet, aux chrétiens l'itinéraire de la vie parfaite. Ils doivent, pour comprendre le symbole, entrer par le portail Royal, franchir la nef, le transept, le chœur, les trois degrés successifs de l'ascèse, gagner le haut de la croix, là, où repose, ceinte d'une couronne par les chapelles de l'abside, la tête et le col penchés du Christ que simulent l'autel et l'axe infléchi du chœur.

Et ils sont alors arrivés à la voie unitive, tout près de la Vierge qui ne gémit plus, ainsi que dans la scène douloureuse du Calvaire, au pied de l'arbre, mais qui se tient, voilée sous l'apparence de la sacristie, à côté du visage de son Fils, se rapprochant de lui pour le mieux consoler, pour le mieux voir.

Et cette allégorie de la vie mystique, décelée par l'intérieur de la cathédrale, se complète au-dehors par l'aspect suppliant de l'édifice. Affolée par la joie de l'union, l'âme, désespérée de vivre, n'aspire plus qu'à s'évader pour toujours de la géhenne de sa chair ; aussi adjure-t-elle l'Époux avec les bras levés de ses tours d'avoir pitié d'elle, de venir la chercher, de la prendre par les mains jointes de ses clochers pour l'arracher de terre et l'emmener avec lui, au ciel.

Elle est enfin, cette basilique, la plus magnifique expression de l'art que le Moyen Âge nous ait léguée. Sa façade n'a ni l'effrayante majesté de la façade ajourée de Reims, ni la lenteur, ni la tristesse de Notre-Dame de Paris, ni la grâce géante d'Amiens, ni la massive solennité de Bourges ; mais elle révèle une imposante simplicité, une sveltesse, un élan, qu'aucune autre cathédrale ne peut atteindre.

Seule, la nef d'Amiens se lamine, s'écharne, s'effile, se filise, fuse aussi ardemment que la sienne, du sol ; mais le vaisseau d'Amiens est clair et morne, et celui de Chartres est mystérieux et intime et il est, de tous, celui qui évoque le mieux l'idée d'un corps délicat de Sainte, émaciée par les prières, rendue par les jeûnes presque lucide. Puis ses verrières sont sans pareilles, supérieures même à celles de Bourges dont le sanctuaire est cependant fleuri de somptueux bouquets de Déicoles ! — Enfin, sa sculpture du porche Royal est la plus belle, la plus extraterrestre qui ait jamais été façonnée par la main de l'homme.

Elle est encore presque unique, car elle n'a rien de l'aspect douloureux et menaçant de ses grandes sœurs. C'est à peine si quelques démons grimacent aux aguets sur ses portails, pour tourmenter les âmes ; la liste de ses châtiments est courte ; elle se borne à énumérer en quelques statuettes la variété des peines ; au-dedans, la Vierge reste surtout la Vierge de Bethléem, la jeune mère, et Jésus est toujours un peu enfant avec Elle et Il lui obéit lorsqu'Elle l'implore.

Elle avère, du reste, l'ampleur de sa patience, de sa charité, par le symbole de la longueur de sa crypte et de la largeur de sa nef qui surpassent celles des autres basiliques.

Elle est, en somme, la cathédrale mystique par excellence, celle où la Madone accueille avec le plus de mansuétude les pécheurs.

Voyons, fit Durtal, en consultant sa montre, l'abbé Gévresin doit avoir terminé son déjeuner ; c'est le moment de lui faire mes adieux, avant que de rejoindre l'abbé Plomb à la gare.

Il traversa la cour de l'évêché et sonna chez le prêtre.

— Vous voici sur votre départ, dit Mme Bavoil qui ouvrit la porte et le conduisit près de son maître.

— Mais oui...

— Je vous envie, soupira l'abbé, car vous allez assister à de merveilleux offices et entendre d'admirables chants.

— Je l'espère ; si seulement, cela pouvait me coordonner et me permettre de me retrouver chez moi, dans mon âme, et non plus dans je ne sais quel logis ouvert à tous les vents.

— Elle manque de serrures et de loquets, votre âme, fit Mme Bavoil, en riant.

— Elle est un lieu public où toutes les distractions s'accostent et jasent ; je suis constamment sorti et quand je veux rentrer chez moi, la place est prise.

— Dame, ça se conçoit ; vous n'ignorez pas le proverbe : qui va à la chasse perd sa place.

— C'est très joli à dire, mais...

— Mais, notre ami, le Seigneur a prévu le cas, lorsqu'à propos de ces diversions qui voltigent dans l'esprit comme des mouches, il a répondu aux plaintes de Jeanne de Matel désolée par ces noises, d'imiter le chasseur dont le carnier n'est jamais vide parce qu'à défaut d'une grosse proie, il s'empare, en chemin, de la petite qu'il rencontre.

— Encore faudrait-il en rencontrer une !

— Vivez en paix, là-bas, dit l'abbé ; ne vous occupez pas d'examiner si, oui ou non, votre domaine est clos et écoutez ce conseil. Vous avez coutume, n'est-ce pas, de débiter des oraisons que vous savez par cœur ; et c'est surtout pendant ce temps que les évagations* se produisent ; eh bien, laissez de côté ces oraisons et suivez très régulièrement, dans la chapelle du cloître, les prières des offices. Vous les connaissez moins, vous serez obligé, ne fût-ce que pour bien les comprendre, de les lire avec soin ; vous aurez donc moins de chance de vous désunir.

— Sans doute, répliqua Durtal, mais quand l'on n'a pas dévidé les prières que l'on a pris l'habitude de réciter, il semble que l'on n'a pas prié. Je conviens que ce que j'avance est absurde, mais il n'est point de fidèle qui ne la perçoive, cette impression, lorsqu'on lui change le texte de ses patenôtres.

L'abbé sourit.

— Les vraies exorations, reprit-il, sont celles de la liturgie, celles que Dieu nous a enseignées, lui-même, les seules qui se servent d'une langue digne de lui, de sa propre langue. Elles sont complètes et elles sont souveraines, car tous nos désirs, tous nos regrets, toutes nos plaintes sont fixés dans les psaumes. Le Prophète a tout prévu et tout dit ; laissez-le donc parler pour vous et vous prêter ainsi, par son intermédiaire auprès de Dieu, son assistance.

Quant aux suppliques que vous pouvez éprouver le besoin d'adresser à Dieu, en dehors des heures réservées à leur usage, faites-les courtes. Imitez les solitaires de l'Égypte, les Pères du Désert, qui étaient des maîtres en l'art d'orer. Voici ce que déclare à Cassien[1] le vieil Isaac : priez peu à la fois et souvent, de peur que si vos oraisons sont longues, l'Ennemi ne vienne à les troubler. Conformez-vous à ces deux règles, elles vous sauveront des émeutes intimes. Allez donc en paix et n'hésitez pas d'ailleurs, si quelque embarras vous survient, à consulter l'abbé Plomb.

— Hé, notre ami, s'exclama en riant Mme Bavoil, vous pourriez encore enrayer vos dissipations, en usant du moyen qu'employait l'abbesse sainte Aure, pour psalmodier le psautier ; elle s'asseyait dans une chaire dont le dos était percé de cent longs clous et quand elle se sentait s'évaporer, elle s'appuyait fortement les épaules sur leurs pointes ; rien de tel, je vous en réponds, pour rallier les gens et ranimer l'attention qui s'endort...

— Merci bien...

— Autre chose, reprit-elle, cessant de rire, vous devriez différer votre départ de quelques jours, car après-demain se célèbre une fête en l'honneur de la Vierge ; l'on attend des pèlerinages de Paris et l'on portera en procession dans les rues la châsse qui contient le voile de notre Mère.

— Ah ! s'écria Durtal, je n'aime guère les dévotions en commun ; quand Notre-Dame tient ses assises solennelles, je m'absente et j'attends pour la visiter qu'Elle soit seule. Les multitudes bramant des cantiques, avec des yeux qui rampent ou cherchent des épingles à terre sous prétexte d'onction, m'excèdent. Je suis pour les Reines délaissées, pour les églises désertes, pour les chapelles noires. Je suis de l'avis de saint Jean de la Croix qui avoue ne pas aimer les pèlerinages des foules, parce que l'on en revient encore plus distrait qu'on n'y est allé.

Non, ce qu'il me coûte un peu de quitter, en m'éloignant de Chartres, c'est justement ce silence, cette solitude de la cathédrale, ces entretiens dans la nuit de la crypte et le crépuscule de la nef avec la Vierge.

Ah ! c'est ici seulement qu'on est auprès d'Elle et qu'on la voit !

Au fait, reprit-il, après un moment de réflexion, on la voit, dans le sens exact du mot, ou, du moins, l'on peut s'imaginer la voir. S'il est un endroit où je me représente son visage, son attitude, son portrait, en un mot, c'est à Chartres.

— Comment cela ?

— Mais, Monsieur l'abbé, nous ne possédons, en somme, aucun renseignement sérieux sur la physionomie, sur l'allure de notre Mère. Ses traits demeurent donc incertains, exprès j'en suis sûr, afin que chacun puisse la contempler sous l'aspect qui lui plaît le mieux, l'incarner dans l'idéal qu'il rêve.

Tenez, saint Épiphane ; il nous la décrit grande, les yeux olivâtres, les sourcils arqués, très noirs, le nez aquilin, la bouche rose et la peau dorée, c'est une vision d'homme de l'Orient.

Prenez, d'autre part, Marie d'Agréda. Pour elle, la Vierge est élancée, a les cheveux et les sourcils noirs, les yeux tirant sur le vert obscur, le nez droit, les lèvres vermeilles, et le teint brun. Vous reconnaissez là l'idéal de grâce espagnole que concevait cette abbesse.

Consultez enfin la sœur Emmerich. Suivant elle, Marie est blonde, a de grands yeux, le nez assez long, le menton un peu pointu, le teint clair et sa taille n'est pas très élevée. Ici, nous avons affaire à une Allemande que ne contente point la beauté brune.

Et l'une et l'autre de ces deux femmes sont des voyantes auxquelles la Madone est apparue, empruntant justement la seule forme qui pouvait les séduire, de même qu'Elle se montra, sous un modèle de joliesse fade, le seul qu'elles pouvaient comprendre, à Mélanie de La Salette et à Bernadette de Lourdes.

Eh bien, moi, qui ne suis point un visionnaire et qui dois avoir recours à mon imagination pour me La figurer, il me semble que je L'aperçois dans les contours, dans l'expression même de la cathédrale ; les traits sont un peu brouillés dans le pâle éblouissement de la grande rose qui flamboie derrière sa tête, telle qu'un nimbe. Elle sourit et ses yeux, tout en lumière, ont l'incomparable éclat de ces clairs saphirs qui éclairent l'entrée de la nef. Son corps fluide s'effuse en une robe candide de flammes, rayée de cannelures, côtelée, ainsi que la jupe de la fausse Berthe. Son visage a une blancheur qui se nacre et la chevelure, comme tissée par un rouet de soleil, vole en des fils d'or ; Elle est l'Épouse du Cantique : *Pulchra ut luna, electa ut sol*[1]. La basilique où Elle réside et qui se confond avec Elle, s'illumine de ses grâces ; les gemmes des verrières chantent ses vertus ; les colonnes minces et frêles qui s'élancent d'un jet, des dalles jusques aux combles, décèlent ses aspirations et ses désirs ; le pavé raconte son humilité ; les voûtes qui se réunissent, de même qu'un dais, au-dessus d'Elle, narrent sa charité ; les pierres et les vitres répètent ses antiennes ; et il n'est pas jusqu'à l'aspect belliqueux de quelques détails du sanctuaire, jusqu'à cette tournure chevaleresque rappelant les Croisades, avec les lames d'épées et les boucliers des fenêtres et des roses, le casque des ogives, les cottes de mailles du clocher vieux, les treillis de fer de certains carreaux, qui n'évoquent le souvenir du capitule de Prime et de l'antienne de Laudes de son petit office, qui ne traduise le *terribilis ut castrorum acies ordinata*[2], qui ne relate cette privauté qu'Elle possède, quand Elle le veut, d'être « ainsi qu'une armée rangée en bataille, terrible ».

Mais Elle ne le veut pas souvent ici, je crois ;

aussi cette cathédrale est-elle surtout le reflet de son inépuisable mansuétude, l'écho de son impartible gloire !

— Ah ! vous, il vous sera beaucoup pardonné, parce que vous L'aurez beaucoup aimée[1], s'écria Mme Bavoil.

Et, Durtal se levant pour prendre congé, elle l'embrassa affectueusement, maternellement, et dit :

— Nous prierons de toutes nos forces, notre ami, afin que Dieu vous instruise, vous indique votre vocation, vous guide, Lui-même, dans la voie que vous devez suivre.

— J'espère, Monsieur l'abbé, que, pendant mon absence, vos rhumatismes vous laisseront un peu de répit, fit Durtal, en serrant la main du vieux prêtre.

— Oh ! il ne faut pas souhaiter de ne plus du tout souffrir, répliqua l'abbé, car il n'est si lourde croix que de n'en point avoir. Aussi, faites comme moi ou plutôt mieux que moi qui geins encore ; prenez gaiement votre parti de vos sécheresses, de vos épreuves. Adieu, que le Seigneur vous bénisse !

— Et que l'Aïeule des Madones de France, que la Dame de Chartres vous protège ! ajouta Mme Bavoil qui, lorsque la porte fut fermée, soupira :

— Certainement, j'aurai bien gros cœur s'il quitte pour jamais notre ville, car il est un peu notre enfant, cet ami-là ; mais ce que je serais tout de même heureuse, s'il devenait un vrai moine !

Et elle se mit soudain à rire.

— Père, fit-elle, est-ce qu'on lui coupera la moustache, s'il entre dans un cloître ?

— N'en doutez pas.

Elle tenta un effort pour se préciser Durtal glabre et elle conclut, en riant :

— J'ai idée que cette rasure ne l'avantagera guère.

— Ces femmes, dit l'abbé, en haussant doucement les épaules.

— Enfin, reprit-elle, que devons-nous augurer de ce voyage ?

— Ce n'est pas à moi qu'il convient de le demander, Madame Bavoil.

— C'est juste ; et elle joignit les mains, murmurant :

Cela dépend de Vous, assistez-le dans sa pénurie, pensez qu'il ne peut rien sans votre aide, bonne Tentatrice, Notre-Dame du Pilier, Vierge de Sous-Terre !

DOSSIER

CHRONOLOGIE

1815. Naissance à Breda (Hollande) de Victor-Godfried-Jan Huysmans, père de Joris-Karl, dessinateur-lithographe et peintre-miniaturiste, spécialiste d'images religieuses.

1826. Naissance à Vaugirard d'Élisabeth Malvina Badin, sa mère, dont le grand-père, Antoine-François Gérard, avait obtenu le prix de Rome de sculpture. Elle-même était douée pour la musique.

1830. L'abbé Guéranger publie dans le *Mémorial catholique*, dont l'inspirateur est Lamennais, quatre articles intitulés « Considérations sur la liturgie ».

1833. Dom Guéranger commence la restauration de l'ordre de Saint-Benoît et rétablit la liturgie romaine dans le prieuré de Solesmes.

1837. Bref *Innumeras inter* du pape Grégoire XVI érigeant Solesmes en abbaye et conférant la dignité abbatiale à Dom Guéranger. Cet acte ranime en France la science de l'antiquité ecclésiastique et notamment de la tradition liturgique.

1840. Publication du premier volume des *Institutions liturgiques* de Dom Guéranger.

1841. Deuxième volume. Réaction violente du clergé gallican.

1845. Mariage à Paris de Victor-Godfried Huysmans et de Malvina Badin.

1848. *5 février*, 7 heures : naissance à Paris, 11 rue Suger (aujourd'hui 9) de Charles-Marie-Georges Huysmans. Baptême le 6 février à Saint-Séverin.

1851. Publication, après une controverse qui dure depuis 1841, du troisième volume des *Institutions liturgiques* de Dom Guéranger. La publication de la suite est suspendue.
20 mars : naissance à Metz d'Anna Meunier, qui sera la maîtresse de Huysmans.

1856. Mort du père de Huysmans. Ce dernier conservera pieusement jusqu'à sa propre mort une copie d'un *Moine* de Zurbarán due au pinceau de son père. Sa mère s'installe au 11, rue de Sèvres (ancien couvent des Prémontrés), chez ses propres parents. Le petit Georges entre à l'Institution Hortus, rue du Bac, plus tard évoquée dans *En Ménage*.

1857. Remariage de la mère avec Jules Og, qui est protestant. Elle aura de lui deux filles, Juliette et Blanche.

1858. Jules Og investit son capital dans un atelier de brochage sis au rez-de-chaussée de l'immeuble, 11 rue de Sèvres. Huysmans l'évoquera dans *Les Sœurs Vatard*.

1860. Première communion.

1861. Confirmation.

1862. Georges suit les cours du lycée Saint-Louis, tout en restant pensionnaire à l'Institution Hortus.

1864. Premières expériences sexuelles, avec des prostituées.

1865. Georges quitte la pension Hortus et le lycée Saint-Louis, et exige de préparer seul le baccalauréat, à l'aide de leçons particulières.

1866. *7 mars* : il est reçu au baccalauréat.
1er avril : il est engagé comme employé de sixième classe au ministère de l'Intérieur. Il y fera toute sa carrière.
Octobre : il s'inscrit à la faculté de Droit et à celle de Lettres.

1867. *Août* : mort de Jules Og. Succès aux examens de

première année de Droit. Liaison avec une actrice du cabaret-théâtre de Bobino, qui a pu inspirer *Marthe, histoire d'une fille.*

25 novembre : publication, dans la *Revue mensuelle*, de son premier article, « Des paysagistes contemporains ».

1870. *2 mars* : enrôlé dans la Garde nationale mobile de la Seine.

30 juillet : mobilisé ; malade (atteint de dysenterie), il ira d'hôpital en hôpital. De ses tribulations sortiront *Sac au dos* et deux ébauches inédites, *Le Chant du départ* et *La Léproserie.*

10 novembre : affecté au ministère de la Guerre, qu'il suivra à Versailles pendant la Commune.

1871. De retour à Paris, il reçoit notamment Henry Céard. Il commence un roman sur le siège de Paris, *La Faim*, qui ne verra jamais le jour. Il y évoque aussi sa maîtresse, Anna Meunier.

1874. Publication à compte d'auteur, chez Dentu, après le refus de Hetzel qui ne lui avait reconnu aucun talent, du *Drageoir à épices*, recueil de poèmes en prose, sous le nom de forme hollandaise Joris-Karl Huijsmans ou Huÿsmans. Premières critiques élogieuses. Le texte sera réédité l'année suivante à la Librairie Générale sous le titre légèrement modifié *Le Drageoir aux épices.*

1875. Collaboration au *Musée des Deux Mondes* et à *La République des Lettres*. Début de relations littéraires ave la Belgique. Achèvement de *Sac au dos.*

1876. Mort de la mère de Huysmans. Il devient tuteur de ses deux demi-sœurs et responsable des intérêts familiaux investis dans l'atelier de la rue de Sèvres. Obtient sa mutation au ministère de l'Intérieur.

Il achève *Marthe, histoire d'une fille* ; redoutant la censure, il se rend en août en Belgique en quête d'un éditeur. Il y rencontre Camille Lemonnier, Félicien Rops, Théodore Hannon. Le livre sera imprimé chez Félix Callewaert à Bruxelles pour l'éditeur Jean Gay. Le roman plut à Zola que Huysmans rencontre pour la première fois cette même année. Constitution d'un groupe constitué de ses disciples, Céard, Alexis, Hennique, Huysmans et Maupassant.

1877. *Avril-mai* : Huysmans publie une série d'articles intitulés « Émile Zola et *L'Assommoir* » dans la revue bruxelloise de C. Lemonnier, *L'Actualité*. Le 16 avril, dîner chez Trapp des cinq « disciples » et du « maître », avec Flaubert et Edmond de Goncourt.

Août-octobre : publication du premier état de *Sac au dos* dans la revue belge de Th. Hannon, *L'Artiste*. Huysmans travaille aux *Sœurs Vatard*, « étude réaliste très poussée ».

1878. Publication des quatre volumes des *Institutions liturgiques* de Dom Guéranger.

1879. Publication des *Sœurs Vatard* chez Charpentier, avec une dédicace à Zola.

Mai : publication, dans *Le Voltaire*, du « Salon de 1879 », qui scandalise le public. Zola prend la défense de Huysmans.

Huysmans commence *En Ménage*.

Octobre : première édition en France de *Marthe* chez Léon Derveaux. Coïncide avec la publication de *Nana* de Zola.

1880. *Avril* : publication des *Soirées de Médan*, chez Charpentier, recueil de nouvelles où paraît, avec des textes de Zola et de ses disciples, la version définitive de *Sac au dos*.

Mai : mort de Flaubert. Huysmans publie « Le Salon de 1880 » dans *La Réforme* (éloge de Gustave Moreau). Publication, également, de *Croquis parisiens* chez Henri Vaton, avec illustrations de Forain et Raffaëlli.

Juin : collaboration au *Gaulois* d'Arthur Meyer. La tendance pro-jésuite du journal incite les supérieurs hiérarchiques de Huysmans à l'en décourager.

Lecture des *Aphorismes* de Schopenhauer, qui viennent de paraître en traduction française.

1881. Publication d'*En Ménage*, dédié à Anna Meunier,
sa maîtresse par intermittences.
Juin : *Pierrot sceptique*, pantomime macabre écrite
en collaboration avec Léon Hennique.
Juillet-septembre : à cause de névralgies, séjour dans
la « pseudo-campagne » de Fontenay-aux-Roses,
qui deviendra la fausse « Thébaïde » d'*À Rebours*.
Septembre-octobre : premier séjour au château de
Lourps, en Seine-et-Marne, qui deviendra le berceau de Des Esseintes et le décor d'*En Rade*.
Décembre : il achève *Monsieur Folantin* qui deviendra *À Vau-l'eau*.

1882. *Janvier* : publication d'*À Vau-l'eau* à Bruxelles chez
Kistemaeckers.
Septembre : rencontre de Lucien Descaves, lui aussi
édité par Kistemaeckers.

1883. *Mai* : publication de *L'Art moderne* chez Charpentier.

1884. *Mai* : publication d'*À Rebours*, « aérolithe dans le
champ de foire littéraire ». Cette « noire et furieuse
fantaisie » agace Zola, réjouit Mallarmé, G. Moore,
Whistler, Verlaine, Barbey d'Aurevilly et Léon Bloy
qui entre en contact avec Huysmans au moment
où ce dernier se détache du mouvement naturaliste, à la suite d'une entrevue orageuse avec Zola
en juillet.
Été : nouveau séjour au château de Lourps.
Septembre-octobre : publication de la nouvelle *Un
dilemme* dans *La Revue indépendante*. La même
année, publication du *Révélateur du Globe* de Léon
Bloy.

1885. Publication de « Prose pour des Esseintes » de Mallarmé, dans la *Revue indépendante*.
Août-septembre : nouveau séjour à Lourps. Bloy y
vient quelques jours en tant qu'invité. Il travaille
au *Désespéré*, tandis que Huysmans prend des
notes en vue d'*En Rade*. Début de la correspondance avec le Hollandais Arij Prins.

1886. *Août-septembre* : dernier séjour à Lourps. Huysmans rédige *En Rade*, qui paraît à partir de novembre dans la *Revue indépendante*.

1887. Publication d'*En Rade* en volume chez Tresse et Stock.

Huysmans a le projet d'« un roman sur les lisières du monde clérical et les Naundorff, le roi Charles XI ». Pour cela il étudie des vies de saints, des livres d'alchimie et de médecine (notamment ceux du comte Mattéi).

1888. *Février* : publication en volume d'*Un dilemme*, « nouvelle un peu grise et terne ».

Été : sur l'invitation de son correspondant Arij Prins, riche admirateur hollandais, Huysmans visite l'Allemagne et découvre au musée de Cassel la *Crucifixion* de Grünewald qu'il décrira dans *Là-Bas*.

Il reçoit d'Henriette Maillat, aventurière éprise d'occultisme, ex-maîtresse de Péladan et de Bloy, « bizarre dame catholique », des lettres d'avances qu'il réutilisera dans *Là-Bas*.

1889. *Janvier* : publication de « L'Accordant, visite d'une église parisienne » dans le *Gil Blas*. S'y esquisse le personnage de Carhaix dans *Là-Bas*.

Avril : mort de Barbey d'Aurevilly et, en août, de Villiers de l'Isle-Adam.

À l'Exposition Universelle, rencontre du Dr Michel de Lézinier qui lui fournira des documents sur l'hermétisme. La même année, Remy de Gourmont lui présente sa maîtresse Berthe Courrière, « vamp des sacristies », qui l'introduira dans des milieux satanisants. Modèle de la *Sixtine* de Gourmont, elle l'est aussi de la Chantelouve de *Là-Bas*. Huysmans charge Gourmont, alors sous-bibliothécaire à la Bibliothèque nationale, de recherches sur le satanisme.

Septembre : visite de Tiffauges, le château de Gilles de Rais, en Vendée ; il sera décrit dans *Là-Bas*.

Novembre : publication chez Stock de *Certains*, que Huysmans dira être son livre préféré. Il commence

la rédaction de *Là-Bas*, entend parler par B. Courrière des étranges « abbés » Van Haecke et Boullan.
Décembre : rupture avec Léon Bloy qu'il appelle « le Sombre Mufle ».

1890. *Février* : Huysmans est « plongé dans des courses, à la recherche d'un prêtre démoniaque et sodomite qui dit la messe noire » dont il a besoin pour son livre. Il est en correspondance suivie avec Boullan « qui évoque des succubes à Lyon ». Bien qu'il qualifie les occultistes de « jobards » et de « fripons », il va se livrer en toute confiance à Boullan, qui jouera un rôle important dans sa conversion.
Juillet : publication de *La Bièvre*.
Septembre : rencontre de Julie Thibault, paysanne illuminée disciple de Boullan, modèle de Mme Bavoil dans *La Cathédrale*.
Octobre : premier séjour à Lyon, chez Boullan, d'où Huysmans revient fort troublé.
Noël : Huysmans assiste à vêpres, avec Gustave Boucher, dans la petite chapelle de la rue de l'Èbre, « d'un mauvais goût de bigote, complet ». Il en ressort vivement impressionné : « Malgré tout il y a là la sensation du cloître, du Moyen Âge, que je ne connaissais pas, ne m'étant pas encore trouvé devant ces rangées de religieuses en prière ». L'épisode sera repris dans *En Route*.

1891. Huysmans fréquente les bouges du quartier Saint-Séverin, qui seront évoqués dans *En Route*. À la « Botte de Paille », maison de tolérance située rue Mazarine et où il a ses habitudes, il fréquente une « jeune fille » nommée Fernande, qui servira de modèle à la Florence d'*En Route*.
Février : publication de *Là-Bas*, d'abord en feuilleton dans *L'Écho de Paris*, puis en avril en volume. Par contraste, et sur la suggestion de Boullan, Huysmans a l'idée d'écrire un « livre blanc », « l'*À Rebours* de *Là-Bas* ».
Mars : le Jeudi Saint, Huysmans assiste à la grand-messe chez les Bénédictines du Saint-Sacrement,

rue Monsieur. Après quoi il se rend à la chapelle
de la rue de l'Èbre. Il songe à se documenter sur
la Semaine Sainte dans le *Dictionnaire liturgique*.
Le lendemain, Vendredi Saint, il fait le tour des
églises : Saint-Sulpice à Ténèbres, les Clarisses
déchaussées et les Carmélites de l'avenue de Saxe.
Matériaux pour *En Route*.

28 mai : rencontre, par l'intermédiaire de Berthe Courrière, à la sacristie de Saint-Thomas
d'Aquin, de l'abbé Mugnier qui va l'aider à « se
blanchir ». Huysmans lit sainte Thérèse d'Avila,
Marie d'Agreda.

Juillet : séjour à Lyon chez Boullan, qui emmène
Huysmans en pèlerinage à La Salette deux ou
trois jours : épisode qui devait, selon Massignon,
« provoquer une fissure dans l'incrédulité de Huysmans, qui ne se refermerait plus », et d'où allait
jaillir *Là-Haut*. Le chapitre premier de *La Cathédrale* s'en fait l'écho latéral. Immédiatement après,
Huysmans passe deux ou trois jours seul à la
Grande Chartreuse, qui le déçoit : « C'est médiocre,
moderne ! » Il est néanmoins troublé, hésite sur le
livre à écrire, « la bataille entre la piété et la chair,
un livre où il y aura des prostitutions bizarres et
des couvents, des prises de voiles et des feuilles de
rose, de la musique et de la liturgie et La Sallette
[*sic*] et des coins de Paris étranges ».

Septembre : première visite de Paul Valéry à Huysmans.

Novembre : Huysmans assiste en compagnie de
G. Boucher à une prise de voile chez les Bénédictines de la rue Monsieur. Il décrira la cérémonie
dans *En Route*.

Décembre : Huysmans envisage comme titre pour
le livre à écrire *La Bataille charnelle*. Il est manifestement ébranlé depuis La Salette. « Huysmans
songe à la liquidation », écrit l'abbé Mugnier,
« il veut changer de vie, l'an prochain, faire une
retraite, chez les trappistes ». D'ailleurs, le ton de

la correspondance change, les gaillardises s'estompent dans les lettres au « complice » Arij Prins.

1892. *Janvier* : séance de spiritisme organisée chez Huysmans, dans un but prosélyte – les « latrines du surnaturel » lui apparaissant comme une voie détournée mais possible vers le catholicisme...

Mars : « Je commence mon roman à peine [il s'agit d'*En Route*] et suis noyé dans des in-folios de mystique et des notes étranges. »

Juillet : premier séjour de Huysmans à la Trappe d'Igny, dans la Marne. Le 14, il s'y confesse ; le 15, il communie et écrit à l'abbé Mugnier : « Je vous écris, poigné par une tristesse infinie, l'idée d'une indignité absolue, d'une âme mal radoubée qui a donné tout ce qu'elle pouvait, mais qui ne tient qu'à force d'étais et qui vacille dans une mélancolie immense, alors qu'elle devrait être joyeuse d'en avoir fini. » À la fin du mois, il va rejoindre Boullan à Lyon.

Août : à son retour il prend pour directeur de conscience l'abbé Gabriel-Eugène Ferret, vicaire à Saint-Sulpice, qui lui fournira des renseignements théologiques, deviendra un ami très cher, et à qui *La Cathédrale* sera dédié de façon posthume. L'abbé Mugnier dit de lui : « Pour moi, je suis surpris que l'écrivain se laisse ainsi mener par quelqu'un qui n'est pas intellectuel ». Mais Huysmans voit en lui « tout, le père, l'ami, le frère ».

Septembre : publication du *Latin mystique* de Gourmont, au Mercure de France, avec une préface de Huysmans, qui suscitera un vigoureux article de Bloy (« La langue de Dieu », *Mercure de France*, mars 1893).

Décembre : Huysmans va d'église en église, d'office en office. « Je me suis lancé avec la mystique et les couvents dans une sacrée affaire ! »

1893. *Janvier* : mort de Boullan, qui est en partie le modèle de l'abbé Gévresin.

Avril : Huysmans est contraint de faire interner Anna Meunier, sa maîtresse, malade depuis longtemps et atteinte de paralysie générale. À A. Prins (le 12 février) : « La vie est décidément terrible – et la femme est le plus puissant outil de douleurs qui nous soit donné, quelle qu'elle soit. »

Mai : Huysmans renonce à *Là-Haut*, et recommence sur d'autres bases. C'est l'acte de naissance d'*En Route*. À l'abbé Mugnier : « Le livre sera plus "blanc" qu'il ne devait l'être à l'origine. »

Juin : Huysmans confie à l'abbé Mugnier qu'il est « indigné du dernier roman de Zola, *Le Docteur Pascal*. La reproduction, il n'y a plus que cela. »

Août : du 5 au 10, second séjour à la Trappe d'Igny : « J'ai été passer une semaine auprès de mes bons Trappistes et j'y ai été parfaitement heureux » (à Prins, 8 septembre).

Septembre : Huysmans est fait chevalier de la Légion d'honneur : « Cet événement sans importance d'un ruban. Le Français ne croit qu'à cela – quelle niaiserie ! » (à Prins, le 20).

Novembre : demande à G. Landry de lui prêter un volume de saint Denys l'Aréopagite, dont il a besoin pour son livre.

***Décembre* : première visite à la cathédrale de Chartres** : « Ici rien de neuf – sinon que j'ai découvert la plus exquise cathédrale du Moyen Âge qui soit, à Chartres, une église, blonde, maigre, à yeux bleus. Le dernier effort du gothique, se décharnant, ne voulant plus ni chair, ni os, voulant s'éthériser, filer en âme au ciel. Une merveille, avec sa couleur blonde de pierre, ses anciens vitraux où d'étranges figures se détachent sur des fonds de saphir. Je suis amoureux de cette basilique où sont sculptées les plus belles figures du Moyen Âge – et j'y vais, car c'est à 2 heures de Paris par l'express. – Rien ne donne la joie de cette cathédrale où l'on entend une maîtrise parfaite, dans un rêve de pierre – Ce sont des voyages exquis » (à Prins, 26 décembre). Huysmans changera d'avis sur la maîtrise !

1894. *Printemps* : rencontre de Dom Jean-Antoine-Martial Besse, prieur de l'abbaye bénédictine de Saint-Martin de Ligugé, qui partage l'amour de Huysmans pour l'art et la liturgie ; il est chargé de faire renaître l'abbaye de Saint-Wandrille, en Seine-Maritime.

Mai : à Prins, à propos d'*En Route* : « Je m'attends à un tollé général ; les catholiques sont si bêtes qu'ils seront tout aussi exaspérés de ce livre que les francs-maçons et libres penseurs. Au fond, il est écrit pour quelques moines. »

Juillet : séjour à l'abbaye normande de Saint-Wandrille, auprès de Dom Besse. Huysmans rêve d'y devenir oblat, après avoir pris sa retraite, dans le cadre d'une Thébaïde conventuelle où il pourrait écrire tout en suivant les offices.

Lors d'un court séjour à Lyon il feuillette les archives personnelles de Boullan, mort en janvier 1893, et découvre le « Cahier Rose » qui lui révèle la noirceur du personnage.

Automne : nouveau court séjour à Saint-Wandrille. Nouvelle retraite d'une semaine à la Trappe d'Igny. Huysmans déclare préférer les Bénédictins à la Trappe. *En Route* est à l'impression.

Décembre : Huysmans apprend que les supérieurs de Dom Besse, effrayés par ses plans dispendieux de résurrection artistique de Saint-Wandrille, l'ont exilé à Silos en Espagne. Fin de son rêve : « C'est l'avenir plus noir qu'avant, l'illusion d'un havre foutue » (à G. Boucher, le 16). À Prins : « Vous me demandez, s'il y a une partie réaliste dans mon livre – c'est-à-dire qu'il est en entier réaliste et mystique, si tant est que ces deux mots ne jurent pas ensemble. [...] Du jus de catholicisme quintessencié – et incompréhensible, je m'en rends compte, sinon par des moines qui connaissent ces matières. [...] Il me reste encore à faire, après ce livre, dans mon premier volume à écrire, les Primitifs de la peinture et les cathédrales » (le 20).

1895. *12 février* : mort d'Anna Meunier, à Sainte-Anne. Le
      23 : publication d'*En Route*, chez Tresse et Stock.
      « *En Route* a éclaté comme un obus à Paris » (à
      Prins, 1er avril). Le livre se vend très bien, mais
      c'est largement un succès de curiosité. La presse
      catholique met en doute la sincérité de la conver-
      sion, en même temps que l'auteur reçoit des lettres
      sollicitant ses conseils en matière spirituelle. Le
      public cultivé s'intéresse au livre d'art.
      19 mars : l'abbé Mugnier, chargé de défendre
      Huysmans contre les attaques du clergé séculier,
      donne une conférence à la salle Sainte-Geneviève
      sur l'évolution religieuse de l'auteur. C'est un suc-
      cès.
      Huysmans recueille chez lui Julie Thibault, qui
      devient sa gouvernante.
      Avril : Huysmans remarque à Chartres la sculpture
      de la Circoncision recouverte d'un papier collé.
      Juin : publication, chez L. Chailley, du *Satanisme
      et la Magie* de Jules Bois, avec une préface de
      Huysmans.
      Juillet : séjour à l'abbaye de Fiancey près de
      Valence dont l'abbesse, « une vieille mystique de
      70 ans, emballée sur *En Route* » (à Prins, le 15),
      propose à Huysmans un (faux) projet de Thébaïde
      religieuse, qui ne donnera pas plus de résultat que
      celui de Saint-Wandrille. Huysmans visite Paray-
      le-Monial, Cluny, Brou, Dijon, prend des notes sur
      les cathédrales en vue de son prochain livre, consi-
      déré comme le complément d'*En Route*, mais aussi
      de *L'Art moderne* et de *Certains*. « Je vais commen-
      cer un livre sur les Primitifs et les cathédrales ; ce
      sera le complément d'*En Route*, sur l'art religieux.
      J'y ai fait la mystique et le plain-chant, mais je ne
      pouvais y mettre la peinture et l'architecture » (à
      Prins, le 15).
      Octobre : republication posthume, chez J. Bri-
      con, d'un petit livre que Huysmans avait décou-
      vert quelques années auparavant sur les quais et

pour lequel il écrit une préface : *Petit Catéchisme liturgique* par l'abbé Dutilliet, augmenté d'un catéchisme de chant ecclésiastique par A. Vigourel. Le 5 : « Je suis très-embêté, plongé dans un travail sans issue, sans renseignements précis : sur la science de la symbolique catholique, au Moyen Âge. Je suis noyé dans de vieux in-folios, d'où rien ne sort. Il y en a pour des années de travail, là-dessus » (à Prins). À la fin du mois : rapide tournée à Tours, à Bourges et à Amiens pour voir les cathédrales. « Il est bien certain que Chartres est pleine de mystères et pieuse, alors qu'Amiens ne l'est plus » (à Dom Besse, le 23).

Noël : Huysmans est allé communier à Chartres, « comme tous les ans ». Il admire « le lever de soleil sur cette cathédrale, effilée, sans chair, en pierres mystiques – une vraie sainte blonde avec ses yeux de saphir, dans les vitraux » (à Dom Thomasson de Gournay, 1ᵉʳ janvier 1896). Il note « les âmes différentes des cathédrales ».

1896. *1ᵉʳ janvier* : Huysmans est à Chartres. Il ira assez fréquemment dans l'année, y passant rarement plus d'une journée : il arrive tôt le matin, en compagnie de l'abbé Mugnier ou de G. Landry, communie à la crypte, « consacre une partie de son temps, fidèle à la technique des peintres impressionnistes, à étudier les divers aspects extérieurs et intérieurs de la cathédrale, selon les heures de la journée, les saisons et les conditions atmosphériques, tantôt sous un éblouissant soleil, tantôt noyée dans une brume grisâtre ou sous la pluie, un jour à l'aurore, lorsque la basilique prend lentement corps dans la lumière naissante, un autre jour au crépuscule, lorsqu'elle s'enveloppe d'ombre peu à peu » (Robert Baldick, *La Vie de J.-K. Huysmans*, Denoël, 1958, p. 274). À la différence de son héros Durtal, il n'y séjourne pas.

Mars* : Huysmans a commencé à rédiger *La Cathédrale : « Dans *En Route* la littérature mystique, la liturgie, le plain-chant. Dans celui-ci la symbolique des couleurs et les Primitifs – et l'architecture et la verrerie » (à Prins, 8 mars).

Avril : Huysmans se lie plus étroitement avec Lucien Descaves, l'auteur des *Sous-Offs*, qui deviendra son exécuteur testamentaire. Il fait la connaissance du couple Leclaire, vieux ménage sans enfants, pénitents de l'abbé Ferret qui leur confie le célibataire endurci, et avec qui il partagera un moment par la suite la « Maison Notre-Dame » de Ligugé.

Juillet : bref et dernier séjour à la Trappe d'Igny : « Tout cela est autrement intéressant que les gaillards qui composent l'académie de Goncourt – Ah ! les vrais moines ! » (à Prins, 1er août. Edmond de Goncourt est mort en juillet).

Août : préface de Huysmans à la seconde édition d'*En Route*, où il répond à un certain nombre de questions de lecteurs. – 15 août : il se rend à Chartres pour l'Assomption en compagnie de l'abbé Ferret et du Fr. Arnaud (lettre à Prins du 21 août).

Septembre-octobre : séjour à l'abbaye de Solesmes sur la suggestion d'un jeune moine, le Fr. Arnaud. Huysmans y rencontre Madame Cécile Bruyère, abbesse de Sainte-Cécile de Solesmes, et relit son traité *De l'Oraison*. Elle lui dit ce « mot assez drôle : "vous, vous êtes entré dans l'Église par le toit" » (à Prins, 23 octobre). Stagnation de *La Cathédrale*.

Publication de *Paul Verlaine et ses portraits* de F. Cazals, pour lequel Huysmans a écrit une préface en forme d'oraison funèbre, cette année de la mort du poète (en janvier).

Noël : Huysmans est à Chartres. « Il faisait un froid terrible mais le lever du soleil d'hiver dans les incomparables pierreries des vitraux est un enchantement – et la vieille crypte est le lieu de délices incomparables par une piété de vrai Moyen Âge » (à Prins, 26 décembre). Il y reçoit une lettre

à l'adresse ainsi libellée : « Monsieur J.-K. Huysmans, littérateur, Cathédrale, Crypte de la Vierge,
à Chartres, France ». L'expéditeur en est un certain Alberdingk Thijm, que Huysmans prendra
longtemps pour un homme, en réalité une femme
(« âme hystérique ») qui, ayant perdu la foi, se dit
sûre de la retrouver si Huysmans reçoit sa lettre, le
matin de Noël, à Chartres, et en accuse réception.
Ce qui fut fait.

« Après cela – *En Route* et *La Cathédrale* – j'aurai
fait le grand art du catholicisme – et alors, vive le
cloître. J'irai auparavant sans doute à Schiedam et
à La Haye pour ma Ste Lydwine dont je veux écrire
la vie, lorsque j'aurai revêtu la robe et le capuchon
noir – et alors j'espère, Dieu aidant, n'avoir plus
que mon baluchon à faire et filer vers le arceaux
du cloître » (à Prins, 26 décembre).

1897. *Janvier* : « J'ai à peu près terminé mon grand portail de Chartres » (à l'abbé Ferret, le 8).

« Je viens de voir quelque chose de bien intéressant. Le vitrail de la grande fenêtre du milieu du
portail Royal de Chartres. Il a été amené à Paris
pour réparation, et j'ai pu le palper et l'examiner
à mon aise, en cette occasion unique. C'est très
déconcertant, vu de près, et l'on admire la science
d'optique de ces gens du XIIᵉ siècle, qui, avec rien
du tout de près, obtenait des effets extraordinaires
de loin » (à l'abbé Ferret, le 15).

Demande à Dom Thomasson de Gournay « d'ouvrir le *Spicilegium Solesmense* qui n'est pas à Paris
dans la bibliothèque du séminaire, de voir dans la
Clef de Méliton et saint Eucher, s'il n'y aurait pas
pour certaines plantes telles que l'iris, le réséda,
l'héliotrope, le tournesol, etc., des sens bizarres
ou intéressants, au point de vue liturgique et symbolique. / Le brave Père Bourré m'a envoyé une
intéressante nomenclature de sainte Hildegarde
sur les plantes magiques mais je m'aperçois qu'en
dehors de cela rien, ou bien peu, n'existe – et je suis

fort gêné pour mon chapitre sur les plantes et les fleurs envisagées à ce point de vue » (le 15). Le 21 : idée du « jardin liturgique, bénédictin, ayant une série de fleurs à cause de leurs relations mystiques et de leurs rapprochements avec les Écritures et les hagiologes. Dès lors, ne serait-il pas admissible de faire suivre la liturgie des offices par celle des plantes, de les faire marcher de front, de parer les autels de bouquets différents, suivant les jours, suivant les fêtes ? » (à Dom Thomasson de Gournay). Hésitation quant à son avenir : « Toutes les fois que je réclame une réponse pour la question du cloître, paff ! – j'ai l'estomac en bringues, et j'ai peur que ce ne soient de trop réelles réponses, celles-là, car vraiment, si ça continue de la sorte, je serai absolument incapable de supporter n'importe quel régime monastique » (à l'abbé Ferret). *Février* : à un long entretien avec Dom Mocquereau, de Solesmes, au sujet de l'oblature. « Je suis plongé dans un travail fou, avec mon livre qui tourne malheureusement au travail d'érudition » (à Prins, le 2). A fini le « fantastique chapitre sur les plantes ». En train de faire « la symbolique de l'Ancien Testament, à propos du porche Nord ». Annonce de *La Cathédrale* dans *Le Journal de la Librairie*, comme devant paraître vers la fin de l'année. Donne au *Correspondant* le premier chapitre de *La Cathédrale*, qui paraît le 10. *Mars* : envoie le jeune Austin de Croze faire des recherches pour lui à la Bibliothèque nationale. Découvre les lithographies de Dulac sur le Cantique des créatures. Y voit un « espoir de survie de l'art catholique ». Achève « un formidable chapitre sur la peinture mystique […]. Il ne reste plus, en somme, qu'un chapitre sur les vitraux et les sculptures du chœur, – le bestiaire – et le porche sud, et je chanterai le *Nunc dimittis*. […] Incroyable, pas de névralgies. Il est vrai que j'avais demandé cela à la Mère » (à l'abbé Ferret, 14 mars).

Avril : demande un frontispice à Pierre Roche.

Mai : s'en prend violemment aux libraires catholiques : monde fermé, ne payant pas et haïsseur d'art (à Arnold Goffin, le 24).

Juin : « Le livre est terminé, mais sans allégresse. Je n'ai jamais senti le néant des phrases, de la littérature, comme à la fin de ce volume hybride, mi érudition mi art, tout cela est froid, sans âme. Quelle misère alors qu'il y avait à parler d'Elle ! Ce n'est pourtant pas faute d'avoir prié ! / À l'heure présente je le rabote et y insère de nouveaux renseignements que m'envoie Solesmes » (à l'abbé Ferret, Pentecôte, le 6).

7 juin : à Versailles chez les Augustines, pour voir des peintures de Paul Borel.

11 juin : à Cécile Bruyère : « Ce qui m'angoisse, c'est l'insuffisance des vocables pour Elle. » À Auguste Prénat : « Ce livre pèse comme un saumon de plomb. »

Juillet : second séjour à Solesmes, où Huysmans ne compte pas s'installer, et retour par Chartres.

13 septembre : mort du confesseur de Huysmans, l'abbé Ferret, d'un cancer. Depuis plusieurs mois, Huysmans se désolait à l'idée de la possible disparition de ce véritable ami. « Il était tout, le père, l'ami, le frère. Je l'avais connu, étrangement, à mon retour de la Trappe, au hasard d'un confessionnal, après avoir suivi le conseil de sainte Thérèse disant qu'il ne faut pas choisir soi-même mais demander un directeur » (à Cécile Bruyère, 14 septembre).

Voyage en compagnie des Leclaire en Belgique et en Hollande. Huysmans visite Bruxelles, Bruges, Gand, Anvers et Schiedam où il prend des notes en vue de son vieux projet, qui apparaît déjà dans *En Route*, d'écrire la vie de Sainte Lydwine.

27 octobre : *L'Écho de Paris* commence à publier chaque semaine des extraits de *La Cathédrale*. Huysmans se met à corriger les épreuves du volume.

3 novembre : la prépublication dans *Le Corres-*

pondant du fragment intitulé « Entrée d'Évêque » (ch. VIII, p. 241) déclenche le scandale dans la presse chartraine.

18 décembre : « Imaginez – c'est dément – que le clergé de Chartres me fait supplier de ne pas aller dans cette ville à Noël, de peur des scandales ! la population étant exaspérée par l'innocente plaisanterie sur les habits noirs et les chapeaux ! » (À l'abbé Bouyer ; voir chap. VIII, p. 245).

1898. *28 janvier* : Conférence de l'abbé Mugnier au Cercle catholique des étudiants, dit cercle du Luxembourg, sur Huysmans et *La Cathédrale*. L'auditoire est essentiellement composé de dames du faubourg Saint-Germain. Extrêmement important pour la publicité du livre. Le 29, le compte rendu de la conférence par Julien de Narfon, dans *Le Figaro*, annonce l'entrée de Huysmans en religion. La nouvelle déclenche de très nombreux commentaires dans la plupart des journaux du soir et du matin. Huysmans devra la faire démentir dans *Le Matin* du 1er février.

***31 janvier* : publication en volume de *La Cathédrale*, chez Stock**. Immédiatement, attaques virulentes des cléricaux : « Depuis qu'il n'y a plus de Florence dans le livre, on gueule. Ah ! ça, est-ce que les gens pieux la regretteraient ? Car enfin, c'est bizarre, l'indignation des mômiers sur *La Cathédrale* est pire que sur *En Route* » (à G. Boucher, 2 avril 1898). Publication de pamphlets hostiles à Huysmans. L'abbé Mugnier défend son protégé et apparaît comme l'« introducteur sacré » de Huysmans, tandis que ce dernier est aux prises avec une encombrante séductrice, la comtesse de Galoez, dite « La Sol ».

5 février : « On me prie de prendre ma retraite *immédiatement*, le catholicisme de *La Cathédrale* ayant achevé d'exaspérer tous ces gens. »

16 février : Huysmans est mis à la retraite en tant que chef de bureau honoraire : « Je me fais un peu l'effet maintenant d'un vieux caniche auquel on a subitement ôté sa muselière et qui remue en liberté ses badigoinces » (à Dom Thomasson de Gournay, 24 février 1898).

Avril : Huysmans croit que *La Cathédrale* a été dénoncé à la Congrégation de l'Index.

Juillet : dernier séjour à Solesmes. Huysmans renonce à s'y fixer ; il visite l'abbaye de Saint-Maur de Glanfeuil, en Anjou.

Août : Huysmans séjourne au monastère de Ligugé dans la Vienne et décide de s'y installer ; il achète un terrain à bâtir à proximité de l'abbaye. « Et voilà que le P. Besse, que Boucher, que tous me réattaquent sur *L'Oblat*, me disant que si je ne suis pas fait pour être enfermé dans un monastère, je suis fait pour vivre autour et au-dedans quand il me plaira, mais absolument libre » (à Léon Leclaire, 13 août).

Septembre : mort de Mallarmé.

Octobre : bref du pape Léon XIII sur l'oblature bénédictine, l'encourageant et l'enrichissant d'indulgences. Huysmans s'en réjouit.

Novembre : une brochure de l'abbé Belleville, de Bourges, intitulée *La Conversion de M. Huysmans*, relance l'affaire de l'Index.

Décembre : bénédiction de la première pierre de la « Maison Notre-Dame » à Ligugé.

12 décembre : lettre de Huysmans au Cardinal Steinhuber, Préfet de la Sacrée Congrégation de l'Index.

29 décembre : mort du peintre et lithographe Marie-Charles Dulac, en qui Huysmans voyait la pierre d'angle de la « colonie d'artistes » de Ligugé.

1899. *Février* : Huysmans apprend avec soulagement que le Vatican n'a pas l'intention de mettre *La Cathédrale* à l'Index.

Printemps : avec Pierre Roche et Henry Cochin, Huysmans organise une exposition d'œuvres de Charles-Marie Dulac à la Galerie Vollard, rue Laffitte.

Fin juin : Huysmans, qui s'est débarrassé de Julie Thibault, compromise avec « La Sol », s'installe à Ligugé à la Maison Notre-Dame ; « le point noir, ce sont les menaces d'expulsion des moines que l'ignoble franc-maçonnerie prépare » (à Prins, 23 septembre 1899).

Novembre : publication, chez Stock, d'extraits d'*En Route* et de *La Cathédrale*, avec une préface de l'abbé Mugnier, sous le titre *Pages catholiques* (« *selectæ* dévolu aux jeunes oies », à G. Boucher, 25 octobre).

1900. *19 mars* : une fois son postulat terminé, Huysmans reçoit l'oblature à Ligugé.

7 avril : Huysmans, au titre de doyen, est élu premier président de l'Académie Goncourt. Il doit, à regret, se rendre à Paris pendant la Semaine Sainte.

Printemps : tenaces maux de dents, sans doute premiers symptômes du cancer de la gorge qui l'emportera sept ans plus tard.

Été, puis automne : Huysmans rencontre Claudel, qui vient séjourner à deux reprises à Ligugé, où il reçoit le fameux « non » à une vocation monastique. Huysmans travaille à *Sainte Lydwine*.

29 octobre : visite à Huysmans du jeune Louis Massignon, fils de Pierre Roche, à qui son père veut donner l'occasion de « comparer, dans un diptyque, science laïque et foi médiévale ». L'impression fut immense sur le jeune Massignon. Huysmans lui aurait fait « quelques confidences inattendues » concernant Boullan.

1901. « Nous voilà au seuil d'un siècle où le muflisme me semble s'annoncer, énorme » (à Prins, 25 décembre 1900).

Janvier : publication d'une édition à tirage limité de *La Bièvre* ; *Les Gobelins* ; *Saint-Séverin*, par la Société de Propagation des Livres d'Art.

21 mars : Huysmans fait sa profession solennelle d'oblature et prend le prénom de Jean : « J'ai découvert un Jean de Gorze, abbé bénédictin, parfait, aimant le plain-chant, l'art, etc. Je serai donc frère Jean » (à l'abbé Mugnier).

Juin : publication, chez Stock, de *Sainte Lydwine de Schiedam*. La loi sur les congrégations est passée : « Les moines de Ligugé vont quitter très probablement la France en octobre, me revoilà le cul par terre, ne sachant pas, au juste, ce que je vais faire. Le plus simple sera évidemment de se réinstaller à Paris, mais quelle ville devenue ignoble avec ses automobiles, ses voitures électriques, la cochonnerie de son métropolitain » (à Prins, 16 juillet 1901).

Septembre : « J'ai mis, ce matin même, en wagon, mon Père Abbé, resté le dernier à bord – le P. Besse et le noviciat sont partis, il y a quatre jours, pour la Belgique – et à l'heure actuelle, les cloches ne sonnent plus, l'horloge qui sonnait les heures dans tout le village, en haut de la tour de l'abbaye, est arrêtée – C'est la mort » (à Prins, 28 septembre.)

Octobre : Huysmans s'installe à Paris, 20 rue Monsieur, au monastère des bénédictines qui lui ont offert un grand logement.

Novembre : publication de *De Tout*, recueil d'articles, chez Stock.

Décembre : Huysmans commence à écrire *L'Oblat*.

1902. *Printemps* : terribles maux de dents.

Août : publication, à l'Imprimerie Jean Bologne, de l'*Esquisse biographique sur Dom Bosco*. Ne supportant plus l'humidité de la rue Monsieur, Huysmans envisage de déménager. Il s'installera en octobre au 60, rue de Babylone.

Septembre : voyage à Lille et à Bruges, en compagnie de l'abbé Mugnier. Mort de Zola. Huysmans n'assistera pas à ses funérailles.

1903. *Mars* : publication de *L'Oblat*. Séjour à Lourdes. Huysmans est horrifié par la laideur du lieu et prend des notes en vue des *Foules de Lourdes*.

Septembre : Voyage, en compagnie de l'abbé Mugnier, à Strasbourg, Colmar où il voit le retable

d'Issenheim, Bâle, Fribourg-en-Brisgau, Francfort
où il remarque « une Vierge du Maître de Flémalle [...] et un Veneziano, une fille démoniaque,
extraordinaire » (À Prins, 4 oct.), qu'il décrira dans
Trois Primitifs.

1904. *Mars* : Huysmans redéménage, cette fois à cause
d'agissements démoniaques chez ses voisines.
Il s'installe au 31, rue Saint-Placide. Publication
de « Les Grünewald du Musée de Colmar », « Le
Maître de Flémalle » et « La Florentine du Musée
de Francfort-sur-le-Main » dans *Le Mois littéraire
et pittoresque* ; de Verlaine, *Poésies religieuses*, chez
Messein, avec préface de Huysmans ; d'une réédition d'*À Rebours*, avec la préface de Huysmans
dite « Préface écrite vingt ans après », et gravures
sur bois en couleurs d'A. Lepère, pour les Cent
Bibliophiles.
Septembre : nouveau séjour à Lourdes. Huysmans y
voit « des choses curieuses, au bureau des consta-
tations médicales » (à Prins, le 7).
Novembre : Huysmans fait la connaissance d'un
« second abbé Ferret », l'abbé Daniel Fontaine,
évangélisateur des chiffonniers de Clichy-sous-
Bois, qui sera son dernier confesseur et le léga-
taire de sa bibliothèque. Il souffre de douloureux
maux d'yeux.

1905. Huysmans souffre d'une inquiétante grosseur au
cou. Il travaille à un ouvrage intitulé provisoirement
Les Deux Faces de Lourdes pour lequel les Leclaire,
de Lourdes, continuent de lui fournir des détails.

1906. *Octobre* : publication des *Foules de Lourdes*, chez
Stock, retardé par cette maladie des yeux qui avait
condamné Huysmans à l'obscurité d'octobre 1905
à mai 1906. Il continue à beaucoup souffrir.

1907. *Janvier* : Huysmans est officier de la Légion d'honneur.
Avril : il parle à l'abbé Mugnier de réversibilité,
de souffrance pour les autres. Le 23 il reçoit
l'extrême-onction, de la main de l'abbé Fontaine. Il

passe ses derniers jours à mettre en ordre papiers et manuscrits, fait écrire sous sa dictée son propre billet de faire-part.

Il meurt le 12 mai ; sera enterré vêtu de noir, en oblat. L'abbé Mugnier dit la messe d'obsèques, à Notre-Dame des Champs, le 14. L'abbé Fontaine l'accompagne au cimetière du Montparnasse. Il y a là Coppée, Forain, Descaves, Dom Besse. « Pauvre cher romancier », écrit l'abbé Mugnier, « que j'ai connu pendant seize ans, que j'ai défendu partout, dont j'ai crié la conversion sur les toits. Mon admiration pour son talent aura été grandissante ».

1908. Publication posthume de *Trois Églises et Trois Primitifs*, *La Symbolique de Notre-Dame*, *Saint-Merry*, *Saint-Germain l'Auxerrois*, chez Plon-Nourrit, par L. Descaves, exécuteur testamentaire de J.-K. Huysmans.

Lettre de Claudel à Massignon du 19 novembre : « Puisque vous me demandez mon avis, je crois l'idée de Huysmans, telle du moins que j'ai pu la comprendre d'après *L'Oblat*, bien difficilement praticable, avec tous les inconvénients de la vie monastique sans ses bienfaits. Le principal reproche que je lui fais est celui-ci : on ne se fait pas moine à moitié. Qui se fait moine entre dans une voie de perfection dont la fin unique est l'union aux volontés de Dieu et dont la première condition est un parfait renoncement à soi-même. Or l'oblat de Huysmans considère la vie religieuse simplement comme un moyen agréable de poursuivre pour chacun de nous sa vocation préférée, art, science, littérature ou tournage de ronds de serviette. »

1910. Publication de *Prières et Pensées chrétiennes de J.-K. Huysmans*, avec une introduction et des notes de H. d'Hennezel, Lyon, Lardanchet.

1913. Publication de *Pages choisies*, introduction de L. Descaves, chez G. Crès.

1925. Première édition de *La Cathédrale* munie d'un

index touristique (chez Plon-Nourrit). Les librairies de Chartres vendent le livre à la fois comme roman et comme guide.

1927. Publication d'*En Marge*, études et préfaces réunies et annotées par L. Descaves, chez Marcelle Lesage. Congrès Marial à Chartres, auquel assistent un représentant du Saint-Siège et de nombreux dignitaires ecclésiastiques. Le programme officiel annonce une conférence sur Huysmans et *La Cathédrale*.

1928. Début de la publication des *Œuvres complètes* de J.-K. Huysmans, chez G. Crès, introduction de L. Descaves ; dix-sept volumes de 1928 à 1934.

NOTICE SUR L'ÉDITION

Nous avons pu consulter le manuscrit de *La Cathédrale* qui se trouve à la Bibliothèque nationale de France, département des manuscrits, cote NAF – 12425, et en tirons quelques remarques.

Ce manuscrit provient de la succession Léon Leclaire. Il a été donné à la Bibliothèque nationale le 26 octobre 1934 (don D. 6540). Les lettres de Huysmans à Léon Leclaire (NAF – 12426) ont été achetées par la bibliothèque à la même occasion. On rappelle que Léon Leclaire et son épouse Marguerite avaient été présentés à Huysmans par l'abbé Ferret. Huysmans leur avait légué par testament un certain nombre de documents[1].

REMARQUES SUR LE MANUSCRIT

Le manuscrit, autographe (à l'exception de quelques pages vers la fin, d'une autre écriture redoublant un chapitre), non daté, se présente comme un cahier de 405 feuillets de format A 4 manuscrits, à en-tête du ministère de l'Intérieur. Sous l'en-tête, sur la partie gauche de la feuille,

---

1. Voir à ce sujet *Bulletin de l'Association des amis de Louis Massignon*, n° 20, décembre 2007, p. 103 et suiv.

une large marge où sont parfois notées des corrections. L'encre noire a souvent tourné au bistre. La page 2 porte ces citations, qui n'ont pas été reprises dans le volume :

Splendeur du Père

Verbe

Fils

Splendeur éblouissante de l'éternelle Lumière (Suso 459)

Miroir très-pur de la Majesté suprême (*Id.*)

Miroir éblouissant de l'éternel Soleil (463)

Trésor caché de l'infinie Miséricorde (*Id.*)

Dernière ressource des coupables (*Id.*)

« On sait qu'il subsiste, pour chaque œuvre de Huysmans, plusieurs copies autographes intégrales[1]. » Il semblerait, étant donné le nombre important de corrections et ajouts, que ce manuscrit soit le premier jet. Nous ignorons hélas où se trouvent les versions ultérieures.

Nous nous contentons ici de donner quelques aperçus du travail effectué par Huysmans sur les mots. À la suite du numéro de la page concernée dans notre édition, on trouvera :

— en romain, la forme initiale figurant dans le manuscrit

— en italique, les corrections ajoutées puis barrées de la main de Huysmans

— en romain gras, la forme indiquée comme définitive et figurant dans notre édition

— entre [...], les formes supprimées

— entre <...>, les formes rajoutées.

p. 80 : libéré – *délivré* – **éviré**

p. 94 : avoir – *somme* – **pécune**

p. 98 : juger – **jauger**

p. 116 : cathédrale – **basilique**

1. Louis Massignon, « Notre-Dame de La Salette et la conversion de Huysmans », dans *La Salette. Témoignages. Centenaire de l'apparition de La Salette*, préface de Maurice Brillant, Bloud, 1946 ; repris dans *Écrits mémorables*, t. I, Laffont, 2009, p. 137.

p. 123 : mais toutes les cathédrales bâties dans le Midi
– Les églises gothiques dans le Midi
p. 146 : haridelle – **limonier**
p. 303 : maléfices charmes – *cantarines* – **cantermes**

Exemple de corrections sur un passage plus long,
p. 346 (chap. XI) :

> la Vierge d'un charme si [candidement] **ingénu, si**
> **chastement** exquis, [présentait] **tendant** l'enfant [au
> grand prêtre] **à Siméon,** [si recueilli et si doux] **doux**
> **et pensif,** dans [son allure] **sa tenue** solennelle [et pen-
> sive] de grand prêtre. Sainte Anne, [bien étrange, ayant
> ce genre de physionomie que le sculpteur a déjà donné
> à saint Joseph et à l'un des deux anges voisins / *qui sont*
> *voisins sur le même portail* / de saint Nicaise dont le crâne
> est tranché] **– dont le genre de figure est le même**
> **que celui de saint Joseph et de l'un des deux anges**
> **qui avoisinent, sur ce même portail Royal, le saint**
> **Nicaise dont le crâne est tranché** à la hauteur du front
> < ; – sainte Anne avec sa > [une] physionomie riante et
> fûtée (*sic*) et pourtant vieillotte, [une] sa tête à petit men-
> ton pointu, à grands yeux, [au] à nez effilé

Autre exemple, sur le passage concernant le symbole,
p. 153 (chap. V). En marge, dans la colonne laissée vide
sous l'en-tête, on peut lire, disposés verticalement, les
mots : contours / dispositions / extérieur / façons.

> Saint Augustin se rencontrant avec Mallarmé, pro-
> fessant exactement les mêmes idées que saint Augus-
> tin, c'est curieux, pensa Durtal / **– C'est aussi l'idée de**
> **Mallarmé – et cette rencontre du saint et du poète,**
> *dans une même théorie et sur un terrain différent, n'est*
> *pas sans<intérêt> imprévu* **sur un terrain tout à la fois**
> **analogue et différent, est pour le moins bizarre, pensa**
> **Durtal.**

Un peu plus bas, la citation du concile d'Arras est
donnée sur le manuscrit en latin : *Illitterati quod per*
scripturam non possunt intueri, hoc per quaedam picturae
lineamenta contemplantur.

En somme, le Moyen Âge traduisit, en des *images / visions / formes* **lignes** sculptées ou peintes, la Bible, la théologie, les vies de Saints, les évangiles apocryphes, les légendaires, les mit à la portée de tous, les *résuma / concentra /* **récapitula** en des *signes* **figures** qui restaient comme *la substance* [*visible*] *ostensible de ses* [*enseignements*] *leçons* **l'extrait concentré de ses leçons.**

Travail de relecture très attentif, donc, notamment sur les passages cruciaux. Tout le chapitre VII, portant sur la symbolique des couleurs, a été abondamment retravaillé. Au chapitre XII (p. 377) toute une page concernant l'emploi du temps au Carmel et ses pénitences terribles a été supprimée. À la fin du même chapitre, la description des deux planches de Dulac (p. 401) a été recopiée, mise au propre, sur une demi-feuille intercalée.

REMARQUES SUR NOTRE ÉDITION

Nous avons pris sur nous de corriger un certain nombre d'erreurs de Huysmans, qui figurent dans la première édition de *La Cathédrale* (1898) et se retrouvent généralement dans les suivantes, sauf correction ponctuelle de la part d'un éditeur. Les fautes d'accents notamment sont fréquentes, Huysmans négligeant les accents circonflexes ou au contraire en ajoutant inopportunément. Nous avons à chaque hésitation vérifié l'orthographe du manuscrit autographe. Nous donnons ci-après la liste des mots que nous avons corrigés. En italique, l'orthographe originale de Huysmans. Nous avons également à certains endroits rectifié une ponctuation vraiment aberrante (par exemple p. 70 : « La tête, enveloppée d'un foulard bleu, était entourée d'une auréole d'or *et, elle* regardait, hiératique, farouche, devant elle » : Huysmans sépare par une virgule la conjonction de coordination et le mot qu'elle corrèle à ce qui précède ; ou p. 150 : « – Oui, mais repartit l'abbé », au lieu de « Oui mais, repartit l'abbé »).

p. 60 : l'esclandre soulevé – *soulevée* (le mot « esclandre » n'est pas attesté au féminin)

p. 66 : elles étaient allées boire – *allé*

p. 94 : je ne l'eusse pas accepté – je ne l'*eus* pas accepté

p. 112, 421 : Roulliard – *Rouillard* (nom propre sans doute mal recopié par Huysmans)

p. 116 : pierre vive – *pierre vivel* (y compris sur le manuscrit. Non élucidé. Corrigé par P. Cogny dans son édition)

p. 128 : dans cette atmosphère de prières, rabattue par le lourd plafond (nous restituons conformément au manuscrit. Les éditions donnent : *dans cette atmosphère de prière rabattues*)

p. 149 : celer – *céler* (Huysmans met habituellement un accent aigu à ce verbe qui n'en a pas)

p. 163 : resté-je sceptique – *restai-je* (le passé simple ne saurait se justifier dans ce contexte au présent)

p. 165 : Pierre d'Equilio – Pierre d'Esquilin (voir p. 592, n. 1)

p. 165 : vase notatur – *vas notatur* (le contexte exige un ablatif, comme thure et igne)

p. 170 : dyscoles – *discoles* (nous restituons l'orthographe correcte, étymologique)

p. 171 : Golitzin – *Galitzin* (voir p. 593, n. 1)

p. 174 : Cîteaux – *Citeaux*

p. 186 : polychrome – *polychrôme*

p. 219 : Grünewald – *Gründwald*

p. 228 : grand'peine – *grand'-peine*

p. 244, 270, 294, 411, 435, 476, 478 (mitré) : mitre – *mître*

p. 268 : feuillette – *feuillète*

p. 220, 272, 382, 388, 390 : triptyque – *triptique* – *tryptique*

p. 277 : enrubannées – *enrubanées*

p. 300 : Artémidore – *Arthémidore*

p. 303 : farn – *faru* (erreur de lecture de Huysmans)

p. 318 : Saint-Remi – *saint-Rémy*

p. 330-331 : il eût fallu – *il eut fallu*

p. 345 : Achitophel – *Architophel*

p. 346, 418 : futé – *fûté*

p. 353 : diadémé – *diadêmé*

p. 440 : que hors – *qu'hors*

p. 440 : Cantimpré – *Catimpré*

p. 441 : l'hyène – *la hyène*

p. 409 : délinéée – *délinéées*

p. 475 : se remémorant – *se rémémorant*

p. 483 : érysipèle (ou érésipèle) – *érésypèle*

p. 483 : Apolline – *Appoline*

p. 490 : qu'il se tournât – *qu'il se tourna* (Grévisse, *Le Bon Usage*, § 2680 : « Autrefois quelque… que pouvait se contruire avec l'indicatif quand il s'agissait de marquer la réalité d'un fait [exemples chez Ronsard, Malherbe, Fénelon, Diderot]. Cela est aujourd'hui insolite. » Nous pensons qu'il s'agit plutôt chez Huysmans d'une erreur ou d'une inadvertance [voir p. 94, autre indicatif à la place du subjonctif requis] que d'un choix délibéré)

p. 492 : volte-face – *volte-faces*

p. 493 : reposent – *repose* (nous préférons corriger, même si Grévisse, § 1961, atteste l'accord avec le sujet le plus rapproché. Mais alors pourquoi « simulent » immédiatement après ?)

BIBLIOGRAPHIE

LES ÉDITIONS DE *LA CATHÉDRALE*

La Cathédrale, Paris, P.-V. Stock, 1898, in-18 de 488 p., couv. blanche imprimée noir et rouge. 131 exemplaires de luxe avec un filigrane, la cathédrale de Chartres, dessiné par Louis Chevalier ; contiennent une eau-forte, portrait inédit de l'auteur par Eugène Delattre, et un frontispice en couleurs de Pierre Roche, tiré sur papier églomisé ; la même année 1898 parurent une 3ᵉ, 4ᵉ, 6ᵉ et 8ᵉ édition.

Le premier chapitre de *La Cathédrale* parut en prépublication dans *Le Correspondant* (t. CLXXXVI, 10 février 1897, p. 457-476, « La cathédrale, La Salette, Lourdes, Notre-Dame de Chartres »), puis des extraits dans *L'Écho de Paris*, chaque semaine à partir du 27 octobre 1897 (14 livraisons), avec chaque fois un titre (« La Mystique des Foules », « Entrée d'Évêque », etc.).

Pages catholiques, préface de M. l'abbé A. Mugnier [en réalité de Huysmans], Imprimerie Darantière, Dijon, 1899. Ouvrage constitué d'extraits d'*En Route* et de *La Cathédrale*, ainsi que de la préface au *Petit Catéchisme liturgique* de l'abbé Dutilliet.

La Cathédrale, avec 64 eaux-fortes originales de Charles Jouas, Paris, Auguste Blaizot et René Kieffer, 1909.

La Cathédrale, avec deux eaux-fortes de Charles Jouas et des dessins du même artiste gravés sur bois par Eugène

Dété, Paris, Éd. Georges Crès et Cie, 1919, 2 vol. [Ce sont ces dessins que nous reproduisons ici.]

La Cathédrale, Paris, Plon-Nourrit, 1925. Première édition munie d'un index « touristique ».

La Cathédrale, dans *Œuvres complètes*, publiées par Lucien Descaves, Paris, Crès, t. XIV, 1930, 2 vol. Index et Note de Lucien Descaves. Reprint Genève, Slatkine, 1972.

Chartres, Lausanne, Éditions Clairefontaine, 1948. Extraits de *La Cathédrale*, photographies de Maurice Blanc.

La Cathédrale, Paris, Plon, 1941. Réimprimé en 1950.

La Cathédrale, Le Livre de Poche, 1964.

La Cathédrale, suivi de documents inédits ; édition établie par Pierre Cogny, préface de Monique Cazeaux [propos généraux, sans rapport avec Huysmans], Christian Pirot, coll. « Autour de 1900 », 1986. Édition reprise en 1991, mais où la préface est désormais de Pierre Cogny.

La Cathédrale, précédé d'un essai d'Alain Vircondelet, « L'Embarquement mystique », Monaco, Éditions du Rocher, 1992. Avec un index.

La Cathédrale, dans *Le Roman de Durtal, Là-Bas, En Route, La Cathédrale, L'Oblat*, Paris, Bartillat, 1999, avec pour préface l'article « Durtal » de Paul Valéry [*Mercure de France*, mars 1898, p. 770-780].

La Cathédrale, édition préparée par Claire Labouygues, Clermont-Ferrand, Éd. Paleo, coll. « La collection de sable », 2009.

La Cathédrale, Hachette Livre / BNF, 2013 [reproduction de l'édition originale de 1898].

AUTRES ÉCRITS DE HUYSMANS À METTRE EN RELATION AVEC *LA CATHÉDRALE*

La Bièvre, Genonceaux, 1890.

Là-Bas, Tresse et Stock, 1891.

En Route, Tresse et Stock, 1895.

Préface de Huysmans au *Petit Catéchisme liturgique* de l'abbé Dutilliet [1860], J. Bricon, 1895. Repris dans *Bulletin de la Société J.-K. Huysmans*[1], n° 83, 1990.

« Le Couronnement de la Vierge de Fra Angelico au Louvre », *Pan*, n° 4-5, Berlin, 1896, p. 25-28.

« Paul Borel », *Le Salut public*, 24 novembre 1897.

La Bièvre et Saint-Séverin, Stock, 1898.

« Bouquins », *L'Écho de Paris*, 26 avril 1899 [repris dans *Bull.*, n° 29, 1855, puis dans *Cahier de l'Herne*] [à propos notamment de *L'Art religieux du XIIIe siècle en France*, d'Émile Mâle, paru en 1898].

L'Oblat, Stock, 1903.

J.-K. Huysmans, *Voyage aux cathédrales rouges* (1903), dans *Huysmans, Cahier de l'Herne*, 1985, p. 377-401.

« La symbolique de Notre-Dame de Paris », *Le Tour de France*, 1905 [recueilli dans *Trois Églises*, 1908].

Les Foules de Lourdes, Stock, 1906.

Trois Églises et trois Primitifs, Plon-Nourrit, 1908.

Là-Haut ou *Notre-Dame de La Salette*, texte inédit établi par P. Cogny, avec une introduction par A. Artinian et P. Cogny et des notes de P. Lambert, Casterman, 1965.

Là-Haut, éd. Michèle Barrière, Presses Universitaires de Nancy, 1988.

J.-K. Huysmans, *Interviews*, éd. Jean-Marie Seillan, Honoré Champion, 2002 [on y trouvera notamment un certain nombre de réactions à *La Cathédrale*, interviews réelles ou fictives, non recensées ci-dessous].

J.-K. Huysmans, *Les Églises de Paris*, éd. Patrick Locmant, Éditions de Paris, 2005.

J.-K. Huysmans, *Écrits sur l'art. 1867-1905*, éd. Patrick Locmant, Bartillat, 2009.

J.-K. Huysmans, *Biographie. Notes pour la préface de l'abbé Mugnier*, texte présenté, établi et annoté par Francesca Guglielmi, *Bull.*, n° 107, 2014, p. 3-40.

---

1. *Bulletin de la Société J.-K. Huysmans* : désormais abrégé en *Bull.*

CORRESPONDANCE PUBLIÉE[1]

Lettres de Huysmans à l'abbé Moeller, Durendal, Lyon-Claesen, Bruxelles, n° VII-VIII, 1908.

Lettres à Émile Bernard, Bruxelles, Éd. de la Nouvelle Revue, 1942.

Correspondance de J.-K. Huysmans avec Madame Cécile Bruyère, abbesse de Sainte-Cécile de Solesmes, éd. René Rancœur, Les Éditions du Cèdre, 1950.

J.-K. Huysmans et Cécile Bruyère, abbesse de Sainte-Cécile de Solesmes, *Correspondance*, éd. Philippe Barascud, Éditions du Sandre, 2009. [Lire notamment, p. 66-70, la très belle lettre du 3 septembre 1898, où Huysmans résume tous les aléas de sa « vocation du cloître ».]

Une correspondance avec Auguste Prénat (1897-1907), commentée par Pierre Bernard, *Bull.*, n° 59, 1972, p. 1-22.

BOURGET-BESNIER, Élisabeth, *Une étape de la vie de J.-K. Huysmans*, Nizet, 1973 [lettres inédites de Huysmans à l'abbé Ferret à qui est dédié *La Cathédrale*].

« Une correspondance de J.-K. Huysmans avec Solesmes : J.-K. Huysmans, le R^me P. Dom Delatte et Dom Olivieri », par René Rancœur, *Bull.*, n° 62, 1974, p. 6-21.

Lettres inédites à Arij Prins, 1885-1907, publiées et annotées par Louis Gillet, Genève, Droz, 1977.

63 lettres inédites de J.-K. Huysmans à Gustave Boucher, présentées par Pierre Cogny, tiré à part du *Bull.*, n° 64-65, 1975-1977.

Lettres reçues par Huysmans à la sortie d'*En Route* et lettres inédites de Huysmans à Charles Rivière, oblat à l'abbaye de Notre-Dame d'Igny, publiées par P. Cogny dans son édition d'*En Route*, C. Pirot, 1985.

Correspondance de J.-K. Huysmans et de la princesse

1. Voir *Bull.*, n° 87, 1994 : Bibliographie des lettres de Huysmans. *Bull.*, n° 73, 1981 : Catalogue du Fonds Lambert de la Bibliothèque de l'Arsenal.

Jeanne Bibesco (Mère Bénie de Jésus), texte établi par
P. Jourde et B. Cabirol, *Bull.*, n° 89, 1996, p. 1-45.
« Vingt-trois lettres de J.-K. Huysmans à Pierre Roche
(1897-1906) ; lettres de Huysmans à Léon Leclaire,
Jean de Caldain et Gustave Boucher (1898) ; lettres
inédites de Charles-Marie Dulac à Pierre Roche »,
Bulletin de l'Association des amis de Louis Massignon,
n° 20, « Joris-Karl Huysmans, Pierre Roche, Louis Massignon », 2007.

TÉMOIGNAGES DE CONTEMPORAINS
DE HUYSMANS SUR *LA CATHÉDRALE*

Réception immédiate, en 1898,
du « livre de l'année[1] »

La Vérité, mai 1897 : Lettre de protestation d'un abonné
contre le premier chapitre de *La Cathédrale* paru dans
Le Correspondant.
NARFON, Julien de, « Huysmans intime », *Le Figaro*,
29 janvier [compte rendu de la conférence de l'abbé
Mugnier].
BRISSON, Adolphe, « J.-K. Huysmans », *Le Temps*,
1er février [recueilli dans *Interviews*, p. 224-234].
LERMINA, Jules, « Huysmans moine », *Le Radical*, 2 février.
El Globo (Madrid), 4 février.
DESCAVES, Lucien, *L'Écho de Paris*, 6 février.
BRISSON, Adolphe, *Le Temps*, 6 février.
[Anonyme], *Journal de Chartres*, 6 février.
BARAGNON, Louis, *Gil Blas*, 11 février.
LAVERGNE, Claudius, *La Vérité*, 12 février.

---

1. L'expression est de Lucien Descaves, Huysmans, *Œuvres complètes*, t. XIV, Crès, 1930, vol. 2, p. 335, à qui nous reprenons, en la
complétant en partie, la liste qui suit. Huysmans en consignait les cou-
pures dans un gros registre commercial (« le livre aux injures », lettre
à G. Boucher du 13 avril 1898). Notre liste, indicative, ne prétend pas
à l'exhaustivité.

Saturday Review, 12 février.

Outclock, 12 février.

MALLON, abbé H., *La Justice sociale*, 13 et 20 février.

[Anonyme], *Éclair*, 15 février.

LEDRAIN, *Nouvelle Revue*, 15 février.

B., *Le Courrier national*, 16 février.

[Anonyme], *Le Journal des Arts*, 16 février.

CANET, L., *Les Pyrénées* (Tarbes), 17 février.

LALO, Pierre, *Les Débats*, 19 février.

The Academy, 19 février.

« À Monsieur Maurice Barrès », *La Vie parisienne*, 18 février [repris dans *Bull.*, n° 93, 2000, p. 39-41].

RODENBACH, Georges, « Un nouveau livre de M. J.-K. Huysmans », *Le Patriote* (Bruxelles), 20 février [reproduit dans les annexes de *La Cathédrale*, Éditions Christian Pirot, 1991].

Sainte-Croix, Camille de, « Bataille artistique et littéraire », *La Petite République*, 22 février [reproduit dans les annexes de *La Cathédrale*, Éditions Christian Pirot, 1991].

M. D., *Le XXᵉ siècle*, 24 février.

GILLE, Ph., *Le Figaro*, 24 février.

CANIVET, Ch., *Le Soleil*, 24 février.

PERRET, Paul, *La Liberté*, 24 février.

Morning Post, 24 février.

Neue Zürcher Zeitung, 24 février.

Z., *La semaine religieuse (Aire et Dax)*, 25 février.

MAVIL et DUCHASTAIN, *La Revue*, 25 février et 10 mai.

[Anonyme], *Le Gaulois du Dimanche*, 26 février.

VEUILLOT, François, « La Cathédrale », *L'Univers*, 26 février [reproduit dans les annexes de *La Cathédrale*, Éditions Christian Pirot, 1991].

CLERVAL, abbé Alexandre, *La Voix de Notre-Dame de Chartres*, 27 février.

A. S., *Le Journal de Genève*, 27 février.

ROYAUMONT, *La Réforme*, 28 février.

ANTONINI, P., *La France Chrétienne*, 28 février.

DAQUIN, N., *La Revue bibliographique et littéraire*, 28 février.

BROUSSOLLE, J.-C., « Un traité artistique de la vie intérieure » [sur *La Cathédrale*], *La Quinzaine*, 1ᵉʳ mars, p. 122-133.

Narodni Listy (Prague), 3 mars.

DESCHAMPS, G., « *À Rebours* et *La Cathédrale* », *Revue de Paris*, 6 mars.

VALÉRY, Paul, « Durtal », *Mercure de France*, 6 mars, p. 770-780 [reproduit intégralement en préface du *Roman de Durtal*, Bartillat, 1999].

ROD, Édouard, *Le Gaulois*, 6 mars [reproduit en partie dans les annexes de *La Cathédrale*, Éditions Christian Pirot, 1991].

DESCHAMPS, Gaston, « La Cathédrale », *Le Temps*, 6 mars [reproduit en partie dans les annexes de *La Cathédrale*, Éditions Christian PIROT, 1991].

LÉLIAN, Raoul, *La Voix de la France* (Marseille), 6 mars.

La Nación (Mexique), 9 mars.

MUGNIER, abbé, « *La Cathédrale* », *Le Correspondant*, 10 mars, p. 982-985.

BAILLY, Léon, *La Presse*, 10 mars.

COPPÉE, François, *Journal*, 10 mars [Coppée y voit une « renaissance chrétienne »].

LIONNET, Jean, *Le Sillon*, 10 mars.

LOTH, Arthur, *La Vérité*, 14 mars.

LAURENT, Maurice, *La France libre* (Lyon), 14 mars.

[Anonyme], *La Fronde*, 16 mars.

SYLVESTRE, Armand, *Le Journal*, 16 mars.

Daily Telegraph, 16 mars.

GILBERT, Eugène, *Le Petit Bleu* (Bruxelles), 17 mars.

GRAVE, Jean, *Les Temps Nouveaux*, 19 mars.

D'ARMON, *Le Voltaire*, 23 mars.

Glasgow Herald, 24 mars.

Il Margoceo, 24 mars.

The Scotsman, 24 mars.

Literature (revue anglaise), 26 mars.

LOISEL, Urbain, *Le Nouvelliste de la Somme*, 30 mars.

PAULHAN, Frédéric, « M. J.-K. Huysmans et son œuvre. I », *La Nouvelle Revue*, 1ᵉʳ avril.

RETTÉ, Adolphe, « Un converti. Arabesques », *La Plume*, 1ᵉʳ avril, p. 193-196.

GOURMONT, Remy de, « Sur M. Huysmans et sur la religion », *La Revue blanche*, 1ᵉʳ avril, p. 486-502.

RIBET, J., chanoine honoraire, *L'Univers*, 4 avril.

PÉRIÈS, G[eorges], *La littérature religieuse de M. Huysmans d'après son dernier livre « La Cathédrale »*, Paris, Lamulle et Poisson, avril.

Manchester Guardian, 5 avril.

Catholic Times, 7 avril.

« Notes et nouvelles », *Revue encyclopédique*, 9 avril.

LAMBIN, Émile, *La Semaine des Constructeurs*, 9 avril.

PAULHAN, Frédéric, II, *La Nouvelle Revue*, 15 avril.

La Revue de France, 15 avril.

Review of Reviews, 15 avril.

SÉGUR, Marquis A. de, *L'Univers*, 16 avril.

NOURY, Jean, s.j., *Les Études religieuses*, 20 avril.

Bookman, avril.

New York Commercial Advertiser, 30 avril.

HIRSCH, Charles-Henry, « Les Revues » [sur l'article de F.-R. Paulhan paru dans *La Nouvelle Revue*], *Mercure de France*, mai 1898, p. 572-574.

Sgyetertes (Budapest), 14 mai.

DELFOUR, abbé, *Université Catholique de Lyon*, 15 mai.

LANTOINE, Albert, *L'Humanité Universelle*, 15 mai.

DEYSSEL, Lodewijk van, « Huysmans'*La Cathédrale* », *Tweemaandelijksch Tijdschrift*, mai 1898 [traduction française par Jan Landuydt dans *Bull.*, n° 100, 2007, p. 74-85].

RICHAUME, Edgar, *La Lutte* (Bruxelles), juin.

DE BRUIJN, Edmond, *Le Spectateur Catholique*, juin.

« KARL-JORIS Huysmans. *La Cathédrale* », *Revue encyclopédique*, Rubrique « Revue littéraire. Romanciers et conteurs de la science et de l'amour », 4 juin, p. 510-511.

VAES, Géo, *Le Magasin Littéraire* (Gand), 15 juin.

Norddeutsche Allgemeine Zeitung, 15 juin.

Het Amsterdammer Weekblad voor Nederland, 19 juin.

Westminster Review, juin.

The Times, 20 juillet.

A. B., « L'art chrétien : M. J.-K. Huysmans », *Le XXᵉ siècle*, juillet-août, p. 503-521.

Des Roches, Claude, « Le cas Durtal », *La Revue thomiste*, septembre, p. 433-450 [un extrait dans *Bull.*, n° 107, 2014, p. 35].

« Le révérend Père Joris-Karl Huysmans », *La Presse*, 20 septembre [repris dans *Bull.*, n° 93, 2000, p. 37-39].

DUTOIT, Marie, *La Lecture* (Genève), 15 octobre.

Belleville, abbé, *La Conversion de M. Huysmans*, chez l'auteur.

FAGUET, Émile, « À M. Huyssmans [*sic*] », *Le Gaulois*, 26-27 novembre [recueilli dans *Interviews*, p. 256-258].

ROD, Édouard, « La conversion de J.-K. Huysmans », *Les Annales politiques et littéraires*, 4 décembre.

TEMPLIER, Hilaire, « La mort du bienheureux Joris-Karl Huysmans », *La revue angevine*, 15 décembre [repris dans *Bull.*, n° 93, 2000, p. 42-44].

« Ce qu'on lira en 1899 », *Le Gaulois*, 28 décembre [repris dans *Bull.*, n° 83, 2000, p. 41].

Articles de contemporains plus tardifs

BLOY, Léon, *Les Dernières Colonnes de l'Église*, « J.-K. Huysmans », Mercure de France, 1903.

LE CARDONNEL, Louis, « *La Cathédrale* », *Le Journal*, 23 janvier 1932.

ÉTUDES RÉCENTES SUR HUYSMANS ET *LA CATHÉDRALE*

Cahier de la Tour Saint-Jacques, n° VIII, « J.-K. Huysmans », 1963.

Cahier de l'Herne. Huysmans, n° 47, dir. P. Brunel et A. Guyaux, 1985

Centenaire de « La Cathédrale », Actes du colloque de la fondation Singer-Polignac, *Bull.*, n° 92, 1999.

Huysmans et les genres littéraires, éd. Gilles Bonnet et Jean-Marie Seillan, Poitiers, La Licorne, 2010.

AMADIEU, Jean-Baptiste et BARASCUD, Philippe, « Huysmans et l'affaire de l'Index (1898-1899), *Bull.*, n° 100, 2007, p. 111-148.

AMADOU, Robert, « Huysmans et la symbolique », *Cahiers de la Tour Saint-Jacques*, n° VIII, *op. cit.*, p. 249-256.

ANGELET, Christian, « La notion de symbole chez Gourmont et Huysmans », dans *Les Décadents à l'école des Alexandrins*, dir. P. Galand-Hallyn, Les Valenciennes, n° 19, 1996, p. 183-203.

BALDICK, Robert, *La Vie de J.-K. Huysmans*, Denoël, 1958 [*The life of J.-K. Huysmans*, Oxford, Clarendon Press, 1955].

BARTHE, abbé Claude, « Huysmans, romancier liturgique », dans *Les Romanciers et le catholicisme*, Versailles, Éditions de Paris, 2003, p. 27-52.

BERNARDI, Marina, « Figurations du Christ : religion et esthétique chez Huysmans », *Bull.*, n° 90, 1997, p. 1-19.

BESSE, Jean-Paul, *Dom Besse. Un bénédictin monarchiste*, Versailles, Éditions de Paris, 2005.

BLANCHOT, Maurice, « Le secret de J.-K Huysmans », *Journal des débats politiques et littéraires*, n° 564, 18 novembre 1941, p. 3 [repris dans *Bull.*, n° 100, 2007, p. 103-107].

BORD, Lucien-Jean, « Huysmans ou Durtal ? » et « Joris-Karl Huysmans et Ligugé », *Lettre de Ligugé*, n° 320, avril 2007, p. 3-4 et 6-13.

BUVIK, Per, « La maladie du monde. Quelques réflexions sur *À Rebours* et *La Cathédrale* », *Bull.*, n° 92, 1999, p. 34-40.

FAVRE, Yves-Alain, « La symbolique de *La Cathédrale* », *Cahier de l'Herne*, *op. cit.*, p. 235-244.

FESQUET, Jean-Louis, « La cathédrale de Chartres. Étude du livre de J.-K. Huysmans », *Plaisir de lire*, n° 76, 1987, p. 19-29.

GLAUDES, Pierre, « L'espace et le symbole dans *La Cathédrale* de Huysmans », *Recherches et Travaux*, n° 58, 2000, p. 111-120.

—, « Symbolisme et "jeu du langage esthétique" dans *La Cathédrale* », dans *J.-K. Huysmans, la modernité d'un anti-moderne*, dir. V. De Gregorio Cirillo et M. Petrone, Naples, L'Orientale editrice, 2003, p. 287-300.

GRIFFITHS, Richard, « La parole et le Verbe », *Cahier de l'Herne*, *op. cit.*, p. 270-284.

GUÉRIN-MARMIGÈRE, Stéphanie, « L'encyclopédie médiévale dans *La Cathédrale* de J.-K. Huysmans : contamination et hybridation génériques », dans *Huysmans et les genres littéraires*, *op. cit.*, p. 131-142.

ISSACHAROFF, Michael, *J.-K. Huysmans devant la critique en France (1874-1960)*, Klincksieck, 1970.

LANGÉ, Gabriel-Ursin, « Huysmans et Notre-Dame de Paris », *Cahier de la Tour Saint-Jacques*, *op. cit.*, p. 262-266.

MASSIGNON, Louis, « Notre-Dame de La Salette et la conversion de J.-K. Huysmans », dans *La Salette. Témoignages*, éd. M. Brillant, Bloud et Gay, 1946, p. 93-95.

MILLET-GÉRARD, Dominique, « Les écrivains et La Salette », *Catholica*, hiver 1996/97, p. 76-92.

—, « "Un étrange Huysmans du XIIe siècle" : l'"idiome symbolique" de *La Cathédrale* », *Bull.*, n° 92, 1999, p. 15-33.

—, « Massignon et Huysmans : "silhouette d'or sur fond noir" », *Bulletin de l'Association des amis de Louis Massignon*, n° 20, « Joris-Karl Huysmans, Pierre Roche, Louis Massignon », décembre 2007, p. 6-33.

—, « L'*ekphrasis* moderne dans *La Cathédrale* de J.-K. Huysmans », *Art sacré. Cahiers de rencontre avec le patrimoine religieux*, n° 26, *Images de la cathédrale dans la littérature et dans l'art*, 2008, p. 227-244 [article illustré de photographies].

—, « Huysmans et Walter Pater », *Cahiers de l'Association internationale des études françaises*, mai 2008, n° 60, p. 359-378.

—, « Huysmans et les Pères de l'Église », dans *Huysmans, Littérature et religion*, dir. S. Lair, P.U. Rennes, 2009, p. 51-63.

—, « Huysmans et l'art chrétien : l'empreinte de Montalembert », dans *Actes du colloque de l'Université d'Athènes. Hommage à Huysmans*, *Bull.*, n° 104, « Huysmans cent ans après », 2011, p. 37-50.

—, *Le Tigre et le chat gris. Vingt études sur L. Bloy et J.-K. Huysmans*, Classiques Garnier, 2017.

PEYLET, Gérard, « La filiation des Esseintes-Durtal dans *La Cathédrale* de Huysmans, ou les limites au dépassement de l'artifice », *Bull.*, n° 75, 1983, p. 36-57.

—, « I. Notre-Dame de Chartres, en suivant Huysmans. II. Derrière la symbolique chrétienne du "livre de pierre", le symbolisme caché du cloître dans *La Cathédrale* », *Bull.*, n° 80, 1987, p. 12-32.

—, « Dualité des structures mystiques de l'imaginaire dans *La Cathédrale* », *Berenice*, n° 25, décembre 1988-mars 1989, dir. J.-P. Corsetti, p. 363-370.

PRIGENT, Gaël, *Huysmans et la Bible, Intertexte et iconographie scripturaires dans l'œuvre*, Honoré Champion, 2008 [notamment « Symbolique et esthétique dans *La Cathédrale* », p. 158-252].

RANCŒUR, René, « J.-K. Huysmans et L. Lavedan », *Bull.*, n° 85, 1992, p. 37-39 [à propos de la prépublication du premier chapitre dans *Le Correspondant*].

REVERZY, Éléonore, « Huysmans lecteur de Michelet : une poétique de l'histoire », dans *Les Formes du temps. Rythme, histoire, temporalité*, éd. P. Petitier et G. Séginger, P.U. Strasbourg, 2007, p. 103-113.

SARRAZIN, Bernard, « À propos de quelques pages de Bachelard. Pierres et pierreries : l'expérience symbolique de J.-K. Huysmans », *Revue des Sciences humaines*, janvier-mars 1969, p. 93-117.

SEILLAN, Jean-Marie, « Huysmans et les censeurs », *RHLF*, janvier-février 2006, p. 83-115.

SOLTNER, Dom Louis, « Huysmans à Solesmes », *Bull.*, n° 102, 2009, p. 18-24.

TRUDGIAN, Hélène, *L'Esthétique de J.-K. Huysmans*, Conard, 1934.

VADÉ, Yves, « Onirisme et symbolique : d'*En rade* à *La Cathédrale* », *Revue des Sciences humaines*, n° 170-171, 1978, p. 244-253.

VLOBERG, M., « Le lapidaire de la Vierge », *Ecclesia, lectures chrétiennes*, août 1953.

ÉTUDES PORTANT PLUS GÉNÉRALEMENT SUR DES THÈMES DE *LA CATHÉDRALE*

La Fabrique du Moyen Âge au XIXᵉ siècle. Représentations du Moyen Âge dans la culture et la littérature françaises du XIXᵉ siècle, dir. Simone Bernard-Griffiths, Pierre Glaudes et Bertrand Vibert, Honoré Champion, 2006.

La Cathédrale, dir. J. Prungnaud, Lille, UL3, travaux et Recherches, 2001.

BALTRUSAITIS, Jurgis, « Le roman de l'architecture gothique », dans *Aberrations. Quatre essais sur la légende des formes*, O. Perrin, 1957.

BAZIN, Germain, *Histoire de l'histoire de l'art, de Vasari à nos jours*, Perrin, 1986 [voir en particulier « La bataille du gothique », p. 269-295].

CÉARD, Jean, « Des Esseintes et la décadence latine, Huysmans lecteur de Dom Rivet, de Chateaubriand et d'Ozanam », *Studi francesi*, 65-66, mai-décembre 1978, p. 297-310.

DARRIULAT, Jacques, « La cathédrale », article mis en ligne le 29 octobre 2007, http://www.jdarriulat.net/Introductionphiloesth/MoyenAge/Cathedrale.html

ERLANDE-BRANDENBURG, Alain, *La Cathédrale*, Fayard, 1989.

GIMPEL, Jean, *Les Bâtisseurs de cathédrales*, Seuil, 1959.

GOETHE, J.W. von, « L'architecture allemande » [*Von deutscher Baukunst*, 1773], dans *Écrits sur l'art*, trad. J.-M. Schaeffer, Flammarion, 1963.

HEGEL, G.W.F., *Esthétique* [*Vorlesungen über die Æesthetik*, 1835], trad. S. Jankélévitch, Flammarion, 1979 [3ᵉ partie, « L'architecture romantique »].

LAVARRA, Caterina, « Le Moyen Âge de Huysmans », *Quaderni medievali*, juin 1983.

LEFÈVRE, Y., « Le *Liber floridus* et la littérature encyclopédique au Moyen Âge », dans *Liber Floridus colloquium*, Gand, Story-Scientia, 1973.

LINAGE CONDE, A., « Un escritor de la familia benedictina : J.-K. Huysmans », dans *Nova et Vetera* (Bénédictines de Zàmora, Espagne), mai-juin 1986, p. 71-122.

MÂLE, Émile, *Notre-Dame de Chartres*, P. Hartmann, 1948, illustré de photographies de Pierre Devinoy.

PANOFSKY, Erwin, *Architecture gothique et pensée scolastique* [*Gothic Architecture and Scholasticism*, 1951], trad. P. Bourdieu, Éditions de Minuit, 1967.

PRUNGNAUD, Joëlle, « L'image de l'architecture gothique dans le littérature fin-de-siècle », *Cahiers de recherches médiévales et humanistes*, 2 / 1996, *Regards sur le Moyen Âge*, Centre d'études médiévales d'Orléans, p. 137-147.

—, *Gothique et Décadence*, Honoré Champion, 1997.

—, *Figures littéraires de la cathédrale. 1880-1918*, Lille, Presses Universitaires du Septentrion, 2008.

VIOLLET-LE-DUC, Eugène-Emmanuel, *Dictionnaire raisonné de l'architecture française du XIe au XVIe siècle*, B. Bance, 1854-1868.

CHOIX D'ÉTUDES PORTANT
SUR LA QUESTION DU SYMBOLISME

Ouvrages publiés au XIXe siècle

AUBER, abbé, *Histoire et théorie du Symbolisme religieux*, 4 volumes, Paris, A. Franck, 1870-1884 [ouvrage possédé par Huysmans].

AYZAC, Félicie d', *Les Statues du porche septentrional de Chartres ou explication de la présence des statues de la Liberté, de la Santé, de la Beauté, de la Volupté, de l'Honneur, sur les basiliques chrétiennes et les quatre animaux mystiques, attributs des quatre évangélistes*, Paris, A. Leleux, 1849.

BOURGEAT, abbé J.-B., *Études sur Vincent de Beauvais ou Spécimen des études théologiques, philosophiques et scientifiques au Moyen Âge (XIIIe siècle, 1210-1270)*, Paris, A. Durand, 1856 [ouvrage possédé par Huysmans].

Bulteau, abbé Marcel-Joseph, *Monographie de la cathédrale de Chartres*, Chartres, R. Selleret, 1887-1892, 3 vol. [ouvrage possédé et annoté par Huysmans].

Œuvres de saint Denys l'Aréopagite IVe-Ve siècles), trad. par l'abbé Darboy, Paris, 1845.

Durand, Guillaume, évêque de Mende (XIIIe siècle), *Rational ou Manuel des divins Offices*, trad. Ch. Barthélemy, Paris, 1854 [ouvrage possédé par Huysmans].

Ghil, René, *Traité du verbe*, Giraud, 1886 [chapitre « Le Symbole »].

Hello, Ernest, « Du genre fantastique », *Revue française*, novembre 1858, p. 31-33 [article qui serait à l'origine de la découverte du symbolisme par Huysmans ; un passage est cité par G. Prigent dans *Huysmans et la Bible*, p. 137-138].

—, *Du néant à Dieu*, t. II, Perrin, 1921 [fragments recueillis par J.-Ph. Heuzey : « Les limites de la parole ; les intentions du silence ». Ouvrage republié aux Éditions du Sandre, 2008].

La Bouillerie, Mgr François-Alexandre Rouflet de, *Étude sur le symbolisme de la nature interprété d'après l'Écriture Sainte et les Pères*, Paris, Gaume frères, 1864.

Legeay, Dom Georges, « La Clef de saint Méliton et la critique allemande », *Revue du monde catholique*, 1885.

—, « Études sur le symbolisme de l'Écriture Sainte », *La Science catholique*, XIe année, 1896.

—, « Études sur le symbolisme de l'Écriture Sainte. Les Couteaux de pierre, figures de Notre-Seigneur Jésus-Christ », *Le Prêtre*, t. XX, 1902.

—, *Le Symbolisme dans l'Écriture : noms et figures de Notre-Seigneur*, V. Retaux, 1903 [ouvrage possédé par Huysmans].

Mâle, Émile, *L'Art religieux du XIIIe siècle, en France* [thèse de doctorat], Leroux, 1898.

Mallarmé, Stéphane, « Solennités », *The National Observer*, 7 mai 1892 ; repris sous le titre « De même », dans *Divagations*.

—, « Magie », *The National Observer*, 1893 ; repris dans *Divagations*.

—, « Catholicisme », *La Revue blanche*, 1895 ; repris dans *Divagations*.

MORÉAS, Jean, « Le Symbolisme », *Le Figaro littéraire*, 18 septembre 1886.

PITRA, Dom, Jean-Baptiste, *Spicilegium solesmense. Sanctorum Patrum scriptorumque ecclesiasticorum anecdota hactenus opera, selecta e Græcis orientalibusque et Latinis codicibus*, Paris, Firmin Didot, 4 tomes, 1855.

VIGOUROUX, abbé Fulcran, *Manuel biblique*, Paris, 1897 [ouvrage possédé par Huysmans].

Ouvrages publiés au XXᵉ siècle

BACKÈS, Jean-Louis, « La pratique du symbole », *Littérature*, décembre 1980, p. 3-17.

BARTHE, abbé Claude, « L'*esprit* et la *lettre* », préface à Guillaume Durand, *Le Sens spirituel de la liturgie*, Genève, Ad Solem, 2003.

DAVY, Marie-Madeleine, *Initiation à la symbolique romane*, Flammarion, coll. « Champs », 1964.

DAWSON, D., *Allegorical Readers and Cultural revision in Ancient Alexandria*, Berkeley, Univ. of California Press, 1992.

GADOFFRE, Gilbert, « Les trois sources de l'analogie claudélienne », *French Studies*, XIII, 1959, p. 135-145.

LABARTHE, Patrick, *Baudelaire et la tradition de l'allégorie*, Droz, 1999.

LAURANT, Jean-Pierre, *Symbolisme et Écriture. Le cardinal Pitra et la « Clef » de Méliton de Sardes*, Cerf, 1988.

LE BOULLUEC, Alain, « L'apport des chrétiens au langage symbolique de l'Antiquité. Les Pères grecs », dans *Les Pères de l'Église au XXᵉ siècle. Histoire – Littérature – Théologie. L'Aventure des « Sources chrétiennes »*, Cerf, 1997, p. 225-236.

LOUIS-COMBET, Claude, « Une lecture symbolique des lapidaires médiévaux », dans Marbode, *Poème des pierres précieuses*, trad. P. Monat, Jérôme Millon, 1996, p. 95-107.

MARCHAL, Bertrand, *La Religion de Mallarmé*, Corti, 1988.

—, *Lire le Symbolisme*, Dunod, 1993.

MILLET-GÉRARD, Dominique, « "Manifestation et vérité" : le *Rational*, œuvre d'artiste et de doctrine », Préface à Guillaume Durand, *Le Sens spirituel...*, *op. cit.*

POULAT, Émile, « Comment lire la Bible. Exégèse critique et sens spirituel de Loisy à Claudel », dans *Les Retours aux Écritures. Fondamentalismes présents et passés*, éd. É Patlagean et A. le Boulluec, Louvain, Peeters, 1993, p. 217-234.

TILLIETTE, Xavier, s.j., « Esquisse d'un plaidoyer en faveur de l'allégorie », *Corps écrit*, n° 18, 1986, p. 145-153.

TODOROV, Tzvetan, *Symbolisme et Interprétation*, Seuil, 1978.

INSTRUMENTS DE TRAVAIL DE RÉFÉRENCE

Le catalogue du Fonds Lambert à la Bibliothèque de l'Arsenal : *Bull.*, n° 73, 1981.

Catalogue de la bibliothèque de l'abbé Fontaine : copie d'une liste d'ouvrages ayant appartenu à J.-K. Huysmans, *Bull.*, n° 67, 1977, p. 41 et suiv. [nous en donnons un extrait dans l'édition d'*En Route*, Folio classique, p. 558-561].

Bibliographie des lettres publiées de Huysmans : *Bull.*, n° 87, 1994.

CRESSOT, Marcel, *La Phrase et le vocabulaire de J.-K. Huysmans. Contribution à l'histoire de la langue française pendant le dernier quart du XIXe siècle*, Droz, 1938.

Signalons aussi la parution de :

HUYSMANS, J.-K., *Romans et nouvelles*, édition publiée sous la direction d'André Guyaux et Pierre Jourde, Paris, Gallimard, Bibliothèque de la Pléiade, 2019.

LA RÉCEPTION DU ROMAN
ET L'AFFAIRE DE LA MISE À L'INDEX[1]

Rappelons d'abord le contexte ecclésiastique de l'époque :

Issue du Saint-Office [= Inquisition romaine et universelle] et de la commission tridentine chargée de dresser une « liste des livres interdits » (*Index librorum prohibitorum*), la Congrégation de l'Index est spécialisée dans les condamnations d'ouvrages. Elle examine les livres qui sont déférés devant son tribunal après une plainte, appelée *dénonciation*. L'Index n'entame pas nécessairement de procédure d'examen chaque fois qu'une plainte lui parvient. Si la plainte semble fondée, s'ensuit un procès.

Le Saint-Office et l'Index sont composés de deux catégories de membres : d'un côté, les cardinaux ; de l'autre, ceux qui ne le sont pas, que l'on désigne, selon les congrégations et les fonctions, du nom de *consulteurs*, de *qualificateurs* ou de *rapporteurs* [...]. Pour l'affaire concernant Huysmans, le cardinal Rampolla cumule les fonctions de secrétaire d'État et de cardinal membre du Saint-Office, et la majorité des cardinaux membres du Saint-Office sont également membres de la Congrégation de l'Index.

Le fonctionnement des procès contre des ouvrages est assez similaire dans les deux congrégations : un rapporteur rédige un *votum*, c'est-à-dire un examen détaillé

---

1. Nous reprenons ici des éléments de l'excellent article de Philippe Barascud et Jean-Baptiste Amadieu, « Huysmans et l'affaire de l'Index », *Bulletin de la Société J.-K. Huysmans*, n° 100, 2007, p. 111-148.

de l'œuvre incriminée à la fin duquel il propose un avis (condamnation, abandon des poursuites, interdiction provisoire en attendant une édition corrigée). Ce *votum* est imprimé et diffusé aux membres de la Congrégation. Les consulteurs se réunissent en congrégation préparatoire. Après un débat éclairé sur le *votum*, ils votent une proposition de sentence ; leurs voix ne sont pas délibératives, puisque la réunion des consulteurs se limite à une sorte de conseil. Ce sont les cardinaux, qui se réunissent à leur tour quelques jours plus tard en congrégation générale, qui ont le pouvoir de décréter. Lors d'une audience, qui a lieu dans les jours qui suivent, le pape ratifie ou non les décrets des cardinaux[1].

Quant au contexte historique français, il est dominé par l'Affaire Dreyfus[2]. Huysmans estime le moment très mal choisi pour publier un roman (« Je tombe avec cela en pleine affaire Dreyfus, ce qui est terrible pour les ventes qui vont baisser de moitié[3] »), et se déclare absolument sans illusion sur les protagonistes des deux partis (« les salopiauds Dreyfusards et les autres salopiauds de l'État Major[4] ») et leurs intentions : « Ici, nous sommes toujours plongés dans l'affaire Dreyfuss (*sic*). La presse est bien belle ! – achetée d'une part par les Juifs – de l'autre, par le Gouvernement – C'est un mastic que, volontairement, tout le monde embrouille[5] ! ».

Le contexte catholique français, enfin : Huysmans a toutes les raisons de le redouter. La prépublication de chapitres de *La Cathédrale* en revue lui en a donné

---

1. « Huysmans et l'affaire... », art. cité, p. 113. Le cardinal Mariano Rampolla del Tindaro (1843-1913), sicilien, avait énormément d'autorité et de pouvoir.
2. C'est le 11 janvier 1898 qu'est prononcé l'acquittement d'Esterhazy, à la suite du procès que lui avait intenté Mathieu Dreyfus. Cet acquittement entraîne la publication par *L'Aurore* le 13 janvier 1898 du célèbre « J'accuse » de Zola. *La Cathédrale* paraîtra le 31 janvier, chez Stock, qui est selon Huysmans « l'éditeur des affaires Dreyfus et y a gagné beaucoup d'argent » (lettre à Prins, le 6 décembre 1897).
3. À Prins, le 23 janvier 1898.
4. Lettre à Jean Lorrain de la mi-novembre 1898.
5. Lettre à Prins du 29 novembre 1897. Voir aussi les lettres à Dom Thomasson de Gournay du 24 février 1898 et à Prins du 28 février 1898.

un aperçu. Le clergé, d'une manière générale, subissant comme un siège permanent le régime politique de la IIIᵉ République, est sur la défensive et déploie tout un arsenal clérical, peu compatible avec l'humour. À Chartres, sitôt paru le chapitre VIII dans *L'Écho de Paris*, on réagit : « Imaginez-vous – c'est dément – que le clergé de Chartres me fait supplier de ne pas aller dans cette ville à Noël, de peur des scandales ! la population étant exaspérée par l'innocente plaisanterie sur les habits noirs et les chapeaux[1] ! ». Ensuite, il y a le « bégueulisme » plusieurs fois dénoncé dans le roman[2], et la mention, à propos de la scène de la Circoncision parmi les groupes sculptés par Jean Soulas sur le pourtour du chœur de la cathédrale, du « papier blanc collé sur le ventre [de Jésus] par un jocrisse[3] ». Huysmans avait pressenti (provoqué ?) l'orage : « Je réponds à toutes les idées des catholiques sur l'art, dans un chapitre du livre qui mettra le feu aux poudres[4] ». Plus largement, c'est toute la question, fondamentale et déjà évoquée dans *En Route*, du rapport du clergé à l'art, du renouvellement des formes d'un art authentiquement chrétien, qui est en cause ; Huysmans sait très bien que c'est son art, la matière même de son art, qu'un certain clergé ne peut supporter :

> Tout cela, au fond, est une question de style et de mots ; malheureusement, le malentendu n'est pas prêt à [*sic*] se dissiper. Il renaîtra plus vivace, lorsque mon livre paraîtra ; n'y découvrant pas de phrases qui pourront alarmer leurs attentives pudeurs, ils se rejetteront sur la langue. C'est singulier pourtant de ne pas vouloir comprendre que le style du XVIIᵉ siècle, excellent en tant que langue oratoire, est absolument impuissant à rendre la vie ambiante

1. Lettre à l'abbé Bouyer du 18 décembre 1897. Voir le passage incriminé p. 245.
2. « Ce grand mouvement de bégueulisme qui a commencé à la Renaissance pour s'épanouir dans le Jansénisme et dont nous avons tous encore, plus ou moins, le virus dans le sang » (lettre à l'abbé Ferret du 1ᵉʳ mars 1897).
3. *La Cathédrale*, chap. XIII, p. 417. Voir la lettre au P. Pacheu, s.j., du 21 avril 1895.
4. Lettre à l'abbé Ferret du 22 février 1897.

de nos jours, à décrire les mille nuances compliquées de l'être moderne, à fixer l'âme d'un temps. Cette incompréhension a été la mort de l'art catholique qui n'existe, à l'heure actuelle, plus[1].

Cette triple conjoncture rend compte des paradoxes et contradictions de la réception de *La Cathédrale*. L'Affaire Dreyfus excite tout le monde. Les francs-maçons s'indignent du « cléricalisme » de Huysmans et l'engagent à prendre sa retraite le plus vite possible. Les cléricaux, eux, lisent dans le roman une suite de provocations. Moyennant quoi :

> En somme, en prenant les choses gaîment, le résultat de *La Cathédrale* est cocasse : j'ai été fourré d'office à la retraite pour avoir fait un pareil livre, par les francs-maçons, et je suis dénoncé à l'Index par les catholiques. C'est un comble[2] ! »

Et en même temps :

> Ce livre va d'une façon extraordinaire. Paru le 1er du mois, il va atteindre, ces jours-ci, son 20.000. Il a fait en un mois, ce qu'*En Route* a fait en 3 ans. Et pourtant, jamais livre aussi dur à lire n'a été donné au public. C'est surprenant. Cela prouverait qu'il y a tout de même un public bien las du roman moderne, des histoires d'adultère et de femmes.
>
> Et remarquez bien que j'ai paru en pleine affaire Dreyfuss (*sic*), que tous les livres autres se sont étalés, que seul j'ai tenu bon et emballé de grosses ventes, alors que tout le monde était la proie de ce cauchemar[3].

« Cathédralisons ! », ricane *Le Gaulois* du 5 février[4]. Et *La Cathédrale* sera encore tenu pour le grand roman

---

1. Lettre à Cécile Bruyère du 11 juin 1897.
2. Lettre à l'abbé Moeller du 30 juin 1898.
3. Lettre à Prins du 28 février 1898. Sur la question du genre romanesque, voir le début du chapitre II de *Là-Bas* et la « Préface écrite vingt ans après » d'*À Rebours*.
4. Voir J.-K. Huysmans, *Interviews*, éd. J.-M. Seillan, Champion, 2002, p. 220 et suiv. Voir lettre à Dom Delattre du 1er février, *Bulletin de la Société J.-K. Huysmans*, n° 62, 1974, p. 12.

catholique d'entre les deux guerres, et restera, « du moins jusqu'à la première édition en poche d'*À Rebours*, en 1975, le plus lu de toute l'œuvre de Huysmans, et un des plus grands succès éditoriaux en France[1]. »

Essayons de mieux comprendre ce qui s'est passé en 1898. De fait ce n'est qu'en novembre que la question de l'Index sera vraiment à l'ordre du jour. Cependant, dès la parution de *La Cathédrale*, et en dépit du succès, les menaces pleuvent sur son auteur, des deux côtés. Un article provocateur de Julien de Narfon, « Huysmans intime », paru dans *Le Figaro* du samedi 29 janvier, se présentant comme un compte rendu de la conférence donnée par l'abbé Mugnier une semaine auparavant, annonce l'entrée imminente de Huysmans au monastère ; la réaction du Ministère ne se fait pas attendre : le 5 février, le fonctionnaire pourtant sans reproche est « prié de prendre [s]a retraite *immédiatement*[2] » sans même savoir si ses droits à la pension seront reconnus. Clemenceau colporte que Huysmans est un agent des jésuites et que ce sont eux qui font la grosse vente de *La Cathédrale*. Dans l'autre camp, au même moment, attentisme : « La presse religieuse n'a pas encore bougé ; elle attend évidemment que quelqu'un commence[3]. » Cela ne va pas tarder, et celui que les libres penseurs baptisent l'« enragé clérical[4] » va subir le tir des « bas-fonds du [vrai] cléricalisme[5] » :

> Chose étrange, ce livre soulève dans le monde des prêtres plus de colère qu'*En Route*. Ah ça ! Est-ce qu'ils regretteraient Florence ? J'ajouterai que *La Semaine religieuse* de Chartres le signale à l'Index, en se basant sur le passage du bégueulisme. Quels procédés de discussion !

---

1. P. Buvik, « La maladie du monde. Quelques réflexions sur *À Rebours* et *La Cathédrale* », *Bulletin de la Société J.-K Huysmans*, n° 92, 1999, p. 40.
2. Lettre à l'abbé Moeller du 10 février.
3. Lettre à Dom Thomasson de Gournay du 5 février 1898.
4. lettre à Prins du 28 février.
5. Lettre à Marie de Villermont du 3 mars 1898.

Il est vrai que le dénonciateur est l'auteur d'une histoire de la cathédrale de Chartres qui ne se vend point ! C'est décidément du joli monde[1] !

En fait, il ne s'agit nullement de dénonciation, tout juste de mauvaise humeur et de vagues menaces. Elles se réitèrent avec l'article du chanoine Ribet, auteur d'ouvrages sur la Mystique, dans *L'Univers* du 4 avril, qui évoque « l'épreuve de l'Index » à laquelle le livre pourrait ne pas résister, alors qu'au même moment l'abbé Georges Périès, vicaire à la Trinité, dans sa plaquette « La littérature religieuse de M. Huysmans d'après son dernier livre *La Cathédrale* », s'en tient à l'insinuation, invitant Huysmans à garder un certain temps le silence, et à déposer l'arrogance du « romancier à peine débarbouillé de la fange zolienne, tout juste converti, dépourvu de toute légitimité ecclésiastique, qui se permet de mépriser publiquement les prêtres et de leur donner des leçons[2] ». Ainsi se constitue un petit clan hostile, auquel se joignent l'abbé Frémont, bête noire d'Édouard Drumont dans *La Libre Parole*, Dom Sauton, auteur en 1892 d'un calomniateur « Mémoire sur Solesmes » adressé au Saint-Office, et un certain nombre d'autres – ce qui donne des sueurs froides au malheureux Huysmans :

Il était dit que la Semaine Sainte ne se passerait pas sans encombre. *L'Univers* du 4 avril contient un article abominable sur moi d'un chanoine Ribet, l'homme de la mystique, me disant non converti et me dénonçant à l'Index. De renseignements qui me parviennent, l'appel à l'Index, dans le journal cher au pape, va mettre en branle le tribunal secret de Rome. On peut donc s'attendre à

1. *Ibid.* Les *Semaines religieuses* sont des feuilles hebdomadaires publiées par chaque diocèse. Il s'agit en l'occurrence de *La Voix de Notre-Dame de Chartres*, et plus précisément de l'article de l'abbé Alexandre Clerval. Voir la lettre du 21 mars à Dom Thomasson de Gournay qui fait aussi état, pour faire juste mesure, d'articles mitigés ou favorables dans la presse catholique (*La Vérité, L'Univers, La Quinzaine,* etc. Voir la Bibliographie, p. 535). Florence est un personnage de prostituée évoquée dans *En Route*.

2. J.-M. Seillan, « Huysmans et les censeurs », *Revue d'Histoire littéraire de la France*, 2006 / 1, vol. 106, p. 85.

tout, à la condamnation de *La Cathédrale*, et peut-être des livres précédents. C'est, comme me l'écrivent des amis de Belgique, effarés, une des pires attaques que j'aie reçues. Je ne vois pas d'ailleurs le moyen de parer le coup. Rome vous condamne, sans appel, sans vous entendre, sans même vous dire pourquoi, sans même vous notifier sa décision. C'est monstrueux, mais c'est ainsi[1].

On se croirait en plein roman gothique. Huysmans hésite quant à la conduite à tenir :

> Ajoutez que je suis obligé de ronger mon frein. Répondre dans *L'Écho de Paris*, en tirant un peu les oreilles à tout ce monde-là, ne ferait qu'aggraver les choses. Le mieux est d'accepter cela comme un exercice de pénitence et de ne pas attirer l'attention de l'Index. Solesmes, qui a examiné le livre à ce point de vue, déclare qu'il n'y a pas matière à condamnation, mais à Rome où les influences sont tout, il y a toujours à se défier, et le plus sage est de baisser la tête, en attendant la fin de la bourrasque.
>
> En somme, les catholiques, ici, sont plus irrités par *La Cathédrale* que par *En Route*. On les dirait irrités de ne pouvoir plus crier à l'immoralité, comme ils ont fait pour l'autre. Tout cela est mesquin et perfide – et vraiment triste[2].

L'orage semble s'éloigner au début de l'été : ou plutôt il se concentre sur un autre ouvrage[3]. Huysmans a l'esprit plus libre pour cultiver son rêve monastique ; mais les choses vont repartir de plus belle à l'automne, avec la brochure de l'abbé Belleville, ecclésiastique de Bourges, *La Conversion de M. Huysmans*, publiée en octobre et relayée par un article de *La Croix*[4], puis par les *Semaines religieuses*. Cette fois, la dénonciation parvient bien jusqu'à Rome : les archives vaticanes détiennent une lettre de l'abbé Belleville accompagnant son opuscule, datée du 25 novembre, et associant Drumont et

---

1. Lettre à Léon Leclaire du 6 avril 1898 (le Mercredi Saint).
2. Lettre à l'abbé Moeller du 19 avril 1898.
3. Celui de l'abbé Klein, consacré à la vie du P. Hecker, mystique. Lettre à Dom Thomasson de Gournay du 12 mai 1898.
4. Lettre à G. Boucher du 19 octobre 1898.

Huysmans. La défense s'organise immédiatement : Dom Joseph Bourigaud, abbé de Ligugé, écrit le 27 au cardinal Vincenzo Vannutelli, puissant personnage[1], ami du défunt cardinal Pitra, pour recommander Huysmans. La lettre est transmise au cardinal Andreas Steinhuber, préfet de l'Index. Auparavant, dès septembre, le cardinal Rampolla secrétaire d'État du pape Léon XIII – lui-même un fin lettré – aurait, dans un discours public, « parlé très aimablement de *La Cathédrale*[2] ». Quant à Huysmans, il prendra la plume le 12 décembre, dans une lettre, pour défendre sa cause devant le cardinal préfet dont il ignore le nom, invoquant les conversions provoquées par *En Route* et se déclarant prêt à « rétracter ou effacer [...] des pages qui renferme[raie]nt des erreurs relatives au dogme ou des idées qui puissent être jugées offensantes pour l'Église ». Cette lettre aurait été remise en mains propres au cardinal Steinhuber[3]. À Noël, Huysmans se sent un peu soulagé :

> [...] il y a une phrase [dans la lettre] où je fais remarquer à son Éminence que seul à Paris, je défends le catholicisme dans les journaux à fort tirage et que, par conséquent, si l'on me frappe, l'on m'enlève tout crédit et toute force pour continuer à faire un peu de bien dans le monde où je pénètre et où les feuilles catholiques ne peuvent entrer.
>
> Cet argument paraît avoir porté, car j'ai reçu de Poitiers la demande d'expédier d'urgence une série de mes articles pour être envoyée à Rome, ce que j'ai fait[4].

1. À son sujet voir Amadieu-Barascud, art. cité, p. 127 et suiv.
2. Lettre à l'abbé Moeller de septembre 1898.
3. Lettre du 12 décembre 1898 à Son Éminence le cardinal, Préfet de la Sacrée Congrégation de l'Index. On trouvera ce brouillon, ainsi que la copie datée du même jour, en annexe à la lettre de Huysmans à la princesse Jeanne Bibesco, Mère Bénie de Jésus, du 25 décembre 1898 (*Bulletin de la Société J.-K. Huysmans*, n° 89, 1996, p. 20-21). Cette lettre ne semble pas figurer aux archives vaticanes (voir Amadieu-Barascud, art. cité, p. 114). – *A parte* de Huysmans : « J'ai envoyé ladite lettre, pleine de saluts et de ronds de jambes et d'emberlificotages, à Poitiers qui la fera parvenir au sinistre pion qui dirige cette Congrégation de malheur » (Lettre à Léon Leclaire du 15 décembre 1898).
4. Lettre du 25 décembre à la princesse Bibesco, *op. cit.*, p. 19. Poi-

Enfin, le 2 février 1899, Huysmans peut écrire à Madame Cécile Bruyère que ses « ennuis venus de Rome sont clos[1] ». Il en aurait eu l'assurance la veille. Huysmans est persuadé d'avoir été sauvé, d'abord « par la Sainte Vierge entre les mains de laquelle [il avait] remis cette affaire[2] », ensuite par l'intervention puissante de la princesse Bibesco, prieure du Carmel d'Alger[3] – version qui sera contestée par Gustave Boucher, qui fera valoir ses propres initiatives[4].

Il y aura cependant encore un rebondissement. Une nouvelle attaque surgit, le 29 mai 1899, sous la forme d'une note en latin *De praetensa Conversione D. Huysmans*, rédigée, cas assez rare, par un consulteur du Saint-Office, le Fr. David Fleming, provincial de l'ordre des frères mineurs pour l'Angleterre, qui relance les arguments de Belleville, et aurait tendu une oreille complaisante aux calomnies répandues par... Mgr Vilatte, archevêque vieux-catholique de Babylone[5] ! L'affaire, qui commence à ressembler à un roman d'aventures[6], n'ira pas plus loin.

En juin 1899, à un mois de l'installation à Ligugé, Huysmans est donc délivré de cette ridicule histoire.

---

tiers : l'évêché de Poitiers. Les « journaux à grand tirage » sont *Le Correspondant* et *L'Écho de Paris* où ont paru des extraits de *La Cathédrale*.

1. Lettre du 2 février 1899, *Correspondance*, Éd. du Sandre, 2009, p. 88.

2. *Ibid.*

3. *Ibid.*, p. 89.

4. Lettre de Boucher à Huysmans du 9 mars 1899, citée par Amadieu-Barascud, art. cité, p. 137. Voir cet article pour le détail, et « La dénonciation à l'Index », dans les Annexes de *La Cathédrale* publiées dans l'édition Christian Pirot, 1991, p. 357-358.

5. Amadieu-Barascud, art. cité, p. 144. Voir aussi Robert Baldick, *La Vie de J.-K. Huysmans*, Denoël, 1958, p. 330.

6. Nous avons laissé de côté ici la rocambolesque histoire de la comtesse de Galoez, dite « La Sol », aristocrate (ou « rastaquouère », selon l'expression de Huysmans) espagnole qui s'est éprise de Huysmans au moment de cette affaire, le poursuivait de ses assiduités, prétendait connaître le Nonce, et a failli compliquer encore les choses par des menaces de scandale. Voir Baldick, *op. cit.*, p. 308 et suiv.

Beaucoup d'agitation et d'inquiétude pour ne même pas aller jusqu'au *votum*[1]. Le romancier a été activement soutenu par des amis fiables, la princesse Bibesco, l'abbé Mugnier, les supérieurs des monastères d'Igny, Solesmes, Ligugé, En-Calcat, le secrétaire général de l'Évêché de Poitiers, des religieux présents au Vatican, des prélats éclairés comme le cardinal Rampolla et le cardinal Vincenzo Vannutelli qui a changé d'opinion en sa faveur, et enfin, et non le moindre, le pape Léon XIII, qui n'était pas pour rien un lecteur assidu de Dante.

1. Amadieu-Barascud, art. cité, p. 141-142.

SYMBOLE ET SYMBOLISME

Nous ne prétendons nullement ici traiter à fond de cette question extrêmement complexe, qui exigerait un ou plusieurs livres, mais simplement proposer une courte synthèse sur l'usage que fait Huysmans du mot et de la notion de symbole[1], et le renouvellement vers lequel il les infléchit, qu'il s'agisse du symbolisme médiéval, sujet de *La Cathédrale*, ou du symbolisme littéraire, dont Huysmans participe, même si c'est de manière latérale, par le contexte d'où il est issu. Il les met d'ailleurs en parallèle dans le célèbre passage où il introduit la théorie du symbole, au chapitre v (p. 152 et suiv.). Au moment où Huysmans rédige *La Cathédrale*, le mouvement symboliste s'étiole[2] : à cet égard *La Cathédrale* a valeur de mise au point.

---

1. La question a déjà été abordée par plusieurs critiques, notamment Richard Griffiths, Christian Angelet, Pierre Glaudes, Gaël Prigent (voir leurs ouvrages dans la Bibliographie, p. 544 et suiv.).
2. Voir par exemple l'article de Viélé-Griffin dans *La Revue blanche* (1er juin 1895) intitulé « Le Symbolisme pur », où il dénonce la déformation caricaturale que subit le mouvement, notamment dans un article du *Journal des Débats* où cette expression était utilisée pour tourner en dérision « ce *je ne sais quoi* que doit haïr l'esprit de saine littérature ».

LE SYMBOLISME PATRISTIQUE
ET MÉDIÉVAL

Le symbolisme qui est à l'œuvre dans la cathédrale de Chartres trouve son origine, comme Huysmans le dit très clairement à plusieurs reprises, dans la Bible elle-même et dans la tradition exégétique qui s'y greffe dès les premiers temps du christianisme[1]. Deux textes sont fondamentaux à cet égard, la péricope des pèlerins d'Emmaüs en Luc XXIV, 27, où le Christ lui-même fait état de « tout ce qui, dans les Écritures, se rapporte à lui » (p. 153), et le passage de saint Paul[2] où, commentant les principales étapes de la vie de Moïse, il déclare que tous ces événements arrivaient aux Hébreux « en figures » (*ibid*.). On peut y ajouter l'allégorie de Sara et Agar, dont Gaël Prigent a montré que, comme l'exemple précédent, elle était émargée et soulignée dans la Bible appartenant à Huysmans[3]. L'écrivain ne prête nulle attention à la source païenne de la pratique de la lecture allégorique, parfaitement attestée chez les Pères grecs[4], mais concentre son attention sur le rapport entre les deux Testaments : « L'Ancien Testament est une traduction anticipée des événements que raconte le Nouveau Livre ; la religion mosaïque contient, en allégorie,

1. Il ne s'agit nullement, aux yeux de Huysmans, d'une « stratégie » interprétative dans une perspective finaliste, mais d'une lecture éclairée de l'intérieur par la foi. Aussi est-il vain de vouloir lire *La Cathédrale* à travers la théorie du symbole de Todorov, par exemple (voir la Bibliographie, p. 548 et suiv. [rubrique sur le symbolisme]).
2. I Cor. 10, 6 et 11, épître du IXe dimanche après la Pentecôte.
3. Gal. 4, 21-31. – Gaël Prigent, *Huysmans et la Bible. Intertexte et iconographie scripturaires dans l'œuvre*, Honoré Champion, 2008, p. 155 et 226.
4. Notamment les *Allégories d'Homère* d'Héraclite qui interprète les œuvres du poète comme des allégories de vérités morales et scientifiques. Voir l'article d'Alain Le Boulluec, « L'apport des chrétiens au langage symbolique de l'Antiquité. Les Pères grecs », dans *Les Pères de l'Église au XXe siècle. Histoire – Littérature – Théologie. L'Aventure des « Sources chrétiennes »*, Cerf, 1997, p. 225-236.

ce que la religion chrétienne nous montre en réalité »
(p. 152-153). La cathédrale de Chartres en offre une
illustration éclatante, notamment à la baie centrale du
portail Royal :

> Enfin, pour parfaire la série des Patriarches et des Pro-
> phètes, vous pouvez voir là, dans les angles rentrants des
> pilastres, deux statues placées en pendant de chaque côté
> de la porte, Élie de Thesbé et Élysée, son disciple.
> Le premier diagnostique l'Ascension du Rédempteur,
> par son enlèvement, en plein ciel, sur un char de feu ;
> le second, Jésus ressuscitant et sauvant l'humanité en la
> personne du fils de la Sunamite.
> — Il n'y a pas à dire, murmura Durtal qui réfléchis-
> sait : les textes messianiques sont confondants. Toute
> l'argumentation des rabbins, des protestants, des libres-
> penseurs, toutes les recherches des ingénieurs de l'Alle-
> magne pour trouver une fissure et saper le vieux roc de
> l'Église sont demeurées vaines. Il y a là une telle évidence,
> une telle certitude, une telle démonstration de la vérité,
> un si indestructible bloc, qu'il faut vraiment être atteint
> d'amaurose spirituelle pour oser le nier (p. 339).

La distinction initiale entre sens littéral (ou historique)
et sens allégorique (ou symbolique) se diversifiera par la
suite avec la théorie des quatre sens de l'Écriture ; plus
exactement, c'est le sens allégorique lui-même qui se sub-
divisera en trois lignes de lecture évidemment superpo-
sables : le sens typologique qui relève les traces annonçant
le Christ dans l'Ancien Testament ; le sens moral ou tropologique qui lit dans les épisodes de l'Écriture les avatars de la vie intérieure (Huysmans en fait grand usage,
tant à travers les répertoires médiévaux qui voient des
symboles des vertus et des vices dans divers objets, que
dans sa propre élaboration symbolique de son roman) ;
et enfin le sens anagogique, allusion aux fins dernières,
en apparence le plus négligé, mais qui court en filigrane
du livre et se trouve illustré par sa dynamique verticale.
Le mot de « symbole » – dont on rappelle que le premier sens chrétien se rapporte au *Credo* en tant que
« signe de reconnaissance », alors que curieusement son

expression, assertive, est tout sauf « symbolique » –, utilisé dans la langue philosophique grecque pour désigner un « signe sensible » et répertorié en rhétorique parmi les caractéristiques du « style élevé », apparaîtra chez les Pères de l'Église (notamment dans les *Stromates* de saint Clément d'Alexandrie) en concurrence avec de nombreuses autres expressions synonymes : allégorie, métaphore, figure, trope[1], en même temps que s'établit une distinction entre le simple trope de la rhétorique païenne et le langage prophétique biblique :

> Le trope est en effet une expression qui opère un passage du sens propre à celui qui ne l'est pas, pour un effet artistique et pour l'agrément du style inhérent au discours. La prophétie, elle, ne recherche absolument pas les figures de style pour la beauté de l'expression mais elle pratique le cryptage de maintes façons, parce que la vérité n'est pas l'apanage de tous, en ne faisant lever la lumière que pour les gens initiés à la connaissance, ceux que l'amour met en quête de la vérité[2].

Toujours l'idée d'un cryptage signifiant est essentielle : le signe n'est pas arbitraire, il « mène l'homme intelligent à partir de quelque chose qui n'est pas le propre mais qui ressemble au propre, jusqu'à ce qui est vrai et propre[3] », c'est-à-dire à la vérité divine, à cet Indicible qu'évoquera Denys l'Aréopagite. Origène, dans son exégèse, opposera le sens « historique » et le sens « mystique », pris dans le sens large de « spirituel » – c'est également dans cette acception large que Huysmans use de ce terme. Dans la tradition latine, Tertullien emploie le mot *symbolum*

---

1. Ainsi qu'une grande diversité de verbes exprimant l'opération effectuée par l'expression cryptée ; en grec : ὑποσημαίνει (hyposèmaïneï) : « sous-entend » ; αἰνίττεται (aïnittétaï) : « dit indirectement » ; en latin *exprimitur*, *tegitur*, *convertitur*, etc. On remarquera que Huysmans non seulement imite mais démultiplie plaisamment cette synonymie. Voir notre article « "Un étrange Huysmans du XIIᵉ siècle" : l'"idiome symbolique" de *La Cathédrale* », *Bulletin de la Société J.-K. Huysmans*, n° 92, 1999, p. 19.
2. Saint Clément d'Alexandrie, *Stromates*, VI, 129, 1 – 130, 2, cité par A. Le Boulluec, art. cité, p. 234.
3. *Ibid.*, VI, 126, 4, cité *ibid.*

au sens de « signe allégorique, figure » et sera suivi par les grands exégètes, saint Augutin, saint Ambroise, saint Grégoire le Grand, qui usent néanmoins plus volontiers des termes *signum* ou *allegoria*. Les Carolingiens comme Raban Maur feront la transition vers le Moyen Âge. C'est ce dernier, en Occident, qui, par son goût de la classification systématique et son art des grandes encyclopédies, élargira le terrain couvert par le symbole du texte biblique à l'ensemble de l'univers créé, faisant de celui-ci un ensemble signifiant où tout renvoie à la volonté créatrice et à la Providence divine. C'est l'époque des grands *Miroirs*, comme celui de Vincent de Beauvais, et des grands Manuels, comme le *Rational* de Durand de Mende, tous deux dûment évoqués par Huysmans, qui fleurissent au XIIIᵉ siècle, et se voient illustrés dans les grandes cathédrales et dans la symbolique de la peinture, les « exorations colorées » (p. 390), doublement régies par la typologie biblique et par l'immense catalogue symbolique de la nature.

S'il est faux et injuste de dire, comme le fait Huysmans, que la rupture avec la symbolique est effective depuis le Moyen Âge – c'est, en tout cas, dans le domaine de l'exégèse biblique, faire fi de toute une tradition, véhiculée notamment par Bossuet, ou de grands jésuites, comme Menochius dont les commentaires sont encore lus au XIXᵉ siècle grâce à leur réédition dans la bible de Carrières –, il est certain néanmoins que la laïcisation de l'art à la Renaissance et le processus de rationalisation qui l'accompagne entraînent de nouveaux codes qui rendent rapidement illisible et caduc le grand idiome symbolique médiéval, sauf pour de rares initiés.

DU ROMANTISME À LA FIN-DE-SIÈCLE

L'importance de Chateaubriand et du *Génie du christianisme* est fondamentale. On rappellera que c'est à lui que Huysmans emprunte, en la déplaçant, l'idée de « tout

complet¹ ». Si Huysmans la rapporte essentiellement à
une esthétique du christianisme, il ne faudrait pas pour
autant croire qu'il fait abstraction du reste, la réconci-
liation de Dieu et de la nature et l'effet affectif produit
par les éléments de la « poétique du christianisme » (tous
deux largement hérités du romantisme allemand, et également
ment présents, sous d'autres formes et articulés au terme
de « symbole », chez Baudelaire²). Un terreau favorable se
constitue ainsi, sur lequel des hommes d'Église (Auber,
Pitra : les sources directes de Huysmans) refondent la
tradition catholique à partir des Pères et des auteurs
médiévaux, dans le but de s'opposer au rationalisme, tant
athée que protestant. En tant qu'homme de lettres, et de
surcroît formé à l'école naturaliste, Huysmans hérite en
outre de toute la formation historicisante du XIXᵉ siècle,
à l'égard de laquelle sa position est ici ambiguë : s'il
dénonce les archéologues qui ne travaillent que sur le
« corps » de la cathédrale, il n'en use pas moins, dans sa
quête de l'« âme », d'une méthode érudite systématique
qu'il applique, précisément, à l'étude des symboles, aux

---

1. *En Route*, Folio classique, p. 447 : « Avoir le tout complet ! transporter ici [c'est-à-dire à la Trappe], au lieu de cette chapelle sans intérêt,
l'abside de Saint-Séverin ; pendre sur les murs des tableaux de Fra
Angelico, de Memling, de Grünewald, de Gérard David, de Roger Van
der Weyden, de Bouts, y adjoindre d'admirables sculptures, des œuvres
de pierre, telles que celles du grand portail de Chartres, des retables
en bois sculptés, tels que ceux de la cathédrale d'Amiens, quel rêve !
Et pourtant, reprit-il, après un silence, ce rêve a été une réalité, cela
s'est vu. Cette église, idéale, elle a existé pendant des siècles, partout,
au Moyen Âge ! Le chant, les orfèvreries, les panneaux, les sculptures,
les tissus, tout était à l'avenant ; les liturgies possédaient, pour se faire
valoir, de fabuleux écrins ; ce que tout cela est loin ! »
   À comparer avec *Génie du christianisme*, 1ʳᵉ partie, livre V, chap. II :
« Spectacle général de l'univers » : « Ainsi Dieu a su réunir dans son
ouvrage la durée *absolue* et la durée *progressive* : la première est placée
dans le *temps*, la deuxième dans l'*étendue*. [...] Ici le temps se montre
à nous sous un rapport nouveau ; la moindre de ses fractions devient
un *tout complet* qui comprend tout et dans lequel toutes choses se
modifient, depuis la mort d'un insecte jusqu'à la naissance d'un monde :
chaque minute est en soi une petite éternité » (Chateaubriand souligne).
   2. Voir à ce sujet le beau livre de Patrick Labarthe, *Baudelaire et la
tradition de l'allégorie*, Droz, 1999.

documents lui fournissant des renseignements. Ce n'est
pas un hasard si la première définition qu'il donne de ce
terme est celle de Littré (p. 152).

Il convient de revenir ici, après Richard Griffiths et
Christian Angelet, sur l'irruption de Mallarmé dans ce
même célèbre passage du chapitre V, aux côtés de Richard
de Saint-Victor et de saint Augustin. Cette association
« bizarre » réjouit Durtal, comme elle signe le dessein de
Huysmans : ressusciter le symbole médiéval, certes, mais
dans une perspective moderne, celle d'une résurrection de
l'art chrétien sous de nouvelles *formes* : on notera que le
chapitre XII, sans doute le plus important, et qui peut être
tenu pour un art poétique, mimant un article que Durtal
est censé écrire sur les peintres Primitifs allemands (et
flamands), se clôt sur deux peintres contemporains considérés comme d'authentiques artistes d'âme, après que la
cathédrale a été évoquée en son cœur le plus ancien et le
plus « mystique », la crypte de Notre-Dame de Sous-Terre,
où le déchiffrage du symbolisme le cède à la pure prière.

An nom de Mallarmé, dont c'est la seule occurrence
dans tout le livre, est associé le mot « idée », qui pourrait ici impliquer autre chose qu'une simple expression
lexicalisée (« C'est aussi l'idée de Mallarmé[1] ») : c'est
rappeler (et le participe « idéalisée » reviendra à propos
de Dulac, p. 400) que le symbolisme moderne, celui du
mouvement symboliste en art et en littérature, se fonde
en effet essentiellement sur une conception platonisante
où l'« Idée », dûment pourvue d'une capitale, est centrale ; c'est le cas dans le « Manifeste du Symbolisme »
de Moréas :

> Ennemie de l'enseignement, la déclamation, la fausse
> sensibilité, la description objective, la poésie symbolique
> cherche à vêtir l'Idée d'une forme sensible qui, néan-
> moins, ne serait pas son but à elle même, mais qui, tout
> en servant à exprimer l'Idée, demeurerait sujette. L'Idée,
> à son tour, ne doit point se laisser voir privée des somp-

---

1. On notera la correction significative sur le premier jet, où « idées »
au pluriel était en facteur commun avec saint Augustin (voir p. 531).

tueuses simarres des analogies extérieures ; car le caractère essentiel de l'art symbolique consiste à ne jamais aller
jusqu'à la concentration de l'Idée en soi[1].

Telle n'est pas, il s'en faut, la démarche de Huysmans,
qui d'ailleurs taxe Moréas de « fumisterie » dans l'entretien qu'il accorde à Jules Huret[2] ; il prend Mallarmé
beaucoup plus au sérieux – d'autant que ce dernier a
salué, de façon absconse mais chaleureuse, la publication d'*En Route* : célébration du « moyen âge, à jamais,
incubation, ainsi que commencement, du monde,
moderne[3] », attente d'une mise en littérature de la charge
symbolique convoyée par la poétique du catholicisme :
« Un rite s'extériorisera-t-il de la pratique quotidienne,
comme pompes et sceau[4] » – le mot « sceau » est intéressant et recouvre sans doute l'idéal mallarméen, célébré
par Huysmans dans *À Rebours*[5], de l'expression parfaitement concentrée, qu'il s'agisse du mot (« Je dis : une
fleur ! [...] et musicalement se lève, idée même et suave,
l'absente de tous bouquets ») ou du vers, « qui de plusieurs vocables refait un mot total, neuf, étranger à la
langue et comme incantatoire[6] ». Huysmans avait pu
lire ces lignes en tête du *Traité du verbe* de René Ghil
qui le consacrait lui-même (en 1886) comme artisan du
Symbole et grand prêtre de l'Idée : Richard Griffiths a
fait justice de ce jugement qui, s'il peut s'appliquer au
chapitre VIII d'*À Rebours*, ne tient nul compte de la profonde différence générique qui sépare le poète Mallarmé,
habité par son rêve d'ontologie du langage et du Livre,

1. Jean Moréas, « Le Symbolisme », *Le Figaro*, 18 septembre 1886
(cité par B. Marchal, *Lire le Symbolisme*, Dunod, 1993, p. 136-137).
2. J. Huret, *Enquête sur l'évolution littéraire* (Charpentier, 1891),
rééd., Corti, 1999, p. 197-198. C'est au printemps 1891 qu'ont été réalisés
les entretiens, Huysmans est alors en pleine mutation spirituelle après
la publication de *Là-Bas*.
3. « Catholicisme », *La Revue blanche*, 1er avril 1895 (voir Mallarmé,
Œuvres, Gallimard, « Bibliothèque de la Pléiade », 1974, p. 392).
4. *Ibid.*
5. Voir p. 152, n. 1 (p. 589-590).
6. Mallarmé, « Avant-dire » au *Traité du verbe* de René Ghil [Paris,
Giraud, 1886] (voir Mallarmé, *Œuvres, op. cit.*, p. 857-858).

et le romancier qui, comme il le dira lui-même dans la
« Préface écrite vingt ans après », passera de l'« illusion
d'extravagantes féeries[1] » – symbolique thématique qui,
à propos des orchidées-syphilis, ne traduit qu'un fan-
tasme personnel (et essentiellement sexuel, comme ce
sera le cas ensuite pour les rêves d'*En Rade*) – à tout
autre chose : un symbolisme lesté d'une longue tradition,
ancré dans un référent qui n'est autre que l'Écriture, et,
par-delà, le mystère divin.

LE SYMBOLISME DE *LA CATHÉDRALE*

S'agit-il encore de symbolisme, au sens que la fin-
de-siècle donne (de façon nébuleuse) à ce terme, ou
d'un retour à l'« allégorie », terme discrédité depuis le
romantisme sous prétexte de pratique simpliste, rapprochement arbitraire de deux réalités, dépourvu de toute
aura poétique ? D'un côté le symbole, riche de « toutes
sortes d'incrustations sémantiques[2] », de l'autre l'énumération d'une série d'équations, d'équivalences sèches, que
seule agrémente la variété des verbes-copules : c'est bien
en effet la matrice de *La Cathédrale*, sa ligne rythmique,
dont Bloy se moque. Certes, Huysmans déverse un savoir
systématique fraîchement acquis dans le but non dissimulé de le faire partager à son lecteur ignorant. Le procédé, directement recopié des manuels, tombe lui aussi
facilement sous la triple accusation relevée par Valéry à
l'encontre du symbolisme : « Obscurité ; Préciosité ; Stérilité[3] ». Mais, s'il l'exploite surabondamment, il convient
de noter que Huysmans l'utilise aussi au second degré,

1. « Préface écrite vingt ans après », *À Rebours*, Folio classique,
p. 59.
2. Xavier Tilliette, s.j., « Esquisse d'un plaidoyer pour l'allégorie »,
Corps écrit, n° 18, 1986, p. 147.
3. Paul Valéry, *Existence du Symbolisme* [A.-A.-M. Stols, Maestricht,
1939], dans *Œuvres*, t. I, Gallimard, « Bibliothèque de la Pléiade »,
1992, p. 704.

avec humour, et que, plus profondément, il s'y appuie pour en dégager une symbolique neuve, à l'échelle du roman, qui réinsère les mots dans une architecture qui s'inscrit en filigrane de celle de la cathédrale[1] : l'architecture intérieure du « château de l'âme » de Durtal en quête de sens, sens de l'histoire sainte couvrant l'aventure humaine, mais également sens à donner à sa propre vie. Ainsi le « dictionnaire » médiéval qu'est la cathédrale est-il constamment réactualisé, et ce n'est pas un hasard si le chapitre II, qui est le chapitre d'exposition du roman après l'ouverture pseudo-épique du premier, s'ouvre sur la superposition du château intérieur thérésien et de la maison Usher de Poe : avis au lecteur que le Moyen Âge (auquel est annexée la sainte d'Avila) sera toujours vu à travers le prisme d'une modernité aux aguets.

L'humour est ici, comme ailleurs chez Huysmans, constamment présent, et Bloy est bien mauvais joueur en refusant de le voir. Le mode de la conversation, le plus fréquemment utilisé pour l'exposition de la doctrine médiévale du symbolisme, permet – outre de nous rappeler que nous sommes dans un roman – de ménager des effets de décrochement, soutenus par la reduplication dans la rumination, forme typiquement huysmansienne du monologue intérieur, l'actualisation burlesque des réalités médiévales, et le passage au style familier : telle reine du portail Royal a une tête de « bonne », tel roi ressemble à Verlaine ; l'irrévérence tantôt ronchonne, tantôt souriante s'applique au détail du symbolisme de la cathédrale comme à la perspective de vie monastique (« je serai soumis au caporalisme des cloches […] si je me laisse bloquer dans un cloître », p. 425) ; la familiarité investit l'écriture, quand il s'agit de décrire les scènes domestiques inspirées par les apocryphes (p. 268-269) : c'est un moyen de domestiquer la cathédrale, de l'arracher au mauvais goût tapageur du sublime romantique ou des fantasmes décadents ; le symbolisme, omniprésent, est

---

1. Voir les articles de Pierre Glaudes cités en Bibliographie, p. 544-545.

aussi constamment noyé dans un réalisme de bon aloi, qui s'attarde à la description des menus objets, des outils, des tissus, fait coïncider la cathédrale-livre et le monde, végétal, animal, le monde quotidien des métiers. Comme Huysmans le dit encore dans la « Préface écrite vingt ans après », il « anime[1] » dans *La Cathédrale* ce qui était mort dans *À Rebours* ; les petites anecdotes transmises depuis l'Antiquité, reprises par le *Physiologus* et nourrissant les manuels de symbolique, l'aigle qui éprouve ses petits en les forçant à fixer le soleil (l'œil contemplatif de l'amour de Dieu, p. 436), le basilic qui se partage entre un symbole de « cruauté et de rage » et la bonne herbe à « parfume[r] les hachis », comme le précise Mme Bavoil (p. 307) créent un va-et-vient, plus encore une imbrication constante entre « l'idiome de la cathédrale » et le *Liber creaturae*, le monde des sensations et des couleurs que Huysmans se garde bien d'oublier. *La Cathédrale* est aussi une fête symboliste, en certains passages où l'esthétique du temps prévaut sur la nomenclature : au chapitre premier, dans un beau morceau de bravoure d'écriture artiste, l'illumination progressive des vitraux au petit matin, où la métaphore guerrière filée le cède à celle de la forêt, selon un mouvement auquel n'est néanmoins pas étrangère la symbolique religieuse, puisqu'il est soustendu par la typologie et orienté vers l'image finale, « dans l'abside figurant le haut de la croix, une Madone [...] et un Enfant blanc qui bénissait » (p. 74-75) ; ou encore la cathédrale à la Monet (p. 376), épisodes qui créent des taches de couleur sur le fond gris de la mélancolie de Durtal, de la pluie chartraine, et, il faut bien le dire, du léger ennui que peuvent susciter chez le lecteur certains chapitres mal dégrossis, comme le pénultième.

Aussi le côté Bouvard et Pécuchet de Durtal collectionneur de symboles, que Christian Angelet a raison de souligner[2] (et dont Huysmans-Durtal est parfaitement conscient), est-il absorbé dans un ensemble plus vaste,

---

1. *À Rebours*, Folio classique, p. 63.
2. Voir « La notion de symbole chez Gourmont et Huysmans », dans

une symbolique à la puissance seconde qui donne le véritable sens du livre, par-delà son aspect didactique ; comme l'écrit Alain Le Boulluec, à propos du « parler symbolique de l'Écriture », « le sens des énoncés produits par ce langage étrange n'est pas donné d'emblée, il est à construire[1] » : de même, si Durtal construit le sens de la cathédrale de pierre à partir des éléments de son « langage étrange », c'est au lecteur de construire, toujours avec Durtal et grâce à l'habile mise en forme symbolique de *La Cathédrale* en chapitres, en phrases et en mots, le sens du « langage étrange » de ce curieux roman.

Car c'est bien un roman, en dépit des apparences, et le dernier sans doute des romans symbolistes. *Bruges-la-Morte*[2] s'est lapidifiée, mais c'est toujours un itinéraire d'âme qui nous est proposé. La différence, fondamentale, c'est qu'il est ici soutenu par un soubassement doctrinal, et guidé par une figure, la Vierge, qui n'est pas seulement un symbole ou une métaphore. C'est par là que Huysmans parachève le roman symboliste en l'irriguant, de l'intérieur, de l'eau vive de sa source catholique. La Vierge, dans *La Cathédrale*, est loin de se réduire à une enluminure décorative. Investissant l'espace sacré qui lui est dédié sous ses différentes représentations et épithètes – Notre-Dame du Pilier, Notre-Dame de Sous-Terre, Notre-Dame de la Belle Verrière –, elle est une présence active auprès de Durtal qui la prie (on aura remarqué, au cœur du chapitre « esthétique », le XII, p. 372, la prière à la Vierge qui fait exactement écho aux dernières lignes d'*À Rebours*) ; présence maternelle (dont Mme Bavoil est en quelque sorte la version gentiment burlesque), elle admet des relais à travers une symbolique propre à Huysmans, qui s'inscrit en surimpression de celle, codifiée, de la cathédrale : ainsi la lecture hiérarchisée, au chapitre IX, des reines du portail Royal aboutit-elle à faire

---

Les Décadents à l'école des Alexandrins, dir. P. Galand-Hallyn, Les Valenciennes, n° 19, 1996, p. 199.

1. « L'apport des chrétiens... », art. cité, p. 234
2. De Georges Rodenbach (1892), modèle du roman symboliste.

de la troisième, tout à fait conforme à l'idéal esthétique
féminin de Huysmans converti, un symbole de la Vierge :
« Quelle exquise préfiguratrice de la benoîte Mère, que
cette Gardienne royale du seuil » (p. 280) ; derrière le
mot « préfiguratrice », qui relève au premier chef de la
stricte herméneutique typologique, il faut lire tout le processus de la nébuleuse symboliste : la jolie statue est une
métaphore de la Vierge Marie (tout en en *représentant*
une autre – peut-être Berthe aux grands pieds ?), elle est
aussi sa métonymie spirituelle, puisqu'elle est comme elle
« si avenante, si serviable » (p. 279) – comme la douce
Vierge de La Salette du chapitre premier, « si pitoyable, si
maternelle » (p. 65). Elle est enfin, grâce aux trouvailles
stylistiques de Huysmans, insérée dans son réseau symbolique propre, qui se nourrit de la symbolique médiévale pour créer un réseau neuf, personnel, qui tisse la
trame poétique du roman. « Ingénue et mutine, charmante, [...] chef-d'œuvre de la grâce enfantine et de la
candeur sainte », elle est le contraire des grasses Vierges
allemandes, mais ressemble aux flamandes auxquelles va,
depuis *En Route* et peut-être à cause d'un beaucoup plus
ancien atavisme, la préférence du romancier ; mais surtout, les métaphores dont il use pour la qualifier (« elle
s'étire en un frêle fuseau, s'émince en un gracile cierge
dont la poignée serait damassée, gaufrée, gravée en pleine
cire », p. 278), outre qu'elles accentuent la grâce de la
statue, renvoient, par référence interne au roman, à leur
symbolique médiévale énoncée auparavant :

> Tenez, [le] cierge, lorsque Pierre d'Equilio nous explique
> la signification des trois parties qui le composent, de
> la cire qui est la chair très chaste du Sauveur né d'une
> Vierge, de la mèche qui, celée dans cette cire, est son
> âme très sainte cachée sous les voiles de son corps, de la
> lumière qui est l'emblème de sa déité (p. 165).

Peu importe que nous soyons là en pleine « démence
du symbolisme » (p. 164). Ce qui compte, c'est que le
réemploi de métaphores déjà utilisées dans *En Route*
(« Dans les tableaux des Primitifs le teint des saintes

femmes devient transparent comme la cire paschale[1] »),
soit en quelque sorte réinséré dans le réseau signifiant du
« tout complet[2] », amarré au lieu du sens. C'est sa propre
personnalité, à la fois spirituelle et artistique, dont Huysmans trouve l'unité à travers le déchiffrage intellectuel du
symbolisme chartrain. De même que le jour naissant fait
passer les vitraux de l'opaque au translucide, de même
la matière huysmansienne, la puissante matière sensible
et lexicale de l'écrivain naturaliste trouve-t-elle ici son
assomption, dans ce dictionnaire spirituel qui la double
de sa propre image spéculaire, illuminée par l'Esprit.

Il n'est sans doute pas indifférent que la publication
de *La Cathédrale* soit quasiment contemporaine de celle
du grand livre d'Émile Mâle, *L'Art religieux au treizième
siècle*[3], profondément admiré de Proust (comme le fut
d'ailleurs aussi *La Cathédrale*[4]) et modèle, avec Monet, du
personnage d'Elstir dans *À la Recherche du temps perdu*. Il
est même fascinant de songer que les deux hommes, sans
se connaître, faisaient au même moment leurs recherches
parallèles sur le même objet. Huysmans consacrera à l'ouvrage d'Émile Mâle une partie d'une recension publiée
dans *L'Écho de Paris* ; lui qui vitupère une certaine érudition archéologique se montre reconnaissant au savant
de ne pas négliger la symbolique, d'avoir lu, entre autres
traités, celui d'Honorius d'Autun, et dépouillé le *Spicilegium Solesmense*. De fait, dès sa préface, Mâle dénonce
vigoureusement toute une tradition historicisante qui,
depuis la Renaissance, se refusa à chercher « le sens de

---

1. *En Route*, Folio classique, p. 59.
2. *Ibid.*, p. 447.
3. Il s'agit de la thèse de doctorat d'Émile Mâle, publiée chez Leroux
également en 1898, quelques mois après *La Cathédrale*. Le roman de
Huysmans ne saurait donc s'inspirer de cet ouvrage d'érudition qui a
fait connaître le grand historien de l'art médiéval, futur professeur à la
Sorbonne et directeur de l'École française de Rome.
4. *La Cathédrale* fut lu par Proust en 1903, au moment où il pré-
parait sa traduction de *La Bible d'Amiens* de Ruskin (voir Luc Fraisse,
L'Éclectisme philosophique de Marcel Proust, PUPS, 2013, p. 1003, note
236 pour les références).

ces œuvres profondes[1] », qui est « la conscience de la chré-
tienté[2] ». D'emblée il est affirmé que « l'iconographie du
Moyen Âge est une écriture[3] », que chaque objet figuré,
chaque posture de personnage représenté est un « hiéro-
glyphe[4] ». La poésie inhérente à l'ouvrage d'Émile Mâle, sa
lecture très littéraire des œuvres médiévales ne pouvaient
que conforter Huysmans dans sa propre interprétation
et le réconforter au lendemain de la publication de sa
propre méditation sur les merveilles de Chartres. Faisant
le compte rendu de cet ouvrage après un très intéressant
éloge d'Hello et de Dom Legeay, Huysmans écrit[5] :

> M. Mâle constate, dès le début de son ouvrage, que cette
> époque est la passion de l'ordre et que la représentation
> des scènes ecclésiales ne fut jamais livrée à la fantaisie
> des artistes[6] ; il ajoute plus loin qu'en interprétant les deux
> Testaments, le Moyen Âge s'est plus préoccupé du sym-
> bolisme que de l'histoire et, partant de ces principes, il a
> très clairement élucidé certains passages des cathédrales
> demeurés obscurs jusqu'ici. Le premier, il a montré l'in-
> fluence qu'un volume, le *Speculum Ecclesiae*, d'Honorius
> d'Autun, a exercé sur les imagiers de ce temps et déchif-
> fré quelques-uns de leurs épisodes qui ne sont, en effet,
> qu'une traduction lapidaire de ce texte.
>
> La lecture des basiliques a donc fait un pas de plus,
> avec lui. En sus de l'érudition très sûre qu'il renferme,
> son ouvrage prône des idées élevées, envisage non seule-
> ment le corps matériel des églises, mais aussi leur âme ;
> il est plus qu'un manuel de physique monumentale et
> il s'exhausse par conséquent fort au-dessus des traités
> organiques des archéologues et des architectes. Une seule

1. É. Mâle, *L'Art religieux du XIIIᵉ siècle en France*, cité dans l'édition
Armand Colin, 1931, p. I.

2. *Ibid.*, p. II.

3. *Ibid.*, p. 1.

4. *Ibid.*, p. 2.

5. « Bouquins. À propos de Barbey d'Aurevilly, Hello, Dom Legeay
et Émile Mâle », *L'Écho de Paris*, 26 avril 1899 ; repris dans *Bulletin de
la Société J.-K. Huysmans*, n° 29, 1955, p. 194 puis dans le *Cahier de
l'Herne* Huysmans (*op. cit.*, p. 345-348).

6. É. Mâle, *L'Art religieux du XIIIᵉ siècle en France*, *op. cit.*, p. 1-4.
Pour l'Ancien Testament, livre IV, p. 133 et suiv. ; pour Honorius d'Autun, dans ce même livre IV, p. 149 sq. (*PL* CLXXII).

de ses assertions, qui me paraît être une inconséquence, m'arrête. Après avoir très véridiquement établi que rien dans une cathédrale n'a été laissé au hasard, M. Mâle soutient tout à coup que la flore et la faune de ces édifices sont de simples amusettes d'artistes et qu'elles ne parlent nullement la langue des symboles[1]. Pourquoi cette différence entre ces deux branches de la symbolique et les autres ? Les significations attribuées aux animaux et aux fleurs étaient fixées et sues par tous les imagiers du Moyen Âge. Le spicilège de Solesmes que M. Mâle a dépouillé, contient dans son tome II (*De lignis et floribus*) et dans son tome III (*De bestiis*) la série des rôles assignés aux bêtes et aux plantes ; il n'y a pas de raison, dès lors, pour que les artistes, guidés par les moines, ne s'en soient pas servis. Que nous ayons de la peine à comprendre maintenant les acceptions décoratives de certains chapiteaux et de certaines voussures, c'est possible, mais cela ne prouve pas que nos pères n'y ont attaché aucun sens ; qu'il y ait eu, d'autre part, des excès commis dans l'interprétation de plusieurs objets du culte, cela est sûr et j'en ai, moi-même, relevé dans *La Cathédrale*, des exemples pris dans Honorius d'Autun et Durand de Mende[2] ; mais cela ne prouve pas non plus que des parties entières de la science des emblèmes soient fausses.

Enfin, j'en veux un peu à M. Mâle pour la façon dont il tarabuste la pauvre Mme Félicie d'Ayzac. Il sied, pour être juste, de tenir compte de l'époque à laquelle vécut cette femme et de se rappeler qu'elle a, plus que tout autre, aidé à la renaissance des études allégoriques de nos temples. Outre son précieux opuscule sur les statues du porche septentrional de Chartres et les quatre animaux mystiques[3], on lui doit une excellente tropologie des gemmes et une habile monographie de la basilique de Saint-Denis et de ses sculptures. Une femme qui connaissait la littérature théologique du XIIe siècle sur le bout du doigt n'est pas tant à dédaigner !

---

1. Cette réserve s'applique aux pages 46 et suiv., en particulier le passage où Émile Mâle critique en effet la « manie symbolique » (p. 48) et notamment Mme Félicie d'Ayzac, que Huysmans défend au contraire dans *La Cathédrale* (p. 350).
2. Voir la fin du chapitre V de *La Cathédrale*.
3. Il s'agit du mémoire paru en 1849 et portant effectivement ce titre : *Les Statues du porche septentrional de Chartres* [...]. *Étude sur les quatre animaux mystiques*. Voir *La Cathédrale*, p. 350.

Cela dit, pour en revenir à l'ouvrage de M. Mâle, l'on doit attester qu'il est un volume bourré de remarques et nourri de faits, un condensé, une sorte d'*of-meat*[1], de renseignements exacts qui forme un ensemble, un tout, d'une réelle ampleur ; et je pourrais aujourd'hui rayer une phrase que j'écrivis jadis pour me plaindre qu'il n'existât point en France de travail complet sur l'iconographie des cathédrales, car maintenant ce travail existe, pour le XIIIᵉ siècle, du moins.

Mâle et Huysmans se rejoignent pour rejeter la double lecture romantique de la cathédrale : politique, comme étendard d'une identité nationale ou expression de la liberté des peuples, et idéaliste, aspiration spirituelle désincarnée. L'attention au moindre détail architectural, sa restitution, grâce notamment au précieux *Spicilegium Solesmense*, à l'immense réseau symbolique où tout se tient, Écriture, doctrine, liturgie, fait de la cathédrale l'œuvre parfaite, le « tout complet[2] » où la matière dit l'âme, où le verbe prend chair et la pierre s'épanouit en signification.

On conçoit mieux maintenant que, comme l'écrit Gilbert Gadoffre, *La Cathédrale* ait pu être, avec Mallarmé et saint Thomas d'Aquin, une des « trois sources de l'analogie claudélienne[3] ». Et l'on est fondé à dire que c'est largement grâce à l'impulsion de l'étrange roman que le poète-exégète a pu, à son tour, et en parachevant le retour à la source,

> continuer, avec des moyens multipliés à l'infini, une main sur le Livre des Livres et l'autre sur l'Univers, la grande enquête symbolique qui fut pendant douze siècles l'occupation des pères de la Foi et de l'Art[4].

---

1. Sur ce mot, cher à Huysmans et emprunté au registre alimentaire, voir *À Rebours*, Folio classique, p. 330, et *En Route*, Folio classique, p. 259. Il s'agit d'un « concentré de viande », à la fois savoureux et énergétique.
2. *En Route*, Folio classique, p. 447.
3. Gilbert Gadoffre, « Les trois sources de l'analogie claudélienne », *French Studies*, XIII, 1959, p. 139-140.
4. Paul Claudel, « La catastrophe d'Igitur » [*La NRF*, novembre 1926] ; *Œuvres en prose*, Gallimard, « Bibliothèque de la Pléiade », 1973, p. 513.

NOTES[1]

Page 43.

1. « Seigneur, j'ai aimé la beauté de Votre maison et le lieu de séjour de Votre Gloire. Ne perdez point, Mon Dieu, mon âme avec les impies. »

Page 45.

1. « À mon père, mon ami, feu l'abbé Gabriel Ferret, sulpicien, le cœur triste, son fils, son ami J.-K. H. » L'abbé Gabriel-Eugène Ferret était vicaire à Saint-Sulpice quand Huysmans le rencontra à son retour de Lyon en 1891. Il fut son directeur de conscience jusqu'à sa mort le 13 septembre 1897, quelques mois avant la sortie de *La Cathédrale*. Huysmans, qui l'avait tenu au courant de l'évolution du livre et notamment du puissant sens marial qu'il comptait lui donner, fut très vivement affecté par sa disparition. Il existe entre eux une correspondance publiée (voir la Bibliographie, p. 535).

---

1. Étant donné l'immense érudition véhiculée par *La Cathédrale*, et le fait que l'information de Huysmans est souvent de seconde main, nous avons dû faire un choix dans les notes possibles. Comme tout choix, il comporte une part d'arbitraire dont nous prions le lecteur de nous excuser. – Nous utilisons les abréviations usuelles *PL* et *PG* pour désigner respectivement la *Patrologie latine* et la *Patrologie grecque* de Migne.

Page 49.

1. Pastiche des apostrophes des litanies, ici de manière positive. Huysmans avait déjà usé du procédé, cette fois en mauvaise part, dans l'épisode de la messe noire de *Là-Bas* (chap. XIX).

Page 50.

1. Sur l'apparition de La Salette, voir Léon Bloy, *Le Symbolisme de l'Apparition* (posthume, Lemercier, 1925), rédigé à la suite de son pèlerinage à La Salette en 1879, et sous l'influence de l'abbé Tardif de Moidrey. Il est fort vraisemblable que, même s'il n'était pas publié, Huysmans a eu communication de ce texte au temps de son amitié avec Bloy, et même que c'est Bloy qui a attiré son attention sur ce pèlerinage, que Huysmans réalisa en compagnie de l'ex-abbé Boullan en juillet 1891. Sur La Salette, voir *La Salette. Témoignages*, Préface de Maurice Brillant, Bloud et Gay, 1946, et *La Salette. Apocalypse, pèlerinage et littérature (1856-1996)*, textes réunis par François Angelier et Claude Langlois, Jérôme Millon, 2000.

Page 52.

1. *Gévresin* : personnage déjà apparu dans *En Route* (voir Folio classique, p. 109 et suiv.), et qui reviendra dans *L'Oblat*. Directeur spirituel de Durtal, homme avisé, amateur de livres d'hagiographie et de liturgie, c'est lui qui convainc Durtal, parce qu'il a compris que « l'art a été le principal véhicule dont le Seigneur s'est servi pour [lui] faire absorber la foi » (*ibid.*, p. 149), de faire un séjour à la Trappe. Il semble être un composé de trois prêtres connus de Huysmans, l'abbé Mugnier, vicaire de Saint-Thomas d'Aquin que Huysmans avait rencontré le 28 mai 1891 et avec qui il entretint des relations d'amitié, mais aussi l'ex-abbé Boullan, également modèle du Dr Johannès dans *Là-Bas*, et enfin l'abbé Ferret à qui Huysmans confie régulièrement son souci proprement artistique. Quant à la gouvernante (dont le nom, Bavoil, figure dans

les papiers de famille et sur la tombe de Huysmans), c'est
ici une version édulcorée de Julie Thibault (parfois orthographié Thybaut), rencontrée chez Boullan. « Visionnaire
bizarre » (R. Baldick, *La Vie de J.-K. Huysmans*, Denoël,
1958, p. 279), Durtal la prend comme gouvernante pour
son propre compte en 1895, au moment où il rédige *La
Cathédrale*, et ce jusqu'à ce que le fait d'être représentée en
littérature lui monte à la tête ! (Voir Baldick, p. 324-325.)
Elle avait gardé des pratiques curieuses évoquées dans *La
Cathédrale* (voir Baldick, p. 279-280 : « Elle avait installé
sur une commode un petit autel de marbre blanc, décoré
de cœurs entrelacés, et matin et soir, devant une assistance réduite à son chat, elle s'approchait de "sa petite
autel" en robe blanche et manteau vert, pour célébrer
le Sacrifice Provictimal de Marie institué par Vintras »).
Huysmans avait compris depuis la découverte en été 1894
des papiers Boullan (dits le « dossier Boullan ») le caractère sulfureux du personnage et de son acolyte, qualifiée
par l'abbé Ferret de « vieille sorcière », mais il lui accordait le bénéfice du doute et profitait de son pittoresque
« comique et charmant » (Baldick, p. 280) qui fait diversion dans les disquisitions érudites du roman. Voir à son
sujet la lettre à Arij Prins du 13 mai 1895 : « C'est une
paysanne qui dit des choses étonnantes, et j'ajoute qu'en
dehors de la Mystique, c'est une femme de ménage et
d'un parfait bon sens » (*Lettres inédites à Arij Prins*, Droz,
1977, p. 274). Nul doute que ce soit cette association antinomique qui séduit le romancier... Voir aussi le premier
portrait de Mme Bavoil dans *Là-Haut*, Casterman, 1965,
p. 66-68, d'où est extrait notre passage de *La Cathédrale*.
Dans le même volume, p. 112-113, une photographie de
Julie Thibault. C'est elle qui prépare les plats savoureux
que l'abbé Mugnier déguste chez le romancier. Par la suite
Huysmans sera de plus en plus conscient du caractère
trouble du « veau pieux » et refusera de l'emmener avec
lui à Ligugé. En ce qui concerne l'abbé Plomb, qui fera
son apparition à la fin du chapitre II, il aurait pour modèle
l'abbé Sainte-Beuve, qui desservait l'église Notre-Dame
de la Brèche à Chartres et deviendra moine à Solesmes.

Page 56.

1. *La lèpre des sites* : on retrouve ici une isotopie chère à Huysmans, et particulièrement développée à propos du château de Lourps dans *En Rade*. Elle court également à travers *La Cathédrale* (p. 134) : c'est une note de naturalisme esthétique qui mâtine de modernité le symbolisme médiéval. Voir aussi p. 82, 108-109, 293.

2. *Une Vierge accoutrée de vêtements ridicules...* : entrée en scène du motif burlesque de la décadence de l'art chrétien, qui sert de contrepoint cocasse à l'admiration pour l'art médiéval. Déjà exploité dans *En Route* (voir Folio classique, p. 383) à propos d'une statue de la Vierge, plus généralement à propos de musique sacrée.

3. *Barrême* : Henri-Hamilton Barrême (1795-1866), sculpteur qui réalisa de nombreuses œuvres pour les églises de la région d'Ancenis, et les groupes de La Salette ; c'est en 1864 qu'ont été posés les trois groupes de statues du site de l'Apparition. Bloy est moins sévère que Huysmans à leur égard : voir *Le Symbolisme de l'Apparition, op. cit.*, p. 19.

Page 59.

1. *Henri Lasserre* (1828-1900), avocat et écrivain, rédacteur au *Réveil* et au *Pays*, guéri miraculeusement grâce à l'eau de Lourdes, publia en 1869 *Notre-Dame de Lourdes* chez V. Palmé, livre qui eut un immense succès (cent vingt-cinq éditions jusqu'en 1892), puis en 1879 *Bernadette* et en 1883 *Les Épisodes miraculeux de Lourdes*. Bloy n'a pas une estime infinie pour lui : il le classe dans « la benoîte racaille des écrivassiers vertueux » (*Un brelan d'excommuniés*, Savine, 1889 ; repris dans *Belluaires et Porchers*, et *Œuvres*, édition établie par Joseph Bollery et Jacques Petit, Mercure de France, t. II, 1964, p. 264).

Page 60.

1. Le *Lourdes* de Zola, premier élément de la trilogie des *Trois Villes* dont le protagoniste est l'abbé Froment et les deux autres titres *Rome* (1896) et *Paris* (1989), avait

paru chez Charpentier en 1895. C'est à lui ainsi qu'à Lasserre que Huysmans répondra dans *Les Foules de Lourdes* (Stock, 1906). L'expression ici entre guillemets ne semble pas se trouver textuellement dans *Lourdes*, mais elle est un concentré exact de la pensée de Zola, telle qu'il l'exprime au chapitre III de la Quatrième Journée : « Fallait-il croire qu'une foule n'était plus qu'un être, pouvant décupler sur lui-même la puissance de l'autosuggestion ? Pouvait-on admettre que, dans certaines circonstances d'exaltation extrême, une foule devînt un agent de souveraine volonté, forçant la matière à obéir ? Cela aurait expliqué comment les coups de guérison subite frappaient, au sein même de la foule, les sujets les plus sincèrement exaltés. Tous les souffles se réunissaient en un souffle, et la force qui agissait était une force de consolation, d'espoir et de vie » (éd. Folio classique, p. 395-396). Ces propos sont insérés dans un monologue intérieur de l'abbé Froment qui est en train de perdre la foi. De fait, dans *La Cathédrale*, Huysmans prend très exactement le contre-pied de Zola. À la fin du livre, Zola proclamera la mort de « l'antique forme du catholicisme. Jamais plus la nation entière ne se prosternerait, comme l'ancienne nation croyante, dans les cathédrales du XIIᵉ siècle » (p. 570) et prône une « religion nouvelle », une « démocratie catholique » (p. 575-576). Huysmans au contraire va montrer que la conversion de Durtal se fortifie épistémologiquement à travers la compréhension du symbolisme de la cathédrale, qui fournit la somme du savoir médiéval, mais aussi une vérité de foi éternelle.

Page 63.

1. Respectivement IV Reg. 5, 1-15, épître du Lundi de la troisième semaine de Carême, et Ioh. 5, 1-15, évangile du vendredi des Quatre-Temps de Carême.

Page 64.

1. *Marie-Marguerite* : sainte Marguerite-Marie Alacoque (1647-1690), entrée en 1670 au monastère de la Visitation de Paray-le-Monial, y eut trois grandes révélations du

Christ qui, en pleine époque janséniste, lui demanda de répandre la dévotion au Sacré-Cœur. Elle fut canonisée par Benoît XV en 1920.

Page 70.

1. Portrait burlesque de la même encre que ceux du rêve de Saint-Sulpice dans *En Rade* (voir Folio classique, p. 187 et 192).

Page 76.

1. *Logeurs du bon Dieu* : confrérie médiévale. Voir *Certains*, éd. 10 / 18, 1975, p. 381, et *En Route*, éd. Folio classique, p. 143.

Page 79.

1. *Edgar Poë* : Huysmans le connaît bien sûr par les traductions de Baudelaire. Le conte ici évoqué est *The Fall of the House of Usher*, traduit sous le titre « La chute de la maison Usher » dans *Nouvelles histoires extraordinaires* (M. Lévy, 1857). Poe est évoqué élogieusement au chapitre XIV d'*À Rebours* consacré à la littérature contemporaine (voir Folio classique, p. 309-311).

2. Huysmans possédait les *Œuvres* de sainte Thérèse dans la traduction du P. Bouix (Paris, 1884). C'est cet exemplaire, annoté par Huysmans, qui sera remis après la mort de ce dernier à Paul Claudel par l'abbé Fontaine. Ici, la citation provient du *Château de l'âme*, Septième demeure, chap. IV.

Page 84.

1. *Jeanne Chézard de Matel* (1596-1670) : l'abbé Bremond consacre une cinquantaine de pages à cette mystique au tome VI de son *Histoire littéraire du sentiment religieux en France* (Bloud et Gay, 1923). Huysmans la connaît par ses *Œuvres choisies* publiées par Ernest Hello (V. Palmé, 1870), précédées d'une longue préface que l'abbé Bremond qualifie d'« apocalyptique ». Elle reçut de nombreuses visites du Verbe incarné (d'où le nom de l'ordre qu'elle fonda) qui s'adressa toujours à elle en

latin. Huysmans l'introduit habilement dans la texture romanesque par le biais du culte marial.

Page 87.

1. *Notre-Dame de Bonne-Espérance à Saint-Séverin* : il semble que l'on ait une autre allusion à cette dévotion, absente de tous les guides traitant de Saint-Séverin, dans *La Bièvre et Saint-Séverin*, paru la même année que *La Cathédrale* : « un Polonais, inféodé à la secte de Vintras [...] faisait brûler une lampe à Saint-Séverin, pour la venue du Paraclet. [...] Il ne subsiste, de ces vaines croyances, qu'un portrait de la Vierge, pendu près de la sacristie ». Mais Huysmans était aussi un dévot de la Vierge « pacifiante et très douce » (*ibid.*) qu'il allait visiter à l'abside de Saint-Séverin, notamment dans les temps qui précédèrent la mort d'Anna Meunier en 1895 (voir *En Route*, éd. Folio classique, p. 88 et suiv., et le témoignage de Myriam Harry rapporté par Baldick, p. 254-255).

2. *Marie d'Agréda* (1602-1665) : religieuse cordelière espagnole, auteure d'une *Vie de la Sainte Vierge* et de *La Cité mystique de Dieu*. Voir *En Route*, Folio classique, p. 189 et la note.

Page 99.

1. *Quicherat* : Jules Quicherat, chartiste, archéologue (1814-1882), frère du philologue Louis Quicherat ; auteur de *Mélanges d'archéologie et d'histoire* dont est issue la citation qui suit (t. II, Picard, 1886, p. 88). Huysmans a lu de près les chapitres portant sur l'ogive et l'architecture romane, qui sont des reprises posthumes d'articles parus dans la *Revue archéologique* en 1850 et 1851.

Page 100.

1. Albert Lecoy de La Marche (1839-1897) est également chartiste, disciple du précédent. Voir *Le Treizième Siècle artistique*, Lille, Desclée, De Brouwer, 1891, p. 34-36. Le « tiers-point » est le point d'intersection de deux arcs formant ogive (voir Quicherat, *op. cit.*, p. 78 et 438, et Lecoy de La Marche, *op. cit.*, p. 36). L'idée que le style ogival

était d'origine orientale est fréquente à l'époque romantique. On la trouvait dans *Notre-Dame de Paris* (V, 2) :
« [L'architecture] est revenue des croisades avec l'ogive,
comme les nations avec la liberté. Alors, tandis que Rome
se démembre peu à peu, l'architecture romane meurt »
– thèse dont Huysmans va prendre le contre-pied.

Page 101.

1. *Chateaubriand* : voir *Génie du christianisme*, 3e partie, livre I, chap. VIII, « Des églises gothiques », lui-même
héritier de Goethe, à propos de la cathédrale de Strasbourg (*Von deutscher Baukunst* [1773], trad. fr. *L'Architecture allemande*, dans *Écrits sur l'art*, trad. J.-M. Schaeffer,
Flammarion, coll. « GF », 1996, p. 80 – texte extrêmement intéressant, où l'on trouve une redéfinition, très élo-
gieuse, du terme *Gotisch*). – Huysmans a visité Jumièges
à l'automne 1894 en compagnie de l'abbé Ferret. C'est à
propos de la description qui suit qu'il répondit à Dom
Besse ce propos révélateur : « Quand j'ai observé quelque
chose, c'est pour dix ans. Je retrouve la vision telle qu'au
premier jour quand j'en ai besoin » (Baldick, p. 265).

Page 106.

1. Voir Cant. 1, 4, *Nigra sum, sed formosa*. Il y a tout
un renouveau des études byzantines dans la dernière
décennie du XIXe siècle, notamment illustré par Gustave Schlumberger : *Un empereur byzantin au Xe siècle,
Nicéphore Phocas*, Firmin Didot, 1890 ; *L'Épopée byzantine à la fin du Xe siècle*, dont le premier tome paraît chez
Hachette en 1896.

Page 107.

1. Voir la scène héroï-comique du ménage dans *Là-Bas*,
au début du chapitre III.

Page 112.

1. *Roulliard* : nous corrigeons « Rouillard », fautif.
Sébastien Roulliard, *Parthénie, ou histoire de la très-
auguste et très-dévote église de Chartres, dédiée par les*

vieux Druides en l'honneur de la Vierge qui enfanteroit, avec ce qui s'est passé de plus mémorable au faict de la seigneurie tant spirituelle que temporelle de ladicte église, ville et païs chartrain, À Paris, chez R. Thierry et P. Chevalier, 1609.

Page 113.

1. *Emmerich* : Anne-Catherine Emmerich (1774-1824), religieuse augustine du couvent de Dülmen en Westphalie, eut des visions qu'elle fit transcrire par le poète Clemens Brentano. Paru en allemand en 1834, traduit en français en 1859 par Ch. d'Ébeling, son livre, étant donné son insistance sur le sens figuratif et symbolique des événements de l'Ancien Testament et la vigueur de ses descriptions de la Passion, eut un énorme succès auprès des écrivains convertis de la fin-de-siècle, notamment Bloy (qui la déclare « le plus grand de tous les poètes, sans exception »), Huysmans (qui l'évoque longuement dans *En Route*, Folio classique, p. 263 et suiv., et la fera découvrir à Louis Massignon), Claudel. – La vision d'Élie se trouve tout au début, *Visions sur la vie de Notre-Seigneur Jésus-Christ et sur la Très Sainte Vierge*, Première partie, chapitre premier.

Page 115.

1. *Bénédictins de l'abbaye de Tiron* : congrégation de l'ordre de saint Benoît, instituée en 1100 par un disciple de Robert d'Arbrissel, et installée dans une forêt du Perche.

Page 118.

1. Quicherat, *Mélanges d'archéologie et d'histoire*, t. II, *op. cit.*, p. 498 (« Fragments d'un cours d'archéologie »). La citation est légèrement inexacte et le propos n'est pas présenté par Quicherat comme une boutade ; la phrase exacte de Huysmans vient sans doute de Lecoy de La Marche, *Le Treizième Siècle artistique*, *op. cit.*, p. 29, qui la cite telle quelle, avec cette introduction : « Le maître éminent que je citais tout à l'heure, et dont je ne fais que reproduire la doctrine, a condensé cette vérité dans une phrase pittoresque... ».

Page 120.

1. *Olier* : Huysmans avait dans sa bibliothèque la *Vie de M. Olier, curé de S. Sulpice*, par l'abbé Nagot, Versailles, 1818. Olier est l'auteur d'une *Vie intérieure de la Sainte Vierge* évoquée dans *En Route* (voir Folio classique, p. 259). – *Les dithyrambes d'Hugo* : allusion à *Notre-Dame de Paris* (III, I).

Page 122.

1. A. Lecoy de La Marche, *Le Treizième Siècle artistique, op. cit.*, p. 57.

Page 125.

1. Il ne faut pas oublier que *La Cathédrale* est antérieure au décret de S. Pie X sur la fréquente communion (*Sacra Tridentina Synodus*, 16 décembre 1905). Les mœurs sont encore très marquées, comme Huysmans le dira plus loin, par le jansénisme.

Page 128.

1. Ps. 42, 5. C'est, inexactement traduit, le Psaume *Judica me* qui ouvre l'ordinaire de la messe.

Page 129.

1. Ps. 25, 8, dit par le prêtre pendant l'Offertoire au moment du *Lavabo*.

Page 138.

1. *Le Christ noir et laid* : idée dérivant d'Is. 53, 2, « *Non est species ei neque decor* » (« Il est sans beauté et sans éclat »), lu en épître le Mercredi saint et appliqué au Christ de la Passion. L'idée fera son chemin chez les tenants d'un christianisme arianisant. Voir à ce sujet la querelle entre Mauriac et Claudel à propos du visage du Christ : *La Vague et le Rocher. Correspondance Mauriac-Claudel*, Minard, 1988, p. 94 et suiv.

Page 139.

1. *Mal des Ardents* : voir la description qu'en fera Huysmans dans *Trois Primitifs* (Messein, 1905) à propos du

polyptyque de l'église des Antonins d'Issenheim : « Le mal des ardents, appelé aussi feu sacré, feu d'enfer, feu de saint Antoine, apparut dans l'Europe, qu'il ravagea, au Xᵉ siècle. Il tenait de l'ergotisme gangréneux et de la peste ; il se manifestait par des apostèmes et des abcès, attaquant peu à peu tous les membres, et, après les avoir consumés, il les détachait, petit à petit, du tronc » (*Trois Primitifs*, Flammarion, 1967, p. 26). C'est aussi la maladie de sainte Lydwine.

Page 142.

1. Huysmans cite les *Œuvres choisies* de Jeanne de Matel par Hello, *op. cit.*, p. XIII.

Page 146.

1. *Vies de saints* : déjà dans *En Route*, Durtal rêve d'écrire une vie de saint (en l'occurrence d'une bienheureuse, Lydwine de Schiedam, ce que fera Huysmans qui publiera ce livre en 1901), et se trouve devant l'insoluble difficulté de devoir combiner les qualités en apparence incompatibles de Flaubert et de Hello. Il s'agit avant tout d'éviter le style pieux, précisément représenté par l'ouvrage *Les Petits Bollandistes. Vies des Saints*, d'après le P. Giry (1635-1688), par Mgr Paul Guérin, 17 volumes, Bar-le-Duc, 1872-1874. Les Bollandistes, ainsi nommés d'après Jean de Bolland (1596-1665), jésuite et hagiographe belge du XVIIᵉ siècle, étaient spécialisés dans les *Acta Sanctorum*.

Page 152.

1. *Qu'est-ce qu'un symbole ?* : pour cette théorie du symbole, Huysmans s'appuie sur deux sources essentielles : le livre de l'abbé Auber, *Histoire et théorie du symbolisme religieux avant et depuis le christianisme*, 4 volumes, Paris-Poitiers, 1870-1871, et Dom Jean-Baptiste Pitra, *Spicilegium Solesmense, complectens Sanctorum patrum scriptorumque ecclesiasticorum anecdota hactenus opera*, 4 tomes, Firmin Didot, 1852. Les citations qui suivent en sont extraites : pour Hugues de Saint-Victor, Auber, I, p. 6

(*Expositio exegetica in Hierarchia Cœlesti Sancti Dionysii* ;
PL 175, col. 960, « *Symbolum, collatio videlicet, id est coaptatio visibilium formarum ad demonstrationem rei invisibilis propositarum* ») [« Le symbole, ou *collation* [transcription en latin du mot grec *symbolum*], c'est-à-dire l'adaptation de formes visibles à la démonstration d'une chose invisible »] ; pour saint Augustin, *Epistola 55*, XI, 21, *PL* 33, col. 214 : « *Sed tamen ita se habet, ut aliquid per allegoricam significationem intimatum plus moveat, plus delectet, plus honoretur, quam si in verbis propriis diceretur apertissime* » [« Mais il se trouve qu'une chose certifiée par allégorie émeut et plaît davantage, car en style plus oral, qu'énoncée ouvertement en termes propres »] (on notera l'inflexion rhétorique du propos : il s'agit de style sublime). En outre, saint Paul, I Cor. 10, 11. En ce qui concerne Mallarmé, voir la réponse à l'enquête de Jules Huret, parue dans *L'Écho de Paris* le 14 mars 1891, et « La musique et les lettres » (*Revue blanche*, 1894). Huysmans fait l'éloge de Mallarmé au chapitre XIV d'*À Rebours*, et plus précisément de son art d'exprimer par un seul mot diverses significations : « Percevant les analogies les plus lointaines, il désignait souvent d'un terme donnant à la fois, par un effet de similitude, la forme, le parfum, la couleur, la qualité, l'éclat, l'objet ou l'être auquel il eût fallu accoler de nombreuses et de différentes épithètes pour en dégager toutes les faces, toutes les nuances, s'il avait été simplement indiqué par son nom technique. Il parvenait ainsi à abolir l'énoncé de la comparaison qui s'établissait, toute seule, dans l'esprit du lecteur, par l'analogie, dès qu'il avait pénétré le symbole, et il se dispensait d'éparpiller l'attention sur chacune des qualités qu'auraient pu présenter, un à un, les adjectifs placés à la queue leu leu, la concentrait sur un seul mot, sur un tout, produisant, comme pour un tableau par exemple, un aspect unique et complet, un ensemble » (Folio classique, p. 317). Voir la Notice sur le symbole, p. 562.

Page 154.

1. *L'Ichtys, dont les six lettres…* : Huysmans compte d'après la transcription française, car en grec il n'y en a que cinq (iota, khi, thêta, upsilon, sigma, acrostiche de

Iesous Christos théou uios sôter). Huysmans a trouvé une longue notice à ce sujet dans le *Spicilegium Solesmense*, *op. cit.*, t. III, p. 499 et suiv. – *Pêcheurs d'hommes* : Matth. 4, 19 ; *Être incompréhensible et sans nom* : inspiré de Denys l'Aréopagite, *Théologie mystique*, chap. V ; voir *Là-Bas*, au début du chapitre XV où est évoqué le sacrilège de Docre consistant à « bourrer des poissons d'hosties » ; dans *La Cathédrale* le symbolisme se remet à l'endroit, après l'expérience et l'écriture de ses perversions. – *Concile d'Arras* : Huysmans trouve cette phrase dans Adolphe-Napoléon Didron, *Iconographie chrétienne : histoire de Dieu* (Paris, 1843, Introduction, p. IV), où la phrase est citée en note en latin.

Page 155.

1. *Durand* : Guillaume Durand, dit Durand de Mende (XIIIᵉ siècle), est célèbre pour son *Rationale divinorum officiorum*, *Manuel des divins offices*, traitant de tous les aspects de la symbolique chrétienne. Huysmans en possédait la traduction par Ch. Barthélemy en quatre volumes, Paris, 1854. – Méliton, un des tout premiers Pères, évêque de Sardes en Asie Mineure (IIᵉ-IIIᵉ siècle), est l'auteur d'une *Clavis Symbolorum* éditée par Dom Pitra dans le *Spicilegium Solesmense*, *op. cit.*, t. II. – Pierre de Mora, évêque de Capoue (1150-1209), qualifié par Dom Pitra de « *primus e nostris et prae omnibus uberrimus Rosæ allegoricæ exegetes* » (« le premier parmi nous et de tous le plus fécond exégète de la Rose allégorique ») (t. III, p. IV), très souvent cité dans ce même ouvrage, auteur de la *Rosa alphabetica, sive Summa de arte prædicandi* (t. III, p. 489-498). On voit que, contrairement à ce que dit Huysmans, qui travaille uniquement de seconde main, ils ne sont pas du tout de la même époque ! – Pour la suite, voir Auber, *op. cit.*, t. III, chap. III, « Extérieur de l'église », et Durand de Mende, *op. cit.*, t. I, notamment p. 22 et suiv. Pour les tours, voir Dom Pitra, *op. cit.*, t. III, p. 174-176.

Page 157.

1. *Dom Villette* : Claude Villette, *Les Raisons de l'Office et cérémonies qui se font en l'Église catholique*, Rouen, 1622.

Page 160.

1. Source : Dom Pitra, *op. cit.*, t. III, p. 282 et suiv.

2. Voir Michelet, *Histoire de France au XVIe siècle*, R. Laffont, coll. « Bouquins », 1982, Introduction, p. 61, et surtout *Histoire de France*, t. II, Hachette, 1833 ; voir aussi ses *Œuvres complètes*, t. IV, éd. P. Viallaneix, Flammarion, 1974, p. 590 et suiv.

Page 163.

1. Abbé Augustin Joseph Crosnier, *Iconographie chrétienne, ou Étude des sculptures, peintures, etc., qu'on rencontre sur les monuments religieux du Moyen Âge*, Paris, Derache, 1848. – Jean Sébastien Adolphe Devoucoux, *Description de l'église cathédrale d'Autun, dédiée à saint Lazare*, Autun, F. Dejussieu, 1845.

2. *Honorius d'Autun* : Honorius Augustodunensis, dont on n'est plus sûr aujourd'hui qu'il soit d'Autun (fin XIIe siècle), auteur notamment d'un commentaire du Cantique des Cantiques, d'une encyclopédie, *Imago Mundi*, et de *Gemma animae*, traité de symbolique liturgique, dont Huysmans donne ici la traduction exacte d'un paragraphe (*PL* 172, col. 548).

Page 164.

1. Durand de Mende, *Rational...*, *op. cit.*, livre I, chap. XXVIII, éd. Barthélemy, t. I, p. 54-55.

Page 165.

1. *Pierre d'Equilio* : nous corrigeons « d'Esquilin », fautif. Il s'agit en fait de Petrus de Natalibus ou Pietro de Natali, évêque d'Equilio (Jesolo) en Vénétie (fin XIVe-début XVe siècle), auteur d'un *Catalogus sanctorum et gestorum eorum* (*Catalogue des saints et de leurs actes*, Venise, 1493) qui circula beaucoup. Huysmans a dû mal recopier son nom sur les notes qui lui ont été transmises.

– Pour l'encens, deux paragraphes plus loin, voir « Distinctions monastiques » : chapitre du *Spicilegium*, *op. cit.*, t. III, p. 452-486, sorte de dictionnaire symbolique alphabétique attribué à un cistercien anonyme anglais. Huysmans a pu trouver la référence dans Claude de Vert, *Explication simple, littérale et historique des cérémonies de l'Église*, Paris, 1706-1713, t. IV, p. 132-162 (volume qu'il possédait). Huysmans l'évoque de nouveau, toujours à propos de la symbolique du cierge, dans *Les Foules de Lourdes*, au chapitre II, éd. J. Millon, 1993, p. 83.

Page 166.

1. *Oblate* : hostie non consacrée ; Huysmans utilise le mot « oublie », forme française de même sens, dans *En Route* (voir Folio classique, p. 404 ; voir aussi ici p. 313). Il est possible qu'il s'inspire de la note de Durand de Mende, *op. cit.*, t. II, p. 21. – *Panifuge* : hapax huysmansien, peut-être au sens de pain azyme, et synonyme d'oblate. Voir M. Cressot, *La Phrase et le vocabulaire de J.-K. Huysmans*, Droz, 1938, p. 463-464.

2. Eph. 6, 17.

Page 168.

1. La source du récit qui suit est le livre du prince Augustin Petrovitch Golitzin (graphie donnée par le catalogue de la BnF), *Jeanne de Matel* (Douniol, 1864), dont Huysmans a trouvé la référence chez Hello, *Œuvres choisies de Jeanne Chézard de Matel, op. cit.*, p. LVII (sous la forme Galitzin, correspondant à la prononciation de ce nom en russe, avec accent sur la seconde syllabe et « décoloration » de la première).

Page 171.

1. *Saint Denys l'Aréopagite* et *sainte Madeleine de Pazzi* : ces deux saints sont déjà mentionnés dans *En Route*. Le « fond » du premier (écrivain hellénophone syrien du Ve siècle, longtemps confondu avec un converti de saint Paul et le premier évêque de Paris) renvoie à sa théorie de l'impossibilité de parler de Dieu sinon de manière toute latérale et inadéquate. La « forme » de la seconde (fin

XVIᵉ siècle), au ton passionné de ses *Œuvres* traduites en français en 1873, et possédées par Huysmans. Voir *En Route*, Folio classique, p. 260-261. Les sources de Huysmans sont le prince Golitzin et l'abbé P. Gustave Penaud, *La Vénérable Mère Jeanne de Matel, fondatrice de l'ordre du Verbe incarné et du Très-Saint-Sacrement. Sa vie, son esprit, ses œuvres*, 2 volumes (Lecoffre, 1883). Sur le lien entre Jeanne de Matel et Denys l'Aréopagite, voir Hello, *op. cit.*, p. 169, 193 et suiv. Le même Hello est beaucoup moins élogieux que Huysmans sur son style (p. LXVII) ; mais on sait depuis *En Route* (Folio classique, p. 82) ce que Huysmans pensait de celui d'Hello.

Page 184.

1. *Bégards* : sorte de tiers-ordre à la limite de l'hérésie et de l'anarchisme. – *Fraticelles* : sectaires de la mouvance franciscaine, qui ne cessèrent d'agiter l'Église pendant tout le XIVᵉ siècle. – *Crécy*, dans la Somme : défaite devant les Anglais en 1346 ; même chose à Poitiers en 1356. – *Jacques* : paysans. – *Maillotins* : gens du peuple qui, armés de maillets, se révoltèrent contre le gouvernement des oncles de Charles VI (1381). – *Tard-venus* : autre nom des « Grandes compagnies » qui ravagèrent la France dans les années 1360. Le roi fou est Charles VI (1380-1422).

Page 187.

1. Voir, sur ce thème de la dérision de l'art catholique « moderne », l'indépassable chapitre XLVII du *Désespéré* (1886) de Léon Bloy, dont le ton est ici imité par Huysmans.

Page 188.

1. Sur la critique de la musique d'Église, voir les trois premiers chapitres d'*En Route*. *A contrario*, Huysmans fait l'éloge du chant grégorien, restauré par Dom Guéranger, dans les chapitres suivants, et plus tard dans *L'Oblat*.

Page 189.

1. Durand, *op. cit.*, trad. Barthélemy, t. I, p. 21 (*Rational*, I, I, 17) (voir aussi p. 155, n. 1).

Page 190.

1. *Un intéressant volume…* : abbé G. Picardat, *Un joyau d'architecture chrétienne et française en 1009, ou l'église abbatiale de Preuilly-sur-Claise,* Preuilly (Indre-et-Loire), 1895.

Page 195.

1. On trouve le même développement dans *En Route,* Folio classique, p. 59-60.

Page 196.

1. *Livre des Métiers* : Étienne Boileau, *Réglemens sur les arts et métiers de Paris* rédigés au XIIIᵉ siècle et connus sous le nom du *Livre des métiers* d'Étienne Boileau, publiés pour la première fois en entier par G.-B. Depping, Crapelet, 1837.

Page 200.

1. *Origène* : sans doute une référence (évidemment de seconde main) à *Contra Celsum,* III, 34, *PG* XI, col. 963, dans une traduction rendue très concrète, pour : « Le Logos est l'intermédiaire entre l'Inengendré et la réalité de tous les engendrés. »

2. « Dans la douceur et dans la tranquillité, rassemble ton âme » : peut-être une référence à Isaac de Stella, *PL* 194, bien que cette citation ne se trouve pas dans son traité *De Anima.* À moins qu'il ne s'agisse de l'abbé Isaac que met en scène Cassien dans ses IXᵉ et Xᵉ *Conférences* : le ton en est proche, le vocabulaire aussi, mais nous n'y avons pas retrouvé la citation.

Page 205.

1. *L'une des paroisses de la rive gauche dans laquelle est situé un grand magasin de nouveautés* : il s'agit du Bon Marché, fondé par Boucicaut en 1853, premier « grand magasin » de Paris, et de la paroisse Saint-Sulpice, où l'abbé Ferret, un des modèles de l'abbé Gévresin, a été vicaire. Sur le Bon Marché, outre *Au bonheur des dames* de Zola, voir les vitupérations de Bloy contre les grands magasins (*Le Sang du Pauvre,* Juvent, 1909, chap. XVI).

Page 218.

1. *Certains détails* : voir *En Route*, Folio classique, p. 190, où Huysmans relève déjà ces « extravagants détails ».

Page 223.

1. *Lochner* : peintre primitif allemand de la première moitié du XVᵉ siècle. Son *Jugement dernier* se trouve au musée de Cologne où Huysmans l'a vu en août 1888. Voir à son sujet : « Le Monstre », dans *Certains* (1889) ; « Stephan Lochner et les primitifs allemands » (*L'Écho de Paris*, 15 décembre 1897), repris dans Huysmans, *Écrits sur l'art*, éd. P. Locmant, Bartillat, 2006.

Page 228.

1. *Parallélisme* : mot essentiel, tout le symbolisme de la cathédrale étant régi par cette correspondance entre Ancien et Nouveau Testaments, l'Ancien annonçant le Nouveau par des signes, et étant accompli par lui.

2. *Zabulon* : dixième des douze fils de Jacob, ayant pour mère Léa. – *Matthias* : douzième apôtre qui fut désigné à la place de Judas. Les caractéristiques psychologiques de ces personnages ne sont pas bibliques, et proviennent sans doute de traditions ancrées dans les apocryphes. Voir *Testament de Zabulon*, sous-titré « De la miséricorde et de la pitié » (*Écrits intertestamentaires*, Bibl. de la Pléiade, p. 883).

3. Félicie d'Ayzac, *Symbolisme des pierres précieuses, ou tropologie des gemmes*, V. Didron, 1846. Elle est également l'auteur d'ouvrages de zoologie mystique.

Page 229.

1. *De Corona Virginis* : voir *PL* 96, col. 283 et suiv., *Libellus de Corona Virginis*.

2. *Conrad de Haimbourg* : la source de Huysmans pourrait être ici *Le Latin mystique* de Gourmont qui évoque cet *Annulus Beatae Mariae Virginis* à la fin du chapitre XII et en donne des extraits en latin ; néanmoins l'*ekphrasis* de Huysmans est plus détaillée et implique une autre

source. On en trouve en tout cas le texte (*Ave virgo nobilis*) dans *L'Année liturgique* (1841-1846) de Dom Guéranger, *Temps pascal*, II, au samedi de la cinquième semaine après Pâques (éd. Oudin, 1898, p. 313 et suiv.).

Page 234.

1. *Hildegarde* : Huysmans possédait les *Analecta Sanctae Hildegardis abbatissae* publiés par le cardinal Pitra en 1882, ainsi que le volume 197 de la *Patrologie latine* comprenant les œuvres d'Hildegarde. Voir son éloge dans *En Route*, Folio classique, p. 494.

Page 238.

1. *Bièvre* : Huysmans s'est intéressé, en naturaliste, à cette petite rivière, qu'il a connue à l'air libre, avant qu'elle ne commence à être couverte en 1860. Elle était polluée par les tanneries qui la bordaient (*La Bièvre*, Genonceaux, 1890). Elle est déjà évoquée dans *Le Drageoir à épices* (Dentu, 1874).

2. *Maison de Claude Huvé* : maison édifiée par ce médecin au milieu du XVIᵉ siècle, au sud de la cathédrale, et que caractérisent des colonnettes et des cariatides. – La *tourelle de la reine Berthe*, en encorbellement, abrite un escalier à trois révolutions dont les poutres extérieures sont ornées de sculptures.

Page 262.

1. *Tertullien* : voir *De resurrectione carnis*, XII.

Page 265.

1. *Didron* : voir p. 154, n. 1. Huysmans fait référence à l'Introduction, p. IX et suiv. et p. XIV. On remarquera qu'il en critique la lecture « naturaliste » de la cathédrale.

2. Le *Miroir du monde* de Vincent de Beauvais, dominicain du XIIIᵉ siècle, est une encyclopédie de toutes les connaissances de son époque. – Le *speculum* est un genre qui se développe alors, comme manuel d'enseignement, et qui est fondé sur la lecture typologique de l'Ancien Testament.

Page 267.

1. *Livres Sapientiaux* : pour être plus exact, il s'agit dans la nomenclature catholique des « Livres poétiques », à savoir Job, les Psaumes, les cinq Livres sapientiaux (Proverbes, Ecclésiaste, Cantique des Cantiques, Sagesse, Ecclésiastique), et les Lamentations ou Thrènes de Jérémie.

2. *Les apocryphes* : en grec « cachés » ; il s'agit d'un important corpus de textes narratifs dont les héros sont des personnages associés aux débuts du christianisme, mais qui n'ont pas été reconnus comme inspirés, et ne font donc pas partie du canon. Ils sont très riches en détails concrets et anecdotes qui ont nourri la littérature hagiographique, notamment *La Légende dorée*, la liturgie et l'iconographie. Voir les deux volumes d'*Écrits apocryphes chrétiens* dans la Bibliothèque de la Pléiade.

Page 268.

1. *Ruben* : voir dans les *Apocryphes* (éd. Pléiade, t. I, p. 81 et suiv.) le *Protévangile de Jacques*.

Page 270.

1. *Saint Albert le Grand* : dominicain (1206-1280) essentiellement théologien et philosophe qui a été le maître de saint Thomas d'Aquin à Cologne ; on lui a longtemps attribué plusieurs ouvrages de théologie mariale dont la paternité lui est aujourd'hui contestée : ainsi la compilation intitulée *La Bible de Marie*, et le *Liber de intemeratæ Dei genitricis Mariæ laudibus* (Livre des louanges de Marie la très pure Mère de Dieu ; Lyon, 1503) ; c'est de ce dernier, aux chapitres CXXXIII et suivants, que vient la belle idée reprise ici par Huysmans, mais nous ignorons quelle est sa source, sans doute de seconde main. Je remercie vivement le R.P. J.-F. Thomas, S.J., qui m'a éclairée sur cette référence.

Page 271.

1. *Isaïe* : Is. LXVI, 1.

2. Voir la vision d'Ézéchiel, au premier chapitre de ce prophète, à laquelle a été appliquée cette expression non biblique de *Tétramorphe* : quatre « animaux » ayant chacun quatre faces, celles d'un homme, d'un lion, d'un bœuf et d'un aigle ; de là les symboles des quatre évangélistes.

Page 272.

1. Les « milliers d'yeux » : Éz. I, 18.

2. *Clerval* : abbé Alexandre Clerval, auteur de *Les Écoles de Chartres au Moyen Âge (du Ve au XVIe siècle)*, Picard, 1895, *La Musique religieuse à Notre-Dame de Chartres* (s.d.), et surtout *Guide chartrain : Chartres, sa cathédrale, ses monuments*, Chartres, Selleret, 1896. L'abbé Clerval écrira un article désagréable à la parution de *La Cathédrale* : « Un article assez malpropre de *La Voix de Chartres*. Cet article est de l'abbé Clerval, lequel m'a assailli de lettres pour que je fasse de la réclame à son guide de Chartres. J'ai mis un mot très aimable pour lui dans *La Cathédrale*, parce que son guide est bien fait, et c'est de la sorte qu'il me remercie, en lançant une vague dénonciation à l'Index » (lettre à Dom Thomasson de Gournay du 21 mars 1898). Voir « La réception et l'affaire de la mise à l'Index », plus haut, p. 552.

Page 273.

1. *Van Oostzaanen* : Cornelisz Van Oostsanen, peintre et graveur néerlandais, fin XVe-XVIe siècles. C'est en 1888 que Huysmans visita le musée de Cassel en compagnie d'Ary Prins. C'est là qu'il vit le Christ de Grünewald évoqué dans *Là-Bas*. Le Christ de Van Oostsanen dont il est ici question est sans doute celui du superbe tableau *Noli me tangere*.

Page 276.

1. Abbé Bulteau, *Description de la cathédrale de Chartres*, Chartres-Paris, 1851. Huysmans connaît les belles pages consacrées par Bloy à sainte Radegonde, reine de France du VIe siècle, au chapitre XXXIII du *Désespéré* : avant Durtal, Marchenoir se veut écrivain hagio-

graphe moderne. Voir aussi dans *À Rebours*, p. 123, la mention de la *Vie* de sainte Radegonde par la religieuse Baudonivia. Huysmans tirait alors sa science de l'ouvrage de Dom Rivet de La Grange, *Histoire littéraire de la France* (6 tomes, 1735-1742). Voir J. Céard, « Des Esseintes et la littérature latine de la décadence. Huysmans lecteur de Dom Rivet, de Chateaubriand et d'Ozanam », *Studi francesi*, 1978, p. 306.

Page 280.

1. Sur Verlaine, et plus particulièrement sur *Sagesse*, évoqué un peu plus bas, voir *À Rebours*, chap. XIV, Folio classique, p. 314 et suiv.

Page 284.

1. Les recherches à la Bibliothèque nationale ont été faites par Austin de Croze, ami de Huysmans, qui lui transmettait ses notes. Voir la lettre à l'abbé Ferret du 1er mars 1897 : « J'ai pris le jeune de Croze qui est inoccupé et je l'envoie me faire des copies à la Bibliothèque Nationale, pour mon bestiaire. »

Page 295.

1. *Les Bénédictines de la rue Monsieur* : voir *En Route*, chap. VII, p. 193, où apparaît la première mention de ce monastère qui aura tant d'importance dans la vie, l'œuvre et la descendance de Huysmans. L'écrivain y est allé pour la première fois le Jeudi Saint 26 mars 1891. Dans *En Route* Durtal assiste, émerveillé par la beauté du chant grégorien, à une prise de voile en ce lieu. Plus tard, chassé de Ligugé par la loi sur les congrégations, c'est Rue Monsieur que se réfugiera Huysmans, dans un appartement mis à sa disposition par les religieuses. C'est lui qui, involontairement, lance la mode spirituelle et littéraire des messes rue Monsieur, auxquelles assiste tout un petit groupe d'écrivains français dans les années 1920. Voir *Les Bénédictines de la rue Monsieur*, anthologie rassemblée par Louis Chaigne, Strasbourg, Éd. F.-X. Leroux, 1950.

2. *L'Abbesse de Sainte-Cécile* : il s'agit de Cécile Bruyère,

dont Huysmans a pu lire le traité *De l'oraison* lors de son séjour à Saint-Wandrille en 1894. Il l'évoque dans *En Route*, p. 496-498, y désignant les « propositions téméraires » qui valurent à l'auteur quelques inquiétudes à Rome. Il rencontra l'abbesse à Solesmes en 1896, relut le traité, et promit à Madame Bruyère de faire amende honorable dans son livre suivant : ce qui est fait ici. La correspondance entre Huysmans et Madame Bruyère a été publiée par René Rancœur (Éd. du Cèdre, 1950) et reprise par Ph. Barascud (Éd. du Sandre, 2009).

Page 298.

1. Huysmans pose ici les jalons pour son dernier roman mettant en scène Durtal, *L'Oblat* (Stock, 1903). Lui-même recevra l'oblature dans l'ordre de Saint-Benoît à Ligugé le 18 mars 1900, et, une fois accompli le noviciat, fera sa profession solennelle le 21 mars 1901, jour de la fête du saint. Il s'engageait par là à vivre une vie exemplaire, dans la pauvreté et l'humilité, et à l'assistance aux offices. À sa mort, il demandera à être enterré en habit monastique, avec tunique et scapulaire.

Page 300.

1. *Artémidore* : clin d'œil à *En Rade*, chap. III, où ce naturaliste grec du IIᵉ siècle de notre ère, auteur d'un traité *De l'interprétation des songes*, est mentionné par le protagoniste qui s'interroge sur l'étrange rêve qu'il vient de faire. Voir notre édition, dans Huysmans, *Romans*, t. I, Laffont, coll. « Bouquins », 2005, p. 807.

2. *Macer Floridus* : titre (il semble que c'en soit un et non un nom d'auteur, comme on l'a cru longtemps) sans doute inspiré du nom d'Æmilius Macer, poète latin de Vérone, ami de Virgile et d'Ovide, auteur de poèmes didactiques sur les oiseaux, les serpents, les plantes médicinales (*Ornithogonia*, *Theriaca*, *De herbis*). Le *Macer floridus*, ou *De viribus herbarum*, est un poème didactique en hexamètres latins attribué à Odo Magdunensis (dont le nom signifie : de Meung-sur-Loire). Il apparut à la fin du XIᵉ siècle et jouit d'une grande réputation en Europe cen-

trale pendant tout le Moyen Âge. Il s'inspire de Walafrid Strabo, auteur de l'*Hortulus* (IXᵉ siècle). Tous deux sont déjà mentionnés dans *À Rebours*, au chapitre III consacré à la littérature latine (p. 123) ; dans tout ce passage Huysmans reprend et développe son argumentation, s'inspirant toujours de la même source, l'Histoire *littéraire de la France* de Dom Rivet (1735-1742). Voir l'article de Jean Céard, déjà cité p. 276, n. 1.

Page 301.

1. Dan. 3, 57-88. Chant d'action de grâces après la messe.

Page 302.

1. Sans doute s'agit-il de l'*Herbier général* ou de l'*Herbier des environs de Reims* de Charles Saubinet. Plusieurs membres de la famille Saubinet ont constitué de ces herbiers, qui sont conservés à la bibliothèque Carnegie de Reims.

Page 303.

1. *Hildegarde* : abbesse bénédictine de Bingen (1098-1179). Voir la lettre à Dom Thomasson de Gournay du 15 janvier 1897 : « Le brave Père Bourré m'a envoyé une intéressante nomenclature de sainte Hildegarde sur les plantes magiques, mais je m'aperçois qu'en dehors de cela, rien, ou bien peu, n'existe – et je suis fort gêné pour mon chapitre sur les plantes et les fleurs envisagées à ce point de vue. » Les références ont été prises dans la *Patrologie latine*, t. 197, au *Liber beatæ Hildegardis Subtilitatum diversarum naturarum creaturarum et sic de aliis quammultis bonis*, Lib. I *De Plantis*. Il convient de corriger le « faru » en « farn » (*PL* 197, col. 1147 – *farn* est le mot allemand désignant la fougère) : Huysmans a mal déchiffré des notes manuscrites. On remarquera que le mot « cantermes » (Cressot, p. 451, au sens de « formule d'envoûtement ») ne vient pas du latin d'Hildegarde, qui dit : « *Sed et hominem, qui apud se portat, magica et incantationes dæmonum, atque diabolica verba et alia fan-*

tasmata devitant » (Mais l'homme qui le porte [le farn], les sorcelleries et incantations des démons, les formules diaboliques et autres spectres le fuient). – Pour la mandragore, col. 1151 ; la myrrhe, col. 1197 ; l'hymelsloszel (le mot vient d'Hildegarde), col. 1205 ; pour le lys, col. 1140. La langue d'Hildegarde a cette particularité de mêler aux mots latins des mots allemands, notamment désignant des maladies, ou quand elle ne connaît pas le terme latin, ce qui donne par exemple : « *Qui virgichtiget est, farn accipiat* » (Qui est empoisonné, qu'il prenne du farn) ; ou pour la myrrhe : « *Sed et qui in libidine ardet, pectus et ventrem suum cum ea* bestriche *et superfluitatem libidinis ab eo fugat* » (Qui brûle de concupiscence, qu'il s'en enduise la poitrine et le ventre, et chasse ainsi l'excès de concupiscence) ; ou encore pour le lys : « *Accipe ergo caput radicis lilii, et illud cum veteri arvina fortiter tunde, et tunc in patella* zulassen, *et sic in vasculum pone ; et deinde qui albam lepram, scilicet* quedick, *habet* » (Prends une racine de lys, écrase-la avec du vieux lard, laisse reposer sur une soucoupe, verse dans un vase. À prendre par celui qui a la lèpre blanche). Voir en traduction française par P. Monat, *Le Livre des subtilités des créatures divines*, Jérôme Millon, 1996.

Page 305.

1. *Durand de Mende* : référence non trouvée. – Honoré le Solitaire est aussi appelé Honorius Augustodunensis ou d'Autun (*PL* 172). Voir p. 163, n. 2.

2. Ps. XCI, 13. – Saint Grégoire le Grand, *Super Cantica Canticorum*, PL 79, col. 536. La source de Huysmans est le *Spicilegium Solesmense*, t. III, p. 413, qui donne la formule d'une compilation, Sancti Gregorii Magni, *Formulæ spirituales* : « *Crux Christi, quæ rigida quidem et hispida videtur in ostensione corticis, sed dulcissimos fructus habet in exhibitione salutis* » (La Croix du Christ, qui apparaît rugueuse et hérissée dans l'ostension de son écorce, mais porte de très doux fruits dans l'accomplissement du salut).

Page 306.

1. *Strabo* : père de l'Église et poète latin d'époque caro-
lingienne. Voir *PL* 113 (la *Glose ordinaire* qui lui est attri-
buée) et 114 pour les poèmes (*Hortulus* col. 1119 et suiv.
et poème *cucurbita* col. 1123-4). Huysmans le connaissait
déjà : c'est à lui qu'il emprunte l'éloge de la citrouille qui
réjouit des Esseintes au chapitre III d'*À Rebours*, p. 123.
Sa source est alors l'ouvrage de Dom Rivet (voir p. 276,
n. 1). Le passage en question sera cité par Gourmont
dans *Le Latin mystique* (Éditions d'aujourd'hui, coll. « Les
Introuvables », Plan-de-la-Tour, 1980, p. 121-122). – Pour
Méliton et Pierre de Capoue, voir *Spicilegium*, II, p. 356.
– Huysmans tentera de reproduire l'*hortulus* de Walafrid
Strabo autour de la maison Notre-Dame de Ligugé : voir
lettre à Georges Landry du 29 septembre 1899 : « Je prépare quelques personnelles démences. En outre d'un coin
spécial de jardin liturgique, le petit jardin médicinal tel
qu'il est décrit, avec ses 23 plantes, dans le vieux poème
du moine Walafrid Strabo. Cette idée fait la joie de l'abbaye qui viendra voir un jardinet monastique du IXe siècle.
C'est amusant de réaliser ce qu'on a écrit sur la symbolique et les couvents. » Lettre à Dom Thomasson de Gournay du 7 décembre 1899 : « Je suis plongé pour l'instant,
en même temps que dans le 14e siècle hollandais, dans
l'*Hortulus* de ce bon Walafrid Strabo dont je vais refaire
le petit jardin médicinal et monastique, en pendant au
jardin liturgique que nous préparons dans le nôtre, de
jardin. Ce n'est pas aisé, car parmi ses 23 plantes, Strabo
accueille un radis et un cornichon auxquels il faudrait
persuader de prendre des allures décoratives qu'ils n'ont
pas – Et pour le pourpris liturgique, d'aucunes plantes
telle que la cinnamome n'acceptent dans nos climats,
comme demeure, qu'une serre chaude […]. Le jardinier
lève les bras au ciel et déclare partout que je suis fol. Pas
très-populaire, la symbolique, au 19e siècle. »

Page 310.

1. *Vigouroux* : l'abbé Fulcran Vigouroux, grande figure

d'exégète de la fin du XIXᵉ siècle. Il fit connaître ce que l'on appelle la « Haute critique », c'est-à-dire la critique historique et scientifique de la Bible, d'importation allemande, en France, et rédigea un important *Dictionnaire de la Bible*, en huit volumes, suivi d'un *Supplément*, dont les interprétations, éclairées par les acquis scientifiques, restent traditionnelles. Le premier volume avait paru en 1895. Huysmans possédait son *Manuel biblique* (1897).

2. *Origène* : voir *Commentaire sur le Cantique des Cantiques*, t. III, 4, 2, à propos de Cant. II, 1. – Pour Pierre Cantor et le « moine anglais » (p. 165, n. 1), voir *Spicilegium*, t. II, p. 406-409 et t. III, p. 475-476.

Page 312.

1. Voir *Visions* d'Anne-Catherine Emmerich, 6ᵉ partie, chap. XIX. Il semble que Huysmans insiste sur le mystère ; même source pour la mention du réséda utilisé par saint Luc p. 319 : Huysmans cite textuellement Anne-Catherine Emmerich. Voir la lettre à Dom Besse du Samedi Saint 1896 (*Bulletin de la Société J.-K. Huysmans*, n° 9) où Huysmans fait déjà part de son rêve d'un « petit jardin de fleurs symboliques ».

Page 314.

1. C'est lors du voyage en Allemagne en compagnie de Prins en 1888 que Huysmans visita Erfurt. On mesure ici encore l'acuité de son regard et de son souvenir, en même temps que son aptitude à traduire les « choses vues » sur un ton anecdotique. – Voir Is. LXIII, 1-7, épître du Mercredi Saint.

Page 316.

1. Charles Rohault de Fleury, architecte (1801-1875), auteur d'un mémoire sur *Les Instruments de la Passion de Notre-Seigneur Jésus-Christ* (1869). – *Maximilien* Sandæus : Maximilian van der Sandt, jésuite hollandais (1578-1656).

Page 326.

1. *Gaston Phœbus* : son *Livre des Oraisons* est un recueil de trente-sept prières, dont les trois premières sont en latin, et les autres en français, alors que la langue maternelle de l'auteur était le dialecte du comté de Foix. Certaines de ces prières s'inspirent d'apocryphes augustiniens et bernardins. *La Cathédrale* a provoqué une réédition, fin septembre 1899, « chez Stock, un volume de luxe, tiré à petit nombre, sur papier de hollande, dans le format allongé d'un eucologe », de la traduction de M. de La Brière.

Page 328.

1. *Haine instinctive de l'art* : constat hérité de Bloy, qui court d'*En Route* à *La Cathédrale*, et se retrouvera plus tard chez Claudel ou Bernanos. Voir à ce sujet l'étude historique de Paul Vigneron, *Histoire des crises du clergé français contemporain*, Téqui, 1976, chap. I, et la théorisation de H. U. von Balthasar dans sa longue introduction à *La Gloire et la Croix* [*Herrlichkeit. Eine theologische Æsthetik*, Einsiedeln, 1961], Aubier, 1965.

Page 330.

1. *Ouvrage.* Sur cette question fondamentale du rapport de l'Église à l'art et plus particulièrement de la représentation du mal et du péché, Huysmans songe sans doute en particulier aux procès, non point ecclésiastiques mais soutenus par le « parti catholique », intentés respectivement à Flaubert, Baudelaire, Lautréamont, pour *Madame Bovary*, *Les Fleurs du Mal*, *Les Chants de Maldoror* (dont on lira l'éloge dans « Le cabanon de Prométhée » de Bloy, *La Plume*, 1er septembre 1890), toujours pour des questions de mœurs, mais aussi à l'échange de lettres entre Barbey d'Aurevilly et Veuillot à la suite de la publication d'*Une vieille maîtresse* (voir le dossier dans Barbey d'Aurevilly, *Œuvres romanesques complètes*, t. I, Bibl. de la Pléiade, éd. J. Petit, p. 1295 et suiv.). La célèbre étude d'*À Rebours* publiée par Barbey (loué dans *À Rebours* au

chapitre XIII sur les auteurs catholiques) dans *Le Consti-tutionnel* et *Le Pays* en juillet 1884 résume le propos développé ici par Huysmans : « Baudelaire, le satanique Baudelaire, qui mourut chrétien, doit être une des admi-rations de M. Huysmans. On sent sa présence, comme une chaleur, derrière les plus belles pages que M. Huys-mans ait écrites. Eh bien ! un jour, je défiai l'originalité de Baudelaire de recommencer *Les Fleurs du Mal* et de faire un pas de plus dans le sens épuisé du blasphème. Aujourd'hui, je serais bien capable de porter à l'auteur d'*À Rebours* le même défi. "Après *Les Fleurs du* Mal, dis-je à Baudelaire, il ne vous reste plus, logiquement, que la bouche d'un pistolet ou les pieds de la croix." Baudelaire choisit les pieds de la croix. Mais l'auteur d'*À Rebours* les choisira-t-il ? » *La Cathédrale* en est, après *En Route* et avant la « Préface écrite vingt ans après *À Rebours* », la réponse. Outre la littérature, on peut ajouter la peinture, avec les tableaux refusés, et la musique, avec le cas de *Tannhäuser* illustré par le célèbre article de Baudelaire. Il est certain que ce passage de *La Cathédrale* est l'un de ceux qui ont ulcéré le clergé. (Voir notre article « "Litté-rature gueunilleuse" et "éclairs magnifiques", Léon Bloy critique des auteurs catholiques », dans *Léon Bloy 10. Léon Bloy critique*, éd. P. Glaudes, La revue des lettres modernes / Minard, 2005, p. 39-65.) C'est toute la grave ambition de cette génération de « convertis » que de res-taurer une littérature d'inspiration catholique qui relève authentiquement de l'art.

Page 333.

1. Voir en effet *Le Latin mystique* de Remy de Gour-mont, Introduction, *op. cit.*, p. 30-31, et 339 pour la cita-tion de Clément d'Alexandrie. Pour le reste la source est sans doute une autre anthologie que nous n'avons pas identifiée.

Page 334.

1. L'image est chez Bloy, toujours au chapitre XLVI du *Désespéré* : « Le Jansénisme, cet infâme arrière-suint de

l'émonctoire calviniste ». L'isotopie du gras et du gluant traverse tout le chapitre.

Page 335.

1. Le couplet sur les saisons, avec toute sa dose de provocation, revient fréquemment chez Huysmans qui, revendiquant son origine néerlandaise, avait en horreur la chaleur et les pays du Midi. Voir par exemple le début du chapitre XIII d'*À Rebours* ; ou le morceau de bravoure dans *En Route* (1ʳᵉ partie, chap. VI, Folio classique, p. 176), la chaleur étant toujours associée aux crises de luxure. – Le *dæmonius meridianus* est mentionné en Ps. XC, 6, effectivement troisième psaume des Complies avant la réforme du Bréviaire par saint Pie X.

Page 337.

1. Il s'agit du *Speculum mundi* ou *Speculum quadruplex* de Vincent de Beauvais. Voir p. 265, n. 2.

Page 339.

1. Pour ces deux épisodes, voir successivement IV Reg. II, 11 et IV Reg. IV, 25-38.

Page 340.

1. Augustin, *De consensu evangelistarum*, I, *PL* 34, col. 1253-1254 : « *Cui prophetando venturo gens una deputata est, cujus reipublicæ tota administratio prophetia esset illius regis venturi* » (Pour prophétiser sa venue, un peuple unique a été député, dont toute l'histoire fut une prophétie de ce Roi à venir). La source de Huysmans pourrait être sa bible : cette citation se trouve en effet dans *La Sainte Bible*, Vulgate, traduction française, commentaires théologiques, moraux, etc., Lethielleux, 1886, p. 555.

Page 342.

1. Voir Gen. XIV, 18 ; Ps. CIX, 4 ; Heb. V, 6 et 10 ; VI, 20 ; VII, 1, 10, 11, 15, 17. Huysmans avait déjà évoqué Melchissédech dans *Là-Bas*, à propos du « sacrifice de gloire de Melchissédech » dans le culte vintrasien (fin du

chap. XIV). Ici encore (voir p. 265, n. 2) nous revenons à l'authentique symbolique chrétienne. Ce sont d'abord Clément d'Alexandrie et saint Cyprien de Carthage qui développent, dans la ligne de l'épître aux Hébreux, l'exégèse typologique de la figure de Melchissédech, avant saint Jérôme ; Simon Logothète et Suidas sont des Pères byzantins. Théodore le Changeur, initiateur d'une hérésie dite des « Melchissédéciens » ; Didyme l'Aveugle : un des chefs de l'école catéchétique d'Alexandrie au IVᵉ siècle ; comme on le voit, Huysmans les cite dans le désordre et de seconde main. Sa source est le *Dictionnaire historique, philologique, chronologique, géographique et littéral de la Bible* de Dom Calmet (1772), article « Melchissédech ». – Anne-Catherine Emmerich : voir aussi *Visions*, t. III, p. 121, Vie publique, 3ᵉ année, chap. III, où il est dit que le calice de la Cène était celui même de Melchissédech, transmis à Abraham.

Page 345.

1. *Achitophel* (que Huysmans orthographie erronément Architophel) : voir II Reg. 15 et suiv. Traître, il entra dans la conspiration d'Absalon contre David.

Page 351.

1. Successivement : Sara, Gen. XVIII ; Marie : Ex. II, 4 et 7-8 ; fille de Jephté : Juges XI, elle est sacrifiée par son père pour son peuple et devient ainsi une préfigure du Christ, plus que de la Vierge ; Débora et Jahel : Juges IV et V, et V, 24 pour la citation. Toutes deux triomphent des ennemis d'Israël ; Anne : I Reg. 1 et 2 pour son cantique ; Josabeth : II Par. 22 ; Ruth : dans le livre qui lui est consacré, et selon l'interprétation traditionnelle ; Rebecca, épouse d'Isaac : Gen. XXII et suiv. ; Rachel, épouse de Jacob : Gen. XXIV et suiv. ; Abigaïl, épouse de Nabal puis de David : I Reg. 25 ; la mère de Salomon est Bethsabée, II Reg. 11 et suiv. ; la mère des Macchabées : II Mach. 7.

Page 352.

1. *Balaam* : voir Num. XXIV, 17. – Pour la reine de Saba,

voir Flaubert, *La Tentation de saint Antoine*, chap. II. La reine de Saba n'a pas de nom dans la Bible ; elle s'appelle Balkis dans la tradition musulmane reprise par Nerval (*Voyage en Orient*, *Les Nuits du Ramazan*, t. III), Makeda dans la tradition éthiopienne ; elle est encore assimilée à la femme du roi de Lydie Candaule.

Page 354.

1. *Gédéon* : Juges, VI et suiv. – *Samson* : Juges XVI.

Page 357.

1. Marcel Dieulafoy, *Le Roi David* [Hachette, 1827], rééd. 1897.

Page 359.

1. *Moïse* : successivement Ex. XIX (théophanie du Sinaï) et XXIX (sacerdoce d'Aaron).

Page 365.

1. Ce jugement surprenant sur le style de saint Jean de la Croix correspond tout à fait au préjugé anti-baroque de Huysmans. Voir *En Route*, Folio classique, p. 189 : « J'ai décidément peur qu'il n'y ait abus de métaphores et de gongorisme d'homme du Midi, chez ce terrible Saint ! » Voir p. 335, n. 1.

Page 366.

1. *Acedia* : l'acédie (du grec *akèdeia*, « négligence, indifférence »), est le *spleen* particulier aux moines, le dégoût spirituel qui dessèche l'âme et rend impossible la prière.

Page 368.

1. *Sainte-Périne* : institution pour personnes âgées fondée à Chaillot, dans l'ancien couvent des Augustines, notamment à l'instigation de l'impératrice Joséphine, puis transportée à Auteuil sur l'ancien domaine des moines génovefains, où elle est toujours.

Page 370.

1. Matth. 6, 34. *Sufficit diei malitia sua.*

Page 374.

1. Cette invocation provient de l'apparition de la Vierge à sainte Catherine Labouré à Paris, à la chapelle de la rue du Bac, le 27 novembre 1830 ; elle fut popularisée par la Médaille miraculeuse qui la porte gravée sur son pourtour.

Page 375.

1. III Reg. 19, 10 et 14 : « Je brûle et suis brûlé de zèle pour le Seigneur, Dieu des armées », paroles prononcées par Élie, qui est la grande figure tutélaire du Carmel.

Page 376.

1. Faut-il voir ici un clin d'œil aux célèbres tableaux de la cathédrale de Rouen de Monet ? La série d'une quarantaine de toiles date des années 1893-1894 ; Huysmans n'en parle nulle part, mais les quelques lignes que nous avons ici rendent parfaitement compte de la technique picturale qui, en fonction de la lumière, dilue plus ou moins les contours au profit de la couleur.

Page 381.

1. *Farina* : il s'agit des « inventeurs » de l'eau de Cologne, trois frères italiens qui se sont fixés à Cologne au début du XVIIIᵉ siècle et prétendaient tenir leur recette d'un moine d'Orient.

Page 382.

1. *Saint Géréon* : martyr de Cologne, avec trois cent dix-huit autres, sous la persécution de Maximien (fin IIIᵉ-début IVᵉ siècles).

Page 386.

1. Allusion aux textes lus pendant la Semaine Sainte, Is. LIII, 1-12 le Mercredi Saint, et le Ps. XXI les Jeudi et Vendredi Saints, qui préfigurent les souffrances du Christ.

2. *Gozzoli* : Huysmans est moins aimable avec ce

peintre dans son article « La Nativité chez les peintres primitifs du Louvre », *L'Écho de Paris*, 28 décembre 1898 : « [son Messie] a des touffes de choux-fleurs de chaque côté de la tête et une houppe sur le front. Invinciblement, l'on songe à ces courtiers qui braillent sous le péristyle de la Bourse » (*Écrits sur l'art, op. cit.*, p. 374).

Page 387.

1. Le tableau en question est : *La Vierge, l'Enfant et des anges chantant*, au Staatliche Museum de Berlin. Sur le même motif, voir dans *Trois Primitifs* (1905) : « Le territoire de cet au-delà blâmable dont les dangereux anges de Botticelli entrebâillent parfois les portes », et « ses anges sont des pages équivoques, tels que les appréciait le pape Alexandre VI ; c'est d'un art exquis, mais savamment pervers dont le charme laisse à l'âme un arrière-goût, cette sorte de saveur âcre et sucrée que laissait dans la bouche la cantarella, la poudre à succession des Papes » (*Écrits sur l'art*, p. 532 et 536). Il est vraisemblable que Huysmans ne connaissait pas le célèbre article de Walter Pater sur Botticelli, inséré dans sa *Renaissance*, qui développe les mêmes idées. Voir notre article « Huysmans et Walter Pater », *Cahiers de l'Association internationale des études françaises*, n° 60, mai 2008, p. 359-378.

Page 394.

1. Après *En Rade*, en 1887, Huysmans était entré en contact avec le milieu des occultistes, notamment à la librairie d'Edmond Bailly, rue de la Chaussée-d'Antin. C'est là qu'il fit la connaissance de Stanislas de Guaïta, morphinomane qui ressuscita en 1888 l'ancien ordre des Rose-Croix. Ses rapports orageux avec la secte donnèrent lieu à quelques épisodes rocambolesques. Il y eut en 1892 puis chaque année jusqu'en 1897 un « Salon Rose-Croix » instauré par Péladan qui exposait chez Durand-Ruel des œuvres fondées sur « La Légende, le Mythe, l'Allégorie, le Rêve » et aussi de nombreux fantasmes érotiques. Voir à ce sujet Robert L. Delevoy, *Le Symbolisme*, Skira, 1982, p. 88 et suiv.

2. *Signol* : Émile Signol (1804-1892), peintre néo-classique, auteur de deux fresques dans le bras droit du transept de Saint-Sulpice. Huysmans l'exécute dans « Le salon de 1879 » (*Écrits sur l'art, op. cit.*, p. 156).

Page 395.

1. *Tissot* : James Tissot (1836-1902). Huysmans l'avait d'abord admiré en tant que graveur. L'œuvre à laquelle il est fait allusion ici, *Vie de Notre-Seigneur Jésus-Christ*, est une série de trois cent cinquante aquarelles qu'il composa à la suite d'un voyage en Palestine, exposa en 1894 puis publia en fac-similé avec grand succès.

Page 396.

1. *Walter Crane* (1845-1915) : peintre et décorateur anglais. Huysmans apprécie son œuvre dans le « Salon officiel de 1881 » (*Écrits sur l'art, op. cit.*, p. 219 et suiv.).

Page 397.

1. *Manuel Panselinos* : moine et peintre grec, chef de l'école macédonienne, qualifié ailleurs par Huysmans de « Raphaël byzantin » (« Salon de 1879 », dans *Écrits sur l'art*, p. 125) – ce qui sous sa plume n'est pas un compliment. Il a notamment peint les fresques de l'église du Protaton à Karyès au mont Athos. Il a long-temps été considéré comme légendaire, puis situé à dif-férentes époques, entre le XIe et le XVIe siècle. On le place aujourd'hui au XIVe.

Page 398.

1. *Paul Borel* (1828-1913 – à ne pas confondre avec le poète romantique Petrus Borel) : peintre et graveur lyonnais, dont Huysmans vit en juin 1897 les peintures réalisées pour la chapelle des Augustines à Versailles. Dans sa lettre à Auguste Prénat du 7 juin il vante son « accent de foi ». C'est en été 1897 qu'il visita la chapelle des Dominicains d'Oullins. Voir à son sujet F. Thiollier, *Paul Borel, peintre et graveur lyonnais*, Lyon, Lardanchet, 1913. Ainsi que : *Bulletin de la Société J.-K. Huysmans,*

n° 79, 1986, p. 9 et suiv. (article d'André Damien sur Huysmans et Versailles) ; *Nouvelles de l'estampe*, n° 60, nov.-déc. 1981 (catalogue de ses eaux-fortes) ; *Revue du Louvre et des musées de France*, n° 5-6, 1984 (étude des dessins par Élisabeth Hardouin-Fugier). On notera enfin ce propos de Louis Sainte-Marie Perrin, l'architecte de Fourvière, accessoirement beau-père de Paul Claudel : « Huysmans qui n'est pas tendre pour les talents qu'il ne comprend pas, parla de Borel en termes magnifiques... Il nous révèle qu'il a reconnu la source de ce talent, et c'est la foi intense, la piété éclairée, l'humilité chrétienne, le catholicisme pur et Huysmans ne s'est pas trompé... Tels sont bien les caractères de l'homme et de ses travaux. En Borel le talent et le cœur marchent de conserve dans une belle harmonie. Il peint parce qu'il croit » (« *Notes d'art et d'archéologie*, avril 1913, cité dans *Bulletin de la Société J.-K. Huysmans*, n° 6, 1973, p. 44).

Page 400.

1. *Charles Dulac* : Marie-Charles Dulac (1865-1898), peintre et lithographe, élève de Gervex et de Humbert avant de recevoir les conseils de Puvis de Chavannes et de Carrière. Il se convertit en 1892. Huysmans découvrit son œuvre par son ami le sculpteur Pierre Roche, auteur du frontispice de l'édition de luxe de *La Cathédrale*, et père de Louis Massignon. Ce fut une rencontre décisive, Dulac lui apparaissant comme le seul qui ait du talent dans le monde des peintres pieux » (lettre à l'abbé Ferret du Lundi gras 1897). « Âme extraordinairement blanche » (lettre du 2 novembre 1898 à Ch. Rivière), il avait vécu à Vézelay, puis à Assise où il peignait des fresques ; à son retour il vint remercier l'écrivain de la page le célébrant dans *La Cathédrale*. Huysmans voulait faire de lui « l'incontestable espoir de la peinture mystique de notre temps », la pierre angulaire de sa « colonie d'artistes » de Ligugé. Malheureusement Dulac, qui souffrait d'une grave intoxication à la céruse, mourut à l'extrême fin de l'année 1898, ce dont Huysmans fut très vivement affligé. Il participa à l'organisation d'une exposition de ses œuvres à la galerie Vollard,

rue Laffitte, au printemps 1899 et rédigea la préface du catalogue, reprise dans *L'Écho de Paris*, puis dans *De tout* (*Écrits sur l'art*, p. 479 et suiv., où l'on trouve aussi la reproduction de l'estampe intitulée « La Pinède. Ravenne »). Voir Henry Cochin, *Marie-Charles Dulac (1865-1898)*, *Deux notices suivies du catalogue de son œuvre*, Paris, Galerie Ambroise Vollard, 1899 ; A. Marguillier, « Charles Dulac », *La Gazette des Beaux-Arts*, 1899, p. 328 ; et *Lettres de M.-Ch. Dulac*, publiées par R. Louis, Dominicain, Paris, 1905. Outre la suite de neuf estampes ici évoquée (*Le Cantique des créatures*, 1894), Dulac a peint des natures mortes, puis des paysages mystiques (*Vues de Vézelay* ou d'Italie, musée de Reims ; *Paysage*, musée de Brest) ; son premier album lithographique s'intitule *Suite de paysages* (1893). À la fin de sa vie il travaillait à une traduction picturale du *Credo*, restée inachevée. Quelques « paysages mystiques » de Dulac ont récemment été exposés au musée d'Orsay dans l'exposition « Au-delà des étoiles. Le paysage mystique de Monet à Kandinsky » (2017).

Page 413.

1. Voir le début de l'*Histoire de l'enfance de Jésus* (*Écrits apocryphes chrétiens*, t. I, Bibl. de la Pléiade, p. 197). L'attribution de ce texte à « Thomas l'Israélite » provient d'une interpolation tardive.

Page 421.

1. *Roulliard* : voir p. 112, n. 1.

Page 426.

1. Imitation du célèbre passage de saint Denys l'Aréopagite, au chapitre IV de *La Théologie mystique*, qui ne définit Dieu que par des négations.

Page 430.

1. *Onocentaures* : monstres moitié hommes moitié ânes. Animaux fabuleux que l'on considérait comme des génies malfaisants, et en qui les juifs et les premiers chrétiens voyaient des démons. Voir p. 453, n. 2.

Page 431.

1. Successivement Ps. 101, 7 ; 101, 8 ; 54, 7 et 64, 14 ; 41, 2.

Page 432.

1. Voir Dom Pitra, *Spicilegium solesmense*, *op. cit.*, t. III, p. 452 et suiv. L'« anonyme anglais » a été mentionné précédemment : voir p. 165, n. 1. L'archevêque de Mayence est Raban Maur.

2. *Colombe / tourterelle* : l'opposition remonte plus loin ; on la trouve déjà chez Origène, *Homélies sur le Cantique des Cantiques*, Éd. du Cerf, coll. « Sources chrétiennes », 1953, p. 102. Pour l'abeille, voir *Spicilegium*, t. II, *op. cit.*, p. 512-513.

Page 434.

1. Voir successivement Ps. 7, 3 ; 103, 21 et *passim* ; 90, 13 ; I Petr. 5, 8.

Page 436.

1. Ps. 102, 5.

2. Jules Berger de Xivrey (1801-1863), *Traditions tératologiques, ou Récits de l'Antiquité et du Moyen Âge en Occident sur quelques points de la fable, du merveilleux et de l'histoire*, Paris, Imprimerie royale, 1836.

Page 437.

1. Il s'agit encore d'un apocryphe de saint Albert le Grand, l'ouvrage baptisé « Grand Albert », *Liber Secretorum Alberti Magni de virtutibus harbarum, lapidum et animalium quorumdam*, célèbre livre de magie populaire, dont l'édition française classique, *Les Admirables secrets d'Albert le Grand*, a été imprimé à Cologne en 1703.

Page 439.

1. *Wivre* : ou *vivre, vouivre, guivre, givre* (du latin *vipera*), serpent fabuleux qui dans les contes découvre et garde les trésors cachés dans les vieux châteaux. Elle

porte au front une escarboucle. C'est également un terme de blason.

Page 440.

1. *Cantimpré* – nous restituons, Huysmans omettant chaque fois le « n » : Thomas de Cantimpré, moine de l'abbaye de Cantimpré près de Cambrai (XIIIe siècle), auteur d'un *Liber de natura rerum*.

Page 441.

1. *Adamantius* : également appelé Pseudo-Origène, juif alexandrin du Ve siècle, auteur de *Physiognomica*.

Page 449.

1. *Le Traitant des âmes* : le Démon, celui qui attire les âmes, ou qui en fait trafic, ou qui s'en enrichit, comme ceux qui « traitent » (ou recouvrent) les impôts – ou encore parodie du Christ médecin des âmes ? Nous n'avons pas retrouvé la source de cette expression. Elle apparaît déjà dans *Certains*, au chapitre consacré à Félicien Rops (éd. 10 / 18, p. 348). Ce texte étant rédigé en juin 1898, il se pourrait que Huysmans ait appris cette expression du Dr Michel de Lézinier, qu'il commence à fréquenter à cette époque et qui l'initie à l'ésotérisme (voir M. de Lézinier, *Avec Huysmans*, Delpeuch, 1928, chap. IV). Elle pourrait venir de Bodin ou de Del Rio, mentionnés en note dans la même page de *Certains*. Elle n'est pas dans Goerres, où nous l'avons cherchée. En revanche il a pu trouver chez Goerres l'histoire de Christine de Stumbèle, qui y est évoquée à plusieurs reprises (I, p. 186-189 ; III, 476), où est appelé pudiquement « boue » ce qui donne lieu chez Huysmans à ce développement scatologique jubilatoire.

Page 452.

1. *Portal* : Frédéric Portal (1804-1876), archéologue et diplomate, auteur de *Des couleurs symboliques dans l'antiquité, le moyen âge et les temps modernes* (1837).

Page 453.

1. Sans doute une allusion à *La Sainte Bible*, texte de la Vulgate, traduction et commentaire par les abbés Trochon, Lesêtre, Fillion, Duplessy *et alii*, 26 volumes, Lethielleux, 1871.

2. Successivement : Is. 34, 14 (onocentaure, *pilosus*, lamie ; dans le texte hébreu, successivement chacal = « *iyy* », chèvre à long poil, lilith = femme démon nocturne) ; 13, 22 (sirènes) ; hébreu, chacals = *tanim* ; Jer. 50, 39 (faunes, hébreu chacals, « *iyyim* »). Les satyres sont présents dans le texte hébreu (Is. 13, 21, *sa'irim*, Vulgate *pilosi*). La transcription de Huysmans est fautive, pour *sa'irim*.

Page 455.

1. *Éléphant* : voir *Spicilegium*, t. III, p. 59-60 et 402 (*peccator immanis*).

Page 459.

1. Huysmans aime dans les *Sermons* de Tauler (moine dominicain du XIVe siècle écrivant en allemand) le ton concret et affectueux : « Un esprit humble aime aussi les choses terre à terre » (*Sermon* 31). Voir *En Route*, p. 260. Nous n'avons pas retrouvé cette allusion ; on peut la rapprocher de « Élie tira[nt] son manteau sur ses yeux ; cela veut dire que l'esprit est détaché de sa propre connaissance et de son opération propre » (*Sermon* 52), encore que cette référence soit plus biblique (III Reg. 19, 13) qu'anecdotique et renvoie à un état spirituel plus avancé. Huysmans a sans doute été introduit à Tauler par la préface de Hello aux *Œuvres choisies* de Jeanne de Matel, où plusieurs pages lui sont consacrées (p. XXXII et suiv.), avec des références bibliographiques.

Page 469.

1. Sermon pour le premier dimanche après l'octave de l'Épiphanie.

Page 471.

1. *Dijon* : Huysmans a visité cette ville en juillet 1895, en compagnie de Gustave Boucher. On la retrouvera dans *L'Oblat*.

Page 476.

1. *Denys* : le manuscrit de *La Cathédrale* porte « évêque d'Athènes et de Paris », suivant la tradition qui superpose le converti de saint Paul (Actes 17, 34), l'évêque-martyr de Paris et le théologien. Voir son éloge, déjà, dans *En Route*, p. 256-257. Son livre évoqué ici est *La Hiérarchie céleste*. Voir aussi p. 426, n. 1.

Page 479.

1. Souvenir du chapitre III d'*À Rebours* consacré à la bibliothèque latine de Des Esseintes.

Page 481.

1. *Saint Grégoire*. C'est essentiellement dans son commentaire sur le Premier Livre des Rois (In I Reg. 5, 84) que l'on trouve cette idée que la littérature profane n'était pas à proscrire car elle aidait à comprendre la littérature sacrée. Nous ignorons quelle est la source directe de Huysmans.

Page 483.

1. *Mal des Ardents* : voir p. 139, n. 1.

Page 488.

1. *La danse religieuse* : la source de Huysmans est ici Durand de Mende, *Rational*, t. II, *op. cit.*, p. 438-442, « Note 3. La danse au point de vue liturgique » (sauf pour Compostelle et Séville, qui doivent relever d'une autre source). Huysmans résume et saupoudre le propos de Durand de ses propres trouvailles stylistiques (« clunagitant », quelques lignes plus bas). David : II Reg. 6, 16 ; Saint Basile : Ep. I ad Gregorium.

Page 496.

1. *Cassien* : moine en Orient, puis à Marseille, mort en 435. Le passage cité par Huysmans se trouve dans les *Conférences* (*Collationes*), IX, 36. L'abbé Isaac est un vieillard mis en scène par Cassien, qui délivre son enseignement sur la prière.

Page 499.

1. Cant. VI, 9.
2. Cant. VI, 3 et 9.

Page 500.

1. Luc VII, 47, épisode de l'onction à Béthanie.

GLOSSAIRE

Nous donnons ici, par ordre alphabétique, un certain nombre de mots qui nous semblent difficiles pour le lecteur moderne, qu'il s'agisse d'archaïsmes ou de (faux) néologismes, ou encore de termes techniques, ou vieillis[1]. La première occurrence de ces mots dans le texte est signalée par un astérisque*.

Advertance : terme de casuistique, attention que le pécheur, en péchant, porte à son péché.

Aître : au singulier, porche, parvis, galerie (du latin *atrium*) ; au pluriel (confusion avec « êtres »), disposition des lieux dans un bâtiment (du latin *extera*). Il semble que Huysmans confonde les deux, dans ce mot qu'il affectionne.

Amaurose (terme de médecine) : cécité causée par la paralysie de la rétine et du nerf optique.

Apostème (terme de chirurgie) : abcès.

Barège : sans doute à associer à « barégine », terme de chimie : matière trouvée dans les eaux sulfureuses de Barèges (Littré) – donc malodorante.

Barigoule : sorte de préparation de l'artichaut, qu'on a d'abord fait frire dans l'huile d'olive.

---

1. Nous utilisons Marcel Cressot, *La Phrase et le vocabulaire de J.-K. Huysmans*, Droz, 1938 ; les dictionnaires Littré, Nouveau Larousse illustré, Robert, *Dictionnaire alphabétique et analogique de la langue française* ; Blaise, *Dictionnaire latin-français des auteurs chrétiens* ; Godefroy, *Dictionnaire de l'ancienne langue française* ; Huguet, *Mots disparus ou vieillis depuis le XVIᵉ siècle*.

Belluaire : gladiateur qui combattait les fauves. Mais Huysmans l'utilise au sens de « bestiaire » (ce qui ne semble pas attesté).

Bénéolence : bonne odeur.

Bivac : bivouac.

Bondon : pièce cylindro-conique qui sert à obturer l'ouverture d'un tonneau.

Brai : suc résineux tiré du pin et du sapin ; sorte de goudron ou de bitume.

Braquemart : épée large, plate, courte, à deux tranchants très aigus.

Brigue : manœuvre.

Canterme : formule d'envoûtement (du latin *canterma*, sorte de maléfice ; se trouve chez saint Grégoire le Grand).

Cagnard : voûte d'échappée construite en avant d'un port.

Cambrousier : paysan dépourvu de culture et de goût (Cressot, p. 379). Se trouve déjà dans *Certains*.

Cambuse : maison mal tenue (très familier ; Cressot, p. 380 ; déjà dans *En Ménage*).

Capilotade (terme de cuisine) : sorte de ragoût fait de morceaux de viande ou de poisson déjà cuits.

Casuel : revenu variable, attaché notamment aux fonctions ecclésiastiques.

Célicole : habitant du Ciel, saint.

Cellerier : cellérier : celui qui, dans un monastère, a la charge des provisions de nourriture (l'approvisionnement du cellier) et des dépenses de la communauté.

Céroféraire : qui porte un cierge.

Chantourner : tracer un dessin sur une pièce de bois en l'évidant, soit en dehors, soit en dedans. Synonyme ici de « compliqué ».

Chaufournier : ouvrier qui fait la chaux.

Chefcier (ou chefecier, chevecier) : dignitaire ecclésiastique à qui est confié le soin du chevet de l'église. L'orthographe de Huysmans semble fantaisiste.

Clabauderie : criaillerie sans raison et sans sujet (terme de vénerie, clabauder signifie « aboyer »).

Clunagiter : agiter les fesses (latinisme ; considéré comme néologisme par Cressot).

Cohène : prêtre (mot hébreu).

Contumélie : affront, outrage (du latin biblique ; Cressot, p. 502). Déjà dans *Là-Bas*, puis dans *Sainte-Lydwine*.

Coquebin (pour : coquebert) : nigaud, sot (Cressot citant Godefroy).

Coquemar : pot à anse, de terre, d'étain ou de cuivre, qui sert à faire bouillir de l'eau. Huysmans aime bien ce mot, sans doute pour son pittoresque (on le trouve déjà dans *En Rade*, chap. I).

Crocheteur : portefaix qui fait usage de crochets.

Débrutir : arracher à sa partie brute.

Dimidier (se) : se diviser (néologisme ; Cressot p. 168. Se retrouvera dans *Sainte Lydwine*).

Douaire : portion de biens qui est donnée à une femme par son mari à l'occasion du mariage, dont elle jouit et qui revient ensuite à ses enfants.

Dyscole : de mauvaise humeur (hellénisme).

Élation : élévation, orgueil (Cressot, p. 458).

Éphélides (terme de médecine) : taches sur la peau, de couleur brunâtre.

Épimane (terme de médecine ancienne) : fou furieux (Cressot, p. 473. Se retrouvera dans *Lydwine*).

Épitomé : abrégé (mot grec).

Épreinte (terme médical) : contraction douloureuse liée à l'envie d'aller à la selle. (Déjà dans *En Route*, Folio classique, p. 160, dans un contexte très semblable.)

Étampe : modèle sur lequel on frappe de l'argent, ou d'autres métaux, pour y faire l'empreinte.

Évagation : distraction, légèreté de l'esprit.

Éverdumer : tirer une liqueur verte de certains légumes herbacés, d'où : donner artificiellement une couleur verte (lexique de la confiserie ; de l'italien *verdume*).

Évirer (terme de médecine) : perdre, avant l'âge, désirs et facultés sexuels, pour un homme (du latin *vir*, homme).

Exinanition (terme de médecine) : inanition, épuisement extrême.

Fardier : chariot à roues basses, pour transporter des blocs de pierre, des statues, etc. (Littré).

Féronnière : ferronière : bijou féminin composé d'une chaînette ou d'un bandeau entourant les cheveux et d'un joyau placé sur le front.

Frette (terme technique) : décoration de barreaux entrelacés en filets.

Futaine : étoffe de fil et de coton.

Gâcheur : ouvrier qui « gâche » (au sens de délayer) le plâtre.

Galipot : sorte de mastic composé de résine et de matières grasses.

Gargoulette : vase poreux dans lequel les liquides se rafraîchissent par évaporation.

Gémonies : escalier au flanc du Capitole où l'on exposait les cadavres des suppliciés ; d'où : sorte d'enfer.

Gladié (terme de botanique) : en forme de glaive.

Gnaffs (populaire) : savetier (du lyonnais gnafre, cordonnier, qui a donné « gnafron », personnage du Guignol lyonnais qui exerce ce métier). Se trouve déjà dans *En Route*, Folio classique, p. 92, dans le même sens figuré et péjoratif qu'ici.

Grabeler (terme de pharmacie) : séparer une substance médicamenteuse de ses grabeaux ou petits fragments dont on ne peut tirer parti (Littré).

Guenuche : petite guenon.

Haquet : charrette longue (inventée par Pascal !) servant à transporter du vin ou des ballots.

Hasté (terme de botanique) : qui a la figure d'un fer de pique (du latin *hasta*, lance).

Illation : retour des reliques ; fête où on les porte en procession (Cressot, p. 460).

Inule (terme de botanique) : nom savant de l'aunée, plante utilisée en médecine.

Lacinié (terme de botanique) : qui est découpé en lanières de forme irrégulière.

Lames : désigne les verrières verticales, par opposition aux rosaces.

Lampiste : ouvrier qui entretient les lampes. Au sens figuré :

subalterne, personnage insignifiant sur qui retombe la responsabilité de fautes imputables à un supérieur.

Lésiné : ici sans doute au sens de « rogné ».

Limonier : cheval placé entre les limons d'une charrette.

Maître Jacques : personnage qui remplit les fonctions les plus variées (du Maître Jacques de *L'Avare* de Molière, à la fois cocher et cuisinier d'Harpagon).

Maître-évier : marchand d'eau (vieilli ; Cressot, p. 511).

Malédifier : détruire (selon Cressot, p. 204, néologisme et faux latinisme ; se retrouvera dans *L'Oblat*).

Malemort (familier) : mort subite ou par accident, sans confession ni extrême-onction.

Malengin : envoûtement (Cressot, p. 511 ; déjà dans *Là-Bas*).

Maléolent : qui sent mauvais.

Margougniat : margoulin ; colporteur de campagne ; mauvais ouvrier (Cressot, p. 399. Déjà dans *Certains*, puis dans *Les Foules de Lourdes*).

Mense : portion assignée à l'évêque dans le partage des biens entre son église et lui.

Merdoie : néologisme calqué sur « caca-d'oie » (Cressot, p. 257).

Mire : s'est dit pour médecin (Cressot. Mot disparu, signalé par Huguet. Se retrouve dans *Sainte Lydwine*).

Mirobolant : fruit exotique entrant dans quelques préparations médicinales anciennes (plutôt : myrobolan, selon Littré).

Miton-mitaine (populaire) : utilisé avec « onguent » : qui ne fait ni bien ni mal, qui ne sert à rien (Littré).

Mômier : bigot (Cressot, p. 462. Se trouve déjà dans *En Route*, se retrouvera dans *Les Foules de Lourdes*).

Monder (et son dérivé : mondifier) : purifier (latinisme, de *mundare*, sans doute d'origine liturgique).

Mosette : sorte de camail (petite cape) porté par certains dignitaires ecclésiastiques.

Mouchettes : instrument pour moucher les chandelles.

Oblate, oublie : hostie non consacrée.

Œufs couvis : œufs impropres à être mangés.

Oing : graisse.

Orfrazé : garni d'orfroi.

Orfroi : étoffe tissée d'or, ainsi nommée parce qu'elle venait de Phrygie.

Ostiaire (terme latin, de *ostiarius*, *ostiaria* : portière, concierge. Se trouve dans l'évangile, Ioh. XVIII, 16, épisode du reniement de saint Pierre.

Panne : au sens de mauvais tableau (terme d'atelier ; Cressot, p. 421 ; se trouve déjà dans *Certains*).

Papelonné (terme de blason) : couvert de dentelures en forme d'écailles (se trouve déjà dans *En Rade*, Folio classique, p. 793, où, comme ici, il fait pléonasme avec « écailles »).

Patache : voiture de transport, non suspendue et peu chère.

Pécune (vieilli et familier) : argent comptant.

Pernocter : passer toute la nuit (latinisme de la Vulgate ; voir Luc VI, 12).

Peyrier : tailleur de pierre, ou carrier (Cressot, p. 514).

Pierre vive : pierre mise à nu, non recouverte de terre, de bousin (Robert).

Piriforme : en forme de poire.

Plein-cintre : voûte en demi-cercle parfait.

Polypharmacon : remède universel.

Pourpris : enceinte, enclos, d'où : monastère.

Poussier : débris, poussière qui reste au fond d'un sac de charbon, débris de tiges, d'épis, que l'on trouve sur le plancher des granges.

Prébende : revenu ecclésiastique lié à un canonicat.

Proditoire : qui trahit, traître (du latin *prodere* ; vieilli, ou utilisé comme latinisme).

Promptuaire : sorte de manuel, d'abrégé.

Psychostasie : pesage des âmes.

Pumicite : nom savant de la pierre ponce.

Purgative (vie) (de « purgation », remords et rachat des péchés) : premier stade de la vie spirituelle avant la vie contemplative et la vie unitive.

Quarteronne : femme provenant de l'union d'un Blanc avec une mulâtresse, ou d'un mulâtre avec une Blanche.

Rancart : rebut, d'où : sans doute ici abandon, lieu écarté.

Récipé : recette.

Régredillé : frisé (vieilli ; Cressot, p. 517).

Rémolade : rémoulade (mot italien) : sauce provençale aux fines herbes (dépréciatif chez Huysmans, comme tout ce qui se rattache à la culture du Midi).

Ribouis : souliers neufs faits avec des vieux (argot ; Cressot, p. 409).

Roque : sorte de justaucorps, vêtement de travail que les moines du haut Moyen Âge passaient par-dessus la cucule (Larousse).

Selam : bouquet de fleurs dont l'arrangement, chez les Orientaux, forme un langage muet (de l'arabe *salam*, salut). (Terme de l'orientalisme romantique : voir par exemple Théophile Gautier, *La Mille et Deuxième Nuit*.)

Sinople (terme de blason) : émail vert dont l'écu est chargé, représenté en gravure par des hachures ou des traits diagonaux.

Souleurs : frayeurs subites (vieilli et familier ; déjà dans *En Route*, Folio classique, p. 281).

Sparterie : ouvrage fait avec le sparte, plante textile, encore appelé alfa.

Spécifique : médicament qui guérit constamment, et par un mécanisme inconnu, certaines maladies.

Talaire : tunique descendant jusqu'aux talons. Terme de la Vulgate (Gen. XXXVII, 23).

Tépide (latinisme) : tiède. – Tépidité : tiédeur.

Textuaire : livre où il n'y a que le texte, sans commentaire ni notes.

Thomas (argot) : pot de chambre (Cressot, p. 414).

Tiers-point (terme d'architecture) : courbure des voûtes ogivales composées de deux arcs de cercle.

Tôt-fait : sorte de pâtisserie, faite de farine, sucre et œufs battus, qui se fait très vite. Encore dite « gâteau à la minute ».

Traban : militaire armé d'une hallebarde.

Troubade : soldat d'infanterie (Cressot, p. 417 ; déjà dans *Les Sœurs Vatard*).

Turne (argot) : logis malpropre (Cressot, p. 438 ; déjà dans *Les Sœurs Vatard* et *La Bièvre*).

Umbo (mot latin) : bosse d'un bouclier, bouclier.

Vanvole (plus souvent orthographié « venvole » : qui vole au vent.

Volucre : oiseau.

Voyager (adj.) : qui est en voyage (vieilli ; se retrouve dans *L'Oblat*).

Vrague ; en vrague : en vrac, en désordre, terme de marine.

QUELQUES MOTS DE COMMENTAIRE

On remarque à quel point les termes techniques sont nombreux dans *La Cathédrale*. Certes, le lexique relevant de l'histoire ecclésiastique s'y taille la part du lion (« mosette », « mouchettes », « prébende », « roque », « chefcier », etc.) ainsi que le lexique architectural ; mais les vieux registres du naturalisme n'ont pas été oubliés : registre médical et pharmaceutique, utilisé tantôt au sens propre (« apostèmes »), tantôt au sens figuré ; registre culinaire (« capilotade », « barigoule »), botanique (« inule », « lacinié »), registre des arts et métiers (« bondon », « brai », « chaufournier », etc.). On note, dans la suite logique d'*En Route*, l'importance des latinismes issus de lectures spirituelles (« advertance », « contumélie ») qui voisinent avec des termes très familiers, voire argotiques (« thomas », « turne »). Le dosage est très subtil entre l'usage littéral de termes techniques et leur insertion figurée (l'esprit « chantourné » de Durand de Mende).

Ces diverses pratiques attestent les immenses lectures de Huysmans et l'attention extrême qu'il portait aux mots, dont il dressait des listes lui en facilitant le réemploi[1]. C'est là la marque du véritable écrivain.

1. Voir à ce sujet l'étude du lexique médical menée par Laure de La Tour dans sa thèse *Huysmans et la médecine*, à paraître chez Champion.

INDEX

Nous excluons de cet index les noms du Christ, de la Vierge Marie, de Dieu le Père et du protagoniste Durtal, leurs occurrences étant très fréquentes dans le roman. Figurent en italique les noms de personnages de roman créés par Huysmans.

TABLE DES ILLUSTRATIONS

DOSSIER

DU MÊME AUTEUR

Dans la même collection

À REBOURS. *Édition présentée, établie et annotée par Marc Fumaroli.*

EN RADE. *Édition présentée, établie et annotée par Jean Borie.*

LÀ-BAS. *Édition présentée, établie et annotée par Yves Hersant.*

EN ROUTE. *Édition présentée, établie et annotée par Dominique Millet-Gérard.*

LA CATHÉDRALE. *Édition présentée, établie et annotée par Dominique Millet-Gérard. Illustrations de Charles Jouas.*

et le roman » traduit par Catherine Bernard.
Traduction de l'anglais et édition de Michèle Rivoire.

6425 CHARLES DICKENS : *Bleak House*. Traduction
de l'anglais et édition de Sylvère Monod. Préface
d'Aurélien Bellanger.

6439 MARCEL PROUST : *Un amour de Swann*. Édition
de Jean-Yves Tadié.

6440 STEFAN ZWEIG : *Lettre d'une inconnue*.
Traduction de l'allemand de Mathilde Lefebvre.
Édition de Jean-Pierre Lefebvre.

6472 JAROSLAV HAŠEK : *Les Aventures du brave soldat
Švejk pendant la Grande Guerre*. Traduction du
tchèque de Benoit Meunier. Édition de Jean Boutan.

6510 VIRGINIA WOOLF : *Orlando*. Traduction de l'anglais
et édition de Jacques Aubert.

6556 DENIS DIDEROT : *Histoire de Mme de La
Pommeraye* précédé de *Sur les femmes*. Édition
d'Yvon Belaval.

6533 ANTHONY TROLLOPE : *Le Directeur*. Traduction
de l'anglais de Richard Crevier, révisée par Isabelle
Gadoin. Édition d'Isabelle Gadoin.

6547 RENÉ DESCARTES : *Correspondance avec
Élisabeth de Bohême et Christine de Suède*.
Édition de Jean-Robert Armogathe.

6584 MIKHAÏL BOULGAKOV : *Le Maître et Marguerite*.
Traduction du russe et édition de Françoise
Flamant.

6585 GEORGES BERNANOS : *Sous le soleil de Satan*.
Édition de Pierre Gille. Préface de Michel Crépu.

6586 STEFAN ZWEIG : *Nouvelle du jeu d'échecs*.
Traduction de l'allemand de Bernard Lortholary.
Édition de Jean-Pierre Lefebvre.

6587 FÉDOR DOSTOÏEVSKI : *Le Joueur*. Traduction
du russe de Sylvie Luneau. Préface de Dominique
Fernandez.

6588 ALEXANDRE POUCHKINE : *La Dame de Pique*.

Traduction du russe d'André Gide et Jacques Schiffrin. Édition de Gustave Aucouturier.

6589 EDGAR ALLAN POE : *Le Joueur d'échecs de Maelzel*. Traduction de l'anglais de Charles Baudelaire. Chronologie et notes de Germaine Landré.

6590 JULES BARBEY D'AUREVILLY : *Le Dessous de cartes d'une partie de whist*. Suivi d'une petite anthologie du jeu de whist dans la littérature. Édition de Jacques Petit. Préface de Johan Huizinga.

6604 EDGAR ALLAN POE : *Eureka*. Traduction de l'anglais de Charles Baudelaire. Édition de Jean-Pierre Bertrand et Michel Delville.

6616 HONORÉ DE BALZAC : *Gobseck et autres récits d'argent* (*Gobseck*, *L'Illustre Gaudissart*, *Gaudissart II*, *Un homme d'affaires*, *Le Député d'Arcis*). Édition d'Alexandre Péraud.

6636 *Voyageurs de la Renaissance. Léon l'Africain, Christophe Colomb, Jean de Léry et les autres*. Édition de Grégoire Holtz, Jean-Claude Laborie et Frank Lestringant, publiée sous la direction de Frank Lestringant.

6637 FRANÇOIS-RENÉ DE CHATEAUBRIAND : *Voyage en Amérique*. Édition de Sébastien Baudoin.

6654 ANTOINE HAMILTON : *Mémoires du comte de Gramont*. Édition de Michel Delon.

6668 ALEXANDRE DUMAS : *Les Quarante-Cinq*. Édition de Marie Palewska.

6696 ÉSOPE : *Fables*, précédées de la *Vie d'Ésope*. Traduction du grec ancien de Julien Bardot. Édition d'Antoine Biscéré.

6697 JACK LONDON : *L'Appel de la forêt*. Traduction de l'anglais, postface et notes de Marc Amfreville et Antoine Cazé. Préface de Philippe Jaworski.

6729 *Scènes de lecture. De saint Augustin à Proust*. Textes choisis et présentés par Aude Volpilhac.

Composition Nord compo
Impression Maury Imprimeur
45330 Malesherbes
le 11 février 2020
Dépôt légal : février 2020
1er dépôt légal dans la collection : octobre 2017
Numéro d'imprimeur : 243155

ISBN 978-2-07-045790-8. / Imprimé en France.